心灵的盛宴

李问渠／主编

H.P.H 哈尔滨出版社
HARBIN PUBLISHING HOUSE

图书在版编目（CIP）数据

心灵的盛宴 / 李问渠主编.—哈尔滨：哈尔滨出版社，2018.5

ISBN 978-7-5484-3895-3

Ⅰ.①心… Ⅱ.①李… Ⅲ.①故事-作品集-世界 Ⅳ.①I14

中国版本图书馆CIP数据核字（2018）第021793号

书　　名：心灵的盛宴

作　　者：李问渠　主编
责任编辑：翟嫦娥　任　环
责任审校：李　战
封面设计：上尚装帧设计

出版发行：哈尔滨出版社（Harbin Publishing House）
社　　址：哈尔滨市松北区世坤路738号9号楼　　邮编：150028
经　　销：全国新华书店
印　　刷：哈尔滨市石桥印务有限公司
网　　址：www.hrbcbs.com　　www.mifengniao.com
E-mail：hrbcbs@yeah.net
编辑版权热线：（0451）87900271　87900272
销售热线：（0451）87900202　87900203
邮购热线：4006900345（0451）87900256

开　　本：787mm × 1092mm　1/16　印张：22.5　字数：420千字
版　　次：2018年5月第1版
印　　次：2018年5月第1次印刷
书　　号：ISBN 978-7-5484-3895-3
定　　价：49.80元

凡购本社图书发现印装错误，请与本社印制部联系调换。
服务热线：（0451）87900278

心灵的盛宴

一、爱在心间

二、畅想人生

三、人情世故

四、心灵泡澡

五、大脑集训

六、机智应对

七、幽默讽喻

八、成长岁月

九、拥抱财富

一、爱在心间

倒下的战友

一个士兵向中尉请示是否可以允许他到战壕外的“无人区”带回倒下的战友。

“可以，”中尉说，“但是你要考虑好，你可能因此而送命，为了带回你那多半已经牺牲的朋友，我认为你这样做并不值得。”中尉的忠告并没有打消士兵的念头，他冲出了战壕。

这个士兵竟奇迹般地背着战友返回战壕，就在离战壕仅仅几米远的地方，他中弹了，但是，他还是坚持背着战友一起摔进了战壕。中尉给士兵检查了伤情，摇了摇头说：“我告诉过你了，这不值得。你的朋友已经死了，而你也受了重伤。”

“可这是值得的，长官。”

“什么？值得？你的朋友已经死了啊！”

这个士兵忍着痛楚笑了笑说：“是的，他是死了，但我做的是值得的。因为，我到他身边的时候，他还活着，当我抱着他时，听到他说：‘伙计，我就知道你会来的。’”

心灵感悟：无论亲情、爱情还是友情，真正的感情能让人将生死置之度外。危难之中见真情，这样的感情才是弥足珍贵的。

穷学生和小女孩

一个穷苦的学生考上了大学，可是家里没有多余的钱给他交学费。为了实现自己的大学梦，他利用暑假挨家挨户地推销商品。为了凑足学费，他舍不得多花一分钱，他硬着头皮向人讨食物吃。

他敲开了一户人家的门，开门的是个小女孩。他不好意思，就只向小女孩要了一杯水解渴。小女孩看他非常饥饿的样子，拿来水的时候还捎带了几块面包。他狼吞虎咽地吃着，小女孩偷偷地在旁边笑着看。

吃完后，他问小女孩多少钱。小女孩说不用给钱，这些食物她家里有很多。他很感动，觉得自己非常幸运，在陌生的地方还能得到他人如此温馨的关照。

多年以后，小女孩得了很严重的病，住进了医院。在医生的尽心医治和护理下，小女孩的病情逐渐缓和，过了一段时间基本康复了。出院那天，护士交给她医疗费用账单，她怔了好久都不敢打开，她知道自己可能要一辈子辛苦工作才还得起这笔医疗费。最后，当她打开时，看到了上面空白处有一行字：一杯水和几块面包，足够偿还所有的医疗费。

她禁不住泪水涟涟，也忽然想明白了，主治医师就是当年的那位穷学生。

心灵感悟：滴水之恩，当涌泉相报。善良的人是不会被生活遗弃的，因为，他(她)的生活里充满了感恩。

骆驼妈妈

有一个美国旅行者在非洲撒哈拉沙漠看到这样的一幕：

无人区里有一只母骆驼带着几只小骆驼一路低着头走着，不时地停下来闻着干燥的沙子。按照常识，美国人知道这是骆驼在找水喝。

它们显然渴坏了，几只小骆驼无精打采。在太阳的炙烤下，它们的眼睛血红血红的，看起来有些支撑不住了。

旅行者还发现，小骆驼们紧紧地挨着骆驼妈妈，而母骆驼总是根据不同的日照方向驱赶着孩子们走在她的阴影里。

终于，它们来到一个半月形的泉边停住了。几只小骆驼兴奋异常，打着响鼻。

可是，泉水离地面太远了，几只小骆驼不论怎么努力也无法把鼻子凑到水面上去。

这时，惊人的一幕发生了。骆驼妈妈围着她的孩子们转了几圈儿，突然纵身跃入深潭……水终于涨高了，刚好能让小骆驼们喝着。

心灵感悟：世上没有什么爱比母爱更伟大了，为了她的孩子，母亲有时甚至可以牺牲自己的生命。

伟大的母爱

一个小男孩让他母亲参加他小学的第一次家长会。母亲答应去参加，却让小男孩感到很不安，这将是他的老师和同学首次见到他的母亲，可是她的出席会让他很难堪。虽然她长得很美丽，可惜她右半边脸几乎全被一片严重的伤疤覆盖住了。小男孩从未听母亲说过她为何有那片伤疤。

家长会时，大家并不在意他母亲的疤痕，都对她美丽、自然、和蔼的气质留下了深刻的印象。但小男孩还是感到很尴尬，尽量向没人的地方跑。无意间他听到了母亲跟老师的对话。

“你脸上的伤疤是怎么弄的呢？”

“在我儿子还很小的时候，有一天他的房间失火了。当时火烧得很大，没人敢进去救他，于是我冲了进去。就在我看见他的那一刹那，一根横梁迎面倒下，为了不让他受伤，我扑到他身上挡住，结果我失去了知觉。幸好消防员及时赶到，把我们母子俩从鬼门关里拉了回来。”她摸摸那侧烧伤的脸说，“这伤痕虽然会永久存在，但直到今天为止，我从没有为此事后悔过。”

听到这里，小男孩满脸泪痕地跑向了母亲，紧紧抱住她，为母亲曾经为他所做的牺牲感动不已。那天其余的时间里，他一直紧紧握住母亲的手不放。

心灵感悟:母爱是最伟大的,它能让我们得到永恒的呵护。

甜芋泥

有一个年轻的村妇问医师:"有什么秘方可以毒死我的婆婆?我受不了她的虐待了!"医师告诉她:"可以常给你婆婆吃甜芋泥,百日后无病自死。"百日过后,村妇向医师哭诉:"婆婆突然改变了她的态度,变得对我非常和善,可是她已经吃了一百天的甜芋泥了,怎么办呢?"医师听完笑着说:"放心好了,你婆婆不会死啦!"

甜芋泥不会毒死人,它只是一道可口的点心。由于媳妇经常面带笑容去伺候婆婆,婆婆也经常吃到媳妇准备的甜芋泥,因此婆婆改变了态度,开始善待她的媳妇。

心灵感悟:恨只能产生更多的恨。同样的,多爱别人就会产生更多的爱。若要人家善待你,先要善待人。

最宝贵的财富

在一个黄昏,静静的渡口来了四个人:一个富人,一个当官的,一个武士,还有一个诗人。他们都要求老船公把他们渡过河去。老船公捋着胡子:"把你们的特长说出来听听,我再决定到底渡你们其中哪一位过去。"

富人掏出白花花的银子说:"我有的是钱。"当官的不甘示弱:"你要是渡我过河,我可以让你当一个县官。"武士急了:"我要过河,否则……"说着扬扬握紧的拳头。"你呢?"老船公问诗人。"哎,我一无所有,可我如不赶回去,家中的妻儿一定会急坏的。"

"上船吧!"老船公挥了挥手,"你已经显示了你的特长,这是最宝贵的财富。"诗人疑惑着上了船:"老人家,能告诉我原因吗?""你的一声长叹,你脸上的忧虑是你最好的表白,"老人一边摇船一边说,"你的真情流露是四人中最宝贵的。"

心灵感悟:心灵的真诚是人性最宝贵的底色。真诚相对,则会有如沐春风,如啜佳茗,如晤故人之感。权势、金钱、武力不是万能的,它们也有苍白无力的时候。

骨肉兄弟

从前有两兄弟感情很深,他们很早就失去了父母,兄弟俩相依为命。

哥哥成家后就与弟弟分开过了,他们各种各的地,收获的粮食也各自存进粮仓。可是只有一个粮仓,哥哥就用木板从中间隔开,兄弟俩一人一半。

一年大旱,收成比往年要少了七八成。

夜里,弟弟想到哥哥有妻小负担较重,而自己一个人好应付。再说去年自己的粮食还剩了些，认为应该分一些给哥哥。因此就偷偷地将自己仓里的粮食，转了一些到哥哥的粮仓里。

而哥哥想到弟弟还是单身，媳妇也还没娶进门，一个人种地又辛苦，必须为未来打算。自己已经成家了，孩子也不小了，人多力量大，有什么事也好办。因此也趁夜里偷偷地将自己仓里的粮食转了一些到弟弟的粮仓里。

翌日清早，兄弟俩看到对方仓里的粮食都没有增加，到了夜里又继续重复前一晚的做法。

如此持续了三个晚上。到了第四个晚上，两兄弟终于撞到了一块儿。二人都被对方吓了一大跳，当互相看清楚后，都放下了手中的簸箕，抱头痛哭。

心灵感悟："打虎亲兄弟，上阵父子兵。"真心地关爱我们身边的每一个人，不只是血浓于水的亲人，更包括那些需要帮助但我们不曾认识的陌生人。

金翅雀和猫

金翅雀对主人说："主人，为什么你要把我锁在笼子里？为什么不让我在花园里飞翔，不让我在枝头欢跳？你要知道，对于歌声嘹亮的歌手来说，铁笼子虽然舒适却过于狭小了！"

"一旦把你放出去，你就会只剩下两只爪子和一堆羽毛！你要知道，锁住你正是为了保护你，不受猫的骚扰。"主人说。

金翅雀说："既然你这样爱护我，就放我出去，把猫锁在笼子里，岂不是更好！"

心灵感悟：如果你真心地关爱一个人，那就应给其幸福——来自那人本身的感受。

笼子和小鸟的爱情

一只笼子和一只小鸟相爱了。笼子对小鸟说："我是一只笼子，是用来关鸟的那种笼子。"鸟儿说它知道。

过了一会儿，鸟儿问笼子："你会把我关住吗？"

"我不会。可是，我却希望你……永远都在我身边……永远都不离开我。"笼子艰难地回答。

鸟儿微笑着说："我会的。因为你对我而言，更像一间温暖的房子，而不是一个冰冷的笼子。"不可言喻的幸福充满了笼子的心。

于是笼子和小鸟很快乐地生活在一起。早晨，鸟儿会去寻找一些小虫果腹，再自由自在地在蓝天上飞翔。傍晚回来，便哼唱起悠扬的旋律，点缀每一个美丽的黄昏。夜深了，鸟儿就依在笼中皎洁的月华里甜蜜地睡去。

可是，有一天，主人发现了睡在笼子里的小鸟，就锁上了笼子。

笼子心想，这样小鸟就可以一直跟它在一起了，可是，小鸟失去了自由。失去了自由，爱情还会存在吗？不会！

而鸟儿的爱情，对笼子来说是多么的重要。笼子不愿意看到鸟儿失去自由，更不愿意看到鸟儿伤心，也不愿失去鸟儿对它的爱。

它深情地看着睡在自己怀里的鸟儿，含泪说道："再见了，我的爱，希望来生我们能够再见。"说完，笼子就四散裂开，轻轻地坠落……

心灵感悟：自由和爱情并不是相抵触的，它们可以完美地结合在一起。但是一旦失去了自由，爱情恐怕也不会存在了。

上帝的百合

上帝用六天创造了天地万物之后，在第七天休息。休息之余，他想了解所造的天地万物之中，何物才是至善至美，于是派天使长来到人间，要他带回三样最美好的事物。

天使长来到人间，发现一株百合在晨曦中悄然绽放，晶莹剔透的露珠在它无瑕的花瓣上微微闪动，更显百合之尊贵与高雅。天使长认为这是美好的，便取了百合放在怀里。

没走多远，又在树下见到一个白胖的婴儿，好奇地玩着自己的小手，脸上写满至真至纯的笑容，快乐而满足。在天使长看来，这也是极美好的，便将婴儿抱在了怀中。

又走了一段路，一辆马车疾驶而来，一个小孩儿为了追赶滚落的小球，从路边冲了出来，眼看就要被车撞到。突然一位妇人急速扑向小孩，将小孩儿推离巨轮之下，而这位妇人正是小孩儿的母亲，她却来不及逃开，被辗死在轮下。

天使长被深深地感动了，觉得为孩子而甘愿舍身的母亲的灵魂也是美好的，便带走了这位母亲的灵魂。

天使长带着三样美好的事物回到上帝的面前，首先取出第一样——纯洁的百合。经过一段时间的折腾，花瓣上晶莹的露水早已干涸，百合也枯萎了，毫无美好可言。

天使长取出第二样美好事物——满足、快乐的婴儿。只是此时的婴儿正因饥饿而号啕大哭，笑容已不知去向，满足、快乐的婴儿，现在不满足，也不快乐了。

尴尬的天使长只得取出第三样事物——为孩子牺牲的母亲的灵魂。刹那间，乐声四起，天堂里诗歌高唱，上帝也站了起来，满心怜悯地为这位母亲的灵魂吟颂赞歌，并嘉许天使长找到了世间最完美的事物。

心灵感悟：我们也爱母亲，却和母亲爱我们不一样：我们的爱是溪流，而母亲的爱是海洋。即便所有的美好都已改变，母亲的爱依然会坚定如初。

护子心切

中国古代有位读书人，名叫周豫。一天，一位朋友送来了他最爱吃的鳝鱼，周豫一时技痒，决定亲自煮上一锅鳝鱼汤来尝尝。

他将鱼放入锅中，那些鳝鱼仍悠闲地在锅里游着，周豫用小火缓缓加热，水温逐渐变高，鳝鱼就被慢慢地煮熟了。但鳝鱼在锅中并未察觉水温的变化，因而不会挣扎，所以口感非常好。

等到那一锅汤慢慢煮沸了，周豫掀起锅盖时却发现一条鳝鱼的腹部竟然向上弓起，只留头部跟尾巴在沸水之中，一直到死，都把腹部露在外面而不倒下。

周豫十分好奇，便将这条鳝鱼弯起的腹部剖开，想要看个究竟。在剖开的瞬间，他发现里面竟装着满满的鱼卵。

原来这条母鳝鱼是护子心切，而情愿将头和尾浸入沸汤之中，直至死亡。看到这一幕，周豫不禁潸然泪下，想到母亲对自己的百般呵护，而自己对母亲却很少关爱，备感惭愧。于是，他发誓终身不再吃鳝鱼，并对母亲加倍地尊敬与孝顺。

心灵感悟：面对孩子，母亲始终都是一棵大树，任凭风吹雨打，酷暑严寒，都毫不犹豫、心甘情愿地保护着自己的孩子。

无言的爱

有个母亲苦于自己的孩子不听话，无论自己如何苦口婆心地劝说，儿子依旧我行我素。她不知道该怎样去与儿子交流、沟通。

一天，儿子在学校又惹事了，偏偏赶上母亲得了咽炎，喉咙发不出声音来。当她拉着孩子的手一起坐下时，她又气又急，可一句话也说不出，她只是紧紧地把儿子的手握在手心里，很久……

第二天，儿子来到母亲面前，告诉她："妈妈，虽然你昨天什么都没说，但是我明白了。"

母亲欣慰地含着泪光笑了。

心灵感悟：无声胜有声。有时候，安静的氛围比喋喋不休的话语更能打动人心，给人启悟。

爱情似油灯

一位悲伤的少女求见爱神。

“爱神,求您帮帮我。”

“喔,可怜的孩子,怎么了?”爱神问道。

少女哽咽着,串串泪珠令人心碎:

“我们深深地相爱着。每天早上,他都会送我一束迷人的鲜花。到了晚上,又会为我唱一首动听的情歌。年复一年,我一直生活在他的热情里。可是,我马上就要失去他了。近来,他几天才送一束花,而且放下花束就匆匆走了。晚上,也很少给我唱情歌了。”

“唔,别急,孩子。问题出在哪儿呢?你还和以前一样爱他吗?”爱神慈祥地问。

“我一直从心里深深地爱着他,从未改变。只是,我没有表露过我对他的爱,我一直用我冰冷的外表掩饰着我内心的热情。现在他一天比一天冷漠,我真怕有一天他会离开我。爱神,求求你,告诉我,我该怎么办?”

听完少女的诉说,爱神取出一盏油灯,点燃了它。

“点它做什么?”少女问。

爱神摆了摆手,示意少女安静。“让我们看着它燃烧吧。”灯芯噝噝地燃烧着,火苗欢快地跳跃着,几乎映亮了整个屋子。

然而灯油越来越少,火焰也越来越小了。

“加点儿油吧!”少女道。

爱神仍示意少女不要动。任凭灯油烧干,灯芯烧焦,只留下一片黯淡。

少女沉思片刻,拜谢而去。

心灵感悟:爱情就像一棵幼苗,它需要两个人精心的呵护。没有付出只有享受的爱情迟早都会枯萎。

拥有与失去

古时候,有一个国家的公主生病了,国王贴出了一张布告,谁能够治好公主的病,他就将公主嫁给谁,而且将来还能继承他的王位。

公主是一个聪明漂亮的女孩子,但病魔始终折磨着她。

国王的布告刚刚贴上城墙,就被一个长着一双千里眼的人在遥远的地方看见了。这个人还有两个弟弟,经过商量,三人决定一起去救公主。

这个人的二弟有一块比骏马还快的飞毯,小弟有一个能医治百病的苹果。兄弟三人坐着飞毯很快来到了王宫。公主吃了苹果,病就好了。整个王宫里的人都跟着国王和公主一起高兴,三兄弟却闹起了矛盾。

“公主应该嫁给我。如果我没看到布告,我们就不会来给公主治病。”

“公主是属于我的!要是没有我的飞毯,公主的病肯定就会耽误下去。”

“我的苹果没了。”小弟的声音最小。这可真是个难题啊!国王显得很无奈,一屁股跌坐在宝座上,陷入了沉思,一个女人嫁给三个男人,这在律法里是绝对不允许的,即使国王也不能例外。

怎样弥补布告(契约)上的漏洞呢?

这时,公主走到小弟的面前,含羞又不失大方地说道:“为了救我,你什么都没有了。从现在起,我就是你的妻子了。”

“不行,这绝对不行!”大哥和二弟同时大叫起来。

这时,国王显示了他的威严。

国王高声宣布说:“我们的圣典说过,把一切都奉献出来的人是最可贵的。既然老大仍然拥有千里眼,老二仍然拥有飞毯,那么就请你们在公主的婚宴过后回家去吧。”

心灵感悟:在这个世界上,敢于将自己的一切奉献出来的人是最可贵的,他(她)必将得到人们的尊敬。

选择礼物

有位富翁非常有善心,他特别关爱孤儿,经常为孤儿院捐款,并常常到孤儿院去探望那些孩子们。孩子们也十分喜爱他。

一天,富翁邀请孤儿院的孩子们到他的家中做客,并允许他们在自己的家里随便挑选一样自己喜爱的东西,作为送给他们的礼物。每个孩子都兴奋地在大房子里跑来跑去,寻找着自己喜爱的东西。

但是有一个小孩儿一直没有行动,富翁看见后便走过去问他:“难道这里没有一样你喜欢的东西吗?”

“不。”小孩紧紧地抱着富翁说,“爷爷,我可以选择您吗?”

心灵感悟:爱是这世间最好的礼物,知道这一点的人,必定是这世上最幸福的人。

父亲的鲜花

父亲第一次送小红鲜花是在她9岁那年。那时,她正准备迎接学校一年一度的音乐会。作为新生合唱队的一员,小红感到激动和兴奋。但她也知道,自己貌不出众,毫无动人之处。

真叫人大吃一惊,就在表演结束来到舞台边上时,小红听见有人喊她的名字,而且往她怀里放了一束艳丽的红玫瑰。她站在舞台上的情景至今历历在目,脸儿通红通红的,注视着脚灯的另一边。她的父母笑吟吟地望着她,使劲儿地鼓掌。一束束鲜花伴随着她跨过了人生的一个个里程碑,而那束花是所有花中的第一束。

快到小红16岁生日了,但这对她来说并不是一件值得高兴的事。小红身材肥胖,而且没有男朋友。可是她的父母却要给她办生日晚会,这愈发增加了她的痛苦。

当小红走进餐厅时,桌上的生日蛋糕旁边放着一大束鲜花,比以前的任何一束都大。

小红想躲起来。由于她没有男朋友送花,所以她父亲送了她这些花。16 岁是迷人的,可小红却想哭。要不是她最要好的朋友小敏小声说:“呃,有这样的好父亲,真幸运!”小红哭了。时光荏苒,父亲的鲜花陪伴着小红的生日、音乐会、授奖仪式、毕业典礼。

大学毕业了,小红将步入职场,并且马上就要做新娘了。父亲的鲜花表示着他的自豪,标志着她的成功,这些花带给她的不仅是欢乐和喜悦。父亲在感恩节送来艳丽的黄菊花,圣诞节送来茂盛的圣诞红,复活节送来洁白的百合,生日送来鲜红的玫瑰。父亲将四季鲜花扎为一束,祝贺她孩子的生日和她们搬进新居。

小红的好运与日俱增,父亲的健康却每况愈下,但直到因心脏病与世长辞,他的鲜花礼物未曾间断过。父亲从她的生活中消失了,她将最大最红的一束玫瑰花放在他的灵柩上。

在以后的十几年里,小红时常想到要去买一大束花来装点客厅,然而她始终没有去买。她想,这花再也没有过去的那种意义了。

又到小红的生日了。那天,门铃突然响了。她觉得很意外,因为家里就她一个人。丈夫打高尔夫球去了,两个女儿也出门了,13 岁的儿子强强一大早就跑出去玩了,根本没提到过她的生日。因此,当小红见到强强站在门口时,心里一惊。

“我忘记带钥匙了,”他耸耸肩说,“也忘记您的生日了。喏,我希望您能喜欢这些鲜花,妈妈。”他从身后抽出一束鲜艳的长寿菊。

“噢,强强!”小红喊道,将他紧紧搂在怀里,“我爱鲜花!”

心灵感悟:在关爱和赏识面前,一个人会慢慢变得自信起来,将不再害怕困难。

盛满碎玻璃片的盒子

曾经有位老人,妻子已经过世,他一人独居。老人曾经是个裁缝,一生操劳,辛勤哺育自己的三个儿子。但由于时运不佳,没有积攒下什么钱,而今上了年岁,无法再做活计。他的双手颤抖不止,捏不住一根针,缝不直一个针脚。他的三个儿子,全都已经长大成人,结婚成了家,忙着谋生度日,只是每周回来一次,看看老父亲,然后吃顿便饭就都走了。

老人越来越老了,他的儿子们来得次数也越来越少了。“他们根本不想待在我身边了。”他自言自语,内心充满了失望和难过,“他们都怕我成为累赘。”他彻夜无眠,担忧自己如何度日,终于他想出了个计策。

第二天,他去见一个做木匠的老朋友,请他做个盒子。然后他又去见做锁匠的朋友,跟他要了把旧锁。最后他又去见一个吹玻璃的朋友,要来了他所有的碎玻璃片。

老人回到家后,用盒子装满碎玻璃片,然后用锁锁紧,放在了饭桌底下。他的儿子们过些时候来吃晚饭时,无意间脚都碰到了这个盒子。

“这盒子里装的什么呀?”他们看着桌子下边发问。

“噢,什么也不是,”老人回答,脸上表现出一副唯恐他们知道什么秘密的表情,“那只不过是我攒下的东西。”

他的儿子碰了碰那盒子，想看看到底有多沉。他们使劲踢了一脚，感觉出里面很沉，而且还听见发出哗啦啦的声响。“里面肯定装满了老头子这些年积攒的金子。”他们彼此嘀咕着。

于是他们讨论起来，意识到他们得保住这笔财产，免得日后老人把这笔财产转交他人。他们决定轮番同老人住在一起，照顾他。第一周，最小的儿子搬了进来，照料父亲，给他做饭。第二周，二儿子值班，第三周，大儿子值班，他们这样坚持了一段时间。老人在他们的悉心照料下，不再为生活担忧。

最后，老人生病死了。儿了们给他办了一个很体面的葬礼，因为他们知道桌子底下的那笔财产完全可以让他们办这样的葬礼，现在他们可以得到老头子的积蓄了。

丧事过后，他们满屋子搜寻，找到了盒子的钥匙，迫不及待地打开了盒子。然而，他们发现里面全是碎玻璃片。

“多讨厌的把戏！”大儿子失望极了，生气地喊道，“竟然对儿子做这样卑劣的事！”

“他不这么做又能怎么样呢？”二儿子伤心地问道，“我们必须对自己诚实，说实话，要不是因为这个盒子，我们可能直到他死也不会关心他。”

“我真感到羞愧，”小儿子哭泣着，“我们逼着自己善良的父亲弄虚作假，因为我们完全忘了小时候他对我们的教育。”

但是大儿子还是不甘心就这样放弃，于是把盒子翻了个遍，确实什么值钱的东西也没有。他倒出了所有的碎玻璃片，此时三个儿子望着盒子里面惊呆了，盒子底下赫然刻着一行字：孝敬你们的父母吧。

心灵感悟：孝顺父母是每个子女应尽的责任。

春天的化身

从前，有一个性情冷酷的国王。他的国家被厚厚的白雪覆盖着，从来就没有草的翠绿和花的芳香。他非常希望春天能够光临他的国家，但是春天从来都不肯光临。

这时，一位流浪已久的少女来到了皇宫的门前。她恳求国王给她一点儿食物以及一个睡觉的地方，她实在是太饿太累了。但是国王从来都不愿意帮助别人，他叫随从把少女赶走了。

可怜的少女在暴风雪的侵袭下走进了森林。在森林中，她碰到了一位善良的农夫。农夫赶忙扶着她进了自己的屋子，让她睡在温暖的火炉边，并将一个厚毛毯盖在她身上，然后用仅有的面粉为少女做了面包和热汤。当他将食物端到少女跟前时，才发现少女已经死了。

农夫把少女埋在了田野里，并把面包和汤放进去，还为她盖上了毛毯。

第二天一早，奇迹发生了。虽然其他的地方还是白茫茫的一片，但是在少女的坟墓上，竟然开满了五彩斑斓的小花，香气扑鼻！

原来，这个女孩就是春天的化身。农夫接纳了她并善待了她，于是也便享受了她带来的春色。

心灵感悟：要想有所收获，就必须学会付出。无论付出多少爱，都会得到爱的回报。

最好的消息

一位著名的高尔夫球手赢得了一场比赛。他领取了奖金支票后，一个年轻的女子向他表示祝贺并诉说自己的苦衷——她可怜的孩子得了重病，正在医院里，而她却无力支付高昂的手术费和医药费。

善良的高尔夫球手被她那深切的母爱感动了，二话没说就在支票上签上自己的名字，然后塞给那个女子，并告诉她，希望她的孩子早日康复。

几天过后，一位高尔夫联合会的官员告诉他一个坏消息：他被那个女子骗了，她根本就没有孩子，甚至还没有结婚。

"你是说根本就没有一个小孩儿病得要死了吗？"这个高尔夫球手问这位官员朋友。

"是的，根本就没有！"朋友强调道。

"这是我一个星期以来听到的最好的消息。"高尔夫球手长吁了一口气。

心灵感悟：真正具有爱心的人所期望的是一个美好的世界，并不会太过于计较自己的得失。

报恩的狮子

一位骑士赶路时碰到一头受伤的狮子，他不但没有伤害狮子，反而帮它医治伤口。但这头狮子不慎被国王的人马逮住，关进牢笼。

数年之后，骑士因故冒犯了国王，国王便判处他被饿狮吞噬的死刑。

骑士被抛到狮窟后，极度恐惧，不知道何时就会被狮子撕成碎片。不料，那头狮子正是多年他救过的那头，狮子竟认出了救命恩人，亲热地依偎在他身旁，毫无吃他的意思。

一人一兽如此过了七天七夜，不吃不食。国王听说此事，觉得蹊跷，便叫人把骑士找来，问："你用了什么方法，狮子竟然不伤害你？"

骑士便对国王讲述了他救狮子的经过。国王很受感动，于是赦免了他。

心灵感悟：凡事都有因果。付出你的爱，便会得到回报。

回报

从前有一个秀才进京去赶考。途中不幸被毒蛇咬伤，晕倒在路边。

等他醒过来的时候，他发现自己躺在一个破旧的草屋内。"醒过来就好了！"他看见一个大娘端着一碗粥向他走过来，"吃点东西，好快些复原。""给您添麻烦了。"秀才接过粥问道，"我怎么会在这里？"大娘告诉他，是他的丈夫在回来的路上看到晕过去的他，就把他背了回来，并在他的伤口上敷上自制的草药。"我们家里也穷，没什么好吃的，现在就只能煮点儿粥给你喝。"大娘对秀才说道。

秀才在大娘家休息了一日，次日清晨便又匆匆赶赴京城。

一年后，秀才已是朝廷的六品官员。他一直没有忘记救过他性命的大伯和大娘，于是专门抽出时间前来报答他的救命恩人。见到往日的恩人，他不胜感激，拿出500两银子要老两口收下，说是自己的回报。大娘说道："我们要是为了钱财就不会救你了！你还记得我们，我们已经十分高兴了。你的银子我们是不会收的。"秀才还是坚持让老两口留下银子。"我们救了你，不是图你的回报。"大娘又说，"如果你真的想报答我们，那就把银子收回去，送给更需要它的人吧。"

这时，大伯接着说："我们希望你做一个好官，做一个老百姓爱戴的官。那就是对我们最好的回报了。"

秀才后来果然成为了一个人人拥戴的好官。

心灵感悟：爱心的付出不企求回报，只希望每个人都像自己一样关爱生活，让世界更加美好。伸出你的双手，放飞你的爱。

新年

新年的第一天早晨，天气很好。兴奋的爱德华早早就从床上爬了起来，迅速穿好衣服，洗了脸。他想第一个去给人们拜年。他先是欢快地跑到各个房间，对家人说了新年好，然后又跑到街上对每一个他见到的人道新年好。

回家后，父亲给了他2美元的新币，作为给他的新年礼物。

爱德华高兴极了。他在书店曾看到过一些非常精美的书，他早就想买了，有了这些钱，他就可以如愿以偿了。于是，他便兴高采烈地离开了家去买书。

来到街上，爱德华碰到一家德国人，他们衣衫褴褛，疲惫不堪，看起来好像经历了长途跋涉。

"新年快乐！"爱德华喜气洋洋地说。

"你不是这里的人吗？"爱德华好奇地问那个男人。那人对他摇了摇头，很显然他听不懂爱德华的话。

接着,这个人拍了拍他的嘴,又指了指他的孩子,意思好像是这几个孩子已经有好几天没吃东西了。爱德华很快就明白了是怎么回事。看到他们的可怜境遇,同情之心油然而生,他毫不犹豫地拿出了钱,一枚给了那个男人,另一枚给了他的妻子。

他们感动得热泪盈眶,一边用自己的语言不停地说着什么,一边向爱德华深深地鞠躬。毫无疑问,他们是在说:“我们太感激你了,我们会永远记得你是我们的恩人。”

爱德华告别了他们,直接回家了。父亲问他买了什么书,爱德华不好意思地低下了头,说:“我没有买书。”接着他解释说:“我把钱给了几个穷人。他们又渴又饿,太可怜了。我可以等到下一年再买书。对了,爸爸,你知道他们接到钱时有多高兴吗?我一点都不后悔把钱给了他们,帮助别人是多么快乐的事情啊!”

“孩子,”父亲高兴地说,“这里有许多书,我把它们送给你,作为对你做好事的奖励。”

“我看到你把钱给了那家可怜的德国人了,一个小男孩能这样给予别人帮助,真的是很可贵的。如果你能时刻准备帮助那些穷人以及那些无助的人们,你以后每年都会很幸福的。你长大以后一定会成为一个高尚的人。”

心灵感悟:帮助别人比接受别人的帮助更令人高兴。

摔碎的一篮鸡蛋

小镇上有个菜市场,不大,但是每天早晨来买菜的人还是挺多的。

清晨的时候,菜市场便开始慢慢热闹起来。一个男孩提着一篮鸡蛋匆匆地赶来,他希望占到有一个好的位置。也许是着急,他没太注意脚下,男孩被一个塑料袋给绊倒了,一篮鸡蛋全部摔得稀烂,男孩蹲在地上,满脸沮丧却又不知所措。

过往的人驻足观看:有的面无表情,有的连叹可惜,有的幸灾乐祸。

这时候,一个扎着辫子的小女孩走到男孩身旁,说道:“别伤心,大哥哥,我只有一块钱,算我买了两个蛋。”小男孩眼睛有些湿润,但他并没有接小女孩递过来的钱。小女孩很坚决地把钱塞进了男孩的手中,然后走了。

小女孩的行为感动了周围其他的人,大家纷纷拿出几块钱来递给男孩,男孩很感动,忙不迭地道谢……

心灵感悟:不要把帮助只停留于口头,付诸具体的行动才能体现出它的意义。在别人需要帮助的时候,伸出你的援手,让生活更加美好和温馨。

同情弱者

玛丽的爷爷给了她一美元,这是她第一次拥有了属于自己的钱,她把这些钱放在了一个精致的红色盒子里,像宝贝一样藏起来。

用这些钱做什么呢？玛丽还没有想好怎样花这些钱。有一天她经过一个糖果店，从橱窗外面看到了那里面有好多可爱的糖果。那些糖果真是太诱人了，而且价钱也不贵，于是她就回去拿了10美分，来到了食品商店门前。

就在她打算进去的时候，她看到商店旁边有一个乞讨的小女孩，她脸色很苍白，看上去非常可怜。爷爷一直教导她要同情弱者，现在这个乞讨的小女孩不就是弱者吗？

玛丽走了过去，问道："你在看什么呢？"

小女孩用诚挚且略带难过的口气说："我想吃那些姜粉面包卷，我已经一天没有吃东西了。"说着眼泪就流了下来。

玛丽多么想帮助她呀，但如果把自己的钱给她，就买不到诱人的糖果了。犹豫了一会儿，她想到自己虽然每天吃得不是很好，但至少能吃得饱饱的。于是她就把那枚10分的硬币放到小女孩那脏兮兮的小手上，这时她看到小女孩眼睛里闪着幸福的光。

没等小女孩说话，玛丽就走开了。她感觉自己真的很幸福，那种感觉比把诱人的糖果吃到自己嘴里还要甜蜜。

心灵感悟：当你在帮助别人的同时，自己也会变得快乐。让孩子学会帮助别人吧，这样，他就会从中获得更多的快乐。

穷人送柴

一位有名的医生从城里到一个偏僻的小镇行医。

一天，他在小镇上遇到了一个患重病的穷人。由于医生医术精湛，很快就治好了这个穷人的病，并且没有收一分钱。

穷人来到离小镇较远的山上，砍了一捆柴，然后又徒步回镇，把那一捆柴放在医生脚下。可他不知道现代城市的生活里，几乎用不上柴了。他的礼物似乎没有价值。

但事实上并不是这样，在爱里没有什么是徒劳的。

那医生感慨万千："在我的行医生涯中，我收到过的所有礼物中这个是最贵重的。一捆柴，只是一捆荒山中枯去的老枝，但由于感谢的至诚，使它成为记忆中不朽的财富。"

心灵感悟：对别人付出你的爱，同样你也会得到爱的回报。

威灵顿小站

一个世纪以前，南非有一个很偏僻的地方，叫做威灵顿。为了使这里交通不便的状况得以改善，铁路局找到了当地一位农场主——他几乎拥有计划中的铁路线路途经该地的所有土地。

农场主却坚决不肯把地卖掉。他说，这片土地是祖上留下来的，他要将这片土地继续传给他的子孙。农场主很固执地坚持着,人们都无法说服他。

一天,他的小儿子突然对他说:“爸爸,我不明白,难道我们的祖先一生下来就有这片土地吗?难道这片土地不是上帝赐给我们的吗?”

“当然是上帝赐予的,我的孩子。”

“那么,如果现在上帝为了更多人的利益要将这片土地的一小部分收回去,我们有什么理由不还给他呢?”

农场主有点生气了:“但是,现在并不是上帝要收回这片土地。”“可是《圣经》上说,上帝的旨意奉行在人间如同奉行在天上。”

农场主望着孩子光洁的小脸,怔住了。他不知把《圣经》背了多少遍,却从不曾想过能够这样解释。

他找到铁路局,把铁路线路所需要的全部土地无偿地献了出来。作为回报,铁路当局也规定,途经该站的任何等级的客车都必须在这个站稍作停靠。威灵顿小站也因此声名斐然,被称为“上帝的小站”。

心灵感悟:为了多数人的利益而舍弃个人利益的人,人们永远不会忘记他。

燕子和莺

在一个古老的小镇上,住着一对漂亮的姐妹。她们不但人长得漂亮,而且心地善良,对每个人都很好,深受大家的喜爱。妹妹擅长唱歌,姐姐善于讲故事。妹妹唱的歌,时而快乐,时而悲凄;而姐姐讲的故事也是时而滑稽,时而感伤,能够触动心灵。

诸神听说了她们俩,就偷偷地观察,果然如大家所说的一样,两个姐妹既善良又多才多艺,于是诸神也经常邀请她们去唱歌、讲故事。时间久了,诸神也越发地宠爱姐妹俩。

有一天,诸神又来邀请两姐妹去为他们唱歌、讲故事,姐妹俩欣然前往。当妹妹的歌刚唱完时,有一个人过来说:“请你们到我们那里去好吗?”于是等姐姐讲完了故事,准备要到人类那里时,诸神不悦地说道:“难道你们不能在我们这里多停留一些时间吗?”

“可是那边也有人在等着我们去唱歌、讲故事啊。”妹妹说。诸神有些不高兴了,异口同声地说:“我们今天也是难得这样聚在一起,本来想欣赏你们俩的表演,为什么要我们失望呢?”姐妹俩不得已,又继续唱歌、讲故事。

人们等不到姐妹俩,就走过来看是怎么回事儿,一看是诸神留住了她们,就有些不高兴了。当人一个个地聚集起来,比诸神还多时,就有人高喊:“把姐妹俩带到我们那里去吧。”于是,大家就不顾诸神的反对,硬要把两姐妹拉去他们那边。

诸神很生气,没想到这些人竟敢跟神对抗,必须要让他们知道这么做会有什么后果。于是光神为了呼叫闪电,水神为了呼叫大雨,风神为了呼叫台风,地神为了呼叫地震,纷纷握紧拳头,高高举起双臂。这时姐妹俩大声叫喊:“请住手!拜托请不要为了我们吵架!”

但是,大家都没有理会她们,在没有办法的情况下,姐姐就把自己能讲出许多精彩故事的舌头切掉,但她还想要传达什么,于是变成了一只燕子;妹妹则为了让自己哪里都不能去，就把脚砍断，可是为了继续唱歌，便化身为一只夜莺。

诸神被她们感动了，终于住手了。

直至今天，夜莺仍在山与平原的交界处唱歌，燕子则往来于两个不同的世界。

心灵感悟：善良让世界变得美好，因此我们要时时对世界付出我们的爱。

珍贵的一美元

一个寒冷的冬季，刚刚中学毕业的戴维，只身来到纳什维尔寻找他的梦想——成为一名流行音乐节目主持人。

起初，梦想的大门并没有打开。一个月下来，口袋里已空空如也。只剩最后一美元，戴维死也舍不得花，那上面满是他喜爱的歌星的亲笔签名。

一连两天，戴维都注意到停车场里一辆破旧的车子里坐着一个人，而每次他都亲切地和戴维打招呼。戴维心里纳闷，这么冷的天，他呆在那儿干吗？

第三天早晨，那名男子终于摇下车窗和戴维攀谈起来。原来他是来这里应聘的，因为早到了三天，无法立即工作。口袋里又没钱，所以只好不吃不喝在车里呆着。

然后他红着脸问戴维可否借给他一美元买点儿吃的，日后再还他。他却不知戴维也是自身难保。解释了困境后，戴维尴尬地转身离去。

突然，戴维想起那珍贵的一美元，犹豫了片刻，他还是走到车前，把钱递给了男子。“上面签满了字！”男子惊奇地说，但他并没有留意那全是亲笔签名。

那一天，戴维尽量不去想这让他伤心的一美元。然而就在次日早晨，一家电台竟然通知他去录节目，每周500美元。从此，戴维一炮走红，再用不着为钱发愁。

戴维再没见过那辆破车和那名男子。戴维时常在想那人到底是乞丐，还是使者。但有一点他很清楚，这是他人生中一次至关重要的考试——他通过了。

心灵感悟：用爱心对待他人，用真诚帮助他人，即使遇上再大的困难也能柳暗花明。

两个猎人

在一个偏僻的村子里，有两个很要好的朋友，他们每天都在一起。一起玩，一起吃饭。

有一天，万里晴空。他们其中一人邀另一人出去打猎，认为这是个打猎的好天气。

于是两人准备好了打猎用的东西，一起向森林中走去。正走着，忽然遇见一只大熊从树丛中跳了出来，张开它那锋利的爪子准备袭击他们。在这紧急的情况下，其中的一个人上了树，另一个人来不及上树，只好躺在地上装死。大熊走到躺在地上装死的猎人身旁，嗅了嗅走开了。

树上的人跳下树。装死的人问他的朋友:“你知道熊刚才对我说什么吗?”

“不知道。”

“它说以后千万要找一个真正的朋友一起打猎。”

心灵感悟:患难见真情。如果在患难的时候,能够认清楚那些出卖你的朋友的真实面目,也为时不晚。要果断地跟他断交,千万不要让他第二次出卖你。

爱情试验

一个年轻女人即将结婚,在最后关头她想试试未婚夫。

于是,她找到自己一个非常漂亮的女友,虽然她知道这样做非常危险,但她还是决定冒这个险,她对女友说:

“今晚我会安排杰克带你出去,你们会在温柔的月光下漫步,然后去享受一顿丰盛的晚餐。为了试试他对我是不是真心,我要你要他一个吻。”

女友的脸顿时就红了,不过她还是同意了。危险的计划进行了。

第二天,这个女人去见那位女友,焦急地问:“怎么样,你要求他了吗?”

“没有。”女友答道。

“没有?为什么不呢?”她显得更加焦急了。

“我没有机会,他先要求我了。”女友不好意思地说道。

心灵感悟:爱情需要相互之间的信任,对爱情持有怀疑态度很容易失去爱情。

求爱

有一个男孩非常痴情,苦苦追求一个女孩已经有好几年了,但女孩却一直没有答应。

一次,男孩将女孩约了出来,哭着告诉她,如果没有她,他就活不下去了。男孩在一次没有明确结果的询问后,果真吞服了大量安眠药,幸亏被家人及时发现,送到医院抢救,才保住了一条命。

其实,在频繁的接触过程中,这个女孩对他已经慢慢产生了好感,但自从发生了这件事后,女孩反而不愿再和他进一步发展下去了,对他也越发冷淡了。

好朋友对此感到不解,问她为什么,女孩对他说:“一个人如果连自己都不爱的话,怎么会真正爱别人呢?”

心灵感悟:一个爱自己的人才能够真正去爱别人。学会爱自己吧,这样你才能更好地享受爱情。

新的整体

在一片开满鲜花的草地上，一个年轻的男人遇见了一个年轻的女人。

“我来到这个世界上，大概就是为了与你相遇。”男人说。

“我也一样，所以我们相遇了。”女人粉红的脸庞略带娇羞。

于是两人相拥而去。

之后某天，还是那个年轻女人，又来到那片草地，独自寻找着什么，双眸流露着惶惑和不安。

“孩子，你究竟在寻找什么?”一位智者走了过来。

“我在寻找我自己。自从那天在这里与他相遇，我就丢失了自己。我的欢笑因他而产生，眼泪因他而流淌；我为他的忧愁而叹息，为他的喜悦而疯狂。没有他的时候，自己就像被掏空一样。那么，我呢?我到哪里去了呢？我想找回自己。”女人不安地答道。

智者笑道：“当爱产生时，‘我’就消失了。你们相爱了，也就变成了一个新的整体。”

心灵感悟：在爱情里，没有你和我之分。假若你“失去”了自我，那么应该庆幸，因为，你拥有了爱情。

二、畅想人生

驴子和骡子

有一天,农夫带着驴子和骡子出门运东西。货物大大小小的,有好几袋,驴子和骡子运的东西一样多。一路上驴子和骡子风尘仆仆,累得大汗淋漓。到了歇息的时候,农夫喂给骡子的饲料总是驴子的两倍。

驴子十分气愤地对骡子说:"我驮的东西和你一样多,也和你走同样的路,干同样的活,可是主人给你的却是双倍的饲料,我真是不明白这到底是为什么!"

"看起来一样,实质上还是不一样!"骡子只是这样回答了一句,就再也没有说什么。

接着它们又上路了,刚走了一会儿,农夫看见驴子走得越来越慢,于是便从它背上拿下一部分货物,加在骡子背上。又过了一会儿,驴子落下了很长的一段距离,农夫转回来感叹道:"驴子和骡子就是不一样!骡子虽然吃得多,但是很顶事!"

说完农夫又从驴子背上取了一部分货物放到骡子背上。最后驴子背上只剩下半袋花生,它这才赶上驮着大堆货物的骡子。

这时,骡子回过头对驴子说:"喂,朋友,你现在还为我吃双倍饲料而愤愤不平吗?"

心灵感悟:丰厚收入的背后一定有更多的压力和艰辛,当然也有更多的贡献。当你抱怨待遇不公,嫉妒别人幸运时,想想你自己到底能出多少力,能顶多少事。

命运之神的苦恼

一个游客经过一番长途跋涉后,又累又渴,发现前面的大树底下有一口水井,于是奔过去捧起清凉甘冽的水美美地喝了个够。大树底下特别凉快,微风吹来很舒服,由于太过疲乏,他就躺在井旁睡着了。

可是,他的位置十分危险,只要一翻身就会掉进井里。命运之神看到他危险的境地,感叹地说:"人啊人!净让我为难!他找到了井水,却并不感谢我对他的照顾。可是如果他在这个时候掉进井里淹死了,人们肯定会诅咒我的不公平!"

命运之神走过去,正要把他叫醒,游客果真一个翻身就掉了下去:"天啊!命运之神啊!你为什么要这么对我?"游客掉下去的时候喊叫道。

"明明是你自己不小心,还把所有的罪过都推给我!先让你吃点苦头!"命运之神让游客抓住一块突出的石头,让他在那里悬挂了足足半天,最后才被一个过路的人救了上来。

心灵感悟:人遭遇的不幸和波折大都是因为自己的疏忽和大意。与其抱怨命运的不公,还不如感谢上天,毕竟它给了你一个吸取教训的机会。

什么也没得到

一个猎人带儿子去打猎，在林子里活捉了一只小山羊。儿子非常高兴，要求饲养这只小山羊，父亲答应了，将猎物交给儿子，要他先带回家去。

儿子挎着枪，牵着羊，沿着小河回家。中途，羊在喝水的时候忽然挣脱绳子，小猎人紧追慢赶，终于没抓住，到手的猎物就这么逃走了。

小猎人既恼火又伤心，坐在河边一块大石头后哭泣，不知道如何向父亲交代，满腔懊悔之情。

糊里糊涂等到傍晚，看见父亲沿河边走来了。小猎人站起来，告诉父亲失羊一事。父亲非常惊讶，问："那你就一直这么坐在大石头后面吗?"

小猎人赶忙为自己辩解："我没能追赶上它，也四处找了，没有踪影。"

父亲摇摇头，指着河岸泥地上一些凌乱的新鲜脚印："看，那是什么?"

小猎人仔细察看后，问："刚刚来过几只鹿吗?"

父亲点点头："就是！为了那只小山羊，你错过了整整一群鹿啊！"

心灵感悟：每个人都有这样的经历：为了一只羊却失去一群鹿。聪明的人，同样的亏只会吃一次，不要贪图眼前的利益，丢了也不一定是坏事。

两个苹果

贝尔蒙多出生在巴黎一个贫困的农民家庭。他天生反应迟钝，在学习上更是一塌糊涂。

为此，贝尔蒙多十几岁时就终止了学业。他感觉自己成了家里的负担，非常沮丧。一天，母亲给了他两个苹果，说："孩子，别忧伤，也别发愁。只要用心，最普通的苹果也能变得与众不同。"听了母亲的话，小贝尔蒙多对着两个苹果琢磨起来，终于自创了一种甜点。此后，他经常用几个苹果为母亲做甜点以博得母亲舒心的微笑。

一个偶然的机会，他去了巴黎一家非常豪华的大酒店当了一名打下手的小厨师，当时他会做的唯一一道甜点，就是小时候在家用几个苹果为母亲做的甜点。他巧妙地除去一个苹果的果核，再将它的果肉放进另一个苹果中，那个苹果就显得很丰满，吃起来特别香甜，而外表一点儿也看不出是两个苹果拼起来的。

那几年里，巴黎经济萧条，酒店裁员更是常有的事。而他——可爱的贝尔蒙多却成了酒店离不开的人物——许多客人会专程来这里吃那道甜点。

心灵感悟：比尔·盖茨毕竟只有一个，不耀眼的事情也总得有人去做。重要的不是做什么，而是你能做好什么。

守财奴与猴子

有一个人挣了钱总是攒着不用。为了确保挣来的钱安全,这个守财奴把家搬到了一个四面环水的岛上。他想,这样利用水就可以阻挡贼人的侵袭。

这样的生活对一般人来说是毫无乐趣可言的,可这个守财奴却过得兴趣盎然。他仍然不停地攒钱,白天黑夜不知疲倦地估摸、清点、计算这些钱币,点钱成了他每天要做的最重要的一件事物。

他不停地点钱不止是为了看自己到底积攒了多少钱,这里还有另外一个原因,那就是他发现钱数和实际账目总是对不上。

原来,是他养的一只猴子一直不断地从窗户里把一枚枚多布朗扔进海里,因此造成了钱数和账目总是不符。

房门上着锁,钱币都堆在账台上。一天,猴子脑子里又生出一个坏主意,它想用金钱向大海做一次大奉献。它打开了钱袋,它大概想证明一下自己的投掷技能和力气,于是它一会儿取出几枚多布朗,一会儿又取出一枚雅各布斯,一枚杜卡顿,接着又是几枚玫瑰色的诺布尔,这些被人类寄予希望的金属硬币,都被这只猴子扔向了大海。

要不是它听到它的主人把钥匙插进锁孔开门进屋的声音,那么所有的钱币都将飞进大海。

心灵感悟:既然我们挣到了钱,就应该让它为我所用,如果只是积攒,而不知道用,即使再有钱,也和穷光蛋没什么分别。

给猫挂上铃铛

一群老鼠在富翁家里过着无忧无虑的生活,不愁吃喝,安乐自在地繁衍后代。

然而,不知是主人担心积存的谷物,还是他的朋友无意送了他一只猫,总之,它们的天敌来了,更糟糕的是,这只猫是捉老鼠的神手,老鼠的数目眼看着一天一天地减少。

老鼠们为此召开了一次全体会议。一只德高望重的老鼠站了起来,严肃地说道:“这是关系我们生死和未来的问题,我们即将面临死亡!下面大家商讨一下解决的方案吧!”

大家都静下来了,死亡的阴影笼罩了整个会议室。在智能测试中获得第一名的老鼠站了起来,清了清嗓子说:“我现在想出了一个好办法。大家都知道,所有的威胁都来自那只猫,我们只要躲开它,不被它抓住就行了。我们可以把一个铃铛挂到猫的脖子上,一旦猫向我们靠近,就会发出声音。我们听到铃声躲到洞里不就行了吗?”

聪明绝顶的老鼠说完,会场里响起热烈的掌声。“对呀,真是个好主意啊!”

那只老鼠满面笑容地接受着大家的夸奖,心中暗暗得意。这时,一只小老鼠一边往后退,一边胆怯地说:“可是谁去往猫脖子上挂铃铛呢?太可怕了,我可办不到。”

转瞬间，会场变得寂静无声了。这个主意的确非常绝妙，也十分稳妥，但是派谁去实现呢？

心灵感悟：我们每个人的一生，不是生活在自己的不切实际的想象中，而是生活在实实在在的社会中。因此，我们的认知，要符合实际，要经过自己的全部努力才能够实现。

鸡和珍珠

有一天，一只鸡啄来啄去地满地寻找食物，它要给自己和自己的孩子寻找可以填饱肚子的东西。突然间，它在一堆树叶中发现了一颗珍珠，它惋惜地说："如果你的主人找到了你，他会非常高兴地把你捡起来，把你当成宝贵的财富，可我要寻找的是米粒，而不是你，对于我来说，你毫无用处，一文不值啊！世界上所有的珍珠，都不如一颗米粒对我有吸引力。"

一只精明的猎狗在森林里寻找主人打下来的猎物，在偶然间看到了一袋黄金。它跑上前去嗅一嗅，懊丧地说："唉，我还以为找到了主人打下来的猎物呢！不过，我相信主人肯定会非常喜欢，说不定他一高兴就每天赏赐我几根骨头呢！"猎狗这样想着，叼起那个口袋跑到主人身边。

"你真是太伟大了！我要用其中的一块黄金给你配一身最好的行头！"主人抚摸着猎狗说。

猎狗连忙恳求道："不，如果您不介意的话，我想每顿享用几根骨头。"

笑逐颜开的主人爽快地答应了，猎狗从此每天都可以吃到骨头。

心灵感悟：人生充满了选择，我们在选择之前，首先要弄明白自己内心真正需要的是什么，而不是无目的地瞎猜乱选。那样，才能很好地把握自己的人生。

最完美的树叶

一位方丈想从本门最得意的两个徒弟中选一个做衣钵传人。但是，两个弟子都很努力，而且平时做功课、干活也都很勤奋，真是不好挑选。

一天，方丈终于想出了一个办法。于是，他把两个徒弟叫到跟前，对他们说，你们出去给我拣一片最完美的树叶。两个徒弟遵命而去。时间不久，大徒弟回来了，递给方丈一片并不漂亮的树叶，对师傅说："这片树叶虽然并不完美，但它是我看到的最完整的树叶。"

二徒弟在外转了半天，最终空手而归，他对师傅说："我见到了很多很多的树叶，但怎么也挑不出一片最完美的……"

最后，方丈把衣钵传给了大徒弟。

心灵感悟：其实，平淡中往往也蕴涵着许多伟大和神奇，一心只想尽善尽美，最终常常两手空空。

乌龟的马甲

一只乌龟在沙滩上晒太阳时，几只螃蟹爬过来，它们看到乌龟背上的甲壳嘲笑道："瞧瞧，那是一只什么怪物啊，身上背着厚厚的壳不说，壳上还有乱七八糟的花纹，真是难看死了。"

乌龟听后，觉得很羞愧，因为它自己早就痛恨这身盔甲，可这是娘胎里带出来的，它没法改变，只能把头缩进壳里，想来个眼不见、耳不听，还能落得个清静。

谁知螃蟹们见乌龟不反抗，便得寸进尺，"哟，还有羞耻心哩，以为把头缩进去，你就能改变你一出生就穿破马甲的命运吗？"乌龟没有应答，螃蟹自讨没趣，于是走了。

乌龟等螃蟹们走后，伸出头，迈动四肢，找到一处礁石，把它的背部靠在礁石上不停地磨，想磨掉那件给它带来耻辱的破马甲。

终于，乌龟把背磨平了，马甲不见了，但弄得全身鲜血淋漓，疼痛不堪。

这天，东海龙王召集文武百官上朝，宣布封乌龟家族为一等伯爵，并令它们全体上朝叩谢圣恩。

在乌龟家族成员里，龙王一眼就瞧见了那只已没有马甲的乌龟，便大怒道："你是何方妖怪，胆敢冒充乌龟家族成员来受封？"

"大王，我是乌龟呀！"

"放肆，你还想骗朕，马甲是你们龟类的标志，如今你连标志都没有了，已失去了本色，还有什么资格说是乌龟。"说完，龙王大手一挥，虾兵蟹将们就将这只丢掉本色的乌龟赶出了龙宫。

心灵感悟：人生在世，应当保持自己的本色，失去了本色也就失去了自己存在的意义。

不知的"痛苦"

有一位老人患病，住进了医院，由于病情十分严重，医生建议马上开刀。

手术结束后，很多人非常关心地问他："伤口痛不痛？"

"我没有感觉到哪个地方痛啊！"

"怎么会不痛呢。随便割破一小块皮都很痛，胸部上划开了几十厘米的刀口，割断了静脉，又把胸腔骨给锯开了……这一切，难道你真的一点感觉也没有吗？"

"因为，痛的时候我不知道啊！我这一生最怕的就是在自己身上插管子之类的东西，在恢复室二十四小时，医生给我插了很多管子，但等我知道的时候，管子已经拿掉了！"

老人接着说，整个手术过程，对我来说，根本没有一点感觉，是个全然"不知"的人。世间的很多事情，在你"不知"的时候，便没有所谓的"痛苦"。

心灵感悟:有些事情,当你不知道的时候,就会少掉很多烦恼,一旦知道了,痛苦也就随之而来,因此,要想远离痛苦,获得幸福,你就要清楚该知道什么,不该知道什么。

忘带的救生筏

有一位骑士,胆子非常小。为了锻炼自己,他决定进行一次远途旅行。于是他竭力准备好应付旅途中可能遇到的各种问题。为了能够对付途中可能遇到的敌人,他带了一把剑和一副盔甲;为防止太阳晒伤皮肤或毒藤划破皮肤,他带了一大瓶药膏;同时,他还带了一把砍柴用的斧子、一条毯子、一顶帐篷,另外还有锅和盘子以及喂马的草料。一切准备好后,他出发了。

当他走到一座破木桥的中间时,桥板突然塌陷,他和他的马都坠入河中,淹死了。临死前那一刻,他非常后悔:为什么不带一个救生筏呢?

心灵感悟:过分谨慎并不能获得绝对的安全,这样做等于是拿幸福和成功作赌注。只有打破旧习和旧规,才能够享受生活,享受人生。

阿难取水

有一次,一个佛陀经过一片森林,那天烈日当空,特别热,他觉得口渴,就告诉侍者阿难:“我们不久前曾跨过一条小溪,你回去到小溪边帮我取一些水来。”

阿难回头去找那条小溪,但小溪实在太小了,再加上有一些车子经过,溪水被弄得污浊了,不能喝了。

于是阿难又返回来告诉佛陀:“那条小溪的水已变得很脏不能喝了, 我们继续向前走,我知道有一条河离这儿才几里路。”

佛陀说:“不,你还是回到刚才那条小溪去。”阿难表面遵从,但内心并不服气,他认为水那么脏,只是浪费时间白跑一趟。

他往小溪走的途中,自己就想:为什么水混浊了,师傅还要坚持要那里的水,明明我就没错嘛! 不行,我要去找师傅理论。走了一半路,又跑回来说:“您为什么要坚持?”

佛陀不加解释,语气坚决地说:“你再去。”阿难觉得师傅好固执,但也只好遵从。

当他再来到那条小溪旁,那溪水就像它原来那么清澈、纯净。泥沙已经流走了,阿难笑了,提着水跑着回来,拜在佛陀脚下说:“师父,您给我上了伟大的一课,没有什么东西是永恒的,只需要耐心。”

心里感悟:世间万物皆流,一切都会改变,没有一个事物是永恒的。用变化和发展的观点看待一切事物,在人世间就会处之泰然,不要事物变化了而观念仍在原地踏步。

提琴被掉包了

演出的时间到了，懊恼的小提琴家不得不拿着这把不知被谁掉包的旧提琴上台。

原来小提琴家的小提琴不知被谁给偷偷换成了一把破损不堪的旧琴，他也许是想让小提琴家出丑；也许是想得到这位著名小提琴家的至爱之物。

小提琴家静下心来，开始用心演奏，破旧的小提琴声音自然是难以跟他的心爱之物相媲美。但是，慢慢地，从破琴上传出的旋律越来越优美，声音也越来越悦耳。听众们沉浸在这美妙的氛围里，个个如痴如醉。演出结束时，观众的掌声像潮水般绵延不绝。

这时，小提琴家告诉大家，他的琴被掉换了，他是用一把破旧的小提琴完成演出的。

听众们给予小提琴家更热烈的掌声……

心灵感悟：真正的高手用一根枝条也能使出必杀技。外表的华丽并不能代表真正的实力，真正重要的是你内在的能力，而不是你手中的道具。

护海武士

在烟波浩渺的太平洋上，一艘700吨的旧渔船随着起伏的波涛上下颠簸。它的装饰令人奇怪而又阴森恐怖：船体全部漆成黑色，桅杆上飘着一面带骷髅图案的“海盗”旗，烟囱上印着3面日本国旗、2面冰岛国旗和2面西班牙国旗，因为它曾撞沉和撞伤过这3个国家的7艘捕鲸船。这艘不捕鱼的渔船就是“护海勇士”保罗·沃森的战舰——“护海号”。

沃森从17岁起登船，风里来，雨里去，踏遍了太平洋的万顷碧波，同残害海洋生物的行为进行过无数次的斗争。

沃森是“绿色和平组织”的发起人之一。从加入这个组织那天起，他就立志当一名保护人类海洋资源的勇士。然而，一次次痛苦的遭遇终于使他明白：那些靠捕鲸发财的人是不会发慈悲的。

1976年，沃森在纽芬兰岛附近阻止猎人宰杀海豹，因为违反了“非暴力”的戒律而遭“绿色和平组织”开除。但他并没有放弃保护海洋资源的斗争。1978年，他用募捐来的钱买了艘旧渔船，同与他有莫逆之交的鲍勃·享特和戴维·霍特独树一帜，宣布不受任何“和平主义”、“非暴力主义”的约束，要为保护海洋生物“进行真正的战斗”。他们在自己的“护海号”船上扯起了“海盗”旗，以“护海武士”自称，转战大洋南北。

1979年7月，他们在里斯本海域撞沉了每年捕鲸达1500多头的日本捕鲸船“谢拉号”；1980年4月，他们在西班牙北海岸的比戈港附近凿沉西班牙北海岸的捕鲸船“伊斯巴1号”和“伊斯巴2号”，在许多国家引起震动。5月22日，他们又撞伤日本捕鲸船队中的“春洋8号丸”和“凌云6号丸”，迫使日本船队落荒而逃，连拖网也割断不要了。

像这样的战斗，沃森已经历过多次。他曾因此而受过伤，坐过牢，遭过毒打，连他那刚刚建立起来的家庭也破碎了。尽管如此,沃森从未放弃过保护海洋资源的信念,时至今日,他依然驾驶着“护海号”守护着人类的海洋。

心灵感悟:正义的力量是无穷的。一个人的心中有了正义的信念,那么他将义无反顾地同邪恶斗争到底。人类的未来,掌握在人类自己的手里。爱护我们的家园,是我们每一个人应尽的义务。多一份爱,就会少一份恶。为了明天更美好,让我们行动起来,爱护环境,保卫地球。

三种选择

有一个财主犯了罪,被衙役押到了县衙。县官为了显示自己的清正廉洁,提出了三种接受惩罚的方式让财主选择:第一种是罚 50 两银子,第二种是抽 50 下皮鞭,第三种是生吃 5 斤大蒜。财主既怕花钱又怕挨打,就选择了第三种。

在人们的围观下,财主开始吃大蒜,当吃下第一颗大蒜时,财主心里嘀咕着:“吃大蒜是最轻的惩罚了,我很快就能把它们消灭掉。”可他越往下吃越感到难受,当 2 斤大蒜下肚的时候,他感到自己的内脏翻腾得厉害,像被烈火炙烤着一样,他赶紧向县官磕头:“大老爷,我宁愿挨 50 下皮鞭也不愿再吃大蒜了!”

执法的衙役剥去财主的衣服,把财主按到一条长板凳上,当着他的面把皮鞭蘸上了盐水和辣椒粉,财主看得胆战心惊,吓得浑身颤抖。当皮鞭落在财主的背上时,财主痛得嗷嗷直叫,打到第 10 下的时候,财主受不了钻心的疼痛,终于向县官求饶:“青天大老爷啊,别再打我了,我已经受不了了,罚我 50 两银子吧。”

心灵感悟:在这个世界上,金钱并不是唯一的,为了金钱而舍弃自己的身体,是最不明智的做法。

草编的价格

一个观光团来到非洲的一个原始部落。部落里有位老者在做草编。草编十分漂亮、精致,一位法国商人被这种草编吸引住了。他想:如果将这些草编运到法国,巴黎的女人挎着这种草编的花篮,戴着这种草编的小圆帽,将是多么时尚多么风情啊!

想到这里,商人忙问:“这些草编多少钱一件?”

老者微笑着回答道:“十比索。”

天哪!这些草编会让我大赚一笔,商人心里乐开了花。

“假如我买十万件草帽和草篮,那你打算每一件优惠多少钱?”

“那样的话,就得要二十比索一件。”

商人一听,急得大喊起来:“为什么?”

“为什么？”老者也生气了，“做十万件一模一样的草篮和草帽，它会让我乏味死的！”

心灵感悟：除了金钱外，人生中还有很多东西值得我们追求，我们活着不能只为了钱。

两个“鬼”

从前，有一处古老的宅院，很久无人居住，人们说这个宅院里闹鬼，因此大家都很害怕，不用说在里面住宿，就连进去的胆量也没有。

一天，有一个自称胆子大的人说道：“我要到宅院里住上一晚，看看鬼的样子。”

说完，他就进去住了。

没过多久，又来了一个胆子大的人，也想进去住宿。他推门准备进去，这时先进去的那个人认为是鬼在推门，就用力把门堵住，不让他进去。门外的这个人，也认为屋里有鬼。

于是，这两个互认为是鬼的人就这样一直“搏斗”着。等到双方弄清了事情的真相后，天已经亮了。

心灵感悟：在这个世界上，鬼是不存在的，然而，仍有许多人被鬼吓着。究其原因，其实很简单，因为他们心中有鬼。

挑剔的待嫁姑娘

从前有一位待嫁的姑娘，想给自己找个如意夫君，这个想法本来合情合理，但是这位姑娘实在是太挑剔了。她要夫君年轻、漂亮、聪明，此外还得无条件地爱她，绝不能有妒忌之心。可是到哪里找这样十全十美的人呢？

说来也奇怪，这姑娘确实有福气，显贵的求婚者摩肩接踵，姑娘家门庭若市。但是这姑娘实在太挑剔了，别的姑娘求之不得的男人，她却嗤之以鼻。这人没有勋章，那人级别太低，要不就是鼻子太大，或是眉毛太细。挑来选去，没有一个她中意的。

求婚者渐渐来得少了，一晃两年过去了。另外一些人又来求婚，只是求婚者的档次已经低了一级。

姑娘说：“你们枉费心机，多么粗俗啊，想和我结婚，简直是异想天开！你们连过去被我拒绝的求婚者都比不了。别以为我迫不及待地要嫁人，其实姑娘家的日子过得也很惬意。我白天玩得快活，夜里睡得安稳。”

这批求婚者也被拒绝了。从此登门提亲的人越来越少，姑娘家门庭冷落，车马稀少。年复一年，来提亲的人终于绝迹，而姑娘的青春年华也非从前了。她百无聊赖，细数过去的女友，她们不是出嫁就是已定了亲，唯独她一人被遗忘在闺中。

姑娘照照镜子，不禁伤感，时间一天天地夺去了她的美貌，过去她周围的崇拜者数不胜数，集会没有她便没有乐趣，而现在，只有老太婆们拉她去打牌。

高傲的美人已没有了傲气，理智命令她赶快嫁人，再也不要挑剔。恰好有个人向她提亲，她立即应允，并为此感到高兴，尽管新郎有点儿残疾。

心灵感悟：一味地等待，过分挑剔，不知道满足，就会失去很多的机会。

老鼠娶亲

很久以前，有一对鼠夫妻，他们的年纪都很大了，而他们的女儿也到了谈婚论嫁的年龄。

眼看就要过年了，鼠爸爸和鼠妈妈急着要为女儿找一位最伟大、最有本领的丈夫。于是，第二天一大早，鼠爸爸和鼠妈妈便走出家门，开始为女儿寻找如意郎君。

这时，太阳公公从东方冉冉升起，给大地带来一片光明，鼠爸爸和鼠妈妈相视一笑，不约而同地说：

"太阳公公正是我们所要寻找的理想对象呀！"

太阳公公知道了他们的来意以后，不禁笑着对他们说：

"我虽然能够用光芒普照大地，给大家带来温暖，但是，当乌云来的时候，我就会变得暗淡无光了。因此，乌云才是天下最伟大的。而且我已经这样一大把年纪了，实在不适合做你们的女婿。"

鼠爸爸和鼠妈妈觉得太阳公公的话很有道理，因此打算去找乌云。

这当这时，天空忽然暗了下来。原来，乌云正好来拜访太阳公公，当他得知鼠爸爸和鼠妈妈的来意后，急忙说：

"啊！不，不，虽然我可以挡住太阳公公的光，但是，我可不是最有本领的，风才是你们理想的对象，因为只要他一来，我就会被吹得七零八落，晕头转向，他才是世界上最伟大的。"

说时迟那时快，突然，"呼"地一声，风挥舞着他的大披风，神气活现地飞了过来。

当时大家都被吹得东倒西歪，感觉到风的威力的确如乌云所说，非常强大。

太阳公公和乌云极力推选风作鼠爸爸和鼠妈妈的女婿。

风被他们的话说得有些不好意思，说道：

"你们别看我有时候非常威风，但是只要一堵墙，就可以将我弹倒在地，摔得浑身是伤！所以，在我看来，墙才是世界上最有本领、最伟大的，你们应该去找墙做你们的女婿。"

鼠爸爸和鼠妈妈听了这话，看看四周一片广大的草原，对风说："这里一片空旷，你让我们到哪里去找墙呢？"

风说："你们顺着这个方向一直往前走，会有一个村庄，到了村庄以后就可以找到一面大墙了。

于是鼠爸爸和鼠妈妈继续往前走，走了好几天，终于来到了村在，鼠妈妈眼睛一亮，大声说：

“那儿果然有一大堵墙！”

他们急忙跑过去，正准备开口请求大墙娶他们的女儿为妻，却看见墙愁眉苦脸地说：“看哪！你们这些老鼠，总是喜欢在我身上打洞，我真是拿你们没办法。”

原来，一只年轻力壮的老鼠正在大墙底下挖洞呢！

直到这时，鼠爸爸和鼠妈妈才恍然大悟，原来，他们也有让别人羡慕和无奈的才能，于是，就把女儿嫁给了这只年轻力壮的老鼠。这天正好是农历正月初三，因此人们就把这一天称为“老鼠娶亲”的日子。

心灵感悟：不要总是羡慕别人身上的优点而忽视了自己的长处，要知道，自己身上也有让人羡慕的优点。

无芯的蜡烛

一堆蜡烛从生产车间里出来，其中有一支蜡烛的个头儿非常大，在整箱装运的蜡烛里显得特别突出。

一位工人捡起这支蜡烛说：“瞧，这支蜡烛多么大啊！它发出的光一定是最亮的。谁买走它，谁就交好运了。”

听完这话后，大蜡烛非常得意，自己将是最亮的一个，将给人带来最大的光明，并会受到主人最好的礼遇及喜爱，那将是一件多么荣耀的事啊！想到这儿，它变得更加神气了。

果然，在商店的柜台里，大蜡烛非常受顾客欢迎，成为第一个被买走的蜡烛。

同伴们见它那么受欢迎，都非常羡慕，只有一支小蜡烛说：“不，它是支无芯的蜡烛，中看不中用。”

果然，第二天，顾客拿着那支大蜡烛怒气冲冲地闯了进来，把它扔在柜台上，说：“不能点的无芯蜡烛，不管有多大也不能照亮。”

心灵感悟：价值的大小并不是靠外表来体现的，而是要靠实际行动来向人证实的。

泥土的香味

一个人闲来无事，出去散步。在他观赏景物的时候，无意间发现路旁有一堆泥土，土堆中竟然散发出非常芬芳的香味。他很喜欢这种香味，于是用一个袋子将这堆土装回家去，放在角落里。一时之间，他的家中充满香气。

这个人非常惊讶，不知道为什么会这样，禁不住问这堆泥土：“为什么你能散发出持久浓郁的香味呢？难道你是一种珍宝，或是一种稀有的香料？”

泥土说：“都不是，我只是一堆普通的泥土而已。”

这个人更加奇怪了："如果是这样的话，你身上为什么会散发出如此浓郁的香味呢？"

泥土说："哦，是这样的，我曾在玫瑰园和玫瑰相处过很长的一段时间。"

心灵感悟：呆在一个什么样的环境里，自己就会变成一个什么样的人。我们应该靠近那些能给自己带来帮助的人，使自己变成一个有用的人。

生命的价值

一根火柴被主人划着了，火苗欢舞着，兴奋异常。

远处的风看见了燃烧的火柴，它不忍心看到火柴就这样毁灭，便疾速跑过去，一口气吹灭了燃烧的火苗，救了火柴。

熄灭的火柴被主人扔在了地上。

"风婆婆，你为什么要吹灭我呀？"火柴看着风问。

"孩子，你的生命险些就被火苗吞噬了，是我吹熄了它，救了你一命。"风回答说。

火柴听后，摇摇头，叹了一口气说："唉，风婆婆，您知道吗，我短暂的生命的最大价值就在于燃烧啊，可您却扼杀了我短暂生命中的闪光点……"

心灵感悟：有时候，生命的价值就在于燃烧自己，照亮别人。

不同的理解

有两个年轻人，生活过得很不如意，他们一起去看望师父："师父，我们在办公室经常遭受别人欺负，心里非常苦闷，求您开示，我们应不应该辞掉现有的工作？"

师父紧闭双眼，过了好长一段时间，才吐出五个字："不过一碗饭。"就挥挥手，示意他们退下。

两个年轻人好像都明白了什么。

刚回到公司，一个人就向老板递交了辞职信，回家种田，另一个什么也没动。

时间过得可真快，一转眼，十年过去了。回家种田的那个人通过这些年的不断努力，居然成了农业专家。另一个留在公司的，也混得不错。他忍着气，努力学习，不断提升自己，渐渐受到器重，成了经理。

有一天两个人相遇了。

"你当时为什么没听师父的话呢？师父给我们同样'不过一碗饭'这五个字，我一听就明白了。不过一碗饭嘛，根本就没有必要苦撑在公司里，所以辞职了。"农业专家说。

那经理笑了笑，说道："我听了啊，师父说'不过一碗饭'，无论多受气、多受累，我只要想不过为了混碗饭吃，老板让我干什么我就干什么，少计较个人的得失，少跟别人赌气，这样就行了，师父的意思难道不是这样的吗？"

两个人又去拜望师父。师父已经很老了，仍然紧闭双眼，一段时间后，答了五个字：

“不过一念间。”

两个人似有所悟。

心灵感悟：不要把生活想得太复杂了，生活其实很简单，只要你时刻怀有一颗平常心，踏踏实实做事，那么生活就不会抛弃你。

上帝的礼物

上帝的圣诞树上挂着两份礼物：一份是平淡无奇的时间；一份是闪闪发光的金钱。上帝规定，每个人只能拿一份。

人们在圣诞树旁来回走动，犹豫不决：“天哪，这让我们怎么选啊？”“这还用考虑吗？你们吃的、用的、玩的，哪一样不是用我去换取？选中了我，你们的生活会变得更加幸福！”金钱笑着说道。

人们听后觉得很有道理，于是准备选择金钱。

可是，正当有人把手伸向金钱的时候，忽然响起时间那低沉而又稳重的声音：“要是把时间丢弃了，纵使拥有无数的金钱，又有什么用呢？”

所有的人都呆住了。

心灵感悟：金钱能够买到很多东西，但却买不到时间。如果把时间丢弃了，即使有再多的金钱，也还是没有价值。

绝世美玉

有户人家有两个儿子。当兄弟俩长大以后，他们的父亲把他们叫到面前说："你们都已经长大了，应该出去做点儿事情。在群山深处有绝世美玉，你们去找寻它，找不到就不要回来。”

遵照父亲的意思，两兄弟次日就离家出发去了群山中。

大哥是一个注重实际不好高骛远的人。有时候，即使是一块有残缺的玉，或者是一块成色一般的玉，甚至那些奇异的石头，他都会把它们装进自己随身携带的包里。

过了几年，到了他和弟弟约定的汇合回家的时间。此时他的包已经装得很满了，虽然这些玉不是父亲所说的绝世美玉，但成色不等、造型各异的众多玉石，在他看来也可以令父亲满意了。

后来弟弟来了，两手空空一无所得。弟弟说：“你捡到的这些东西不是父亲要我们找的绝世珍品，而只不过是一些普通的玉石，拿回去也不会让父亲满意的。我不会回去的，因为我还没有找到父亲说的那块玉。我还会继续寻找，绝不放弃。

哥哥带着他的那些东西回到了家中。父亲说，你可以开一个玉石馆或一个奇石馆，只要将那些玉石稍微加工一下，就是稀世之品，那些奇石也是一笔巨大的财富。

几年以后，哥哥的玉石馆已经非常有名了，他寻找的玉石中，有一块经过加工后成为了不可多得的美玉，被国王御用作了传国玉玺，哥哥也因此成了倾城之富。

在哥哥回来的时候，曾把弟弟探宝的经历告诉过父亲，父亲听完后说："你弟弟不会回来了，他是一个不合格的探险家。他如果幸运，能在途中醒悟过来，明白至美是不存在的这个道理，是他的福气，如果不能醒悟，便只能以付出一生为代价了。

很多年以后，父亲得了重病，躺在床上，生命垂危。哥哥对父亲说要派人去寻找弟弟。

父亲制止了他："不要去找，如果经过了这么长的时间和挫折都不能醒悟，这样的人即便回来又能做成什么事情呢？世间没有绝对完美的玉，也没有绝对完美的人，没有绝对的事物，为追求这种东西而耗费生命的人，是多么的愚蠢啊！"

心灵感悟：世界上没有绝对完美的东西，醉心追逐它们是愚蠢的行为。

幸运的拉比

有一位犹太拉比带着一盏灯、一头驴和一只狗，去探望一位远方的朋友。

太阳下山了，夜色笼罩着大地，犹太拉比在一片树林边看到一间闲置的仓库，就决定在那儿歇息一夜。

由于时间比较早，他点起了油灯，躺在床上看书。然而旅途劳累，没过多久，他就进入了梦乡。

夜半时分，屋外一片漆黑。风吹灭了他的灯，他的狗被老虎吃掉了，驴子被狮子吃掉了，而这一切他一点儿都不知道。

第二天早上，当他知道自己的驴子和狗惨遭不幸后，便急忙来到附近的一座村庄。

村庄里，血流成河，到处都是死尸。原来，昨夜有一帮盗匪进了村子，抢劫民财，大肆杀戮。

犹太拉比看到眼前的这一切，浑身直打哆嗦。想想昨晚，如果他的狗或驴子叫了，并且灯是亮的，这必然会引起盗匪的注意，自己恐怕也会难逃一死。

是狗和驴用自己的死，换取了主人的生。是一盏灯用自己的灭掉的光亮，让主人看到了第二天的太阳。

心灵感悟：有时最糟糕的事情往往不是糟糕的，所以人应该生活在希望之中。

飞散的孩子

蒲公英妈妈有很多孩子。一天，她叫醒自己的孩子，对他们说："我这里有很多伞，每人拿一把，然后到广阔的天地中去闯一闯吧，生活是美好的！"

一阵风吹来。孩子们告别了蒲公英妈妈，愉快地撑着小伞，慢慢地飞走了，他们要去挑战生活。

住在旁边的小草见了，非常吃惊地问蒲公英妈妈："你把孩子们都放走了？"

"是的，都放走了！"

"没有留下一个吗？"小草感到不可理解，为蒲公英惋惜。

"一个也不留。"蒲公英妈妈说。

"他们是那样的弱小，你把他们放出去，能放心吗？"小草又问。

"用不着担心，我们蒲公英家族，正是靠着这种勇气才能在世界的各个角落存活。"蒲公英妈妈笑道。

心灵感悟：人的一生中将会遇到很多困难，不同的处理态度将会出现不同的结果，因此，当我们遇到困难时，决不能畏惧，要勇于面对困难，克服困难。

茶杯与茶壶的位置

一个求知若渴的年轻人千里迢迢来到法门寺，对住持释圆和尚说："我一心一意要学丹青，但直到现在还没有找到一个能让我满意的老师。"

释圆笑笑问："你在外面闯荡了这么多年，真的没能找到一个让你满意的老师吗？"

年轻人深深地叹了口气说："很多人只是徒有虚名，并没有真才实学，我见过他们的画作，有些人画的画甚至还比不上我的呢！"

释圆听了，淡淡一笑说："虽然老僧不懂丹青，但却喜欢收集一些名家精品。既然施主的画技高过一些名家，就烦请你为我画上一幅，留作纪念。"

说着，便吩咐一个小和尚取来了笔墨砚和一沓宣纸。

释圆说："饮茶是我最大的嗜好，对那些造型流畅的古朴茶具也非常喜爱。你能不能为我画一个茶壶和一个茶杯？"

年轻人听了说："这太容易了。"于是铺开宣纸，调了一砚浓墨，寥寥数笔，就画出一个造型典雅的茶杯和一个倾斜的水壶。那水壶的壶嘴正徐徐吐出一脉水来，注入到了那茶杯中去。

"这幅画您满意吗？"年轻人问释圆。释圆微微一笑，摇了摇头。

释圆说："你画得确实不错，只是把茶杯和茶壶的位置放错了。应该是茶杯在上，茶壶在下呀。"

年轻人听了，笑道："大师为何这般糊涂，哪有茶杯在上茶壶在下，茶杯往茶壶里注水的呢？"

释圆听了，又微微一笑说："原来你懂得这个道理啊！你渴望那些丹青高手的香茗注入自己的杯子里，但你总把自己的杯子放得比那些茶壶还要高，这样，你的杯子里怎么能够注入香茗呢？人只有放低自己，才能吸纳别人的智慧和经验。"

年轻人沉思了许久，终于悟出了其中的道理。

心灵感悟:如果我们老是把自己的位置放得很高,不愿虚心向人求教,也就得不到教诲。想要学到更多的经验,就必须把自己的位置放低。

一碗水

从前,一个穷人和一个富人谈论什么是幸福。

“幸福就是现在。”穷人说。

富人望着穷人身上的破衣,轻蔑地说:“这怎么能叫幸福呢?我的幸福可是百间豪宅、千名奴仆啊。”

没过多久,富翁的百间豪宅被一场大火烧成了灰烬,奴仆们各奔东西。一夜之间,富人丧失了所有的财产,变成了乞丐。

时值酷暑,汗流浃背的乞丐路过穷人的茅舍,想讨口水喝。

穷人端来一碗清水,问他:“你现在认为什么是幸福?”

“幸福就是此时你手中的这碗水。”乞丐毫不犹豫地说道。

心灵感悟:幸福是什么?幸福就是现在。珍惜眼前,珍惜现在,不要等到失去时再后悔。

亡魂转世

一个亡魂即将转世,他请求上帝让他拥有一个最好的“形象”。上帝对他说道:“那好吧,你就去做人吧。”

“做人有风险吗?”魂灵问道。

“有。尔虞我诈、相互残杀、诬陷诽谤、天灾疾病……”上帝回答。

“那就换一个吧!”

“那就做马吧!”

“做马有风险吗?”

“有。受鞭笞、遭宰杀……”

亡魂又要求换一个。换成老虎,得知老虎也有风险;再换成植物,植物也存在风险。亡魂转念一想,看来只有上帝是没有风险的。于是就对上帝说:“啊,上帝,我想只有待在您的身边最稳妥了,求您让我留下吧?”

上帝哼了一声:“我怎么没风险,人世间那么多冤情,而我总是被责问……我看它的形象最适合你了。”说着,扯下一张老鼠皮,把亡魂裹了,扔到下界。

心灵感悟:生活中总是存在着风险,勇敢地面对困难,那就是你最好的“形象”。

蜈蚣的脚

蜈蚣刚刚出现时是没有脚的,但是它跟蛇爬得一样快。

它爬呀爬,看到狮子、狐狸还有老鼠等等好多动物,发现它们都有脚,而且跑得都比它快。蜈蚣很不高兴,它想,我也应该有脚,而且比其他动物的脚都要多,那样,谁都没有我跑得快了。

于是,蜈蚣向上帝祈祷:“上帝啊!请赐予我比其他动物更多的脚吧。”

上帝满足了蜈蚣的请求,他让蜈蚣的身体上很快长出了许多只脚,从头到尾都是。蜈蚣心满意足地看着自己身上的脚,高兴地欢呼起来:“哈哈,现在我可以像箭一样飞出去了,谁也没有我跑得快!”

可是,等它刚刚抬起脚想“飞”的时候,才发觉自己完全无法控制这些脚。有的脚走得快,有的脚走得慢,不是这只脚踩着那只脚,就是那只脚踩着这只脚。结果磕磕绊绊,东倒西歪。经过好长时间的练习,蜈蚣才慢慢地学会用这些脚走路,不过,比它以前爬行还要慢。

心灵感悟:别人拥有的,并不一定是自己需要的。如果一意想要获取,得到的也许只是负担和烦恼。

十元钱

一个小男孩伤心地在路边哭个不停。一个人路过这里,便问小男孩怎么了?

“我刚刚不小心丢了十元钱。”小男孩哭得越发厉害了。

那个人不忍心见他如此难过,就从口袋里掏出十元钱递给了小男孩。可是小男孩接过钱后,还是一个劲儿地哭。

那人就不明白了,于是问他:“我已经给了你十元钱,你为什么还哭呢?”

小男孩回答:“如果我没有丢那十元钱,现在就有二十元了。”

心灵感悟:人生本就是一个得与失的过程,当你失去某些东西的时候,生活会以另外的方式补偿给你,所以,你从未失去过什么!可是,有些人总是沉溺在失去的痛苦中不能自拔,总是为失去的事物而忧伤。何必如此,好好珍惜现在,希望总在明天。

富翁的名字

一位 93 岁高龄的富翁,病得很严重。身边的侍者天天照顾他吃药、打针,但这位富翁爷却依然看不到生的希望。他想,自己不久将会离开这个世界,一切都将结束。

有一天，来了一位隐士，他提供给富翁一个秘方：名字被复诵者，长生不老！富翁突然发现自己的名字已经有60年没有被别人叫了。平常因为尊卑的缘故，没有人敢叫他的原名，只叫“老爷”这个高贵的代号。当他忆起自己的名字时，已经是热泪盈眶，这个名字离开自己太久了，现在想起来觉得是那么的亲切。

富翁叫来了几个仆人，让他们在家不停地复诵他的名字。就这样坚持着。后来，他的身体竟然奇迹般地康复了，而且比以前显得年轻。

心灵感悟：金钱、荣誉是身外之物，生不带来，死不带去，唯有生命是最宝贵的，懂得珍惜生命，珍重自己，才能更好地享受生活。

合格的助手

一位刚毕业的护士在一家医院实习，在这期间如果院方满意，便可获得一份正式工作。

一天，有位因车祸而生命垂危的病人需要做手术，这位实习护士被安排做外科手术专家亨利教授的助手，而亨利教授正是这家医院的院长。当手术完毕，即将缝合伤口时，这位护士突然严肃地对院长说：“亨利教授，我们用了十二块纱布，可是您只取出了十一块。”

“我已经全部取出了，立即缝合。”院长有些不屑一顾。

“不，”这位护士高声抗议道，“我们确实用了十二块。”

院长继续命令道：“准备缝合。”

这位实习护士听后，几乎大叫起来：“你是医生，怎么可以这样做！”

这时，院长冷漠的脸上突然浮现出一丝微笑。他举起手心里握着的第十二块纱布，高声宣布道：“她是我最合格的助手。”

心灵感悟：人生总有许多意想不到的考验，认真负责、刚正不阿永远都是正确的选择。

前后的差别

从前，某个村子里有个贫困的人，他不仅机智聪明，而且还是个劳动能手，可是没人肯听他的话。无论他对村里人提些什么建议或者说些什么，他们都异口同声地讲：“他懂什么？他知道什么？他的话能相信吗?一定又在撒谎……”

经过多年的拼搏，这个人变成了大财主，村里人看到他发达了，一致推举他为村长。

有一次他召开会议，人们天南地北扯了半天，最后他说：

“善良的人们，你们知不知道，我遇到一件荒唐事……”

“什么事啊?”大家问。

“有一天我骑马进城去,准备买一个新犁铧。虽然我家里的那个还能用,不过我觉得这个不是很贵,所以就把它买了下来,带回家去放在仓库里。我想,先把它放在那儿吧,需要的时候再拿也不迟。在仓库里放了一个星期,哦,或许有两个星期了。在这段时间里,我没有进去看过,随它去吧。昨天我进仓库随便看了看,结果让我大吃一惊,我的犁铧上满是洞洞眼眼的。我走过去仔细一瞧……哇,有好多老鼠呀……犁铧被咬得全是洞,现在一点用处也没啦,只有把它丢掉了,多倒霉!”

“是啊,”有一个人说,“确有此事。的确有这样一种老鼠,别看它小,可不能小瞧它呀,它的牙齿非常厉害,不论你放什么东西,它们都能咬穿。”

“一点儿不假,一点儿不假!”会场上的每个人都随声附和。

村长听了许久许久,感慨万千:

“唉,这就是人间的真理:我从前是个一贫如洗的农夫,哪怕我对你们说的全是真理,可是你们就是不信,总认为我在撒谎。现在我是百万富翁啦,明明我说的是谎话,可是你们还说我讲的是真话。你们在什么地方看见过老鼠能把犁铧啃穿?要知道,犁铧是铁的呀……”

心灵感悟:金钱和权势是最具诱惑力的,许多人竭力向它们靠拢,并为此不惜颠倒是非。一个正直的人,能够不为其所左右。

一箱地砖

有一个财主过世,即将升入天堂时,他要求上帝让他带一点东西,上帝答应了。

于是他提了一大箱金子。在天堂门口,他遇见两位天使。

天使问道:“你箱子里面装的是什么?”

财主掀开箱子,满脸得意。天使看了,非常惊讶地说:“你带一箱地砖做什么?天堂到处都是金子呀!”

心灵感悟:人生的价值是自己来定位的,有些人注重金钱,有些人注重事业,但除此之外应该还有更重要的,比如信仰、德行和真情。

不同的命运

有两个到处流浪的叫花子乞求救助。一个是一辈子都没得过病的巨人;另一个是个跛子,一生中经常生病。

跛子已经习惯了巨人的嘲笑,他只有将嘲笑都吞到肚子里,在没事的时候,他总是这样祈祷:“圣明的主啊!惩罚这个整天嘲弄我的邪恶人吧!弥补我的缺陷。”

最终,他到达了都城,正赶上国王遭受到巨大的不幸。国王最信任的两个仆人突然死了,一个是他的私人保镖,另一个是为皇室成员看病的医生。于是国王派人到全国各地寻找健壮的人和医生来补充这两个空缺。

最后在众多求职者中,国王选出了一个最强壮的人和一个医生。然后让他们出示各自胜任的证据。

“国王陛下！请把这个城里最强壮的人带来,我会一拳打死他。”那个强壮的人说。

“给我一个最没希望的跛子,我能在一星期内治好他。”那个医生说。

于是国王快速派人在城里寻找这样的两个人。很凑巧,他们在街上碰到了这两个叫花子。他们把他俩带到国王面前。

首先是那个强壮的人,他一拳就打死了巨人。然后是那个医生,他给跛子治病,一星期后跛子就痊愈了。

心灵感悟:有时候,自身的优点会给自己带来不幸,而缺陷则会带来好运。

拿破仑的感受

拿破仑从俄国撤军的时候,路过一个犹太村庄。眼看追兵就要到了,他只好跑进一个犹太裁缝家。

“快让我藏起来！要是俄国人找到我,会杀了我的！”他声音颤抖地恳求道。

尽管小裁缝不知道来者为何人,可仍然对他深感同情。“躺到那张毛皮床上去,别出声！”他对拿破仑说。

拿破仑躺到床上,裁缝在他身上盖了多层的毛皮褥子。

不一会儿,门被踢开了,两个俄国士兵手拿长矛冲了进来。

他们问道:“有人躲在里面吗？”

裁缝答道:“谁会那么傻躲在我这儿！”

士兵查看了每个地方,都没有结果。他们在临走的时候,用长矛戳了戳毛褥。

他们终于离开了,拿破仑从毛褥里爬出来,满头大汗,面色如灰。他转身对裁缝说:“亲爱的朋友,你知道我是谁吗？我是拿破仑皇帝。因为你救了我,你可以提出三个要求。不论是什么,我都会满足你的。”

小裁缝想了想,说:“陛下,我的房子一直在漏雨,但无钱修补。你能帮我修一下吗？”

拿破仑不耐烦地说:“笨蛋,你就这样跟伟大的皇帝说话吗？好吧,我负责将屋顶修好！你可以说第二个愿望了,这次可要慎重啊！”

“陛下,几个月前,”他说,“在街对面,另一个裁缝开了一个铺子,我的生意被他抢走了。要是可以的话,你能让他换个地方吗?”

拿破仑蔑视地看了他一眼,说:“真是个笨蛋!好吧,我的朋友,我会让他走的!现在你还可以提一个要求,记住,这是你最后一次机会了！”

裁缝想了好久。突然他脸上露出了顽皮的神情。

“对不起,陛下。你能否告诉我,当俄国兵用长矛戳毛褥的时候,你感觉如何?”他显出好奇地的样子，想知道答案。

拿破仑气急败坏地说："蠢货，你竟敢向一个皇帝问这样的问题！因为你的冒失，天一亮我就枪毙你！"

他说到做到，叫了三个法国兵把小裁缝抓进了监狱。

那天晚上裁缝怎么也睡不着。他不停地哭泣，诵念祷告词，祈求上帝保佑他平安。

第二天清晨，他被带到一棵树前。一队士兵站在他对面，用枪瞄准他。旁边有个军官拿着表，准备发出射击的命令。他举起手开始计数："一——二——"话没说完，只见皇帝的侍卫骑着马飞奔过来，"慢！不要开枪！"他喊道。

"皇帝陛下赦免了你，他还叫我将这张纸条给你。"他走到裁缝跟前对他说。

裁缝长舒了一口气，看起纸条来。拿破仑写道："你不是想知道当我藏在你家的毛褥下是什么感受吗？那么，现在你知道了吧。"

心灵感悟：有些苦难，只有当你亲身经历过以后，你才能够体会到其中的滋味。

挑水与挖井

有两个和尚分别住在相邻的两座山上的庙里，这两座山之间有一条小溪，因此这两个和尚总会在清晨下山去溪边挑水的时候相遇，每次相遇，他们都会相互问好。久而久之，他们便成了好朋友。

日复一日，年复一年。就这样，他们在每天山下的相遇中不知不觉地就过了五年，突然有一天，左边这座山的和尚没有下山挑水，右边那座山的和尚心想："他大概睡过头了。"所以也没太在意，自己一个人挑水回去了。

等到第二天，左边这座山的和尚还是没有下山挑水，连续好几天都是这样。一个星期过去了还是一样，就这样过了一个月。

一个月以后，右边那座山的和尚终于忍不住了，他心想："我的朋友可能生病了，那个庙里就他一个人，生了病也没人照顾，怪可怜的。我要过去看看他，看看能帮上什么忙。"说去就去，他急急忙忙爬上了左边这座山，去探望他的老朋友。

到了山上的庙里，看到他的老友，不禁大吃一惊，他不但没有生病，而且还在庙前打太极拳，生龙活虎的，一点也不像很久没喝水的人。他觉得非常好奇，便问道："我已经有一个多月没有见你下山挑水了，为什么你看起来精神很好的样子？难道你练的太极拳可以不用喝水吗?"左边这座山的和尚笑着对他说："来来来，我带你去看个东西。"

右边山上的和尚跟着他走到庙后的院子，左边山上的和尚指着一口井说："这五年来，我每天做完功课后，都会抽空挖这口井，即使有时很忙，也是能挖多少算多少。如今我终于可以喝到自己挖的泉水了，以后我也不必再下山挑水，可以有更多时间练我喜欢的太极拳了。"

心灵感悟：生存在这个世界上，一定要有未雨绸缪、居安思危的思想，这样才能够保证经常有“水”喝。

小花

森林里有一朵小花，生长在一棵非常粗壮的大树下。

瘦弱的小花一直都很庆幸自己有大树的保护，风吹不着，雨淋不着，毒辣的太阳也晒不着，生活无忧无虑。

好景不长。有一天，突然来了一些人，只见他们拿着冒烟的并能发出很大声音的奇怪的东西，不一会儿就把大树给放倒了，然后又把大树截成一段段地运走。

小花伤心死了，它为大树哭，也为自己哭。它哭着喊道：“天啊，失去了大树的保护，我会被嚣张的狂风吹倒，滂沱的大雨打倒，炙热的太阳烤蔫的。”

不远处的一棵小树安慰它说：“快别哭了，你应该感到高兴才对。没有了大树的遮挡，阳光照耀你，甘霖滋润你。只有这样，你弱小的身躯才会长得更茁壮，你的花瓣才会更美丽。即使狂风暴雨来了，你也不会有所畏惧。如果你一直躲在大树的阴影里，你拥有的只是短暂且暗淡的一生。”

小花停止了哭泣，因为它看见太阳正在对它微笑。

心灵感悟：“梅花香自苦寒来”。这世上没有永久的依靠，未来掌握在自己的手中。趁早告别安逸的摇篮，接受风雨的磨砺吧。

花园里的冬青

花园里百花齐放，争奇斗艳。

一株不起眼儿的冬青长在花园的角落里，显得那么弱小。其他的花儿都不把它放在眼里。

玫瑰离冬青最近，它非常生气：“你是从哪儿来的东西，长在我旁边，把我的身份都降低了，难道你不知道我是爱情的象征吗？你看看我鲜艳的花朵，那是送给心上人最好的礼物。你瞧瞧你那丑样，赶快离我远一些。”

月季也附和着说：“就是嘛！像个呆呆的傻子，把我们花园的脸都丢尽了。”

串红跟着说：“它就是个愣头青，一点儿生气都没有，跟我们的风姿相比，简直就是一个小丑！”

“是呀！它是我们花园的耻辱……”其他的花儿也跟着起哄。

冬青默默地待在角落里，它没有说话，它知道它不说话是最好的选择。

冬天快要来了，玫瑰、月季等都随秋风一起消逝得无影无踪了。只有冬青依然生长在角落里，依然那么绿，那么青——冬日花园里唯一的风景。

心灵感悟:能够在最艰苦的环境中生存下来的人才具有最优秀的品质。徒有其表却又自视清高的人最终将被这个世界遗忘。

游览

有一对美国夫妇经常去世界各国旅游,他们的假期几乎都花在旅行上了。世界各地的名胜古迹和旅游胜地他们去过很多。

又到了假期,夫妇俩想还有什么地方没去呢?“对,离咱们很近的加拿大好像只去过一次,还是很久以前的时候。”妻子说。于是他们决定驾车去加拿大旅行。

这天,一辆豪华轿车停在加拿大著名的风景区——露易丝湖畔,一对满脸倦容的夫妇从车里出来,太太一边翻着地图一边望向四周。

“嗨,基尔,我们已游览过吉士坡和班芙了,”她跟丈夫说,“明天就要到露易丝湖了。”

旁边的一个当地人忍不住告诉他们说:“这里就是露易丝湖。”

“哦,我们已经到了露易丝湖!”说完,太太又抬眼向四周望去。

“走吧,我们还有好几个地方要去呢!”丈夫对妻子说道。

太太用铅笔在手中的地图上勾了一下,跟她的丈夫回到车上,轿车扬尘而去。

“不知道他们又要往哪儿去。”那个当地人说道。

心灵感悟:把旅行当做一种奔波,还不如待在家里好好休息。生命的过程就好比一次旅行,不要只顾着匆忙地赶路,该停下休息时,就要心情舒畅地领略沿途的美景。

完美的弓

古时候有一个人得到别人赠送的一张弓,弓背由黑檀木所制,弓弦是鲨鱼筋绷成,这张弓射出去的箭又远又准。因此他十分珍惜它。

这个人经常把弓拿在手里把玩,有一天,他正仔细地欣赏着手中的弓时,突然觉得这张弓上好像缺了点什么,看起来有些单调、黯淡。要是能让它更显眼些不是更好?他思忖着。

于是,他把这张弓送到一个很出名的工匠那里,请他在弓背上雕刻上精美的图案。工匠花了两个月的时间,在上面雕了一幅完美的行猎图。这个人高兴极了,“还有什么比一幅行猎图更适合这张弓的呢?”他看着心爱的弓自言自语道。

他回到家,拿出箭来。“好久没用过它了,可得好好玩玩。”他搭上箭,拉紧弓弦,“啪”的一声,弓断成了两截。

心灵感悟:世界上没有绝对完美的事物。若你一定要让某一件事情或某一个东西完美的话,你必定会付出更大的代价,而这个代价是得不偿失的。

最甜的水

山脚下有一眼山泉，泉水潺潺地从泉眼里冒出来，汇成一条小溪流向田野。

一个樵夫挑着一担柴火经过泉边，他捧起泉水喝了个饱，他觉得再没有比这更甜的水了……放羊的牧童、耕地的农夫和进山打猎的猎人，他们也都这样认为——这泉水是天下最甘甜的水。

有一个富翁，听到这个消息后，立刻派人去取山泉水回来。仆人将盛在精美的水壶里的泉水倒进琉璃杯中，呈给躺在摇椅上的富翁。富翁喝了一口，没什么感觉，又喝了一口，眉头皱了起来，把杯里剩下的泉水泼到地上，大声对仆人说："这是最甜的水吗？一点儿甜味也没有，去把蜂蜜、糖浆给我拿来。"

心灵感悟：没有尝过饥渴的滋味，不会体会到食物与水的甜美；没有经受过挫折与失败，不会体会到成功的欢欣与满足；未经历苦难的人，永远不会懂得生命的价值和意义。

别怕付出

甲乙两人死后来到阴曹地府，阎王查看功过簿后说："你二人前世未做大恶之事，准许投胎为人。但现在只有两种人可供选择：付出的人与索取的人。也就是说，一个必须过付出、给予的人生；另一个则必须过索取、接受的人生。"

甲暗忖：索取、接受就是坐享其成，太舒服了。于是，他抢先道："我要过索取、接受的人生！"

乙见此情景，也没有别的选择，就表示情愿过付出、给予的生活。

阎王听其所愿，当下判定二人来世前途："甲过索取、接受的人生，下辈子当乞丐，整天向人索取，接受别人施舍；乙就成为富翁，广舍钱财，享乐一生。"

心灵感悟：想要获得成功，就必须懂得"舍得"的道理。有舍才能有得，只有付出了，才能得到回报。付出的多少，决定了成就的大小。

枉负天恩

据说耶稣升天后，有一天又悄悄回到人间察看。在街上，他看见一个酩酊大醉的人躺在路旁。

"你为何让生命耗费在酒精中呢？"耶稣问。

醉汉一脸无奈地说："我原本是个盲人，耶稣治好了我的眼睛，如今我不知道该做些什么了。”

一会儿，耶稣又遇见一位老人，弯着身子，坐在屋檐下哭泣。

耶稣问他缘由，老人说：“我本来已经死了，耶稣使我复活，可是活了我又能做什么呢？”

耶稣感慨地说：“唉，人们真是枉费了我的苦心。”

心灵感悟：不是上天不给我们奇迹，而是我们自己不懂得珍惜和把握。

不同的要求

有三个人要被关进监狱三年，监狱长答应他们三个人每人一个要求。

美国人爱抽雪茄，要了三箱雪茄。

法国人最浪漫，要一个美丽的女子相伴。

而犹太人说，他要一部与外界沟通的电话。

三年过后，第一个冲出来的是美国人，嘴里鼻孔里塞满了雪茄，大喊道：“给我火，给我火！”原来他忘了要火了。

接着出来的是法国人。只见他手里抱着一个小孩子，美丽的女子手里牵着一个小孩子，肚子里还怀着第三个。

最后出来的是犹太人，他紧紧握住监狱长的手说：“这三年来我每天与外界联系，我的生意不但没有停顿，反而增长了200%，为了表示感谢，我送你一辆劳斯莱斯！”

心灵感悟：什么样的选择决定什么样的生活。今天的生活是由三年前的选择决定的，而今天的抉择将决定三年后的生活。我们要选择接触最新的信息，了解最新的趋势，从而更好地创造自己的未来。

微伤致死

一个病人的心脏移植手术十分成功，病人康复得很快，身体各个方面的功能都很正常。但是，一年后，这个人却去世了。

医生们都很遗憾，好好的怎么会突然去世呢？

死者的验尸报告出来了，他死亡的原因并不是心脏出了问题，而是源于腿部的一处微伤。伤口感染了肺，导致整个肺丧失机能。

心灵感悟：意外总是令人意料不到的。居安思危、防微杜渐，一个人随时都要有一颗警惕之心。

路边的青蛙

一天，一只路边的青蛙悠闲地在草丛中养神，突然听到有人叫："老弟，老弟。"它懒洋洋地睁开眼睛，发现是田里的青蛙。

"你这里太危险了，搬来跟我住吧。"田里的青蛙关切地说，"到田里来，每天都可以吃昆虫，不但为庄稼除害，而且也不会有什么危险。"

路边的青蛙不耐烦地说："我已经习惯了，干吗要费神搬到田里去？我懒得搬！况且，路边一样也有昆虫吃。"

田里的青蛙无可奈何地走了。几天后，它又去探望路边的青蛙，却发现路边的青蛙已被车子轧死了，暴尸在马路上。

心灵感悟：很多灾难是因为习惯于懒惰造成的，举手之劳却不愿为之，那就注定要为此付出沉重的代价。命运靠自己来掌握，选择勤劳就可以得到幸福，一味懒惰永远难逃厄运。

三根树枝

一个年轻男人想要自杀。入夜后，他走到屋后树林里，想上吊。

当他把一根绳子绑在树枝上后，树枝说话了："亲爱的年轻人哪！别在我身上吊死啊，有一对小鸟正在我的枝头上筑巢呢！我很高兴能保护它们。如果你在我身上上吊，我就会折断，鸟巢也就保不住了。请你谅解我，并且也可怜那对小鸟吧！"

年轻人听了，体谅了它的爱心，就放弃了这根树枝，找到更高的另一根树枝。可是当他把绳子绑上去时，这树枝也说话了："年轻人，请你谅解我吧！春天就要到了，不久之后我就要开花，成群的蜜蜂会飞来嬉戏、采蜜，这带给我极大的快乐。如果你在我身上上吊，我就会被你折弯到地上，花朵会被摧残而死，那么蜜蜂们会非常地失望。"年轻人听了，只好默默地攀上了第三根树枝。

"原谅我吧！"他还没绑绳子，树枝就开口了："年轻的朋友啊！我把自己远远地伸到路上，目的就是要使疲惫的旅行者得到一些阴凉，这带给我很大的快乐。如果你吊在我身上，就会使我受伤的，以后我就再也不可能享有这种快乐了。"

年轻的厌世者陷入了沉思，他问自己："我为什么要自杀？只因为我承受痛苦吗？树枝都如此热爱生活，关心身边的事物，而我……"

于是，他走出树林。

心灵感悟：人的一生不可能顺顺利利，总会遇到一些风风雨雨。要历经风雨，把自己磨炼成一个对待困难不折不挠的强者，在哪里跌倒就在哪里爬起来。

亚麻布与旧外套

桌子上放有一块亚麻布,非常漂亮,质地很好。

它自负地说:“我将会被做成一件多漂亮的外套啊!”

突然,一件被人扔在角落的沾满油污的破烂外套引起了亚麻布的注意。

“真替你悲哀,你这块可怕的烂布!多么单调的样子!”亚麻布嘲弄地对外套说。

没过几天,主人用亚麻布缝成了一件上衣。但是当他出去的时候他还是披上了那件旧外套。当新上衣认出旧外套时,它心里很不满。

它质问道:“你怎么突然跑到我的外面,变得如此重要了?”

旧外套回答道:“一开始他们把我带到洗衣房。用棒槌重重击打我,把灰尘、沙子和泥土都打了出去。当这一切结束时,我对自己说:‘这都是值得的,因为我又变干净了!看看我!跟以前相比不是干净漂亮多了吗?’我正这样想着时,他们向我泼来一壶热水,然后是一壶温水。突然,我看见自己成了一件漂亮的外套!这时我才认识到受这么多的苦是有价值的。”

心灵感悟:只有经过痛苦的磨炼,你才能够变成一个坚强的人,才能够实现自己的价值。

沙漠同行

有两个人结伴横穿沙漠,水喝完了,由于天气干燥,沙漠中又没水喝,其中一个中暑生病,不能行动。剩下这个健康而又饥饿的人对同伴说:“我亲爱的朋友,我们现在已经没水喝了,你在这里等着,我去寻找水源。”

临走前,他把手枪塞在同伴的手里说:“枪里有五颗子弹。记住,三个小时后,每小时对空鸣一枪。听到枪声,我会找到正确的方向,然后与你会合。”

两人分手以后,一个充满信心地去找水源,一个满腹狐疑地躺在沙漠里等待。他眼睛盯着表,按时鸣枪。除了自己以外,他很难相信还会有人听见枪声。他越来越恐惧,一会儿他认为那同伴可能找水失败,中途渴死;一会儿他又认为同伴找到水后,弃他而去,不再回来。

到应该鸣发第五枪的时候,这人悲愤地思量:“这是最后一颗子弹了,伙伴早已听不见我的枪声了,等到这颗子弹用过之后,我还有什么依靠呢?我只有等死而已。而且,在一息尚存之际,兀鹰会啄瞎我的眼睛,那是多么痛苦的事啊,还不如……”他用枪口对准自己的太阳穴,扳动了扳机。

可是几分钟后,那提着满壶清水的同伴领着一队骆驼商旅循声而至。他见到的却是一具尸体。

心灵感悟：有时候，由于我们对自己、他人或者整个社会存在着这样那样的不信任，才使我们失去了许多本该得到的东西。

达·芬奇找模特

达·芬奇在创作那幅著名的《最后的晚餐》时，曾为寻找模特而绞尽脑汁。一开始，他先在米兰大教堂的唱诗班里找到相貌与耶稣相像的模特，那是个英俊潇洒的年轻人，有着一双明亮的眼睛和一副温柔善良的面孔，让人见了如沐春风。但另一个十分重要的角色——出卖耶稣的犹大，达·芬奇却始终找不到合适的模特，因而画作进行了几年还没有完成。

有一天，达·芬奇路过贫民区的一个小酒吧，看到一个人站在酒吧门口，那个人的眼睛充满了奸诈、狡猾，满身都是酒味，一脸的贪婪。达·芬奇欣喜若狂，他终于找到了他心目中的犹大了。

达·芬奇给了那人一些钱，请他做模特。那人同意了。于是达·芬奇就领他来到自己的画室。当那个人看到未完成的油画时，忽然怔住了，他慢慢地走到画前，轻轻地触摸着耶稣的画像，眼泪慢慢地流了下来。达·芬奇好奇地问道："你认识'他'？"一阵沉默之后，那人轻轻地说："我就是那个人。"

心灵感悟：不要相信这个世界是永恒不变的。一个人，昨天还是个好人，也许今天就变坏了。天使和魔鬼，仅在一念之间。同样，不要用昨天的眼光看今天的事物，不要轻易地给自己下定论。如果你不珍惜，就会被世界抛弃；但只要你努力，明天就是一个崭新的自己。

三、人情世故

两个解梦家

皇帝梦见自己所有的牙齿都掉了，醒来后，他吓出了一身冷汗，觉得很奇怪。他立刻召来一个解梦家，问他这个梦是不是暗含着什么意义或者预示着将来。

“唉，陛下，很不幸地告诉您，”解梦家说道，“每一个掉落的牙齿，都代表着您的一个亲人的死亡！”

“什么？你这胡说八道的家伙。”皇帝愤怒地对着他大喊，“你竟敢对我说这种不吉利的话，给我滚出去！”他下令道，“来人啊！给这个家伙50大板。”

不久，另一个解梦家被传召来了，他耐心地听完皇帝讲述的梦境，脸上露出一抹微笑，说道：“皇帝，我很荣幸能为您解梦，您真是洪福齐天！您将活得比所有的亲人都要长久！”

皇帝听后，立即眉开眼笑，他说：“你的解梦之术实在是高明啊！”然后，又安排侍从盛情款待他，临走时还赏赐给他50个金币。

在一旁的侍从私下问这位解梦者：“就我听来，你的解释和第一个解梦人不都是同一个意思吗？恕我直言，我并不觉得你的解梦之术有什么高明之处！”

那聪明的解梦家狡黠地答道：“你说得不错，不是我的解梦术高明，而是我说话比别人稍稍高明了一些。话有很多种说法，问题就在于你如何去说！”然后，他高高兴兴捧着金币回去了。

心灵感悟：“话有三说，巧说为妙。”如何巧妙地表达出心中的意思，需要用心诠释话中的道理，需要在生活中细细体味。

王八脖子

1930年，韩复榘被任命为山东省政府主席。任职期间，一次外出巡视，先到行署、市，最后到县。

晚上，孙县长设家宴招待韩复榘及陪同的赵专员、钱市长。县长太太也出席相陪，两个丫鬟立在一旁侍候。此时此刻，韩复榘兴致极浓，席间“妙语”连篇，好不热闹！

酒过三巡，丫鬟端上一个蓝瓷大碗，热气腾腾的清汤里，一个大鳖浮在正中，这是有名的大补元气王八汤。

韩复榘端起酒杯发话：“三位地方长官，现在猜谜助兴，以这碗汤为题，我给你们每人出一道谜，猜得出赏酒一盅，猜不出，罚酒一盅！”

专员、市长、县长齐声应诺，静候韩主席出谜。

韩复榘开腔了：“孙县长，王八脖子伸出来叫什么？”

孙县长沉思了一阵，笑道：“卑职才疏学浅，实在无法猜出，情愿罚酒！”

韩复榘一听，哈哈大笑，然后说："告诉你，王八脖子伸出来，现往外长，不就叫县长吗？"

接着，又问其他两位："赵专员，你猜王八脖子缩回去叫什么？钱市长，你猜王八脖子缩回去再伸出来，这又叫什么？"

赵专员、钱市长认真猜了一会儿，抱歉地说："在下愚笨，实在猜不出，甘愿罚酒！"

韩复榘又是一阵大笑："真是笨得可以。王八脖子缩回去，不就是钻圆（专员）吗？缩回去再伸出来，自然就是试长（市长）啦！"

全桌齐声大笑，丫鬟想笑却又不敢笑，只得偷偷地用手捂着嘴。三人只得喝了罚酒。

县长夫人孙太太见状，她端起酒盅，恭恭敬敬地站起来道："韩主席，在下也有一谜，请您猜猜，猜中了敬酒一盅，猜不中罚酒一盅，可好？"

"中！"韩复榘击掌豪应，十分干脆。

"恕我大胆，请您听着：王八脖子剁下来叫什么？"孙太太抿嘴笑着问。

韩复榘思索良久，也猜不出，只得说："俺韩某猜不出，让各位见笑了，也罚酒一盅。孙太太，你说谜底吧！"

孙太太细声慢语，一字一字地说道："王八脖子剁下来叫省长，省得再长了！"

话音刚落，赵、钱、孙大惊失色。韩复榘一听，笑容顿失，嘴角抖了抖，随即又恢复了常态，夸道："好！好！孙太太机智过人，可算女中英才，俺韩某佩服！"说罢，端起一盅酒，一饮而尽。

面对此景，两丫鬟附耳细语："闹了半天，省长、专员、市长、县长，原来就是一碗王八汤。"

心灵感悟：没有谁甘愿被别人取笑，当你在取笑别人的时候，同样也会受到别人的回击。

该来的不来

有个人家里办喜事，摆了几十桌酒菜，可是看看时间过了，还有一大半的客人没来，于是心里很焦急，便脱口而出道："怎么搞的，该来的客人还不来？"一些敏感的客人听到了，心想：该来的没来，那我们是不该来的喽？觉得如果再待下去的话，就会被主人说不要脸了，于是便悄悄地走了。

主人一看又走掉好几位客人，而那些没来的客人仍然没来，心里越发着急了，便说："怎么这些不该走的客人，反倒走了呢？"剩下的客人一听，又想：走了的是不该走的，那我们这些没走的倒是该走的了！于是又都走了。

最后只剩下一个跟主人较接近的朋友，看了这种尴尬的场面，就劝他说："你说话前应该先考虑一下，否则说错了，就不容易收回来了。"主人大叫冤枉，急忙解释说："我并不是叫他们走哇！"朋友听了大为恼火，说："不是叫他们走，那就是叫我走了。"说完，头也不回地离开了。

心灵感悟：说话是一门学问，同样更是一门技巧，如果你掌握不好的话，就很可能因为你无意伤害的话而离开你，甚至是最亲密的朋友，好好掌握这门学问吧。

飞鸟与游鱼

天空中，有一只鸟儿在自由自在地飞翔着，看见下方有一个池塘，就落下来小憩。

鸟儿看见一条鱼儿在水中游来游去。它想："多可怜的鱼儿呀！整天被无情地泡在冰冷的水里，无法上岸走走，更不能像我一样在天空自由自在地飞翔。我一定要把它救到天上来。"

于是鸟儿对鱼儿说："亲爱的朋友，你可真傻啊，整天待在这沉闷冰凉的水里受罪，来吧，跟随我一起去天空自由自在地生活吧！"

"可是……我，好像无法离开这水呢。"鱼儿怀疑地回答。

"你可真笨！那么好吧，既然你自己没有办法离开这一池讨厌的水，那么，就让我来帮你吧！"

鸟儿说完，飞向水面然后一头扎进水里，把游鱼叼到了口里。接着，它奋起翅膀，向天空飞去。

"放下我！快放下我！"鱼儿感到呼吸困难，向鸟儿求救。可好心的鸟儿一心要拯救这只"可怜"的游鱼，它要让这鱼儿饱览高空美景，让它享受高空自由自在的生活，让它看看在森林中安家是一件多么惬意的事……

可是，当鸟儿最后把鱼儿放在林中自己的鸟巢里时，鱼儿早已经断了气。

心灵感悟：给鱼离开水的自由，也就是给了它死亡。不要总是把自己的意愿强加于别人，不要以为你所需要的也一定是别人所需要的。人与人的差异或许就如同飞鸟与游鱼的差异。

猫为什么追老鼠

玉皇大帝是掌管天上众神的主宰，被尊称为天公。农历正月初九，是玉皇大帝的生日。有一年的正月初九，也就是玉皇大帝生日的这一天，发生了一件和十二生肖由来有关的趣事，那就是动物渡河竞赛大会。

当时大家还不知道怎样计算年代，就恭请玉皇大帝帮忙出主意。玉皇大帝心中暗想："与人类关系最密切的要属动物了，不如在我生日那天，邀请所有的动物来举行一次渡河竞赛，然后以它们到达终点的先后次序，选出十二种动物，再以这些动物的名称来表示年代。"

玉皇大帝打定主意之后，立刻邀请所有动物来参加渡河竞赛。动物们接到邀请函，都非常兴奋，都想取得好成绩，好排上计算年代的生肖。

比赛这天,所有的动物都迫不及待地来到河边,等待比赛的开始。老鼠和猫本来是一对非常要好的朋友,它们两个都不会游泳,为了能够过河,便与水牛商量,让它俩坐在它的背上过河,单纯和善的水牛答应了它们的要求。

玉皇大帝准备发号施令时,所有的动物全站在河边,作好了竞赛的准备。玉皇大帝一声令下,动物们奋力跳进河里,河面顿时水花四溅,整条河布满了形形色色的动物。擅于游泳的动物,拼命摆动四肢游动,鸡、山羊、猴子等不会游泳的动物,就趴在木头上,奋力地划摆四肢,向前游动。

过了河中央,老鼠心想:

"猫的动作向来敏捷,待会儿上岸时,我恐怕跑不过它,不如……"

为了夺得冠军,老鼠抛却了朋友之情,露出了阴险狡猾的面目,趁猫不注意的时候,把它推到河里去了。水牛全神贯注地继续拼命往前冲,根本没注意到猫已经落水了。

水牛凭着一股蛮劲,气喘吁吁地最先到达了河的对岸,它正高兴马上就能够拿到第一名了,不料,敏捷的老鼠灵巧地从牛背上跳下来,鼓足劲儿往前行。笨重的水牛,怎么跑得过轻盈敏捷的老鼠呢,只能眼巴巴地看着老鼠把冠军据为己有,自己费了这么大力气,却只能屈居第二。

接着,老虎浑身沾满水滴,湿漉漉地抵达了终点,取得第三名。紧接着龙从水里一跃而出,眼看第四名就到手了,正在这时,白兔一个大跳跃,抢先到达,争得第四名,龙自然只能落到第五的位置了。

龙之后,蛇、马、羊、猴、鸡、狗和猪,先后到达终点。玉皇大帝见取得前十二名的动物已经出来了,立刻郑重宣布十二生肖的排行榜。

这时,被老鼠推下水的猫狼狈不堪地匆匆赶到,直嚷着:

"我第几名?我第几名?"

"哈哈!你得了第十三名啦!"动物们全大笑着嘲弄它。

猫一听,知道自己来晚了,但看到老鼠趾高气扬地站在第一的位置时,顿时气得全身毛发都竖起来了,立刻朝老鼠扑过去。从此,猫和老鼠成了冤家对头。猫看到老鼠,就猛追,老鼠看见猫,总是吓得没命地逃。

心灵感悟:为人不能太自私,要学会处处为别人着想,只有这样你才能够赢得别人的尊敬。

不同的态度

一天,副总统杰弗逊穿着一身旧的便服,独自来到巴尔的摩市的一家旅馆,要求在这住一个晚上。

店主抬起了头,对他从上到下仔细打量了一番,见他手执马鞭,认定他只不过是一个普普通通的农民,所以粗暴地回绝了。

杰弗逊又把自己的要求重复了一遍,店主简单地说:"先生,这里的房间都不适合你住。”

随后，一个助手走进旅馆，严肃地告诉店主，刚才离去的是合众国副总统托马斯·杰弗逊。

店主吃了一惊，叫道：“是合众国的副总统吗？”

助手点了点头：“没错，他是当今我们国家里最伟大的人。”

“我真是有眼无珠，你看我都干了些什么呀？”店主叫道。

他马上让仆人去追寻杰弗逊，不管怎样都要把他找回来。

在另一家旅馆，仆人找到了副总统，说店主要用旅馆里最好的东西来款待副总统。

“告诉你们的主人，让他的房间去接待合众国的副总统吧，我已经在这里找到一间接待一个邋遢的农民的房间了！”杰弗逊幽默地说。

心灵感悟：不可以貌取人，要知道，许多看似平凡的人其实并不平凡。

麻雀的灾难

一只野兔正在野地里吃草，却不料一只老鹰从天上冲下来把它抓住了。野兔被这突如其来的遭遇吓得魂飞魄散，十分悲伤和痛苦，它的哭叫声如同一个无辜的孩子一般，让人听了觉得非常可怜。

这时，一只麻雀看到了老鹰爪子底下的兔子，幸灾乐祸地问兔子：

“你们兔子不是向来被称为‘飞毛腿’的吗？拥有这样的美称你怎么还会被逮到呢？是不是你的脚有什么毛病，或者根本你们兔子是徒有虚名？”麻雀唧唧喳喳地问个不停，并且得意地拍着翅膀。

麻雀得意的样子和动作引起了另外一只老鹰的注意，它飞下来一把抓住它，迅速地将它吞下去了。

野兔看见后说：“唉！它刚才还幸灾乐祸于我的命运，现在却先我一步遭到同样不幸的命运了，比我死得还快。”

心灵感悟：灾难和祸患最青睐那些喜欢幸灾乐祸的人。看到别人哭而自己笑的人，他最终也会哭，不过那是为自己的不幸而哭；或者他也不会哭，那是因为他根本就来不及哭。

船夫和哲学家

一位哲学家乘船出海，一路上的风景煞是迷人，可是这些都不能引起他的兴趣，老觉得很无聊，在船上踱来踱去，很是烦躁。于是，他便与船夫聊了起来。不一会，哲学家就有点不高兴了，因为他觉得船夫实在是很无知。好像小学都没毕业似的，什么都不懂，于是他问道:“你懂哲学吗?”船夫说:“我不懂。”哲学家用很惋惜的口吻说道:“那你至少失去了一半的生命。”随即,哲学家又问道:“那你懂数学吗?”船夫说:“也不懂。”哲学家遗憾地说道:“那你失去了80%的生命。”船夫不再说话了。

他们谁也不理谁,就这样,船夫划着他的船,哲学家思考着他的问题。小船漂了没多远,忽然海面上刮起了大风,小船在海浪中剧烈地颠簸着。突然,一个巨浪把船打翻了,哲学家和船夫他们两个同时掉到了水里。看着哲学家在水中胡乱挣扎,船夫想到他肯定不会游泳,于是便问道:“你会游泳吗?”

哲学家恐慌地喊道:“不会啊!”

船夫说:“那你就失去了100%的生命。”

心灵感悟:珍惜身边每一个朋友,也许他一无所有,也许他懂得不多,但他也许懂得生存的技巧,也许在你需要帮忙的时候,他会帮上你的忙。

小老鼠救狮王

在一片很大的森林里,有一只狮子,它是这里的狮王。

有一次,它抓住了一只老鼠。老鼠很可怜,它苦苦地哀求狮王,求狮王放了它。狮子经不住老鼠的苦苦哀求而放了即将到口的猎物。

小老鼠临走时说:“以后有机会我一定会报答你的。”狮子说:“你一只小小的老鼠能帮我什么呢?”

后来有一次,猎人带着他的猎狗来到森林里打猎,没想到让狮子盯上了,狮子立刻追了上来,眼看着就要咬到猎人了,突然狮子腾空飞起,被猎人布的巨网给网住了。猎人由于被狮子刚才的吼声吓跑了,所以根本不知道狮子被巨网网住。在生死攸关的时候,小老鼠带领它家族的成员,咬断了巨网的绳索,狮子从而得以逃生。

心灵感悟:拯救别人,就是在拯救自己。尊重你身边的每一个人吧,无论职务高低,身份贵贱,或许在你面临危难的时候,他就是那只拯救你的“小老鼠”。

狼的酬金

狐狸为了讨好狼,就设宴邀请狼来做客。面对这样的恭请,狼没有拒绝,前去赴宴。

狐狸把自己从农夫家偷来的鸡端了上来,并谄笑道:“狼兄,这是我特意为你准备的美味,在这个丛林王国里,我最佩服的就是你,还希望我们俩能够忘记过去的恩恩怨怨。只要我们团结起来,我们还有什么东西得不到呢?”

贪婪的狼顾不得回答狐狸的话,一把抓起鸡肉吃起来。狐狸望着自己辛辛苦苦偷来的鸡被狼独吞了,心里恨得直咬牙,暗骂:“让骨头卡死你才好呢!”

戏剧性的事情真的发生了,当狼吞下最后一块肉时,骨头真的卡在了喉咙里,难过得没办法呼吸。它痛得扭转身体，尖锐的骨头也就越往喉咙深处刺去，可是挺着身体不动也解决不了任何问题。

它觉得骨头好像深入到自己的身体里面了，“啊，如果骨头刺进心脏怎么办呢？”狼越发不安起来，发出一阵阵呜呜的呻吟。狐狸在一旁暗暗得意，却假惺惺地说：“这可怎么办啊？不过，我想，长嘴的鹤可以帮你的忙。”

狼找到了鹤，请求它帮忙取出卡着的骨头，并承诺事后一定付给它酬金。鹤同意了，它让狼躺在地上，然后将它的长嘴巴伸到狼张着的大嘴里，顺利地将骨头取出。之后，鹤向狼索取酬金，狼回答说：“哼，你能从我嘴里平安无事地收回头来还不满足吗？还要和我讲报酬？！”

心灵感悟：过河拆桥是坏人的一大品性。了解了坏人这一大品性，就要明白在不小心帮了坏人的忙之后，不要谈什么报酬，否则受害的肯定是自己。

被拒绝的爱

一位外地的年轻人来到俄亥俄州的一个农场，他在农场主那里得到了一份打杂的工作。年轻人白天干着繁重的活，晚上睡在干草棚里，由于他工作勤奋，农场主十分满意，连农场主的女儿也喜欢上了这个年轻人。

年轻人爱上了农场主的女儿，他大胆地向农场主表示了对他女儿的爱意。但是农场主虽然很欣赏他的工作能力，却嫌他身份卑微，长相平凡，因此拒绝了他。年轻人很伤心地离开了农场，他走的时候谁也不知道。

过了三十几年，农场主在拆除已经没有用的干草棚时，意外地发现在支柱上刻着一行字，末尾是：詹姆斯·加菲尔德。大家都非常惊讶，想不到现今的美国总统，竟是当年那位貌不惊人的小伙子。

心灵感悟：人不可貌相，海水不可斗量。总统并非一生下来就是总统；乞丐也并非天生就是乞丐。一个人的价值体现在他内在的创造力和提升力，而不是外在的容貌、财富、地位等等。

一个“好”徒弟

从前，在一座山上，有一座香火很盛的庙宇，庙里有一位和尚。这位和尚年事已高，加上有些积蓄，便想收一个品德端正、老实本分的小和尚为徒。

一天，一个小青年来到庙里求见老和尚，让他收自己为徒。老和尚没有表态，先叫他在太阳底下站两个小时。这时正值盛夏，火辣辣的太阳像一个大火炉灼烤着大地。没过多久，小青年热汗直冒，他有些挺不住了，趁老和尚不在，偷偷溜下山去了。

几天以后，庙里又来了一个后生，诚恳地要求出家，请老和尚收他为徒。老和尚也没有马上答应，他拿来一些木炭，让这个后生到小溪里花两个小时将其洗净。后生觉得洗木炭是捉弄人，当场丢下木炭扬长而去。老和尚见了，摇摇头叹了口气。

又过了一段时间，山下又来了个年轻人，他一踏进庙门，就一头拜倒在老和尚面前，发誓出家终生，不再纠缠尘世，求老和尚收他做徒弟。老和尚见他出家之心如此坚决，而且又这般有礼，心里已有五分喜欢。于是，他便吩咐年轻人先在太阳底下站两个小时，之后再进庙里面谈。年轻人没有多说什么，真的在烈日下站了两个小时，身上的皮都晒脱了一层。老和尚见了，心里又增加了三分喜欢。接着老和尚又叫他去洗木炭，年轻人二话不说，拿起木炭走了出去，在小溪边足足洗了两个小时，没有一点怨言。老和尚见这位年轻人如此循规蹈矩、彬彬有礼、诚实听话，心里非常高兴，当下决定收他为徒。

却说小和尚进庙后表现确实不错，一月有余，他所做的每一件事都令老和尚非常满意，老和尚逢人便说："我收的这个徒弟真是不错，既贤明又老实！"

时间过得真快，眨眼间，一个月过去了。这天老和尚要下山化缘，对小和尚简单地交代了几句，就放心地走了。可是待老和尚三天后归来，庙里却被洗劫一空，小和尚已不知去向。

心灵感悟：生活中有很多骗子，他们将自己伪装得很好，人们稍不注意就会掉进他们设下的陷阱里。时刻保持头脑的清醒，不可轻信别人，这样才可能避免上当受骗。

抄袭的呈文

东汉时期，有个富有的人非常想当官，当官不仅威风，而且还可以借权力多弄些钱财。于是他狠了狠心，拿出一大笔钱去贿赂一些官员，果然如愿以偿，得到了一个在太守衙门里当属官的职位。

他穿上官服，戴上官帽，趾高气扬地走来走去，心里非常得意。

这个人得意了没几天，就碰上了难办的事：有一篇奏事的呈文必须由他写，然后交给太守审阅。他一直过着十分优裕的生活，根本就不曾认真学习，这回要叫他写呈文，可给他出了一个难题。

这个人心里非常着急，愁得吃不下饭、喝不下水。他妻子见他这样，就给他出主意说："隔壁的李四读过书，认识很多字，你去求他帮你写一篇，不就行了？"

"对呀，我怎么没想到呢？"这个人高兴地叫道。

他赶忙跑到李四家，央求李四说："老兄啊，有件事想请你帮忙！你也知道我没认真读过书，根本就不会写呈文，要是太守怪罪下来，我的乌纱就不保了！"

李四听了搔搔后脑勺，想了想说："我也很想帮你，但是这种文章我实在是不会写。这样吧，我听说很多年前有个叫葛龚的人，他的奏事呈文写得很好，你就去照他写的抄一篇吧，这样做应该不会有问题。"

这个人听了大喜过望，急忙赶回去翻找书柜，工夫不负有心人，他终于找到了葛龚写的文章。这个人像获得了宝贝一样，迅速地抄了起来，没有改动一个字。到最后，他抄顺了手，竟然忘了改呈奏者的名字，将"葛龚"二字也抄上了。

第二天，他把呈文交给太守。太守看了，气得吹胡子瞪眼，一句话也说不出来，当即就罢免了他的职务。

心灵感悟：学问是来不得半点虚假的，不懂不要装懂，否则，迟早有一天会被揭穿的。

一条腿

王府里有个厨师的手艺非常好，他最擅长做烤鸭，他做的烤鸭香味扑鼻，深受王府里众人的喜爱，特别是王爷，每餐都离不开他做的烤鸭。不过，这个王爷从来没有给予过厨师任何鼓励，使得厨师整天闷闷不乐。

有一天，王府里来了贵宾，王爷在家里摆上了宴席，点了数道菜，其中一道是王爷最爱吃的烤鸭。

厨师奉命行事，然而，当王爷夹了一条鸭腿给客人后，却找不到另一条鸭腿，他便问身后的厨师说："怎么只有一条腿啊，还有一条呢？"

"回禀王爷，我们府里养的鸭子都只有一条腿！"厨师答道。

王爷感到非常奇怪，但当着客人的面又不好发问。

饭后，王爷便跟着厨师到鸭笼去查个究竟。时值夜晚，鸭子正在睡觉，每只鸭子都只露出一条腿。

"王爷您看，我们府里的鸭子不全都是只有一条腿吗？"厨师指着鸭子说。

王爷听后，便大声拍掌，鸭子听到掌声后被当场惊醒，都站了起来。

"鸭子不全是两条腿吗？"王爷大笑说。

"是啊！但是，只有鼓掌拍手，才会有两条腿呀！"厨师说。

心灵感悟：人在取得成绩的时候，总希望得到别人的肯定和赞美。赞美是催化剂，它能激励人不断向前进。

有心计的狼

有一只很有心计的狼懂得人性的弱点，为了得到口味鲜美的羊，它决定实施一个阴险的计划。

它对牧羊人说："我以前的确是干了许多坏事，但我已经决定改头换面，做一个有良心的狼了，请宽恕我吧，让我们把恩怨都一笔勾销吧。如果可以，我愿意做您忠实的仆人，像狗一样跟随在您的左右。对于您的羊，我更会像亲兄弟一样对待它们，我要保护它们，决不让任何动物伤害它们。听说，狐狸一直在觊觎您的羊群，您放心，只要有我在，狐狸是不会得逞的……”

狼一边忏悔着自己以往的过错，一边流下了悔恨的泪水，接着信誓旦旦地保证。牧羊人感动了，以为狼真心悔改了，便收留了它。

接下来的日子里，狼老老实实地守护着羊群，并且一点坏事也没干。牧羊人开始还对它小心防范，十分警惕地看护着羊。狼始终一声不吭地守护着羊群，丝毫没有要伤害羊的迹象。

后来，牧羊人不再提防狼。一次，牧羊人因事进城去，便把羊留下交给狼独自守护。于是，狼乘此机会，咬死了大部分的羊。牧羊人回来，看见羊被咬死了大半，十分后悔，并说道：“我真活该，我为什么把羊群托付给狼呢？”

心灵感悟：不要轻信坏人，坏人的花言巧语背后隐藏的是不可告人的无耻阴谋，相信了坏人的话，甚至把自己的心交给坏人，那么离灭亡也就不远了。

三个和尚

三个和尚在一座破落的庙宇里相遇。

“为什么这个庙一片荒废凄凉呢？”甲和尚问道。

“一定是和尚不虔诚，得罪了神灵。”乙和尚说。

“一定是和尚不勤劳，才使得庙宇这么破落。”丙和尚说。

“一定是和尚不敬奉，所以信徒不多。”甲和尚也发表了看法。

三人你一言我一语，讨论了很久。最后他们决定留在这儿发挥各自的才能，看能不能使这座庙宇变得兴旺起来。

于是甲和尚出门化缘，乙和尚专心诵经礼佛，丙和尚天天辛勤打扫。

没过多久这座庙宇香火渐盛，朝拜的信徒络绎而来，庙宇渐渐变得兴旺起来。

一天晚上，三个和尚无事闲聊。

“都是因为我四处化缘，所以庙里才会来这么多信徒。”甲和尚说。

“都是因为我虔心礼佛，所以才会使菩萨显灵。”乙和尚说。

“都是因为我勤加整理，所以庙宇才能够给人一种全新的感觉。”丙和尚说。

从此，三个和尚不再打理庙里的事情，他们开始为此事日夜争论不休。这座庙宇又渐渐地破落了。

在他们分道扬镳的那一天，他们终于找出了这个庙宇荒废的原因：既不是和尚不虔诚，也不是和尚不勤劳，更不是和尚不敬奉，而是和尚不和睦。

心灵感悟：“家和万事兴”，在家庭中是这样，在团队中也是如此。只有互相帮助、和睦相处，才能做好每一件事。

富翁出洋相

有位记者去采访一位犹太富翁，想获得一些关于这位富翁的丑闻资料。然而，还来不及寒暄，这位犹太富翁就对这位记者说："我们可以慢慢谈，因为时间还很长。"富翁这种从容不迫的态度让记者大感意外。

很快，仆人端来了咖啡，这位富翁端起咖啡喝了一口，立即大叫道："太烫了！"咖啡杯随之滚落在地。等仆人收拾好后，富翁又拿出一支香烟。记者看到，他把烟叼反了，从过滤嘴处点火。记者赶忙提醒富翁："先生，你将香烟叼反了。"富翁听到这话之后慌忙将香烟拿正，没想到在慌乱中却打翻了烟灰缸。

平常挥金如土、趾高气扬的富翁出了一连串洋相，使记者感到很意外，顿时，原来的那种挑战性的采访想法淡下去了。

心灵感悟：事业的成功者，生活中的幸运儿，难免会被人嫉妒，在这种心理困惑一时还无法消除时，适当的示弱能使处境不如自己的人保持心理平衡，有利于交际。

谎言

1848年，美国一个安静的小镇上，突然响起了一声刺耳的枪声。犹太警长听到枪声后，带着刚入警察局不久的年轻助手匆匆奔向出事的地点。

在一间卧室的地板上，一位青年人横躺在上面，周身一片血迹，右手已无力地松开，手枪落在身旁的地上，身边的遗书笔迹纷乱：他爱慕已久的女孩，在几天前与另一个男孩结婚了。

屋外挤满了围观的人群，死者的6位亲属呆呆地站在死者身旁，默默无语，年轻的助手禁不住向他们投去同情的一瞥。他知道，他们的哀伤和绝望，不仅因为失去亲人，还因为他们是犹太教徒。对于犹太教徒来说，自杀便是在上帝面前犯了罪，他的灵魂将在地狱里饱受烈焰焚烧。而风气保守的小镇居民，会视他们全家为异教徒，从此不会有良家女子肯接受这个家庭的男子们的戒指和玫瑰，不会有好人家的男孩子约会他们家的女孩子。

这时，站在一旁的警长突然对大家说："这是一起谋杀案。"他弯下腰，在死者身上探摸了许久，忽然转过头来，用威严的语调问道："他身上有一块银怀表，你们有谁看见了？"

镇上的每一个人都认得那块银怀表，它是年轻人从那个女子身上得到的唯一的信物。人们都记得，在人群集中的地方，这个年轻人会经常把这块表拿出来看时间。在阳光下，银怀表闪闪发光，仿佛一颗银色温柔的心。在场的人都说没有看见那块表。

警长严肃地站起身："如果你们谁都没看到，我想肯定是凶手拿走了，这是典型的图财害命。"

死者的亲人们号啕大哭起来，原有的耻辱感瞬间消失，现有的只是失去亲人的悲痛。一直站在周围冷眼旁观的人们也开始走近他们，表示慰问和吊唁。警长充满信心地宣布：

“只要找到银怀表,就可以找到凶手了。”

在回警察局的路上,年轻助手对警长说:“你真厉害,能够在这么短的时间里判断那是一起谋杀案。那么现在,我们该从哪里开始找这块表呢?”警长的嘴角露出一丝难以察觉的笑,伸手慢慢从口袋里掏出一块银怀表。年轻人禁不住叫出声来:“难道是……”警长抬头看着远方的景色,依然保持沉默。

“那么他肯定是自杀。你为什么硬要说是谋杀呢?”年轻助手问。

“这样说了,他的亲人们就不用担心他灵魂的去向,而他们在悲痛之后,不用背负任何负担,可以像任何一个犹太教徒一样开始清清白白地生活。”

“但是你说了谎,要知道,说谎也是违背《摩西十诫》的。”

警长的神情变得严肃起来,他盯着助手,一字一顿地说:“年轻人,请相信我,6个人的一生,比《摩西十诫》重要百倍。而一句因为仁慈而说出的谎言,只怕上帝也会装着没听见。”

那是年轻警察遇到的第一桩案子,他从中学到了很多书本上学不到的东西。

心灵感悟:当我们的行为能给别人带来益处时,就没有必要计较那么多。

加锁的理由

一个热情的乡下人请一个慈善募捐者到家里过夜。在还没到教堂去做晚祷的时候,主人惊奇地发现他将装钱的小箱子上了锁。主人很气愤,在上面又加了一把锁。

“你往我的箱子上加一把锁干什么?”他感到很奇怪。

“一把锁吗?应该是两把。”

“有一把是我的。”

“你锁它干什么?”

“哦——你知道……我离开家……在陌生人家住……要当心……如果有人从箱子里拿东西……”

“哦!我的想法跟你一样。”主人说。“你知道……陌生人住在家里……值钱的东西……要当心……如果有人往箱子里放东西……”

心灵感悟:人与人相处,如果彼此互不信任,乱加猜忌,只会加深相互间的隔阂。

车祸

一个男子驾车与另一辆女子驾驶的车子相撞。他们两人的车子都严重损坏,但是他们两人却毫发无损。

两个人从车子里爬出来,女人看了看两辆车子后对男人说:“真是不可思议,我们都没有受伤，这一定是上帝的安排，让我们相识，并平安、和睦地相处。”

“是啊，这应该是上帝的旨意，你说得一点都不错。”那男子回答说。

“又一个奇迹！”女人从车里拿出一瓶红酒接着对那男人说：“车子全撞毁了，但这瓶红酒居然没有碎，上帝一定是留着它让我们用来庆祝的。”说完把红酒递向男子。

男子接过红酒，点头同意，打开瓶盖，喝下一半后递回给女子。但是女人并没有接。

“你不来点吗？”男子不解地问道。

女子笑着回答说：“不用了，我现在只等着警察快些到来……”

心灵感悟：任何时候都要保持警惕，清醒的大脑有时并不是被酒灌晕的。当你把酒灌下肚时，你可就“跳进黄河也洗不清”了。

青蛙与蝎子

蝎子想去它朋友毒蛇的家里，可是半路上有一条河，蝎子又不会游泳。

蝎子在河边转来转去，看见一只青蛙在河里。于是，蝎子恳求青蛙将自己背过河去。可青蛙执意不肯。

青蛙说：“假如你在我背上蜇我一下，我不就没命了吗？”

蝎子说：“那我自己掉进河里不也没命了吗？”

青蛙觉得蝎子的话有道理，就答应了蝎子的请求。

就这样青蛙背着蝎子向对岸游去。到了河中间，青蛙觉得自己的脖子上被重重地蜇了一下。青蛙大怒，质问蝎子：“你为什么要蜇我？”

蝎子说：“我实在忍不住了。”

最后，青蛙带着蝎子一块沉进河底。

心灵感悟：千万不要被敌人的花言巧语和虚假的外表所蒙骗。“江山易改，本性难移”，不要指望老虎不吃肉，也不要幻想蝎子不蜇人。

狮子坠山谷

羚羊在丛林里被狮子追赶，眼看就要追上了。狮子目光贪婪，盯住他的午餐，羚羊恐怕是在劫难逃了。

忽然前面出现了一道山谷，羚羊身轻，恰似弦上之箭，鼓劲纵身一跳，很轻松地就到了谷的那边，狮子到了谷边，只好停下脚步。

这时一只狐狸跑出来。

“狮子，你如此敏捷而有力，难道比弱小的羚羊还不如？只要你有愿望，便会出现奇迹，山谷虽宽，你定能跳得过去。请相信我的诚实与友谊，如果不是对你的灵巧与力气有充分的把握，我怎敢把你的生命当成儿戏呢？”

狐狸的话使狮子热血沸腾，他忘乎所以，四爪腾空而起，向前扑去。可惜他还是未能跳过山谷，一下子掉到谷底，当场摔死。狮子的那位好朋友狐狸呢？他悄悄溜下谷底，找到死狮，不紧不慢地追悼了亡友，一个月内他尽情享受着狮肉。

心灵感悟：千万要提防那些口蜜腹剑的人，他们总是对你花言巧语，因为他们正在打着你的主意。

狐狸拜师学艺

狐狸很佩服狼的捕猎技巧，于是请求狼把捕猎的本事教给他。

狐狸对狼说：“亲爱的狼先生，我每顿吃的饭菜通常不是一只老公鸡，就是一些瘦母鸡，老吃鸡肉都让我吃腻味了。而您只要冒很小的风险，却总能弄到美味佳肴。我必须潜进村庄去找吃食，而您躲在一旁等着就能等来吃的。先生，求求您，把您的本事教给我，让我成为我们狐狸中最能捕捉肥羊的一只狐狸。您的恩德，我没齿难忘。”

狼回答道：“我很愿意教你。我的一个兄弟死了，走，我们一起去把他的皮拿来，你把他的皮穿上。”

狐狸跟着狼去了，狼对狐狸又说道：“如果你想躲避牧羊狗，你就必须把这张狼皮披上。”

狐狸披上了狼皮，心里反复默记着狼师傅教给他的本事的要领。刚开始，他学得非常吃力。慢慢地他有了一些进步。后来，他已渐入佳境。最后，他把狼传授给他的本事几乎都学到手了。

就在狐狸被狼调教得快要成为一只真正的“狼”的时候，羊群过来了。而这头陌生的“狼”也在此时出现了，恐怖立刻蔓延到四野。

这样，狐狸穿着狼的外衣，向羊群发起了进攻，捉住了一只母羊。

但他叼着母羊刚刚走出几步，突然听见从附近传来了一只公鸡的鸣叫声。狐狸立即直奔公鸡的方向跑去，他把狼师傅给他的那身狼皮装往地下一扔，脑子完全忘记了母羊，忘记了刚学到手的本事，忘记了教他本事的师傅，跑去抓鸡了。

心灵感悟：改头换面无法改变一个人的本性，伪装者终究还是要露出他的狐狸尾巴。

农夫和骗子

有个农夫牵了一只山羊，骑着一头驴进城去赶集。路上碰见了三个骗子。

其中的一个骗子趁农夫在驴背上打瞌睡时，把山羊脖子上的铃铛解下来系在驴尾巴上，把山羊牵走了。

过了一会儿，农夫醒过来了，偶然间回头一看，山羊不见了！

农夫忙着寻找，这时，另一个骗子过来热心地问农夫找什么？农夫说山羊被偷走了。骗子指着远处的林子说："刚刚看到一个人牵着一头山羊走过去了，准是他，你快去追吧。"

农夫急着去追山羊，便把驴交给这位"好心人"看管。等他回来时，驴和"好心人"都没了踪影。

农夫边走边哭，到了一个池塘边，发现一个人比他哭得还要伤心。农夫很奇怪：难道还有比我更倒霉的人吗？就问那个人哭什么。

那人告诉农夫，他不小心把自己装金币的袋子掉进水里了，可自己又不会游泳。他说，如果农夫愿意替他把袋子捞上来，愿意送给他 20 个金币。

农夫一听喜出望外，心想：这下好了，有了 20 个金币，丢失的驴和羊的损失全补回来了不说，还有富余的呢！他连忙脱下衣服，跳进水里，等他空着手从水下游上来时，他发现那个人还有他装着仅剩一点钱的衣服和干粮不见了。

心灵感悟：不是骗子会骗，而是农夫愚笨。没出事时麻痹大意，出现意外后惊慌失措，造成损失后急于弥补，这是很多人的通病。如果每个人都能改掉这些毛病，那么，骗子也就没有生存的空间了。

许弘纲撑伞治县官

许弘纲小时候家里很穷，村子里有个木匠很喜欢他。后来许弘纲上京赴考，木匠还特地用上等木料赶做一对书箱送给他。许弘纲进京考了第十八名进士，没过几年就当了兵部尚书，心里总念念不忘这位木匠。

这一年，许弘纲终于得到皇上的恩准，得以回乡探亲。他来到木匠家里，木匠诉说东阳县衙造屋，派了他的差，他因家中有事，迟到三天，便罚他 300 两银子。他不服说了两句，又被打了 60 大板。许弘纲听后很气愤，说："300 两银子要他还；60 大板要罚他钱，每板 5 两银子，叫他亲手交给你！"

第二日，骄阳似火，东阳县官带着一帮人马前往紫微村拜见许弘纲。一进紫微村，县官就看见许弘纲在天井亲自为一个刨大梁的木匠打伞，一来一去地忙着。县官连忙上前，接过伞，为尚书大人代劳。不想木匠推着空刨，来回如飞，县官跟着奔来跑去，不一会就累得气喘吁吁，差点没昏倒在地。

县官没法，只好暗地里向木匠求情，木匠乘机向他做个"六"字手势，县官只好忍痛送他 600 两银子。许弘纲笑了一声，说："父母官向百姓买情，想不到你是破天荒头一个呀！"县官羞得真想钻到地底下去。

心灵感悟：不要以为别人弱小就可以随意欺辱他，要知道，比你强的人还有很多。

卡耐基错了

美国成人教育专家戴尔·卡耐基在处理人际关系上可以说是驾轻就熟，然而在他早年时，也曾犯过小错误。

一次，卡耐基参加一个宴会。宴席中，坐在他右边的一位先生讲了一段幽默故事，并引用了一句话，意思是“谋事在人，成事在天”。那位健谈的先生还指出他所引用的那句话出自《圣经》。事实上，那句话是出自莎士比亚之口。

卡耐基确信那位先生说错了后，为了表现优越感，很认真地纠正那位先生的错误。那位先生立刻反唇相讥：“什么？出自莎士比亚？不可能！绝对不可能！”那位先生一时下不来台，不禁有些恼怒。

当时，卡耐基的老朋友法兰克·葛孟坐在他左边。葛孟研究莎士比亚的著作已有多年，于是卡耐基就向他求证。葛孟在桌下踢了卡耐基一脚，然后说：“戴尔，你错了。这位先生是对的，那句话是出自《圣经》。”

当晚回家的路上，卡耐基对葛孟说：“法兰克，你明明知道那句话出自莎士比亚……”葛孟回答道：“是的，当然。那句话出自《哈姆雷特》第五幕第二场。可是亲爱的戴尔，我们是宴会上的客人，为什么要证明他错了，那样会使他喜欢你吗？他并没有征求你的意见，为什么不给他留些面子呢？”

心灵感悟：在一些无关紧要的小事上斤斤计较的人，通常会招致他人的厌恶。要想赢得他人的尊重，首先得尊重他人。聪明的人，只坚持大是大非的原则性，而不会在小是小非上纠缠不清。

一语千金

杰夫的公司和外贸公司一直保持着良好的合作关系。外贸公司的经理是个难得一见的胖子，但杰夫却从不敢怠慢，因为那可是他们的财神爷。

后来，杰夫想和胖子经理的贸易公司扩大贸易范围。于是，杰夫找了胖子经理不知多少遍，好话不知说了几箩筐，但胖子经理就是不答应。一天，杰夫抱着最后一试的态度，又将胖子经理约到了自己的办公室，但将近两个小时的谈话，却一点成效都没有。杰夫终于恼羞成怒，胖子经理刚走出办公室门，杰夫就对助手骂道：“你看那个死胖子，他要是往公司门口一站，连蚊子都别想进来。”不巧的是，胖子经理恰好忘了拿包，回来取包时将杰夫的话听了个正着。

之后，虽然杰夫多次想方设法赔礼道歉，但胖子经理的热情始终不能像以前那样高涨，关系自然也没有先前那样融洽了。因此，合作也少了很多。可真是一语失千金啊！

心灵感悟:不要为了一时的口舌之快而影响了彼此之间的关系,否则得不偿失。

守卫报复夷射

战国时,齐国有一个大臣叫夷射。有一次,齐王大宴群臣,夷射自然也要参加。宴会过半,夷射也喝了不少御酒,不禁感到有些热,于是,就端着酒杯走到走廊上,靠着柱子休息。

这时,一个守卫走上前请求道:"大人可真是好口福,这酒真香,您能不能赏一口给我呢喝?"

夷射不但没给那个守卫酒喝,还骂道:"小小守卫竟然敢向大臣讨酒。真是不知天高地厚,滚!"

酒没讨到,反被骂了一顿,守卫悻悻然离开,但心里可是大为不快。等到夷射回到宴席之后,他悄悄回来,在柱子旁边撒了一泡尿。

第二天早晨,齐王路过走廊,一眼就看到了柱子旁边的尿迹,顿时火冒三丈,责问守卫:"谁这么大胆,竟敢在这里小便?"

守卫说:"小人倒是没有亲眼见到。不过昨晚宴会时,除了夷射大人在此停留外,并无他人。"

齐王大怒,当即下令将夷射治罪。

心灵感悟:小人物也许不能帮你成就大事,但却绝对可以坏了你的大事。因此,建立广泛良好的人际关系,会使你左右逢源。

绅士和甜饼

一位到英国旅游的美国小姐十分钟情于英国男人的绅士魅力,就像她对英国人做的小甜饼一样情有独钟。

在从伦敦前往利物浦的列车上,美国小姐昏昏欲睡,这时她看见面前小桌上的一盒小甜饼,以为是自己带的那盒,很自然地打开并吃了一块。而这时,对面坐着的一个绅士风度十足的英国男子也伸手从盒里取了一块吃起来。小姐很惊讶,以为这就是英国绅士的作风吧。

他们你一块,我一块地吃了起来,小姐开始不悦,甚至生气了。直到剩下最后一块时,他俩互相看着,都在犹豫,谁该吃这最后一块呢?最后,绅士拿起最后一块小甜饼,掰成两半,分给了美国小姐一半。小姐彻底失望了:没想到英国绅士竟是这个样子,真后悔来到英国……

到了下榻的旅店,美国小姐在整理自己的行李时,发现包里那盒原封未动的小甜饼。

心灵感悟：美好的破坏，并非一定是他人的过失，也许是因为自己的误会。不要总是迁怒于人，多审视一下自己，很多时候，失望是因为自己遗忘了某些东西。

丑陋的鸡

有位养鸡场的主人，向来讨厌传教士，因为他觉得有太多传教士讲的是一套，做的又是一套，道貌岸然，尤其有些家伙，满口仁义道德，私底下却干些见不得人的勾当，这让他义愤填膺，咬牙切齿。为了满足“替天行道”的正义感，养鸡场主人有事没事专喜欢信口散布传教士的坏话。

有一天，有两个传教士上门，说要买只鸡。生意上门，总不好往外推，主人让他们在偌大的养鸡场里挑了半天，没想到他们却挑中了一只秃头又跛脚的公鸡。

主人奇怪得很，便问他们为什么要买这只丑陋难看的公鸡。其中一位传教士回答：“我们想把这只鸡买回去养在修道院里，路过的人问起的话，我们就说这是你的养鸡场养出来的鸡。”

主人一听，急了，连忙摇手：“不行，不行！你们看看我这养鸡场里面的鸡，哪一只不是养得漂漂亮亮、肥肥壮壮的，就这一只不知道怎么搞的，一天到晚爱打架，才会弄成这个模样，你们拿它对外宣传，别人会误会我的鸡都这样，对我实在太不公平了！”

另外一位传教士笑嘻嘻地回答：“对呀！少数几个传教士行为不检点，你却喜欢拿他们来当代表，对我们来说，也同样太不公平了吧？”

心灵感悟：人与人之间的相处，不应该拿别人的短处来说话，而是应该发觉别人的长处。

小孩和老师

有一天，一个小孩独自在河里洗澡，突然腿开始抽筋，他接连灌了几口水，开始往下沉，眼看就要被淹死了。就在孩子极力挣扎的时候，他在恍惚间看到了自己的老师，于是他连忙大声呼救。

那个老师看到自己的学生擅自下水游泳，而且现在还有了危险，便生气地说：“你怎么这么不听老师的话呢，一个人跑到河里，你也真够鲁莽的！我说过多少遍了……”

老师在上面开始责备自己的学生。

学生又灌了几口水，他哭叫着回答：“请你先把我救上来再责备我吧。”

心灵感悟：凡事都有轻重缓急，重要的事情先做。在危及生命的时候，帮助和救援应先于责骂教育。该说的时候说，该做的时候做，要看好时机和场合。

猩猩穿鞋

从前有一个林木茂密、野草丛生、溪水长流、野果很多的巨大山谷，在这个幽静的山谷里生活着一群猩猩。

猩猩们渴了喝溪水，饿了吃野果，吃饱了，喝足了便在林中戏耍。遇到牧童丢下的破草鞋，也穿在脚上，学着牧童的样子走路；遇到樵夫丢下的破草帽，也学着樵夫的样子戴在头上。

它们有时为了一件东西你争我抢，互相追逐，生活得无忧无虑。一旦遇到紧急情况，便纷纷爬到树上，从这棵树上跳到那棵树上。手抓树枝，荡来荡去，如同打秋千那样自如。人们要捉住它们是很难的。它们在外出时，常常几十个一伙，成群结队地活动，要想捉到它们就更难了。

有一个猎人，想捉猩猩卖到外地去。他经过长期观察，了解了猩猩的特性，就利用猩猩善于模仿的特点来捕捉它们。

有一天，他利用猩猩爱喝酒的特性，故意买了很多酒，又买了很多草鞋，然后背在身上往山上走去。走到半山腰时，便假装很累的样子坐在路边，然后把身上背着的酒都摆在路边，并自斟自酌起来，喝了两杯，做个样子给猩猩看。他又把很多双草鞋用绳子连成一串也放在路边，然后自己藏了起来。

猎人做这些事的时候，猩猩都躲在树林里，看得一清二楚。

等猎人走后，猩猩纷纷来到路边。猩猩很聪明，它们知道酒和鞋都是猎人设下的机关，它们又知道猎人祖先的姓名，就指名道姓地骂道："你这个奴才，还想设下机关捉我们，我们才不上当呢！我们要走了。"

猩猩们从路边走开，但脚步很慢，因为它们实在是太喜欢喝酒了，实在不愿意离开，两步一回头，三步一张望。一阵轻风吹过，酒香扑鼻，它们实在经不住诱惑就又返了回来。

它们走走来来，这样反复了几次，最后终于抵制不住美酒的诱惑，互相商量说："我们还是一起先尝一点儿酒，试试看怎么样吧。"

其中一个胆大的猩猩先喝了杯酒，觉得味道很不错，又喝了一杯。其他的猩猩也都争着来尝酒。猎人为猩猩准备的是烈酒，等它们喝出点滋味来时，不知不觉都已经醉了。它们一高兴，就拿起草鞋往脚上穿。它们穿上了草鞋，刚要戏耍，猎人从树丛后出来，把猩猩捉住。由于每只草鞋都用绳子连在一起，所以没有一只猩猩逃掉。

心灵感悟：抵制不住引诱而丧失理智的人，最终必将受害。

乌鸦与狐狸

淘气的猫把园丁修整的花草弄得乱七八糟，恼火的园丁扔给猫一块有毒的肉。还没等猫过来，一只乌鸦飞过来用爪子把这块有毒的肉抓走了。

乌鸦停在一棵老栎树上，刚想吃这块肉，这时一只狐狸从这里经过，向它喊道："丘比特之鸟啊，我从心底里祝福你！"

乌鸦问："你把我当成谁了？"

"把你当成谁了？你不是健壮的鹰吗？不是你奉了宙斯的命令，每天到这棵栎树上，供给我这可怜的家伙食物吗？你为什么还要装着不承认呢？在你的利爪下，我看到的难道不是上帝派你送给我的礼物吗？"

乌鸦惊喜于自己被当成了一只鹰。它想，我不必告诉狐狸它认错了。它大方地扔下自己抢来的东西，骄傲地飞走了。

狐狸笑着抓起那块肉，快乐地吃了下去。可这快乐一会儿就变成了痛苦。毒性很快发作了，狐狸痛苦地死去。

心灵感悟：惯于欺诈的人即使得逞，也往往会因小失大。

猫头鹰练嗓

猫头鹰是有名的捕鼠能手，可是很多年过去了，没有得到任何嘉奖。猫头鹰心里非常不是滋味。

"这是什么原因呢？"猫头鹰为此冥思苦想，后来终于发现，自己嗓音太难听了。"声音又粗又哑，不会唱歌又不会演讲，难怪自己上不了台面！"为了塑造一个新形象，猫头鹰决心练出一副百灵鸟那样的好嗓子。

第一天，天刚黑，猫头鹰就站在村头的大槐树上练起了嗓子。

猫头鹰一口气练习了两个多小时，然后才兴高采烈地去捕鼠。可是很奇怪，当晚的工作开展得很不顺利。它在村庄附近的田野里找了很久也没捉到几只老鼠。

第二天晚上，猫头鹰照例在大槐树上练完嗓子后，才开始捕鼠工作。可是结果比头一天还惨，竟然一只老鼠也没有抓到。它并不知道，正是由于它的声音将老鼠吓跑了。

这还是猫头鹰第一回饿着肚子回家。

第三天，猫头鹰再一次飞到了大槐树上。还没等开始练嗓，一群村民就拿着石头和棍子冲了过来，"该死的夜猫子，叫什么！难听死了。滚远点……"

猫头鹰吓了一跳，赶紧逃走。它万万没有料到，原本想讨大家喜欢，反而弄巧成拙，遭人厌恶。

心灵感悟：不顾实际情况，钻营自己不擅长的事情，不但会毫无收获，更会荒废本职。

鱼妈妈的诫言

鱼妈妈带着小鱼们在水里寻找食物，忽然在它们面前出现了一个弯弯的红东西，还散发出一阵阵诱人的香味。

“那一定是好吃的。”一条小鱼说着就想抢前一步吃下它。鱼妈妈赶紧拦住了这条淘气的小鱼，“慢着！这不是可口的食物，它是人放下来的钓钩。”鱼妈妈对小鱼说。

小鱼又问妈妈：“可是它为什么那么诱人呢？再说我也没看见钩啊！我要怎么样才能吃到这美味的食物呢？”

鱼妈妈说：“钓钩就裹在里面，你是看不见的。如果你要去吃它，你就得冒很大的风险。所以最好还是离它远点儿。”

“可是它就在眼前，轻而易举地就可以吃到了。怎样才能不费劲儿又能吃到这种美味呢？”小鱼还是不死心。

“我的孩子，”鱼妈妈耐心地说，“这是不可能的，保证自己安全的最好办法就是不要去碰它，如果你一定要去品尝这美味，你将会付出生命的代价。所以你们绝对不能去碰它！”

小鱼点点头，“那我们怎么才知道它里面有没有钓钩呢？”小鱼接着问道。

“其实你刚刚都已经说了啊！”鱼妈妈说，“一种你不用付出任何努力，轻而易举就能吃到的可口美味，里面就很可能有钓钩。”

心灵感悟：当某些人给予你恩惠的时候，背后往往隐藏着更大的阴谋。只有经得住诱惑，方能全身而退。

狐狸和仙鹤

这天，狐狸请仙鹤吃饭，可他却很吝啬，端出一只平底的小盘子，盘子里盛了一点儿肉汤，他还连声说：“仙鹤大姐，别客气，请吃吧，吃吧！”仙鹤一看，非常生气，因为她的嘴巴又尖又长，盘子里的肉汤一点儿也没喝到。可狐狸呢，张开他那又阔又大的嘴巴，呼噜呼噜没几下就把汤喝光了，还假惺惺地问仙鹤：“您吃饱了吧！我烧的汤，不知合不合您胃口。”

仙鹤对狐狸笑笑：“谢谢您的午餐，明天请到我们家吃饭吧！”狐狸正等着这句话呢，连忙说：“好的，明天中午我一定去，一定去。”

狐狸一心想在仙鹤家多吃点儿，这天晚饭没吃，第二天早饭也没吃，饿着肚皮，早早来到仙鹤家等着吃午饭了。狐狸一进仙鹤家的门就闻到一股香味儿。他仔细嗅了嗅：“嗯，准是在烧鲜鱼！”心里不由暗暗高兴。狐狸坐到饭桌前，不一会儿，仙鹤端出一只长颈瓶子放到狐狸面前，指着瓶子里的鱼和鲜汤说：“狐狸先生，请吃吧，别客气！”狐狸望着那狭长的瓶口，他那阔嘴巴怎么也伸不进去。闻着香味，肚子饿得咕咕叫，馋得直流口水。狐狸什么也吃不到，只能眼看着仙鹤把又尖又长的嘴巴伸进瓶子里，把鱼吃了，把汤喝光，还客气地劝狐狸："吃吧，放开吃吧！"

狐狸耷拉着脑袋，饿着肚皮回家了。

心灵感悟：人与人之间需要的是真诚，而不是自以为是的小聪明，没有一个人会愿意活在欺骗与虚假中。大方些，真诚地面对每一个人，你会有意想不到的收获。

巨蟒与豹子

在一个原始森林里，一只巨蟒和一头豹子同时盯上了一只羚羊。豹子看着巨蟒，巨蟒看着豹子，各自打着自己的"算盘"。

豹子想：如果我要吃到羚羊，必须首先消灭巨蟒。巨蟒想：如果我要吃到羚羊，必须首先消灭豹子。于是几乎在同一时刻，豹子扑向了巨蟒，巨蟒扑向了豹子。

于是它们撕咬在一起，豹子咬着巨蟒的脖颈想：如果我不下力气咬，我就会被巨蟒缠死。巨蟒缠着豹子的身子想：如果不下力气缠，我就会被豹子咬死。于是双方都用尽全力。羚羊看到了这一切，安详地踱着步子走了，而豹子与巨蟒则双双倒地，不分胜负，它们全然没有顾及到羚羊的离开。

猎人看到了这一场争斗，无限感慨地说："如果两者同时扑向猎物，而不是扑向对方，然后平分食物，两者都不会死；如果两者同时走开，一起放弃猎物，两者都不会死；如果两者中一方走开，另一方扑向猎物，两者都不会死；如果两者在意识到问题的严重性时互相松开，两者也都不会死。它们的悲哀就在于把本该具备的谦让转化成了你死我活的争斗。"

心灵感悟：只有共同把蛋糕做大，才能分得更多的食物。人与人之间本该多一些宽容和谦让，但却在互不相让中争得你死我活，实在是人世的悲哀。

狗为什么追兔子

山里的农民在农闲的时候，最愿意干的一件事，就是带上家里养的狗去打兔子。为什么农民们要带着狗去打兔子呢？说起来这里还有一个与谷种有关的传说呢！本来，狗和兔子是一对非常要好的朋友。它们几乎是形影不离，吃在一起，住在一起，一心一意地为主人干活看家。

开始的时候，人上山打猎，用打来的猎物维持生活。可是，渐渐地山上的野兽几乎被打光了，有时上山一天，连一只野兽也打不着。于是，人们就依靠捡草子、采野果子来充饥。渐渐地草子、野果子也不够吃了，人们被逼无奈，于是想到了耕地种田。

可是，光有地，没有五谷杂粮的种子，地也种不成。于是，人就派狗和兔子去找天神要谷种。狗和兔子一前一后地出发了，它们跋山涉水，结伴而行，一路上十分开心。

一天、两天、三天……八十一天过去了。这一天，狗和兔子终于来到了天神那里。狗和兔子向天神说明来意，天神便问它们："你们要多大穗的谷种啊？我这里各种各样的种子都有。"说着，天神拿出了许许多多种子给狗和兔子看。

狗和兔子这时可傻了，你看看我，我看看你。狗急得直摇尾巴，兔子急红了眼睛，拉长了自己的耳朵。老半天过去了，它们谁也回答不上来。天神便说："这样吧，你们先回去向人问清楚，然后再到我这里来取。"

狗一想，回去再回来，那样恐怕会耽误了播种。于是它急中生智，便翘起自己的尾巴说："人说过，谷穗跟我的尾巴差不多大就可以了。"

兔子这时可就有些不高兴了，它心里想："人并没有说过这种事啊！它的尾巴就那么好吗？我的尾巴就比不上它的吗？回去以后我怎么交差呢？不能让狗这家伙自己说了算。"于是，兔子急忙接口说："狗说得不对，人要的谷种，跟我的尾巴差不多大。"

天神见它们开始争论，便把一穗谷种扔到狗和兔子的面前就走了。它们拾起来一看，那谷穗只有兔子尾巴那么大。这可让狗有些气恼了，它想再找天神去要大的，可是天神早就踪迹全无了。

狗无可奈何，便一路上与兔子争吵着、打骂着回到了人那里。狗对人说："我向天神要的是和我尾巴一样大的谷种，可是兔子却争着要跟它尾巴一样小的谷种。"

兔子这时忙说："咱们走的时候，没说过到底要多大的谷种，为什么非要像狗的尾巴一样大呢？"

狗说："你说说看，是你的尾巴大，还是我的尾巴大？"

兔子说："是你的尾巴好看，还是我的尾巴好看？"

狗和兔子争吵不休，狗最后气得扑过去恨不得一口把兔子撕碎。兔子动作敏捷，一闪身就溜走了，狗在后面紧紧追赶。人一看兔子也实在可恨，为了贪慕虚荣，竟要了像它那尾巴一样的小谷种，于是也就一起追了出去。

心灵感悟：凡事不能太争强好胜，这样不但不能得到什么，而且还会失去很多东西。

立足现实的人

奥地利战争结束之后，拿破仑想要犒赏那些在战役中奋勇向前的不同民族的人们。

"把你们的愿望说出来，我将以此犒赏你们，我了不起的英雄们！"拿破仑大声说道。

一个波兰人嚷道："把波兰归还我们吧！""它是你们的了！"拿破仑应道。

一个可怜的人叫道："给我土地，因为我是个农夫！""我的孩子，土地将属于你了！"

德国人说："我想要个啤酒厂。""给他一个啤酒厂！"拿破仑下了命令。

下一个将轮到犹太士兵了。

拿破仑脸上带着鼓励的微笑问道："你想要什么呀，年轻人？"

"陛下,如果可以的话,我想要您赏赐我一条非常漂亮的青鱼。"犹太人怯怯地说道。

"给他一条青鱼!"拿破仑吩咐手下。

等拿破仑走了之后,那些英雄们围住了犹太人。

他们带着责怪的口吻说:"你是多么的傻啊!想想看,当一个人想要什么就能得到什么的时候,你却只要了一条青鱼!你也太辜负皇帝的美意了吧?"

犹太人却说:"好吧,那就让我们看看谁才是傻瓜吧!你们要波兰的独立,要农场,要啤酒厂——这些东西皇帝根本就不可能给你们。而我所要的只是一条青鱼,皇帝当场就会给我。"

心灵感悟:不切实际的要求,即使再好,也不能被满足。

不幸的猎人

一群人到山上去打猎,其中一个猎人不小心掉进很深的坑洞里,他的右手和双脚都摔断了,只剩一只健全的左手。

坑洞非常深,又很陡峭,地面上的人束手无策,只能在地面喊叫。

可是喊了半天,始终没人来,喉咙都干了。

幸好,坑洞的壁上长了一些草,那个猎人就用左手撑住洞壁,用嘴巴咬草,慢慢地往上爬。

地面上的人就着微光,看不清洞里,只能大声为他加油。

等到看清他身处险境,嘴巴咬着小草向上爬,忍不住议论起来。

"哎呀!像他这样一定爬不上来了!"

"情况真糟,他的手脚都断了呢!"

"对呀!那些小草根本不可能撑住他的身体。"

"真可惜!他如果摔下去死了,留下庞大的家产就无缘享用了。"

"他的老母亲和妻子可怎么办才好!"

落入坑洞的猎人实在忍无可忍了,他张开嘴大叫:"都给我闭嘴!"

就在他张嘴的一刹那,他再度落入坑洞。

当他摔到洞底即将死去之前,他听到洞口的人异口同声地说:"我就说嘛!用嘴爬坑洞,是绝对不可能成功的!"

可惜那位仁兄连气带疼,一口气没上来就死了。

心灵感悟:在自己面对困境和即将成功时,不要在意别人的议论,要意志坚强,无论在困境之中还是即将成功之时都要闭紧嘴巴。

割掉的肉

从前有个国王听信小人的谗言，误认为一位贤臣叛国。他把贤臣捉来，割开他的背脊，并取下二斤肉。

不久，有人证明贤臣并没有叛国。国王知道了，十分后悔，就送了一千斤猪肉给贤臣作为补偿。

那位贤臣因背脊疼痛，上朝时痛苦地呻吟。国王听见了他的呻吟声，就问他说："我取下你二斤肉，已经还你一千斤肉，难道你不满足吗？为何叫个不停呢？"

贤臣十分无奈地回答说："大王，假如砍下你的头，纵使还给你一千个头，仍然不免一死；如今我虽然得到了一千斤猪肉，仍然免不了痛苦啊！"

心灵感悟：给他人造成的伤害，再多的弥补也是无济于事的。最好的弥补是在做事情前，谨慎小心，尽量不要对别人造成伤害。

怒驳日本军官

冯玉祥将军担任常德镇守使时，看到一些店铺门前挂着日本国旗，街上还张贴着日本兵写的"保境安民"的布告，于是他非常愤怒，马上令人取下日本旗，并当场撕毁，派兵在常德城门防守，维持社会治安。

一日，从停在沅江的日本军舰上下来几个日本兵，大摇大摆地走了过来。守城士兵要对他们进行检查，但日本兵拒绝检查，还打了中国士兵一巴掌。中国士兵忍无可忍，马上用刺刀与之搏斗，结果把三个日本兵刺伤了。

高桥新二是驻常德日本居留民会会长，他得知此事后，气势汹汹地来找冯玉祥，日本舰长满脸杀气地跟在后面，并大声地吼道："镇守使先生，我们大日本海军是决不能受侮辱的！"他们要求冯玉祥对这件事马上作出处理。

"我已经知道这件事的始末了，你们认为应该怎么办呢？"冯玉祥不慌不忙地说。

"先把你们行凶的士兵监禁起来，然后再谈其他的事情。"高桥新二叫嚣道。

"你这么要求有什么根据吗？"冯玉祥问。

日军舰长从腰里掏出一本小册子，大声说道："按照《日本海陆军刑法》规定，应该把凶犯监禁。"冯玉祥一听，马上瞪圆了双眼，他脱下了一只鞋，站起来愤然对高桥新二说："你给我告诉他，我要用鞋子抽他的嘴巴！"

高桥新二慌了："为什么？""他要用你们日本的法律来处罚中国士兵，显然是侮辱中国，我要用鞋底来教训他，让他知道我的厉害！"

日军舰长吓得面如土灰，赶忙收起了那本小册子，语气也变了："照您说，应该怎么办呢？"

“中国自有中国的军法。我们的军法是：士兵有责任维护地方治安，对任何进城的人有权进行检查，如果对方不接受检查，不是匪徒就是奸寇。我们的士兵是在执行命令，不过打伤了一些匪徒，我正要对他们进行奖赏呢。”

高桥新二并不甘心就此结束，威胁说要去报告日本天皇，由天皇和段祺瑞交涉。冯玉祥冷笑着说：“我不久前已经通电全国，反对段祺瑞，你还不知道吗？我冯某只知国法，只知真理，此外什么都别想吓倒我！”

这时，日军舰长和高桥新二的嚣张气焰被彻底打了下去，他们知道再纠缠下去没有好结果，只得强装笑脸，连连鞠了几个躬，请求冯玉祥不要生气，就地和解此事。

心灵感悟：冯玉祥面对日本军官的挑衅，没有丝毫畏惧，他以其不凡的气魄，狠狠地打击了日本军官的嚣张气焰。

不准私自打猎

冯玉祥任陕西督军时，他得知有两个外国人私自到终南山打猎，并且打死了两头珍贵的野牛，于是把他们召到西安，责问道：“你们到终南山打猎，和谁打过招呼？有没有领到许可证？”

两个外国人回答道：“我们打的是无主野牛，不用通报任何人吧！”

冯玉祥听了，带着怒气说：“终南山是陕西的辖地，野牛则是中国领土内的东西，怎么会是无主呢？你们不经批准便私自打猎，就是违法！”

外国人狡辩道：“这次到陕西，在贵国发给的护照上，不是准许我们带枪吗？可见我们打猎已经获得贵国政府的许可，怎么能说是私自打猎呢？”

冯将军反驳道：“准许你们携带猎枪，就是准许你们打猎吗？如果准许你们携带手枪，难道就表示你们可以在中国境内随意杀人吗？”

其中一个外国人十分不服气地说：“我在中国15年，所到的地方没有不准打猎的，再说，中国的法律也没有规定外国人不准在中国境内打猎。”

冯将军冷笑着说：“的确是没有规定外国人不准打猎的条文。但是，难道就有准许外国人打猎的条文吗？你15年没遇到过官府的禁止，那是他们昏庸！现在我身为陕西的地方官，我可不能昏庸。再说，我负有国家人民托付的保家卫国之责，自然要禁止你们私自打猎！”

最后，这两个外国人在冯玉祥面前不得不承认错误。

心灵感悟：说话的气势是相当重要的，有时起关键作用。如果你有所坚持，却畏畏缩缩，不敢与人针锋相对，那么你的坚持恐怕也就无法坚持了。因此，当对方言辞犀利时，你的言辞就应更为犀利；如果对方气势过人，你的气势也应更胜他一筹，并且在谈话时应理直气壮、临危不惧，这样才能压倒对方。

铁壶和陶壶

陶壶是主人要装水时买回来的,而铁壶则是用来装未燃尽的木炭的。他们先后被主人带回了家里。陶壶和铁壶闲着没事干,整天在仓库里打发无所事事的日子。

有一天,铁壶对陶壶说:“我们结伴去旅行吧!”

陶壶不知道铁壶为什么会突然发出这个邀请,心想:可能是因为我和它形状相同吧,可是我们的用途大不一样啊。思考再三,陶壶还是委婉地谢绝了,因为它知道,老老实实地待在炉火旁是自己最明智的选择。对自己来讲,哪怕稍有点磕碰就可能粉身碎骨,变成一堆碎片。

陶壶说:“你要比我硬朗得多,没有什么能使你受损,而我就不行了,你的好意我心领了。”

“我可以保护你,”铁壶说,“假如有什么硬东西要撞到你,我可以将你们隔开,你不就可以安然无恙了吗?”

陶壶觉得铁壶说得有道理,就同意与铁壶结伴上路。两个三条腿的家伙一瘸一拐地在路上行走,稍有磕碰两者就撞在了一起。陶壶还没来得及抱怨,就已被它的保护者撞成了一堆碎片。

心灵感悟:人生活在社会上,必须选择和自己志趣相当的人做朋友,只有这样才能长久而和睦地相处。

溺水的小孩

有位农妇在地里干活,听见不远处的水库里有小孩在喊救命,她没理睬,干完活就回家了。

中午时分,许多人赶往水库边,说有孩子溺水死了。农妇烧好饭后,也赶着去看个究竟。但她怎么也不能相信那孩子竟是她11岁的儿子。

没过多久,那位农妇疯了。她无法面对死去的孩子,更无法面对自己的灵魂。

心灵感悟:很多时候,别人的事就是自己的事,别总是高高挂起,别总以为事不关己。

楚庄王赦醉臣

楚庄王和群臣喝酒,一阵风把蜡烛吹熄了,这时有位喝醉了的大臣拉了楚庄王爱妾郑姬的衣服,郑姬也拉断了他的帽带。

郑姬对楚庄王说了这件事。为了不揭穿这个人,楚庄王命令群臣都把帽带拉断丢在地上。点上蜡烛后，自然分不出是谁拉了郑姬的衣服，群臣继续喝酒助兴。

几年后，楚国和晋国打仗，有一个勇敢的武将在前线杀敌，每次都打胜仗。楚庄王觉得很奇怪，平常也没对他特别好，为什么他甘愿出生入死？

一问之下，才知道勇敢的武将就是当年拉郑姬衣服的人，为了感激楚庄王的恩德，因此奋勇杀敌。

勇敢的武将拯救楚国于危难之际，后来，楚庄王封他为护国大将军。

心灵感悟：聪明的人将敌人变成自己的朋友；头脑简单的人把身边的朋友变成敌人。

忠贞的狗

从前有一个人，结识了一条狗、一只猫还有一只鹰。他们相约做朋友，起誓结盟：对友情要持久、真挚而且忠诚。他们共住一间屋，几乎总是同桌进餐，一致说定要患难相依、欢乐与共，必要时不惜为朋友牺牲性命。

有一天，他们一起外出打猎，四个伙伴远离家门来到了山中。他们走了很久，感到疲惫不堪，便停在溪边休息。忽然，丛林中蹿出一只熊，张大嘴巴气势汹汹地扑过来。

就在这危急万分的时刻，猫跑向森林，鹰展翅腾空，而可怜的人眼看着就要丧命。

只有狗忠贞又勇敢。它猛地扑向猛兽，死死咬住了熊，无论熊怎样厮打，发出多可怕的吼声，狗吊在它身上就是不松口。狗忍住巨大的疼痛，最后，为友谊奉献了宝贵的生命。

人呢？说来实在丢脸！并非每个人都比狗忠诚。趁着狗缠住熊拼死搏斗之时，那个人却捡起了猎枪，落荒而逃，转眼就无影无踪了。

心灵感悟：口头上的友情美妙动听，真正的朋友却是交于患难中。

临江之麋

临江有个猎人经常到山上打猎。

有一次，他在山上设了一张网，准备网猎物，下完后就回家去了。

过了两天，猎人上山时，看到网中有一只还没断奶的小麋鹿，猎人动了恻隐之心，就把它抱回家去饲养。

刚跨进门槛，家里的一大群狗就摇头晃尾地跑来，流着口水想吃小麋鹿。主人大怒，狠狠把狗教训了一顿。

从此，主人就天天抱着小麋鹿，让它同狗相互熟悉。每次狗只要稍微露出不良企图，主人就立刻将狗毒打一顿。

这样时间一久，小麋鹿就和那群狗混得很熟了，有时在一块儿玩耍，打打滚，舔舔毛，十分亲昵。这些狗虽然很想尝尝鹿肉的鲜味,可是惧怕主人,只能看着它干咽唾沫;小麋鹿也忘记了自己原是鹿类,把狗当成了好朋友。

有一天,小麋鹿跑出门外,看见大路上躺着一群别人家的狗,立刻活蹦乱跳地跑过去同它们玩。群狗惊奇地瞪着这只小麋鹿,随后呼啦一声扑上来,你争我夺,把小麋鹿撕得粉碎,只剩下满地的肚肠血污。

这头小麋鹿直到死,也没有醒悟过来。

心灵感悟:在处世交往中,一定要认清敌友,不要被假象所迷惑。

缺点

四个好朋友在巴黎度假,每天晚上都聚在一起聊天,兴之所至,无所不谈。

一天,他们谈到了自己的缺点。

“嗜赌如命是我的缺点。”第一个人说。

“我的缺点是酷爱杯中物。”第二个人说。

“将来我想从事慈善事业,因为我放高利贷过分狠毒,我想用善行来弥补我的罪过。”第三个人说。

轮到最后一个人发言了,他犹豫不说,其他人说他不守诺言。他被迫说:“喜欢拨弄是非是我的缺点,我恨不得马上把你们刚才讲的话用传真传回纽约,让我的朋友赶快知道。”

心灵感悟:不要轻易把自己的秘密告诉别人,特别是那些喜欢拨弄是非的人。朋友之间应该保持一定的距离,互相尊重,互相欣赏。

人参果的味道

四个刚得道的仙人都想知道人参果到底是什么味道,于是分别找到了唐僧师徒四人。

第一个仙人回来后说:“人参果味道甘美,非常好吃。”

“的确如此。”第二个仙人说。

第三个仙人也连连点头,表示赞成。

只有第四个仙人反驳道:“人参果吃起来滑溜溜的,根本没什么特别的味道。”于是两边争论不休,最后他们跑到南极仙翁那里要问个究竟。

南极仙翁想了一下,问道:“你们是怎么知道的?”

“我问的唐三藏。”

“我问的孙悟空。”

“我问的沙悟净。”

“那你呢？”夫子问第四个仙人。

“我问的是猪八戒。”

仙翁微笑道：“这就对了，当年猪八戒吃人参果时连嚼都没嚼，他如何得知真正的味道呢？”

心灵感悟：最靠近你的人常常对你的影响也最大。接近善良的人，你会更有爱心；接近乐观的人，你会更加豁达。所以交朋友时，一定要慎重。

养狮人的悲剧

一个人在山路上捡到一只幼小的狮子，便抱回家喂养。他对狮子照顾得无微不至，喂它美味的食物，给它梳毛，给它洗澡。狮子对他也亲密无间，扒他的肩膀，舔他的手脚，陪他散步，和他玩耍。狮子在他的怀中渐渐长大，长成一只威猛的雄狮，但却温顺得如同一条家狗。

有一天他突发奇想：骑着狮子旅游。于是他骑上了狮子，踏上了旅程。一路上狮子很听话，平稳地驮着他。所到之处人们对他夹道喝彩，他更神气了。

路上有人问他：“狮子不会吃你吗？”

他说：“那怎么可能呢！”

路上有条狗问狮子：“你怎么不吃他？”

狮子说：“那怎么可能呢！”

一天他们要穿过一片沙漠，路上遇到了风沙，水和食物都被卷走了。他在痛心之余也还去安慰狮子：“朋友，忍着点，等过了沙漠，我让你饱餐一顿。”并跳下来步行。一天过去了，狮子饿得围着他打转；两天过去了，狮子饿得舔他的手脚；三天过去了，狮子对他进行了轻轻的撕咬；四天过去了，狮子向他龇起了牙齿；第五天，饥饿的狮子向他瞪起了血红的眼睛，在他正要上前抚摸它时，狮子奋力一纵将他扑倒，瞬间把他撕成了碎片。至死他都不明白，狮子为什么会吃他。

心灵感悟：世间的友谊，有些是建立在饱暖基础上的，温饱有保障时是亲密无间的朋友，生死存亡的时候便会露出凶残的本质。要警惕这样的朋友。

遗失的斧头

农夫甲和农夫乙忙完了田里的工作，一起回家。他们走在路上，农夫甲忽然发现地上有一把斧头，就跑过去捡起那把斧头。他看了看斧头，觉得还很新，就想带回家据为己有。农夫乙看到这把斧头就说：“我们发现了一把斧头。”

农夫甲认为这把斧头是他发现的，应该归他所有，就对农夫乙说："你刚才说错了，你不应该说'我们发现'。因为这是我先看见的，所以你应该改口说'你发现了一把斧头'才对。"

他们两个继续往前走，农夫甲的手上仍然拿着那把捡到的斧头。过了一会儿，遗失这把斧头的人找了来，远远地看见农夫甲的手上拿着他的斧头，就匆匆忙忙地追上来。眼看对方就要追上来了，这时候农夫甲很紧张地看了农夫乙一眼，然后说："怎么办？这下子我们就要被他捉到了。"

农夫乙听他这么一说，知道农夫甲想把责任归咎到两个人的身上，于是就对农夫甲说："你说错了，刚才你说斧头是你发现的，现在人家追来了，你就应该说'我快被他捉到了'，而不是说'我们快被他捉到了'。"

心灵感悟：只想占便宜的人，不会得到别人的帮助。朋友之间，一旦不愿让对方分享你的成就，就不能要求对方帮你分担痛苦，这就是所谓的"己所不欲，勿施于人"。

5 美元改变命运

乔伊斯在美国的律师事务所刚开业时，连买一台复印机的钱都没有。移民潮一浪接一浪涌进美国时，他接了很多移民的案子，经常在半夜的时候被唤到移民局的拘留所领人。他开一辆破旧的车，在小镇间奔波。经过多年的努力，他的事业得到了很大的发展，业务扩大了，处处受到礼遇。

天有不测风云，一念之差，乔伊斯将资产投资股票几乎亏尽，更不巧的是，岁末年初，移民法再次修改，职业移民名额削减。他的事务所顿时门庭冷落，几乎快要关门了。

正在此时，乔伊斯收到了一封信，是一家公司的总裁写给他的，信中说：愿意将公司30%的股权转让给他，并聘他为公司和其他两家分公司的终身法人代理。看完信后，他又惊又喜，不敢相信这是真的。

乔伊斯带着疑惑找上门去。

总裁是个波兰裔中年人，见到他后，笑着问道："还记得我吗？"

乔伊斯摇摇头，总裁微微一笑，从办公桌的大抽屉里拿出一张很皱的5美元汇票，上面夹着印着乔伊斯律师的电话、地址的名片。对于这件事，他实在想不起来了。

总裁看了看他，缓缓地说道："10年前，在移民局，我在排队办理工卡，当时人很多，我们在那里拥挤和争吵。当轮到我的时候，移民局已经快关门了。当时，我不知道申请工卡的费用涨了5美元，移民局不收个人支票，我身上又没带现钱，如果我再拿不到工卡，雇主就不会雇我了。就在这个紧急关头，你从身后递了5美元上来，我要你把地址留下，以后好还钱给你，你就给了我这张名片。"

乔伊斯也慢慢想起了这件事，但是仍将信将疑地问："后来呢？"

总裁继续道："后来我就在这家公司工作，很快我就发明了两个专利。我到公司上班后的第一天就想把这张汇票寄出，但是，我却一直没这么做。我一个人来到美国闯天下，经历了许多冷遇和磨难。这5美元改变了我对人生的态度，所以，这张汇票是不能这么随随便便就寄出去的……”

乔伊斯做梦也没有想到，多年前的小小善举竟然获得了这样大的回报，仅仅5美元就把两个人的命运改变了。

心灵感悟：成功的人都把帮助别人当做一种习惯。因为，善于帮助别人、乐于帮助别人、习惯于帮助别人的人有需求时，别人也会主动来帮助他。

献血得债款

老李是一位乡镇企业家。一次，他向一家企业追讨欠款。由于对方资金紧张，致使他来到这里已经好长时间了，却连一分钱也没有要回去。

老李很着急，尽管天天都坐在办公室里死缠烂打，可是对方采取柔和战术，任你磨破嘴皮，他还是笑脸相迎。老李实在没有办法，像这样的人，他讨债以来还是第一次碰上。真是即使你有千条妙计，人家都有化解的办法。老李无奈，只得继续干等下去。

这天，老李一大早又来到了对方的办公室。现在，他除了采用这种办法之外，一时间再也想不出别的高招。

不久，电话铃声突然响了起来，办公室主任小张拿起话筒，就听里边传出着急的声音：“喂，是办公室吗？请找一下赵厂长！”

“赵厂长开会去了。”

“哎呀，这下可糟了！”

“喂，你是哪儿？有什么急事吗？”

“我是医院。你们赵厂长的儿子刚才在路上被汽车撞伤了，正在医院抢救，现在急需输血，可是，我们医院里没有适合他的B型血浆，想请你们工厂帮忙解决血源。”

小张听了，忙说：“这个好办，我现在就到厂卫生所去，看一看谁是B型血，然后请他到医院去。”

小张放下电话，立刻跑到工厂卫生所。可是他很快就失望了，厂卫生所翻遍了所有的职工档案，全厂职工中，竟没有一个人是B型血。

小张回到办公室，不知怎么办才好。

这时，老李站起身来说：“不用着急，我就是B型血。你们赶快把我送到医院去吧。”

小张一听，高兴地抓住老李的手说：“真的？真是谢天谢地，这太好了！”

赵厂长听到儿子出了交通事故的消息后，立即赶到医院。他跑进急救室，见医生正在给孩子输血。这时，办公室主任小张把老李为孩子输血的事告诉了赵厂长。

赵厂长听了，握住老李的手激动不已，说：“老李！是你救了我儿子的命，这可叫我怎么报答你啊！”

老李说：“没什么，不管是谁的孩子，我都不能见死不救。”

赵厂长用力握着他的手，说：“老李，你的为人让我敬佩，谢谢你！”

第二天，老李在旅店里刚吃完早饭，就见办公室主任小张走了进来。他微笑着对老李说："老李，赵厂长让你去，我们欠你们的那笔款，今天全部还给你们。"

"赵厂长你说的可都是真的？"老李睁大了眼睛，真不敢相信自己的耳朵。

小张说："老李，说实在话，我们厂里现在资金确实非常困难，可是，通过昨天的事，我们大伙儿算服了你。我们现在就是再困难，那笔款子也要想办法还给你，不能让你为此白白浪费这么长时间。"

就这样，在逆境中老李把握住了有利时机，以真诚感动了对方，终于将这一桩心事了却了。

心灵感悟：你用什么办法来对待别人，别人也会用什么办法来对待你。诚实的宣传配以诚实的行动，才能得到"人亦诚而应"的效果。行动是最好的"诚实"证明。

奇特的算法

一年，某地出现灾情，当地人让一位老者代表大家到县衙门报告灾情，以求减免当年的税收。

到了县衙，县官问老者："小麦收了几成？"

"五成。"

"玉米呢？"

"两成。

"棉花呢？"

"大约三成吧。"

县官听了，拍着桌子怒喝道："大胆刁民，有了十成收获还来报灾。你以为本官是那么好骗的吗？"

老者一听，心中暗骂："真是个混账糊涂官！"但嘴上却赶紧回答说："我怎么敢骗您呢，小民活了180岁，也没见过这么严重的灾年啊！"

县官听了，更加生气："胡说！你怎么会有180岁？"

"大人，我并没有胡说，我大儿子50岁，二儿子30岁，三儿子20岁，我今年80岁，加在一起不就是180岁吗？"长者答道。

县官一听，乐了："你是不是老糊涂了，哪有你这样算的。"

"可您刚才是这样算收成的啊！"老者说。

话音刚落，县官止住了笑，他终于明白原来是自己先错了。

心灵感悟：人与人之间应该以诚相待，和谐发展。如果你对他人耍手段，那么他也会想办法对付你。

丹麦士兵

在17世纪,丹麦和瑞典发生战争。一场激烈的战役下来,丹麦打了胜仗。在战争结束以后,一个丹麦士兵坐在战场上,取出水壶放到嘴边准备喝水,突然听到哀求的声音。原来在不远处躺着一个受了重伤的瑞典人,正双眼盯着他的水壶。

"你的需要比我大。"丹麦士兵走过去,将水壶送到伤者的口中,但是瑞典人竟然伸出长矛刺向他,幸好偏到一边,只伤到他的手臂。"嗨!你竟然如此回报我。"丹麦士兵说,"我原来打算要将整壶水给你喝,现在只能给你一半了。"

这件事后来被国王知道了,特别召见这个丹麦士兵,问他为什么不把那个忘恩负义的家伙杀掉?他轻松地回答:"我不想杀受伤的人。"

一个小小的士兵能够有如此的胸襟,实在是国王都自愧不如。

心灵感悟:饶恕一次容易,饶恕两次很难。能够在别人以怨报德的情况下,仍然能够再原谅别人第二次,这实在是一种非常伟大的情操。

撞车

有一次,退出政坛的丘吉尔骑着一辆自行车在路上闲逛。

这时,也有一位女士骑着自行车,从另一个方向疾驶而来,由于没有刹住车,最后竟与丘吉尔相撞了。

"你这个糟老头没长眼睛吗?你到底会不会骑车?"这位女士破口大骂。

丘吉尔对那位女士的恶行恶状并不介意,只是不断地向对方道歉:"对不起!对不起!我还不太会骑车。看来你已经学会很久了,不是吗?"

这位女士的气立刻消了一半,再仔细一看,他竟然是伟大的首相,她感到羞愧难当,喃喃地说道:"不……不……您知道吗?我是半分钟之前才学会的……教我学会骑车的就是阁下您。"

心灵感悟:在人际交往中,得理要饶人,这样,你才会受到别人的尊敬。

宽容之心

一个春天的夜里,在美国东海岸的一个城市里,有位年轻的犹太学生走出公寓去寄一封信。当他寄完信准备回去的时候,11个小青年包围了他,将他一阵猛揍。由于下手太狠,犹太学生在救护车来到之前就死了。

两天后,这11个小青年就被警察抓捕归案了。社会一致要求严惩这些杀人凶手。后来这位死者的家长寄来一封信,他们要求尽可能减轻这些少年的罪行,并成立一笔基金,作为这群孩子出狱后重新生活及社会辅助的费用——他们不愿将仇恨的种子撒在这些孩子身上。

毫无疑问,他们内心经过了激烈的斗争,而且需要有相当强烈的意志,才能够不恨这些不懂事的孩子。他们只恨控制这些孩子内心的病态人格。他们希望这些孩子能够从这种病态的人格中走出来,重新做人——他们甚至还拿出了一笔钱来帮助这群孩子。他们恨的是这件事,而不是人。

心灵感悟:宽容是人类最高尚的美德之一,而且是那种最基础的美德。如果没有宽容,其他的美德便无从谈起。

善待自己的仇人

1944年冬天,苏军已经把德军赶出了国门,并且俘虏了大量的德国兵。每天,都有一队队面容憔悴的德军战俘从莫斯科大街穿过。当德国兵从街道走过时,人们都会从四面八方聚集过来。苏军士兵和警察警戒在战俘和围观者之间。在围观的队伍里,妇女占了绝大多数。她们当中的每一个人都是战争的受害者,德国兵杀死了他们的亲人——或是父亲,或是丈夫,或是儿子。她们每一个人都和德国人有着一笔血债。

妇女们怀着满腔仇恨,当俘虏们出现时,她们每个人都攥紧了拳头,士兵和警察们怕她们控制不了自己的冲动,正竭尽全力阻挡着她们。

这时,发生了一件让人意想不到的事情:一位穿着一双战争年代的破旧长筒靴的老年犹太妇女,走到一个警察身边,希望警察能让她走近俘虏。在得到警察的同意后,老妇人走到了俘虏身边,从怀里掏出一个用印花方巾包裹的东西。里面是一块黑面包,她把这块黑面包不好意思地塞到了一个疲惫不堪的俘虏的衣袋里。看着她身后那些充满仇恨的同胞,她开口说话了:"当这些人拿着武器在战场上出现时,他们是敌人。可当他们解除了武装在街道上出现时,就不应该再把他们看做敌人,而应该把他们看成和我们一样具有共同外形和共同人性的人。

于是,整个气氛改变了。妇女们从四面八方一齐拥向俘虏,把面包、香烟等各种东西塞给这些战俘。

心灵感悟:最好的待人之道是谅解和接受曾经伤害过你的人,因为只有这样你才能得到希望中的回报。

战友射来的子弹

二战期间,有两个战士在激战中与部队失散了,他们俩来自同一个小镇。

两个人在森林里艰难地跋涉,他们打死了一只鹿,靠着鹿肉艰难度日。几天内他们再也没找到其他的食物,仅剩的一点鹿肉背在年轻的战士身上,就在这个时候,却又不幸遇上敌兵,经过一番激战,他们巧妙地避开了敌人。就在他们以为已经安全的时候,只听一声枪响,走在前面的年轻战士中了一枪——还好只是伤在肩膀上。

后面的战士惶恐地跑过来抱着战友的身体泪流不止,他撕下自己的衬衣为战友包扎伤口。到了晚上,他们饥饿难耐,都以为熬不过去了,可是谁也没动剩下的鹿肉。总算天无绝人之路,第二天部队找到了他们。

其实,受伤的战士知道是他的战友向自己开的枪,因为当战友抱着他时,他碰到了战友那发热的枪管。他知道战友为了母亲想活下来,想独吞那剩下的鹿肉,所以他宽恕了他。

他们回到家乡时,战友的母亲还是没能等到儿子回来就去世了,他们一起去祭奠老人家。那一天,战友跪下来,请求他原谅自己,他没让战友说下去。他宽恕了他的战友。

心灵感悟:一个人很难容忍他人的恶意诽谤、致命中伤,但能做到以德报怨,把伤害留给自己,让世界少一些仇恨,少一些不幸,多一些温馨、仁慈、友善与祥和,才是宽容的最高境界。

大度的老板

一个炎热的下午,一位顾客不小心在海滨的一家私营饭店门前摔了一跤。酷暑盛夏,本来就热得心烦意乱,加上跌倒在地,丢人现眼,这位顾客便怒气冲冲地闯进饭店老板办公室,指着老板的鼻子,出言不逊地说:“你的地板太滑太危险,刚才我出去买香烟,在门口滑倒,摔伤了腰,你必须马上送我到医院进行检查治疗!”边说边用手扶着腰部:“哎哟!痛死我了……”

老板笑脸相迎。“哎呀,实在抱歉,腰伤得厉害吗?请您先稍坐一下,我马上就和医院联系,叫辆的士把您送去。”

正好一辆的士送客人来住宿,老板叫司机稍候,说有人要到医院去。老板拿着一双拖鞋,“我已经和医院联系好了,现在就送您去,外面有辆出租车。”

当那位顾客离开办公室时,老板把他换下来的鞋交给伙计并说:“顾客穿的鞋,鞋底都磨光了,你马上把它送到外面的修鞋处钉上橡胶后快点取回。”

在医院就诊检查后,顾客回来了。结果是,腰部没有任何异常情况。老板拿着医院检查报告单对那位顾客说:“没有发现什么异常情况,真是万幸。请回饭店休息休息,喝杯冷饮解解暑吧。”

那位顾客见老板如此宽宏大度,对自己的做法感到有点内疚,并解释说:“地板刚冲过水,很滑,实在危险,我只是想提醒你注意一下,别无他意。这次摔倒的是我,要是摔倒了上年纪的人恐怕麻烦就大了。”

这时,老板拿来已修好的鞋子说:“请不要见怪,我们冒昧地请人修了您的鞋子。据鞋匠说,鞋底都磨平了,若是穿着它在楼梯上滑倒,那可就太危险了!

那位顾客面带愧色地接过修好的鞋子，不好意思地说："给你们添麻烦了，实在感谢，多少修理费？我按数付钱，不能让你掏腰包。"

"哪里的话，这是对您表示歉意，您若要付钱，那就太见外了。"那位顾客被老板的宽容所感动。他紧紧握住老板的手说："请原谅我的粗鲁和无礼，真是对不起！"

老板的大度赢得了顾客的信赖。从此以后，那位顾客经常与人谈起这件事，他和他所影响的一批人成了这家饭店的常客，老板也与他结为莫逆之交。

心灵感悟：当人身处逆境时，各方面对你都是一种考验。如果怨天尤人，抱怨声声，结果只能是自我孤立。相反，大度待人，高风亮节，自然能够赢得别人的尊重。

冒牌的管家

一天中午，埃德蒙先生刚到厅门，就听见楼上的卧室里有轻微的响声。这种响声对于他来说太熟悉了，是阿马提小提琴的声音。

"有小偷！"埃德蒙先生一步冲上楼。果然，一个大约 13 岁的陌生少年正在那里摆弄小提琴。

他头发蓬乱，脸庞瘦削，不合身的外套里面好像塞了某些东西。毫无疑问他是一个小偷。埃德蒙先生用结实的身躯挡在了门口。

这时，埃德蒙先生看见少年的眼里充满了惶恐、胆怯和绝望。那是一种非常熟悉的眼神。刹那间，埃德蒙先生想起了往事……愤怒的表情顿时被微笑所代替，他问道："你是丹尼尔先生的外甥琼吗？我是他的管家。前两天，丹尼尔先生说你要来，没想到来得这么快！"

那个少年先是一愣，但很快就回应说："我舅舅出门了吗？我想先出去转转，待会儿再回来。"埃德蒙先生点点头，然后问那位正准备将小提琴放下的少年，"你也喜欢拉小提琴吗？"

"是的，但拉得不好。"少年回答。

"那为什么不拿着琴去练习一下，我想丹尼尔先生一定很高兴听到你的琴声。"他语气平缓地说。少年疑惑地望了他一眼，但还是拿起了小提琴。

临出客厅时，少年突然看见墙上挂着一张埃德蒙先生在歌德大剧院演出的巨幅彩照，身体猛然抖了一下，然后头也不回地跑远了。

埃德蒙先生确信那位少年已经明白是怎么回事，因为没有哪一位主人会用管家的照片来装饰客厅。

那天黄昏，回到家的埃德蒙太太察觉到异常，忍不住问道："亲爱的，你心爱的小提琴坏了吗？"

"哦，没有，我把它送人了。"埃德蒙先生缓缓地说道。

"送人？怎么可能！你把它当成了你生命中不可缺少的一部分。"埃德蒙太太有些不相信。"亲爱的，你说的没错。但如果它能够拯救一个迷途的灵魂，我情愿这样做。"看见妻子并不明白他说的话，他就将经过告诉了她，然后问道："你觉得这么做有什么不对吗？"

"你是对的，希望真的能对这个孩子有所帮助。"妻子缓缓地说道。

三年后，在一次音乐大赛中，埃德蒙先生应邀担任决赛评委。最后，一位叫里特的小提琴手凭借雄厚的实力夺得了第一名！评判时，他一直觉得里特似曾相识，但又想不起在哪里见过。颁奖大会结束后，里特拿着一只小提琴匣子跑到埃德蒙先生的面前，脸色绯红地问：

"埃德蒙先生，您还认识我吗？"埃德蒙先生摇摇头。

"您曾经送过我一把小提琴，我一直珍藏着，直到有了今天！"里特热泪盈眶地说，"那时候，几乎每一个人都把我当成垃圾，我也以为自己彻底完了，但是您让我在贫穷和苦难中重新拾起了自尊，心中再次燃起了改变逆境的熊熊烈火！今天，我可以无愧地将这把小提琴还给您了……"

里特含泪打开琴匣，埃德蒙先生一眼瞥见那把自己的阿马提小提琴正静静地躺在里面。他走上前紧紧地搂住了里特，三年前的那一幕顿时重现在埃德蒙先生的眼前，原来他就是"丹尼尔先生的外甥琼"！埃德蒙先生眼睛湿润了，少年没有让他失望。

心灵感悟：宽恕是一种力量，可以将邪恶的阴霾驱散，唤回真挚的善良。

高昂的学费

有位在政坛崭露头角的候选人，去一位政界要人那里学习他取得成功的经验，以及如何获得选票。

这位政界要人向他提出了一个条件，他说："你打断一次我说的话，就得付5美元。"

"好的，我答应你。"候选人说。

政客看了看他，问道："那什么时候开始？"

"现在，马上可以开始。"

"很好。第一条是，当你听到诋毁或者污蔑自己的话时，一定不要生气，时时刻刻都得注意这一点。"

"噢，我相信我能做到。无论别人怎样说我，我都不会生气。我不会在意别人说的话。"

"很好，这就是我经验的第一条。但是，说句实话，我是不愿意你这样一个不道德的流氓当选……"

"先生，你怎么能……"

"你打断了我说的话，付5美元。"

"哦！啊！这只是一个教训，对吗？"

"哦，是的，这是一个教训。但是，事实上我也是这么认为的……"

"你怎么能这么说……"

"付5美元。"

“哦！啊！这又是一个教训。你的10美元赚得也太轻松了。”他气急败坏地说。

“没错,10美元。你得先把钱付给我,然后我们才能够接着谈。因为,谁都知道,你有不讲信用和赖账的‘美名’……”

“你真是太可恶了！”

“再付5美元。”

“啊！又一个教训。噢,我最好试着控制自己的脾气。”

“好,我把前面说过的话收回,当然,我的意思并不是这样。我认为你是一个值得尊敬的人物,因为考虑到你出身于一个低贱的家庭,又有那样一个声名狼藉的父亲……”

“你这个恶棍！”

“请付5美元。”

为了学会自我克制的第一课,这个年轻人付出了高昂的学费。

然后,那个政界要人说:“这个问题远不止5美元那么简单。你一定不要忘记,你每一次发火或者你为自己所受的侮辱而生气时,至少会因此而失去一张选票。对你来说,选票可比银行的钞票值钱得多。”

心灵感悟:没有什么比陷入突如其来的怒气中更能造成灾难的了,而习惯性的自我克制能带来平静和财富并免除激烈的争执。

拿破仑的拒绝

1803年,美国发明家富尔顿在塞纳河上制造了一艘以蒸汽机为动力的轮船。这年8月,当他获悉拿破仑要越过英吉利海峡对英作战时,富尔顿兴致勃勃地前来推销自己的新产品蒸汽动力船。

当时,拿破仑的海军已堪称庞大,只是舰船大都是木质结构的,航行基本上靠风帆做动力。而他的对手英国人,却早已用上了蒸汽驱动船,这使拿破仑与英军统帅纳尔逊对阵时,常常感到英雄气短。他听说富尔顿的蒸汽船在塞纳河上演示时出了洋相,但这种全新动力的海上装置还是让拿破仑很感兴趣。

富尔顿见到拿破仑后,便滔滔不绝地说道:“一台20马力的蒸汽机可以抵得上20面鼓满的风帆,陛下的舰队再也不必待在港口里等待好天气出航。到时,不要说是纳尔逊,就是兔子,也跑不过陛下,等到您旗开得胜的时候,就是这个世界上最高大的人了……”

富尔顿一不留神说走了嘴,触到了拿破仑最忌讳的身材高矮的问题。刚才还在认真倾听的拿破仑顿时沉了脸,他截住富尔顿的话头说:“你只说船快,却只字不提铁板、蒸汽机和煤的重量,我不说你是个骗子,你也是个十足的傻瓜！”

拿破仑最终拒绝了富尔顿。1812年,英国人购买了富尔顿的轮船专利。19世纪40年代,船侧轮桨逐渐被更先进的船尾螺旋桨取代,英国的海上霸权以它的船坚炮利得到了巩固,而法国则被远远地甩到了后面。

后来的军事评论家这样说道:如果拿破仑当时稍微动一下脑筋,接受富尔顿的建议,用强大的蒸汽机舰队打败英国,那么,19世纪以后的欧洲历史,将完全是另一个样子。

心灵感悟:虽然拿破仑是个伟大的军事天才,可是他却没有一个能赢得天下的胸怀。心理学家告诉我们:人在情绪激动的状态下作出的判断,往往是错误的。只有豁达的心胸,才能保持心态的平稳,从而看清事物的本质,作出理智的选择。

拿破仑失态

1809年1月,拿破仑从西班牙战事中抽出身来匆忙赶回巴黎。他的间谍证实外交大臣塔里兰密谋反对他。到达巴黎以后,他就把所有大臣召集在一起开会。在会上,拿破仑非常含蓄地说出了塔里兰的密谋,但塔里兰却对此毫无反应。

拿破仑怀着满腔的怒火,逼近塔里兰说:“有些大臣背着我干了一些罪恶的勾当!”但塔里兰依然不动声色,只是满脸疑惑地看着他,拿破仑的怒火终于如火山一样地爆发了。

他对着塔里兰喊道:“我赏赐你无数的财富,而你却想把我置于死地。你这个忘恩负义的东西,就像一堆狗屎一样!”

骂完这些话后,拿破仑转身离去。

其他大臣面面相觑,他们从来没有见过拿破仑如此失态。

塔里兰却对此异常的平静,他慢慢地站起来,转过身对其他大臣说:“先生们,对此我感到非常遗憾,如此伟大的人物竟然这样没礼貌。”

皇帝的失态和塔里兰的镇静自若在人们中间传播开来,拿破仑的威望降低了。

在压力下,拿破仑没能控制他的情绪,人们感觉到他开始走下坡路了。

心灵感悟:情绪失控会让自己失去谈话的主动权,因此在平时的交际中,切不可感情用事,一定要用理智来控制感情。

首相的神秘微笑

日本前首相大平正芳访问美国的时候,美国前总统卡特为他举行欢迎宴会。

在欢迎这位日本首相的鸡尾酒会上,卡特端着酒杯走到这位首相跟前说:“喂,我们所要求更改的那几个条件,你答应算了,这样,我们就可以腾出时间到海边度假!”这时,大平正芳的翻译恰好不在身边,因此大平正芳听不懂卡特说些什么,急得不得了。为了保持镇定,他只得点头傻笑。

卡特在一旁看到大平正芳傻笑,高兴不已,于是就跟自己的随员说:“看来,他同意了我们所提出的条件。我跟他谈条件时,他一直在笑,似乎默认了我们的要求。”

宴会结束后,美国代表团连夜就把美国议案里所提出的一些勉强要求统统改为得寸进尺的要求。

第二天，美、日两国代表团继续开会，随团翻译也随坐在一旁。开会时，美方把其提出的贪婪要求重复了一遍。大平正芳通过翻译听到这一切时，非常生气，于是就气愤地说："你卡特总统简直背信弃义，以前说好的东西，怎么一下子全给推翻了？"接着，他宣布："我马上结束会谈，退出会场！"于是，这次美日贸易谈判流产了。

后来，美国国会要求国务院就这次流产的谈判撰写报告，探明失败的原因。结果，国务院的研究人员经过很长时间的研究后才发现，美日贸易谈判破裂的主要原因，只是日本首相的一个神秘的微笑。

心灵感悟：投机取巧，只会适得其反。爱耍小聪明的人，往往是"捡了芝麻，丢了西瓜"。与人相交，要以诚相待，才能取得对方的信任，达到共赢的目的。

三封求爱信

法国著名化学家巴斯德是免疫疗法的创始人。

巴斯德 27 岁时，在斯特拉斯堡大学担任化学教授。他看中了校长的女儿玛丽小姐。为此，他写了一封信给校长大人。信中说："我应该先把下面的事实告诉您，好让您决定允许或拒绝。"他把自己的父亲是普通工人等家庭出身情况如实报告之后说："因此，我是没有财产的。我所有的只是身体健康、工作勇敢和我在大学里的职位。然而，我并不是为了地位而研究科学的人。我计划把一生献给科学研究，并希望能有某种程度的成功。我以这些微薄的聘礼，请求您允许我和您的女儿结婚。"

校长很欣赏巴斯德的淳朴和大胆，便把信交给了女儿，表示不干涉此事。接着，巴斯德又给玛丽的母亲写了一封信："我怕的是，玛丽小姐太重视初步印象了，而初步印象对我是不利的。我确实没有什么地方可以吸引一位年轻姑娘。可是，熟悉我的人都告诉我，他们都是喜爱我的。"

幸运的是，巴斯德也获得了玛丽母亲的好感。于是巴斯德直接向玛丽小姐写了求婚信："我只告诉您一点，不要过于匆忙下判断。要知道，您可能错了。时间会告诉您，在我这个矜持腼腆的外表下，还有一颗充满热情的心。"结果，巴斯德一举成功，玛丽小姐答应嫁给他了。

心灵感悟：诚实是人际交往的基石，是获取他人信任的前提。巴斯德在三封信中将自身的情况以及自己的心愿坦诚相告，不卑不亢，一举夺得芳心，充分反映出巴斯德高尚的品格和卓越的智慧。诚实，是我们最宝贵的财富。

一对冤家

在一个小城的西头，住着全城最有名的法官——加里曼；在城的东头，住着全城最有名的律师——理查得。他们是一对冤家对头。

每当城里有什么案子,总是加里曼负责审判,理查得负责辩护。两人向来都是针锋相对,你一言我一语,谁也不会让步。时间一长,两人由于工作上的冲突逐渐演变成个人恩怨,最后竟成了互不相容的仇敌。

在乡下,加里曼和理查得都有土地,而且挨在一起,纠纷不断。两人在城里又都有店铺,加里曼开的是棺材铺,专门做死人的生意。而理查得开的是药店,打着救人性命的旗号。两个人就如同前世的冤家,在今世又重逢。

有一天,一艘商船从这里路过。从船上传出这样一个消息,说:在离这里九天路程的一个孤岛上,发现了一种新的树木,如果用它来做棺材,死人的尸体永不腐烂,而且面色红润,栩栩如生;如果把它做成药材给病人服用,能够使人起死回生。

加里曼和理查得都听说了这个消息,他俩都怕对方抢占了先机,纷纷赶往码头,准备出海去买这种树。结果两人几乎在同一时刻里赶到了码头。然而,仇人相见,分外眼红,他们说什么也不肯坐在一条船上,两个人便坐在码头上"打起了"心理战,盼望着把对方耗走。

就这样,从日出等到日落,两个人都不肯离开码头。而且都吩咐仆人回家取来吃的、穿的,甚至让他们拿来了被褥,准备在夜里继续开战。

从日落等到日出,两个人又整整相持了一个晚上。眼看着码头上出海的船只越来越少,最后码头上只剩下一只小船还未出海,两人对望了一眼,无奈地登上这只小船。

加里曼坐在船尾,理查得坐在船头,他们谁也不理谁。

小船起航了,向那个神秘的小岛驶去。小船行驶到第三天,海上起了大风暴,狂风裹着巨浪向小船袭来。

小船哪能抵挡住这样猛烈的袭击,眼看就要倾覆了。

这时,加里曼问船尾的水手,船的哪一头先沉,水手告诉他,船头先沉。

加里曼高兴地说:"如果能够看到我的仇人比我先死,我就不后悔出这趟海。"

而此刻,理查得也问水手,船的哪一头先沉,水手回答说,是船尾。

理查得兴奋地说:"我将看到我的仇人比我先死,死亡对我来说就没有什么痛苦了。"

两个人正说着,一个巨浪打来,小船骤然翻了过来,理查得和加里曼双双落入汪洋大海之中。

心灵感悟:俗话说"退一步海阔天空",当你被仇恨包围的时候,多想想这句话吧,对别人付出你的宽容,这样,你将会得到很多东西。

沈万三之死

沈万三是明初一个很有名气的商人,传说南京城有一半都是由他出资修筑的。虽然这件事无从考证,但光凭这个传说就足见其富。

明太祖朱元璋定都南京时,由于国家刚刚经历战争的摧残,所以,国库空虚。为此,朱元璋曾召见沈万三,命他出白银千锭,黄金百锭,修筑南京城的外城。沈万三自恃私库殷实,不但一口答应,还说与朝廷对半而筑。结果,工程同时开工后,沈万三竟不顾修筑另一半城墙的是当今的皇上,居然比朱元璋提前三天完工。这让朱元璋很是不悦,嘴上虽未说什么,但心里可是老大的不痛快,觉得沈万三没把自己放在眼里。可是,沈万三仍旧不识趣,又申请犒赏全国军队每人一两银子,总共有百万两之多。这下朱元璋一下由妒忌变成了仇恨:"匹夫犒天子之军,乱民也,宜诛之。"

随后,朱元璋下令对沈万三征收重税,每亩交粮九斗三升,相当于平均亩产的一半多。随后,朱元璋又找借口,说沈万三修筑的苏州街道,以茅山石为街石,是有谋反的野心。于是,派兵抄了他的家,并将沈万三押了起来,准备杀头。后来,经马皇后苦苦劝谏,才改将他流放到云南,所有家产全部充公。但最后,朱元璋还是又找了借口,将沈万三杀掉了。

心灵感悟:做人做事切忌锋芒毕露。无论你多么有本事,都要学会不骄不躁、韬光养晦。

大帝与少校

亚历山大大帝骑马到俄国西部旅行。

一天,他来到一个乡村小镇,为了多了解一些民间的情况,他决定改为步行。当他穿着布衣走了一段路程时,感到有些疲惫,于是便向别人打听客栈的位置。

亚历山大无意中看见有个军人站在路口,于是他走上去问道:"你好,朋友,能告诉我客栈怎么走吗?"

那军人叼着一只大烟斗,扭了一下高傲的头,将眼前这个身着布衣的旅行者上下打量了一番,傲慢地答道:"朝右走!"

"谢谢!你能告诉我客栈离这里还有多远吗?"大帝又问道。

"1.6千米(1英里)。"那军人语气生硬地答道,并瞥了一眼身旁的陌生人。

大帝抽身道别刚走出几步又停住了,回来微笑着说:"请原谅,我还想问你一个问题。要是可以问的话,请问你的军衔是什么?"

"猜嘛。"军人猛吸了一口烟说。

"中尉?"大帝笑着说道。

军人摇了摇,让他继续猜。

"上尉?""还要高些。"军人高昂着头说道。

"那么,你是少校?"

"是的!"他高傲地回答。于是,大帝敬佩地向他敬了礼。

"如果你不介意,请问你是什么官?"少校神气十足地说道。

"你猜!"大帝乐呵呵地回答。

"中尉?"

“不是！”大帝摇头说。

“上尉？”

“也不是！”

“那么你也是少校？”少校走近仔细看了看说。

“继续猜！”大帝镇静地说。

少校取下烟斗，那副高贵的神气一下子消失了。

“那么，您是部长或将军？”少校用十分尊敬的语气低声说。

大帝摇摇头说：“不是，不过你快猜着了。”少校看了看大帝，结结巴巴地说：“殿……殿下是陆军元帅吗？”“我的少校，再猜一次吧！”大帝说。

“皇帝陛下！”少校的烟斗从手中一下掉到了地上，猛地跪在大帝面前，忙不迭地喊道：“陛下，饶恕我！陛下，饶恕我！”

“朋友，你并没有做错什么，为什么要让我饶你呢？”大帝笑着说，“你没伤害我，我向你问路，你告诉了我，我还应该谢谢你呢！”

心灵感悟：不要老在别人面前炫耀你的成就与地位，要知道，山外有山，人外有人，比你高的人还有很多。

冠军的自信

两个运动员到野外去探险，一个是跳远冠军，一个是游泳冠军。

他们在山上遇到了一道几米宽的沟，要继续前进只有跳过去或者多行一公里路绕开它。游泳冠军觉得跳过去没有把握，从小路绕道而过；跳远冠军认为跳过这沟没有问题，于是他奋力起跳，但是他差了那么一点点，没有跳过去，不幸掉到深沟里，把腿摔折了。他困在沟里，大声呼喊。游泳冠军听到呼救声后赶来，一时也没有办法救他上来，只好由游泳冠军去找人救援。

半路上，游泳冠军被一条波涛汹涌的河流拦住前进的道路，游泳运动员想：我身为游泳冠军，有什么样的河流能拦住我，于是纵身便跳进了河里。由于赶了很远的路，他已经很疲惫了，波涛翻滚的河水让他找不到一点在游泳池中驰骋的感觉。但他不愿退缩，仍挣扎着前进，一个大浪打了过来，他失去了控制，被卷入旋涡……

游泳冠军再也没能浮出水面；跳远冠军也永远地困在了沟底。

心灵感悟：太过于自信，就会迷失自己。强项和优势并不是在任何时候，任何情况下都让你成功；一旦你失去了理智，它也会变成你的坟墓。谨慎面对生活，不要忘乎所以。

遗失的公文包

一个富有却很吝啬的人不幸将自己装有50万现金的公文包丢失了。他怎么也找不到,着急得要命,于是,只好报警,并声称谁要拾到公文包并交还给他,他将奖给这个人5万元现金。

不久,便有人将公文包送到警察局,富人见到自己的公文包失而复得,心中又生悔意,不想付酬金给拾到公文包的人。因此便对警察谎称说:"包内应有55万现金,而现在只有50万!"

警察见包外密码锁并没有被开启的现象,其他地方也没有被破坏的痕迹。便对失主说:"你真的确定你的包内是55万元现金?"

吝啬的富人毫不犹豫地答道:"是的。"

警察于是说道:"如此说来,这个包原来不是你的,因为这里面只有50万。你还是先回去等消息吧。按照规定,如果6个月内,这个包无人认领的话,它就将归属于捡到它的那个人。"

心灵感悟:失去了财富,还可以再拥有;但是失去了诚信,便失去了一切。诚信是人际交往的基础。

煮熟的花籽儿

一位贤明的国王,决定从王国的众多孩子中挑选一个,培养成自己的大臣。

国王的方法很独特,他给每个孩子发一些花种,并宣布谁能培育出最美丽的花朵,那么谁就能够成为丞相。

孩子们得到种子后,开始精心地培育,从早到晚浇水、施肥、松土,谁都希望自己能成为一位幸运者。

有一个出身贫穷的小男孩也分到了一些花种,虽然尽心尽力地培育,但是花盆里的种子始终没有发芽。

最后,比赛的日子到了。富人家的孩子穿着漂亮的衣服走上街头,他们捧着盛开的鲜花,盼望国王的垂青。国王乘着马车缓缓地巡视在花海里,但是,面对着朵朵争奇斗艳的鲜花,他一点儿都不兴奋,直到他看到那个捧着空花盆的小男孩儿,脸上才露出微笑。

当然,小男孩儿成了最后的幸运儿。因为国王发的花种全部是煮过的,根本就不能够发芽开花。

心灵感悟:诚实就如埋藏在泥土里面的果实,谎言犹如枝头上妖艳的花朵。虽然谎言能给人暂时的美感,但它的枯萎是不可避免的,而诚实会在那里生根发芽。

英雄的结局

马西尔斯是古罗马时代一名战功赫赫的英雄，他以战神科里奥拉努斯的美名而著称于世。公元前454年，科里奥拉努斯打算角逐最高层的执政官以拓展自己的名望，进入政界。

竞逐这个职位的候选人必须在选举初期发表演说，科里奥拉努斯便以自己十多年来为罗马征战留下来的无数伤疤作为开场白。那些伤疤证明了他的勇敢和爱国情操，人们深为感动，几乎每个人都认为他会当选。

投票日来临的前夕，科里奥拉努斯在所有元老和贵族的陪同下，走进了会议厅。当科里奥拉努斯发言时，内容绝大部分是说给那些陪他前来的富人听的。他不但傲慢地宣称自己注定会当选，而且大肆吹嘘自己的战功，甚至还无理地指责对手，还说了一些讨好贵族的无聊笑话。

他的第二次演说迅速传遍了罗马，人们纷纷改变了投票意向。

科里奥拉努斯落选之后，心怀不甘地重返战场，他发誓要报复那些投票反对他的平民。

几个星期之后，元老院针对一批运抵罗马的物品是否免费发放给百姓这个议题投票，科里奥拉努斯参加了讨论，他认为发放粮食会给城市带来不利影响，这一议题因而未决。接着他又谴责民主的要领，倡议取消平民代表(亦即护民官)，将统治权交还给贵族。

科里奥拉努斯的最新言论激怒了平民。人们成群结队赶到元老院前，要求科里奥拉努斯出来对质，却遭到了他的拒绝。于是全城爆发了暴动，元老院迫于压力，终于投票赞成发放物品，但是，老百姓仍然强烈要求科里奥拉努斯公开道歉，才允许他重返战场。

于是，科里奥拉努斯出现在群众面前。一开始，他的发言缓慢而柔和，然而没过多久，他变得越来越粗鲁，甚至口出恶言，侮辱百姓！他说得越多，百姓就越愤怒，他们的大声抗议中断了他的发言。护民官商议判处他死刑，命令治安长官立即拘捕他，将他送到塔匹亚岩顶端丢掷下去。后来，在贵族的干预下，他被判决终生放逐。人们得知这一消息后，纷纷走上街头欢呼庆祝。

心灵感悟：在任何地方和场合，我们要尽量少说话，缄默是值得提倡的。如果非说不可，那么，你要注意所说的内容、意义、措辞、声调和姿势，以及在什么场合应该说什么话，怎么说才得体。

鬼魂和上帝

一个鬼魂被判下地狱，他对这个判决不服，这是有原因的：在阳世间，他活得多好，健康、美貌、金钱、荣誉……他样样都有。为什么偏偏死去了，却要受折磨：地狱的阴暗、潮湿、饥饿……这个鬼魂将自己的不满告诉了上帝，并要求去天堂。

上帝笑一笑，问："你要求进天堂，凭什么呢？"鬼魂于是把阳世间他所拥有的一切都说了出来，之后他反问道："所有这些，难道不足以使我去天堂吗？"说完后，他得意地笑了。

上帝对此并不生气，他平静地说道："难道你不知道你没有'允许进入天堂'最重要的一种东西吗？""你已经看到了，我拥有很多东西，完全有资格进入天堂。"鬼魂笑着说道。

面对这个不知羞耻的鬼魂，上帝有点儿不耐烦了，他便直接对他说："你曾经抛弃了一种最重要的东西，难道你不记得了吗？在人生渡口上，你抛弃了一个人生的背囊，是不是？"

鬼魂想起来了：年轻时，有一次乘船过海，遇上了大风浪，小船险象环生。老艄公让他抛弃一样东西。他想来想去，美貌、金钱、荣誉……他舍不得，最后，他把"诚信"抛弃了。

鬼魂不服："不能因为这个就让我进入可怕的地狱。我还是有资格进天堂的。"

上帝变得很严肃："那之后你做了些什么？"鬼魂回想着：那次他回家后，答应妻子永远不背叛她，答应母亲要好好照顾她，答应朋友要一起做一番事业。后来，后来……他回想着，自己在外有了情人；母亲劝告他，他就再也不管他的母亲了，他不允许母亲破坏他的"幸福"；他和朋友做生意，最后却把朋友的那一份也吞掉了，并且把他送入了监牢……

上帝打断他："看到了吗？丢掉诚信以后，你做了多少背信弃义的勾当。天堂是圣洁的，怎么能让你这种鬼魂进去呢？"

鬼魂沉默了，他不是无所不有，而是一无所有，亲情、友情、爱情……统统随诚信而去。

上帝看了看他，说道："下地狱去吧！那里才是你该去的地方。"

心灵感悟：诚信是一个人做人的准则，失去了诚信，也就失去了一切。

真正的男人

快餐店里走进来一位卡车司机，要了食物后坐了下来。

正在这时，门外来了三个穿皮夹克的小伙子，他们从疾驰的摩托车上跳下来进了餐馆。一个抢走了卡车司机的汉堡包，一个端起他的咖啡，一个吃起了他的苹果饼。

卡车司机没说一句话，起身付账后就走了。

小伙子们走到收款小姐面前说："他真的不像个男人。"

收款小姐说："他也不像个真正的司机。你们看，三辆摩托车都被他轧坏了！"

心灵感悟：不要以为自己势力强大就任意侮辱他人，没有人会甘心地忍受。你会为自己的行为付出昂贵的代价。

父子扛驴

有一对父子准备去市场卖驴，选好一个合适的时间后，他们便上路了。驴子走在前头，父子俩则尾随其后，村里的人看了都忍不住笑了起来。“你看这两个人多笨啊！有驴子不骑，却要走路。”

“是啊！我怎么没有想到呢！孩子，骑上驴子吧！”父亲让孩子骑在驴子上，自己则跟在旁边走着。

这时，对面来了两个过路人。“怎么能这样呢！孩子舒舒服服地坐在驴背上，而让老人在下面走路。这个孩子也太不孝顺了，应该让他下来！”

听到这些话后，孩子从驴背上跳了下来，让父亲坐了上去。孩子跟在驴子后面，慢慢地走着。没过多久，他们来到一个农场前，碰到了一个挤牛奶的妇人。妇人用责备的口吻说：“世间竟有这么残酷的父亲，自己轻轻松松地骑在驴背上，却让孩子在下面走。瞧，那孩子多可怜，东倒西歪地跟在后头！”

父亲觉得妇人说得有理，于是，叫孩子也骑到驴背上，朝着市场的方向前进。驴子载着父子二人前行，渐渐地举步维艰。可是父亲却一点儿也没有注意到。

走了好一阵，他们来到了一座教堂前。“喂！喂！请等一下”，一位牧师叫住了他们，“让那么弱小的动物载两个人，实在是太可怜了。你们要去哪里呢？”

“我们正要带这匹驴子去市场卖呀！”

“哦！这更有问题。我看你们还没有走进市场，驴子就先累死了。”

“那我们应该怎么办呢？”

“把驴子扛着去吧！”

“好！有道理。”父子俩立刻从驴背上跳下来，然后把驴子的脚绑起来，再用棍子扛着驴子继续前行。路上，人们都以惊异的目光看着他们。

不多久，这对父子扛着驴子气喘吁吁地来到一座桥上。“孩子，市场快到了，再忍耐一会儿吧！”

然而，驴子被人倒吊着抬显得非常痛苦，不但口吐白沫，还粗暴地扭动起来。“嘿！不要乱动！”父亲严厉地斥骂着，可是驴子不听，扭动得更厉害，结果，棍子“啪”的一声折断了，绳子也弄断了，驴子倒栽葱似的掉进河里。不幸的是，雨后河水暴涨，驴子就在那瞬间被急流吞没，没了踪影。

“啊！怎么会这样呢？这都是一味听别人的意见而产生最严重的后果啊！”父子俩只好垂头丧气地走回家。

心灵感悟：一个人要有主见，具备判断是非的能力，才不会被别人的意见所左右。不要活在别人的舆论中，要靠自己的脚走路，自己的脑袋思考。

四、心灵泡澡

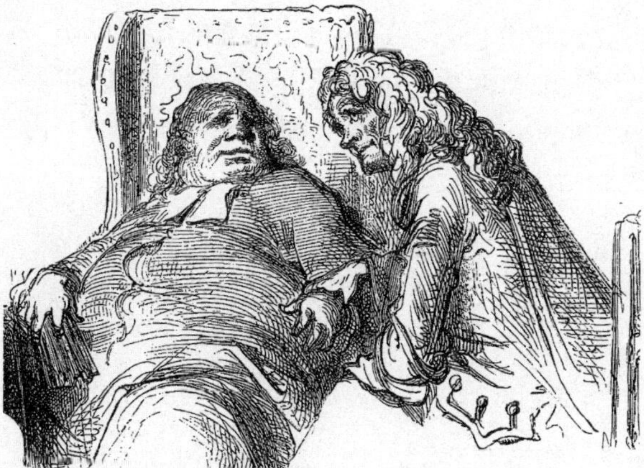

为钱而丧命的人

在犹太人大流亡时代,有两个朋友看到一位犹太拉比从丛林中惊慌失措地跑出来。他们问他为何如此不安,犹太拉比说:“我看到了一个可怕的东西,它会吃人呀。”

两个人不安地问道:“你是不是说有一只老虎?”

“不,”犹太拉比说,“比老虎可要厉害多了,是我在挖一些药草时挖出来一堆金币。”

两人听后,眼睛一亮,赶忙问道:“在哪儿?”

“就在那片丛林中。”说完,犹太拉比就走了。

两个朋友立刻跑到犹太拉比所指的地方,果然发现一些金币。

“这怎么会是吃人的东西呢,明明是珍贵的黄金嘛,那个犹太拉比真是太愚蠢了。”一个人对另一个人说。

另一个人说:“让我们想想怎么办吧。现在是大白天,此时拿回村去肯定是不安全的,必须在夜里偷偷拿回家去。我看这么办,你回家去拿点吃的来,我留在这儿看着财宝。”

当一个人去拿饭时,留下的一个人想道:“太遗憾了,今天要是我一个人来多好,那样我就能拥有所有的黄金,而现在是两个人,我只能得一半,我有一大家子人,需要得到全部黄金。只要他一来,我就用我的刀把他捅死。

同时,回去拿吃的那个人也在想:“我干吗要把黄金分给他一半呢?我负债累累,为晚年准备的积蓄一点都没有,因此必须得到全部的黄金。我先吃好饭,然后把毒药撒在饭里,给他带去,他一吃就死了。”想好了之后,他带着饭,来到发现金币的地方。他刚一到那里,另一个人就给了他一刀,他还没明白是怎么回事就毙命了。行凶后,凶手对朋友的尸体说道:“可怜的朋友,这可不能怪我呀,要怪就怪那一半黄金,是它们要了你的命,现在,我该吃饭了。”他端起有毒的饭吃了下去。半个小时后,他一命呜呼了。他在临死的时候说:“犹太拉比的话多么对呀!”

心灵感悟:害人之心不可有,防人之心不可无。切莫让无限膨胀的私欲打乱自己理性的思维。

贪嘴的鸫鸟

一群鸫鸟准备飞到樱桃园里偷吃樱桃。

临飞前,领头的鸫鸟说:“大家一定要记住,樱桃虽然好吃,但我们不能太贪,因为在樱桃园里待久了,就会被守园人发现,那时我们就有性命之忧了。”

一只叫娜娜的鸫鸟在底下轻声嘀咕道:“这么啰嗦,谁不知道这个道理,讨厌!”

樱桃园里,一颗颗红红的樱桃挂在枝头,趁看园人打盹的时候,领头的鸫鸟带领大家偷偷地溜进了园里,一个个贪婪地偷吃起樱桃来。

吃了一会儿，领头的鸫鸟轻拍了一下翅膀，示意大家该走了，于是，鸫鸟们恋恋不舍地飞出了樱桃园。

只有那只叫娜娜的鸫鸟还在埋头大吃，因为樱桃实在是太好吃了，以至于它见其他伙伴们都已飞走，还是决定留在园里，想吃个痛快后再走。

守园人醒来后，发现了正在偷吃樱桃的鸫鸟娜娜，就用捕鸟网逮住了它。

鸫鸟娜娜在临死前感叹道："我真蠢啊，为了一点儿口福，竟然把性命都搭上了。"

心灵感悟：贪欲的最终结果是葬送自己。为蝇头小利铤而走险，最终葬送了生命的大有人在。因此，要活得长久快乐，最好戒除自己的私心与贪婪。

一根大骨头

一户人家门前的大树上，站立着一只贪婪的乌鸦，而对面人家的门前，正有一只黄狗在进行它的午餐——一根肉骨头。

乌鸦张大着嘴巴，望着正津津有味啃骨头的看家狗，心里很不平衡——"为什么它有骨头而我没有？我要把骨头抢过来！"于是，自不量力的乌鸦看准一个机会，像鹞鹰似的猛扑过去，对准黄狗的头部奋力一击。

看家狗对这突如其来的进攻毫无准备，就连这一下是谁打的它也没弄清楚，于是头也不回地钻进了门洞，而那块骨头也落在了洞口前。

一时得逞的乌鸦得意忘形起来："原来黄狗也不过如此嘛！在我乌鸦大人的一击之下变成了丧家之犬，这下骨头成我的啦！"

乌鸦一下子抓住了那根大骨头，想把它带回树上。不料这骨头实在太重，任凭乌鸦用尽九牛二虎之力，骨头就是纹丝不动，乌鸦心想："那我就在这里吃吧。"

看家狗定了定神，重新蹿出门洞，要向入侵者报仇雪恨。

当他看到刚才袭击自己的只是一只乌鸦时，不禁勃然大怒。它一把抓住了乌鸦的翅膀，顿时，羽毛飘零。乌鸦想要逃跑，却已经失去了机会，被黄狗一口咬断了脖子，只见它挣扎了几下，便一命呜呼了。

心灵感悟："人为财死，鸟为食亡"，利益往往驱使人去冒险，哪怕实力悬殊，也要试一试，过分的贪婪其实就是一个自掘的陷阱。

天门再也不开了

相传在很久以前，老天爷为了使天下的老百姓都能过上幸福的生活，每逢大年三十的晚上，他都要把天门打开，将天宫宝库中的金银财宝、珍珠玛瑙等等无数的宝贝撒往人间。到了那个时候，只见人间遍地都是金灿灿、银闪闪的，就连砖头、瓦块、石头也都变成了金银。但是，有一条天宫的规矩人们是必须要遵守的，那就是，谁都不准贪心。捡到的金银还一定得放在屋里，等到天亮才能把门打开。

李家庄有两兄弟，两人的性格迥然不同。老大叫狗崽，为人尖酸刻薄，而且自私吝啬，爱财如命。谁要想从他那借一个小钱，真好比登天一般难。他的弟弟叫五子，是一个心地善良，勤劳忠诚的好人。

这一年的三十晚上，兄弟俩都坐在屋子里等着天门开。可是，等啊，等啊，已经过去很长时间了，仍没见到天门开。爱财如命的狗崽心中暗想：我现在得想个法，等天门一开就能毫不费力地多弄一点金银财宝。于是，他将一大堆大石头、大石磙、大磨盘都搬到了自己的门口，准备等天门一开就把这些东西搬到屋子里去。老实厚道的五子却没有动那么多心思，什么也没干，只是一动不动地坐在那里，望着蜡烛，耐心地等待着。

等啊，等啊，时间就这样一分一秒地过去了。三更时分，天门终于开了。院子里的砖头瓦块，果然都变成了金银财宝。五子把金银财宝收进了筐里，搬到屋内，关上了屋门。此时的狗崽可是忙得不亦乐乎，他搬完金子，又搬银子，捡完珍珠，又拾玛瑙，他恨不得把天底下所有值钱的东西全都搬到自己的屋子里去。他看着满屋的金银财宝，像吃了蜜糖一样开心。

狗崽在屋子里想，从今以后自己可就是天底下最有钱的人了，想到这里他高兴得恨不得到外面去跑去跳。他兴奋而焦急地等待着天明，可是等啊等，他感觉这天似乎怎么也不肯亮。他实在按捺不住了，便推开屋门来到院子里看天，竟把“不到天亮不开门”这条规矩给忘了。

在院子里站了一会，见天还没有要亮的意思，又不耐烦地回到屋子里。进屋一看，他顿时就傻眼了，搬进屋子里的大块金银，此时又都变成了大块石头、大石磙、大磨盘。他懊丧至极，不禁嚎啕大哭了起来。

五子呢，他只拾了点金银便回到屋子里，坐在那儿一动不动，一直到天光大亮，他才打开屋门。他一看，哎呀，那一筐闪闪发光的金银财宝照得他眼花缭乱。

一年一年过去了，撒珠宝的老天爷渐渐地发现，像狗崽那样自私贪婪、不守神的规矩的人越来越多了。老天爷一怒之下，把天门中断，从此天门就再也不开了。

心灵感悟：越贪婪，失去的东西也就越多。懂得知足的人不仅能够拥有快乐，而且还能够得到很多东西。

穷人的钱袋

在一间很破的屋子里，有一个穷人，他穷得只能够躺在一张长凳上。

“我真想发财呀，如果我发了财，决不做吝啬鬼……”穷人自言自语地说。

这时候，上帝出现在穷人面前，说道：“好吧，我现在就让你发财，我会给你一个有魔力的钱袋。”

“这钱袋里永远有一块金币，是拿不完的。但是，要注意，在你觉得够了的时候，要把钱袋扔掉才可以开始花钱。”上帝又说。

说完，上帝就不见了。在穷人的身边，真的有了一个钱袋，里面装着一块金币，穷人把那块金币拿出来，里面又有了一块。于是，穷人不断地往外拿金币。穷人一直拿了整整一个晚上，金币已有了一大堆了。啊，这些钱已经够我用一辈子了！他想。

到了第二天，他非常饿，很想去买面包吃。但是，在他花钱以前，必须扔掉那个钱袋。

他又开始从钱袋里往外拿钱。每次当他想把钱袋扔掉时，总觉得钱还不够多。

日子一天天过去了，穷人完全可以去买吃的、买房子、买最豪华的车子。“还是等钱再多一些吧。”他对自己说。

他不停地拿，金币已经快堆满一屋子了。同时，他的身体变得越来越虚弱，头发也全白了，脸色蜡黄。“我不能把钱袋扔掉，金币还在源源不断地出来啊！”他虚弱地说。

终于，他倒在长凳上，死了。

心灵感悟：人要学会知足，这样你才会快乐。贪得无厌的人得到的多，失去的也多，到头来只是一场空。

最可口的食物

在一个农场里养着很多动物。其中有一匹爱挑食的小马，它总是不满意农场主给它的食物。于是它决定去转一圈，看看别的动物们那儿有什么好吃的。

它很快就发现了几只鸡正在愉快地吃着什么，上前一看，是谷子，它尝了一口，却马上又吐了出来，“一点味儿没有，还扎嘴，不好吃！”说着就走了。

不久它又看到一只狗在津津有味地啃着骨头，还有一只猫一边唱着歌一边撕咬着一条鱼。这些食物，它看了都害怕，那气味使它呕吐。它赶紧走开了。

走了好一会儿，小马有点渴了，它来到水塘边喝水。看到两只鸭子正在抢夺一条蚯蚓，蚯蚓被它们拉扯得又细又长，最后断成两截，两只鸭子狼吞虎咽地吃下了各自的半截，又开始寻找起来。看到这残忍的一幕，小马水也顾不上喝就跑开了，“真恐怖！”它说。

跑了一大圈，它看到的动物吃的东西，都不合它的胃口，有的甚至还让它感到恶心。小马饥肠辘辘地回到马厩，才发现主人为它预备的草料才是它最喜爱最可口的食物。

心灵感悟：上天赐予每个人的爱都是一样的，可以不满足于现状，但不能脱离现实。珍惜现有的一切，快乐地过好每一天。

快乐的猩猩

动物王国的成员在不断发展壮大，很快地，它们现有的家园已无法供它们生养栖息了。为此，狮王颁布法令，准备组织一支探险队，去没有同类足迹、没有人类生存的地方寻找新的生存环境。

骆驼被任命为探险队队长，探险队其他成员包括猩猩、长颈鹿、大象、狐狸。大伙收拾一番后，便踏上了寻找新家园的探险征途。

一路上，队员们在骆驼队长的带领下，趟河流、过草地、翻大山、穿沙漠，历尽千辛万苦，还是没有找到理想的家园。有的队员已心灰意冷，有的队员不停地抱怨，路有多难走，食物有多难吃……只有猩猩一路上始终显得很愉快。

有一天清晨，猩猩起床去河边洗脸，当它回到营地时，其他队员才刚刚起床。

“早上好，伙计们。”猩猩愉快地向其他队员打着招呼。可是，它们一个个都没有反应。“嗨，伙计们，今天的天气多好啊！”猩猩再一次向同伴们打招呼，并轻轻地哼起歌来。猩猩的举动让其他队员很是不解。

“喂，你好像很得意的样子，捡到什么宝贝了吗？”狐狸带着讽刺的口吻问猩猩。

“是的，你说得没错。”猩猩说，“正如你所说的，我是很得意，我真的觉得很愉快。不过，我只是把使自己觉得幸福当成一种习惯罢了。”

心灵感悟：如果我们养成一种幸福的习惯，我们的生活将是一连串的欢乐。那么，让我们从现在开始培养自己愉快的感觉，并逐渐养成幸福的习惯吧。

贪婪的父子

一条细细的山泉，沿着窄窄的石缝，叮咚地往下流淌，也不知过了多少年，竟然在岩石上冲刷出一个鸡蛋大小的浅坑。奇怪的是，山泉不知从哪儿冲来了黄澄澄的金砂，填满了小坑，天天不增多也不减少。

有一天，一位采药的老汉来喝山泉水，偶然发现了清冽泉水中闪闪的金砂。惊喜之下，他小心翼翼地捧走了金砂。

从此，老汉不再受苦受累，不再爬山越岭采集山药。过个十天半月的，他就来取一次金砂，不用说，日子很快富裕起来。人们都感到蹊跷，不知老汉交上了什么财运，老汉对这个秘密守口如瓶，上不告父母，下不告妻小。

老汉的儿子跟踪窥视，发现了爹的秘密，他认真看了看窄窄的石缝，细细的山泉，还有浅浅的小坑，埋怨爹不该将这事瞒着，不然早发大财了……

儿子向爹建议，拓宽石缝，扩大山泉，不是能冲来更多的金砂吗？爹想了想，自己真是聪明一世，糊涂一时，怎么就没有想到这一点？

说干就干，父子俩把窄窄的石缝凿宽了，山泉比原来大了几倍，又凿深了坑。父子两个累得大汗淋漓，想到今后可以获得很多很多的金砂，高兴得一口气喝光了一瓶酒，醉成了一团泥……

父子俩天天跑来看，却天天失望而归，金砂不但没增多，反而从此消失得无影无踪。父子俩百思不得其解：金砂哪里去了呢？

心灵感悟:想要拥有更多,往往会失去越多。水流大了,金砂就一定不会再沉下来。贪婪的父子俩连原来的金砂也得不到了。他们也许是某些人的一个缩影。在大自然的给予面前,某些人也正如他们一样贪婪。

人为财死

永州地方的人都很会游泳。有一天,江水暴涨,有五六个人划着一只小木船横渡湘江船到中流,被激浪打翻,大家都落进水里,他们拼命向岸边游去。

其中有一位汉子在这些人当中的游泳水平是最高的,可是所有人都快到岸上了,只有他使出全身气力,也游不了几尺远。

同伴奇怪地问他:“平日你最会游泳,怎么今天落到后面去了?”

他喘着粗气回答:“我腰上缠着一千枚大钱,重得很,所以游不动啦。”

同伴说:“怎么还不丢掉呢?”他不回答,只是摇着头。

不一会儿,他更加游不动了。已经上岸的同伴对他大声呼叫说:“你好愚蠢,你被金钱迷得太深了,命都顾不上,还要钱干什么?”他翻着白眼,还是摇着头。

最后,冒上几个气泡,就沉入水底淹死了。

心灵感悟:贪财好利的人,如果不猛醒回头,最终逃脱不了灭顶之灾。

愿望

有个人非常幸运,他遇见了上帝,上帝对他说:从现在起,我可以满足你任何一个愿望,但有一个条件,就是我必须给双份于你的邻居。

那人听了非常高兴,随之又皱紧了眉头,心想:如果我得了一箱金子,那他就要得两箱金子;如果我得了一份田产,那邻居就要得两份田产;最让我不能接受的是,如果我得了一位绝色美女,而那个至今还打着光棍的邻居,却同时拥有两位绝色美女。

那人绞尽脑汁想来想去,依然没有想出一个好的对策。最后,他咬咬牙对上帝说:“万能的主啊!请挖去我的一只眼珠吧!”

心灵感悟:嫉妒是人类最大的敌人之一,它能让人迷失本性,失去自我。要时刻作好准备,防止嫉妒的侵袭。

成功属于自信

一位面临毕业的学生向老师提出一个问题:“现代商业社会,是标准的学历社会,一个人往往会因为自己所读的大学不怎么样,而整个将来也就这样被决定了。因为,先入为主的观念，已深植在一般人的脑海之中。这实在是一件无可奈何的事，常令人感到忿忿不平。老师您的看法如何呢？”

老师答道：“如果你真的相信是这样的话，你很可能就会变成那样。你如果认为自己只不过是一个三流大学的毕业生，你很可能就会一辈子过着三流的人生。相反地，如果你心中认为：我虽然只是一个三流大学毕业的学生，可是我才不甘愿成为一个三流的人，更不愿意一辈子过着三流的生活。果真这样想，并向着这个目标不懈地努力，你就一定能过上一流的生活！”

这位学生歪斜着脑袋，显然是对老师话中的意思有些不以为然，于是，老师接着说：“社会并不是想象中的那么简单。不见得一流大学考第一名的毕业生，就一定有光明璀璨的前途在等待着他。在人生的旅途上，也绝不会有特快车可将你尽早送达目的地；同样反过来说，也不会有特慢车存在。举一个最简单的例子来说，常有名校毕业的人，一辈子庸庸碌碌，过着平淡的人生；也有的人虽然是小学毕业，却也能做一个成功的经营者，每天过着充实而富有活力的生活。这些例子，不都是我们有目共睹的事实吗?”

可是，这位学生还不是非常地心悦诚服，他说：“我常常听到人家都这么劝我、勉励我。可是，我觉得这些都是十分例外的例子。像日本前首相田中角荣，他不是大学毕业，可是仍然当了首相，甚至还称为“庶民宰相”。可是，在你说话的口气中，不是也暗示着，大部分的首相，还是一流大学毕业的；大部分工厂的经营者，也还是一流大学毕业的。不是吗?”

老师点点头说：“对，你说得很有道理，问题也就在这里。的确，在我们的社会上，名牌大学毕业的学生的确都很活跃，也很吃香，原因在哪里？差别又在哪里呢?在参加大学考试时，往往只是一分之差的成绩，便被分配到二流学校的人很多，然而这并不能证明他们之间能力的差别就会很大。有一位成功的企业家曾经说过：普通大学毕业的人，是很好管理的人。言下之意，仿佛对名牌大学的毕业生，大有敬而远之之意。老实说，关键就在于此。一流大学的毕业生大都拥有‘天真的想法’，也就是认为自己是一流大学毕业的，所以将来一定会有光辉的前途。正因为有这种意识的存在，可以使自己成为真正活跃、有能力的人。”

学生又问：“什么是思考方法?”

“就是相信自己必定会成功。也就是说即使是没有学历的人，只要学会了这种思考的方法，也可以得到同样的结果。一流大学毕业的人，在社会上如此活跃，可以证明这种思想是正确的。”

心灵感悟：自信心就像能力的催化剂一样，它可以将人的一切潜能调动起来，将各部分的功能推进到最佳状态。

盖茨背诵《圣经》

比尔·盖茨在学校的时候，不仅学习出众，而且记忆力尤其惊人。他曾在学校的一次戏剧演出中，出人意料地完整背诵出一段长达3页的独白。

盖茨11岁那年，参加一次背诵大赛。西雅图大学社区公理会教堂德高望重的牧师戴尔·泰勒向盖茨所在的班级宣布：谁要是背诵出《马太福音》5~7章的全部内容，就会被他邀请到西雅图的“太空针”高塔餐厅参加免费聚餐会。

尽管盖茨对《圣经》不是很感兴趣，但是到“太空针”高塔餐厅聚餐倒是很有吸引力。不过，要获得与泰勒牧师在这家餐厅共进晚餐的机会绝非易事。因为《马太福音》5~7章的内容很长，而且连贯性不强，还很拗口。据说，至今还没有一个学生能够一字不漏完整地背下来。但是，盖茨却做到了。

当小盖茨朗朗有声地一口气背完时，没有一个错误，没有一处停顿。泰勒牧师十分满意。随后，他又向小盖茨提了几个问题，都得到了令他满意的回答。牧师当时不禁问小盖茨是怎么背下这么长的文字的。

小盖茨不假思索地回答：“只要我竭尽全力，我就能做成任何我愿意做的事情！”

是狂妄还是自信，后来的事实给了明确的回答。

心灵感悟：自信是一个人必备的素质，它是成功的前提。但仅有自信是不够的，必要的能力与全力以赴的精神，是成功不可或缺的因素。空有豪言壮语，不去付出努力，成功自然遥不可及。

狼和猎人

猎人射杀了一只小公鹿，接着又射死了一只经过这里的小母鹿，两头鹿双双倒在草地上。收获颇丰，猎人应该满意了。

可是这时又出现了一头体格强健的野猪，这激起了他的贪心，因为他爱吃这种野味，不过这次猎人颇费了一番工夫才把这头野猪打倒在地。看来猎人的收获不少，不过一个征服者的贪欲是无法满足的。就在野猪还在垂死挣扎、向他反扑过来的时候，猎人又看到一只竹鸡沿着田埂走过。和上述所射杀的三只猎物比，这真算不了什么，但猎人还是不甘心地拉开了弓，瞄准了竹鸡。这时野猪使出临死前的全部力量扑向猎人，咬死了他，然后自己也气绝身亡，竹鸡当然得救了。

一只狼正巧路过这里，目睹了这血腥的场面，高兴地喊了起来：“啊！命运女神，我要为你建造一座圣殿。这是一批何等丰富的食物！这里躺着四具尸体，机会难得，我可得慢慢享用。我能整整吃上一个月，这太丰盛了。”狼接着数道：“一、二、三、四，一共四具，如果我没算错的话，他们足够我吃上整整四个星期。当然，还是节省着吃吧。我先把这张弓的弦吃掉吧。这肯定是用肠子做的，这股气味一闻准猜得不错。”话音刚落，它就向这张张开的弓扑了上去，结果不慎踩发了那架在弓上的箭，一箭就要了它的命。

心灵感悟：人活在世上，要懂得知足，所谓知足常乐。贪婪的人总是希望得到很多，但他们往往失去更多。

会飞的马

古时候，有一个人因触怒了国王而被判了死刑，这个人向国王乞求饶命，他说："您若给我一年的时间，我就能让您最心爱的马飞上天空。要是过了一年，您的马不能飞上天空的话，我甘愿赴死，绝不会有半点怨言。"

国王想了一下就答应了他。

在他回到牢房之后，另一位囚犯对他说："你这不是吹牛吗，马怎么会飞上天空呢?"

这个人回答说："在这一年当中，变化是很大的，也许我会病死，也许国王会死，说不定那匹马会意外送命。总而言之，在这一年之内，谁知道会发生什么事呢?所以在这一年当中，说不定马真的能飞上天空！"

心灵感悟：当你陷入困境时，不要悲观，不要绝望，因为这个世界从不缺少希望。

借锤子

有一个人想挂一幅画。他有钉子，但没有锤子。邻居有锤子，于是他决定到邻居那儿去借锤子。

就在这时候他起了疑心：要是邻居不愿意把锤子借我，那怎么办？昨天他对我只是漫不经心地打招呼，也许他匆匆忙忙，也许这种匆忙是他装出来的，其实他内心对我是非常不满的。什么事不满呢？我又没有做对不起他的事，是他自己在多心罢了。要是有人向我借工具，我立刻就借给他。而他为什么会不借呢？怎么能拒绝帮别人这么点儿忙呢？而他还自以为我依赖他，仅仅因为他有一个锤子！我受够了。

于是他迅速跑过去，按响门铃。邻居开门了，还没来得及说声"早安"，这个人就冲着他喊道："留着你的锤子给自己用吧，你这个恶棍！"

心灵感悟：消极的思想造成错误的行为，积极的心态可以避免一些不必要的麻烦和错误。

丢了一只鞋

一个老人在高速行驶的火车上不小心把刚买的新鞋从窗口上弄出去一只，周围的人倍感惋惜，不料那老人立即把第二只鞋也从窗口扔了下去。这举动更让人大吃一惊。"是这样，"老人解释道，"这一只鞋无论多么昂贵，对我而言都没有用了，如果有谁能捡到一双鞋子，说不定他还能穿呢！"

心灵感悟:与其抱残守缺,不如就地放弃。事物的价值不在于是谁占有,而在于如何占有。失去不一定是损失,也可能是获得。

学会珍惜

一位残疾人抱怨上帝没有给他健全的四肢,于是到天堂来找上帝。上帝给他介绍了一个朋友,这个人刚刚死去不久,才升入天堂。他对残疾人说:“珍惜吧!至少你还活着。”一位官场失意的人抱怨上帝没有给他高官厚禄,上帝便介绍那位残疾人给他,残疾人说:“珍惜吧!至少你还健康。”一位年轻人觉得自己没有被人们重视,于是上帝又把那位官场失意的人介绍给他,那人对年轻人说:“珍惜吧!至少你还年轻。”

心灵感悟:谁都不是最悲惨的那一个,一味抱怨只能让生活更加苦闷,珍惜我们所拥有的,快乐就会常伴左右。

“冻”死在冰柜里

尼克是一家肉类加工厂的职员,有一天下班了,他还在清理一个待修的大冰柜。不知道什么原因,冰柜的门自动关上了,尼克被关在了里面。冰柜的门从里面是无法打开的,尼克在里面拼命地敲打喊叫也是徒劳,因为其他员工都已经下班回家了,没有人来帮助他。

尼克想尽了各种办法也无济于事, 他沮丧地坐在冰柜的角落里。他越想越害怕:冰柜里零下十几度,要是等第二天同事上班的时候来开门,自己会硬得像冰柜里的冻猪肉一样……

第二天,同事上班后打开冰柜的门时,发现尼克蜷缩在冰柜的角落里,已经死了。大家很惊讶,因为冰柜坏了,根本就没有制冷,里面有十几度,也不缺氧,可是尼克却被“冻”死了!

心灵感悟:现实并非我们想象中的那么恐怖,一个人对生存失去希望,不是现实多么残酷,也不是社会多么黑暗,而是死于发自内心的恐惧。

都是好事

有位大臣因智慧超群而深受国王宠幸。

智慧大臣有一个非同寻常的特点:对待任何事情,他都保持积极乐观的态度。也正是由于这种态度,他为国王解决了不少难题,因而深受国王的器重。

国王喜欢打猎。在一次围捕猎物的时候,不慎弄断了一截手指。国王疼痛之余,马上叫来了智慧大臣，征询他对意外断指的看法。智慧大臣仍轻松自在地对国王说，这是一件好事，并劝国王不要为此事而烦恼。

国王听了很生气，认为智慧大臣是在取笑他，即命侍卫将他关到监狱。

待断指伤口愈合之后，国王又兴致勃勃地忙着四处打猎。不幸的事终于发生了：他带队误闯邻国国境，被埋伏在丛林中的野人捉住了。

按照野人的惯例，必须将活捉的这队人马的首领敬献给他们的神，于是便将国王押上祭坛。正当祭奠仪式开始时，主持的巫师突然惊叫起来。原来巫师发现国王断了一截手指。而按他们部族的律例，献祭不完整的祭品给天神，是要遭天谴的。野人赶忙将国王押下祭坛，把他驱逐出去，另外抓了一位大臣献祭。国王狼狈地逃回国，庆幸大难不死。忽然想起智慧大臣说过的断指也许是一件好事，便马上将他从牢中释放出来，并当面向他道歉。

智慧大臣和往常一样，仍然保持着积极乐观的态度，笑着原谅了国王，并说这一切都是好事。

“说我断指是好事，现在我能接受；但如果说因我误会你，而把你关在牢中，让你受苦，你认为这也是好事吗？”国王不服气地质问。

“臣在牢狱中，当然是好事。陛下不妨想想，今天我若不是在牢中，陪陛下打猎的大臣会是谁呢？”智慧大臣笑着回答。

心灵感悟：无论遇到多么难办的事，我们都要保持积极乐观的心态，相信一切问题都会解决的。

忧郁的男子

一个神情抑郁的男子坐在咖啡厅角落里的一张桌子旁，一个人闷闷地喝着咖啡。离他不远处的另一张桌子旁坐着一位老人，老人一直在关注着他。

终于，老人走上前去，对男子说：“您一定遇上了什么难题，如果您愿意告诉我的话，很愿意帮助您。”

男子看了老人一眼，冷冷地说：“你帮不了我，我的问题太多了。”

老人掏出名片，递给他，接着说道：“如果您相信我的话，我想带您去一个地方。”

男子没有拒绝，随老人坐车来到了郊外。下车后，老人指着一排排的墓碑说：“你看见了吗，只有躺在这里的人，才是没有问题的。”

男子的眉头开始松了，于是他把他的难处向老人慢慢道来……

心灵感悟：人生是一个不断遇到问题，并不断解决问题的过程。没有问题的人生是不存在的，只要你活着，问题就会接踵而来。只有解决问题，你才会快乐；只有解决问题，你才会幸福；只有解决问题，你才能学会生活。

四个过桥人

有一处地势险恶的峡谷，涧底奔腾着湍急的水流，而所谓的桥，则是几根横亘在悬崖峭壁间光秃秃的铁索。

一行四人来到桥头，一个盲人、一个聋子，以及两个耳聪目明的健康人。四个人一个接一个地抓住铁索，凌空行进。

结果呢？盲人、聋子过了桥，一个耳聪目明的人也过了桥，另一个则跌下深渊丧了命。

难道耳聪目明的人还不如盲人、聋人吗？

是的！他的弱点恰恰源于耳聪目明。

盲人说："我眼睛看不见，不知山高桥险，心平气和地攀索。"

聋人说："我耳朵听不见，不闻脚下咆哮怒吼，恐惧相对减少很多。"

那个过了桥的耳聪目明的人则说："我过我的桥，险峰与我何干？激流与我何干？只管注意落脚稳固就够了。"

心灵感悟：积极地面对周围的环境，不要被虚张声势所威吓，要知道，那多半都是纸老虎，唯有一颗坦然面对而又积极进取的心才可排除虚张声势对你的威吓。

不同的窗

一个小女孩趴在窗台上，看窗外的人正在埋葬她心爱的小狗，不禁泪流满面，悲恸不已。她的外祖父见状，连忙引她到另一个窗口，让她欣赏玫瑰花园。

果然小女孩的愁云一扫而空，心中顿时明朗。老人托起外孙女的下巴说："孩子，你开错了窗户。"

心灵感悟：打开不同的窗，就会看到不同的风景。若要远离忧郁，就不要打开忧郁的窗。

农场的动乱

有一只鸭子在谷仓边不小心踩到公鸡的脚，公鸡恼怒地说："我要报仇！"说完便扑向这只鸭子，可是就在同时，它的翅膀打到了旁边的一只母鹅。

母鹅也很生气，认为公鸡是故意打它的，于是对公鸡说："我要报仇！"说完就扑向公鸡。扑过去的时候，它的脚不小心拨乱了猫的毛。

"我要报仇！"猫儿喵喵地叫着，然后奔向母鹅。可是就在它奔过去的时候，它的脚碰到了一只山羊。

“我要报仇！”山羊咩咩地叫着，便向猫撞过去。但就在这时有一只牧羊犬从那儿走过，被山羊撞倒了。

“我要报仇！”牧羊犬大吠一声，便横冲直撞地追向山羊。它跑得飞快，因为闪避不及和门边的一头母牛撞了个满怀。

“我要报仇！”母牛也怒吼起来，开始追牧羊犬。但这只牧羊犬在一匹马屁股后头跑，这头母牛在慌乱之中不小心踢了马一脚。

“我要报仇！”马也嘶鸣起来，冲向母牛。

由此，引发了一场农场混战！家禽牲畜们相互追逐着都要报仇。而这一切混战的起因只是从这只鸭子意外地踩到公鸡的脚趾开始的。农夫听到骚乱声，马上跑出来，气得把这些动物统统关到各自的笼子或栏圈里。它们自由自在的好时光就这样结束了，而这都因为它们太在意一件无关紧要的小过错。

心灵感悟：智者忍气含怒，愚者怒气全发。一件小事往往就可以让我们耿耿于怀甚至暴跳如雷。我们的心态有时也和这些动物一样。学会换个心情看事情，不要任凭怒气包围着自己。

跳河的兔子

兔子的胆小是出了名的，经常受到的惊吓总是像石头一样压在它们的心上。

有一次，众多兔子聚集在一起，为自己的胆小无能而难过，悲叹自己的生活中充满了危险和恐惧。

它们越谈越伤心，就好像已经有许多不幸发生在自己身上一样，而这也就是它们之所以成为兔子的原因。到了这种地步，负面的想象便无止境地涌现出来。它们怨叹自己天生不幸，既没有力气和翅膀，也没有牙齿，日子只能在东怕西怕中度过，就连想要抛弃一切大睡一觉，也有什么都听得见的长耳朵的阻挠，赤红的眼睛也就变得更加鲜红了。

它们认为自己的这种生活是毫无意义的，这又成了它们自我厌恶的根源。它们都觉得，与其一生心惊胆战，还不如一死了之好。

于是，它们一致决定从山崖上跳下去了结自己的生命，结束一切烦恼。就这样决定了，于是它们一齐奔向山崖，想要跳崖自尽。这时，一些青蛙正围在湖边蹲着，听到急促的脚步声，如临大敌，立刻跳到深水里逃命去了。

这是兔子每次到池塘边都会看到的情景，但是今天，有一只兔子突然明白了什么，它大声地说：“快停下来，我们不必吓得去寻死觅活了，因为我们现在可以看见，还有比我们更胆小的动物呢！”

这么一说，兔子们的心情豁然开朗起来了，好像有一股勇气喷涌而出，于是它们欢天喜地回家去了。

心灵感悟:不要为我们现在的遭遇而埋怨命运的不公,实际上,世界上还有很多比我们更不幸的人,想想那些更不幸的人仍旧坚强地活着,我们又为什么不能呢?

青蛙与蜗牛

有一只蜗牛对一只青蛙很有成见。

有一天,忍耐许久的青蛙问蜗牛说:"蜗牛先生,我是不是有什么地方得罪了你,所以你这么讨厌我。"

蜗牛说:"你有四条腿可以跳来跳去,我却必须背着沉重的壳,贴在地上爬行,所以心里很不是滋味。"

青蛙说:"家家都有本难念的经。你只是看见我的快乐,没有看见我的痛苦而已。"这时,有一只巨大的老鹰突然来袭,蜗牛迅速地躲进壳里,青蛙却被一口吃掉了。

心灵感悟:享受你的生活,不必与人比较。羡慕别人常带给我们更多的痛苦,但去想想自己所拥有的,将会带给我们更多的感恩及幸福。

井底之蛙

井里面住着一只小青蛙,它从没有离开过井底,因此对外面的世界充满了好奇。

一天,小青蛙把妈妈叫到身边,不解地问:"妈妈,我们头顶上蓝蓝的、白白的,是什么东西?"

"孩子,是天空和白云。"妈妈答道。

"天空白云是什么东西啊?它们大吗?高吗?"小青蛙仍然感到迷惑。"具体是什么东西我也不知道。只是听前辈们说过,天有井口那么大,天比井口要高很多。"妈妈说。

"妈妈,我想出去看看,这样,一切都会清楚的。"小青蛙说。

"孩子,可不能这么想啊!"妈妈说。"为什么?"孩子更加迷惑了。妈妈说:"前辈们都说跳不出去的。就凭我们这点儿本事,只能永远待在井里面。"

"不去试一试怎么知道呢?"小青蛙有些不甘心地说。

"别说傻话了。前辈们那么有经验,而且经过了一代又一代,怎么可能会有错?"妈妈说。小青蛙低着头说:"知道了。"

从此以后,小青蛙再也没有跳出井口的想法了。

心灵感悟:不论做什么事,我们都要怀着积极的心态去做,否则,只会使自己变得更加消沉。

希望在前

有一个人不小心掉到河里去了,水流湍急,他被水冲得不知所措,只能顺流而下。他拼命地在水中乱抓,希望能抓住什么东西来救自己一命,但是手里抓到的除了水之外,连根水草都捞不着!

他心想:“这下完了,没救了!”就这样想着,他身上也就没有了力气,停止了挣扎,向下游沉去。

忽然,他想起在不远处的河岸边有一棵树,有些树枝一直伸到河水里面,他可以抓住那些树枝……希望之火在他心中重新燃起,于是他使出浑身力气挣扎到那棵树的旁边。可是伸到河里的那一截树枝早已枯死了,他刚拽住树枝,就听到“喀嚓”一声,树枝断了……

就在这时,有位樵夫及时赶到,将他从河里救了上来。事后他说:“要不是心中想着那截枯树枝,我根本等不到有人来救我!”

还有一则类似的故事。说的是一位独行者在大漠中迷失了方向,最后他身上只剩下一个梨。他惊喜地喊道:“太好了,我还有一个梨,它能救我的命!”

他把那个梨紧紧地握在手中,继续在大漠里行走。他望着茫茫无际的大沙漠,很多次对自己说:“吃一口吧!口渴得实在难受。”可是转念一想:“还是留到最渴的时候吧!”

于是他顶着炎炎烈日,继续艰难地跋涉。就这样一直坚持了三天,终于走出了大漠。他久久地凝视着手中的那个梨,它早已经干了,可是他还是把它像个宝贝似的攥在手里。就是这个梨给了他无穷的希望和勇气,他才能走出大漠,挽救自己。

心灵感悟:精神和信念的力量是无穷的。只要心中有希望,死神也会望而却步。

教授与乞丐

两个人同时向上帝祈祷:“万能的主啊!让我再年轻一回吧……”上帝听到后,召见了他们,要他们说出原因。

第一位说:“我是名教授。尽管脑子里装的知识很多,受到不少人的尊敬,然而我从未感到有丝毫的快乐。因为,我那宝贵的青春年华全都是在无休止的学习和无数的书本中度过的。我没有足够的时间来享受恋爱的感觉,也没有精力去舞厅寻求刺激。我所拥有的只有知识,而我现在非常想过那种快乐潇洒的日子——我想再年轻一回!”

第二位说:“我是个乞丐,这一生我从未有过快乐的感觉,走到哪儿都会遭到别人的冷眼。在我年轻的时候,我把时间全都浪费在无聊的玩闹中。我没受到过知识的熏陶,也没感受到劳动的快感。我所拥有的只有饥饿和愚昧,而我现在所羡慕的是知识和创造。主啊!让我再年轻一回吧!”

“去吧,我会让你们再年轻一回的。”上帝挥挥手,同意了他们的要求。

两人又重新回到了人间，生命从 18 岁开始。

教授将所有的书本都扔在了一边，每天沉湎于玩乐之中。

乞丐则沉醉于无尽的书本之中，在知识的海洋里畅游，不久，他便考入了自己理想的学府……

一眨眼的工夫，十年过去了，上帝又召见二人，询问他们再度年轻的感受。

教授满脸愧色，一句话也说不出来，因为，他已经变成了乞丐。

乞丐说："感谢上帝！通过这么多年的努力学习，我成了一个备受人们尊敬的教授，终于感受到了生活的快乐。"

心灵感悟：不要总是埋怨自己的境况不佳，要学会知足，知足的人才会快乐。

金罗汉

有一个农夫，每天在田间辛勤地耕作着，虽然生活不算富裕，但却过得逍遥自在。

一天，农夫在野地里偶然挖到了一尊价值连城的金罗汉，他的家人和亲友都为此高兴不已。可农夫却闷闷不乐，整天心事重重、愁眉苦脸的样子。

"金罗汉可以给你带来很多财富，你还有什么不满意的呢?"别人禁不住问道。

"俗话说十八罗汉，我现在只找到了一尊罗汉，还有十七尊在哪儿呢?"农夫说。

心灵感悟：知足的人才会永远快乐，而贪婪不知足的人，就会被生活所累，永远生活在痛苦之中。

放松心情

有一个成功的企业家长久以来都过着繁忙紧张的生活，整天忙于生意与交际应酬。他每天都起得很早，有时甚至连早餐都来不及吃就得赶着上班开会，一整天忙得不可开交，经常到三更半夜才得以休息。然而事情好像总也做不完的样子，时间永远不够用。因此，他觉得日子过得很累。

有一天，他比平常起得更早，四周还很安静。他起身来到花园，看见花木的枝条有些杂乱，就拿起剪刀稍稍修整了一下，然后冲了一杯咖啡坐下来，静静地欣赏眼前的一切。这个早晨他过得神清气爽。一整天他都精神饱满，心情十分愉快，他发现这种感觉很好。从此，每天他都抽出一些时间，到花园里放松自己，让自己忙里偷闲，体验那种心情放松的乐趣。

心灵感悟：生活的压力可能让你过得很累，适当抽一点儿时间放松心情，选择一种让自己愉快的方式，慰劳自己疲惫的身心。适当的休息才能走更长的路。

喜欢的天气

用餐的客人问服务生:“明天天气如何?”

服务生肯定地说:“会是我喜欢的天气。”

客人不解地问:“你怎么知道正好是你喜欢的天气?”

服务生:“我发现环境不是经常能如我意,所以,我便学习欢喜地去面对我所遇到的一切。因此,明天的天气一定是我喜欢的。”

心灵感悟:愉快的生活是由愉快的思想造成的。你的态度决定你的心情,影响你的健康,甚至改变你今天的际遇。凡事多往好处想,这是心理健康之道,也是幸福快乐的不二法门。

落水的年轻人

有个年轻人仗着胆大,在过一座很窄的桥时也不肯下车,结果连人带自行车一头栽进了河里。河水有一人多深,就在大家的惊呼声中,这个年轻人像游泳时扎了个猛子般从水里冒了出来。围观的人们把他拉了上来。

上岸后,这个年轻人没有半丝的悲哀,反而哈哈大笑起来。人们都很奇怪,以为他吓疯了。有人便问他:“你怎么还笑啊?”

“为什么不笑?”年轻人笑着反问道,“我好好地活着,又没受一点儿伤,难道不值得笑吗?”

心灵感悟:活着,就是上天给我们最大的恩赐。悲观者的眼里看到的尽是不幸;乐观者却能在不幸中看到幸运。好好珍惜每一天,对于活着的我们来说,一切都是美好的。

摔碎的瓷瓶

有一位老人特别喜欢收集古董,一旦碰到心爱的古董,无论花费多少钱都要想方设法买下来。

有一天,他在古董市场上发现了一件他向往已久的古代瓷瓶。他跟商店老板磨了好久,老板还是坚持原价,可是他实在太喜爱那个瓷瓶了,不得已还是花高价买了下来。老人把瓷瓶绑在自行车后座上,兴高采烈地骑车回家。谁知道由于瓷瓶绑得不太牢靠,半途中从后座上溜了下来,“咣当”一声摔了个粉碎。

可是老人听到清脆的响声后居然头也不回地依然骑车向前。路边有热心人向他大声喊道:“老人家,你的瓷瓶摔碎了!”

老人仍然是头也不回地说:“摔碎了吗?听声音一定摔得粉碎了,无可挽回了!”不一会儿,老人的身影消失在茫茫人海中。

心灵感悟:人生中会有很多无法挽回的错误和一些难以承受的挫折,坦然处之,保持平静的心态,才能从中吸取经验教训,开拓一片崭新的天地。

老铁匠的茶壶

一个古董商偶然在一个老铁匠那里发现了一把名壶。这的确是清代制壶名家戴振公制作的一把紫砂壶,古朴雅致,是绝世珍品。

古董商看到壶后爱不释手,希望老铁匠能够把壶出让给自己。商人开价 10 万元人民币,老人拒绝了。这把壶是从老铁匠爷爷手中传下来的,老铁匠自己也使用了近 60 年。自己打一辈子铁,挣的钱只够养家糊口,可现在有人竟要用 10 万元来买这把普普通通的茶壶,老人想不明白。

街头巷尾的人都知道了这件事,议论纷纷。老人的生活也彻底被打乱了,他也不再用这把壶泡茶喝了,不知道该把它怎么处置好。

当古董商带着 20 万元再次登门的时候,老人再也忍不住了,他当着众人的面,用斧头把紫砂壶砸了个粉碎。

一切都恢复了往日的宁静。老铁匠过完了 100 岁寿辰,他仍打制铁器,只不过打制的只是拴小狗的铁链。

心灵感悟:在金钱的诱惑下,又有谁能够像老铁匠那般有魄力?真正做到清心寡欲,淡泊名利,你才会拥有自由、快乐的人生。

当对方心情不好时

有一个营销员去拜访一位新客户。当他来到那家公司时,接待他的客户代表正因为一些私事的困扰而心情不好,所以对这个营销员很不礼貌,说话很刻薄。

营销员有些生气了,但他并没有发作,而是克制住了自己。在离开的时候,他依然很礼貌地笑着跟那位客户代表告辞,并对他的接待表示感谢。

营销员走后,那位客户代表感觉过意不去,便主动给营销员打电话道歉,并表示愿意使用他们的产品。

心灵感悟:一个人若想控制全局,必先学会把持自己。我们改变不了他人,但可以坚持自己,保持乐观向上的心情,不要受环境或他人的影响。

旧鞋子

有个销售员生活很穷困,每天都埋怨自己怀才不遇,总是慨叹命运在捉弄他。

圣诞节前夕,家家户户张灯结彩,到处洋溢着佳节的喜气。他坐在公园入口处的一张椅子上,开始回顾往事。去年的今天,他也是孤单一人,以醉酒的方式度过他的圣诞节,他既没有新衣,也没有新鞋子,更别谈新车子、新房子。“唉! 今年我又要穿着这双旧鞋子度过圣诞了! ”说完准备脱掉鞋子。

这个时候,他突然看见一个年轻人自己滑着轮椅从他身边走过。他顿悟道:“我有鞋子穿是多么幸福! 他连穿鞋子的机会都没有啊! ”

之后,销售员每做一件事都心平气和,珍惜每一次机会,发愤图强,力争上游。数年之后,生活在他面前终于彻底改变了,他成了一名百万富翁。

心灵感悟:我们不应该为没有得到而感到失落,环顾四周,比你条件好的没有几个。

不要吝惜微笑

布里斯是加州一家电器公司的销售员,结婚已有 8 年之久,他总是每天早上起床后草草地吃过早餐,冷漠地与妻子孩子打声招呼后匆匆去上班。他很少对太太和孩子微笑,或对他们说上几句话。他是工作群体中最闷闷不乐的人。

后来,布里斯的一个好朋友琼告诉他,如果他继续那样下去,周围的人就都会疏远他。布里斯也意识到了这一点,于是,决定试着去改变自己,尽量向别人微笑。

布里斯在早上梳头的时候,看着镜子中满面愁容的自己,对自己说:“布里斯,你今天要把脸上的愁容一扫而光,你要微笑起来,你现在就开始微笑! ”当布里斯下楼坐下来吃早餐的时候,他以“早安,亲爱的”跟太太打招呼,同时对她微笑。

布里斯太太被他这一反常的举动搞糊涂了,她惊愕不已。从此以后,布里斯每天早晨都这样做。已经有两个月了,这种做法在这两个月中改变了布里斯,也使布里斯全家的生活氛围发生了前所未有的变化,使他们都觉得比以前幸福多了。

布里斯说:“现在,我每次去上班的时候,就会对大楼的电梯管理员微笑着说一声‘早安’。我微笑着向大楼门口的警卫打招呼。当我跟地铁收银小姐换零钱的时候,我对她微笑。当我在客户公司时,我对那些以前从没见过我微笑的人微笑。我很快发现,每一个人也对我报以微笑。我以一种愉悦的态度,来对待那些满腹牢骚的人。我一面听着他们的牢骚,一面微笑着,于是问题就变得容易解决了。我发现微笑带给了我更多的收入。”

心灵感悟:你要想获得别人的喜欢,就要真正地微笑。真正的微笑,是一种令人内心温暖的微笑,一种发自内心的微笑。你见到别人的时候,一定要很愉快——如果你也期望他们很愉快地见到你的话。微笑源自快乐,也能创造快乐,成功者从不会吝惜自己的微笑。

鞋匠和财主

鞋匠很喜欢唱歌，从早到晚不停歇，每一段曲子都很欢快。看起来，他无忧无虑生活得很自在。

他的旁边住着个财主，却和他相反，虽然有很多钱，却非常害怕别人偷走，甚至把钱缝在衣服里。他很少唱歌，尤其缺少睡眠。很多个早上，他才刚刚入睡，鞋匠就开始唱歌，他就再也睡不着了。

财主抱怨道："上帝啊，您太不眷顾我了！如果睡眠能像食物和饮料一样被买到，我就很幸福了。"

财主就把唱歌的鞋匠叫到跟前，"亲爱的先生，你一年能赚多少钱？"他问道。

"一年吗？"鞋匠带着笑声说着，"要是说真话，大人，我是绝不会这样计算我的收入的。而且，我也不天天攒钱，我只要能混到年底就行了，我每天挣钱糊口，过一天算一天。"

"那么，告诉我，你一天能挣多少钱？"

"有时多一点儿，有时少一点儿，要是倒霉的事情少一点儿，我能挣得更多。糟糕的是一年当中歇工的日子实在太多，过多的节日让我不得不停工，我受尽了这样的苦头。但就是这样，本堂神父在讲道时，还在不断提出新圣人的纪念日，我却无可奈何。"

财主知道，为了表示崇敬，教会规定了一些圣人的节日要停工纪念。鞋匠表现出的朴实让财主很高兴，就对他说："我今天要使你像当上国王一样，来，把这一百埃居(法国古货币单位)拿去，好好地存起来，将来你会用得着的。"

一百埃居，这可不是个小数目！

鞋匠回到家，把钱藏在地窖里，但同时也把他的欢乐给弄丢了。自从他得到了那笔钱，他发愁了，他的歌声消失了，睡眠也离开了他，而忧虑、怀疑、虚惊，倒成了他家里的常客。他提心吊胆地过着每一天，怕有人把钱抢了去，夜里猫弄出点儿声响，他甚至以为猫也在偷钱。

他快要崩溃了，最后，这个可怜的人实在受不了了，就跑到财主家里，对财主说："把我的歌声和我的睡眠还给我，把你那一百埃居拿回去吧！"

心灵感悟：金钱不能买到一切，没有钱也能生活得很好。就像故事中的鞋匠，得到了金钱，却带给了他烦恼，他的生活不再平静，更不能像以前那般快活自在。好在，他终于发现了问题所在，退还了金钱，他的生活又将恢复以往的快乐。

快乐的穷人

一个富人和一个穷人在海滩上相遇了，富人问穷人："你在这儿干什么?"

穷人高兴地答道："晒太阳！"

"这么穷，还晒太阳，怪不得富不起来。天气这么好，你应该出去干活！等挣足了钱回来以后，再好好地享受海边的阳光吧！"富人一边挖苦一边劝说道。

"可是先生，我现在晒着温暖的阳光，不是挺好的吗？为什么非要等到有钱以后再享受呢？"穷人反问。

有钱人百思不得其解，禁不住问道："难道你们穷人也会过得很快乐吗?"

"那当然，而且我想要多快乐就有多快乐。"穷人答道。

心灵感悟：很多时候，我们之所以不快乐，是因为我们脑子里装有太多的私心杂念。抛弃这些杂念，你就会变成一个快乐的人。

老天爷的刁难

从前，有一个做生意的少年，刚在城里完成一笔丰厚的交易，身上带着大笔的钱骑着马赶路回家。

这几天的天气向来晴朗，不知怎的，中途忽然雷雨大作，他淋成了落汤鸡。他心生不满，心想一定是老天爷故意刁难他。

少年一边赶路一边避雨，走走停停。经过一处浓密的树林时，突然跳出了一个强盗，手中握着一把老式猎枪，强盗持枪对准少年，威胁他说："快把身上的钱全部交出来！否则我一枪毙了你。"

"我和你无冤无仇，请不要伤害我，请你不要开枪。"少年慌张地乞求着。

强盗威风凛凛地说："我是这片森树的老大，想经过这里的人都要留下过路费，看你是要留下命还是留下钱。"

这时，突然一声雷响，惊动了少年的马匹，马儿发出一阵嘶鸣，强盗想威吓少年，于是对空鸣枪，没想到枪竟然没响。

机不可失，少年连忙快马加鞭，逃离那片树林，终于摆脱了强盗的追击。

少年松了一口气，自嘲地说道："唉!刚刚还错怪老天爷故意下大雨刁难我呢。如果天气晴朗的话，强盗的弹药没有潮湿，我一定难逃杀身之祸。"

心灵感悟：人生不如意事十之八九，若你的想法是积极乐观的，纵使不顺遂之事频频发生，亦能逢凶化吉。同时只要不违背良心，踏实诚恳，一切自有天时、地利、人和相助。

打赌

有对老夫妇，过得很清贫。一天，他们想把家里唯一值点儿钱的马牵到市场上换些有用的东西。老头儿到了市场，先用马换了头母牛，又用母牛换了只羊，再用羊换了只肥鹅，又把鹅换了母鸡，最后用母鸡换了一口袋烂苹果。

每次交换，他都想给老伴儿一个惊喜。

在一家小酒店歇息时，老头儿遇上两个美国人。闲聊中谈起了他赶集的经过，两个美国人听后哈哈大笑，说老太婆非骂死他，老头儿说绝对不会，美国人就用一袋金币和他打赌，于是三人一起回到老头儿家中。

见老头儿回来了，老太婆非常高兴，兴奋地听着老头儿讲赶集的经过。每听老头儿讲到用一种东西换了另一种东西时，她都充满了喜悦。

嘴里还不时地说着："哦，我们有牛奶了！"

"羊奶也不错！"

"哦，鹅毛多漂亮！"

"母鸡可以生很多蛋！"

最后老头儿说换了一口袋烂苹果时，她仍旧高兴地说："我们今晚就能吃苹果馅饼了。"

结果，美国人输掉了一袋金币。

心灵感悟：老妇人之所以总是充满了惊喜，是因为她懂得知足常乐的道理，尽管总是吃亏，但她总能乐观地安慰自己，因而时时都保持着快乐的心情。

王子选妻

从前在夏威夷有一对双胞胎王子。有一天国王想为大王子娶媳妇，便问大王子喜欢什么样的女子。大王子回答："我喜欢瘦的女孩子。"于是知道了这个消息的许多年轻女子想：如果顺利的话，或许能攀上枝头做凤凰。于是大家争先恐后地开始减肥。

不知不觉，岛上几乎没有胖的女子了。不仅如此，因为女孩子一碰面就竞相攀比谁更苗条，甚至导致了饿死的情况。

但后来事情的变化急转直下，大王子因为生病突然过世了，因此仓促决定由小王子来继承王位。于是国王想为小王子娶媳妇，便问他同样的问题。"我比较喜欢丰满的女子。"小王子说。

而岛上知道消息的年轻女子，又开始大吃大喝以求增肥。不知不觉间，岛上几乎没有瘦的女子了。岛上的食物所剩无几，连为预防饥荒而储存的粮食也几乎被吃光了。而最后王子所选的新娘，却是一位不胖不瘦的女子。王子的理由是："如果是不胖不瘦的女子，就不必担心她会饿死，她永远都能保持健康。"

心灵感悟：你的缺陷可能是你的优势，不要一味地掩饰自己的缺陷，也不要尝试去迎合世俗。积极面对你的缺陷，放对了地方，那缺陷也就变成了优势。

囚室的窗口

二战时，在纳粹集中营的一间狭小的囚室里关着两个人，囚室有一个很小的窗口，那是他们俩唯一能了解外界的途径。每天早上，他俩都要轮流去窗口眺望外面的世界。

一个人从窗口看到了蓝色的天空，小鸟在空中自由地翱翔，他感到豁达和宽慰，对未来满怀希望；另一个人从窗口看到的总是阴森森的高墙和铁丝网，他的心中充满了焦躁和恐惧，每一分每一秒都在痛苦中煎熬。

半年以后，后者因忧郁死在了狱中；前者坚强地活了下来，直到获救。

心灵感悟：不管我们陷入多么困苦的境地，都不要放弃希望，也不能消沉埋怨，出口总是留给拥有积极心态和清醒头脑的人。

暴风雨后的工地

一位工程师带队修筑一条河堤，突然暴风雨来临，所有的机器设备来不及撤走就被大水淹没了，刚刚起步的工程也全被摧毁了。

洪水退去后，留下遍地泥泞和乱七八糟的机器。工人们看到被破坏的工地，不禁悲从中来。

“你们怎么都哭丧着脸？”工程师笑着问大家。

“你没看见吗？”他们哭丧着脸说，“工地全完了！”

“我不这样觉得，”工程师爽朗地说，“虽然现在遍地泥泞，机器东倒西歪挂满泥浆，但我看到的是蔚蓝的晴空。当太阳出来后，泥泞还会长久吗？”

这位工程师就是后来成为汽车业巨子的亨利·福特。

心灵感悟：以积极的心态面对突如其来的困难，你会发现，并非全无希望。振作精神，就一定能够将梦想实现。

两个秀才

两个秀才进京赶考，途中遇见出殡的队伍。

甲秀才觉得晦气、倒霉，碰上这种不吉利的事情，肯定不是好兆头。乙秀才挺高兴，看见棺材就想：棺材——当官发财，预兆我一定能考中。

后来，甲名落孙山，乙高中榜首。他们都觉得自己碰到的事情十分的灵验。

心灵感悟:经历同样事情的两个人,不同的心态却能产生不同的结果。不管面对什么事情,我们都要保持积极向上的乐观精神,方能笑傲人生。

意外之财

一个普普通通的小职员,过着淡泊平静的日子。

忽然有一天,这个小职员获知他将接受一笔海外遗产——一幢大房子及收藏品。这突如其来的好消息让他欣喜若狂,他马上打点行装,准备奔赴海外继承这笔意外之财。

同事、朋友纷纷向他表示祝贺,说他是祖上积德啊！可就在他刚刚订好机票后,他又接到通知说那幢房子突然被大火烧毁了,一切化为灰烬,而房子的保险也过期了,得不到半点儿赔偿。

这个小职员空欢喜一场,他又恢复了原先的生活。但他像变了个人似的,整天愁眉苦脸,唉声叹气,埋怨老天的不公。同事们原先的羡慕和嫉妒现在变成了对他的同情,时间长了,见他还是如此,整日无心工作,也都对他好言相劝。

但是无论同事们怎么劝慰,他都难以释怀,一直郁郁不乐。周围的人一个个升官、发财,而他的生活状况,也就可想而知了。

心灵感悟:"不以物喜,不以己悲。"保持一种平淡的心态,来面对得失。注定是你的,就是你的;不是你的,你也强求不了。

国王的老鹰

有一天,国王到森林中去打猎,许多文官武将跟随其后,在他们身后还有一群带着猎犬的仆人,他们希望能够满载而归。

国王的手腕上站着一只强悍威武的老鹰,这只老鹰被训练出来专门用于打猎。只要国王一声令下,它就会飞向云端,向下四处寻找猎物。如果碰巧发现鹿或是兔子,它就会快速地扑上去,将其擒住。

这天,国王的运气并不好,他与大家走散了。天气很热,国王觉得十分口渴。他希望能够看到清凉的泉水,但是炎热的夏日早已将山溪烤干了,老鹰也在上空无奈地盘旋寻找。

终于,国王发现有水沿着一块岩石边缘滴下来。他想,再往上走一点儿路,一定有一眼泉水,而现在一次就只有一滴水落下来。

国王从马背上跳下来,从袋子里取出一个小银杯,拿它去盛接那慢慢滴落下来的水珠。国王花了很长时间才将杯子装满。他实在太渴了,杯子几乎装满水了,他迫不及待地把嘴凑到杯边。就在这时,天空中突然传来呼呼的声音,接着他的杯子就被打翻了,水泼洒在地上,倏地就渗入岩石缝隙了。国王抬头一看,原来是他养的老鹰。

国王捡起杯子，又继续接落下的水滴。这次，他没有等那么久，在杯内的水才半满的时候，就把杯子举到嘴边。但是，在杯子碰到他的嘴唇之前，那只老鹰再一次扑下来，把杯子从他的手中打落。这下，国王真生气了。

他大声吼叫着："如果你再来，我要把你的脖子砍断！"

然后，他又拿杯子接水。但是，在他预备要喝水之前，老鹰又冲下来了。愤怒的国王拔出剑刺中了它，可怜的老鹰倒在了血泊中，国王的杯子掉进了岩缝中。

国王只好继续向前走，他想找到水的源头。后来，他终于找到了一个积水的池塘，但是他惊讶地发现，在水池里有一条死去的巨大毒蛇。他顿时明白了，并哭喊道："我的老鹰救了我，它是我的朋友，而我竟然把它杀了。"

他又艰难地回去，找到老鹰的尸体，把它厚葬了。从此以后，当他再发怒时，就告诫自己：永远别在盛怒下做事。

心灵感悟：遇事沉着冷静，任何时候都是有百益而无一害。人在情绪极度激动，尤其是愤怒的时候作出来的决定往往不太理智。记住，不要在盛怒下做任何事情。

兰花

两个好朋友住在共同租来的一间房子里。朋友甲非常喜欢兰花，工作之余常常到花卉市场去看看有没有新品种。他在房间里养了很多兰花，尤其是放在花架上的几盆，更是兰花中的极品。而朋友乙受甲的感染，也钟爱起兰花来。

有一次，甲家里打电话来说有事，让他回家。临行前甲嘱咐乙，要好好地帮他照顾那几盆珍贵的兰花。

在甲回家的这段时间里，乙一直很细心地帮甲照看着兰花。可是有一天乙给兰花浇水时，却不小心将花架碰倒了，所有的花盆都摔碎了，兰花散了满地。

乙十分难过也非常担心，生怕甲不会原谅自己，一时没了主意，不知道该怎么办好。乙心想：要是等到甲回来后发现失去了心爱的兰花，他会大发雷霆的。几天后，甲回来了。当他知道了事情的经过后，他并没有像乙想象的那样大动肝火，反而笑着安慰乙说："我种兰花是为了高兴，失去了兰花并不意味着我就会不快乐。我不是为了生气而种兰花的。"

心灵感悟："不以物喜，不以己悲。"我们要以一种恬淡的心情来面对生活，无论发生什么事情，都能够从容面对，坦然处之。

五、大脑集训

石头汤

一个风雨交加的日子，有一个穷人到一个富人家乞讨。

“滚开！”仆人说，“不要来打搅我们。”

穷人请求道：“只要让我进去，在你们的火炉上烤干衣服就行了。”

仆人以为这不需要花费什么，于是便让他进去了。穷人进去后，请求厨娘给他一个小锅，以便他煮点“石头汤”喝。

厨娘一听很是纳闷：“石头汤？我想看看你怎样能用石头做成汤。”于是她给了穷人一个小锅，而穷人到路上拣了块石头洗净后放在锅里煮。

“可是，你总得放点盐吧。”她给他一些盐。

后来又给了他豌豆、薄荷、香菜。最后，又把能够收拾到的碎肉末都放在他的汤里。当然，你也许能猜到，这个可怜的穷人后来把石头捞出来扔回路上，美美地喝了一锅肉汤。

心灵感悟：这个故事里的穷人具有创造性思维，如果他直接对富人说：“行行好吧！请给我一碗肉汤喝！”这肯定是不行的。然而他换了一种思路，用“石头汤”逐步引来了肉汤，便轻易地解决了自己的难题。

把球投入己方的篮筐

在一次欧洲篮球锦标赛上，保加利亚队与捷克斯洛伐克队相遇。当比赛只剩下 8 秒钟时，保加利亚队以 2 分优势领先，而且保加利亚队握有球权，可以说已是稳操胜券。

但是，那次锦标赛采用的是循环制，保加利亚队必须赢球超过 5 分才能晋级下一轮。要用仅剩下的 8 秒钟再赢 3 分，可能性是很微小的。

我们的一般想法就是，保加利亚队只好碰运气一拼了。可是没有想到的是：该队的主教练突然请求暂停。

许多人对此举付之一笑，认为保加利亚队大势已去，被淘汰是不可避免的了，教练即使有回天之力，也很难在短短 8 秒钟内力挽狂澜。暂停结束后，比赛继续进行。

这时，球场上出现了大大出乎众人意料的事情。只见保加利亚队拿球的队员突然运球向自家篮下跑去，并迅速起跳投篮，球应声入网。

这时，全场观众看得目瞪口呆，全场比赛时间到。当裁判员宣布双方打成平局需要加时赛时，大家才恍然大悟。

保加利亚队这一出人意料的举动，为自己创造了一次起死回生的机会。加时赛的结果是保加利亚队赢了 6 分，如愿以偿地出线了。

心灵感悟：突破常规思维，运用创新思维，就会有变不可能为可能的希望。

灯泡的体积

爱迪生小时候没上过什么学，因此很多人都看不起他。

普林斯顿大学数学系的毕业生阿普拉曾和爱迪生一起工作，并同住一个房间。阿普拉曾觉得自己天资聪明、头脑灵活，而且大学毕业后又到德国进修过，因此，常在卖报出身的爱迪生面前炫耀自己的学问。面对阿普拉曾的自以为是，爱迪生感到很厌恶。为了教训一下这个高傲自大的家伙，爱迪生决定出个题为难他。

爱迪生把一只玻璃灯泡交给阿普拉曾，请他算一算灯泡的体积是多少。我们知道灯泡的形状是不规则的，不像一般常见的圆柱体、正方体等可以根据一定的公式计算出体积来，灯泡是没有现成的计算公式可以计算它的体积的。阿普拉曾对爱迪生说："这么复杂的计算，谅你是计算不出来的。虽然比较困难，但是我可以计算出来。"

阿普拉曾于是拿起直尺上上下下、左左右右量了又量，并且根据灯泡的样子做出了计算草图，然后列出了一排排的算式，企图计算出灯泡的精确值。他算得非常认真，两个多小时过去了，他满头大汗，草稿纸用了一堆，还是没有计算出灯泡的体积。等到爱迪生来看他的时候，只见阿普拉曾还在列着算式，离最终计算出结果还差得很远。

爱迪生等得不耐烦了，拿过灯泡，把它浸入一个盛满水的量杯中，然后，爱迪生再把漫出量杯并流入下方器皿中的水倒进量筒里面，看一下量筒的刻度，对阿普拉曾说："就是这么多。"

阿普拉曾恍然大悟，爱迪生的测量方法才是最恰当的。

心灵感悟：墨守成规的人，成功之路往往越走越窄。没有想象丰富、机智灵活的大脑，是无法担起科学的重担的。当用常规方法难以解决问题时，不妨多动一下脑筋，一定会有更为简单便捷的办法。

最有创意的画

过去曾有一位画师收了几个徒弟。为了考验徒弟们的天赋，画师给了每个徒弟一张白纸，出了一道题，要大家用最简练的笔墨画出最多的骆驼。结果当答卷交上来时，师傅发现，几个徒弟的画法有很大的差异。

几个年龄较大的徒弟想法很普通，有的在纸上画了许多小骆驼，有的干脆用细笔密密麻麻地在纸上画了大量的圆点，用圆点表示骆驼。但这些画都被画师认为缺乏创意。因为这几幅画的思路是一样的，即尽可能画更多的骆驼，而纸上无论画多少，都是有限的。只有小徒弟的画最有独创性：他画了一条弯弯的曲线表示山峰和山谷，画上画了一只骆驼从山谷中走出来，另一只骆驼只露出一个头和半截脖子。这可以表明，谁也不知会从山谷里走出多少只骆驼，或许是这一两头，或许是三四头，或许是一个庞大的骆驼群……

心灵感悟：独创常常表现为打破常规。打破常规就要求思维具有批判性；追求与众不同，就要求思维具有求异性。

装在一个瓶子里的油和醋

一天，弗莱斯带着儿子小克利，邀了几个好朋友到郊外去野餐。出发前，弗莱斯发现油瓶和醋瓶都空了，便喊道："克利，去打些油和醋来。"

小克利早就盼望春游了，他拎着两只空瓶飞快地朝商店奔去。也许他太高兴了，一不注意，将醋瓶失手掉到地上摔碎了。望着地上的碎片，小克利有些丧气，又得回家再取一只空瓶，"嘿！有了！"他突然灵机一动，想到了一个好办法，便径直朝店里走去。

到了商店里，小克利对售货员叫道："给我打半斤油和半斤醋。"

售货员见孩子手里只拿着一个空瓶，便奇怪地问："你到底是打油呢？还是打醋？"

小克利道："我都要。"

"一个瓶子怎么装呀？"

"你只管打到里面就行了，别的就不用管了。"小克利信心十足地说道。

小克利打了油和醋，高高兴兴地回家去，将瓶子悄悄放在装餐具的皮包里，高声说："爸爸，任务完成啦。"

弗莱斯一行开车来到了郊外。他们在野外玩了个痛快，还打了一些野兔。

快近中午时，他们来到一条小溪边，准备做饭。"克利，"弗莱斯说，"你把油和醋放在哪里了？"

"皮包里。"小克利一边回答，一边目不转睛地望着小溪里那些自由自在的鱼。

弗莱斯掏出了瓶子，只见上半截是黄色的油，下半截是黑色的醋。"啊！怎么搞的？这就是你打的油和醋？！"弗莱斯有些发火了。

"怎么啦？"小克利站了起来。

"这样你让我怎么用？我等着烧菜！"

"我来帮你，你需要什么，我给你什么。"

"先用油。"弗莱斯有些好奇了，有心要看看儿子玩儿的什么名堂。

小克利从容地将瓶盖拧开。由于油浮在上半截，他很容易地将油倒了一些出来。

父亲一边烧菜一边对克利说："把醋给我。"

克利将瓶盖盖上拧紧，把瓶儿倒过来。这样，油浮了上去，醋沉了下来，他慢慢将瓶盖松开一些，醋就流了出来。

弗莱斯欣慰地笑了："这小家伙，想不到鬼点子还不少。"

心灵感悟：不要老把思想禁锢在一个点上，有时运用创造性思维也能很好地解决问题。

4个盒子装9块蛋糕

高尔基童年时，曾在一个食品店干过活儿。年纪大的伙计们看到他嗜书如命的样子，都嘲笑他是个白痴。但是高尔基并不在意，因为他有自己的理想和追求。

有一次，一个居心不良的顾客送来一张奇怪的订货单，上面写着："订做9块蛋糕，但要装在4个盒子里，而且每个盒子里至少要装3块蛋糕。"

这可把伙计们都难坏了，可是那个顾客非得要按照订单上的装。大伙计只好跟老板说，老板也没有办法，只好让伙计先试着装。年纪大的伙计无论如何也无法达到订单上的要求，还挤坏了几块蛋糕。

"老板，让我来试试吧。"高尔基拿起那张订货单，认真读了一遍，鼓起勇气对老板说。

"你？不捣乱就不错了，还想逞能！"年纪大的伙计对高尔基嗤之以鼻。

高尔基坚定地说："这有什么难的，让我来装吧！"他先将9块蛋糕分装在3个盒子里，每盒3块，然后再把这3个盒子一齐装在一个大盒子里，用包装带扎紧。

年纪大的伙计不服气地摇摇头说："怎么能用不一样的盒子装呢？而且还有一个盒子没装蛋糕。"

高尔基反驳道："难道订货单上限制盒子的大小和不能套装吗？"

年纪大的伙计无言以对。老板也不知是否符合，怀着惴惴不安的心情等着顾客来验收。

不久，顾客来到柜台边，以挑剔的眼光仔细检查了一遍，的确无懈可击，便快快地提着蛋糕走了。一向把顾客当做上帝的老板和年纪大的伙计，终于松了一口气。

从此，他们开始对高尔基另眼相看了。

心灵感悟：遇到难题时，不妨换一个角度思考，问题往往便迎刃而解。没有解不开的结，只有想不到的办法。学会打破思维定式，就能赢得意外的收获。

心算

俄国著名诗人莱蒙托夫对数学十分感兴趣，懂得很多数学知识。

1841年初，著名的邓金斯团队驻防在阿那波。不打仗的时候，军官们常在一起闲聊。有一次，大家谈到一位令人尊敬的主教，说他能心算复杂的数学问题。一位上了年纪的军官觉得这位主教太了不起了，就向莱蒙托夫了解此事。

"这没什么了不起，"莱蒙托夫笑着说，"如果你们有兴趣，我也可以给你们当众表演，怎么样？"

军官们一听大诗人要表演心算，都非常好奇，并鼓掌喝彩。莱蒙托夫当众指着一位年轻的军官说："你随便想一个数，但不用告诉我。"那位军官点了点头，就在心里默默记了一个数。诗人接着说:“请在这个数上加25,再加125,减去37,再减去你当初想的数。”说到这儿,诗人看了看那位军官。军官点了点头,表示已经按诗人的要求做了。“请把结果乘以5,再除以2。”

诗人非常自信地问这位军官:“请问答案是否是282.5? ”

军官大吃一惊,对大伙儿说:“太对了! 太对了! ”他激动得几乎跳了起来。

心灵感悟:诗人利用方程巧妙地愚弄了军官们。一些事情看起来似乎神秘莫测,只是因为你还没有掌握它的规律,所以看不清它的真相。只有掌握了更多的知识,你才不会对神秘的世界感到迷惑,才不会被他人布下的假象所欺骗。

教室里的游戏

创作了许多脍炙人口的数学趣题和耐人寻味的科学小品的美国科普作家马丁·加德纳,少年时就格外地机敏聪慧。

他上小学的时候,老师经常喜欢跟同学们做游戏。有一次,老师从讲台下拿出早准备好的10只塑料杯,排成一条线放在讲台上,然后对同学们说:“左边的5只杯子倒满了红色的水,右边的5只杯子空着。现在出一个试题:只准动4只杯子,要让10只塑料杯变成盛红水的杯子和空杯相互交错排列,怎么移动呢? ”

同学们睁大眼睛瞅着10只杯子,纷纷用小手试着比划。很快,不少同学举起了手,说出了正确的答案:只要将第2只与第7只,第4只与第9只互换位置,盛红水的杯子与空杯就能交错排列了。老师演示了一遍,果然,装水的杯子和空杯子互相隔开了。

老师把交错排列的杯子又摆回原样,然后接着问同学们:“如果只准动两只杯子。你们能不能达到同样的目的呢?谁想到了,可以到台上来做。”

教室里静悄悄的,同学们紧张地思索着。过去了好一会儿都没有人举手。

突然,马丁·加德纳站起来,说:“我有办法。”说着走到讲台前,拿起第2只杯子,把里面的红水倒进第7只杯子;又拿起第4只杯子,把里面的红水倒进第9只杯子。结果,杯子再一次形成交错排列的模式。

老师十分高兴,便问道:“你是怎么想到的呀?”

马丁·加德纳说:“我也想过移动杯子,可是怎么想都不可能,于是又想到了杯子里的水也是可以动的啊! 看着只是动了两只杯子,事实上4只杯子都‘动’了。”

老师说:“你说得很好!我们思考问题时,就是要多开拓一些路子。”说着,老师把7只杯子放回到讲台下面,台上只剩下3只空杯子。他从抽屉里拿出10颗绚丽的玻璃珠子,说道:“请把这10颗珠子分别放进这3只塑料杯里,每只杯里的珠子都必须是单数,不能是双数。”

同学们又紧张地思索起来,考虑着各种方案:1,1,8;1,3,6;3,3,4……无论怎样分,至少都有一个双数存在。

一个同学站起来大声宣布:“老师的问题不可能解决! ”

老师微笑地望着大家。

马丁·加德纳又站了起来:“我有办法。”他再一次走上讲台,拿起玻璃珠子在一个杯子里放了5个,然后在另一个杯子里又放了5个,最后,拿起放了玻璃珠子的杯子套入第三个空杯子里。

老师大喜:“好!跟同学们说说你是如何想到这个方法的。”

马丁·加德纳回答道:“把10个珠子分放到3个杯子里,必须全部是单数,可以肯定是不可能的。珠子的数目不会变,那我就在杯子上打主意喽。”

老师说:“加德纳很会动脑筋,让我们为他鼓掌!”

教室里响起一片热烈的掌声。

心灵感悟:加德纳两次正确回答老师的问题,在于他没有按照一般的思路去思考问题。很多事情都是如此,如果你墨守成规,永远也找不到答案。把思路放宽一些,不按常理出牌,问题反倒轻轻松松就解决了。

伊索解释遗嘱

有个富人,他有三个女儿,各自都有自己的爱好。一个喜爱喝酒,一个喜欢打扮,第三个则很吝啬。按照城里的法律,富人写下了遗嘱,把自己的家产分成相等的三份,并规定每个女儿在把自己所得的财产出售后,要各自给她们的母亲一笔现金。

父亲去世后,这三个女儿焦急地跑去看遗嘱。在念完遗嘱后,大家都弄不懂逝者的遗愿。应该如何理解下面的话呢?

“姐妹们应立即将她们所继承的财产脱手,然后每人再付给其母亲一笔现金。”

遗产被分成了三份,一份是一个农场和全套的生产农具、牲口和牧场,还有管理生产和牲畜的仆人。另一份是乡下的别墅,包括葡萄棚下的餐桌、银餐具、面盆、水壶和一个存放马尔付齐酒的酒窖,另加侍候吃喝的用人。一句话,供吃喝的设备一应齐全。第三份是城里的房子,包括一套时髦的用具,考究的家具,梳头姑娘和家奴,另加上做针线活的姑娘,珍珠宝贝和贵重的衣物。财产分配停当,大家觉得若抽签则会使三姐妹难以得到自己喜爱的东西,于是都同意各自挑一份自己喜好的财产。当时雅典城里的人都赞成这个决定。

只有伊索一人认为人们曲解了遗嘱的意思。他说:“如果逝者还活着,雅典全城的人都会受到他的怒骂。他禁不住会问:‘一个自称有敏锐洞察力的民族,怎么会将一份遗嘱作出相反的解释呢?’”说完,伊索主持了家产的分配工作。

他给每个姐妹一份她不喜欢的财产。比如说爱打扮的分到了酒窖;爱喝酒的分到了牲畜;爱管家务的分得了梳头姑娘。他觉得这种分法是再恰当不过的了。他让三姐妹把财产售出,当手中有了钱,她们就可门当户对地与人联姻;她们拿着的不再是父亲的不动产,就可以把现金支付给自己的母亲。

这就是逝者所立遗嘱的初衷。人们不禁会感叹:一个人的思维竟超过雅典全城的人!

心灵感悟：处理好一件事，并不一定都能用得上常规思维。有时候，运用逆向思维，会更好地解决这件事。

聪明的农夫

在一次旅行的路上，沙皇碰到一个贫穷的犹太农夫正在耕种。当他发现这位农夫的头发是白的，而胡子却是黑的时，他感到很好奇。

于是沙皇命令农夫："给我解释这奇妙的现象，为什么你的头发是白的，而胡子却是黑的？"

"自从我废除了宗教的戒律之后，胡子就不再长了，那么我的头发自然就比我的胡子年长很多，所以就先变白了。"犹太人回答。

沙皇带着敬意叫了起来："你真聪明！以神的名义答应我，在你没有见到我一百次以前，绝对不能泄露秘密，不能跟第二个人说。"

于是沙皇又继续他的旅行。.

回来以后，他召集了所有的大臣——那些聪明人和顾问。

"我有一个困惑已久的问题，看你们谁能回答。"他说。

聪明人叫道："请说吧，国王陛下！"

"为什么一个人的头发比胡子早白了许多年？"沙皇问道。

聪明人因吃惊而沉默了，他们都不知道答案。

"给你们一个月的时间思考，然后带着你们的答案回来。"沙皇命令。

聪明人散开了，各自绞尽脑汁地想沙皇的问题。

一个月很快就要到了，令他们着急的是还都没有答案。但他们抓住了一条线索——一个大臣回想起沙皇是刚从外省旅行回来时才问他们这个问题的，于是他决定顺着这条线索追寻下去。

大臣沿着沙皇走过的路，正好碰上那位贫穷的犹太农夫。因为他的白头发、黑胡子，大臣认出了他。

他问犹太人："这种奇怪的现象怎么解释啊？"

"哎呀，我不能告诉你答案！"犹太农夫回答说。

"如果你将答案告诉我，"这位国王的顾问哄诱说，"我会给你报酬的。"

贫穷的犹太人动摇了，"我是个穷人，我需要钱。"他说，"要是你给我一百个银币我就告诉你。"

他得到了一百个银币，把曾经回答过沙皇的答案给了大臣。

大臣返回圣彼得堡，把答案给了沙皇。沙皇马上明白了这是怎么一回事，于是他叫来了那个犹太人。

"你知道不遵守诺言的惩罚吗？难道我没跟你说要严守秘密吗？"沙皇生气地叫道。

犹太人回答道："的确是这样！但你允许我可以在见到你一百次后说出来啊！"

"真会狡辩！你怎么敢这么无耻地说谎！你应该很清楚我只见过你一面！"沙皇叫道。

犹太人坚持说:“我说的是事实！”然后他将那个装有一百个银币的袋子展现在沙皇面前。

“你看见了吗,在每一个卢布上都刻着你的头像。每一次加起来,我已经见到你一百次了。难道我把答案给你的大臣错了吗?”他不解地说道。

“真是一个聪明的人!你应该得到奖赏,而不是惩罚!在我的宫殿里留下吧,这样你就能常给我提意见了。”沙皇狂喜地叫道。

就这样,这位贫穷的犹太农夫留在了圣彼得堡沙皇的宫殿里,成为了一名顾问。从那以后,沙皇若没有农夫的建议,就不决定一切大事,而且无论沙皇去哪里,农夫都伴随在身边。

心灵感悟:思维不能停留在一个固定的模式上,善于变通的人能够更好地处理生活中遇到的各种事情。

小和尚的答案

从前,普陀山上有座庙,庙里住着一个老和尚和一个小和尚,他们师徒二人在寺庙中相依为伴。

有一天,老和尚给小和尚出了一个问题:“一个爱清洁的人和一个不爱清洁的人一同从外面回来,是爱清洁的人先去洗澡,还是不爱清洁的人先去洗澡?”

小和尚搔了搔头皮,迅速地答道:“当然是不爱清洁的人先去洗澡,因为他身上脏得很。”老和尚看了看小和尚,未置可否。

小和尚以为自己回答得不正确,又马上改口说:“一定是那个爱清洁的人先去洗澡。”

老和尚问:“为什么?”

小和尚胸有成竹地说:“那还不简单,爱清洁的人有爱洗澡的习惯,不爱清洁的人没有爱洗澡的习惯,只有爱清洁的人才有可能去洗澡。”说完,小和尚就等着师父的夸奖。

出乎意料的是,老和尚不但没有夸奖小和尚,还说小和尚没有悟性,小和尚更觉得莫名其妙了。

“两个都得去洗澡,爱清洁的有洗澡的习惯,不爱清洁的需要洗澡。”小和尚只有这样回答了。可师父的脸色告诉他,又错了。

小和尚只剩下最后一个答案,于是怯生生地回答:“两个都不去洗澡,原因是爱清洁的人很干净,不需要洗澡,不爱清洁的人没有洗澡的习惯。”

他刚说完,老和尚就满意地说:“其实,你已经把四个答案都说出来了,但你每次都认准一个是正确的,你的答案是不全面的,因此,单单拿出每一个都不是正确的答案。”

生活中这样的例子并不少见,尤其是在与人交往中,有时并非因为做得不对,而是没有全面地考虑问题。世界是丰富多彩的,一个问题并非只有一个答案。

心灵感悟:生活中的问题,并非只有一个答案,所以没有必要为了一个固定的答案而去争辩是非。

无言老农得狗画

一天,有位姓王的秀才在街上挂出一张画着一只黑狗的画,那画上的黑狗栩栩如生。画旁边贴着一张说明:"此画系谜语画,打一字。猜中此谜者,免费赠此画;猜谜不中而愿购买此画者,付纹银十两。"

狗画一挂上街头,便招引来许多围观的人,大家七嘴八舌,各抒己见,可是无一人能正确地破解此谜。

这时,来了一位扛锄头的老农,他端详了一阵儿墙上的狗画,又看了看贴在旁边的说明,一言不发,取下狗画转身就走。

人们被老农弄得莫名其妙, 王秀才上前问道:"你是要买这张画吗?" 老农紧握着狗画,摇了摇头,仍不说话。秀才又问:"那你是要猜谜了?"老农点点头,还是不言语,只顾往家走。秀才又连问三声,老农仍旧一声不吭。

秀才不再追问,望着老农的背影,哈哈大笑起来,连声叫道:"老头猜中了! 老头猜中了! "说完,扬长而去。人们更是迷惑不解了。

原来,狗又称犬,黑狗即黑犬,这张画打的是一个"默"字。老农始终没有说话,即为"默不作声"的意思。因此,秀才说这位老农猜中了。

心灵感悟:有些问题看似很难,其实只要你仔细想一想,就会发现,答案就隐藏在问题当中。

聪明少年徐文长

明代文学家、书画家徐渭,字文长,浙江绍兴人,民间流传着很多关于他的机智故事。

有一次,徐文长的伯父把两只小木桶装满水,然后领着徐文长和一群孩子走到一座又矮又小的竹桥边,对大家说:"谁能把这两桶水提过桥,我就送他一包礼物。"

这座竹桥桥身很软,有弹性,又贴近水面,人一走上去,桥身就会弯下去碰到水面。如若一手提着一个水桶走过桥,肯定会连人带桶一块儿掉到水里。

过了好一会儿,没有一个小朋友敢试一试。徐文长说:"那我来试试吧。"说着,他脱去鞋子,用两根麻绳系着小桶,将小桶置入竹桥旁边的水里,便走上竹桥,拖着小桶毫不费力地过了桥。

小朋友们齐声喝彩。伯父不得不暗暗叫好,脑子里忽地又冒出一个主意,便说:"文长啊,我说话算数,来拿你的礼物吧。"

徐文长见伯父将那包礼物吊在一根长长的竹竿梢上,便笑嘻嘻地上前去取。

“慢!”伯父叫了一声,“你要拿礼物,必须遵守两个条件:第一,不能把竹竿横躺下来;第二,不能垫凳站高或借用别的东西去取。”

小朋友们顿时起了一阵小哄:“伯伯存心刁难人。”

徐文长那对滴溜溜的眼珠子转了转,便笑道:“没问题,我一定遵守伯伯的条件。”说着,他就握住竹竿,举着它走到一口水井旁边,再把竹竿慢慢从井口放下去,当竹竿梢放到和他齐身时,便顺手从竹竿梢上解下那包礼物。

“好!”小朋友们和徐文长的伯父禁不住都高声夸赞起来。

心灵感悟:解决问题不能仅仅将眼光局限于一点,要学会从多角度去看问题。

鲁班考徒弟

鲁班是大名鼎鼎的能工巧匠,他门徒众多。有一天,他把门徒叫来说:“我准备考考你们,你们明天一清早就到我家来吧。”

第二天,徒弟们一早就到了鲁班家,但只见师傅的家门紧锁,门上写着五个字:“今日可不见”。徒弟们大惑不解,议论纷纷准备散去,其中一个年龄最小的徒弟忽然说道:“我们到河边去看看,师傅可能在那里。”大家怀疑地问他:“你为什么猜想师傅可能在河边呢?”

“大家请看,门上这五个字,‘可’就是‘河’字的边;‘不见’两个字合在一起就可以看成是‘觅’字。不是分明暗示我们今天到河边去寻找吗?”小徒弟说。大家听了认为言之有理,于是一起到了河边,果然鲁班正坐在那里等着他们呢。

鲁班见了众徒弟,心里非常高兴。接着,他手指着身旁的一堆梓木说:“我要考你们一个新题目,你们用这梓,做三天,要做得精。”说完,便离开了众徒弟。

三天以后,徒弟们都各自拿着自己精雕细琢的作品,交给师傅。只见每个作品都各具特色,生动形象的飞禽走兽、婀娜多姿的花卉草木,十分引人注目。但是,没有一个让他满意的。

这时,他那最小的徒弟手里捧着一个镶嵌得很精巧的小书架,走了进来,书架的梓木正好构成一个“晶”字模样。当他恭敬地送到师傅手里时,鲁班高兴地大笑,赞赏地点点头,指着这个小书架对其他的徒弟说:“这才是我要求你们做的。一个工匠,不仅要有精巧的手艺,还要有一个充满智慧的头脑。你们都回去想一想为什么做错了。”

鲁班离开后,大家立刻围着小徒弟,询问其原因。小徒弟说:“师傅不是说用梓做三日,做得精吗?‘梓’是‘字’的谐音;‘精’是‘晶’的谐音。三个日字不正是一个‘晶’字吗?”大家听后恍然大悟。

心灵感悟:其实许多看似难以解决的问题,答案就隐藏在问题当中。只要我们仔细观察、认真思考,就能够迅速找到问题的答案。

心灵手巧老板娘

有家菜馆的老板，是一位聪明能干、心灵手巧的少妇，顾客们都夸她做的饭菜味美可口。有一个小有名气的厨师对这位少妇老板不服气，想出点儿花样故意难一难她，看看她是不是如人们夸赞得那样。他来到店里落座之后，点了一个菜，说：

“有根不落地，

有叶不开花，

街上买得到，

园里不种它。”

老板娘很快给他端来一盘炒豆芽。厨师接着又点了第二个菜：

“绿阳伞，黄阳伞，

凉伞下面一窝蛋。”

过了不一会儿，老板娘就又端来了一碗红焖奶芋。厨师见自己点的两个菜都没有难住女老板，有点骑虎难下，便又说：“我还要四样菜：

一要洗不净的菜，

二要煮不熟的菜，

三要听不见的菜，

四要看不见的菜。”

到菜馆吃菜喝酒的顾客们听得这位顾客点的菜都非常蹊跷，闻所未闻，于是人们一齐把目光投向这个桌子，看老板娘究竟怎样做这些菜。过了不一会儿，女老板把灰菜、拌生菜、炒木耳一块儿端了上来。

厨师仍不死心，故意发问：“我要的‘看不见的菜’呢？”

女老板指着正在灶上做着的烹对虾说：“对瞎，对瞎，你哪能看得见呢？”众人听后，都哈哈大笑起来，厨师顿时羞得满脸通红。

心灵感悟：面对厨师的有意刁难，女老板从容应对，轻松加以化解。从这里充分显示出了女老板敏捷的思维。

董文书出谜考女婿

相传，清朝乾隆年间，北方某乡村居住着一个未及第的秀才，名叫董文书。此人年轻时就喜欢写诗作对，猜射谜语。后来年长寿增，此喜好依然丝毫未减，特别是猜谜的兴趣更浓了。某年，正逢他七十大寿那天，三个女儿和女婿都来为他祝寿。把三个女婿叫到跟前，出谜让他们来猜。

董文书手捻须髯，笑着对三个女婿说：“这次猜谜只能是以谜对谜，不准揭出谜底。”

三个女婿都表示同意。

董文书便念道:“出门就展翅,回家把翅收。拍拍它的头,泪水不住流。”稍停了片刻,问三个女婿:“此是何物?还是老规矩,你们从大到小挨着来猜吧!”

大女婿沉思后道:“我有一座楼,没瓦没砖头。水在楼顶上,人在楼下走。即是。”董文书听后啧啧称赞:“好!好!”

二女婿似乎早有所思,即兴道:“我有一座亭,没安窗和门。柱子当中立,四方任它行。”董文书连连点头,说:“没错,没错。”

三女婿最后猜射,他早已是胸有成竹,不慌不忙念道:“我有一朵花,能闭又能发。不见花有叶,花根手中扎。”在座的人全都会心地笑了,老岳父听了更是兴起,赞道:“妙哉!妙哉!伞者遮雨也。”随即大家一同入座欢饮。

心灵感悟:三个女婿可谓是思维敏捷,他们很快就猜出了谜底,而且还按照岳父的要求,用以谜对谜的方式作出了回应。

解缙吟联治县官

有个自以为才华出众的县太爷,从不把文人雅士放在眼里。一日傍晚,解缙从县太爷门口经过,适逢下雨,便想进门避避。正巧见县太爷在堂前踱步,神态傲慢。解缙想:我今天倒要治他一下。于是便随口吟道:

“雨阻行人,谁是行人之友?”

县太爷一抬头,见是颇有文名的小解缙,但他根本不把解缙放在眼里,只是傲慢而懒懒地对道:

“天留过客,我为过客之东。”

解缙听罢,趁机跨入大堂,往太师椅上一坐,继续吟道:

“客既来兮,足下且设鱼肉宴。”

县太爷又对道:

“客已至矣,厨中苟呈肚胖汤。”

当晚,县太爷客堂里烛火通明,酒肴上桌,解缙毫不客气地大吃了起来。县太爷看在眼里,怒在心中:你解缙居然放肆地吃喝起来了!哼,现在别得意,我要让你好来不好走,让你尝尝我的厉害!便吟道:

“嫩笋初烹,片片难入君客口。”

解缙一听,这县太爷话中生刺,弦外有音,于是便针锋相对地反击道:

“老姜细切,条条嚼断主人筋。”

至此,县太爷才尝到了年轻解缙的辣味。他忍着气,好不容易陪到三更,便想草草收场,低声道:

“谯楼上叮叮咚咚,三更三点。”

解缙明知县太爷要的是脱身之计,却装做浑然不解的样子,举杯答道:

“画堂前你你我我，一口一盅。”

“这……这……”县太爷无可奈何，只好陪解缙一直喝了下去。

两人一直喝到天亮，县太爷被拖得精疲力尽，但内心仍然不服，还想刁难解缙。他不开大门，却开后院小门送客，又说：

“恶犬无知嫌地窄。”

解缙即对道：

“大鹏展翅恨天低。”

县太爷在解缙即将离去时说：

“恶客无情，去去去，今朝快去。”

解缙却笑着回答：

“贤东有趣，来来来，明日再来。”

县太爷听罢，真是哭笑不得，只好佩服地向解缙打躬作揖。

心灵感悟：面对县太爷的一次次刁难，聪明的解缙总能够运用智慧轻松化解。所以在遇到难题时，不要轻言放弃。

望江楼上谜射谜

望江楼开业那天，鞭炮齐鸣，热闹非常。顾客比肩接踵，熙熙攘攘。

这时门外进来五个小伙子，老板迎上去，把他们让进雅座，接着问：“各位想用点儿什么？”

领头的小伙子说：“今天不为喝酒，专给您捧场来了。您看什么合适，就点什么菜，我们吃完后照价付钱就是。”

“难得各位如此看重小店。这样吧，我出个谜语给你们猜。若猜中，请各位随便点菜，我分文不取；若猜不中，每个菜加倍收费。你们看如何？”

五个小伙子听后大笑。还是那个领头的说：“难得您有如此雅兴，那就讲定了。您先说个谜语，我们五个也各说一个谜语，我们的谜语都得射中您的谜底，如有一个射不中，我们双倍付款。你看怎样？”

老板开口说道：

“泉眼有，悬崖无；

清风有，彩云无；

潮头有，狂风无。

打一物。”

领头的小伙子马上就明白了，开口答道：

“油里有，粮里无；

浆子有，果子无；

酒里有，菜里无。”

第二个小伙接着答道：

"渔民有，农民无；

渡槽有，桥上无；

泵房有，场院无。"

第三个小伙子信口答道：

"浮萍有，荷莲无；

鸿雁有，黄莺无；

灌木有，乔木无。"

第四个很有感情地朗诵道：

"渺小有，伟大无；

深沉有，轻佻无；

漂泊有，定居无。"

第五个小伙子语气缓缓地答道：

"商汤有，桀纣无；

汉武有，秦皇无；

梁朝有，晋朝无。"

老板听完后，连连夸赞，并立即给五个小伙子上了一桌丰盛的酒菜。这个谜底是"水"。

心灵感悟：面对老板出的谜，五个小伙子并没有直接说出谜底，而是同样采用谜语的形式加以回答，充分显示出了他们的聪明才智。

徐文长巧对乌县令

绍兴新来一位姓乌的县官，虽颇有文采，但却十分骄矜，听说当地名士徐文长学问过人、能言善对，他很不服气。

有一次，他邀请一些乡绅来府里做客，而徐文长也受邀在其中，他便想趁机加以刁难。

席上，乌县令趁着酒兴，出了一个上联要徐文长对，联曰："二人土上坐。"徐文长听了知道难对，因坐字拆开是两个人一个土字，不过还难不倒他，他当即对出下联说："一月日边明。"

乌县令又出："八刀分米粉。"这联更难对了，八刀相拼是分，分和米相和是粉，下联势必也要这样相拼相合。众人都望着徐文长，看他接下来要如何对法，然而，徐文长只略加思索，便不急不徐地对曰："千里重金锺。"

乡绅们听了无不称妙，乌县令又出一对："海晏河清，王有四方当做国。"

徐文长看着室外的冬景对道："天寒地冻，水无二点不成冰。"

乌县令听了，也暗暗佩服水字加两点成冰对得好，但他还不肯罢休，他说："这次我再出一联,对不出要罚酒三杯。"徐文长笑道:"如果对出又怎样呢?""也罚我三杯。"

乌县令说着又出了上联:"笑指深林,一犬眠竹下。"

徐文长应声对道:"闲看幽户,孤木立门中。"

乌县令无奈,只好饮下罚酒三杯。本来事情这样结束,也恰到好处,可偏偏乌县令不服输,一定要压倒徐文长。这时,门外一个满脸麻子的仆人踏雪送酒进来,因他脚穿钉鞋,故在雪地上留下一个个有如麻子的圆点,乌县令便不假思索即景出一上联:"钉鞋踏雪变麻子。"

徐文长听了,很替那家仆抱不平,心想:你出对难我倒无妨,可侮辱人实在不应该,既然这样,我也不用客气。他抬头看见乌县令年纪轻轻,身穿大狐裘,洋洋得意地自斟自饮,就随口对道:"皮裘披身装畜生。"徐文长下联一出口,满堂一阵哄笑,乌县令下不了台,顿时恼羞成怒。这时,正巧一只老鼠穿堂而过,他急中生智,忙走到徐文长跟前说:"徐老先生,我再出一联给您老对对。"随后念道:"鼠无大小皆称老。"

徐文长一听就知道他不怀好意,心想:你身为县令,既然不知自爱,那我何必要顾及你的面子。于是他拱手赔笑说:"乌县令,我斗胆对下联了!"这时众乡绅见他们刀去剑来,早已坐不住了,但又不想离去,只听徐文长对道:"龟有雄雌总姓乌。"

至此,乌县令满脸羞愧,无言以对,只好假装酒醉,拂袖退席。

心灵感悟:徐文长以其敏捷的思维,机智应对,使不可一世的乌县令败下阵来。从这里足见徐文长的聪慧机警。

诸葛亮解题妙招

传说诸葛亮小时候,由父亲带去拜水镜先生为师。

水镜先生看了看诸葛亮,然后说道:"你必须回答我三个题目,答对了我便把你收下。"接着出了一个哑题:他屈起食指,伸到诸葛亮面前,又点了点。

诸葛亮马上就领悟了其中的意味,于是向水镜先生深鞠一躬,又向后退了三步,站在一边解释道:"您要我做首屈一指的大官,我当鞠躬尽瘁,死而后已。"

"第二个题目可没有这么简单了,你要想办法使我离开这座位。"先生坐在蒲团上说。

诸葛亮走到墙角,顺手拿了一根竹竿,就要捅房上的瓦。

"不要捅漏了房子!"先生连忙起来阻止说。

"先生坐地,我想通天,先生不是离开座位了吗?"诸葛亮笑着说道。

"你能使我寸步难行吗?"先生稳坐在蒲团上说。

诸葛亮用手指着先生说:"老匹夫,你分明就没有什么本事,在此胡乱说话!"先生气得脸色发紫,诸葛亮却把先生的帽子摘下,扔到了房顶上。

先生气急了,只好脱了鞋踩在诸葛亮父亲的肩上去够帽子。这时,诸葛亮抓起先生的鞋子藏了起来。先生把帽子拿了下来,却又不见了鞋子。

"您寸步难行啦!"诸葛亮说。"好聪明的孩子,我收下你啦!"水镜先生笑着说道。

三年后的一天早上，水镜先生对弟子们说："我想出道题考考大家，从现在起到午时三刻止，谁能得到我的允许走出水镜庄，谁就出师。"

弟子们听了，都非常着急，有的谎报："家里死了人，得赶紧回去！"有的大呼："庄外失火！"水镜先生概不理睬。只有诸葛亮，早伏在书桌上睡着了，鼾声大作，搅得考场不得安宁。水镜先生非常生气。

午时三刻快到了，诸葛亮从睡梦中醒来，听说先生出了这么个考题，一把拉住先生的衣襟哭道："先生这么刁钻，尽出歪题害我们，我不想在你这学习了，快将我三年的学费退给我！"

水镜先生是天下名士，深受人们的尊敬。现在见诸葛亮这么侮辱他，脸色变得铁青，让他马上离开水镜庄。诸葛亮站在那儿一动也不动，水镜先生命几个弟子，把他赶出庄去。

诸葛亮一出庄子，脸上露出了灿烂的笑容，他在路旁捡了根棍子，跑回水镜庄，跪在先生面前，双手捧上棍子说："刚才为了应付先生的考题，在万不得已的情况下冒犯了您，弟子愿受重罚。"

水镜先生猛然醒悟，转怒为喜，扶起诸葛亮说："你真是一个聪明的孩子，按照现在的情况看，你真的可以出师了。"

心灵感悟：在解答难题时，我们不要老是局限在常规的思维模式上。有时，运用逆向思维，就能迅速地把问题解决。

曹植打猎解难题

一年秋天，曹操带着曹植和五位爱将到狩猎场打猎。

秋高气爽，满山红遍，北方的狩猎场呈现出一派雄伟、悲壮的情调。曹操摸着自己的胡须，看着眼前的一切。一声令下，随行的士兵握着手中的兵器，叫嚷着，一只色彩斑斓的梅花鹿被他们从树丛里赶了出来。它似乎已经觉察到灾难马上就要来到，惊悸地在空旷的猎场上狂跑。众将军已经准备好了弓箭，纵马追逐，没过多久，梅花鹿就被射中了，惨叫几声倒在血泊中。曹操驱马赶来，见除了一支箭直穿鹿喉外，其余四支箭都没有命中目标。他决定重赏射中的将军，并封其为"神射手"。

随行人员从鹿喉上将箭杆拔出，呈给了曹操。曹操认真地看了看箭杆上刻的姓名，微微点头。他想：眼下正是用人之时，吞吴蜀，平定天下，不但要有骁勇善战、冲锋陷阵的将军，更需要有能够统领战局的谋士贤臣。何不趁此机会考考曹植和众将军的智谋呢？于是问道："刚才，有五支箭一齐射了出去，却只有一支箭射中了鹿喉，你们知道这支箭是谁射的吗？"

"是孙将军射中的。"赵将军说。

"不，应该是李将军射中的。"钱将军说。

"是我射中的！"孙将军说。

"总之,孙将军和我都没有射中。"郑将军说。

"是郑将军和孙将军其中的一个射中的。"王将军说。

曹操听了笑着说:"你们当中只有三个人猜中了,其中有王将军。诸位将军,你们是否知道是谁了?"

众将军仍处在迷惑中, 百思不得其解。刚才孙将军还口口声声说是自己射中的,经曹操这般隐晦曲折地提示,也像喝了迷魂汤似的难以确定了。

"这个神射手,就是孙将军。"曹植镇静自若地说。

曹操听了,高兴地笑了起来:"植儿说得对! 孙将军,寡人特封你为'神射手',赏金1000两。"

"谢丞相大人。"孙将军连忙叩首谢封。

此时,其他四位将军仍然感到不可理解,一齐问道:"曹公子,不知有何根据?"

曹植答道:"诸位将军注意了没有,既然我父讲王将军的说法是对的,而王将军说的或是孙将军或是郑将军。那么,先假设是郑将军射中的,要是这样的话,五人说法中,赵将军、钱将军、郑将军、孙将军都错了,只有王将军的说法是正确的。那一对四错,这不符合我父所说的条件,显然这个假设是不成立的。既然这样,就可以断定郑将军没有射中鹿。既然郑将军、孙将军二人中有一人射中,而郑将军已经排除,那就可以肯定是孙将军了。"

听完曹植的精辟分析,众将军都佩服曹植过人的才智,曹操又摸着自己的胡须,点头微笑,越发从心里喜欢曹植。

心灵感悟:世上没有所谓的难题,只要认真分析题意,就一定能从题中找出隐含的答案。

孔融分梨

孔融是东汉末年的文学家,从小聪明过人,而且还很有礼貌。他 4 岁让梨的故事被后人传为美谈,但孔融 6 岁时巧思分梨的故事恐怕很少有人知道。

一天吃完午饭,孔融便钻进自己的书房去学习。这时老管家进房传话说:"小主人,在外地的伯伯、叔叔、婶婶和 6 个堂兄妹都来了,夫人叫你到前庭去见见他们。"听到这个消息,孔融高兴地跳了起来,说句实在话,伯伯、叔叔长年在外地做官,孔融长这么大了,还没见过他们,特别是自己的 6 个堂兄妹,不知是个什么样子。于是,孔融没等老管家赶到前庭回话,就飞快地跑到了他们身边。在父母的介绍下,孔融逐个给伯伯、叔叔、婶婶和 6 个堂兄妹见过了礼,大家都夸他是一个有礼貌的好孩子。

这时,母亲叫丫鬟环端上一盘梨,不一会儿,6 只香脆可口的鸭梨便被端了上来,母亲又叫孔融把鸭梨分给 6 个堂兄妹吃。

孔融正要分梨,却被父亲止住了:"等一等,你给堂兄妹分梨,每人一个,而且盘子里还要留一个,你知道怎么分吗?"

父亲知道孔融是个聪明的孩子,想借此机会让他展示一下自己的才智,谁知题目太难，反倒把孔融给问住了。伯伯、叔叔、婶婶们也觉得这事连他们都不能办到，更何况是一个6岁的孩子呢?6个堂兄妹也不知道该怎么分，相互看了看，心里在琢磨着："这样分梨，我们6个人中总有一个人吃不到梨子呀！"

孔融皱紧了眉头，他为难地看看母亲，母亲慈祥地对孔融说："孩子，再好好想想！梨子分来一个不少，我相信你一定会有办法的。"

孔融低着头陷入了沉思，忽然，他眼睛一亮，脸上露出了欢欣的笑容，他拍着小脑瓜儿说："我知道该怎么分了。"

只见孔融拿起盘中5只梨子分别递给5个堂兄妹，这样，有一只梨子留在了盘中，可还有一个堂妹没有分到梨子，这个堂妹看上去非常委屈。伯伯、叔叔和婶婶说这样分不行。孔融微微一笑，把剩下的一只梨子连同盘子一起递给了这个堂妹。

"孩子，你分得很对，能不能给大家讲讲为什么要这样分?"父亲高兴地说。孔融回答得很干脆："每人分一个，说明6个堂兄妹都得分着；盘子里还要留一个，这也可理解为只要有一只梨子放在盘子里就行，所以我这种分法并没有错。"

大家这时候才完全明白过来，连夸孔融聪明过人，父母亲也开心地笑了。

心灵感悟：要想从众人中脱颖而出，你就得拥有众人所没有的勇气和胆量。不要被所谓的规矩束缚了手脚，规矩是为庸人设置的。

利用小偷灭偷盗

汉宣帝时，京都长安的偷盗现象较为严重，社会秩序比较混乱。自打赵广汉被杀以后，京兆尹就换了好多人，后来汉宣帝就调政绩突出的颍川太守黄霸为京兆尹。但是黄霸上任不久，就因为不能胜任这项工作，被免去京兆尹，仍回颍川任太守。如此一来，京都社会秩序变得更加混乱，偷盗事件频繁发生，各行各业的商人对此都十分头痛。

这时皇上颁布了一个诏令，任命胶东相张敞做京兆尹，并把他召进了宫。

张敞进宫后，皇上问张敞有没有办法制止这种偷盗现象，张敞认为能够制止。张敞上任以后，就询问长安城中的父老，得知几个小偷首领外出时常有童奴跟从，在家时都表现得很温和厚道，左右邻居都认为他们是忠厚长者。张敞把他们召来加以责问，首先把他们以前的罪过赦免了，让他们根据自己所熟悉的情况把所有的偷盗者都召来以便将功赎罪。偷盗首领说："现今要一下子把他们召进官府，恐怕有些困难。不过，我们会尽力去办好的。"张敞就把偷盗首领封为官吏，让他们回家休息。

回到家以后，偷盗首领马上摆出了酒席，小偷们都来畅饮。趁大家喝得晕乎的时候，偷盗首领就在小偷们的衣服上涂上红颜色。官吏守在巷口检查过往行人，凡衣服染上红颜色的都捆绑起来，一天之内就抓获了几百人。接着，张敞就审查小偷们的偷盗行为，有的一人就作案100多起。审查完毕后，张敞依法进行了处罚。

从此以后，长安城再也没有发生过偷盗案件，即使更鼓不敲也是如此。皇上对张敞的政绩非常满意。

心灵感悟：有时从大的方面着手，并不一定能够将问题解决。相反，找准一个突破口，问题就迎刃而解了。

杜甫的妙方

唐代诗人杜甫不仅诗写得好，而且还懂医识药。

据说他晚年开了一个叫“百草堂”的中药铺。药铺开张后，当地很多人都到他那儿去看病、买药。遇到一些付不起钱的穷苦百姓，他会免费给他们看病、送药。

当时的节度使卫伯玉非常痛恨杜甫，把他视为眼中钉，肉中刺。

一天，卫伯玉指使他的书吏到百草堂进行挑衅。只见这书吏手拿“药方”，快步闯进店，喊道：“这是卫大人急需的药，赶快照此药方抓药，不然，就砸了你的牌子！”

杜甫听这口气，知道来者不善。当他把“药方”接过来一看，禁不住吃了一惊，只见上面写的是：“行运迟，行运早，不行运，正行运。”这既不是字谜，又不是药名，分明是来找自己麻烦的!

杜甫想了一下，顺手给他装了四味中药，来到柜台前，见了书吏仍以礼相待，拱拱手说道：“你家老爷要的药，我已经给你抓好了。”

书吏听后，大吃一惊，他不相信这是真的，因为这“药方”根本就不是什么药，而是他家老爷胡乱编造出来的。

只见杜甫不慌不忙地打开药包。书吏一看，眼睛瞪得更大了，他看到药包里的药竟然是一块生姜芽，一片萝卜干，一颗僵桃，一粒鲜李子。

杜甫见这位书吏不解，便解释道：“这生姜芽是‘姜子牙’之意，姜子牙 83 岁遇文王，这是行运迟；萝卜干是‘甘罗’之意，甘罗 12 岁就当了丞相，正是行运早；隔年桃子，算不上鲜果，好比我不行运了；红皮李子，虽酸却正是市俏货，正如你家老爷，可说是正行运，你说对吗?”

书吏被问得哑口无言，只得灰溜溜地离开。

心灵感悟：面对刁难，杜甫巧用典故，轻而易举就将难题化解了。

鸡蛋做菜

苏轼的家里有一位手艺高超的老厨师，他做出的菜肴，味道鲜美，样式新颖。因长期受到文化熏陶，还会背诵许多古诗。

一天，苏轼交给老厨师二两银子，嘱咐说：“你用这二两银子去买一些菜，然后给我做一顿合乎诗意的美餐，既要合乎诗意，又要新鲜别致。”

老厨师回到厨房想了想，随即跑到市场上，买了两个鸡蛋，给苏轼做了四个菜。

开饭时，老厨师用托盘端出四个菜摆在桌上。

苏轼一看乃是四碗清汤：一只碗里几片蛋清，一只碗里两个鸡蛋黄，一只碗里飘着两个蛋壳，一只碗里浮着一层白沫儿。

“二两银子，就做这么四道清汤吗？”苏轼厉声责问老厨师。

老厨师答道：“先生不要生气，这可是一桌新鲜别致的唐诗菜呢！装着两个蛋黄的那碗菜是‘两个黄鹂鸣翠柳’；装着几片鸡蛋清的那碗菜是‘一行白鹭上青天’；浮着蛋沫儿的那碗菜是‘窗含西岭千秋雪’；漂着两个蛋壳的那碗菜是‘门泊东吴万里船’。先生，您看这菜符合您的要求吗？”

“符合诗意，不错！不错！”苏轼听后仰头大笑。

心灵感悟：在生活的每一天，只要你肯启动创造的灵感，满山的鲜花便会为你而开。

宋徽宗的考题

宋徽宗时有一次举行画院考试，由皇帝亲自出题、选才。全国的书画人才纷纷报名参加，希望能金榜题名进入画院。

宋徽宗以一句古诗为题，要应试者照着诗意画出来。古诗是“深山藏古寺”。

许多赴试的书生们一看到题目，立即着墨，都觉得很简单。

书生们各显神通，作品都十分华丽、壮观。每一幅交上来的画都有着高耸苍郁、云雾缥缈的深山，庙宇的飞檐由树森中隐约地露出一角。

宋徽宗一一地观赏书生们的作品，起初没有什么表情，最后在看到一幅平实无华的画时，却拍案叫绝。

这幅画不见庙宇飞檐，只简单地画着一位老和尚在山脚的溪边挑水。

妙啊！以和尚点出深山有古寺，这古寺藏得真是巧妙！

画这幅画的书生自然夺得了第一。

心灵感悟：敢于打破常规思路，才能使难题得到更好的解决。

蒲松龄批文章

蒲松龄曾当过胡守备的塾师，教他的一个冥顽不灵的儿子。胡守备一介武夫，文才很浅，但望子成龙心切，看到蒲松龄批改儿子文章的褒奖之语寥寥无几，就大发怒火，埋怨老师教学无方。蒲松龄见他如此态度，又不能说昧心话，便另辟蹊径借用诗句来批文章，隐藏批评。

他儿子有一篇文章因错别字太多，蒲松龄皱皱眉头挥笔批了句：“唯解漫天作雪飞。”

他的另一篇文章字迹模糊，蒲松龄没有办法读下去，就批了句：“草色遥看近却无。”

第三篇文章篇幅很长,却言之无物,什么事也没说清楚,他批时引用了杜甫的两句诗:“两个黄鹂鸣翠柳,一行白鹭上青天。”

胡守备看到批文,不解其意,便问道:“老先生,我儿的文章可有进步?”

蒲松龄答道:“高山擂鼓,声闻百里。”

胡守备琢磨半天,也没有领悟,又问道:“我儿四书五经想必已贯通了吧?”

蒲松龄应声答道:“人有七窍,令郎已通六窍。”

胡守备听了,以为是在夸赞他儿子,心中十分得意,蒲松龄趁机辞馆而去。

胡守备见到客人,就出示蒲松龄的批文夸耀儿子,众人看罢,全都掩口而笑。

其实,蒲松龄的评语是另有含义的:

“唯解漫天作雪飞”——白字(纸)连篇(翩);

“草色遥看近却无”—— 一片模糊;

“两个黄鹂鸣翠柳,一行白鹭上青天”——不知所云,离题(地)太远;

“高山擂鼓,声闻百里”——不通!不通!(“扑通!扑通!”即打鼓的声音);

“七窍已通六窍”——一窍不通。

心灵感悟:蒲松龄将自己对胡守备儿子的批评之语巧妙寓于诗句当中,既没有当场激怒胡守备,又说出了事情的真相,可谓一举两得。

王冕作谜骂财主

元朝著名画家、诗人王冕小时候是个放牛娃。

他给财主放牛,到了年底领工钱时,财主说:“你如果能回答出我一个问题,我就把工钱给你。”

王冕说:“你问吧。”

财主说:“从前有伙穷人在锄地,挖出了一块玉璧。大家叫道:‘是块宝贝呀!我们分了吧。’于是他们就把玉璧砸碎了,一人分到一块。可是他们却不懂,这块价值千金的玉璧一旦砸碎了就分文不值了。结果,这伙穷人仍旧是两手空空——这是个故事谜,猜一个字,你猜吧!”

王冕说:“你的意思是说‘穷人分宝贝还是穷’,这不是‘贫’字吗?”

财主不得不把一年的工钱付给了王冕。

王冕给财主放牛,受尽了欺辱。一天,他对财主说:“东家,我说个故事,请你猜一个字。猜出了,我白给你干一年;猜不出,我就要告辞回家了。”

财主说:“行,你讲吧。”

王冕说:“从前,有个财主想出外做生意发大财。他雇了一个伙计,在合同上写明:财主出钱,伙计出力,一年后赚了钱三七开。干了一年果然发了大财。财主为了独吞钱财,当伙计来分利时,便哭丧着脸说:‘昨天我们分手时,马受惊狂奔过来,把那只装钱的箱子踩扁了。’于是,财主独吞了所有的钱,一分也没分给伙计。你猜猜这是个什么字?”

财主猜不出。

王冕说："那财主对伙计说：马踩扁了钱箱。马和扁合在一起不就是'骗'字吗？财主想骗人嘛。"

财主被王冕借机骂了一通，脸色红一阵、白一阵，但又不好发作，只好放王冕回家。

心灵感悟：王冕巧妙借用故事中的"马"和"扁"二字，组成了一个"骗"字，将财主骂了一通。

师爷巧断案

宋朝时，发生了一件谋杀案，县官对嫌疑犯多次拷问，都查不出结果。后来，经师爷一番诱问，终于使案情真相大白。

张三和李四两人是好朋友，经常合伙去外地经商。有一次，两人约好第二天清晨五更天，李四到张三家找他，然后再一同上路。

第二天一早，天还没亮，李四就收拾妥当出了门。哪知天亮时分，李四的妻子听到一阵急促的敲门声，夹杂着张三叫嫂子开门的呼喊声。

李四的妻子开门一看，只见张三满头大汗，气喘吁吁地说："嫂子，你丈夫约定五更来我家，怎么天都亮了，他还没来？"

这话让李四的妻子大吃一惊，说道："他不是早就出门了吗？"

张三更是惊奇地说："那怎么没到我家来，会不会出了什么事呢？"说罢，张三和李妻就四处寻找，结果在一个树林子里找到了李四的尸体，他身上携带的银两早已不翼而飞。李四的妻子号啕大哭，一把抓住张三说："一定是你杀了我丈夫！"就把张三拉到了县衙门。县太爷问了好一会儿，都无法断案。这时站在一旁的师爷胸有成竹地说："老爷，且待我来盘问。"说完他就开始问道："张三，李四和你约定今天五更到你家会面，李四没来，你去李家叫他，是这样吗？"

"一点儿也没错，事情就是这样。"张三说。

"你去李四家是怎么叫的？"

"我是这样叫的，"张三接口答道："嫂子，你丈夫约定五更天到我家，怎么天都亮了，他还没来？"

"你真是这样叫的吗？"师爷追问。

"老天有眼，如有假话，我便五雷轰顶。嫂子在这儿，不信，你可以问问她！"张三说得斩钉截铁，旁边李四的妻子也证明事实如此。

"好！那么我问你，你到李四家找李四，为什么不叫李四，偏偏叫李四的妻子来问话，你怎么知道李四不在家呢？"

"这个……这个……"张三慌了手脚，支支吾吾地答不出话来。

师爷接着喝问："大胆刁民，还敢狡辩吗？你一句话泄了天机，你去李四家时，早知道李四不在家了，所以才叫嫂子出来问话。这就证明你今天一早明明已见过李四，那么，谋财害命，杀死李四的，除了你还会有谁呢？还不从实招来！”

师爷一席话，逼得张三只好供出自己谋杀李四、抢夺银两的全部罪行。

心灵感悟：师爷之所以能迅速破案，就因为他使用了矛盾分析法。他从诱问入手，使张三无意中泄露了最重要的破案线索，再步步追问，通过精辟的分析，使张三不得不承认自己谋财害命的罪行。

一模一样的假瓶

犹太商人佩文斯在镇上开了一家珠宝玉器当铺。佩文斯鉴定珠宝玉器的能力非常强，人们都叫他“古董王”。但是，有一次他却上当了。

那一天，佩文斯喝醉了酒，在当铺睡得正香时，伙计把他叫醒，说有两个小伙子要当一对蓝色的大瓷瓶。

佩文斯来到柜台前，抱着古瓶迷迷糊糊看了老半天，连声夸道：“真是不错，这对古瓶的历史已经很久远了，可称得上是稀世之宝。”于是，就按小伙子的要求，当了20金币，半年后赎当。

三个月过去了。一天早上，佩文斯闲着没事，便拿出这对古瓶来观赏。突然，他惊得大叫起来：“这对古瓶是假的，我上当了，白白被骗走了20金币。”从此，他病倒了。

在病床上，佩文斯想出了一个应对的好办法，这样，他的病情就减轻了许多。他摆了几桌酒席，宴请本市有名的古董商，把自己几个月前看古瓶上当的经过，对大伙说了一遍，并当着众人的面，摔碎了那对大古瓶。很快，佩文斯上当受骗一事便传开了。

过了几天，那两个小伙子急匆匆地闯进当铺，要求赎回那对古瓷瓶。

“当票和20金币都带了吗？”佩文斯问。

“我们都带来了，一样不少，赶快给我们古瓶。”

佩文斯接过当票和金币，看了看，觉得没问题，于是就叫伙计取出那对古瓶。两个小伙子半信半疑，等看到那对古瓶的时候，不禁傻眼了，他们疑惑不解地问：“你不是把那对古瓶砸碎了吗？”

佩文斯笑道：“实话告诉你们吧，我请人做了一对一模一样的假瓶。那天我摔的并不是你们送来的假瓶，而是我做的假瓶。”

就这样，佩文斯把骗走的钱又拿了回来。

心灵感悟：即使是上了对方的当，也要顺着对方的思维假戏真唱，话要说得像真的一样，对方一旦相信，就能扳回不利的局面。

扔出个π来

蒲丰是法国著名的数学家。

一天,他约了许多好朋友到家里来玩。

正当朋友们玩得很尽兴的时候,蒲丰突然拿出一张大白纸来。他在白纸上画满了等距离的平行线。然后,他又拿出许多长短一样的小针,并且每根小针的长度都是平行线间距的一半。

蒲丰面对着大家说:“好了,请你们随意地把这些小针扔到白纸上。”朋友们感到很奇怪,都不知道蒲丰想干什么。他们互相看了看,只好将小针一根根地往白纸上扔。

在朋友们扔的时候,蒲丰在旁边紧张地记数。

等大家都扔完了。蒲丰告诉大家,自己将大家扔的次数统计了一下,一共扔了2212次,其中与直线相交了704次,用2212除以704,等于3.142。

蒲丰这才对大家说:“朋友们,你们看出来了吗?这个结果非常接近圆周率。”大家都很纳闷,圆周率π怎么跟这些随意扔出的结果扯上了关系?

蒲丰接着说:“看样子你们还是不信?我们可以继续试验,每次得出的结果都是圆周率的近似值,并且扔的次数越多,结果越接近。”

朋友们又扔了许多次。结果依然像蒲丰说的那样,每次都是圆周率的近似值。这次朋友们算是真正信服了!

后来,人们把这个试验叫做“蒲丰试验”。

1901年,有个意大利人扔了3408次,求得的结果是3.1415929。

后来,这个试验成了概率论研究的重要课题之一。

心灵感悟:善于思考、善于发现,就能探询到科学的许多未知领域。

小欧拉智改羊圈

著名的数学家欧拉在数学的许多领域中都取得了很大的成就。

不过,这个伟大的数学家在小时候却一点也不讨老师的喜欢,他曾被学校开除回家。

他回家后就成了一个牧童,负责帮爸爸放羊。爸爸的羊群慢慢增多了,原来的羊圈就显得有些小了,爸爸打算再修建一个新的羊圈。他用尺量出了一块长40米、宽15米的长方形土地,他一算,面积刚好是600平方米,而周长是110米。一切工作准备就绪的时候,他发现这些材料根本就不够用,只能够围100米的篱笆。父亲感到左右为难,如果按照原计划修建,就要再添10米长的材料;要是缩小面积,每头羊平均居住面积就会减少。

小欧拉对父亲说,不用缩小羊圈,也不用担心每头羊的占用的面积会变小,他有办法解决这个问题。起初,父亲认为小欧拉是在吹牛,但经不住小欧拉的再三请求,终于同意让他去试试。

小欧拉将原来15米的边长延长到了25米；又将原来的40米边长缩短到25米。这样，原来计划中的羊圈变成了一个25米边长的正方形。然后，小欧拉很自信地对爸爸说："现在，篱笆也够了，面积也够了。"

父亲照着小欧拉设计的羊圈扎上了篱笆，长100米的篱笆，不多不少，正好用完，面积也足够了，而且比预想的要稍微大一些。

儿子的方法帮了父亲的大忙，他觉得让这个数学天才去放羊实在是太可惜了。后来，他想办法让小欧拉认识了一个大数学家伯努利。通过这位数学家的推荐，1720年小欧拉成了巴塞尔大学的大学生。这一年，小欧拉13岁，是这所大学里最年轻的学生。

心灵感悟：一些看似很难的问题，其实并不难，只要你肯开动脑筋，转换思路，就会变得很容易解决。

浮力定律和金鱼

诺贝尔奖获得者绮瑞娜是居里夫人的女儿，她小的时候就很聪明。

有一天，英国物理学家郎之万给她和其他科学家的孩子们上课，讲述阿基米得在澡堂里发现的浮力定律，他讲得深入浅出，孩子们都被吸引住了。于是，他给孩子们提出了一个问题：根据阿基米得定律，物体浸入水中的体积一定等于排开水的体积。但是，如果在水中放入一条金鱼，它却不会排出相应体积的水，这是为什么呢？

孩子们一个个皱起了眉头，认真地思考了起来。有的说，金鱼有鳞片，它有着特殊的结构，因此，防止了水的排出；有的说，金鱼的身体有伸缩性，它到了水里会收缩身体，所以，水就不会排出；还有个孩子说，阿基米得定律只适用于非生物，不适用于生物。孩子们一个个抢着回答，提出了许多个假设。朗之万见孩子们思维很活跃，心里十分高兴。

绮瑞娜也在思考着。金鱼真的不会排开水吗？难道是因为它的身体会收缩？如果是一条大鱼，它也不会排开水吗？她开始怀疑老师的问题是不是出错了。她决定亲自做个实验来验证一下。她找来一个量筒，倒进一半的水，记下刻度，然后，再捉一条金鱼放进量筒里。哈，鱼一放进去，水面就上升了一大截。原来，金鱼和王冠一样，都会排开水的。孩子们一个个向老师提出了抗议，责怪老师不该出错问题，害得他们白白地浪费许多的脑力和时间。

郎之万哈哈大笑，其实他是有意出这个错问题，让孩子们自己从错误的迷宫中找出一条正确的道路来。

绮瑞娜不盲目地跟从老师，正是因为她有了这种科学的思维方法和敢于怀疑的精神，才使她后来获得了诺贝尔奖。

心灵感悟：独立思考和独立判断是不可缺少的科学精神。不轻信权威，更不迷信权威，才能剥开层层伪装，找到真理。

两个铁球同时落地

古希腊在物理学说方面有两大学派：一派以哲学家亚里士多德为代表，另一派则以自然科学家阿基米得为代表。亚里士多德学派的观点基本上是唯心的，他是凭主观思考和纯推理方法作结论的，所以充斥着谬误；而阿基米得学派的观点基本上是唯物的，他完全依靠科学实践方法得出结论。

然而从 11 世纪起，在基督教会的扶持下，亚里士多德的著作得到了经院哲学家的重视。他们排斥阿基米得的物理学，把亚里士多德的物理学奉为经典，凡违反亚里士多德物理学的学者均被视为“异端邪说”。

年轻的伽利略对亚里士多德的物理学持怀疑态度，相反他特别重视对阿基米得物理学的研究。他重视理论联系实际，注意观察各种自然现象，思考各种问题。

亚里士多德认为，物体下落的快慢是不一样的。它的下落速度和它的重量成正比，物体越重，下落的速度越快。比如说，10 千克重的物体，下落的速度要比 1 千克重的物体快 10 倍。

1800 多年来，人们一直把这个违背自然规律的学说当成不可怀疑的真理。但是伽利略根据自己的经验推理，认为亚里士多德错了——应该同时落地。

没有人相信伽利略的话。经过深思熟虑，他决定亲自动手做一次实验。他选择了比萨斜塔作实验场。

这天早上，伽利略在学生的簇拥下来到比萨斜塔下。一会儿，伽利略便爬上斜塔顶部。他拿出两个重量不等的铁球，一个重 4.54 千克(10 磅)，另一个重 0.454 千克(1 磅)。伽利略站在比萨斜塔上面，望着塔下。塔下面站满了前来观看的人，大家议论纷纷。有人讽刺说：“这个小伙子的神经出毛病了！亚里士多德的理论不会有错的！”

这时，伽利略从阳台上探出身子，他两手各拿一个铁球，大声喊道：“下面的人们，你们看清楚，铁球就要落下去了。”说完，他把两手同时张开。两个铁球从空中落下，眨眼之间，铁球同时落到了地面上。所有的人都呆了。

伽利略的试验，揭开了落体运动的秘密，推翻了亚里士多德的学说。这个实验在物理学的发展史上具有划时代的重要意义。

心灵感悟：凭空推测出来的理论不可能完全正确，盲目地服从权威更是愚昧的表现。伽利略那种敢于向权威发起挑战，用事实说明真相的科学精神，是我们每一个人都应该学习和发扬光大的。

用狗做诱饵

弗拉基米尔·安德烈耶维奇·法沃尔斯基(1886—1964)是苏联现代艺术家和写生画家,被誉为“苏联人民艺术家”。此外,他还是现代木刻艺术学校的创始人,曾做过建造纪念碑的建筑师和剧院美术师。

法沃尔斯基作品的特点是含义隽永,形象鲜明,在木刻艺术上更是鬼斧神工。他于1962年被授予列宁奖章。

为什么他的作品这么受欢迎呢?

原来,每当法沃尔斯基给一本书画完插图后,他总是在其中一幅画的角上不伦不类地画上一只狗。毫无疑问,美术编辑一定要他把狗去掉。而法沃尔斯基却固执己见,与编辑争论不休,非要保留这只狗。

当争论达到白热化的程度时,法沃尔斯基就作出让步,把画面上的狗去掉。到了这个地步,一般来说,美术编辑的愤怒就烟消云散了,决不会再提出什么别的要求,因为编辑的自尊心得到了极大的维护,也就心满意足了——编辑室任务无非是修改一下作品。

但更满意的则是法沃尔斯基本人,他的巧计成功了——画作将以他所拟定的形式出版。如果没有编辑所诅咒的那条用做诱饵的狗,编辑还说不定要在画上做些什么改动呢!

心灵感悟:思维一定要活跃,有时候转移对方的注意力,适当隐藏本意,往往能够达到意想不到的效果。

苏丹王的矩形

大约在公元800年前后,苏丹国年轻的国王哈里发做了一个非常奇怪的梦。在梦中,他看到了自己的祖父,祖父严肃地对他说:“你父亲是个昏庸的国君,由于他的无能,把国家弄得乌烟瘴气,真主将要降灾难给这个国家。只有一个办法能使国家免除灾难,那就是用金子做成一个矩形,这个矩形的周长数等于它的面积数,而长、宽都是3尺的整数倍,用这样的矩形供祭真主,这样才能替你父亲赎罪,免除灾祸。”

哈里发召集大臣,把自己做的梦讲给大家听。大臣们一开始以为是年轻的国王贪心,想要金子,就随便打了几块金子给国王,请国王祈求真主保佑。

国王一看,非常恼怒:“真主降灾,整个国家将要面临大的灾难,你们却不能挽救国家,还在这敷衍我,你们的胆子也太大了!如果三天之内献不出供祭真主的祭品,一律问罪。”

一眨眼的工夫,三天就过去了,大臣们只拿了很多的金银财宝向国王哀求饶命,没有人拿出国王想要的祭品。国王说:“你们平时只会享受,一到关键的时候就什么作用也不起!难道我们的国家真的要灭亡吗?谁能拯救我们的国家?”

这时，走进来一个人，他对国王说："陛下，真主要的礼品在这里。"国王一看，原来说话的是著名的数学家花剌子米——他可敬的老师。他献上这样的一个矩形：长6尺，宽3尺，长、宽都是3的整数倍，周长18尺，面积是18平方尺。花剌子米很自豪地对大家说道："而且这样的矩形只有一个！"

苏丹王非常高兴，下令举行了隆重的祭礼，借机振奋人心，同时处置贪官污吏，选用人才，苏丹国又兴旺起来了。

心灵感悟：许多难题都是可以解决的，只要我们具备了一定的专业知识，再加上一颗智慧的大脑。

棋盘上的麦子

古时候，印度有个爱玩的国王，经常要大臣们为他想一些新奇的玩法，谁发明的玩具有意思，国王就会给他奖赏。

一次，一个聪明的大臣发明了一种棋，这种棋变幻无穷，国王久玩不厌。国王十分高兴，要重赏那个大臣，便对他说："你想要什么奖赏，我都可以满足你。"

那个大臣没有要金银珠宝，也没有要城堡土地。他对国王说："我只要一些麦粒。"

"麦粒？哈！"国王觉得好笑，"你要多少呢？"

"国王陛下，你在第一个方格棋盘上放一粒，第二个放2粒，第三个放4粒，第四个放8粒……照这样放下去，每格比前一格多放一倍，把64个格棋盘放满就行了。"

国王想：这能放多少呢？最多几百斤吧，小意思！就对粮食大臣说："你去拿几麻袋的麦子，赏给他吧。"

粮食大臣计算出棋盘上应该放多少麦粒后，大惊失色，慌忙悄悄地向国王报告："陛下，这可不仅仅是几麻袋的麦子啊！把我们全国所有的粮食都给他，也不够啊！"说完把计算题列给国王看：1+2+2的二次方……+2的63次方=18 446 744 073 709 551 615。

国王看到一大堆数字还是不清楚具体有多少。

粮食大臣解释道："一立方米麦粒大约有1500万粒，那么照这样计算，那位大臣所要的放在棋盘上的麦子总和是12000亿立方米，这些麦子比全世界1000年生产的麦子总和还要多。"

国王脸色铁青，忙问粮食大臣："那怎么办呢？要是给他吧，我将永远欠他的债。要是不给他吧，我不就成了不守承诺的人了吗？你给我想个办法吧。"

粮食大臣想了想说："这很简单，如果他真的要那么多麦子，您就让他亲自到粮仓里去一粒一粒数吧。"

"如果真的有那么多麦子，那要数多长时间呢？"国王又问。

粮食大臣计算了一下说："假设每秒钟能数两粒麦子的话，每天数上12小时，数上10年才能数出20立方米。他要数完那个数目将需要2900亿年呢！他能活多少年呢？再说每天数麦子的生活，谁能承受得了？他这样下去岂不要短寿？因此我想，他并非想要得到那么多的麦子,只是想看看有没有比他更聪明的人。”

国王十分高兴,对粮食大臣说:“看来,你比他还要聪明啊!治理好国家需要有才能的人,这样国家才能富强,我决定提拔你们俩为左右宰相!”

心灵感悟:不要小看知识的作用,知识是一笔财富,它能让你受用一生。

厨房里的声音

帕斯卡是法国著名的科学家和发明家。他11岁那年的一天,他在一家餐厅的厨房外玩,玩着玩着,忽然听到厨房里传来“叮叮当当”的声音。他觉得这声音非常好听,就循声走进了厨房。原来,那是厨师用刀叉敲打盘子发出的声音。

我们每天都生活在充满各种声音的环境中,这是再平常不过了,没有人去深究发出这些声音的原理。但是帕斯卡却对此十分好奇,他的脑子里出现了一个又一个的问号:为什么会有声音发出呢?为什么当刀叉离开盘子后声音并没有立即停止呢?为什么敲盘子的声音和敲桌子的声音不一样呢?为什么……

有了满脑子问号的帕斯卡决定亲自来敲打盘子,通过实验来揭开声音的奥秘。几次实验之后,他发现敲打盘子的刀叉离开盘子时,仍然有声音。但当他用手按住盘子时,声音立刻便停止了。原来,声音是从盘子里发出来的,发声的关键不在刀叉的敲打,而在于盘子的振动。就这样,11岁的帕斯卡发现了声学的振动原理。

心灵感悟:帕斯卡的好奇心,正是其求知欲的体现。科学探索的过程,就是发现一个个问题,然后再解决一个个问题,最后总结出事物发展的规律。在这个过程中,敏锐的眼光和怀疑的精神是必不可少的。

小汤姆的“电报术”

爱迪生的小名叫汤姆。小时候,他的同桌杰米是个顽皮且不好好学习的孩子,每次老师点名让杰米回答拼音时,他总是答错。于是,小汤姆就用自己发明的“电报术”帮助他。当老师再叫杰米起来回答拼音时,小汤姆就用铅笔在课桌上敲击,发长短音。此后,杰米的答案再没出差错,而老师却一点也没有察觉。

小汤姆的“电报术”在后来还起了一次很大的作用呢!

一次,小汤姆的爸爸和妹妹去了外地的亲戚家,他们决定乘下午5点的火车回来。到了下午2点的时候,气温陡降,寒风呼啸,大雪纷飞。小汤姆想:这样大的风雪,路桥有没有被破坏呢?他决定出去看看。

当他到达郊外桥边的时候,看到桥果然断了,这可不得了!火车还有半个小时就要经过这里了,怎么办呢?回车站肯定是来不及了,那个时候还没有电话,小汤姆急得团团转。忽然,他发现旁边有一个小工厂,他计上心头,赶紧跑到工厂里,跟厂长讲明情况,向他借厂里的汽笛用用。

小汤姆拉响了汽笛,那清脆的长短音就像在发电报。如果懂得电报用语的人,就会听出这样的话:"丽莎,丽莎,我是汤姆,我是汤姆,前面铁桥断了,前面铁桥断了,快请列车长停车,快请列车长停车。"

小汤姆反复不停地发送这样的"电报",汽笛的声音传到了几十里外。

火车急速地行驶着。小汤姆的妹妹听到了汽笛的声音,起初她没有在意,过了一会儿,她渐渐神色凝重起来。原来,平时她经常跟哥哥玩发"电报"游戏,因此,汽笛发送的"电报"她很快就明白了是什么意思。她赶紧把"电报"的内容告诉了父亲,父亲听完后也大吃一惊。父女俩急忙找到列车长,向他报告紧急情况。列车长竖起耳朵一听,虽然他听不懂什么意思,但事关整个列车上的人员安全,他马上下令急刹车。当车子完全停下来时,离断桥只差100米远,一场灾难终于避免了。小汤姆的名字,从此在美国家喻户晓。

心灵感悟:许多科学家在少年时代都是十分顽皮的孩子,他们有着异常活跃的思维,以及在人们看来是离经叛道的行为。然而,正是由于他们的顽性,才造就了一个个伟大的科学家和发明家,才让这个世界发生了翻天覆地的变化。

爱迪生救母

"发明大王"爱迪生只上过3个月小学。在他7岁的时候,全家搬到了另外一个地方。爱迪生在那里上学,可是教他的老师是一个死板的家伙,只知道把课本上的知识往学生的脑子里灌,脾气还不好,对待学生粗暴无礼。当过教师的母亲一气之下,就把爱迪生领回了家,亲自教他学习。

爱迪生对知识有着强烈的求知欲,11岁就读完了《科学百科全书》和牛顿的著作,还在地窖里建起了一个"实验室"。

一天傍晚,爱迪生从"实验室"回到家中,看见妈妈躺在床上痛苦地呻吟,床头点着一支蜡烛,医生站在床边。医生告诉爱迪生:"你妈妈得了阑尾炎,需要立即动手术。"

爱迪生家里很穷,住不起医院。妈妈请求医生就在这里为她动手术。医生同意了,开始准备。但是房间里太暗,医生动手术时无法看清。

爱迪生急得哭了起来,对医生说:"医生,您就快开始吧,我拿着蜡烛为您照亮。"

医生摇摇头说:"不行,蜡油滴在伤口上,就不得了了,再说几支蜡烛的光线也不够啊!"

爱迪生停止了哭泣,他想,要是把光线聚到一起不就可以了吗,想到这里,他心头一亮:"我有办法了!"说完,他就把大衣柜的镜子拆了下来,又到小伙伴家里借了三面大镜子和一些蜡烛。他把所有的蜡烛点亮后放在床周围,再放置好镜子,调整好镜子的角度,使镜子反射出的光线聚合在一起。这样,照在妈妈身上的光线就既柔和又充足了。

最后,医生成功地给妈妈做完了手术。

心灵感悟:“车到山前必有路”。生活中常常会遇到各种各样的难题,只要你静下心来,开动脑筋,就一定能够找到解决的办法。

笨重的房门

爱迪生一生的创造发明达1350项之多,可是,几乎每个到他家做客的人,都会对那扇笨重异常的房门感到费解。

一位客人忍不住对他说:“为了推开那扇房门,我几乎使出了浑身力气。真不明白,像您这样的大发明家,为什么不能设计出一扇轻便灵巧的房门来?”

“哦,这扇门是经过设计的,你来看。”爱迪生边说边领着客人去查看藏在那扇房门后的“秘密”。

原来,这扇门是与一个家用压水泵连接在一起的。因此,客人每次推开那个门后,将给爱迪生家的蓄水池里压上来20公斤的水!

心灵感悟:思考的大脑能够生出不少智慧,创造很多奇迹。

猜石头

从前,有位商人向一位放高利贷的债主借了一笔巨款。到了归还的期限,商人拿不出那么多钱来。那个丑陋的老债主发现商人的女儿非常美丽,便要求商人用女儿来抵债。

商人听后非常恐慌。虚伪狡诈的高利贷债主故作仁慈,建议由上天来安排这件事。他说,他将在空钱袋里放入一颗白石子,一颗黑石子,然后让商人的女儿伸手摸出其一,如果她拣中的是白石子,她不但可以回到父亲身边,债务也一笔勾销;如果她拣中的是黑石子,她就要成为他的妻子,商人的债务也不用还了;但是,假如她拒绝探手一试,他就会把她父亲送入监狱。

无奈之下,商人的女儿只好答应试一试。当时,他们正在花园中铺满石子的小径上,债主随即弯腰拾起两颗小石子,放入袋中。

敏锐的少女突然察觉:放进去的两颗小石子竟然全是黑的!女孩不发一语,她有对付他的办法。少女慢慢将手探入袋中,装出一副漫不经心的样子,眼睛看着别处,摸出一颗石子。突然,手一松,石子便顺势滚落到路上的石子堆里,分辨不出是哪一颗了。

“噢!瞧我多笨啊,连个石子都拿不住!”女孩惊呼道,“不过,没关系,虽然我们无法知道刚才那颗石子的颜色,但我们现在只需要看看袋中石子的颜色,就可以知道我刚才选的那一颗是黑是白了。”

当然,袋子剩下的石子一定是黑的,自作聪明的债主无可奈何,只得承认她选中的是白石子。

心灵感悟:看问题不能只看一个方面,有时候换个角度能够将问题很快解决。

蜜蜂与苍蝇

如果你将6只蜜蜂和6只苍蝇装进一个玻璃瓶中,然后将瓶底朝着窗户,会发生什么情况呢?

你会看到,蜜蜂不停地想在瓶底上找到出口,一直到它们力竭倒毙或饿死;而苍蝇则会在不到两分钟之内,穿过另一端的瓶颈逃逸一空——正是由于蜜蜂对光亮的喜爱和智慧才导致了它的死亡。

蜜蜂以为出口必然在光线最明亮的地方,它们不停地重复着这种合乎逻辑的行动。但这是种超自然的神秘之物,它们在自然界中从没遇到过这种不可穿透的"大气层"。而它们的智力水平越高,这种奇怪的障碍就越显得无法接受和不可理解。

那些愚蠢的苍蝇则对事物的逻辑毫不留意,全然不顾亮光的吸引,四下乱飞,结果误打误撞地碰上了好运气;这些头脑简单者总是在智者消亡的地方顺利得救。因此,苍蝇得以最终发现那个出口,并因此获得自由和新生。

心灵感悟:有时不合逻辑的举动却恰恰有助于应付变化多端的事态,而正常的逻辑有时却只能将自己带进一个死胡同。这就需要我们有逆向思维。

苍蝇飞了多远

有人向著名数学家约翰·凡·纽曼请教这样一个问题:两个人相距10米。他们同时以每秒1米的稳定脚步朝对方走去。有一只苍蝇落在其中一人的鼻梁上。当他们开始朝对方走去时,这只苍蝇飞起来了,飞到了另外一个人的鼻子上,然后又飞回到第一个人的鼻子上,然后又折回到第二个人那里,如此往复。苍蝇的飞行速度是每秒钟10米。当然,由于两个人的距离越来越近,苍蝇每次飞行的距离自然也就越来越短了。当这二人碰到一起时,这只苍蝇总共飞行了多少距离?

纽曼听完了问题说:"那得容我认真计算一下。"说完便钻到屋里忙着计算去了。几分钟后,纽曼拿出了正确的计算结果——苍蝇飞行了50米。

纽曼是个数学家,在数学方面他知道得太多了,上述问题使他想到了运用高等数学的方法,计算出苍蝇在两个缓慢向对方移动的人之间的不断缩短的各次飞行距离的总和。假若换一个不具备纽曼那样的数学知识的人,由于在数学方面知道得不是很多,他也许会很快答出"50米"。因为从两人的距离和速度可以算出,两人走到一起只需要5秒钟,苍蝇每秒飞10米,飞行总距离也就是50米而已。

你看,这个看似复杂的问题,解决起来竟是如此的简单。

心灵感悟：知识可以让人强大，也会让人坠入陷阱。有时候知道得太多，反而容易挡住我们的视线，使我们忘了简单朴素的真理。

诸葛田巧取银环

从前，有个财主叫贾善仁，他对长工非常刻薄、狠毒。长工们吃尽了苦头，谁也不愿再给他干活。贾善仁为了让长工们给他干活，绞尽脑汁想办法。

诸葛田也是贾善仁的长工，他是个聪明机灵的人。这天，财主拿出7个连在一起的无缝银环，指了指这串亮闪闪的东西对长工们说："谁给我干活，每个月就可以从这串银环里拿走一个。但有个条件，干一个月后拿一个环，在这个环链上只能用斧头剁开一条缝。"

长工们都知道财主想以此来坑骗他们，所以都无动于衷。诸葛田转了转眼珠，然后对财主说他愿意，于是便和财主立下了字据。其他的长工们都摇头，说诸葛田让银子迷了心窍。

贾善仁露出得意的笑容，他想："字据上只写了'剁开一条缝'，你至多也就只能拿走一个环，剩下的六个环连在一起，你只能干瞪眼，就是拿不走哇，还得乖乖地给我白干六个月！"

转眼一个月到头，诸葛田用斧子在第三个银环上剁了一道缝，把它取走了。剩下的是一串两个环的，一串四个环的。

待干完第二个月，诸葛田用上次拿走的那个银环，换了那两个串在一起的银环。

干完了第三个月时，诸葛田又拿走了上个月放回的那个银环。

第四个月，诸葛田再用两个银环和一个银环换走了那连成一串的四个银环。

第五个月，诸葛田又来把那一个银环拿走。

第六个月，诸葛田重又用那一个银环换回了两个银环。

第七个月，诸葛田拿走了最后一个银环，也就是剁过一条缝的那个银环。

贾善仁眼睁睁地看着诸葛田把银环全都拿走了，气得发晕，却又一点儿办法没有。财主再绞尽脑汁，也难不倒聪明的诸葛田啊！

心灵感悟：很多问题运用常规思维并不能得到很好解决，这时不如换个角度，另辟蹊径。

一穗谷种员外地

从前，毛南族有个员外，虽有家财万贯，但为人非常吝啬。他请雇工，工钱却给得很低很低，因此每年开春后，几乎没有谁愿意给他干活。

这年春天，突然有人自己找上门来，说要到员外家里当雇工。他说工钱一分不要，只要吃饱穿暖，到收割时选一穗最长最好的谷穗。

员外一听心里乐开了花，笑着说："行，两穗三穗都行。"

雇工说："一穗就够了。我用它做种子，你借点田给我，一年一年，把种得的谷子再种下去，你只要给田让我种就行了。"

员外想："一穗谷能种得了多少田？比起工钱来便宜多了。"于是双方订了契约。

到了秋收时，雇工选了一穗谷，搓下来足有三把谷粒。第二年开春，向员外要了一块田种下。这一年收了三捆谷子。第三年跟员外借一亩田。这一年雇工收了30担谷子。第四年开春他对员外说："今年30担谷种，少说也要10亩才够种。"

员外这才害怕起来："这样下去，到明年，我这全部田产都给你种，只怕也不够！"于是想要赖，准备付点工钱打发他走。

雇工亮出契约说："按这个契约上写的，谁反悔，就加倍处罚。你现在悔约，就得付我两倍的工钱，不然我就告官。"员外只好答应加倍付他工钱。

这事传开后，大家说，员外平日放活鱼下油锅还在门口拉张网——万无一失，不想这回"老猫跌下碗柜"——也有一失。

心灵感悟：要知道，谷子种下去后又会长出新的谷子来，这样反复下来，需要越来越多的田种谷子，贪婪刻薄的财主当初并没有在意这一点，一心只想着眼前的利益，结果最终被聪明的雇工打败。

桌子横架上的钱袋

古时候，有个酒店的伙计在饭桌下的横架上发现了一个小布袋，便交给了老板。老板接过来一看，原来是个钱袋，宽约3寸，长约6寸，里面装着2两银子，几十枚铜钱。店老板便将它收好，等钱袋的主人回来认领。

过了一阵子，有一个年轻人走进店来，在店里转了一圈，然后到柜台前对老板说："我有一个钱袋遗落在你们店里……"老板就把钱袋还给他。客人接过一看，却大叫起来："原先我这口袋里有40两银子，200个铜板，怎么就剩这几个了？"

店老板很肯定地说："我拿到口袋的时候，里面就只有这么多钱了。"

客人揪住老板道："我不信，一定是你把钱藏起来了！"

两个人的争吵吸引了众人的目光，一位老人走过来问明缘由后，让店老板把钱袋按原样搭在桌子的横架上，口袋的两头便垂了下来。

这位老人就问年轻人："你的口袋落在这儿时，是这样搭着的吗？"

年轻人说："是这样的。"

老年人转过身来，对店老板说："你开店做生意，要图个好名声。客人的东西遗落在店内，应该原封不动地退还人家才是。可是，客人在你店里遗落40两银子，你为何要吞他38两？遗落200多个铜钱，你为何要吞他200个？"

店老板大声叫道："天哪，真是冤枉好人！我确实是分文没动他袋内的钱！"

老人说："好了，好了，你不用喊冤了，正好我身上带着钱，我替你还给青年客官算了。”说着，就从自己的钱袋里掏出38两银子，200枚铜钱，放在柜台上，让年轻人自己装到口袋里。年轻人暗笑着把钱装进钱袋，钱袋被撑得鼓鼓的，再也装不下了。

年轻人拿着钱袋正准备离去时，老人把他叫住，说：“等等，先别走，你把钱袋再搭到桌子的横架上，让大伙看看再走嘛！”

于是，年轻人在众人的目光下把口袋放在桌子下面的横木上，这口袋的两头不下垂了，险些要掉下来。

老人对大家说：“各位请看，你们会有这样搭口袋的吗？”

“不会！”大家齐声回答。

年轻人在一旁结结巴巴地说不出话来，抓了钱袋抬脚就跑，刚跑到门口，被两双大手一把抓住。原来，不知什么时候，酒店的门口多了两个捕快。这时候，大家才知道，老人是新上任的县令。

心灵感悟：老人通过实际演示，指出了年轻人所说的情况与实际不符，从而轻易揭露了一场骗局。

圆周率破案

法国数学家伽罗瓦只活到21岁，但他却对方程的理论作出了杰出的贡献。关于他，还有一个用圆周率破案的传说。

伽罗瓦的一位老朋友鲁柏被人刺死，家里的钱财被洗劫一空。伽罗瓦从女看门人那里得知，警察赶到现场的时候，鲁柏手里还紧紧捏着半块没有吃完的苹果馅饼。女看门人认为，凶手一定就在这幢公寓里，因为出事前后，她一直在值班室，没有看见有人进出公寓。可是这憧公寓共有4层楼，每层楼有15个房间，共居住着100多人，到底谁才是凶手呢？

伽罗瓦把女看门人提供的情况前前后后分析了一番：鲁柏手里捏着半块馅饼，是不是想表达什么意思呢？伽罗瓦忽然想到：馅饼的英文读音是“派”，而“派”正好和表示圆周率的 π 读音相同，而圆周率的近似值是3.14。鲁柏生前酷爱数学，他会不会是用这种方法来提示人们——杀害他的凶手的房间号正是314呢？

为了证实自己的推测，伽罗瓦问女看门人：“314号房间住的是谁?”

“是米塞尔。”女看门人答道。

“这个人怎么样?”伽罗瓦追问。

“不怎么样，又爱喝酒，又爱赌钱。”

“他现在还在房间里吗?”伽罗瓦追问得更急切了。

“不在了，他昨天就搬走了。”

“搬走了?”伽罗瓦一愣，“不好，他跑了！”

“你怀疑是他干的吗?”女看门人问。

“嗯。如果我没有猜错的话，他一定就是杀害鲁柏的凶手！”

伽罗瓦立刻把情况报告了警察,要求缉捕米塞尔。米塞尔很快被缉拿归案,经过审讯,他果然招认了他因见财起意杀害鲁柏的全过程。

心灵感悟:在科学研究中,不仅需要具有明察秋毫的精神,更要具有见微知著的眼光。日常生活中,这种眼光同样能够发挥出重要的作用。

酸鱼桶装过的银币

有个叫艾洛佐的农民向另一个寨子的富人玛哈沙梯买了一头瘦水牛，本来讲好了50个银币,谁知艾洛佐一时昏了头,把自己所有的积蓄——100个银币全部给了对方。等到把牛牵回家,他才想起多付了50个银币。回去要时,玛哈沙梯却死不认账。

艾洛佐便向朱腊波提求助,朱腊波提就跟着他来到玛哈沙梯的家里。

朱腊波提问艾洛佐:“你去玛哈沙梯的家里时,钱都装在口袋里吗?”

艾洛佐说:“不是的,全装在酸鱼筒里背来的。”

朱腊波提又问玛哈沙梯:“你呢?有多少钱也装在酸鱼筒里吗?”

玛哈沙梯说:“我的钱装在木箱里。像他这样的钱,现在我就有1500个呢,加上他今天付的牛钱50个,一共是1550个。”说着,抬出一个小木箱,打开箱盖,指着白亮亮的银币说:“里面整整1500个,全是我的。还有撒在地上的50个,是卖牛钱。”

朱腊波提把钱全倒在席子上,均匀摊开。一会儿,见许多苍蝇在钱的上面低飞,最后分别落在当中的少部分钱上不动了。朱腊波提暗暗数了数落着苍蝇的银币,刚好100个,就指着钱对玛哈沙梯说:“艾洛佐确实多付你50个,不信,你数,那些落着苍蝇的钱究竟有几个吧!别忘了艾洛佐的钱沾有酸鱼的腥味,时间虽过了半天,人的鼻子很难闻出鱼腥味,而苍蝇还是闻得出来的。你还是快去把落着苍蝇的钱拣出50个来,还给艾洛佐吧。”

玛哈沙梯涨红着脸,知道瞒不过去了,只得把50个银币退还给艾洛佐。

心灵感悟:要知道,苍蝇是喜欢腥味的,聪明的朱腊波提利用苍蝇的这个特性,很快便帮艾洛佐要回了属于自己的钱。

狄龙的阴谋

美国有个叫艾达维尔的小城，城里有个名叫勒鲁瓦·布朗的少年。他父亲是这个城里的警察局长。勒鲁瓦从小聪慧过人,受到父亲的影响,他也对破案十分感兴趣,并帮助父亲破过不少案件,所以,人们都称勒鲁瓦为小侦探。

一天晚上,全家在吃晚饭的时候,布朗局长对儿子勒鲁瓦说:“在逃犯纳蒂又作案了,他抢劫了狄龙和琼斯合伙开的服装店。”

关于在逃犯纳蒂的情况,小侦探勒鲁瓦是知道一些的。他逃出监狱后,一个月内作案5次,不过都是在农村和公路上,这次居然跑到城里来了,这里面一定有蹊跷。因此勒鲁瓦问道:“爸爸,你是怎么知道抢劫服装店的强盗就是在逃犯纳蒂呢?”

父亲说:“是西服店的合伙老板之一狄龙提供的情况。”说着拿出了一本笔记本念着狄龙原话的笔录:“店里只有我一个人。突然有个男人闯进来喝道‘举起手来!’我吃了一惊,急忙抬头一看,站在我面前的正是在逃犯纳蒂,他身穿灰大衣,后面束着皮带,和报纸上登载的完全一样,纳蒂命令我脸朝墙壁,我只好听从他的话,等我回过头来时,他已经溜掉了。店里的钱财被他抢劫一空。”

小侦探勒鲁瓦听爸爸念完笔录后,问道:“爸爸,报上登载过纳蒂的照片吗?”

“登过,不过相貌模糊不清,主要的特征就是灰大衣和背后束着皮带,这谁都知道。”

勒鲁瓦说:“这个案件很容易解决。”

布朗局长惊讶地问:“现在连纳蒂的踪迹都无从了解,怎么就可以破案了呢?”

勒鲁瓦说:“我是说狄龙的西服店根本没有来过什么强盗。”

“噢……”布朗局长经儿子提醒,似乎也在思索这个问题,“那你认为狄龙在撒谎喽!可是,你凭什么断定他在撒谎呢?”

“我当然有依据。”勒鲁瓦说,“按狄龙自己提供的情况,强盗进门时,开始他面对强盗,后来又面对墙壁,怎能看到强盗背后束着皮带呢?”

布朗局长迅速翻阅着笔记本,看着笔记上记载的原话,鼓励地说:“对、对,说下去,接着说下去!”

勒鲁瓦继续说道:“狄龙想私吞店里的公款,他当然不希望被他的同伙人琼斯知道,所以把自己的罪过嫁祸于人,正好在逃犯纳蒂在这段时间内疯狂作案,狄龙认为他做自己的替罪羊再合适不过了!”

布朗局长觉得小侦探的分析符合情理,吃完饭就匆匆去找狄龙了。

后来证明,勒鲁瓦的分析是正确的。

心灵感悟:不要小看微小的细节,事情的真相有时候就得靠这微不足道的细节来判断。

发动机盖上的小孩

局里的值班警察给布朗局长打来电话,说是街上的一家点心店遭到了抢劫。罪犯在混乱中逃跑了,但有人在人群中看到了刚从监狱里释放出来的约翰·阿博德。约翰虽然有抢劫的嫌疑,但没有凭据加以确定。布朗局长决定吃完晚饭后去找约翰核实一下。

小侦探勒鲁瓦向爸爸要求说:“我也去看看好吗?”

“可以,但不能妨碍我的公务。”爸爸一本正经地说。

“谢谢爸爸!”勒鲁瓦高兴地跳了起来。

勒鲁瓦知道自己的本事比起爸爸来差得远了,不过他既然办了个小侦探事务所,应该多增长些见识才好。爸爸开着警车,在郊区的一所房子前停了下来,门口停着一辆红色汽车,说明屋里有人。那个约翰就住在这所房子里。

约翰闻声从房子里走出来,他手里抱着个1岁多点儿模样像洋娃娃似的孩子。他看到了布朗局长,不免有些慌张。

布朗局长严厉地说:“把孩子放下,两手背起来,好好回答我的问话。”

约翰不敢怠慢,想把孩子放在地上,但地上铺满了砾石,而孩子光着脚,他就把孩子放在汽车的发动机盖上,自己高举双手放在脑后,问道:“怎么啦?局长,出狱后我一向安分守己,无聊的时候,就逗逗我的外甥。”

说到那孩子,局长发现那孩子已经爬到了发动机盖的边沿,还差一点儿就要掉下去了,非常危险。布朗忙上前将孩子抱了起来,他对约翰说:“今天,有人看见你到点心店去了,那里发生了抢劫案。”

约翰接过孩子,那孩子还想到汽车的前盖上玩。约翰就将他放在上面,用一只手扶着他,然后对布朗局长说:“局长先生,今天我到桑德尔海滩去游泳了,一来一回开着汽车行驶了8个钟头,5分钟前才刚刚到家您就来了,我怎么会去抢劫点心店呢?”

布朗局长审视着约翰的脸色:“你没有撒谎?”

“在局长面前,我怎么敢撒谎?”

正在警车里坐着的小侦探勒鲁瓦从车里冲了出来,指着约翰说:“你在撒谎!你说汽车行驶了8个钟头,那发动机一定像火一样烫,孩子怎么可能安静地待在前盖上?”

“这个……”约翰一下子说不出话来。

布朗局长很欣赏儿子的观察力,铐上了约翰,把他带到了警察局里。

心灵感悟:善于思考的大脑,能从小细节中发现漏洞,从而很快找出问题的答案。

劫匪的巧克力

暑假里的一天,勒鲁瓦跟小伙伴们一起在球场上踢球。一场球踢下来,全身都被汗水湿透了。布朗局长下班回家,开车经过球场时,便将小侦探带回了家。

车里开着空调,勒鲁瓦一钻进去,顿时觉得凉爽宜人。就在这时,汽车里的电话响了,刑警队长向布朗局长报告说市中心银行刚刚被抢,匪徒开着蓝色的汽车,沿着高速公路向北逃跑了。

布朗局长立即将车开上高速公路,并通过报话机向部下发布命令,要他们四处堵截可疑的蓝色车辆。

尽管做了这样的布置,可是要在高速公路上追捕一辆可疑的车辆谈何容易!尤其是高速公路朝北不远就有一个岔道,怎么知道匪徒朝哪个方向逃跑呢?除非有个目击者指引一下方向。

恰巧在岔道口旁有个青年,他要求搭乘布朗局长的汽车,局长为了探路就让他坐了上来。

“你在这里站了多长时间?”

“一个多小时。天气太热了,可把我热坏了!”

“你见过一辆蓝色汽车吗?”

“哦,见过,我想拦下它载我一程,但它开得飞快!”

“那它朝哪个方去了呢?”

“朝东。”

布朗局长忙驱车向东开去,车上那搭乘的青年从衣袋里拿出一只橘子和一块巧克力,问坐在旁边的勒鲁瓦:“你喜欢吃什么?”

勒鲁瓦问布朗局长:“爸爸,我可以吃陌生人的东西吗?”

爸爸说:“今天看来吃不成晚饭了,你就先吃一点充充饥吧。”

勒鲁瓦要了一块巧克力,用力一掰,巧克力发出“啪”的清脆的响声,他将半块丢进嘴里,像是在品味巧克力的美味,实际上他的脑子正在思索……他拿出笔来,在巧克力的包装纸上写了一行字,又包起另半块巧克力递给前座的布朗局长:“爸爸,你也吃点儿巧克力吧!”

局长接过巧克力,见包装纸上写着:“这个青年人不老实,他说,在这里已经等了一个多小时了。在气温这么高的情况下,巧克力在他的衣袋里居然没有软化。”布朗局长立刻停车,把青年喊出来喝问道:“你是劫匪的同伙吧!站在岔路口想故意把我们引入歧途?”

那青年脸色煞白,他不知是巧克力使他露了馅,还以为布朗局长神机妙算呢!他只得承认犯罪事实,重新指出那辆蓝色汽车逃跑的真实方向,布朗局长在车中对部下作了布置,四处合围,很快抓到了抢劫犯。

心灵感悟:观察与思考是解决问题的前提,通过观察、思考,你会从微小的细节中迅速找到问题的答案。

冰块为何变成姜汁

歌剧院第一小提琴手瓦郎先生是个盲人音乐家。昨天晚上,他心爱的小提琴被他的朋友汉斯赢去了。事后他感到很委屈,十分后悔,便打电话把这件事告诉了布朗局长。

布朗局长和瓦郎先生以前就很熟识,所以他决定亲自登门拜访,详细了解事情的经过。小侦探勒鲁瓦非常钦慕这位音乐家,他很想去见识一下这位名人。

父子俩来到一所豪华的别墅,由仆人将他们领进了一间书房。音乐家瓦郎先生已经在那里等候了。

“说来真荒唐,”瓦郎先生叙述说,“昨晚我用小提琴和汉斯先生打赌,我将装着冰块的杯子锁到这间屋子的保险箱里,请汉斯走出屋去,他要在一个小时内用姜汁调换保险箱里的冰块。我把房门上了两重锁,觉得这事绝不可能办到。可是一个小时后,当我再从保险箱里取出杯子时,杯子里装的居然是姜汁。我输了,只好把心爱的小提琴送给了他,可是我怎么也不明白……”

父子俩认真地听着这位音乐家的叙述,觉得事情确实不可思议。布朗局长说道:“请详细地讲一下细节吧。”

瓦郎先生继续说:“有几点我是必须强调的:第一,杯子里的冰块在放进保险箱时,我还用手摸了一下,确实是冰块;第二,一小时后,杯子从保险箱取出来时,我还尝了一下,确实是姜汁饮料;第三,我亲自锁的保险箱门。在这一个小时内,我屏气静心,注意响声,什么声音也没听到,然而汉斯居然成功了。”

小侦探勒鲁瓦插言说:“恐怕你忘了最主要的一点,这次打赌是汉斯提议的。”

“对!”盲人音乐家点头说,“因为他对我的听觉表示怀疑,所以我下狠心,将心爱的小提琴作为赌注。”

布朗局长感到很为难,但他安慰说:“既然你同汉斯先生是好朋友,让我去同他说说,让他把小提琴还给你!”

“这是我的自尊心所不能允许的,除非你能证明他在这次打赌中耍了什么花样。”

布朗局长正踌躇不决时,小侦探勒鲁瓦却开口了:“汉斯先生在打赌中确实玩了花样。他来时用保温瓶装了姜汁冻成的冰块,换掉了你杯子里的冰块。因为你没有视觉,当然看不见他带来了什么东西。事实上,你放进保险箱里的并非你准备好的冰块,而是他带来的姜汁冰块。一个小时后,保险箱里的姜汁冰块化了,就成了姜汁。”

事后,布朗局长去找汉斯。汉斯承认了自己在打赌上玩了花样,其方法正如勒鲁瓦所说的那样。他心甘情愿地将小提琴退还给盲人音乐家了,并向瓦郎先生表示了自己的歉意。

心灵感悟:有些问题其实并不复杂,只要你善于观察、勤于思考,就能很快找出问题的答案。

局长会议的余兴节目

全州警察局长大会在艾达维尔城召开。会议结束后,布朗局长带着 30 多名局长参观市容。各个局长都对艾达维尔城整洁的市容和良好的秩序赞不绝口,当然,他们没有忘记小侦探勒鲁瓦的功劳。州警察总监准备在晚间的宴会上,给他父子俩适当的奖励。当局长一行走过一家珠宝店时,店老板西格特先生挡在他们面前,惊慌失措地说:“今天早晨,店里一条珍贵的钻石项链被盗了。这条项链虽然按 5 万美元保险,但它的价值是金钱无法衡量的。”

事情的经过是这样的:珠宝店有一条名贵的钻石项链,店主怕失窃,就假造了一条一模一样的项链陈列在柜内,而把真货锁在保险箱内。这真假两条项链除了店主外,其他人是无法辨别真伪的,除非用科学鉴定的办法,才能确定。今天上午,突然冲进来一个蒙面人,用枪指着他,强行取走了柜内的项链。谁知他居然能认出这是个玻璃冒充钻石的假项链,生气地将假项链用力摔在了大理石地面上,用枪逼迫着店主将真项链交出来。西格特先生被逼无奈,只得将真项链从保险箱里取出来,交给强盗。西格特先生讲完整个过程,将那条被强盗扔掉的假项链交给了布朗局长验看,布朗局长又将它传给同行们一一察看,大家觉得这条项链正如店主所说,完全像真的钻石项链一样。

由于晚宴即将开始,州警察总监带领局长们回到旅店,商议如何来侦破这个案件。在宴会开始前,总监突然宣布说:“珠宝店失窃案件其实是个假案,只是本次会议的一个余兴节目。为了奖励艾达维尔城的治安工作搞得卓有成效,所以请布朗局长和小侦探勒鲁瓦设计了这个节目,现在由布朗局长宣布怎样把这个节目搞得有始有终。”

布朗局长站起来笑笑说:“这个节目事实上是我儿子勒鲁瓦设计的,有了西格特先生的协助,才使得节目有了充实的内容。现在请各位同事在纸上写出该如何破解此案。”

各警察局长觉得这个余兴节目很别致很富有刺激性,仔细地思索一番后都交上了答案,结果大多数局长的答案是正确的。

正确答案是:强盗将先盗得的项链摔在大理石地面上居然没有破碎,说明这条项链是真的钻石项链,因为真的钻石项链是摔不坏的,而从保险箱里取出的项链应该是假的。

当勒鲁瓦宣布答案结果时说:“感谢伯伯、叔叔给我机会设计这个余兴节目,这是对我最大的鼓励。而从各位正确的判断中,使我感到自己要成为像伯伯、叔叔那样一个真正的警官,还需更加刻苦地努力。”

小侦探的讲话赢得了一片热烈的掌声!

心灵感悟:事情往往没有我们想象中的那么复杂,善于思考的大脑能很快得出正确答案。

掺假的牛奶

维斯走进一家小吃店准备吃点东西。他刚坐下来没多久,就好奇地走到里边去观望,看见肥胖的老板娘正在淘米,他觉得没什么意思,便退了出来。

“小朋友,想吃点什么呀?”胖老板笑眯眯地从里屋走出来招呼。

“一杯牛奶,一个面包。”维斯说。

维斯吃完了,站起身准备离去时不经意地扭头望了里屋一眼,只见那胖女人正把淘米水掺到牛奶桶里。维斯立即大叫:“老板娘把淘米水掺到牛奶里了。”

顾客们听了大惊失色,一齐愤怒地瞪着老板。

胖老板拿起一把扫帚,冲着维斯扑过来,大骂:“臭小子,你敢胡说八道!”

“哪里是胡说八道?我是亲眼看见的。”维斯说。

扫帚朝维斯打去,维斯灵活地避开了。胖老板扑了个空,便气急败坏地对顾客们说:“大家别听他的!这小鬼前天偷我店里的面包,被我扭到警察局。今天他是蓄谋报复,败坏我的名声!”

一位顾客看着苗头不对,便好心地劝维斯说:“快些回家吧,你斗不过他的。”

维斯回家后把这事告诉了在中学念书的哥哥:“哥哥,你明天也去喝牛奶。等看到老板娘把淘米水掺进牛奶时,你扭送她到警察局。”

哥哥笑道:“你以为他们傻啊,还会让人再看见他们往奶里掺假啊!”

“那怎么办呢？”维斯搔了搔头皮说。

“我自有办法。”哥哥想了想说。

第二天，维斯的哥哥走进那家小吃店，胖老板热情地招呼他。

哥哥要了杯牛奶，喝了一口，品了品味道说：“这牛奶味儿不纯，里面掺了淘米水。”

胖老板一听火冒三丈，对哥哥揺起了拳头。

在场的顾客们围上来劝道：“有话好说，别动手。”

胖老板怒声说：“你为什么胡说我牛奶中掺了淘米水？说不出理由小心挨揍！”

哥哥也不言语，从袋里掏出一小瓶药水，滴在牛奶杯里几滴，杯里的牛奶立即呈现出蓝色。他又从另一只袋里拿出一小瓶牛奶，也滴进几滴，牛奶却毫不变色。

“咦！怎么会这样啊？”人们疑惑地问。

“很简单，这瓶药水是碘酒。”哥哥解释说，“纯牛奶遇到碘不变色，我这一小杯牛奶是特地从奶场买来的纯净货。可是淀粉碰到碘就要变蓝，老板的牛奶掺有淘米水，淘米水含有淀粉，所以就变色了。”

胖老板像一尊塑像似的，瞪着两眼站在一旁说不出话来。

心灵感悟：知识能让我们变得强大，依靠知识，我们可以解决许多看似无法解决的问题。

丢进水盆里的钱

吉纳克是个穷孩子，靠打柴养家糊口。一天，他在打柴的时候，有人乘他不注意，将他放在石头上的布袋偷走了。布袋里装着吉纳克的中午饭和这几天打柴挣的钱，当他发现布袋不见了时，便伤心地哭了起来。正巧，法官探亲回家经过这里，吉纳克向他诉说了自己的遭遇。法官朝四周看了看，说：“附近连个人影也没有，看来你的布袋一定是被那块石头偷啦！”法官嘱咐吉纳克明天出庭，并让差官将石头押回去审问。

听说要审问石头，人们都觉得稀奇，纷纷到法庭旁听。等大家坐定之后，法官郑重其事地宣布：“石头因犯盗窃罪判处3年徒刑。”人们听了，都哄堂大笑起来。不料法官却严肃地说：“在座的各位如此蔑视法庭，对法律如此不尊重，每人罚一元钱。你们从右门依次出去，将钱丢进门边的水盆里。”那时的钱都是硬币，所以不用担心放进水里会被打湿。人们只得排着长队，一个个从水盆边走过，把钱丢进盆里。当中有一个旁听者丢下钱后，水面立即浮起了油星儿。差官立即将他拿住，带上被告席。那个人果然是偷布袋的贼。

心灵感悟：布袋里的钱同饭菜放在一起，沾过油，所以一放到水里，油星儿便浮了上来。

绿豆坛子里的金币

单身汉阿里要外出游历。临走前他将一坛子封好的绿豆交给邻居米店老板,请他帮忙保管。

阿里过了7年才回来,他从米店老板那里取回坛子。阿里拆开封口,将手伸进坛子里在绿豆中摸索着。摸了半天,阿里的脸色变得凝重起来。原来,当初阿里在坛子里放了100个金币,上面用绿豆盖着。如今,金币不见了,坛子里全部是绿豆,一定是米店老板把金币取走了,换上了绿豆。阿里便去找哈里发告状,可是,没有人证,哈里发一时无法判决。

这个消息一下子便传遍了巴格达城,人们议论纷纷。一天傍晚,哈里发在路边看见3个小孩在做游戏,他们一个扮阿里,一个扮米店老板,另一个扮哈里发。"哈里发"问"阿里":"你真的在坛子里放有金币?""是的!""哈里发"又问"老板":"那么金币被你偷去了?""根本没有金币,里面全部是绿豆呀!""哈里发"在坛子里取出几粒绿豆放进嘴里嚼了嚼,然后指着"老板"说:"放了7年的坛子里居然会有新鲜的绿豆,金币分明是你偷了!"

哈里发大喜,第二天便请那个扮演"哈里发"的小孩帮他审案,又请绿豆商人来鉴别绿豆。果不其然,坛子里除了有7年前变质的绿豆外,还有刚放进去不久的新鲜绿豆。

米店老板不得不供认:在阿里回来的前几天,他发现了坛子里的金币,于是他便将金币全部取了出来,再装满绿豆后将坛子封好。

心灵感悟:世界上没有一成不变的事物,绿豆放了7年,不可能还是新鲜的,根据这一点,哈里发很快就破了案。

撞出火花的青铜像

埃尔文到法庭状告西克斯谋杀他的妻子,他对检察官说:"昨天夜里我很晚才回家,刚巧碰见一个人从我家房子里跑出来,慌慌张张地从我家门口的马路逃走。借着门口长明灯的灯光,我认出他就是吉姆·西克斯。"

被告西克斯愤怒地嚷道:"他在撒谎!"

埃尔文继续说道:"西克斯大约跑出去一百步远的时候,扔掉了一件什么东西,那东西在乱石坡上碰撞了几下后掉进深沟,在黑暗中还闪过一串火花。"

"他在胡说八道!诬告!"西克斯气得满脸通红。

检察官举起一座女神妮芙的青铜像说:"对不起,西克斯先生,我们在深沟里找到了这件东西,要是再晚一个钟头,那场大雨可能就将这些线索给冲掉了。铜像底部沾有的血迹和发丝,经过检验证明,是埃尔文太太的;我们还在上面取到一个清晰的指纹——这是您的指纹。”

西克斯反驳道:“昨晚我根本就没有去他家。昨晚7点钟埃尔文打电话给我,说要来我家谈点事。我一直等他等到半夜,也没见他来,就睡觉了,至于指纹,那可能是我前几天在他家拿铜像玩时留下的。”

检察官便找来大侦探哈金斯,把所了解到此案的情况跟他说了一遍,最后说:“埃尔文和西克斯是同事,近来关系一直不好。”

“很明显,埃尔文在诬陷西克斯。”哈金斯指着那座铜像说,“关键是在这个铜像身上。埃尔文声称,西克斯逃跑时扔掉的那件东西在岩石坡上撞击后滚下深沟,还在黑暗中碰出一串火花,并说这是凶器。他说的这些都是谎言。因为青铜是一种抗摩擦的金属,古时候被广泛运用于制造大炮。青铜在岩石上是不可能撞击出火花的,如果您不信,可以去试试。

检察官试过之后,果然如此。于是,释放了西克斯,拘留了埃尔文并进行审查。

心灵感悟:千万不要忽视生活中的一些小常识,也许在关键时刻,它能派上用场。

富翁的遗嘱

有个贤明的富翁,为了儿子将来有出息,就把儿子送到外地去学习。一天,他突然染上了重病,知道自己在死之前是见不上儿子了,于是就留下了一份遗嘱:自己留下的全部遗产都归奴隶所有,但要是儿子想要的话,只能选择其中一件。

这位富翁死后,奴隶心里非常高兴,他以最快的速度赶到富翁儿子学习的地方,将富翁的死讯告诉了他,并把遗嘱拿给他看。这个年轻人看了遗嘱后非常伤心,也非常吃惊。

丧事料理完后,年轻人想了很久也没有想通,他不明白父亲为什么会这样做,于是就牢骚满腹地去找拉比。拉比看完遗嘱后,笑着说道:“从这份遗嘱里可以看出你父亲的英明。”

年轻人不解地问道:“我不明白您的意思。”

拉比要他好好动脑筋,只要仔细分析遗嘱就可以知道,父亲把全部财产留给了自己。拉比告诉他,父亲知道,如果自己死了,儿子又不在身边,奴隶可能会带着财产逃走,连丧事也不报告他。因此,父亲才立下这样一个遗嘱,把全部财产都送给奴隶,这样奴隶吃了一颗定心丸后,不仅不会逃走,而且还会急着去见他,并会保管好所有的财产。

可是年轻人还是不明白父亲的用意,拉比只好直截了当地告诉他:

“难道你不知道吗,奴隶就是主人的财产,奴隶的全部财产都属于主人。你父亲不是说给你留下了一样财产吗?你只要选奴隶就行了。从这里难道不能看出你父亲对你的爱吗?”

心灵感悟:智慧是一种无形的财富,善于运用它,就能将这种无形的财富变为有形的价值。

湿木料盖房

宋国大夫高阳应为了兴建一幢房屋，派人在自己的封邑内砍伐了一批树木。这批原木刚运到宅基地，他就找来工匠，催促其即日动工建房。

工匠们看着这些刚砍下的树干，都摇了摇头。其中一个说道："我们目前还不能开工。这些刚砍下来的原木含有太多的水分，抹泥承重以后容易变弯。初看起来，用这种木料盖的房子与用干木料盖的房子相比没有多大差别，但是时间一长，这种用湿木料盖的房子容易倒塌。"

高阳应根本就听不进工匠的话，他冷冷一笑："你的意思是说湿木料在承重以后容易弯曲，对吗？然而你想过没有，湿木料干了会变硬，稀泥巴干了会变轻。等房屋盖好以后，用不了多长时间，木料和泥土都会变干。那时的房屋是用变硬的木料支撑着变轻的泥土，怎么会倒塌呢？"

工匠不知道该如何回答他，因为他们只是在实践中懂得用湿木料盖的房屋寿命不长。无奈之下，工匠们只好遵照高阳应的吩咐去办。他们克服了一切困难与不便，按尺寸、规格搭好了房屋的骨架。抹上泥以后，一幢新屋就落成了。

开始那段日子，高阳应非常骄傲，因为他这么快就住上了漂亮的新房。他认为这是自己用心智折服工匠的结果。可是时间一长，高阳应的新屋就出现了问题：越来越往一边倾斜。他的高兴劲儿一下子没了，取而代之的是忧心忡忡。高阳应一家怕出事故，从这幢房屋搬了出去。

没过多久，这幢房子终于倒塌了。

心灵感悟：任何事物都有它的规律性，违背这个规律一味蛮干，只会吃亏。因此，在做事情的时候，要多征求别人的意见，多借鉴别人的经验。

傻瓜理论

一个商人在批发市场买东西。一不留神，陈列橱里摆着的一块玻璃被他打碎了。这让他很过意不去。

"请您原谅。"他说。

"哦，小事一桩，没什么，"店主把损失减到最小。"上帝保佑没有让碎玻璃伤到你，没有更大的不幸发生。走吧，让我们去喝一杯杜松子酒！"

于是两个人就很亲热地去喝酒了，好像没发生过什么不愉快的事。

这时一个傻瓜看到了这一切。"要是仅仅打碎一块玻璃，顾客得到的好处是一杯杜松子酒，如果我将他大前窗玻璃打碎又会怎样？也许他看到我为此这么难过，会让我喝一大桶杜松子酒！"他深有感触，喃喃自语道。

所以他拾起一块石头,用尽力气把前窗玻璃打碎了。这时店员都看到了,跑出来狠揍了他一顿。

"停下,停下!你们为什么打我?你们这些笨蛋!"傻瓜叫道。"你们老板给那个人杜松子酒来安慰他,而你们打我?"

店主回答:"傻瓜!那个人是我最好的顾客。即使他打碎了一块玻璃,那又怎样?可是你这个笨蛋,你将我的玻璃打碎,我能从中得到什么好处呢?"

心灵感悟:具体问题要具体分析,别人能做的事情,自己不一定能做。如果一味地遵循别人的思路,不知变通,结果只能碰钉子。

最后的失败

人们都知道,滑铁卢一战是拿破仑最大的失败,也是他人生的转折点。但这却并不是他最后的失败。拿破仑最后的失败,是败在一枚棋子上。

滑铁卢战役后,拿破仑被流放到圣赫勒拿岛。他在岛上过着十分艰苦而单调无聊的生活。期间,拿破仑的一位密友通过秘密方式送给他一件珍贵的礼物——一副用象牙和软玉制成的国际象棋。拿破仑对这副精制而珍贵的象棋爱不释手,常常一个人默默地下棋,给他枯燥的生活增添了一丝乐趣。这副象棋一直陪伴着拿破仑,直至他生命的最后。

拿破仑死后,那副象棋被多次以高价转手拍卖。最后,象棋的持有者在一次偶然的机会下发现,其中一枚棋子的底部可以打开。当他打开那枚棋子后,惊呆了,里面竟藏有一张纸条,上面密密麻麻地写着如何从圣赫勒拿岛逃出的详细计划。可是,拿破仑在玩乐中没有领悟到这一奥秘和朋友的良苦用心,至死他也没能逃出圣赫勒拿岛。这恐怕是拿破仑一生中最大的失败。

拿破仑一生南征北战、心机算尽,几乎要称霸欧洲。他用许多别人想不到的方法,征服了一个个国家,但是,他没有想到自己最后竟然死在了常规思维上。如果他用他那战场上的大脑思考一下那副象棋,也许他将不会终老在圣赫勒拿岛上。

心灵感悟:生活中处处暗藏玄机。陷入困境时,不要轻言放弃,拓展思维,用心去发现,就一定能够找到机关,打开出口。

把野猪关进围栏

在一段时间里,大兴安岭地区一个村庄的人们经常受到野猪的骚扰。野猪毁坏庄稼、袭击家畜,甚至对村里人的安全构成了威胁,村里的人们就行动起来,想捕获那些野猪。但这些野猪很狡猾,当它们察觉村里人的行动时,便不露一点踪迹。

村委会主任召集全村的人开会,商量捉拿野猪的办法。一位老人站起来表示他愿意去捕获野猪。大家都露出怀疑的表情，心想年轻人都无法办到，一个老头子能行吗？老人看出了大家的意思，就笑着说："只要提供几样我需要的东西，我就一定能够办到。"于是，村长就按老人的要求，给他准备了他要的东西。

第二天，老人出发了。他来到森林里，首先找到了野猪经常出没的地方，然后就在一片空地中央撒些玉米面饼，那些野猪闻到饼的香味，禁不住诱惑，慢慢地向玉米饼靠近，之后就大吃起来。第二天，老人又增加一些饼，并在不远的地方竖起了一块木板，开始，野猪看到木板，有些疑虑，不敢走近。但是，一段时间以后，它们禁不住饼的诱惑，就又走过来吃了。就这样，老人每天在玉米饼的周围多增加一些木板，野猪总是犹豫一阵后，又过来吃那些香甜的玉米饼。时间一天天过去了，木板越竖越多，渐渐地便形成了一个围栏。

野猪对木板似乎也是习以为常，依然进去吃香甜的玉米饼，可想而知，最后它们都被关进了围栏。这样老人叫来村里的人，很容易地就把野猪捕获了。

后来，村里人向那位老人讨教，怎么会想到这么奇妙的主意？老人说，你们光想到一枪击毙它们，事实上，你们连野猪的影子也很难发现，于是我把这个问题锁定在另一个易于解决的问题上：如何才能看到野猪？这样，我想到了把野猪围起来的办法。

心灵感悟：解决问题的真正智慧不是急于寻找方法，而是对问题多思考一会儿，从中去发现真正的问题。

你赢她输

阿凡提专与巴依作对。有一位自认为聪明的巴依为了报复阿凡提，雇他为长工。

一天，巴依和老婆下棋，就把阿凡提叫到跟前说："阿凡提，听说你很聪明，那你就来猜猜我们这盘棋的输赢吧。猜对了，我给你一个元宝，猜错了，你就要挨我20皮鞭。"阿凡提同意了，当场铺开一张纸，在上面写道："你赢她输。"

巴依看在眼里，故意把棋输给了老婆。"你输了，该打20皮鞭了！"他得意地对阿凡提说道。

"老爷，我猜对了！"说完，阿凡提念道，"你赢她？输！"

这句话表达的意思是巴依输，老婆赢，巴依一句话也说不出来。"不行，再猜一盘才算！"狡猾的巴依说道。阿凡提又同意了。这一盘，巴依赢了她老婆。阿凡提打开一念："你赢，她输！"

巴依无话可说，他的阴谋又没有得逞。"不，还得猜一盘！这次我说话一定算数，你要是猜对了，这元宝就是你的了；猜错了，可就别怪我对你不客气了！""可以，不过这回你说话可得算数了。"阿凡提说。

这一盘，巴依与老婆故意下了和棋。阿凡提又打开纸念道："你赢她输？"

这次阿凡提不肯定谁赢谁输，所以说他们和了。巴依的阴谋再次落空。

心灵感悟：面对别人的刁难，善于运用智慧，就能改变自己的不利处境，因为智慧是化解一切危难的法宝。

治病

在一个小镇上，有一个医生，他治病总是想着多收病人的钱。

一天，一个穷裁缝请他给自己的妻子治病。在检查完病人后他对裁缝说，“这个病要花我很多时间，我想你是付不起医疗费的。”

“医生，我请求你救救她的命！”焦急的裁缝乞求道，“我保证会想尽一切办法来支付这笔费用的！”

“如果我治愈不了她，你也会同样支付我的费用吗？”

“无论发生什么，你治好了她或者治死了她，我都会给你钱！”裁缝叫道。

于是，这位医生开始治病。但是没几天，那个妇人就死了。

医生要求支付1500卢布的费用。但刚刚失去妻子的裁缝告诉他，他付不起这笔钱。按照犹太人的惯例，他们让拉比来解决。

拉比很快就明白了发生的一切。

“再告诉我一遍，”他问医生，“你们订了什么合约？”

“不管我是治好了她，还是治死了她，他都应该支付看病的费用。”

“你把她治好了吗？”拉比问。

“没有。”

“那你治死了她？”

“我当然没有！”

“那么，既然你没有把她治好，也没有把她治死，你有什么权利要钱呢？”

心灵感悟：任何看似不可解答的刁钻之题都是有漏洞的，只要抓住了这个漏洞，问题就会不攻自破。

汉斯巧运土豆

汉斯是个德国农民，由于他爱动脑筋，常常花费比别人更少的力气而获得更大的收益，当地人都说他是个聪明人。到了土豆收获的季节，农民们就进入了最繁忙的工作时期。他们不仅要把土豆从地里收回来，而且还要把它运送到附近的城里去卖。为了卖个好价钱，大家都要先把土豆按个头儿分成大、中、小三类，这样做的劳动量很大，每个人都起早摸黑地干，希望能尽快把土豆运到城里赶早上市。汉斯一家却与众不同，他们根本不做分捡土豆的工作，而是直接将土豆装进麻袋里运走。

汉斯一家“偷懒”的结果是，他家的土豆总是最早上市，因此每次他赚的钱都比别家的多。

一个邻居发现了汉斯一家赚的钱比自己多，但是不知道他们是如何做到的。于是就悄悄地跟踪汉斯,终于发现了其中的奥秘。原来,汉斯每次往城里送土豆时,并不是开车走一般人都经过的平坦公路,而是载着装土豆的麻袋跑一条颠簸不平的山路。两英里路程下来,由于车子的不断颠簸,小的土豆就落到了麻袋的最底部,而大的自然就留在了上面。卖时仍然是大小能够分开。由于节省了很多时间,汉斯的土豆上市最早,自然价钱就能卖得比别人更理想了。

心灵感悟:农民汉斯这种巧妙利用自然条件进行逻辑想象的方法,看起来并不算是惊世骇俗的创举,但却能开启我们的大脑。如果你能够激发出自己这样的逻辑想象能力,就可以在自己的成功过程中做得更好了。

皮鞋的来历

在很久很久以前,人类都还赤着双脚走路。有一位国王到某个偏远的乡间旅行,因为路面崎岖不平,有很多碎石头,刺得他的脚又痛又麻。

回到王宫后,他下了一道圣旨:将国内的所有道路都铺上一层牛皮。他认为这样做,不只是为自己,还可造福他的人民,让大家走路时不再受刺痛之苦。

但即使杀尽国内所有的牛,也筹不到足够的皮革,而所花费的金钱、动用的人力,更不知要多少。虽然根本做不到,但因为是国王的命令,大家也只能摇头叹息。

一位聪明的仆人大胆向国王提出建议:“国王陛下,我有一个办法,既不需要您劳师动众,牺牲那么多头牛,也不需要花费那么多金钱。”国王忙问:“是什么办法?”“用两片牛皮包在您的脚上不是就不用再被刺了吗?”仆人说道。国王听了很惊讶,但也立刻明白了,于是他立刻收回命令,采用了这个建议——这就是皮鞋的由来。

心灵感悟:生活中很多东西原本是没有的,就是看你肯不肯动脑筋,只要肯动脑筋,世界上就没有你想不到的东西。

未卜先知

有一个相命师的儿子偏偏不愿学习卜卦,相命师对此非常懊恼。儿子却不屑一顾地说:“这种简单的事,哪里用得着学呢?”

当天风雨交加,正巧有人问卜,父亲故意叫儿子出来解答,儿子一脸从容,他问那人说:“你是从北边来的吧?”那人说:“没错!”“可是姓张?”那人睁大了眼睛说:“你都知道!”“我还知道你是为妻子的事来的。”儿子又说。对方一脸佩服:“对!对!一点儿没错!”

客人走后,父亲惊讶地问儿子是怎么未卜先知的,儿子轻松地说:“今天刮的是北风,那人的肩和背都被雨打湿了,因此他肯定是从北边来的;他的伞上刻着‘清河郡’三字,而那里的人都姓张;会冒这么大的雨来问卜,不是为了妻子,难道还能是别人?”

心灵感悟：先知先觉正是源于丰富的经验和细心的观察。生活中也是一样，多用心一点，我们都会成为聪明人。

巧断黄金案

一次，有两个人上法庭打官司。其中一人说另一人欠他许多黄金，另一人硬是不承认，坚持说："我是第一次见到他，从来没有向他借过金子。"

"你要他还的黄金，当时是在什么地方借给他的？"法官问原告。

"在离城不远的一棵树下。"原告说。

"你再去一趟，把那棵树上的叶子带两片回来，我要把它们当见证人来审问，树叶将会告诉我实情。"法官提出这样一个奇怪的建议。

原告便动身去摘树叶，那个大喊冤枉的被告则留在法庭上。法官没有和他谈话，而是转过头审理别的案子，这位被告在一旁无所事事，于是津津有味地看着法官审案。正当一个案子审到高潮时，法官突然回过头来轻声问他："依你看，他现在走到那棵树了没有？"

"依我看，还有一段路呢。"

"既然你没跟他去过那儿，你怎么会知道还有一段路呢？"法官立刻抓住被告露出的破绽质问起来。

被告这才知道自己露馅儿了，不得不承认自己是在诈骗对方。

心灵感悟：法官让原告去事发地点取两片叶子当证人，看似荒唐，实际其真实用意是想让被告在得意中放松警惕，轻易上钩。

鼠屎断案

三国吴主孙亮喜爱吃生梅子，吩咐太监去库房里取来蜂蜜渍梅。孙亮津津有味地吃着，忽然在蜜中发现了一颗老鼠屎。大家都吓得面面相觑。太监连忙跪下奏道："这一定是库吏渎职所致，请陛下治罪。"

库吏被召到堂上。孙亮问他："刚才太监是从你手上取蜜的吗?"

库吏战战兢兢地回答："蜜是臣下交给他的，但给他时并没有鼠屎。"

"胡说！"太监指着库吏鼻子，"鼠屎早就在蜜里了，这是你欺君罔上！"

太监一口咬定是库吏干的，库吏死不承认，说是太监放的。两人在堂上争执不下。

侍中官刁玄和张邠出列奏道："太监和库吏言语不同，难以决疑，不如押进监狱，一同治罪。"

孙亮环视众人，说："这个容易知道。"马上吩咐卫兵当众剖开鼠屎。

大家定睛看去，只见鼠屎外面沾着蜜汁，里面却是干燥的。

孙亮哈哈笑着说："要是先在蜜中，里外都应浸湿，而今外湿里燥，显见是刚才放进去的。这一定是太监干的事！你与库吏有仇，故意嫁祸给库吏，欲借朕之手替你除去库吏。可是你却故意侮辱朕，今日若不杀你，世人都以为朕好欺负，左右武士将他拉出去斩首，以示他欺君之罪。"

太监吓得浑身哆嗦，连忙扑通一声跪下，磕头求饶，左右的人也感到十分吃惊。

心灵感悟：只要深入调查研究，对各种现象进行细致深入的分析，就能见微知著，察暗图明，世界上没有什么事情是不能搞清楚的。

张举焚猪巧断案

三国时吴国人张举在句章(今浙江余姚东南)当县令时，遇到了一桩人命案。死者之弟向官府举报自己的嫂子杀了哥哥后又放火烧房，反而诈称丈夫死于火灾。

由于证据不全，一时间难以给案件下结论。张举经过思索决定做一个试验。他命人找来两头猪，一只杀死，一只还活着，然后分别给它们做好记号，再把它们一起放进柴堆里烧。火灭后，取出两头焦猪检验，结果发现活活烧死的，嘴中有灰；而死猪口中无灰。接着，他又命人查验被杀者的尸体，那死人口里果然没有灰。

这一下张举心中已有了结论，立即提审那妇人，大声道："你丈夫不是被火烧死的，凡被活活烧死的人，烟熏火烤，呛得喘不过气来，则会大口呼吸，口中必然有灰。而现在你丈夫口中却一点儿灰都没有，可想而知他根本就是先死亡后才被火烧的！你快快从实招来。"那死者的妻子一见铁证如山，不得不认罪。

心灵感悟：在遇到棘手的难题时，不要总是把注意力局限在一处，可以换个角度思考问题，也许就会获得意想不到的效果。

包公巧断案

北宋年间，某乡一财主，有一子名叫薛补成，六七岁时，家人就把他送进学堂读书。由于他生性顽劣，虽在学堂里混了十多个年头，但却学识浅薄，整日不务正业，成了远近有名的浪荡公子。

一次，他到邻村闲逛，看中了王老五的闺女秀娟。回来后就托亲找友，硬要人家给他提亲。几次不成，他便仗着父亲有钱有势，安排好下人和打手们，定下个日子抢亲过门。但他又做贼心虚，怕遭乡邻唾骂，就暗自单方写了个婚约：

薛补成娶王秀娟为妻不能毁约理自当然立此为证。

他在抢亲那天当众宣读："薛补成娶王秀娟为妻，不能毁约，理自当然，立此为证。"以此来表明他是明媒正娶。这一来王老五父女遭了劫难，呼天喊地，没有办法，众乡邻惹不起薛家，都表示无可奈何。

正在这时,丞相包拯私访民情路经这里。听到混乱之声便命随从上前询问。随从禀报情况后,包拯走到近前一看,心中早已明白了八分。于是把薛补成和王老五父女召到跟前,并让众乡邻席地而坐一起听审。包拯问明事情原委后,让薛补成把婚约递上,过目之后,声色俱厉地喝道:"大胆刁民薛补成,你还强词夺理?这婚约上明明写着'薛补成娶王秀娟为妻不能,毁约理自当然,立此为证。'白纸黑字,一字不差,你还敢抵赖吗?"

薛补成听后哑口无言,只是叩头求饶;王家父女听后不胜感激,千恩万谢;众乡邻听后惊喜地称赞道:"真不愧是替百姓办事的包青天,一个标点符号断明了此案,神啊!"

心灵感悟:薛补成的做法实为无赖之举,而包公巧用标点,轻而易举地断明了此案。

有趣的游戏

唐朝时,长安城里有一个名叫窦义的孩子,十分聪明。他的父母去世早,他是靠亲戚抚养长大的。窦义到了14岁的时候,想到自己不能老是靠着亲戚过日子,既然已经长大了,就应该自食其力、自谋生路。于是,他就向亲戚借了一笔钱,打算自己开个小店。但是,长安城里的地价很贵,仅靠借的这点儿钱,买了地就盖不起房子,要盖房子就买不成地了。

有一天,窦义到城东去办事,走过一处地方,看见路边有一片汪着臭水的洼地。他想,这地方是个没人要的臭水塘,地价肯定便宜,就决定把它买下。

朋友们听说了这件事,都纷纷前来劝告他"别犯傻了!这地方臭气熏天,哪能盖房子开店?光是把它填平,也得花去不少钱呢!"

其实,窦义的心里早就想好了一个主意。几天以后,长安城里的孩子们都在传扬着同一件事:城东的臭水塘那儿有游戏,凡是参加的,还奖励煎饼吃呢!于是,这消息就像长了翅膀似的,一传十,十传百,孩子们成群结伙地都往那里跑。

原来还真有这样的好事,只见洼地的一边摆着好几个煎饼摊,师傅们正忙着呢!再看水塘中央插着几面小彩旗,不管是谁,只要能用小石块、碎砖头或土疙瘩打中水塘中的小彩旗,就可以得到一张煎饼。

这样有趣的游戏,自然吸引来了大群的孩子。臭水塘周围可用来投掷的石头、土块,很快就被捡光了,孩子们就又从别的地方用袋子装了很多不断地往这儿运,然后再往水塘里投……这就是窦义设计的"填塘游戏"。没用几天的工夫,这片臭水塘就被填满了。而窦义只用了很少的钱来买煎饼就行了。

几个月后,这里出现了一排整齐的瓦房。窦义在这里开起了茶馆、客栈,开张以后,生意果然十分红火。

心灵感悟:智慧源于大脑,一个好的点子能使人受益匪浅。

六、机智应对

煮熟的豌豆

《犹太法典》中记载，有两个学生找到他们的老师，“老师，我们犯错了！”他们哭诉道。

“你们干了什么？”

“我们色迷迷地盯着一个女人！”

老师叫道：“你们真是犯下大罪了，愿上帝宽恕你们！”

“老师，我们愿意接受惩罚。”

“这样的话，你们将豌豆放进鞋子里，穿着走一个星期，也许就能提醒你们以后不要再犯这样的错误了。”

他们照着老师的话去做了。几天后他们在街上碰面了。有一个正痛苦地行走着，看上去苦不堪言，而另一个却面带微笑，神情自若。于是那个痛苦的人就指责另一个说：“你在接受惩罚吗？你根本没有把豌豆放进鞋里，你没有照老师的话去做！”

“我当然放进去了！只不过我将它们煮熟了！”另一个坚持说道。

心灵感悟：思想不要老是停留在一个固定的模式上，要学会变通。懂得变通的人会灵活地处理自己遇到的各种问题。

黄金与砖头

售货员费尔南多是一个犹太人，有一个星期五他去了一个小镇，但由于身无分文而无法食宿，他便找犹太教堂的执事，执事对他说：“星期五来这里的穷人非常多，每家都住满了，只有金银店老板西梅尔家例外，可是他从不接纳客人。”

“他肯定会接纳我的。”费尔南多肯定地说。然后，他就去了西梅尔家，等敲开门后，他神秘兮兮地把西梅尔拉到一旁，从大衣兜里取了一个砖头大小的沉甸甸的小包，小声说：“我想问你一下，砖头那么大的黄金值多少钱？”

金银店老板眼睛一亮，但是现在是安息日，不能继续谈生意了，为了能做成这笔生意，他便极力挽留费尔南多住在他家，到明天日落后再谈。

于是，在整个安息日，费尔南多都受到金银店老板的热情款待。到了周六的晚上，西梅尔认为是交易的时候了，他满脸堆笑地叫费尔南多将他的黄金拿出来看看。

“我哪有什么金子，我只是想问一下砖头大小的黄金值多少钱而已。”费尔南多故作惊讶地说道。

心灵感悟：当面临困境时，切不可乱了阵脚，只要我们肯动脑筋，就一定能够想出办法，渡过难关。

五条蚯蚓赢比赛

有个欧洲人画画的功夫十分了不起,他到过世界上很多国家,没有一个人能赢得了他,他能够在跳起来的一刹那画好一个动物。

这个画家来到了泰国,听说西特诺猜是泰国最有智慧的人,决定要和他比试一番,便来到了皇宫,对西特诺猜说要和他比赛画画,谁输了将付给对方 1000 两金子。西特诺猜当然不会拒绝他的挑战,同意跟他比赛。

于是双方讲好了比赛的规则，开始比赛。国王坐在龙椅上兴致勃勃地注视着他们,洋画家立刻施展他的绝技:他举起手里的一只黑铅笔,让大家看个仔细,然后转身面对一堵白墙,屈身用尽全力纵身一跳,在他双脚落地之前就在墙上画好了一幅画,是一只坐着的兔子正看着旁边。在座的人都对这位洋画家的技艺赞不绝口,并对西特诺猜说,还是认输算了。

西特诺猜把右手五个指头伸进一个盛着浓浓的深赭色的染料里蘸了一下,转过身去面对墙壁,然后纵身一跳,五个指头尖触到墙壁,随着身体的下落,手往下一拉,墙壁上便留下了 5 道弯弯曲曲的印痕,随后他的身体便落到了原地。

画家立刻说,西特诺猜没有按照规定画动物,他已经输了。

但西特诺猜辩解道:“输的应该是你,因为你画的动物普普通通,人家画过了不知多少遍了,样子多得很,而我并没有去摹仿人家,我画的动物是别人从来没画过的;你才只画了一个,我一次就画了五个,比你多四个。”

“你那画的是动物吗？那是什么？”

“当然是动物,我画的是蚯蚓。”

“你怎么不画大一点的动物呢？”

“你并没有规定说必须画大的或哪一种动物。现在我比你多画了四个，你难道不应该认输吗？”

画家哑口无言,不得不认输,乖乖地把 1000 两金子的赌注交了出来。除此之外,西特诺猜还得到国王的一大笔奖金。

心灵感悟:当自己某方面的能力不如别人的时候,不妨运用智慧去争取胜利。

彦一愚弄棉花商

彦一住的镇子上,有一个贪得无厌的棉花商。因为是镇上唯一的经营者,他昧着良心把收进的价格压得很低,而把卖出的价格抬得很高。人们都恨死他了,可是又没有什么好的办法。

天渐渐凉了,彦一的母亲让他去买棉花做被子。彦一决定趁机教训一下这个奸商。

彦一来到商铺里，棉花商见了，笑脸相迎："要买棉花吗？"

"不，我要买棉籽。"彦一说。

买棉花籽？商人觉得很奇怪，因为从来还没有人要从他这里买棉籽，棉籽对他来说只是废物罢了。现在有人要来买"废物"，他当然分外高兴。棉花商决定利用这个机会好好赚一笔。于是他问彦一："棉籽有的是，你要多少？"

"我要5斤，但是不能是以前积存的棉籽，要现打出来的。"

"可以。"棉花商从成堆的棉花里抽出了一捆，吩咐工人立即打籽，不一会儿，5斤棉籽就打出来了。

"要多少钱？"彦一问道。

棉花商想乘机捞一笔，便狮子大开口道："要120文。"

彦一犹豫了一下，问："这棉花籽的价格怎么这样贵？"

棉花商早就想好了一套应付的谎言："这个你就不知道了，是这么一回事，最近棉籽有了一种新的用途，前来购买的人络绎不绝，已经快供不应求了。物以稀为贵，要不怎么会比棉花还贵呢？你嫌贵，我还嫌便宜哩！"

彦一接过棉花商的话头，进一步说："是的，棉籽确实有着某种妙用，否则我才不来买呢！"

棉花商并不认识彦一，以为他是诚心要买棉花籽的，所以又强调说："要买趁早，迟了恐怕就没有了。"

彦一边摸着口袋，装着掏钱的样子，边漫不经心地问："这一捆棉花总共要多少钱？"

棉花商老谋深算，因为他刚才讲过棉花籽比棉花还要贵，他不能说漏了，于是，在心里默算了一下后说："200文。"

这时彦一掏出了钱，数了数后很遗憾地说："没想到棉籽这么贵，我带的钱不够。"他还没等棉花商回味过来，又接着说："麻烦您半天，实在不好意思。所以，我还是要和您做成一笔生意的。虽然我带的钱不够买棉籽，但买棉花应该没问题。这捆棉花共200文，扣掉了棉花籽的120文，还需要80文。"彦一说完扔下80文钱，就扛走了那捆打去籽的棉花。

棉花商张着嘴，半个字也说不出来，眼睁睁地看着彦一便宜地买走了那捆棉花。

心灵感悟："聪明反被聪明误"。自作聪明的人不但不能得到更多的利益，反而会失去很多。

救邻国解鼠雀之害

古代的日本，长期存在着诸侯割据的情况，被分割为一些小的领地。

一天，彦一所在领地的王爷把他找了去，对他说："今年我们这里麻雀和老鼠成灾，吃掉了地里和库房里的大量粮食，你得想个办法，把麻雀和老鼠消灭掉才好！"

彦一想了想说："这得花不少的本钱才行啊！"

王爷问:“要花多少本钱?”

彦一答道:“恐怕要用几千草袋稻谷、麦子和甘薯。”

王爷大吃一惊:“要这么多粮食干什么呀?”

“用来喂老鼠和麻雀,它们吃饱了就不会再去祸害地里的庄稼。如果你不喂它们,他们也要自己去吃的,而且还要损害农田和库房,给我们带来更多的损失。”

王爷更加惊讶:“彦一,你不是在开玩笑吧!”

“不!在王爷面前,我哪敢开玩笑?不过,我不是在王爷的领地里喂老鼠和麻雀,而是把粮食撒在邻国的地里,把老鼠和麻雀都引到那里去。”

王爷知道,邻国正在闹灾荒,粮食颗粒无收,连人都没吃的了,老鼠和麻雀哪里还会有吃的呢?因此,邻国的老鼠和麻雀都跑到自己的领地上来了。他想了想后对彦一说:“我明白了,你是要我救济邻国的百姓。”

“是的。我们和他们本是一个民族,总不能眼看着同胞活活饿死吧!”彦一回答说,“再说,这种做法也是为了消除王爷土地上的老鼠和麻雀。”

王爷认为彦一说得很有道理,不应该对邻国的灾难不闻不问,再说消除本国的鼠雀之害也是当务之急。于是给邻国送去了大量的粮食和种子。

邻国度过了灾荒,田地里的庄稼又繁茂起来了,老鼠、麻雀都回到了老家,王爷领地里的麻雀和老鼠就越来越少了。第二年秋天,又获得了大丰收。

心灵感悟:当别人遇到困难时,我们不能坐视不理。须明白,助人的同时实际上也是在助己。

彦一骗德平老人

在八代村里住着一位名叫德平的老人,他很有钱,而且也很聪明。他为此感到十分骄傲,扬言说:“我活了这么大岁数,从没有受过别人的欺骗,若有谁能够骗得了我,我愿意满足他的一切愿望。”每天都有很多人来想方设法欺骗他,但一个个全被德平揭穿了。德平就以揭穿别人的谎言为乐趣,但是来骗他的人渐渐少了,他的“乐趣”也随之而减少。

彦一所在的村子离八代村不远。时值初夏,他正在地里忙着种菜,所以得到消息较晚,当他听说德平的扬言后,心想一定要欺骗他一次,得到自己想要的奖品,同时也杀杀他的傲气。

彦一就跑到德平的家里,德平正无聊得要命,见有人上门来了,高兴得快要跳了起来,就问:“孩子,你想用什么办法来骗我呀!”

彦一说:“老爷爷,我的菜园子里长的甘薯有五斗桶那么大。”说着,张开两手夸张地形容甘薯之大。

“哈哈哈!”德平老人笑了起来,“孩子,你比那些人还要愚蠢,我虽然不种菜,可也知道不会有那么大的甘薯的,你骗不了我。”

彦一马上改口说:“爷爷,是我说错了,我园子里的甘薯有五升米桶这么大。”

尽管一下子减少了近10倍，德平老人还是不相信："没有那么大的甘薯，你骗不了我！"

彦一两手拢成一个小圆圈，又改口道："我园子里的甘薯有烫酒瓶那么大。"

德平老人喜欢喝酒，对烫酒瓶的大小当然非常清楚，就说："那还差不多，以往我看到的甘薯，一般都是烫酒瓶那么大。关于甘薯的大小问题你骗不了我，你还有什么办法吗？"

彦一立即回答说："不用再想别的办法了，你已经被我骗了。"

"不可能的。"德平老人不太在意地说了一句。

"现在是初夏季节，我在园田里刚刚种下甘薯，只有小指头那么大，你承认我的甘薯有烫酒瓶那么大，不是受骗了吗？"彦一接着又说道。

德平老人这才发现自己只顾与彦一纠缠甘薯的大小而忽略了季节，确实受了骗。德平老人并不食言，满足了彦一的许多要求。

心灵感悟：彦一首先把德平老人的注意力吸引到甘薯的大小上，而且利用自己是个孩子的身份，故意"信口雌黄"把甘薯说得极大极大，然后不断改口，造成了老人的轻敌意识，最后使德平老人忽略了季节问题而受骗。

点灯映盗影

彦一和父亲一块儿进城，当天赶不回去，他们便住进了一家旅馆。

半夜，彦一和父亲在旅馆里睡得正香，忽然耳边响起一个恶狠狠的声音："起来！起来！"原来是一个手执钢刀前来行劫的强盗。彦一和父亲慌慌张张地从被窝里钻出来。

"不许出声，快把钱交出来。否则要你们的命！"强盗挥动着钢刀，低声喝道。

父亲吓得不住地打抖，伸手想到枕头下摸钱，却被彦一暗暗抓住了手。彦一东抓抓，西摸摸，好像在找钱。

"梆梆梆……"一阵敲更的梆子声由远而近传来。

强盗着急地催道："快点，快点。"

彦一说："黑糊糊的，也不知道钱放在哪儿了。只有点亮灯才找得到。"

强盗举刀说："要快！如果你发出一点儿响声，我就宰了你！"

打更的梆子声传到旅馆门前时，彦一点亮了灯，这才从枕头底下取出钱包走向强盗。强盗忙放下刀去接钱。就在这个时候，窗外的更夫突然大叫起来："抓强盗呀！快抓强盗呀！"

强盗慌了，连刀也顾不得拿了，转身夺路而逃。这时，整个旅馆的人都被惊醒了，一个个冲出房间，一下子就把那个强盗抓住了。

彦一的父亲问更夫："你怎么知道里面有强盗呀？"

彦一抢着说："我一点亮灯，强盗举刀的影子就映到窗户上了，这就是给更夫叔叔发出了一个无声的信号，所以更夫叔叔就叫起来了。"

更夫说："是啊是啊，想不到你比大人更有心机啊！"

心灵感悟：智慧是化解一切危难的法宝。

一休和尚闹自杀

一休5岁的时候，母亲为了培养他，就把他送到安国寺当小和尚。

安国寺像一休这么大的小孩子有好几个，他们活泼可爱，也很调皮。长老也拿他们没办法。

一天晚上，一休念经时睡着了，醒来时，长老正威严地站在面前。

为了惩罚一休，长老让一休去把前殿的蜡烛全部熄灭。一休个子小，而烛台却比他高。他无法用手把烛火扇灭，便用嘴一口气一口气地将烛火吹熄。长老看见了责备道："人的气息是浑浊的，吹熄烛火就是亵渎神灵。"

一休眨了眨眼睛说："知道了。"

第二天早课的时候，没见一休，原来他一个人坐在神像后念经呢。长老生气地责问他："你怎么跑到那里去了？"

一休回答说："您不是说了吗？人的气息是浑浊的，我怕亵渎神灵，所以躲在神像的背后念经。"

长老虽然知道一休独自躲在神像背后可以偷懒打瞌睡，却也找不出理由责备他。

有人送给长老一罐糖稀，长老知道若是被这些小和尚知道了，准没自己的份了，便把它藏了起来。结果还是被小和尚们知道了，他们向长老要糖稀吃。

长老于是拿出糖稀罐子，撒谎骗他们说："这是我吃的治高血压病的药浆，你们年纪小，吃了可会七孔流血而死的啊！"

到了晚上，一休带着小和尚们，把装糖稀的罐子偷了出来，吃光了糖稀，把空罐子放回了原处。

第二天，一休装作伤心的样子在走廊里哭泣。长老看见了，便问他怎么了。一休说："长老，我犯了错，我本想把长老的砚台擦洗一下，谁知道一下子失手把砚台摔碎了。"

砚台可是长老的至爱之物，长老大惊失色："这还了得！"

"我知道自己罪孽深重，所以想以死谢罪，"一休哭得更厉害了，"于是便吃了那罐子里的药浆，见还是死不了，就把罐子里的药浆都吃光了，在这里等死，呜呜呜！"

长老毕竟是出家人，慈悲为怀。见自己的谎言带来了这么严重的后果，于是便承认道："孩子，那罐子里装的是糖稀，不是药。昨天我是骗你们的。"

一休于是破涕为笑："长老，我也是骗您的，砚台并没有摔碎，我已磨好了墨，恭请长老去写字呢！"

长老张了张嘴，哭笑不得。

心灵感悟：善于从对方的言语中找出破绽，就能变被动为主动。

一休智斗大将军

大将军有一只珍贵的龙目茶碗存放在安国寺，却被一个小和尚不小心打碎了。将军要取回茶碗，这可把长老急坏了。一休安慰长老说："让我跟您一起去吧，我来对付大将军。"

到了将军府，一休笑呵呵地问大将军："大人，请问您，这世界上所有有生命的东西，最终会怎样呢？"

将军被这个问题吓了一跳，不过他很快就转过弯来，答道："有生命的东西，到了最后都会死掉，不是吗？"

"那么，一切有形的东西到最后又会怎样呢？"一休又问道。

"一切有形的东西，嗯——最终都会破碎！"

听完将军的回答，一休从怀里掏出一些碎片捧到将军面前说："大人，您的那个有形的龙目茶碗已经碎了，都在这里。是我打碎的，请您宽恕。"

将军听到这个消息，心里十分不高兴，但他装作没事似的大笑着说："你真是个聪明的孩子，请你帮我一个忙吧！瞧，我这屏风上有一只老虎，到了晚上就跳下来伤人。你帮我把它给抓起来吧！"

屏风上的老虎栩栩如生，一休盯着老虎看了一会儿，对将军说："请给我一根结实的绳子和一条布带子。"仆人立刻把他要的东西找来了。

一休掏出手绢缠在头上，用布带子把两个袖口扎住。做好了这些，他便大步跨到屏风前，手里提着绳子，横眉立目，摆出面对强敌的架势。

过了一会儿，将军见一休没什么动静，便催促道："怎么啦？快动手啊！"

"是，大人。我也很想抓住它，但是，它好像被我勇敢的样子吓坏了，一动也不敢动了。这样吧，您派个人把它从屏风上赶下来，我就能把它一把捉住了。"

将军傻了眼，只好说："看样子，这只老虎的确是被你的勇猛吓住了，我想以后它也不敢出来害人了。为此，我要好好地犒赏你们师徒俩。"

很快，饭桌上就摆满了香喷喷的饭菜。一休一看，全是大鱼大肉，就知道将军又在耍新花招。长老看见满桌的荤菜，而和尚只能吃素，便想提醒一下一休，可是来不及了。只见一休笑着喝完了一碗鸭汤，接着又啃起一只鸡腿。

这时，大将军猛然抽出镶嵌着黄金宝石的大刀，厉声喝道："信佛的人不准吃荤，这你不懂吗？你看你师傅，一点儿都没有动，而你，作为一个佛门弟子，竟敢破这个戒条，该当何罪？"

"我吃了什么啊？没有啊！"一休很认真地说，"那些鱼呀肉的，不过是我的肚子里的过客。我的肚子里边，有一条笔直的大道，卖鱼的、卖肉的都从这儿路过。"

"哦！如果你说的是真的，卖鱼的、卖肉的都能过，那手持大刀的武士也一定能过喽！既然如此，就让我的大刀从你的肚子里过去吧！"说完，将军狞笑着用刀尖抵着一休的鼻尖。

一休不动声色地说："我肚子里的确有一条大道，可是我的嘴是这条大道的关卡。尤其是我要一辈子寄身于佛门之内，为人们祈祷和平是我最重要的职责。出于这种信念，我是绝对不会让那些舞刀弄棒的武士通过的。"

将军听了一休的话，哑口无言。他只好放一休和长老回去。

心灵感悟：面对别人的刁难，退缩畏惧不是最终办法，聪明的人善于从中找出破解之法。

小丫头纵火引民擒强盗

深夜里，一伙蒙面强盗闯入一户人家，他们把夫妇俩从床上拖了下来，拿着刀威胁着说："快，快把柜门、箱笼的钥匙交出来！"

夫妇俩不敢怠慢，妇人哆哆嗦嗦地到梳妆台上寻出一串钥匙。强盗们立即分散奔入各个房间，翻箱倒柜。顿时，卧室、厅堂、书房……全给搅得一片狼藉。

夫妇俩的小女儿被吵醒，见强盗如此蛮横，心里自然十分愤怒。她装出十分害怕的样子，对强盗哭哭啼啼地说："叔叔，我冷，我冷，让我到厨房里去暖和暖和吧。"

那强盗见小丫头不满10岁，又不是要求出门，就不以为然，很不耐烦地说："去吧！"

小丫头获得允诺，马上跑进厨房，将门闩上。拿着敲火石，点着了油灯，并往灶里塞进几大把柴火，将火点着了……然后，她推开窗子，翻窗跳进后院，并将窗子关好。

放哨的强盗走到厨房门前，朝门缝里窥探了一下，见油灯闪亮，灶膛间透出红光，估计是那小丫头蹲在灶前取暖，便重新回到厅堂门前放风。

强盗没想到小丫头来到后院，即刻敲石引火，将靠近围墙的一垛稻草堆点燃。顿时，火苗呼呼地往上蹿。火借风势，风助火威，映红了小半边天。

"失火了！救火呀！"村上的人们纷纷给惊醒了。一下子，人们围向了小女孩的家，拿着盆的，挑着桶的……

埋头搜索财物的强盗们听见外面人声喧闹，猛然惊觉，要想逃跑已经来不及了。最后，他们全被村民们活捉了。

村民们个个翘起大拇指，称赞小丫头随机应变的智慧。

心灵感悟：身处险境时，唯有临危不乱，机智应对才能化险为夷。

吉四六看柿子

早些时候，在日本丰后的野津有个聪明的孩子叫吉四六。即使到现在，人们只要说"简直跟吉四六一样"，那就是对聪明孩子的最高赞赏了。

吉四六家里很穷，他只好到吝啬的财主家去做工当差。财主对仆人们刻薄得很，吉四六和大伙儿一样对财主很不满。

柿子熟了的时候，财主派吉四六去看柿子，吩咐道："我出去办事，你不许偷懒，一定要看好这些柿子，什么事都别管，只管用两眼紧紧盯住柿子。"

吉四六遵照主人的吩咐，两眼紧紧盯住柿子。村上的孩子们来了，他们见柿子有人看着，开始都不敢动，隔了一会，有些胆大的孩子就拣起掉在地上的柿子来吃，吉四六仍旧一声不响，两眼紧紧盯住柿子。

傍晚，财主回来了，看到树上的柿子已所剩无几，就责问道："吉四六，柿子呢？"

吉四六如实回答："柿子让孩子们摘走了。"

"笨蛋，我临走时怎么吩咐你的？"财主大发雷霆。

吉四六还是毫不在乎的样子："你吩咐我不许偷懒，一定要看好这些柿子。"

"既然你知道，为什么还让别人把柿子摘走啊？"财主听了更加气不打一处来。

"我是完全遵照您的吩咐，两眼紧盯住了柿子，别的事我都没管，所以他们摘柿子吃，我就没去管。"吉四六回答说。

财主气得说不出一句话，一怒之下就把吉四六辞退了。

心灵感悟：吉四六运用语言上的艺术，抓住财主话语上的漏洞，狠狠地回击了吝啬的财主。

财主老头听故事

村子里有个财主老头儿，平时闲来没事，特别喜欢听别人讲故事。然而，他虽然很喜欢听故事，却又不相信故事里的内容，每当人家讲到节骨眼上时，他就会脱口而出："哪能有这种事呢！"这已成了他听故事时的习惯用语。

吉四六最会讲故事了，可是他从不讲故事给财主老头儿听。一次，财主老头儿又向吉四六请求道："孩子，给我讲个故事听听吧！"

"要我讲故事可以，"吉四六说，"但要答应一个条件，就是你不准说'哪能有这种事呢'的口头禅。如果你说了这句话，就要给我一袋大米。"

"好！"财主老头爽快地答应了。

接下来，吉四六就开始讲故事："江户有位王爷，坐轿子去访亲戚。有只老鹰在天空盘旋，不一会儿拉下一泡屎，正好掉落在王爷的裤子上……"吉四六讲到这里顿了一下，看了看财主老头。老头脸上露出不相信的神情，但嘴巴只是动了一下，没吐出一个字。

吉四六继续讲道："王爷命随从给他换了裤子，继续赶路。可那老鹰仍在上空盘旋，不一会又拉下了一泡屎，不偏不倚落在王爷的佩刀的刀把上。"

这下子，老头儿更不相信了，刚想说出"哪能有这种事呢"时，他察觉到自己将要输掉一袋米，便使劲儿忍住，把一句说惯了的口头禅憋成了"唉——"的长叹。

吉四六接着讲道："王爷又让随从把佩刀换了。没想到，刚走没多久，那老鹰又拉下了一泡屎，这下更巧了，恰好落在了王爷的脑袋上。"吉四六根本就没指望财主老头会在这个时候说出他的口头禅来，因而继续自顾自地讲下去："王爷命随从将脑袋换了。随从一刀砍下王爷的脑袋，又一刀砍下自己的脑袋，然后互相调换了，继续赶路去拜访亲戚……"

听到这里，财主老头儿再也忍不住了："哪能有这种事呢？"

吉四六接着讲下去："到了亲戚家里，亲戚们都把随从当做了王爷，把王爷当做了随从。"

"哪能有这种事呢？"财主老头儿又说。

"这个时候，那只老鹰又飞来拉了一泡屎……"

"哪能有这种事呢？"财主老头儿的口头禅这时候像洪水冲开闸门一样，不停地喷出来。

吉四六接过财主老头儿的话茬："是啊！是啊！哪能有这种事呢？请你把事先约定好的那一袋大米给我吧！"

心灵感悟：聪明的吉四六通过讲故事的方式，轻而易举地就让财主老头儿上当了，既教训了一下财主老头儿，又为自己赢得了一袋大米。

村长放养鸡

村子里的鸡都是圈养的，唯独村长家的鸡是放养的。村长养了十几只鸡，这些鸡整天到处乱窜，祸害菜园和粮食，全村人怨声载道，村长却充耳不闻，还强词夺理地说："我是属鸡的，所以特别喜爱鸡，不忍心将鸡关起来，让它们受苦。我把鸡看成我的同类，它们吃苦，就跟我自己吃苦一样。"

这分明是一派胡言，但村民也奈何他不得。有一天，村长的鸡窜进吉四六的菜园子里，把刚抽芽的萝卜菜全给糟蹋了。吉四六忍无可忍，操起一把割草用的大镰刀，把村长家的十几只鸡都砍死了。

村民们见到这种情景，既高兴又害怕，他们担心蛮不讲理的村长要进行报复，这可怎么办呢？吉四六对村民们说："大家用不着担心，中午都来我家吃鸡肉。"

正当大家津津有味地吃着鸡肉时，吉四六又操起那把大镰刀来到村长家中。村长惊恐地问："你好大的胆子，竟敢将我的鸡全部砍死！你还想干什么？"吉四六举起了大镰刀说：

"我替村民们来砍你的头！"

"什……什么？村民竟……竟然要我的命！"村长已经语无伦次了。

"是的，只有你死了，全村人才能活；你不死，全村的人就无法活了。"吉四六说着便冲了上来。

村长看到吉四六手中的镰刀，平时的威风一扫而光。拼命地逃着，一边逃一边问："为什么要我死呢？"

"因为你把鸡放养在外面。"

"区区小事，怎么会危及你们的生命呢？"村长不解地问。

吉四六紧逼着问："你为什么要放养鸡？"

"因为我的属相是鸡，对鸡有特殊感情，不忍心它们受苦。"村长还是那一套。

"这可不是区区小事，而是危及全村人生命安全的大事！"吉四六大声说道。

村长目瞪口呆，他想不明白为什么能把养鸡同村民的生命联系在一起。

吉四六说："村长，你想一想，全村人都像你那样，把自己生肖的动物全部放养的话，结果怎样呢？你是属鸡的，还算可以，那些属牛属马属羊的，把牛羊马都放了出来，那村子里全都乱套了；如果那些属龙属虎的把虎啊、龙啊都放了出来，全村人的生命还能安全吗？"

"啊！"村长万万想不到事情会闹到这种地步。

吉四六继续说："所以我替你做主，把你的鸡全部杀死，请村民们吃鸡肉，好向他们解释一下。"

村长说："吉四六，好孩子，你做得对！"

"可是他们吃了鸡肉，依然不肯罢休，他们说村长还会放养鸡的，所以他们也非把牛马羊和龙虎都放出来，"吉四六说，"所以我就来杀你，只有要了你的命，才能救活全村的人。我来杀你，至少你还能保留个全尸，让你死得痛快些。如果别人动手，可就不知道会是什么情形了。"

"多谢了！"村长感激地说，"你去告诉大家，这次就算我杀鸡请客，今后我再也不放养鸡了。"

吉四六这才收起了镰刀，回到家中对还在吃鸡的村民们说："哈哈，什么事情都没有了，大家安心地回家睡觉吧！"

心灵感悟：吉四六利用自己的聪明才智教训了蛮横的村长，狠杀了他的气焰。

扔点心制止斗殴

日本有个孩子叫新左卫门，他家的隔壁是一家兄弟合开的点心铺。一天，新左卫门正在家里做作文，隔壁忽然传来激烈的争吵声，他便起身出去看看到底是怎么回事。不看还好，一看还真不得了。兄弟两人手里都拿着刀子，寒光闪耀。他们像斗红了眼的公牛一样，眼睛里透出仇恨的光。在这种情况下，什么事情都有可能发生。围观的人都离得远远的，不敢靠近。

新左卫门十分瞧不起这对粗鲁的兄弟，但为了免除一场流血事件，他决定管管闲事。他跑进店铺，搬起架上的点心，抛在大街上，喊道："喂，快来吃点心，免费点心。"

人们听说有免费点心，纷纷围上来，老的、少的、男的、女的，连乞丐也大胆地来尝美味了。兄弟俩见状，收起刀子，跑过去责问新左卫门："好哇！你小子竟敢趁火打劫，谁教你这样做的？"

新左卫门毫不在乎，慢条斯理地答道："你们不是要互相斗殴吗？都打死了，这店里没人，点心不就要发霉了吗？所以趁现在吃掉，免得浪费，你们说是不是？"

新左卫门说着，又要扔点心，兄弟俩忙说："好了，请别扔了，我们不打架了。"

很快，兄弟俩就和好了。

心灵感悟：新左卫门利用与兄弟俩利益相关的点心铺，巧妙地解决了他们的纷争。

学徒教训裁缝师傅

有个裁缝，收了一个男孩当学徒。这个裁缝既贪心又吝啬。一般说来，师徒俩到一家人家去做衣服，主人都端出两碗饭：一碗大的，给师傅吃；另一碗小一些，给学徒吃。但每次学徒刚伸手拿饭碗，师傅已经抢先把徒弟的那碗饭拿到自己面前，并对主人说："他今天吃过了，我从昨天到现在还没吃过饭。"学徒饿得很难受，决定找个机会教训一下师傅。

一天，裁缝带着学徒到一个官府家，为大官做衣服。量完衣服的尺寸后，一个仆人说："请师傅们到餐厅用餐吧，厨房已为你们准备好了点心。"

裁缝马上说："小学徒今天已经吃过了，我从昨天起就没吃过饭，一直在干活儿。"

裁缝说完，把针插在草席上，就到餐厅里去了。学徒则待在前厅里，肚子饿得咕咕叫。这时，大官进来了，问："你的师傅呢？"

学徒叹了口气说："我可怜的、不幸的师傅正在餐厅里吃点心。"

"你为什么说他不幸啊？"

"我的师傅每隔10天就要发一次疯，他发疯时就把顾客的衣料剪碎，幸好我总是能事先知道我的师傅是否会疯——如果师傅不是吃一碗，而是吃两碗饭，那么他的毛病就要发作。如果他吃饭后用手在席子上摸，就是说，很快就要开始剪顾客的衣料了。"

"他发疯的时间长吗？"大官不安地问道。

"不长，只要用竹棍在他脚后跟敲20下，他马上就能恢复正常。"

学徒说完后，就悄悄地从席子上拿走了师傅插着的针。这时，师傅从餐厅回到前厅来，见了大官，连忙鞠躬行礼，说："多谢大人，我从来没吃到过这么可口的点心。"

大官提防着问："你吃了几碗？"

"大人，我吃了两碗，正好两碗。"裁缝说完，来到草席旁取插在上面的针，但却没有看见，于是近视的裁缝就急忙用手在席子上摸索。

大官一见，急忙吩咐仆人们说："抓住他！把他绑起来！否则他会把这么好的料子给毁了！"

裁缝还不知道是怎么回事，就稀里糊涂地被绑了起来。大官又对学徒说："速去把角落里的竹棍拿来，朝你师傅的脚后跟打20下！"

学徒认真地执行了大官的命令。

"为什么要打我？为什么？"裁缝呻吟着说。

"为了让你的病快些好。"大官说。

"什么？我什么病也没有啊！"

"不是吧！你的徒弟说，你每隔10天要发一次疯的……"

裁缝对着徒弟大骂道:“你这个孽徒!没有良心的东西!竟然咒我发疯!”

“难道不是吗?”学徒说,“你自己去想想吧,每次吃饭的时候,你都说我已经吃过了,其实我饿得要命。难道一个神经正常的人会说一个饿的人已经吃饱了吗?”

从此,裁缝师傅再也不敢怠慢他的徒弟了。

心灵感悟:小学徒运用巧智,使自私自利的师傅不知不觉就上了圈套,最终达到了教训师傅的目的。

丘蒙智伏“虎王爷”

财主家里请来了一个巫师,整天装神弄鬼,自称是张天师的坐骑——神虎,下到凡间替人们消灾造福。愚昧的村民们深信不疑,都去求他画符念咒,祛除穷鬼、病魔,还尊称他为“虎王爷”。一时间,村子里被闹得乌烟瘴气。

镇上有个秀才叫丘蒙,知道这事后,也扮作巫师来到那里。他一来就对村民们称赞“虎王爷”十分灵验。“虎王爷”高兴得像见到老朋友似的,和丘蒙很是亲热。

“虎王爷”问丘蒙平时是什么神驾附身,丘蒙随口答道:“我乃张天师是也!”“虎王爷”大惊:什么?自己只能当对方的坐骑?这样在村民们面前我只得装成“神虎”的样子,向丘蒙叩头请安了。

丘蒙道:“这次我是来捉拿妖怪的,虎将军……”

那巫师老老实实地答道:“在!”

丘蒙一把将他按倒在地,一抬脚骑上了“虎背”,挥着一把剑喝道:“妖怪哪里逃!咳!神虎听令,速追妖怪!”“神虎”只得听从“张天师”的话,他指向哪里,就驮着他往哪里爬。

他们来到一座山冈下,丘蒙喝令“神虎”往上爬。那巫师没办法,只得硬着头皮,背着丘蒙向山冈上爬。丘蒙故意将脚夹得紧紧的,那巫师简直喘不过来气,膝盖和手掌被乱石子磨出血来,痛得他龇牙咧嘴,哪里有一丁点儿虎威!活像个大乌龟,慢腾腾地一步一挪,爬到山冈上,累得他满头大汗,脸色惨白,一屁股坐在一块大石头上,再也不动了。

丘蒙却不放过他,用剑指向地说:“妖怪已经钻到地里去了,神虎,快快给我把它挖出来!”那巫师不敢不从,“扑通”趴倒在地,用手去挖土,手指弄得鲜血淋漓,在地上刨了一个坑。还真怪,坑里面竟有四只死老鼠。丘蒙一本正经地说:“原来是老鼠精在作怪,它们已经被我的神法制晕过去了,神虎,把它们吃下去!”

“啊?”巫师见那恶心的死老鼠,直想呕吐,他求饶道:“主人,这就免了吧!”

丘蒙脸色一变:“大胆!你这畜牲竟敢违背本天师的命令!当年,本天师命你吃千年毒蛇你都二话没说,今天区区小鼠精,有什么可怕的?还不快吞下!”

那巫师连连磕头道:“弟子并无神灵附身,我是假冒‘虎王爷’来骗钱财的!”

丘蒙这才丢下宝剑,对一起跟来的老百姓们说:“诸位,我也不是什么‘张天师’,那四只老鼠,是我事先埋在那里的。哪里有什么神魔鬼怪,那都是骗人的啊!”

从此,附近一带再也没有人相信巫师了。

心灵感悟:世界上根本就没有什么神仙鬼怪。丘蒙运用自己的机智勇敢,巧妙地戳穿了巫师装神弄鬼的把戏。

小男孩智灭剑鱼

很久以前,在新加坡附近的海里,有许许多多的剑鱼,它们长有锋利的长喙。这些剑鱼经常随着海浪冲上海岸,对人们的生命造成伤害。

国王十分愤怒,他派出军队去消灭剑鱼。士兵们在剑鱼出没的海边排成一条直线,等候剑鱼上岸时,用矛刺杀它们。可是剑鱼来势凶猛,它们像箭一样刺向士兵们,很多士兵被刺死了,大部分人受了重伤。士兵不断地补充上去,在岸边重新排列成行,也不断地倒下。

一个小男孩向国王献计道:"为什么不用香蕉树干来代替士兵呢?那样就能抵挡住那些剑鱼,再也伤不着人了。"

国王接受了孩子的建议,命令士兵们砍伐香蕉树,将树干排成一排摆在岸边。

当海水再次卷着剑鱼冲向岸边时,剑鱼纷纷扎在了香蕉树干上,动弹不得。士兵们便能够轻易地将剑鱼杀死。

心灵感悟:有时候,一个好的建议胜过一支强大的军队。

牧童机智答国王

一个国王喜欢提一些奇怪的问题让别人回答,但是,他的问题连最聪明的大臣也回答不了,因此,国王十分扫兴。

有一天,国王和大臣们来到草原上骑马,看见一个牧童在放牧。国王便来到牧童身边,跟他交谈了起来:"可以告诉我草原上最聪明的人是谁吗?"

"我们草原上没有最聪明的人,每个人都是一样的聪明。"牧童回答说。

"噢!"国王很惊讶,"那我问你三个问题,你能回答吗?"

"问吧,我可以回答您的任何问题。"牧童说。

国王想了想说:"第一个问题,海里有多少滴水?"

牧童回答道:"陛下,这个问题还真有点儿难,不过,只要您把流向海里的所有的河流都堵起来,我就可以替您数出来。"

"好!"国王开心地接着说出他的第二个问题:"天上有多少星星?"

牧童从口袋里掏出一把粟粒撒在草地上,说:"天上的星星和这地上的粟粒一样多,您自己数吧!"

国王对牧童的回答很满意,最后又问道:"现在你一定得告诉我,永恒包含多少个瞬间?"

牧童想都不想就回答了："陛下，地球的尽头有一座钻石山，高要走一小时，深要走一小时，宽要走一小时。每隔一百年，就有一只鸟飞到山上磨嘴巴。到整座山磨平时，永恒所包含的第一个瞬间就过去了。陛下，我们为什么不一同等下去，好数一数永恒中所包含的瞬间呢？"

国王哈哈大笑说："我的大臣中连你一半儿聪明的都没有！"

心灵感悟：对于一些难以回答的问题，我们不要急于选择放弃，这时可以选择特殊的方式进行回答。

月亮和外国

曹植小时候就很聪明，曹操十分宠爱他。

一年中秋，全家在一起赏月，曹操突然问曹植："月亮跟外国比，哪个远？哪个近？"曹植一口答道："月亮近，外国远呀！"曹操问他为什么。他说："月亮抬头就能望见，所以说它近；外国抬头望不见，所以说它远！"曹操听了很高兴，着实夸奖他一番。

第二年中秋，有几个外国朋友来拜访曹操。在宴会上，曹操想起去年赏月的事，便问客人："月亮跟贵国比，哪个远？哪个近？"客人们众说纷纭，争论不休。曹操想当众显露一下儿子的才能，就说："这个问题，就让我三儿子回答一下，望诸位多多指教！"

曹植很有礼貌地对客人说："贵国近，月亮远呀！"曹操听了，很不高兴地说："去年中秋，你不是说月亮近，外国远吗？怎么长了一岁，却变糊涂啦！"曹植不慌不忙地答道："月亮虽然抬头望得见，但它可望而不可及，所以说它远；外国虽然看不见，但可以跟我们互相往来，所以说它近！"客人们听了，都说有道理，曹操也暗自得意。

心灵感悟：看问题的角度不一样，回答也不一样，聪明的人善于随机应变。

诸葛恪添字得驴

三国时代，东吴有个十分聪明伶俐的孩子叫诸葛恪，他是蜀国著名政治家、军事家诸葛亮的侄儿。他父亲叫诸葛瑾，字子瑜，是诸葛亮的长兄，在东吴做官，为人忠厚老实。

有一天，吴国君主孙权大摆筵席，宴请东吴文武百官。宴会笑语喧哗，气氛非常喜庆热闹。

忽然，孙权发现官员个个都在对诸葛瑾开玩笑，一个劲儿地向他劝酒。诸葛瑾不胜酒力，面孔红得似乎要滴出血来。此时，跟着父亲赴宴的7岁的诸葛恪毫无怯色，代父亲擎起酒杯向官员们回敬："伯伯叔叔，来而不往非礼也。你们也喝，你们也喝。"

孙权见状，忽然来了兴致，心里冒出一个开玩笑的主意。他当即对左右密语道："……如此这般。"

时间不长，下人从御花园牵进一头毛驴。那驴脸上挂着个长长的标签，上面写着“诸葛子瑜”四字。

百官看了一时间哄堂大笑起来。有些人还朝诸葛瑾指手画脚。原来诸葛瑾的面相略长，酷似驴脸。

诸葛恪见人们拿自己的父亲开玩笑，非常地生气，可表面上却装出一副高兴的样子，跪在孙权面前请求道：“大王，请允许我添上两个字，助助雅兴，可以吗？”

孙权大喜，当即命令左右捧出文房四宝。

诸葛恪手握毛笔，在标签上加上了“之驴”两字，这下就变成了“诸葛子瑜之驴”。

大家一看，又惊又喜，一个7岁的孩子竟有如此的头脑，大家都不住地称道。

孙权欣喜地拍拍诸葛恪的头，说：“真是个讨人喜欢的聪明孩子！好，这头驴就奖给你们父子吧！”

心灵感悟：有时候我们在既有的事物上只需稍加雕琢或润色，就可能有一个大的改观，甚至与原来的状况相反完全。

孔融妙言对嘲笑

孔融在10岁时，和父亲一起来到洛阳。当时，洛阳有个叫李元礼的人，在社会上影响很大，官至司隶校尉。因为他多才多艺，道德高尚，前来拜访他的人很多。但是，只有他家的亲戚和才华出众的社会名流，守门人才给通报。孔融几次央求父亲带他去见见李元礼，父亲生怕他不懂事，得罪人家，所以一直没有同意。

这一天，孔融瞒着父亲一个人来到李家的门口，冲着守门人行了个礼，用充满童真的声音说：“我是李大人的亲戚，我要进去见他。”

守门人见他长得乖模乖样，一举一动都十分得体，一看就是个书香人家的子弟，就进去通报李元礼。

孔融被请进客厅，李元礼并不认识他，就问道：“你真是我的亲戚吗？”

孔融答道：“说来话长，过去您的祖先老子和我的祖先孔子有师生关系，因此我和您自然是老世交了。”

见这个孩子这么从容不迫、能说会道，在座的宾客都感到非常惊诧。李元礼禁不住连声赞道：“好口才，真是个神童啊！”

这时，手下人进来禀报：大中大夫陈韪到。

陈韪大摇大摆来到客厅，听见大家正在赞扬一个不知名的孩子，他感到非常好奇，忙向人们询问事情的缘由。人们把孔融的话告诉他，陈韪不以为然地说：“小时候聪明伶俐，并不意味着将来就会有出息。”

大家都觉得他说的话没有道理，但碍于情面又不好反驳他。堂上的气氛一下子凝固了。

“我想，陈大人在小时候一定是很聪明伶俐的吧。”孔融不慌不忙地回敬陈韪说。陈踧想:这不是用我的话来回击我吗?说我小时候聪明不就是说我现在是个没出息的笨蛋吗？不由得脸色通红。

大家见这位大官尴尬地站在那儿发愣,心中不由得暗自发笑。

心灵感悟:嘲笑就向一把锋利的利刃,能够伤人至深。机敏的人在遇到这种伤害时,会运用巧妙的方式加以回击。

袁崇焕智胜尚书

袁崇焕是明末大将,他在年幼时就胆略过人。民间流传着他智胜尚书的故事。

在袁崇焕 10 岁时,他居住在石龙镇,祖父开设了一个规模很大的杉木店。一天,当地有个已经告老还乡的徐尚书带领家人来到杉木店,要购买大批杉木,整修他的“尚书府”。徐尚书仗势欺人,借用石龙地方的方言“跳”和“条”同音,于是命家人将店里的杉木放成一堆堆,然后跳过一堆就算作一跳,结账时又把一跳当做一条,事实上一跳杉木何止几十条之多,他想用这个方法来欺诈人。跳完杉木,徐尚书说:“明天到府里来取银子。”就带家人扬长而去。

面对徐尚书这种欺行霸市的恶劣行径,袁记杉木行上上下下都敢怒不敢言,急得一筹莫展。这时,袁崇焕正放学回家,向愁容满面的祖父问明了事情的原委,便心生一计,说道:“爷爷不必忧虑,孙儿自有办法对付他。”

第二天一早，爷孙俩来到徐尚书家中取杉木钱。徐尚书便命家人拿秤来称银子,此时袁崇焕不慌不忙地拿出一根竹筒放在桌上说:“且不要拿秤，本店收银一向是不用秤的,而是用竹筒来量的,一条杉木一筒银子,就请你们往竹筒里边装银子吧！”

袁崇焕这个办法是利用了徐尚书昨天在买杉木时,没有讲清楚价格和收款方式这一漏洞。徐尚书当时心想,我一跳就是几十根杉木,你价格再高,还是我占便宜,没想到袁崇焕这个小小的孩子会使出这样的办法来,他气急败坏地说:“哪有如此收银子的?”

袁崇焕立即以其人之道还治其人之身,理直气壮地说:“哪有你那样计算杉木的？”

徐尚书自知理亏,面对这样的情况他现在也是无可奈何,只得如数付了杉木款。

心灵感悟:当我们遇到那些仗势欺人、贪得无厌的人的时候,要沉着应对,寻找对方的漏洞,以智治敌。

小姑娘地窖关二匪

明朝后期,关外的一些无赖、流氓沦落为盗,抢掠村庄,杀害百姓。为了对付盗贼,许多百姓都在屋子下边挖一个深深的地窖,把粮食和财帛藏在窖里。

在辽阳首山南面，住着一户四口之家，夫妻二人带着两个孩子，大的是个小姑娘，小的还在襁褓中。

晚春的一天，夫妻二人带着襁褓中的婴儿去赶集，留下小姑娘一人在家。临行时，小姑娘的母亲再三叮嘱女儿，叫她躲在家中地窖里，等他们回家后再上来。

小姑娘一个人待在地窖里过了半天之后，觉得闷得慌，就编起草鞋来解闷儿。这时候，两个强盗闯进她家，他们是被官兵打散的强盗中的两个小头目，为了躲避官兵的追捕，已经一天多没吃没喝了。两个强盗一进门就寻水喝，找食物吃，可是什么也没找着。正在失望时，忽听墙角处有声音，走过去一看，发现这里有个地窖，声音就是从地窖里传出来的。于是两人决定一个留在上边，一个到地窖里去看看。

一个强盗到了地窖里，发现只有一个十二三岁的小姑娘，就凶狠地说："喂，小丫头，快拿水和吃的东西来！"

"我这里就只有这些。"小姑娘指指旁边木箱上放着的一杯水和两个窝窝头镇静地说，"其余的都藏在上面的壁墙里。"

强盗实在是饥渴难忍，没等小姑娘把话说完，抢过水就"咕嘟咕嘟"直往肚子里灌，接着又抓起一个窝窝头狼吞虎咽地吃起来，根本就不记得他还有个同伙在上面。

这时，地面上那个强盗正趴在洞口，眼巴巴地往洞下瞧。他听见同伙在地窖里喝水和吃东西的声音，就急得叫起来："好伙计，你怎么只顾自己吃喝呢？"

"老兄别急，这里有个小丫头，她说上面壁墙里有的是食物，够你吃喝的啦！"地窖里的强盗边吃边向上边说道。

"在哪个壁墙里呀？"上边的盗贼迫不及待地嚷道，"你把那个小丫头送上来，我要她马上拿出食物来！"

小姑娘刚被牵到上边，地面上那强盗就逼着她马上交出吃的东西来。

"这上边哪有吃喝的东西呀？我爹娘把它们都藏在地窖里了！"

"你敢戏弄我？"强盗火了，举起手来就要打小姑娘。可小姑娘仍坚持说："我们农家都是把食物放在地窖里的，我怎敢戏弄你呢？刚才是你那伙计骗你，他正在下边大吃大喝呢，不信你仔细朝下看看。"

强盗看看房屋四壁都是泥墙，不可能藏有什么东西。他觉得小姑娘说的可能是实话，于是就蹲在洞边把脑袋伸进洞里，撅起屁股向地窖里张望。

就在这时，小姑娘用足全身力气，双手往强盗背上猛一推，强盗就"扑通"一声跌进地窖里去了。小姑娘急忙用木板将地窖盖上，再压上两扇石磨，又把木橱压在上边。这一来，里面的两个强盗怎么也上不来了。

当晚，小姑娘的父母回来后，听女儿谈起捉住两个强盗的事，简直不敢相信。他们推开木橱和石磨，打开地窖木盖，用灯照着往下瞧。只见，从上边跌下去的那个强盗摔得不轻，加上没吃没喝，躺在地上像死了一样。另一个还是那么气势汹汹，拉着绳子叫嚷着要上来杀人。小姑娘却一点儿也不害怕，拿着一把菜刀守在洞口，当那强盗快要爬到洞口时，她一刀将绳索砍断。于是那坏蛋也"扑通"一声摔下去，跌了个半死。

当官兵把两个强盗抓起来时，他们都已奄奄一息啦！

心灵感悟：遇到危险时，不但要镇静，而且还要机智果敢。

上当的妖怪

有个小伙子，深更半夜还在赶路。突然一阵风吹来，一个红发绿眼的巨大妖怪拦住了他的去路。

他们彼此打量了一下对方。

“小子，知道我是谁吗？”妖怪说话了。

小伙子面无惧色地说：“你是妖怪！”

妖怪又说了：“我是能变大变小的厉害妖怪！不管男女老少，经过这儿的人，都会被我吃掉。哼哼，你也来陪他们做伴吧！”

说完就要抓小伙子，小伙子随即对妖怪说：“等一下，反正我也跑不掉了，你说能变大变小，是真的吗？”

“当然是真的。”妖怪不屑地说。

小伙子拿出一个小瓶子，继续对妖怪说：“那好，如果你能钻进这个瓶子里，我就相信你是个厉害妖怪，到时候再吃我也不迟。”

“好！你仔细看清楚了！”

话刚说完，那妖怪念了几句咒语，接着就变小了，并钻进了那个小瓶子里。

小伙子赶紧盖上瓶子，并对瓶内一脸慌乱的妖怪说：“现在你还想吃掉我吗？”

心灵感悟：临危不惧、冷静沉着是对付危险的最好法宝。慌乱惊恐只会让事情更加糟糕。

聪明的拿破仑

有一次，拿破仑骑马来到一片树林，忽然听到了一阵紧急的呼救声。他策马扬鞭，朝着发出叫喊声的湖边奔去。

只见一个士兵掉进了水里，正向深水中漂移，距离岸边已有30米远。岸上几个士兵无可奈何地叫喊着，慌作一团，他们当中谁也不会游泳。

“他会游泳吗？”拿破仑赶来问道。

“他只能划几下，现在不行了，漂到深水里，刚才喊救命呢！”一个士兵回答说。

拿破仑应了一声，随即从侍卫手里拿过一支手枪，大声向落水的士兵喊着：“赶快游回来，你还往当中爬什么。再往前去，我就枪毙你！”

说完，果然朝那人的前方开了两枪。

落水的士兵，或许是听到了岸上的威胁的话，或许是听到了前方子弹入水的响声，猛地转过身来，拼命地划着，竟然很快就游到了岸边。

落水的士兵得救了,同伴们都很高兴。这时他们才发现,站在他们身边的竟是拿破仑皇帝。被救的小伙子神色慌张,赶忙叩谢皇帝,他不解地问:“陛下,我不慎掉到水里,快要淹死了,你还要枪毙我,这是为什么呀?真把我吓坏了,您的子弹差一点儿就打中了我!”

拿破仑笑着说:“傻瓜!如果不吓你,你才真的要淹死了!你再往前漂去,越漂越远,你就再也爬不回来了。这是一个荒野深湖,周围没有居民。你看,这里几个人有谁能下水救你呀?经过这一吓,你不就自己游回来了吗?”

经他这么一说,士兵们这才明白过来,都开心地笑了。

心灵感悟:当我们对眼前的困境无能为力的时候,我们不如换个角度去思考,运用逆向思维,这样也许能够更好地解决问题。

不同目的

赫鲁晓夫访美期间,在一次记者招待会上,有位美国记者问赫鲁晓夫:“赫鲁晓夫先生,听说您在我国的一个建筑工地参观时,曾经送给一位工人一只手表,有这事吗?”

赫鲁晓夫从容不迫地答道:“确实有这事。”“这使我想起了另外一件事:尼克松先生到贵国莫斯科访问时,要给您的工人一笔钱,你们的报纸知道后,指责他企图收买那个工人。现在,虽然您送的是手表,而不是钱,但我想这只手表肯定很值钱,您说对吗?”记者问。

赫鲁晓夫很平静地回答:“不错,这只手表确实很值钱,但是,在我参观工地时,那个工人很友好地拍着我的肩膀,给了我一支雪茄烟,这说明美国人民对我很友好。我送他一只手表,仅仅是感谢贵国工人的友好。请问,收买和相互友好的表示能够相提并论吗?因此,我的行动和尼克松先生给我的工人钱所想达到的目的是毫无共同之处的。”

那位记者听后,无言以对。

心灵感悟:面对别人的有意刁难,要从容应对,只有这样,你才能找准突破口,迅速给予回击。

机智的卓别林

一天夜里,卓别林带了一笔钱回家。在经过一段小路时,树后突然闪出一个彪形大汉,拿着手枪逼他交出所有的财物。

面对着黑洞洞的枪口,卓别林故意装作很害怕的样子说道:“我是有一些钱,但都是我老板的,帮个忙吧,朝我帽子上打两枪,我回去也好有个交代。”

强盗一句话也没说,把他的帽子拿了过去,照着上面就是两枪。

卓别林又说:“你再向我裤角打两枪吧,这样就显得更加逼真,主人也就不会怀疑我了。”

强盗显得很不耐烦，拿起裤脚打了几枪。

卓别林再次对他说："请再朝我的衣襟上打几枪吧。"强盗骂着："你这个胆小鬼，事还真多！"

强盗扣动扳机，但这次没有响。

卓别林一看，知道子弹用完了，便飞快地跑掉了。

心灵感悟：面对比我们强大的敌人，逃跑是没有用的。最好的做法是想办法稳住他们，为自己寻求解脱的机会。

穷人与富人

有一个穷人骑着马赶路。临近中午的时候，他感到又饿又乏，于是，他停止了行进，将马拴在一棵树上，然后坐下来吃午饭。

这时，一个赶路的富人也在这里停了下来，并把自己的马也拴在那棵树上。

"我的马还没有驯服，它会把你的马踢死的，你最好还是把它拴到别处。"穷人提醒道。

"我愿意把马拴在哪里就拴在哪里！你管得着吗？"富人说。

没过多久，两匹马果然踢咬起来。当他们赶到拴马的地方时，富人的马已经被踢死了。

"你看你的马都干了些什么！你必须赔我一匹马。"有钱人对着穷人吼道。

说着，便拉着穷人去见法官。

"他的马真的是被你的马踢死的吗？"法官问穷人。

穷人什么也没有回答。法官又问了几个问题，他都一字不答。

最后法官说："我也无能为力，他不会说话，是一个哑巴。"

"哦，您不要被他骗了，他是装的！刚才他还告诉我，说他的马还没有驯服，让我将马拴到别处，如果拴在一起，他的马会踢死我的马的。"有钱人怒气冲冲地说道。

"既然他是这样说的，那他有什么错呢？他早就提醒你了，只怪你没听他的话！"法官说。

心灵感悟：世上有很多事情并不能靠嘴巴解决，有时，言多必失，这时最好的办法就是保持沉默。

以子之矛攻子之盾

阿凡提打算惩戒贪婪而愚蠢的国王，于是在沙滩上假装种金子。国王打猎经过沙滩，好奇地问："阿凡提，你在这儿干什么呢？"

阿凡提恭敬地回答："陛下，我正忙着种金子呢！"

国王听了惊诧不已，瞪大眼睛说："快告诉我，聪明的阿凡提，这金子种了又会怎样呢？"

"尊敬的陛下，是这样的，现在把金子种下去，到了星期五，就可以来收割，把金子收回去了。"

国王满脸堆笑："亲爱的阿凡提，你种子只有这么多，能发多大财呢？要种就多种点儿。种子不够，尽管到我宫里来拿好了！要多少我就可以给你多少。不过，那得算咱们合伙种的，长出金子来，咱们二八分成，我得八成就行了。"阿凡提装作勉强应允的样子。

第二天，阿凡提到宫里拿了两斤金子。刚过一个礼拜，阿凡提就给国王送去"收割"的十多斤金子。

看到两斤金子换回了这么多金子，国王乐得合不拢嘴。立刻叫人把库藏的好几箱金子交给阿凡提种植。阿凡提把金子分给了穷人。

又过了一个礼拜，阿凡提垂头丧气地去见国王。国王一见阿凡提，笑眯眯地问："阿凡提，你身体好吗？金子呢？都拉来了吗？在宫门外吗？"

阿凡提突然号啕大哭起来，说："陛下，这次我们倒霉了！一连好几天滴雨不下，太阳烤得大地冒烟，咱们的金子都干死啦！别说收成，连种子也赔进去了。"

国王听罢，勃然大怒："阿凡提，你骗鬼去吧！金子哪会干死？"阿凡提说："陛下，您不相信金子会干死，怎么又相信金子种了能生长呢？"

一席话说得国王无言以对，只好自认倒霉。

心灵感悟：战胜对手的关键是要先把握住对方的缺点和错误，让对手落入自己的圈套，落到自相矛盾的境地。

月光取暖和水光解渴

严寒的冬天，大街上敲锣打鼓，宫廷里的传令官向人们吆喝道："大家听着！国王陛下的圣旨传下来了：今天晚上，谁如果能光着身子在城墙上坐一整夜的话，他将得到公主和一半的江山……"

阿凡提听到这个消息，便决定试 试。于是，阿凡提来到宫里，对国王说："陛下，我能够光着身子在城墙上过一夜。"

国王虽然不相信能有人在寒冷的冬夜里在城墙上待一夜，但很佩服阿凡提的勇气，便对手下人说："你们把他的衣服脱光，让他上去，他一定会冻死的。哼，愚蠢的家伙！"

阿凡提说："陛下，我想请求您能同意我搬一块石头到城墙上去！"

国王说："噢！你要石头干什么？"

阿凡提说："这是我的秘密。如果没有石头的话，我是不上去的。"

国王同意了他的要求。

天黑的时候，阿凡提被脱去衣服后，抱着一块石头上了城墙。士兵把守着从城墙上下来的门，心想：这个蠢货，一定会被冻死的。

这一夜，特别的寒冷，可是阿凡提一点儿也没感觉到冷，反而热得气喘吁吁。原来，他并没有安静地呆在城墙上面，而是把那块石头沿着城墙滚了一圈儿又一圈儿。就这样，他光着身子在城墙上度过了一个寒冷的夜晚。

第二天早晨，当国王和他的大臣们来到城下的时候，只听阿凡提不停地喊道："哎呀，好热，真是热死了！"士兵们打开门，把衣服递给他，阿凡提便走下城墙，对着国王说："尊敬的陛下，我光着身子度过了一个寒冷的夜晚。现在，该您履行诺言了，把您的女儿和一半江山给我。"

国王哪里真心想过要这样，他只不过想寻开心，才出了这个把戏。他没想到阿凡提真的在城墙上挨过了寒冷的一夜。国王无话可答，半晌，才又狡猾地问道："喂！阿凡提，你晚上看见月亮了没有？"

阿凡提如实地回答道："是的，我看见了月亮。"

国王立刻脸色一变，厉声吼道："哦，原来你违背了我的条件，借着月光取暖啊。来人呀，给我把这个骗子赶出去！"就这样，阿凡提就被从王宫里赶了出来。

阿凡提十分生气，不想待在城里了，便搬到荒野，在一口井的旁边住了下来。

炎热的夏天到了，国王和他的大臣们在荒野里打了一整天猎，口渴得要命，便在荒野里到处乱跑找水喝。这时，国王忽然发现了一户人家，便跑上前去喊道："喂，有人在吗？快出来接待客人！"

阿凡提走出来，一看是国王，便说："伟大的陛下，在我的家里，你需要什么，就尽管说吧。"

国王不耐烦地说："水！我快要渴死了，快给我水喝。"

阿凡提说："好的，陛下，请稍等片刻，我就去提来。"

阿凡提来到井边，他没有打水，而是把水桶上的绳子解下来，埋在了地下，自己则坐在井边的树荫下乘起凉来。

过了一会儿，国王等得着急了，就命他的随从找阿凡提。很快，那人就回来了，对国王说："国王陛下，阿凡提说，'你们这群傻瓜，不知道自己到井边来吗？'您听这是什么话呀！"

国王怒火中烧，只好拿随从出气："滚蛋！"转身上马朝井边奔去。国王见到阿凡提，怒气冲冲地问："蠢才，你给我打的水在哪儿？"

这时，阿凡提不慌不忙地用手指着井口道："聪明的陛下，您往井里看。"国王不解地看了看井里的水，大吼道："蠢货，水里的闪光能解渴吗？"

阿凡提看着国王那副凶狠、愚蠢的模样，不禁想笑，便对国王说："哎，陛下，在寒冷的夜晚，既然月亮的光能使我暖和，那为什么水的闪光就不能使您解渴呢？"

国王气得吹胡子瞪眼，一句话也说不出来。

心灵感悟：不守诺言的人很难兑现自己的诺言，他们常会寻找各种荒唐的借口加以搪塞。对付这样的人,也可以采取同样的办法给予回击。

再也难不倒他

国王自以为很聪明,喜欢出难题来难倒人。有一回,他找来12000个学者,问他们世界的中心在哪儿,结果谁也答不出。国王得意极了,马上出告示征求能回答这个难题的人,而且宣布:答对了的有赏,答错了的要受罚。

过往的人们看了告示,都摇摇头走开了。只有阿凡提看了告示后,就骑上毛驴,赶到王宫去了。

阿凡提来到王宫,见了国王。国王问他:“怎么,你知道世界的中心在哪儿?”

“我知道。”阿凡提回答说,“世界的中心就在我驴子左前蹄踩的地方。”

“胡说,我不信!”

“您如果不信的话,就请您把世界量一量,错了就罚我好了!”

“这……这……”国王想了半天,又问道:“那么,我再问你:天上的星星一共有多少颗?”

阿凡提想也不想,就回答:“不多不少,恰好和陛下您的胡须一样多。”

“什么?你胡说!”

“这是千真万确的,您不信,可以上天去数数看。要是多了一颗或者少了一颗,我甘愿受罚!”

“那……那……你说,我的胡须又有多少根呢?快,快回答我!”

阿凡提一手举起毛驴的尾巴,一手指着国王的下巴,说道:“您的胡须恰好同我的毛驴尾巴上的毛一样多呀!”

国王拍着桌子,叫道:“岂有此理,你胡说八道!”

阿凡提不慌不忙地说道:“陛下,您要说不对,请您先数数自己的胡须,再数数我的毛驴尾巴上的毛吧。您一根一根地数过后,就知道我说的对不对了。”

国王听了,一句话也说不出来了。

心灵感悟:有些难以回答的问题,提问的人也不一定能够答出来,这时不如把问题抛向对方。

避雨奇遇

国王约阿凡提同去打猎。国王和随从们骑着骏马,却让阿凡提骑了一匹又老又瘦的马。中午的时候,他们来到了戈壁滩上,忽然刮起一阵大风,霎时阴云密布,雷鸣电闪,下起倾盆大雨来。国王和随从们赶着马飞快地向京城跑去。路上雨越下越大,国王和随从们全身都淋湿了。阿凡提骑的那匹老马一听见雷声轰隆隆地响,就不肯往前走了。阿凡提见此情形，一下子跳下马，脱光了身上的衣服，小心翼翼地折起来，塞在马鞍子底下。不一会，暴雨停了，太阳也出来了，阿凡提不慌不忙地穿上衣裳，骑上马慢吞吞地往京城走去。到了王宫，国王看见阿凡提，奇怪地问道："阿凡提，你的衣裳为什么干爽爽的，一滴雨珠也没落上呀？难道你有什么防雨妙法吗？"

阿凡提笑了笑说："不，陛下，你不知道，当你们躲雨逃走时，大雨也就跟在你们屁股后面赶过去了；而我骑的那匹老马，把我带到一座景色异常动人的大花园里。那真是世间最美丽的花园——开放着数不清的、万紫千红的鲜花，扑鼻而来的是能把人熏醉的香气；小鸟在碧绿的枝头上歌唱；金鱼在澄清的湖水里嬉戏。迷人的景色令我心旷神怡，我就在那儿享了一阵福才回来。"

国王听得目瞪口呆，似乎陶醉了，很想到那花园里游赏游赏。

于是，第二天国王又邀阿凡提去打猎。这回他让阿凡提骑上自己的骏马，自己却骑上阿凡提骑过的那匹老马。来到戈壁滩上，忽然又是狂风大作，乌云翻滚，大雨眼看着就要落下来。阿凡提扬鞭在马屁股上抽了两鞭，马飞跑起来，转眼工夫就回到了京城里面，身上没沾一滴雨。国王骑的那匹老马听到轰隆隆的雷声，又不走了，任凭国王用脚踢，用鞭子打，它就是一动不动。大雨铺天盖地下了下来，国王被淋得像只落汤鸡似的，气得龇牙咧嘴，没有一点办法，只好站在大雨里挨淋。好不容易等到雨停了，老马才驮着国王，颠颠拐拐地回到京城里。

国王回来见了阿凡提，便怒气冲冲地说："阿凡提，你胆子也太大了，竟敢对国王胡说八道？"

"怎么了，陛下？"阿凡提拍了拍脑袋说，"哦，对了！我忘了告诉您，把衣服脱了塞在马鞍子底下，就不会淋到一滴雨了。"

心灵感悟：阿凡提在暴雨中能使衣服不被雨淋湿，其实很简单，就是将衣服脱掉藏了起来。而愚蠢的国王在不明真相的情况下，竟然轻易相信了阿凡提，结果被阿凡提耍了一次。

穷人为仁主

从前有个穷人姓仁名王。地方官认为这仁王的谐音是"人王"，犯了大讳，便将此事禀报给皇上。皇上心想：我是人王，竟然有人也敢叫人王，真是胆大包天，于是命令地方官将这个穷人抓送到京城。

皇上经过审问，问明缘由，知道这个穷人没有那么大的胆量，并非故意犯讳，便也没有降罪，对那穷人说："我把你的名字改一下，添上一点，就叫仁玉吧！"那人谢恩以后，回家却改成"仁主"。于是，又被地方官报告给了皇上。

皇上第二次将这个穷人抓来，龙颜大怒道："你是故意和我作对吗？我给你改名仁玉，你非但不领会皇恩，竟然还改名仁主。我是人主，你也想当人主吗？我看，你是活得不耐烦了，想人头落地了吧！"

穷人面无惧色地从容答道:“圣上息怒。你是人主,我是你的臣民,你赐给我一点,我应该顶在头上,顶礼膜拜,岂能插在腰里呢?”

皇上一听,顿时转怒为喜,放了这个穷人。

心灵感悟:穷人以对皇上的尊崇为由,满足了皇上的虚荣心,不但使自己躲避了灾祸,而且保住了自己的名字。

矮宰相刺肉找鸭

宰相李海进是毛南族人,身材矮小,身高不足1.3米,但脑子比谁都聪明。皇上虽然很器重他,但不免也会拿他的身材来开玩笑。

一次皇上请李海进赴宴,故意用了一张比平常要高的桌子,想使李海进丢脸。李海进入席之后,不慌不忙地拿了筷子,在桌子底下用小刀慢慢地削。皇上有意说:“李卿!请尽管吃菜,不必客气。饿着肚子回家,夜里就睡不着啦!”

李海进答道:“皇上恩准了,臣下可就大胆放肆了。”说完站到椅子上,用削尖的筷子,向满桌肉菜一刺到底,一下子刺了满满一串。

同桌的大臣嘲讽道:“相爷一下子要这么多肉,大概是饿坏了吧!”

李海进笑道:“我只用一支筷子就得了这么多,你们用两根筷子,还不知道吃去多少呢?你们换了这么高的桌子,无非是怕我看见你们的饿相罢了!”

皇上想:好你个李海进,连我也一块骂了,不给你点苦头吃是不行了。于是,皇上对李海进说:“御厨发明了一个新菜,要用百口鸭来做。你马上给我把百口鸭找来。”

李海进出宫后,找了一只白嘴的鸭子,把那嘴巴砍下来,拿去呈给皇上说:“陛下,这就是百(白)口鸭了。”

皇上哭笑不得,大臣们也哑口无言。

心灵感悟:世间的智慧都在我们的脑子里,关键是看我们会不会用。

聪明的奶妈

从前有个非常刻薄的财主。到了要发薪水的日子,他想要把仆人们的工钱都扣了,而他们又没什么可刁难的。

到了年终的时候,财主把所有的仆人召集在一起,对他们说:“今天,我很高兴,你们在我这里工作了一年时间,辛苦大家了。为了表示我的谢意,谁要是说出一件我没听过的事情,我就赏给他200两银子,否则,全年的工钱都没了。”

一个小丫环开口了:“我家以前有只鸡一天生了6个鸡蛋,有4个还是双黄呢!”“哈哈,我还见过一天生10个鸡蛋的母鸡呢!工钱抹了。”财主说。

一个长工站出来说:“我家后山上有一棵能结出 8 种不同果子的树,一年四季都在开花。”

“嗨,别说啦,长 12 种果子的树我都见过。工钱抹了。”财主挥着手说。

老财主一口一个“见到过,听说过”。大家的工钱都被扣了。只有奶妈一直没动,她知道财主这是“软刀子杀人”。她最后一个站出来,说:“奴家姓李,小时候,奴家的祖父告诉我,说您的祖父曾从我祖父那里借去了 500 两银子,让您来还。这您一定听说过吧?”

“胡说!”老财主说:“我祖父怎……”老财主急忙打住又改口道:“没听过!”只好给了奶妈 200 两银子。

奶妈把 200 两银子平分给大伙儿,每个人得到的比一年的工钱还要多。

心灵感悟:再强大的敌人也有他的弱点,用我们的智慧,给予他致命的一击。

两千五百金

从前,在伊朗有个人叫哈桑,借给一个商人 2000 枚金币。然而不幸的是,由于一时疏忽,他不小心把借据丢了,他翻遍了家里所有的地方,还是找不到,急得如热锅上的蚂蚁。无奈之下,他只得把他的好朋友纳斯列丁找来,一同商量对策。

“你借给他钱时有第三人在场吗?”纳斯列丁问。

哈桑回答说:“没有。”

“借期多长?”

“一年。”

纳斯列丁陷入了沉思,突然,他眼睛一亮:“有办法了,你马上给商人去封信,要求他把你借给他的 2500 枚金币尽快还给你。”

哈桑感到不可理解,忙说:“我借给他的不是 2500 枚金币,而是 2000 枚金币啊!”

“你去信催要 2500 枚金币,他就会给你回信,说明他只借得了 2000 枚金币。这样一来,你手头不就有了新的证据了吗?”

哈桑明白了,他给商人写了一封信,向他催要 2500 枚金币。

果然,时隔不久,哈桑就接到了商人的回信。这样,哈桑又有了新的证据了。

心灵感悟:“天无绝人之路”,无论处境多么不利,只要我们肯开动脑筋,就能够化不利为有利。

您那样的脸蛋

杜罗夫是俄罗斯著名马戏丑角演员。

一次,在演出的幕间休息时,一个傲慢的观众走到杜罗夫的面前,讥讽地问道:“丑角先生,观众对你非常欢迎吧?"

"还好。"

"作为马戏班中的丑角,是不是必须生来有一张愚蠢而又丑怪的脸蛋儿,就会受到观众的欢迎呢?"

"确实如此。"杜罗夫悠闲地回答,"如果我能生一张像先生您那样的脸蛋儿的话,我准能拿到双薪!"

这个观众自讨没趣,灰溜溜地走开了。

心灵感悟:适时适度的"自嘲",不失为良好修养的一种体现,也是一种充满魅力的交际技巧,有时能更有效地维护自尊,建立自信。

决斗的武器

法国著名微生物学家巴斯德认为,人生病死亡主要是因为细菌感染所致。他的这一理论为医学的发展作出了巨大的贡献,同时也挽救了无数人的生命。

在开始的时候,巴斯德的细菌学说是不被当时的医学界所接受的。人们对巴斯德群起而攻之,骂他是疯子、魔鬼……

一次,巴斯德正在实验室里做实验。一名反对细菌学说的陌生人闯了进来,扬言要与他决斗。

巴斯德轻蔑地笑着说:"谁要提出与我决斗,按照惯例,我有权选择决斗的武器。这里是两个烧杯,一个装着带病菌的水,另一个装着清水。我的对手可以随便选一杯喝掉,剩下的一杯归我来喝。"

那个陌生人盯着两个烧杯看了一会儿,一言不发,转身就走了。

心灵感悟:人们常常会对一些新生的事物产生抗拒的心理,这种心理源于无知,而无知则是恐惧的根源。对付无知且鲁莽的人,只要抓住他的弱点,就能令其知难而退。

华盛顿找马

华盛顿是美国第一任总统,他年轻的时候有件丢马的逸事。一天,他父亲的一匹马被人偷走了。华盛顿同一位警察一起到偷马人的农场里去讨要,但那人拒不归还,一口咬定说:"这是我的马。"

华盛顿用双手遮住了马的双眼,对那个偷马人说:"要是这马真是你的,你一定知道马的哪只眼睛是瞎的?"

"右眼。"偷马人犹豫地说。

华盛顿放下蒙眼的右手,马的右眼并没有瞎。

“我记错了,马的左眼才是瞎的。”偷马人急忙辩解道。

华盛顿又放下蒙眼的左手,马的左眼也没有瞎。

“我又说错了……”偷马人还想狡辩。

“不错,你是错了。这些充分说明马不是你的,你必须把马还给华盛顿先生。”警官说。

心灵感悟:开动脑筋,将对手引入歧途,他的错误便是你的胜利。

“湖”与“河”

王羲之在某地当官时,有一天,一个年轻人来到衙门告状。

经过询问,王羲之很快就了解了案情。原来年轻人家境贫寒,一无所有,父亲临死前曾向当地的乡绅要一小块荒地,用来埋葬自己,乡绅同意了他的请求,并讲明只需要拿“一壶酒”来报答自己。没过多久,老人便死了,年轻人很快送去一壶酒,作为对他的酬谢。谁知乡绅蛮横地抢过年轻人手中的酒壶,将它扔在地上,并冲着他大吼:“明明说好了,要用‘一湖酒’来报答我,怎么只送‘一壶酒’。”

年轻人被逼无奈,只得到王羲之处告状。

“你说的都是实情?”王羲之再次问道。

“不敢有假。”年轻人回答说。

王羲之略作思考,就让年轻人回去了。

第二天,王羲之带着几个下人来到乡绅家。乡绅盛情款待,并提出让他写上几个字。王羲之并不推辞,马上拿起笔写了几个大字。乡绅非常高兴,为了表示对王羲之的谢意,乡绅问应送点什么礼品。

“只要一活(当地“活”、“河”同音)鹅”。王羲之顺口说出。

“那算得了什么?”乡绅暗自高兴。

第二天,乡绅便提着一只活鹅送到官府,王羲之马上拉下了脸:“当时说好是一河鹅,现在怎么仅送来一只鹅?”

“大人,鹅是不应该用河计数的,而应该以只计数!”乡绅辩解道。

“既然鹅以只计数,难道酒是用湖来计数的吗?”王羲之反问。

乡绅恍然大悟,从此再也不敢向年轻人去讨酒了。

心灵感悟:对付蛮横无理的人,就要以其人之道还治其人之身。

百钱买桃治店主

徐文长在街上看见小店卖鲜桃,上前问价钱。店主见他衣容不整,冷冷地说:“这桃不上秤,100 文钱一个,你买得起吗?”

徐文长想，这店主做生意太不讲规矩了，得教训教训他，于是拿出100文钱买了个桃子。店主好不得意，心想，还真有这样傻的笨蛋。

徐文长买过桃后，就在店门口走过来，走过去。当有人来店里买桃时，他就拿着桃说："这桃子不上秤，100文钱一个。"顾客听了，掉头就走。徐文长就这样，连着几天都站在店门口。"100文钱一个桃"的新闻，很快便传遍了大街小巷，谁都不上这家店里买东西了。

店主着急了，这才知道徐文长的厉害。只好不停地赔罪，说："先生，都怨我瞎了眼，我把100文钱还给您，再倒贴您100文钱和10斤桃子，好吗？请您高抬贵手，要不然，我的小店可就得关门喽！"

徐文长狠狠地教训了店主一番，把手里的桃子扔还给他，谢绝了他的"倒贴"，只取回自己的100文钱走了。

心灵感悟：为人要厚道，不可对人偷奸耍滑，否则你会为此付出代价的。

徐文长一语镇知府

一天，绍兴知府的小公子在大街上抢了一个小孩的毽子，那个小孩委屈地哭了起来。

正好徐文长路过此地，得知原委，便从小公子的手里又把毽子给抢了过来，还给了那个小孩。谁知那小公子平时娇宠惯了，见毽子又被人抢去，就一下子坐到地上大哭大闹了起来，说徐文长欺负他。知府的家丁闻声而来，将徐文长押上公堂去见知府。

知府见小公子遭此人欺负，心中十分不快，厉声喝道："你欺负犬子，就是对本知府不敬，你可知罪？"

徐文长冷笑着说："据我看，不知罪的应该是大人您才对吧？"

知府大怒："我有何罪？你少跟我信口雌黄！"

徐文长严肃地说道："贵公子可是踢了一大早的毽子，大人应该知道这毽子上除了羽毛外，还有的一样东西就是铜钱吧。铜钱上印的乃是嘉靖皇帝的年号。贵公子居然手提毫毛，脚踢万岁，这样的罪过可不小啊，常言道：'子不肖，父之过。'大人又该当何罪呢？"

徐文长这一招果然厉害。知府听了这些话后，额头上连汗都冒出来了，他当然知道这要是传到皇上的耳中，那可不得了。于是，知府赶忙换了一副表情，满脸堆笑着对徐文长说："好吧好吧，我们谁也不要为难谁了！"徐文长也就作罢。

走的时候，知府还客客气气地把徐文长送出衙门。

心灵感悟：当受到别人的无礼纠缠时，聪明的人善于从对方身上找出漏洞，迅速加以还击。

徐文长"并吞六国"

一次，徐文长与6位好友相聚饮酒。7个人中，徐文长年纪最小，6位好友事先就商量好了,要捉弄他一番。

年长的那位说:“今天喝酒,我当令官。按年龄大小为序,各自说一个与席上菜肴有关的典故,说得出就拿去自己吃,说不出只好看人家吃啦!”其余5个人都说好,原来,他们只叫了6个菜,轮到徐文长时就没了。

“姜太公钓鱼!”令官首先把鱼抢去;“时迁偷鸡!”第二个把鸡肉抢去;“张飞卖肉!”第三个把猪肉抢去;“苏武牧羊!”第四个把羊肉抢去;“朱元璋杀牛!”第五个把牛肉抢去;“刘备种菜!”第六个把最后一碗青菜也端到自己的面前。

“大家各吃各的,不用客气!”令官得意地说。6个人望着徐文长,笑得前俯后仰。

“等等,我还没说呢!”徐文长不慌不忙地站起来,“秦始皇并吞六国!”边说边把六个人面前的菜统统挪到自己面前。

这下,那6个人都愣在了那里,轮到徐文长哈哈大笑了起来。

心灵感悟:没有人是傻子。当你想把别人当傻子耍时,往往最后被耍的却是自己。

解缙假遭雷击气财主

解缙是明朝的翰林院学士。他自幼聪敏好学,志向远大。小时候家里贫寒,父亲靠卖豆腐养家,每天早晨,解缙都要给父亲帮忙后再赶到学堂。

有一天,因为帮父亲晚了点,小解缙怕上课迟到,就穿小路从一个财主家的油菜田埂上走过去,谁知被财主看见了。财主便拉住他,问道:“你为什么要从我的油菜田埂上过?”

解缙说:“这里不是有路吗?”

“有路也不许你走!”财主说着,抬手打了解缙一巴掌,打得解缙的脸火辣辣地疼,但他没有哭,咬咬牙走了。

没过几天,下起了大雨,雷鸣电闪,解缙想到了一个戏弄财主的好办法:他用锅底灰把脸涂得黑黑的,活像个夜叉,然后偷偷走到财主的油菜田边,跪在那里。不一会儿,一个过路人看见了,好奇地问:“这小孩,你怎么跪在这里啊?”

解缙摇摇头,没有回答。那人走近一看,见解缙满脸漆黑,双眼发直,吃惊地问:“你,你这孩子怎么了?”

解缙抬眼望了望过路人,好半天才慢吞吞地说:“我……我被……雷打了,起……起不……来。”

过路人见这孩子呆头呆脑的,就到村里把消息传开了。人们听说有个孩子被雷打了,脸像夜叉,跪着起不来,纷纷跑来看稀奇。不一会儿,就来了百八十人,在财主油菜田里挤进拥出,把3亩田的油菜踩成了泥浆。

财主见了心疼得要死,气得捶胸顿足,可是又无可奈何。

心灵感悟:人与人之间应该平等相待,不可粗暴对待他人,否则你会为此付出沉重代价的。

半夜鸡叫

高玉宝小时候家里很穷，他只得去地主周扒皮家当了长工。一起干活的几个长工每天天不亮就起床干活，摸黑儿才能回来休息，可是晚上刚刚睡下，周家的公鸡就又叫了。周扒皮便气势汹汹冲进长工屋里，叫喊道："快起来干活，鸡都叫了，时间不早了！"就这样，长工们累死累活地给周扒皮干活。

一天夜里，高玉宝因吃周扒皮的霉烂饭菜拉起肚子来。刚睡下就觉得肚子疼痛难忍，他怕惊动别的长工，便轻轻地爬起来朝院子里的茅坑跑去，拉完肚子正要离开，突然看到有一个黑影从茅草缝隙中窜到了鸡窝旁。高玉宝以为是小偷来偷鸡，正要喊，但转念一想，周扒皮可恨，他的鸡也跟他一样可恨，天不亮就叫，偷了正好，免得催人早起。于是就躲在一边看，可那人到鸡窝边，并不捉鸡，却捂着嘴"喔喔喔……"学鸡叫，不一会，公鸡也跟着叫起来。高玉宝定睛一看，呀！这个人竟是周扒皮！高玉宝回屋刚躺下，周扒皮就进屋来催长工们起床："鸡都叫了，快起来干活！"

这天，在地里干活时高玉宝把周扒皮学鸡叫的事告诉了大伙，大家气得大骂："周扒皮这个老狐狸，实在太可恶了。"大家商量着想个法子教训教训周扒皮，高玉宝想出了一个好主意……

晚上收工后，长工们装成什么事也没有一样，吃了饭照样睡了。天还黑漆漆的，周扒皮就溜到鸡窝前，正要学鸡叫。早就躲在草堆旁的高玉宝一见是时候了，扯起嗓子就喊："小偷偷鸡了，抓小偷啊……"

长工们听到喊声，拿起事先准备好的棍子，冲出屋子，直奔鸡窝，一边叫："捉住小偷！捉住他！"一边抡起棍子就打。周扒皮被这突如其来的捉贼声吓坏了，把头直朝鸡窝里钻。窝里的鸡被伸进来的光头所惊扰，乱扑乱啄，把周扒皮的头啄得血迹斑斑，外面的棍子把周扒皮的屁股打得皮开肉绽。

从此，周扒皮再也不敢学鸡叫了。

心灵感悟：对于邪恶的人，聪明的人善于运用自己的智慧来教训他。

小情报员维军

维军那一年 14 岁，他的妈妈是抗日游击队的交通员。一天，维军回家看到妈妈的腿在流血。妈妈说："日本鬼子正在追捕我，你把这个秘密情报送到游击队里去，天黑之前一定要送到。"说着，交给维军一个蜡丸，自己则清除了血迹，钻进了地道。

日军很快就追到了维军的家里，他们没找到维军的妈妈，就将维军带走了。维军跟着日军向山上走去，他顺脚踢起了一块小石头。只听得那块石头撞击在树上，发出很大的响声，趁日军一愣神，维军就势滚下了山。到了山脚，他沿着一条小路向游击队驻地飞快地跑去。

日军戒备森严，在小路上也布有岗哨。维军刚从两个日军士兵手里逃脱，又被另外两个日本兵抓住了。但他们认为他只是个山村孩子，并不知道他的真实身份，想带回驻地去了解些情况。

走着走着，面前出现了一条河，维军机灵地对日本兵说："河里有鱼，太君可要尝尝鲜？"

日本兵听说有鱼，满心欢喜，便命维军去捉。维军一头扎进水里，从对岸爬起来。等两个日本兵发现时，他已钻进青纱帐里了。

前面就是公路，但天色已晚，维军想，要在天黑之前赶到游击队驻地已经来不及了。唯一的办法，就是搭乘汽车。但公路上的汽车都是日军运送粮食的车辆，他如何能够搭乘车呢？

维军在路边拾了一些柴草稀稀落落地撒在了公路上。一辆日军的汽车开到这里，见到路面有柴草，不敢大意，怕游击队在公路上埋有地雷。司机和押车的日军下了车来探测路面，维军乘着这个机会，偷偷跳上了车厢，躲在粮食包的中间。

汽车在路上颠簸着前进，路况越来越差了，维军知道这是被游击队破坏的。汽车已经接近了游击队的驻地。维军在车上直起腰身，抓住迎面而来的一根树枝，弹了几弹，平稳地落在地上。他离开了马路，赶紧顺着小路跑到游击队驻地，将情报交给了队长。

这个情报就是上级通知游击队拦截日军的运粮车队的。日军哪里知道，他们的第一辆车就将游击队的小交通员送到了游击队驻地。游击队员马上行动，推下了早就准备好的树棍和麻包，阻断了公路，消灭掉运送粮食的日军小分队，截获了日军的大批粮食。

游击队长高兴地说："日本鬼子又给咱们送来了粮食。"

维军也乐着说："日本鬼子还帮咱送情报呢！"

心灵感悟：和凶恶的坏人作斗争，不但需要有非凡的勇气，而且还需要杰出的智慧。

变化的我

有一次，欧布利德向邻居借了一笔钱，约定一个月后归还。期限到后，邻居向他讨钱，他却故作惊讶地说："我没有借您的钱呀！"

邻居说："你忘了吗？是上个月向我借的。"

"对，上月是我借了您的钱，不过，您应该知道，哲学家说：一切皆流，一切皆变。现在的我已经不是上月向您借钱的我了，您怎么能叫现在的我为过去的我还钱呢？"欧布利德耍赖地说。

邻居见他这般蛮不讲理，盛怒之下，跑回去拿来一条木棒，把欧布利德痛打了一顿。

"好，你打人啊！等着瞧吧，我要到法院去控告你。"欧布利德不服气地说。

邻居听后，大笑道："你去控告谁呢？你不是说一切皆流、一切皆变吗？现在的我，已经不是刚才打你的我了。你要告，就告刚才打你的那个我吧！"

欧布利德自作自受，搬石头砸了自己的脚，他无话可说了。

心灵感悟：用对方的谬论来整治对方，即使他吃了亏，也没有办法。

半文钱的官司

清朝时候，枝江县的县官听说杜老幺聪明机智，深得民众赞赏，很是嫉妒，一心想整治他一下，以显示自己的才智在他之上。

于是县太爷命人把杜老幺找来说："都说你聪明绝顶，本官倒想试试你到底有多大能耐，你敢跟本官打官司吗？"

杜老幺说："跟您打官司得到荆州府，我孑然一身，连半文钱都没有，怎么能够上路呢？"县老爷见他神色黯然，毫无斗志，以为是没有胆量跟自己较量而找借口，随即说道："你有半文钱就敢上路吗？那好，来人哪，斩半文钱给他！"手下马上就把一文铜钱斩成两半。

杜老么接过半文钱立即就上路了。到了荆州府，杜老幺状告枝江县老爷："他身为百姓父母官，竟然将乾隆通宝劈为两半，如此目无王法，胆大包天，即使不斩也应该先撤官！"

那县太爷在府里还自鸣得意呢，他还不知道上了杜老幺的当。

心灵感悟：对付那些居心叵测之人，就应该釜底抽薪，从其本身的言行去找漏洞。在证据确凿的情况下，他再想抵赖恐怕也是无济于事。

眉毛与肚皮

古时候，有位宰相请理发师给他修面，那理发师修面修到一半时，忽然停下刮刀，两眼直愣愣地看着宰相的肚皮。

宰相见理发师傻乎乎发愣的样子，心里很是纳闷：这肚皮有什么好看的呢？就问道："你为什么不好好修面，却看我的肚皮？"

"听人们说，宰相肚里能撑船，我看您大人的肚皮并不大，怎么可以撑船呢？"

宰相一听，哈哈大笑起来。

"那是讲宰相的心胸宽广，能容天容地容古今，不会对鸡毛蒜皮的小事斤斤计较。"

理发师一听这话，扑通一声跪倒在地："小人该死，方才为您修面时一不小心，将您的眉毛刮掉了，万望您大德大量，恕小的一罪！"

宰相听说自己的眉毛被刮了，不禁怒从心起，正准备发作，转念一想：刚才自己还讲宰相的"肚量"很大,我又怎好为这小事给他治罪呢?于是,只好说:"不妨,用眉笔把眉画上就行了。"

心灵感悟:聪明人在犯错误之后,会想方设法给自己找个台阶下。

山羊和死狼头

一只山羊和一只绵羊结伴向草原进发,走呀走呀,它们发现路边有一块枯骨。绵羊上前一看:"呀!是个死狼头!"它尖叫了起来。山羊踢了踢那个死狼头,说:"有什么好可怕的,死了那么久了,把它捡起来吧,它会对我们有用的。"

绵羊撇了撇嘴说:"有什么用,一个死狼头!"说完就先上路了。山羊还是把狼头捡了起来,挂在了自己的角上。

它们继续前进,在翻过一座山坡后,一群狼出现在它们的眼前。绵羊腿都吓软了,蜷缩着躲到了山羊的身后。山羊见现在跑已经来不及了,故作镇定,没有一点恐慌的样子。它不仅没有后退,反而迎着狼群走了过去。

到了头狼面前,把角上的死狼头用力地摔在了地上。头狼见山羊见了它们不但不逃跑,反而迎了过来,心里本来就感到奇怪,现在又见到自己同类的头骨被顶在山羊头上,心里一下子慌了,甚至有些凉飕飕的。它想:这可能不是一般的"山羊",说不定是我们的克星,还是离它远点吧,别把命给搭进去了。想到这里,头狼扭头飞快地跑了,其他的狼见头狼都跑了,也赶紧跟着逃了。

这时候山羊回头去找绵羊时,发现它躺在了地上,原来,它吓晕过去了。

心灵感悟:在危险来临之时,绝望就意味着灭亡。唯有心怀希望,机智勇敢地应对,才有可能摆脱危险。

小刚一语救观众

星期六的晚上,小刚跟着爸爸、妈妈去剧院看演出。因为这场演出有很多明星出演,所以剧场里面人满为患,连走廊里都挤满了人。

当演出进行到中途时,突然,只听得后台传来一声尖厉的呼救声:"起火啦!救火啊!"观众们看见后台冒出了一股夹着火光的浓烟,翻滚着涌向前台……顿时,台上台下乱作一团。

观众们纷纷离座而起,争先恐后地拥往大门,却被堵在锁住的大门内。服务员推搡着,拉扯着,高声叫道:"让让道,让让道!让我们过去开门!让我们过去开门!"人们都像聋子一样,还是疯狂地往大门挤,服务员身不由己地给卷进人潮的旋涡里,根本就没有办法靠近大门。远离大门的观众已经被灰烟呛得透不过气来。他们一边往前挤,一边焦急地大喊:“快开大门啊,快开大门! ”

小刚和父母没有向其他人那样慌着拥向大门,但他们还是跟在人群的后面。见到眼前这种混乱的场面,小刚突地跳到座位上,用尽全力大喊道:“侧门开啦,快从侧门走哇!”大门前拥挤的人潮立刻退了下来,急急地朝侧门涌去,大门前一下子没有那么拥挤了。利用这个机会,服务员赶紧挤到大门前,迅速将大门打开。其实,侧门并没有开。这时,小刚又朝观众大喊:“大门开啦,快走啊! ”大伙扭头一看,咦,大门真的开了,于是一下子拥了出去。消防队员赶到后,很快把大火扑灭了。

大火熄灭后,人们纷纷夸赞小刚,说他是个机智聪明的儿童,在秩序混乱、大家生命危急的时刻能够保持镇定,并想出巧妙的办法。

心灵感悟:当危险来临之时,我们不能坐以待毙,有时一个举动、一句话就能化解险情。

一泡尿避免了一场大灾难

500 多年前的一天,比利时人民打败了侵略者。晚上,首都布鲁塞尔的中心广场上人头攒动,盛况空前。在无数灯火的照耀下,全城的人都跑出来载歌载舞,欢庆胜利。钟声、礼炮声和人们的欢呼声交织成雄壮的乐曲,在首都的上空回荡。

就在人们欢庆胜利的时候,敌人留下的特务溜进市政府的地下室去搞破坏。这个地下室里放着好多好多火药,只要一颗火星溅到火药上,就会引起巨大的爆炸。整个地下室的火药能把中心广场及附近的建筑全部摧毁,广场上的人们也难逃厄运。

持务在地下室里放好炸药后,将一根长长的导火线一直拉到外面的院子里。一点着火,特务就慌忙溜走了。这着了火的导火线,“嗞嗞”地向地下室燃烧进去,没有一个人会想到一场巨大的灾难即将降临! 正在这万分危急的关头,偏巧有个叫于连的男孩在院子里玩耍。他在墙角边发现了那闪着火花的导火线,正在一点一点地变短。战争年代,小孩子已经知道那是怎么回事了——这里就要发生爆炸了!必须赶紧把导火线切断或者把火灭掉,可是他手里没有剪刀之类的工具,水也只有很远的地方才有,去喊大人来,恐怕于事无补了。怎么办呢? 忽然,他想到了一个好办法:他迅速跑到导火线的上边,解开裤子,朝导火线上撒了一泡尿。本来“刺刺”的火花被小于连的尿一浇,立刻停止了燃烧。确认导火线被浇熄了后,小于连跑去向大人们报告。

广场上的人们知道小于连使他们逃过了一场特大的灾难,就把这个撒尿的小英雄高高地举到头顶,欢呼起来。

有人提议:“我们应该为这个小英雄塑一座铜像! ”这个提议立刻得到比利时全国人民的赞同。很快,一个光屁股的孩子在撒尿的铜像,在全国最杰出的雕塑家的手中完成了,政府隆重地把铜像安置在中心广场旁。

心灵感悟:于连急中生智,用撒尿的办法浇灭了导火线,使敌人的阴谋没有得逞,避免了一场灾难的发生。

占星师

法国国王路易十一酷好占星学。他养了一名宫廷占星师,对他佩服万分。有一天,这名占星师预言宫中一名贵妇会在 8 天之内死亡。预言果然实现了,路易也吓坏了。他想,要不是占星师谋杀了贵妇以证明他的准确性,就是他太精于此道。他的法力威胁了路易本人,而不管是哪一种情况,这名占星师都得死。

一天晚上路易召见占星师。在占星师到来之前,国王告诉埋伏的士兵们,一旦他给了暗号,就冲出来抓住占星师,把他从窗户上丢到数百尺下的地面上摔死。

不久,占星师到了,在发出信号之前,路易决定问他最后一个问题:“你声称了解占星术,而且清楚别人的命运,那么告诉我你的命运如何,你能活多久?”

“我会在陛下驾崩前 3 天去世。”占星师回答。

国王一直没有下达暗号。占星师的命不但保住了,而且在他有生之年国王不仅全力保护占星师,慷慨地赏赐他,还聘请高明的宫廷医生来照顾他,以保证他的健康。最后占星师甚至比路易多活了好几年。

心灵感悟:将自己和他人“捆”在一起,当别人越来越依赖你的时候,无形中你就拥有了某种权力和自由。

使者临死前的要求

法国国王派使者出使罗马,罗马国王举行盛大的宴会招待查理大帝派来的使者,出席宴会作陪的都是一些有名望的贵族和大臣。宴会进行得欢快愉悦,可这位使者怎么也不会想到,一场大祸即将临头。

原来罗马国王定下一项不成文的规矩:在国王招待筵席上的宾客,不论是谁,都只能吃摆在自己面前的菜肴,并且只可以吃上面的部分,而不许把菜肴翻动。谁要是翻动了菜肴,就是对国王的侮辱,将被立即处死。

这位法国使者根本不知道还有这么个能使人丧命的规定。当一盘喷香扑鼻、味鲜肉嫩的河鱼摆放在他面前时,他毫不客气地津津有味地品尝起来,很快就把鱼朝上的一半吃光了。当他把鱼翻了过来时,陪同出席宴会的诸位显贵立即站起身来,共同发出了一片愤怒的叫喊:“陛下,您遭到了侮辱,从来没有一位国王受到过这样的侮辱!”

看到那些臣子们情绪激愤的场景,国王好像也无可奈何,只得叹息着对查理大帝的使者说道:“我不能拒绝他们,你必须立即被处死!但在你死之前,可以向我请求你希望得到的任何恩惠,我一定满足你的愿望。”

这位使者被突然降临的灾难惊呆了,但他毕竟是一个聪明机智的人,很快就镇静下来。听了国王所说的话,他便动起了脑筋。

在场的所有人都竖起耳朵,想听听他将要求得到什么恩惠。

这位使者脑子迅速地一转,很快就想出了一个主意。他平静地对国王说:“陛下,遵照您的承诺,我请求您答应我一点儿小小的祈求。”

“说吧,你要求什么?一定都会得到满足的,但是除了生命,因为这是违反希腊人的惯例的。”国王说道。

使者说:“在我还活着的时刻,我请求国王下令,让看见我将那条鱼翻身的每一个人的眼珠子都挖出来!”

国王听了,大吃一惊,急忙说道:“我以基督的名义发誓,我没看见。我只不过是刚才听到有人说过有这回事而已。”王后也紧跟着为自己开脱道:“仁慈的圣母马利亚在上,我什么也没有看见。”

那些王公大臣们见国王和王后如此,一个个更是惊恐万分。没有谁愿意自己的眼珠子被挖去,他们通通以各种神圣的名义,众口一词地发誓说他们都没有看见。

这样,显贵们再也不提国王受到使者翻鱼侮辱的事了。完成使命后,使者平平安安地回到了自己的国家。

心灵感悟:将自己的利益与别人的利益紧紧联系在一起,就能使自己摆脱不利的处境。

为国王画像

从前有一位独眼且缺手断脚的国王,他很想将他那副尊容画下来,留给后代子孙瞻仰,于是请来全国最好的画家。这个一流的画家将国王画得栩栩如生,逼真传神。但是,国王看了之后很难过,说:“画得这么丑陋,怎么传得下去!”于是就把这位画家给杀了。

他们又请来第二位画家。第二位因有前面的教训,不敢据实作画,就把国王画得完美无缺。把断的腿加上去,把缺的手补上去,国王看了之后更加难过,说:“你在讽刺我,这个人不是我。”又把他给杀了。

第三位画家被请来了,他画了一幅国王侧身而坐、观望山河的画像,画出了国王的威仪,而又很好地掩饰了国王身体的缺陷。结果他得到了国王的奖赏。

心灵感悟:拥有智慧,就拥有了生命,它能够把自己从危险的处境中解救出来。

肉味与钱声

有一天,古希腊的文学家欧伦斯庇格去饭店用餐,店主的牛肉没烤好,可是他很饿,店主这时建议说:“谁要是等不及正餐,就可以随便先吃点现成的东西。”于是,他就吃了不少干面包。

吃饱之后,他坐到烤肉炉边,等到肉烤熟后,店主请他上桌就餐,他随意回答说:“烤肉的时候,我闻味儿都闻饱了。”说完之后就躺在炉边打起盹来。最后,当店主来收烤肉钱时,欧伦斯庇格因没吃烤肉而拒绝付钱。店主则说:“掏钱吧!你不是说你闻肉味儿都闻饱了吗?所以你应与吃肉的人付一样多的钱。”

于是,他掏出一枚银币扔到长凳上,对店主说:“你听到钱的声音了吗?”

店主说:“听到了。”

欧伦斯庇格马上拾起银币,重又放回了钱袋:“我的银币的声音正好够付我闻了你的烤肉味儿的钱了。”

店主无可奈何。

心灵感悟:店主将“吃肉”的概念偷换成“闻肉”,这种混淆是非的诡计被聪明的文学家看穿了,他就“以其人之道,还治其人之身”,以“钱声”付“肉味”的钱,自然顺理成章。

最好的梦

两个城里人出远门,找来一个农民替他们挑行李。走到半路的时候,他们发现干粮就剩下一个面包了。两个城里人欺负农民,不想让他吃,便对他说:“一个小面包三个人吃是不够的,不如大家比赛一下,谁做的梦最好,面包就归谁。现在大家睡觉去吧!”

农民第一个睡了下来。两个城里人见他睡得很死,就走到一旁商量做梦。一个说他梦见天门敞开,天使带他到天堂上去;另一个说他梦见地缝裂开,天使带他到地府里去。他们非常得意,都说像这样的梦,愚蠢的乡巴佬无论如何也是想不出来的。

谁知他们的话,全被农民听见了。他悄悄起来吃了那个面包,然后又躺下装睡。等两个城里人发现不见了面包的时候,他才煞有介事地说:“我梦见天使带你们一个上天堂,一个入地府,以为你俩不会再回来,所以我把面包吃了。”

两个城里人无话可说,只好饿着肚子睡觉了。

心灵感悟:不要总认为自己比别人聪明,总认为别人傻的人,往往最后会被人愚弄。

“啊”和“哇”

在非洲,有一个富翁每雇一个用人,就让用人干一个月的活,说给他200元钱的报酬。可是,到了月底,富翁却对佣人说:“你必须到城里给我拿两样东西来,我才能发给你工钱,否则就别想拿到工钱。”其实,他要的那两样东西,根本是子虚乌有的东西。他就这样骗了许多人。

有一次，他又雇了一个男孩，依然让他干一个月的活，答应给他200元。到了月底，富翁又照样对这个孩子说："你到城里的集市上去给我拿两件东西来，一件叫'啊'，一件叫'哇'。如果拿不回来，不光不给工钱，还要赏你100棍呢！"

小男孩听了心里一怔，这"啊"和"哇"到底是什么东西呢？我该怎么拿回来呢？想啊，想啊，小男孩终于想出了办法。

过了两天，小男孩抱着一个瓶子来到富翁那里，对富翁说："我把你要的'啊'和'哇'都带来了，它们装在瓶子里，你自己把手伸进去拿吧！"

富翁感到很惊讶，但还是把手伸到了瓶子里……"啊！"富翁大叫了一声连忙抽出手来，另一只手紧紧抱住。

小男孩说："拿到'啊'了吧！现在你把手再伸进去，就可以拿到'哇'了！"

富翁脸都憋红了，连忙摇头，把200元工钱给了小男孩。

原来，小男孩并没有去城里，而是到野外去抓了些蜈蚣和蝎子放进瓶子里。富翁看不见瓶子里是什么，于是把手伸进去，结果被蝎子蜇了一下，便"啊"地大叫了起来。

心灵感悟：面对别人提出的无理要求，如果我们听之任之，只能让自己失去更多东西。聪明的人会运用智慧巧妙地加以回击。

摔锅

一个财主新买了一口锅，骑着马正往回赶路，在半山腰遇见了巴拉根仓。他心想：都说这穷小子有智慧，今天我来戏弄戏弄他。于是财主跟巴拉根仓说："巴拉根仓，人们都说你有智慧，如果你能让我把自己新买的这口锅摔碎，你要什么我给你什么！要是办不到，我要让你当着众人的面儿给我磕100个响头，说一声'富人爷爷，我巴拉根仓认输啦！'我就饶了你。"

巴拉根仓说："别说一口锅，就是让你把自己的脑袋摔碎也不难，但是我今天没有工夫！"说完继续走他的路。

财主很生气，上前拦住巴拉根仓，说："你既然能吹牛，就得当场试验。"

"你没有听见我说今天没有工夫吗？"巴拉根仓说完又走。

"不行，你不让我摔了这口锅，我就砸碎你的脑袋。"

"哎呀，你这个人怎么像魔鬼一样缠住我不放啊！"巴拉根仓生气地说，"你不知道北山草甸子上起了荒火吗？把天都烧红了半边，已经死了好几千只牛羊了，我正要赶紧救火去呢！"说完催马加鞭就跑。

那块草甸子上放的都是这个财主的牛羊，财主一听说牛羊被烧死了好几千只，心里一惊，手一松，"当啷"一声把锅掉在石头上摔碎了。财主气呼呼地骂道："这些该死的牧人！"说着也催马跟在巴拉根仓后边跑去。

"巴拉根仓，等一等，你听……谁……说……的？"

巴拉根仓勒住马缰，回头一看财主手里那口锅没有了，不慌不忙地说："你那口新买的锅呢？"

"去它的锅吧！我得赶快去救我的牛羊。"

巴拉根仓拦住了财主说："你不是说让你摔碎了自己的锅，我要什么给什么吗？我不要别的，你就拿出一半牛羊来，分给我们穷苦的牧人吧！"

财主知道自己上了当，窘得一句话也说不出，憋了半天才吐出几个字："你……你……巴拉根仓！"说完，狠狠抽了马一鞭子，溜走了。

"小心着点儿，"巴拉根仓在后边大声说，"你要是说话不算数，我还要让你摔碎自己的脑袋呢！"

从此，有钱的富人都不敢轻易惹巴拉根仓了，因为他们都害怕巴拉根仓真的会摔碎他们的脑袋。

心灵感悟：巴拉根仓故意撇开财主的问题，而是把他的注意力引到关乎他利益的方面，使他放松警惕，从而最终赢了财主。

金貂的尾巴

一个放牧的孩子不小心放羊放到了财主宝尔勒代的牧场里。宝尔勒代说这孩子糟蹋了他的牧场,便抢走了孩子骑的马。孩子伤心地哭了起来,碰巧巴拉根仓探亲回来在路上看见,便询问孩子。得知了事情的经过后,便对他说:“别着急,孩子,三天后我给你送一匹好马来。”说完就走了。

巴拉根仓知道宝尔勒代是个一毛不拔、视钱如命、爱贪小便宜的吝啬鬼,他就找了个机会,在一条荒僻的山间小路上等着宝尔勒代。黄昏的时候,老吝啬鬼骑着一匹快马远远地飞驰而来。眼看近了,巴拉根仓故意着急地摆起手来,示意他停止前进,绕别的路走。

宝尔勒代正往前走,忽然看见一人蹲在草坡上,那么着急地向他摆手,不由得引起了好奇。他跳下马来,蹑手蹑脚走到巴拉根仓面前。

“啊呀,你这人怎么这样讨厌!”巴拉根仓压着声音生气地说,“要你别走近,你非要来,险些让你把我这一千两银子给吓跑了!”

宝尔勒代刚要发脾气,可是听说有一千两银子,什么气都没有了。仔细一看,这人守着一个小洞,手里捏着一条金黄色的毛茸茸的东西。他凑近小声地问:“喂!你捉着的是什么呀?”

“你没有看见吗?这是一只贵重的金貂,王爷要给皇上送礼,出一千两银子的高价都收买不着。佛爷保佑,总算让我碰上了一只,追到这里,它一钻洞就叫我捏住了尾巴。我正发愁怎么把它弄出来呢?”

宝尔勒代一听是只金貂,乐得心都快从嗓子眼儿里蹦出来了。高兴地喊:“快使劲儿把它拉出来!”

“轻一点,你这人疯啦!”巴拉根仓说,“谁不知道拉呀,就是怕把尾巴扯断了,那样就一个钱也不值了,说不定让王爷知道,一生气还要杀头呢!喂,朋友,你愿意帮我的忙吗?”

“行,行,”老吝啬鬼说,“常说‘外财不散,见面一半’,要是挖出来,咱们两个可得对半分。”

“啊呀,你这人比宝尔勒代还厉害,我巴拉根仓连他都不放在眼里,今儿算碰上你这个硬对头了。”

“哈哈哈……你就是巴拉根仓呀?认识认识吧,吹牛大王,我就是宝尔勒代。今儿这一千两银子,就算你给我的见面礼吧!”

“怎么?你就是宝尔勒代?”巴拉根仓装做吃惊的样子说,“该死,该死,怎么就偏让我碰上你这个雁过拔毛的财迷鬼了呢!”

“认输了吧?”老家伙得意地说,“告诉你吧,巴拉根仓,我喝的酒比你喝的奶茶都多得多。”

“好,好,我认倒霉!那你快骑马到前面屯子里借把锹来。”

宝尔勒代骑上马,刚走两步,心想:巴拉根仓这小子诡计多端,他一定是想把我支走,自己把金貂挖出来,好独吞这一千两银子。想到这里,他掉转马头,对巴拉根仓说:“还是你去吧，我在这儿守着。”

“看你这人疑心多重！”巴拉根仓生气地说，“我步行去，走到什么时候才能回来？”

“骑我的马去。”

“好吧，你可知道我巴拉根仓爱捉弄人，我骑上你的马，可就不回来了。”

“哈哈哈……你小子别跟我耍心眼儿！我宁可再添上三匹马换你这只金貂，你愿意吗？”

“好吧，对你这老奸巨猾的人真没办法。”巴拉根仓无可奈何地说，“哎，你可千万不要着急把尾巴扯断了。一定等我取锹回来再挖，不然就白费劲儿了。”说完，他骑上马背，抖动缰绳，一溜烟儿向着那放羊孩子的村屯飞奔而去。

老吝啬鬼宝尔勒代蹲在荒无人烟的草坡里，一直捏着那条“金貂”尾巴在等着。天慢慢地黑下来了。他又饿又冷，又怕又累。不知什么时候，他困乏得实在支持不住了，就睡过去了。忽然，两手一动，把尾巴扯出洞来，他吓得从梦中惊醒，以为把金貂尾巴扯断了，放跑了金貂，就像疯了一样用两手扒起土来。扒到天亮，也不见金貂的影子，再仔细一看，哪里是什么金貂尾巴呀！原来是一条涂了颜色的耗子尾巴。他知道被巴拉根仓骗了，又急又气，两眼一阵发黑，昏倒在地上。

心灵感悟：巴拉根仓利用老吝啬鬼宝尔勒的贪婪之心，使他轻易上了自己的“圈套”。

宝驴

财主宝尔勒代自从“金貂尾巴”之事被骗以后，连气带病，躺了整整一个月。一想起这事他就恨得浑身打哆嗦，咬牙说：“你好狠哪，巴拉根仓。我要不把你治死，算我宝尔勒代白活一场！”他虽然发这么大狠，可是他又知道巴拉根仓厉害，来硬的不行，就想了个办法：假装和好，请他吃饭，酒醉后悄悄把他弄死。

第二天，宝尔勒代派管家拿着大红帖子去请巴拉根仓。

“巴拉根仓在家吗？”

“在家。”巴拉根仓见是管家，惊讶地说，“哎呀，有什么大事，烦劳管家亲自上门吩咐？”

“老爷想请你吃饭，怕你不肯赏光，就让我亲自来了。”管家说着，把请帖递上。

“不敢，不敢。我正要登门向宝尔勒代老爷请安呢！”

巴拉根仓骑上那头早已打扮好的瘦驴，跟管家来到财主家里。宝尔勒代迎出门去，亲热地说：“老朋友啊，我算服你了！上次那匹马算白送给你，咱们和好吧。”

“什么？”巴拉根仓哪儿能吃这一套，生气地说，“你抢了我的金貂，独吞了一千两银子，我还正要找你算账呢！要不是怕王爷生气治我的罪，早告你去了。”

“算啦，”老家伙心里恨得咬牙，表面仍做笑脸说，“不提过去的事了，这叫‘不打不相识’啊！管家，快摆酒，今天咱们喝个痛快。”

宝尔勒代把巴拉根仓让到上座，巴拉根仓对满桌酒肉正眼都不瞅一下，满腹心事地一个劲儿往窗外看。宝尔勒代存心灌醉巴拉根仓，好害死他，一见他饭不动筷、酒不沾唇，对自己的殷勤招待冷冷淡淡，真是又急又气。看看窗外，除了巴拉根仓那头瘦驴外，什么都没有，忍不住问道："老弟，你酒不喝，饭不吃，一个劲儿地往窗外看干什么啊？是我宝尔勒代有什么地方招待不周吗？"

巴拉根仓摆摆手说："等一等，等一等。"又过了一会儿，突然大声喊起来："我的驴要拉粪了！"喊着就跑了出去。

宝尔勒代吓了一跳，莫名其妙地也跟了出去。见巴拉根仓跑到驴子跟前，从粪里一下拣出个金元宝，宝尔勒代直瞪着大眼，惊得半天说不出话。

"老朋友，明白了吧？"巴拉根仓凑到宝尔勒代耳边，悄声说，"不是知己，我怎能把这个秘密告诉你呢。这是一头宝驴，每天拉一个银元宝；如喂好草好料，还能得到金元宝。今天因为到你这儿来做客，好草好料喂了它一顿，你看，"巴拉根仓把金元宝在宝尔勒代眼前一晃，"沉甸甸的！唉，我要有你家那样多的草料，该多好。"

"老弟，这是真的吗？"宝尔勒代问。

"这不是你亲眼看见的吗？好，好，不说这个了，还是喝酒去。"巴拉根仓拉着老家伙就走。

"哎，老弟。要是好草好料喂着，真是每天能得一个金元宝？"宝尔勒代又问。

"哎呀，讲好不谈这事，你怎么还问！我把秘密告诉你，是看你够朋友。你可不能跟外人乱说！"巴拉根仓郑重地说。

"不会，不会，你放心吧。"

"老爷的为人我哪能不相信，我是怕下边人听见，传到王爷耳朵里，就不好办了。来，我敬老爷三碗酒。"

宝尔勒代是个见财眼红的人，这时他一心想把宝驴弄到手，别的什么事全忘干净了。刚才还想灌醉巴拉根仓，现在自己却喝得迷迷糊糊、晕头转向。

"老弟呀，能不能把驴卖给我？"

"那可不行！"巴拉根仓着急地说，"我的全家就指望着这驴过日子呢！"

宝尔勒代再三要买，巴拉根仓急得脸红脖子粗，怎么也不肯答应。最后宝尔勒代威胁说："再不答应，我就去告诉王爷，让你一个钱也得不到。"

巴拉根仓一听，痛哭流涕地说："你呀，你呀，宝尔勒代，你算把我害苦了……"

"别哭嘛，老弟。"宝尔勒代紧逼着说，"我出一千两银子，五十匹好马，这还不够你一家生活？"

"钱再多一花就光，这驴可是金银长流的活宝贝。多少钱我也不乐意卖呀！"

"哎，我的日子过好了，还能亏待了你？"

"唉！"巴拉根仓愁苦着脸说，"你们有钱人真狠，像饿狼一样，什么都想吞到自己肚子里。没办法，胳膊扭不过大腿，卖给你吧。"

"这才叫够朋友！"老财迷高兴极了，忙吩咐管家，把银两、马匹预备好，亲手交给巴拉根仓。

临走,巴拉根仓又对宝尔勒代说:“实话告诉你吧,我这是一匹神驴,如果你真心诚意,早晚烧香磕头,它一天能给你拉两个金元宝。”说完,长叹一声,亲了亲毛驴就走了。

宝尔勒代把驴牵到自己屋里,想叫别人喂,又怕丢失了金元宝,就让老婆每天喂驴,他每天早晚给驴烧香磕头。一个月过去了,毛驴除了拉粪以外,元宝的影子一点儿也没见着。老家伙仍不死心,照样烧香磕头。又过了一个月,还是没有拉金元宝,宝尔勒代实在有点儿着急了。

这天,驴刚翘尾巴要拉屎,他凑上前去想看一看,没想到驴子喂肥了,脾气也大了,一蹶子把他踢昏过去。他老婆叫来管家,指着驴大骂:“天天好草好料喂着,烧香磕头供着,不拉元宝不说,还把老爷踢昏过去了。快打死它!把它肚里的金元宝都掏出来!”

驴子被杀死了,肚子里却一个金元宝也没有。

心灵感悟:为人不可太贪婪,贪婪的人不但不能获得大的财富,而且还会失去很多已有的财富。

撒尿逃跑的珠宝

一天,聂局桑布到乃东王的房里去擦地板,见王爷独自一人在欣赏珠宝。乃东王见他进来,像防贼一样,急忙把珠宝箱盖上。聂局桑布笑道:“老爷,珍珠宝贝关在箱里,就像金子埋在地下,不仅显不出光彩,日子长了还要生蛀虫呢!只有放在太阳下晒晒,才不会生蛀虫,还会发出灿烂的光彩,这光彩离得越远越好看。”

乃东王相信了聂局桑布的话,便把宝贝都摆放在田野里。聂局桑布陪着王爷在房顶上欣赏。他对王爷说:“要是把珠宝放得更远一点,看上去会更漂亮。”乃东王于是对用人们叫道:“喂,把珠宝给我摆远点儿!”用人们在往远处搬珠宝的时候,按聂局桑布事先的计划,用冰块调换了珠宝,摆在老远老远的地方。

冰块在灼热的阳光照射下,晶莹闪亮、璀璨夺目。乃东王十分得意,像喝醉了酒一样,不停地喝彩。可是,正在乃东王兴奋得不得了的时候,谁知那些“珠宝”的光辉却渐渐暗淡下去,最后竟然完全消失了。乃东王吃惊地大叫:“看不见了!看不见了!聂局桑布,快,快跟我下去看看。”

乃东王走到摆珠宝的地方一看,珠宝都不见了,地上只剩下几摊水印,他惊恐万分地问:“珠宝到哪儿去了?”

聂局桑布说:“可能这些珠宝在王爷的箱子里待厌了,不愿再回去,所以它们撒了一泡尿,跑啦!”说着指着地上的水印,“您看,那不是它们撒的尿吗?”

“啊!这怎么得了,这怎么得了!”说着,乃东王就昏倒在地上了。

心灵感悟:珠宝在乃东王的眼前消失了,完全是聪明的聂局桑布一手安排的。聂局桑布凭借着自己的智慧轻松地戏耍了乃东王。

马死因鸡粪

麦西热甫是维吾尔族的一位机智人物。

一天，麦西热甫到了一个村子上，见一位霍加(封建贵族)正在挥舞着皮鞭毒打一个奴隶。麦西热甫夺过鞭子质问霍加道："喂，霍加，他犯了什么罪，你竟然这样残酷地往死里折磨他？"

霍加说："我花了2000枚金币买回来一匹骏马，却被他喂马时，不小心将鸡粪混进了草料中。马吃了鸡粪死去了，我当然要狠狠揍他呀！"

麦西热甫又问："你父亲在家中吗？"

霍加说："我父亲死去了！"

麦西热甫说："如果你花2000枚金币买来的骏马，是因为吃了鸡粪死去的话，那么你的价值连城的父亲，又是因为吃了谁的粪而死去的呀？"

心灵感悟：当别人说出的理由过于无理荒唐时，不妨采用同样的方式加以反击。

麦西热甫的辩白

一位经师问麦西热甫："喂，穷乞丐，你叫什么名字呀？"

麦西热甫故意慢条斯理地答道："我叫上……帝……"

没等麦西热甫说完，经师就大喊起来："快来抓住这个叫花子！他冒充上帝，招摇撞骗哩！"

麦西热甫假装很害怕似的，撒腿就朝王宫奔去。他刚刚跑进王宫，就有三四十名经师，上气不接下气地跟着追了进来，在国王面前告发麦西热甫。

国王皱着眉头问道："喂，麦西热甫，他们说的话是真的吗？"

麦西热甫说："不，陛下，他们在撒谎，诬赖我哩！我名叫'上帝赐予'，我刚刚说了个'上帝'，还没有说出'赐予'，他们就像一群狗一样乱叫着要逮住我，我只好像猫一样跑到您这儿来。"

国王听了，朝经师们扬扬手，说："你们咋无理取闹哩！回去回去！"

心灵感悟：智慧的力量是巨大的，它能将不利变为有利。

怀石骗贪心法官

有一天，和加纳斯尔和一个财主吵了架，两个人纠缠不清，便扭到法官那里去。

和加纳斯尔早料到财主会给法官行贿，法官一定会替财主说话。于是他便暗暗在怀里揣了一块大石头。当法官听毕双方的理由，准备宣判时，和加纳斯尔连忙咳嗽了一声，法官望了望他，和加纳斯尔又用拳头朝自己怀里指指，法官见他衣襟里鼓鼓的，以为是给自己带来的金银，喜出望外，心想：和加纳斯尔一定是向我暗示：你要是替我说话，我就把这些黄金都给你。于是，他便很严肃地宣布和加纳斯尔无罪。财主不满法官的判决，生气地走了。

财主走了以后，法官嬉皮笑脸地把和加纳斯尔叫到跟前说："嗯！和加大哥，怎么样，我的判决你还觉得满意吧！现在应该把'那个'给我了吧。"

"大人，您的判决我十分满意。可是，您让我把什么给您啊？'那个'是什么啊？"和加纳斯尔装作不明白的样子。

"这个，你怀里面的啊。"法官指着和加鼓鼓的怀抱说。

"哦，我以为您要什么呢！原来是这个啊！"说着，和加纳斯尔把怀里的石头掏出来扔在了法官的面前。

法官差点没有被气晕过去，他气呼呼地问和加纳斯尔："刚刚审判的时候，你用拳头指怀抱，又向我挤眉弄眼，是什么意思？"

和加纳斯尔不慌不忙地答道："哎！大人，我用拳头指向怀抱示意是说：大人，您要公道一点，不然，我就用这块石头砸死你。"

法官越想越气，可又抓不住和加纳斯尔什么把柄，只得放他回去。

心灵感悟：贪婪的人见利忘义，和加纳斯尔就是利用法官的贪婪，怀抱石头，让法官误认为是金银，结果既让法官作出了有利于自己的判决，又使法官受到了一次深刻的教训。

箩箩换米

彝族有个聪明人叫罗牧阿智，由于家里穷，便去给常培春土司当长工。

一天，有个卖木勺的路过常土司的家，常土司叫罗牧阿智把卖木勺的叫进屋，买了一只木勺。付钱时，常土司说："我土司家买东西从来不兴讲价钱，你卖的东西装得下多少米，就给你多少米。这是我家世代的规矩。"

卖木勺的只得接过土司的一木勺米，含着眼泪对罗牧阿智说："大爹，我家娃娃多，一只木勺只换一点点米，叫我怎么活得下去？"

罗牧阿智很同情他，就为他出了个主意。

过了几天，土司听见门前有人叫卖箩箩，就喊他进来。卖箩箩的问："你要买箩箩吗？"

土司说："不买叫你进来做什么？你这大箩箩要多少钱？"

卖箩箩的说："老爷家买东西从来不兴讲价钱。东西装得下多少米，就给多少米，这是世代的规矩了，我是晓得的。"

常土司留神一看，原来碰上卖木勺的人了，又不好再反悔，只得忍痛用大箩箩量了米，付给对方。

心灵感悟：木勺虽然装不了多少米，但箩箩却能够装很多，罗牧阿智利用这一点，为卖木勺的人讨回了公道。

牢中搓绳背县府

土司要下乡，通知家家户户要杀鸡备酒。大家又气又恨，沙则不慌不忙地对大家说："不要杀鸡，不必备酒，土司来了，让我来对付。"

沙则把裤管、衣袖高高地卷起，手上、脚上都糊满了烂泥。然后，约上几个伙伴去迎接土司。沙则一见土司，伸手就要去拉。土司见沙则脏成那样，连忙退让。沙则故意不好意思地说："我们在田里干活，听见老爷来了，手脚都来不及洗干净，就急忙赶来迎接老爷！"

不等土司答话，沙则又说："忙呀！我们拼命地赶着收割庄稼。不然，哪有那么多的租子交给老爷啊！今年实在忙，忙得连杀鸡煮酒的空闲都没有啊！"说着，沙则伸出大泥手，又要去拉土司的华丽衣裳，表示对他的关心和敬意。

土司怕弄脏了自己的衣裳，忙说："免了，免了！"

沙则乘机对大伙说："大家都听见了吧！老爷说啦，今年一切都免了，租子也不用交了！"

土司张着嘴，想说什么却又说不出来。

土司为了报复沙则，找了个罪名把沙则捉进县府，关进牢房。沙则托人买了一大捆火麻，不分白天黑夜地搓麻绳。牢头问他："沙则！你搓这么多的麻绳干什么啊？"

沙则笑嘻嘻地说："我们彝家住在山尖上，山高水冷，人穷土瘦，住的都是茅草房，盖不起瓦房。我看县老爷住的院子，宽大又漂亮，又是粉刷油漆，又是雕龙画风，我想把它背去，让村子里的乡亲们见见世面。"

牢头把这事告诉了县官，县官一听，大吃一惊，害怕沙则闹出怪事，惹出不必要的麻烦，便吩咐牢头赶快把他放了。

心灵感悟：面对蛮横无理的人，没有必要害怕，要相信自己的勇气和智慧是能够战胜一切的。

不是龙地是臭地

穷人的地和财主的地连在一起，财主一直想把穷人的地据为己有。

一天，穷人在犁地的时候，不小心犁到了和财主相接的地界。财主见了，就气势汹汹地走来，说："你好大胆子，故意犁断我家祖坟的龙脉。限你 3 天，给我送来酒肉每样 300 斤，祭坟赔罪。不然，你的地今后休想再耕！"

穷人没有办法，只好去找佬巧。佬巧叫他等财主来要酒要肉的时候，请乡亲们来评理。第三天，乡亲们到来了。财主便领大家到地里，指着被犁过的地边，对大家说："你们看，他犁断了我的龙脉，弄死了我的龙地。"

佬巧来到财主的地里，趴下来闻了闻泥土，说："老爷，你这地哪里是龙地？是块臭地呀！"财主生气地说："胡说！凭什么说我这龙地是臭地？"佬巧答道："臭得很哩，不信你自己闻闻吧！"财主弯下身闻了闻，大声地说："你胡说八道，我家的龙地一点也不臭！"

佬巧听了，微笑着说："好了，各位乡亲都听见了，老爷说他的地一点也不臭。"佬巧盯着财主又说："你说他犁断了你的龙脉，大热的天，龙都死了4天了，能不臭吗？既然你的地一点也不臭，就证明龙脉没有断，你的龙地也没有死。"

财主无话可说，只好灰溜溜地离开了他的"龙地"。

心灵感悟：面对财主的无理取闹，佬巧巧设一计，让财主不知不觉就绕了进去，使财主再也没有理由辩驳。

野鸭还债

老登还不起财主的债务，愁眉苦脸地坐在池塘边发愣。财主走过来，嬉皮笑脸地跟他打招呼说："嘿，聪明的老登，什么时候养了这么一大群鸭子，阔起来了？"

老登抬头一看，池塘里不知什么时候来了一群鸭子在水面上嬉戏，就顺水推舟说："没钱还债，没办法呀！"

财主转了转眼珠子说："你就用这群鸭子抵债吧，我再找你点钱，怎么样？"

"老爷，"老登回答，"这办法倒很好，不过你不许后悔哟！"

财主说："那当然，那当然！"

老登说："鸭子和我混熟了，听到主人的声音，它们就像孩子跟着妈妈一样地跟着我。所以你得等我翻过那道山岗，再把鸭赶回家去。"

财主想着这群鸭子将是自己的财产了，心里乐滋滋的，连声答应："这个容易，这个容易！好啦，我再给你20文钱，赶紧走吧，聪明的老登！"

"那我先走了，老爷。"老登接过钱迈开阔步走了。

不一会，财主望着老登过了山岗，就兴冲冲地拿起竹竿，向池塘奔去。谁知，那群鸭"轰"地飞了起来，吱吱呀呀地全飞上天去了，原来是一群野鸭。财主急得浑身冒汗，瞪着眼睛，向天空大喊："下来，快下来！你们是属于我的，属于我的！"

然而，野鸭理都不理他，吱吱呀呀地叫着，很快便消失在山峦里了。

心灵感悟：自作聪明的人往往是被耍的对象，而假装糊涂的人通常是大智者。

鸡叫找跳蚤

开春了,财主每天听见鸡叫头遍就把长工们叫起来干活。没过多长时间,长工们一个个都消瘦了。财主这样折磨人,大家心里都恨得痒痒的。

公天也在给财主做工,他是一个聪明的人。这天,公天和长工们商量好了对付财主的办法。

“天亮啦,起床啦!”第二天鸡一叫,财主又跑来叫大家起床,可是长工们一个个都没动,也没吱声。财主又叫了一会儿,长工们还是没理他,大家翻了个身,又睡了。

鸡叫第二遍了,财主见长工们一个也没有起床,就大骂开了。

公天在屋里答道:“老板,我们找到跳蚤就起来啦!”

财主的小老婆一听说找跳蚤,就气得跳起来:“怎么?半夜三更找跳蚤!难怪你们点这样多的灯油。油是要钱买的啦,你们以为是天上掉下来的……”

公天反问道:“你不是说天亮了吗?天亮了还点什么灯呢!”

接着长工们故意埋怨公天:“唉,半夜三更你吵什么!你不睡别人还要睡哩!”“真是,半夜三更找什么跳蚤!”

闹了一会儿,长工们蒙住嘴偷笑了一阵,接着睡觉了。

财主干着急,一点儿办法也没有。

心灵感悟:如果天亮了,找跳蚤是不需要点灯的,而事实上天并没有亮,财主的小老婆心疼灯油,就说出了天还没亮的实情,使长工们有了继续休息的理由。

推磨治肚疼

艾玉是白族有名的机智人物,自小就很聪明。

艾玉家里很穷。母亲在他 15 岁的时候去世了,家里没钱殡葬,艾玉便向财主李老爷借了十几吊钱把母亲葬了。

没过多久,财主便催艾玉还债。艾玉没钱还债,黑心的李老爷便要他做工抵债。每天天未亮,他就要起来干活,一直干到三更半夜才能休息。

一天,艾玉肚子疼得很厉害。可财主还是硬要他磨四箩包谷。刚磨了一箩,李老爷肚子也突然疼起来,躺在床上大叫。艾玉忍着疼,大声地说:“原来推磨能治肚子疼,多谢老爷你啦!”

李老爷躺在床上听了,便爬起来也想试一试。他让艾玉到一边去,让他来推磨。财主用力推了几圈,觉得肚子好像疼得轻些了,便完全相信艾玉的话,一直磨下去。磨了两箩,他一点力气也没有了,可一停下,肚子又疼起来,便骂艾玉骗他。

艾玉捂着肚子说:“我磨完一箩,肚疼就好了,你硬抢了我的活,这会儿,我肚子又疼起来。如今还有一箩包谷，就让它来医我吧！”说着，便要来推。李老爷见艾玉肚疼得冷汗直冒，怕他真的把最后一箩包谷抢去磨了，自己立即又死命地推起来。艾玉又假意争了一下，便躲起来睡觉去了。

心灵感悟：艾玉可谓是机智聪明，他编出了推磨能治肚子疼的谎言，诱使财主上当，既减轻了自己的工作量，又戏耍了一下财主。

艾苏干白工

每年雨季和冷季，土司都要让许多穷人给他做白工：砍柴、挑水、种菜、割马草，甚至洗衣端水。一干几个月，没有一点儿报酬。

这年冬季来临，土司叫艾苏来他家做白工。土司穿着棉衣，披着毯子，哆哆嗦嗦从屋里出来，对艾苏说：“轮到你给我家做白工了。我看你打着赤脚，说明你是个不怕冷的人。所以，我器重你，不让你干更多的重活。你只要每天挑10担水；天亮了，就把我全家人的衣服、裤子、包巾、筒裙洗好，太阳一出就拿去晒；早晚把洗脸洗脚水端到我床前……”

第二天艾苏就开始干白工了，他早早起床，挑了几担水，趁土司全家还没起床，就把所有的衣服、裤子、包巾、筒裙，无论是新的旧的，也不管是肮脏的还是干净的，统统放进水缸里，用棒槌搅了几下，湿淋淋地就晒在篱笆上。然后，往铁锅里倒上一桶水，就去睡觉了。

土司的女儿起床了，要穿头天才缝好的花筒裙去赶集。可找了半天，筒裙不见了，新头巾也不见了，急得哭了起来。

土司被吵醒了，从热乎乎的被窝里钻出来，准备穿棉衣，棉衣却不翼而飞，毯子也不见了踪影，冻得他直打喷嚏。出门一看，衣服、毯子、包巾都挂在篱笆上，湿淋淋的正滴水呢！

土司哆哆嗦嗦地跑到艾苏床前叫道：“艾苏，为什么把我们要穿的衣服都拿去洗了？害得我们没衣服穿！我要罚你六个月的白工！”

艾苏说：“不是你吩咐我的吗？天一亮，把全家的衣服洗好。你看，还有谁的衣服没洗？你没有道理罚我！”

土司双手不停地抖：“别说了，马上把洗脸水给我端来！”他一边叫着，一边跑回自己的床上。

艾苏从铁锅里舀了一盆水端到土司跟前，土司伸手一摸，水冰凉冰凉的，便恼火地叫道：“天这么冷，这水能洗脸吗？”

艾苏说：“你可没有说水要烧热呀！”

土司说：“烧热，烧烫，赶紧去烧！”

过了一会，艾苏把烧开的水装进脸盆，端到土司床前。土司钻出被窝，把手伸进开水里拿毛巾，一下被烫得跳起来，痛得不住地甩手指。

艾苏问：“怎么啦，水还是太冷？”

土司好一会才从牙缝里发出一些不连贯的声音:“还冷？我手上的皮都快给烫掉了！有这样干……干活的吗？给我滚……滚！”

艾苏抱起行李,跟土司告辞:“老爷,三个月的白工我一天干完了,下次再见吧！”

心灵感悟:许多话听起来好像无懈可击,其实是存在着漏洞的,善于抓住这些漏洞,就能占尽优势。

甲金与土司打赌

甲金的父母死得早,从小无依无靠,只好到土司家当雇工。

一天,甲金和土司赶集回来,路过江边,正巧一群布依族姑娘在江边洗蜡染。土司看到这群漂亮的姑娘,眼睛发亮,对甲金说:“你要是能吻那几个姑娘每人一下,我给你一锭银子。如果办不到,你就得给我白干一年活。”

甲金说:“老爷,你得先把银子给我才行。”土司只好摸了一锭银子给甲金。

甲金便跑到姑娘们跟前,对她们说:“阿妹们,我家黄果被人偷吃了,有人说是你们偷的。”

姑娘们都说:“我们没偷,不是我们。”

甲金走到她们身边说:“不！我不信,吃了黄果的人,嘴巴里一定有气味的。”

姑娘们都说:“不信,你就来闻闻。”甲金挨个在姑娘的嘴边闻了一遍。

站在岸上的土司见了,以为甲金真的吻了每个姑娘。等到甲金上来后,赶忙问道:“你怎么有办法的？”

甲金说:“这还不简单,我就跟她们说:‘漂亮的阿妹子,我像老虎爱猪一样地爱你们,让我亲一下嘴吧！’”

土司也跑到姑娘们跟前,死皮赖脸地对他们说:“我是土司老爷。漂亮的阿妹子,我像老虎爱猪一样地爱你们,让我亲一下嘴吧！”

土司说着把嘴伸向旁边的一个姑娘,没想到“啪”的一声,姑娘却给了他一个脆生生的耳光。还没等他清醒过来,姑娘们捡起石头,雨点般地朝他砸去。土司慌忙逃窜,狼狈地回到岸上。

心灵感悟:很显然,土司的要求非常荒谬,但甲金却并没有向土司低头,他利用假象迷惑了土司,轻而易举地教训了他。

藏驴告官惩黑店

玉斯哈(东乡族的机智人物)给一个商贩当脚夫。他赶着一头驴子,来到了繁华的城里。玉斯哈卸完货,走进一家肉面馆,叫了一碗肉炒面。伙计便高声喊道:“好呢！乡里的阿爸来了,前槽里的拉到后槽里,后槽里的拉到前槽里!”

一会儿,肉炒面就端上来了,玉斯哈狼吞虎咽地吃起来。这时,临桌来了个富汉,也要了碗肉炒面,很快就上来了。玉斯哈扫了一眼,见富汉那盘肉炒面好不丰盛,既新鲜又喷喷香,掌柜还站在旁边,盐咸醋酸地奉承;再看看自己的这碗肉炒面尽是些糊糊面、汤汤菜,连肉渣渣也不见几粒。他心想:同样是10个铜钱,为啥肉炒面不一样呢?

“前槽里的拉到后槽里……”店里的伙计又叫了起来。玉斯哈抬头看了看,原来又进来一个乡下人。等他要的肉炒面端上来后,玉斯哈发现和自己的一样,也是没几粒肉渣渣的糊糊面,心里便想:这里头一定有鬼。于是,装作解手的样子错走到后厨里,一看,哦!原来这帮势利鬼在欺负乡下人哩!掌柜的赶紧把他从里面拽了出来:“你要干什么呢?厕所在后面,从那个门出去!”

玉斯哈从后院回来,吃完了面,付了面钱,跟掌柜的要了一碗茶问道:“大掌柜,我的驴子拴在你家后院的马槽里,我在这里喝茶吃饭,骡子不会丢吧?”

掌柜的有点火了,说:“我的后槽里大官家的玉麒麟也拴过几百几十只,你那一匹臭驴子算个啥,一根毛也丢不了。”

玉斯哈说:“听掌柜这么一说,我可就放心了。”喝了一阵子茶,付清了茶钱,玉斯哈便到后槽里牵驴子去了。一会儿慌慌张张跑进来问掌柜:“我的驴子咋不见啦?你把它藏到哪儿去啦?”

掌柜发火了,说玉斯哈简直是胡闹。玉斯哈说:“我一进馆子,你们就喊叫‘前槽的拉到后槽里’。你究竟把它藏在哪儿啦?”两人你撕我扯,一直闹到县衙门。

县太爷问掌柜“前槽后槽”是怎么回事。掌柜不好明说,支支吾吾讲不出个所以然来。县太爷以为掌柜做贼心虚,便叫衙役打了掌柜三十大板。掌柜只好招认说,前槽后槽指的是前锅后锅,是馆子里的一句黑话,专为给乡人推销剩饭剩菜,并没有偷人家的牲口。

县太爷哪里肯信,又要动刑。掌柜害怕再挨打,只好招认驴子给藏在后园里了。县官差人去寻,驴子果然在后园里的磨房里拴着。其实,是玉斯哈乘着出去解手的机会把驴子牵到了那里。县官罚了掌柜200两银子。

黑心的掌柜含着眼泪,一瘸一拐地回去了。从此,这家炒肉面馆里再也听不到“前槽后槽”的吆喝声了。

心灵感悟:没有谁是好欺负的,小人物也不例外。

七、幽默讽喻

"Yes"和"No"

一天,一个家住农村的年轻人,收到了他哥哥从美国寄来的一封信,信中把美国描绘得非常美好,并且说:"到美国来吧,我的好弟弟,这里能够挣好多的钱!"

这个年轻人卖掉了家中值钱的东西,来到了美国。他问哥哥:"我不懂英语,如果有人和我讲话,我该怎么办?"

哥哥拍拍他的肩膀,笑着说:"这个容易,你只需要回答 Yes 就行了。"弟弟走进一家俱乐部看拳击,拳击运动员走过来用英语问他:"你想不想和我比试一下?"

"Yes。"他答道。

于是弟弟挨了狠狠的几拳。

事后,哥哥又对他说:"那你应该对他说 No。"

弟弟记住了哥哥的话,当他再次来到那家俱乐部时,拳击运动员见了他就问:"昨天打够了吗?"

弟弟笑着答道:"No。"这一回弟弟又被狠狠地揍了一顿。

弟弟愤愤地回到了农村,对妻子说:"美国人真是太野蛮了!无论你说 Yes 还是说 No,都得挨揍!"

心灵感悟:无论做什么事情,都不能一味按一个模式去套,要学会思考,学会分析。

高手

有一个技艺高超的射手,百步穿杨。方圆百里无人能出其右。

由于没有对手,他感到百无聊赖,于是决定到别的地方找找看有没有高手。

离开家乡已经一个多月了,他还是没有碰到高手。这一天,他经过一个村子,惊讶地发现在村子里的墙壁、木门、还有树干等地方都有被命中红心的箭靶。"这里一定有一个射箭高手。终于找到可以跟我一试高低的人了。"他边想边露出了微笑。

于是他在村子里寻找,打听那位高手。很快,他便在村子东头的小树林里找到了那位"高手"——一个十来岁的小男孩。他正奇怪,看到小男孩拿起了弓箭瞄准最粗的那棵树,"嗖"的一箭射了出去扎在树干上。

小男孩接下来的举动把神箭手差点没气死,他用笔围着扎在树干上的箭一圈一圈地画着箭靶。神箭手离开了村子,又开始去寻找高手。

心灵感悟:眼睛看到的不一定是正确的、真实的东西,不要轻易被事物的表象所欺骗。

谴责的作用

犹太人有个传统,那就是安息日只能在家好好休息,学习功课,不能工作。可是有个别商店的老板却违背了这个传统,照常营业,亵渎了安息日。一次讲道时,拉比对这样的店主大加谴责。可是,让人想不到的是,礼拜结束后,亵渎安息日最为严重的一个老板却送给了拉比一大笔钱,这让拉比很高兴。

到了第二周的礼拜,拉比对安息日营业的老板的谴责就不再那么严厉了,因为他希望通过这种方式,能从那个老板那里得到更多的钱。谁知结果一个子儿都没拿到。

拉比感到很困惑,他来到这个老板家里,向他询问事情的原因。

"这很简单。在你严厉谴责我的时候,我的竞争对手在安息日都不敢营业了,而当你不再严厉地谴责我时,我的竞争对手也都开始营业了。"

心灵感悟:在任何时候,我们都要弄清事物的本质,否则很容易被假象迷惑。

广告

一位富翁不幸在车祸中丧生,他的灵魂悠悠荡荡来到天堂门口报到。握有天堂钥匙的圣彼得拦住他说:"先不要急着进去,我领着你参观一下,然后再作出选择。"

圣彼得带他来到一所大房子前,那儿有很多无聊的人,在里面漫无目的地闲逛,时不时打着哈欠。

"看见了吗,这就是天堂,下面我再带你去看看地狱。"圣彼得说。

他们来到了一个热闹非凡的地方,那里的男男女女都在尽情歌舞,他们的脸上都挂着满足和微笑。

"这就是地狱,你想好去哪里了吗?"圣彼得问富翁。

"那还用问,当然是地狱了。"富翁毫不犹豫地说。

"好极了,这是你自己选的,我可没有逼你。"圣彼得笑着说道,随后转身走了。

这时,来了两个青面獠牙的小鬼像老鹰逮小鸡似的拖起富翁,奔向一口滚烫的大油锅。

"圣彼得先生,你骗人,我刚才看到的地狱可不是这个样子的!"富翁惨叫道。

"先生,刚才你看到的是广告……"越走越远的圣彼得头也不回地说。

心灵感悟:很多时候,我们看问题只看表象,结果很容易被它迷惑,作出错误的选择。因此,对待一个问题,找出它的本质是非常重要的。

熊迹

一个年轻人想去捕熊，在这之前，他来到一位老猎手那里，向他请教经验。

老猎手说："在通常情况下，我会先找一个山洞，躲在洞边，然后捡起一块石头扔进去。如果听到里面传来"呜——呜——"的吼声，就能够断定里面有熊。这时我就跳到洞口，朝里面打枪，熊一般会被击中，倒在我的枪口下。"听完老猎手的话，年轻人满意地离去了。

过了几天，老猎手偶然在医院里发现了那位年轻人，他浑身裹满了绷带。老猎手感到非常惊讶，问起缘由。年轻人面露苦楚："我确实按照您的嘱咐去做了，先找了一个山洞，躲在旁边，捡起一块石头扔了进去，不久就听到了"呜——呜——"的声音，我赶忙跳到洞口举起枪，可是还没等我开枪，就从洞里开出来一列火车……"

心灵感悟：不要固守原有的经验，该变通的时候还得变通，只有这样，才能把一件事办好。

没有批准

二战时，"三巨头"在德黑兰召开首脑会议。会上，斯大林不断向罗斯福和丘吉尔施加压力，通过的决议全是斯大林提出来的。

对此，罗斯福和丘吉尔感到非常不满，他们坐在一起商量对策。终于，他们想出了一个要弄斯大林的主意。

"昨晚我做了一个很奇特的梦，梦见我成了全球主宰！"丘吉尔说。

"我做了一个更奇特的梦，梦见我成了宇宙主宰！请问斯大林元帅，你梦见了什么？"罗斯福问。"我梦见，我既没有批准对罗斯福先生的任命，也没有批准对丘吉尔先生的任命。"斯大林微笑着说。

罗斯福和丘吉尔瞠目结舌，无言以对。

心灵感悟：罗斯福和丘吉尔的话语中显然带有刁难意味，但这并没有难倒斯大林，他以更精妙的回答加以回击，使自己由被动变为主动。

麻雀翻译

一个人在市场上买了六只麻雀，这些麻雀都来自中国，他决定拿这些麻雀去讨好国王。

按照这个国家的习惯，七是一个吉利的数字。要是送去六只，国王可能会不高兴，弄不好还会掉脑袋。

但是,只有六只中国麻雀,该怎么办呢?他思索了半天,决定混进一只本国麻雀,凑足七只献给国王。

国王见了,非常高兴。他细细地看着它们,一遍又一遍地加以赏玩。

突然,他发现有一只本国麻雀混在里边,立即大怒,大声喝道:“你的胆子好大啊,竟然拿一只本国麻雀混在里面。”

那人吓了一跳,但他马上又镇静了下来,答道:“陛下果然是火眼金睛,什么都逃不过您的眼睛,这只本国麻雀是一位翻译。”

心灵感悟:面对危险之时,一定要沉着冷静,只有这样才能够尽快想出办法脱险。

奔跑有益于健康

这件事发生在沙皇尼古拉斯二世统治时期。两个犹太人走在莫斯科的林荫道上。一个有居留证,另一个没有。突然,他们看见一个警察。

没有居留证的犹太人对他的同伴说:“快跑!你的奔跑会引起警察的注意,他会认为你没有居留证,就会去追你,这样我就可以趁机脱身了。你有居留证,即使他抓住了你,也不能把你怎样。”

于是有证的犹太人就开始跑。警察发现了目标,箭一样地追了上去。不到几分钟,他逮住了那个奔跑的犹太人。

“啊哈!你肯定没有证件。”警察幸灾乐祸地说。

“没有证件?你凭什么判断我没有证件?”那个犹太人说,掏出证件递给警察。

警察一下子陷入了尴尬的境地。

“既然你有证,为什么还要跑呢?”

“我必须经常作一点锻炼,这是我的医生对我的建议。”

“那你也应该看见我在后面追你啊!”

“看到了。只是我以为你的医生也给了你同样的建议呢!”

心灵感悟:当遇到危难时,机智地应对可以使自己摆脱险境。

机智获救

两个犹太人不小心掉进了河里,出于求生的本能,他们不停地呼喊着“救命”,可是却没有丝毫的回应。这时,有两个警察路过。当他们得知呼救的落水者是犹太人后,非常高兴,在那里等着看他们淹死。

危急之中,犹太人脑中有了办法,他们高声喊道:“打倒沙皇!”这可是了不得的大事,两名警察立即跳入水中,将他们逮捕归案。

心灵感悟：危难之中，智慧是护身法宝。

毛驴的朋友

有个叫汤姆的小伙子，常以愚弄他人为乐。一天早上，他坐在门口吃面包，看见杰克逊骑着毛驴从远处过来，于是就喊道："喂，吃块面包吧！"

杰克逊出于礼貌，从驴背上跳下来说："谢谢您的好意，我已经吃过早饭了。"

汤姆却说："我没问你呀，我问的是毛驴。"说完，很得意地一笑。

对汤姆这一无礼的侮辱，杰克逊很是气愤，却又无法责骂这个无赖。他抓住汤姆"我和毛驴说话"这一语言上的破绽，进行了有力的反击。

他猛然转过身，"啪，啪"照准毛驴脸上就是两巴掌，骂道："出门时我就问你城里有没有朋友，你非常坚决地说没有，没有朋友为什么人家会请你吃面包呢？"接着又"啪，啪"对准驴屁股打了两鞭，说，"看你以后还敢不敢乱说！"骂完，骑上驴，扬长而去。而汤姆则张着嘴呆在了原地，满脸的尴尬。

心灵感悟：当众受到侮辱或攻击，愤怒是不能解决问题的。由于情绪失控，头脑更不清醒，就更难找到摆脱困境的途径。这时我们需要保持冷静，冷静是一种积极的、由静转动的心理活动过程。

父亲的所为

有一次，黑舍尔在一家小旅馆里过夜。旅馆主人见此时没有其他的客人，就出去了，留下他的妻子招待黑舍尔。

"我马上就要饿死了，"黑舍尔对她说，"请给我一点儿吃的吧！"

主人的妻子看到他穿的衣裳破破烂烂，心想：我干吗要给一个流浪汉做饭吃呢？

于是说道："我很抱歉地告诉你，我家里确实没有任何可吃的东西了。"

"什么？没有吃的？"黑舍尔跳起来。

他想了一会儿，嘟嘟囔囔地说："如果那样的话，我恐怕得像我父亲那样做了！"

旅馆主人的妻子听到这个，警觉起来。

"你父亲怎么做的？"她有点儿颤抖地问。

"我父亲做了他应该做的，也是万不得已才做的！"黑舍尔不悦地说。

"天知道这个人的父亲做了什么！"旅馆主人的妻子想，"这很危险，只有我和他呆在家里。说不定他父亲是个杀人犯，如果他像他父亲一样做，天哪……"

什么都没说，她收拾好桌子，给黑舍尔做了最好吃的东西。黑舍尔那么饿，就狼吞虎咽地吃起来。吃完后，他舔着嘴唇说："这是自从逾越节以来，我吃的最好的一顿饭！"

看到黑舍尔心情不错，妇人很小心地问："好心人，请你告诉我，你的父亲到底做了什么？”

“噢，我父亲？”黑舍尔天真地说，“只要我父亲没饭吃，他就去睡觉！”

心灵感悟：当自己遇到困难时，巧妙的言语能帮助自己渡过难关。

介绍人

在镇上，住着一个特别富有的人，但他是一个不学无术而且粗野的家伙。

他只有一个女儿，除了能够继承她父亲的钱以外，一无是处。不论什么人打他女儿的主意，他都会拒绝。

“我女儿只嫁好人家！”他宣称。

一天，黑舍尔又穷得走投无路了，就想了一个办法去找富人。

“我给你女儿介绍一个年轻人，这个年轻人可是不可多得的宝玉，”他告诉富人，“他英俊，精通律法，而且性格很好。”

“他是谁？”富人带着期待，微笑着问。

“鞋匠的儿子施姆尔。”黑舍尔回答。

“混蛋!”富人咆哮起来，“你居然敢介绍一个这样的人来匹配我的女儿!马上滚出去!”然后，他抓住黑舍尔的脖子把他四脚朝天地扔了出去。

几天以后，黑舍尔又来拜访这位富人。

“你怎么又来了！”富人生气地大喊，“我说过，你最好不要再让我看见你的脸！”

“不要生气，”黑舍尔说，“我这次要把一个优秀的青年介绍给你的女儿。”

富人开始好奇了。

“真的吗？”他问，“这次是谁？”

“就是拉比的儿子。”

富人高兴地跳起来。

“太好了！真没想到！”他说，“但是，请告诉我，亲爱的朋友，你是否已经去过拉比家和他说过这件事了？”

“我当然已经对拉比说过了。”

“拉比怎么说？”富人急切地问。

“他怎么说？他和你那天对待我的方式一样：‘混蛋！你居然敢介绍一个这样的人来匹配我的儿子！马上滚出去！’然后他抓住我的脖子把我四脚朝天地扔了出去！”

心灵感悟：没有谁是可以任意欺侮的，你以怎样的方式对待别人，别人也会以同样的方式对待你。

流浪汉

有一个愣头愣脑的流浪汉，常常在一个市场里走动。市场里有很多卖菜的，还有卖水果的，每天来来往往的有很多人。由于那个流浪汉经常来这里，说起话来总带一些傻气，大家都以为他是傻瓜，因此很喜欢开他的玩笑，并且想出不同的方法捉弄他。

市场里常常有一些人想看他傻到什么程度，于是便在手上放了两枚硬币，一枚五元的和一枚十元的，让流浪汉挑选一个拿走。流浪汉对着这两枚硬币，思考了半天，最后选择了五元的硬币拿走了。

那些捉弄他的人，看到他竟然傻到选择小面值的五元硬币，大家都捧腹大笑。从此，那些人只要看到他，都用这个手法来取笑他，而他倒也觉得很开心，能够见到大家笑，他以为是件非常高兴的事情。于是，每次人们让他挑硬币的时候，他都会拿走五元的硬币。

过了一段时间，一个善良的老妇人看他每次都被人欺负，便决定帮他，于是对他说道："我教你怎样区分五元和十元，以后他们再取笑你，你就拿十元的让他们看看。"

流浪汉露出狡黠的微笑对老妇人说道："不，谢谢您，我知道怎样区分。我如果拿十元的话，他们下次就不会再让我挑选了。"

老妇人听到他的话之后才知道：他并不傻，而是所有人傻。

心灵感悟：为了生存，人们常常绞尽脑汁，机关算尽也未必能够如愿。大智若愚，有时候也不失为一个好办法。

狗的妻子

有一个贵妇人，她喜欢以捉弄人来显示自己的高贵。一天，她牵上条哈巴狗在路上溜达，恰巧碰见了三毛。贵妇人叫住他，调笑说：三毛，只要你叫我的哈巴狗几声'爸'，我就给你三十块大洋！"说完得意忘形地大笑起来。

聪明的三毛灵机一动，很快就想出了一条妙计：

他走过去，笑嘻嘻地从贵妇人手中，牵住哈巴狗，连着叫了几声"爸"。那女人在众目睽睽之下，不好赖账，只好如数地给了三毛三十块大洋，三毛接过大洋，望着妇人，大声地说："谢谢你，妈！"

这一下，贵妇却成了狗的妻子。那贵妇人气得牙齿"咯咯"直响，但又无可奈何。

心灵感悟：聪明的三毛既得了大洋，又回敬了贵妇，可谓是一举两得。

机智的经理

美国有家百货公司，门口竖着一个大广告牌，上面写道："无所不有，如有缺货，愿罚10万。"

有位闲客很想获得10万元，于是，故意到这里来找茬儿，他找到经理，开口道：

"潜艇！潜艇在什么地方？"经理领他到第29层，当真给顾客亮出货来。

对方毫不在意，信口又说："看看飞船，有吗？"

经理默不作声，又领他到32层，果然在那里找到了飞船。

这家伙还不死心，竟然问道：

"可有肚脐眼生在脚下面的人？"他暗自得意，以为这一问，经理一定无能为力了。

谁知经理不动声色，对一个店员说："你来一个倒立给这位客人看。"

这位胡搅蛮缠的顾客很是难堪。

心灵感悟：对付那些无事生非，存心捣乱的家伙，也应该使用非同寻常的手段和策略。

永久的告别

一位法国著名的幽默作家到一家饭店去吃午饭。饭菜做的没有味道，作家只吃了一半就不想吃了。

作家喊道："经理先生，请过来！"

"先生，您是打算结账吗？"

"让我们来拥抱一下吧！"

"什么？"

"让我们来拥抱啊！"

"这是为什么呢？先生。"

"要告别了嘛！今生今世恐怕我们再也不会见面了。"

心灵感悟：这位法国幽默作家用风趣的话强有力地讽刺了饭店的饭菜乏味。

不是这样

有个为富不仁、欺诈百姓的吝啬财主患病了，很多人为了避免财主以后找自己的麻烦，都去探望。

一天，阿凡提从财主家门前经过，恰好遇上财主的儿子站在门口。两人正面相遇，财主的儿子向阿凡提说他爸爸生病了，阿凡提不愿去探望，就敷衍地问了一句："您爸爸的病怎样了？”

财主的儿子深感荣幸，立即受宠若惊地回答道：“感谢真主，像您期望的那样。”

阿凡提连忙说：“不是这样的吧？那为什么屋里没有传出哀号呢！”

心灵感悟：阿凡提真是巧舌如簧，只一句话，就委婉地诅咒了财主。

畜生不下马

有个县官带着几个随从骑着马到王庄去处理公务，走到一个岔道口，不知应该朝哪个方向走。

正巧一个老农扛着锄头走来，县官在马上大声问老农：“喂！老头，我问问你，到王庄怎么走？”

那老农夫头也不回，只顾赶路。

县官大声吼道：“喂！老头，你是聋子吗？我在问你话呀！”

老农停下来说：“我没有时间回答你，我要去李庄看件稀奇事！”

“什么稀奇事？”

“李庄有匹马下了头牛。”老农一字一板地说。

“真有这样的事？马怎么可能下牛呢？”县官疑惑地问。

老农认真地回答道：“世界之大，无奇不有，我怎知道那畜生为什么不下马呢？”

心灵感悟：老农运用高超的语言艺术，将粗俗无礼的县官骂了一顿。

巧戏尚书御史

纪晓岚还是侍郎的时候，有一次，尚书请他前去赴宴，陪宴的还有御史。

3个人喝酒正在兴头上时，看见一条狗忽然从门口跑过。御史装作没看清楚的样子问：“是狼是狗？”

纪晓岚听出御史这是在戏弄他是狼(侍郎)是狗。于是纪晓岚马上回答说：“是狗。”

尚书便问道：“你怎么知道是狗？”

纪晓岚想，既然尚书大人也来凑趣，就连你也一块调笑吧。于是，一本正经地说：“狼与狗有两点不同的地方：其一，看它们的尾巴就可以区别，下垂是狗，上竖(尚书)是狼；其二，它们的食性不一样，狼是非肉不吃，狗则是遇肉吃肉，遇屎(御史)吃屎。”说完，纪晓岚便哈哈大笑了起来。

尚书和御史虽然气得要死，却又无言以对，只得附和着干笑几声。

心灵感悟：纪晓岚面对御史的戏弄，并没有生气，而是巧妙利用谐音回敬了他们。

富翁借牛

从前，有一个富翁目不识丁，却总喜欢摇头摆尾，自命风雅。

有一次，富翁正在堂屋里陪客，有人送进来一张借柬，向富翁借一头水牛去耕田。富翁拆开借柬，口中念念有词地看了一遍，随后对借客点点头说："知道了，你稍候片刻，等一下我亲自来好了。"

旁边的人听了，都捂着嘴暗自偷笑。

心灵感悟："知之为知之，不知为不知"，应该说这是一个真正聪明人应恪守的信条。

顾客与店员的对话

一个晴朗的下午，一个女士带着孩子来到一个玩具商店，儿子闹着要玩具，她不得不带他来到这里。

小孩去找他喜爱的玩具去了，女士便和店员随便聊了起来。

这时，店老板从后门走了过来，听见店员对顾客说："没有，太太，已经好几个星期都没有了，看样子最近也不太可能有呢！"

店员这样说，老板感到很吃惊，他立马走过来。女士没看见自己的儿子，正准备到门外看看。却听见店老板莫名其妙地对她说："太太，不要走，不是这样的。我们很快就会有了，其实两周前我们已经发出订单了。"

女士急着找自己的孩子，没理他。

店老板一把将店员拖到旁边，大声训斥："绝对不能对客人说我们没有什么……如果真的没有，也得告诉客人马上就会有了，制造商已经将货发出了。"

"她需要什么？"老板气急败坏地问。

"下雨！"店员回答。

心灵感悟：在没有听清别人的话之前，不要妄下结论。对待周围的人或事，我们也要用全面的眼光去看，站在不同的角度去了解，这样才能得到正确的答案。

兄弟爬楼

有一对兄弟，在外面度完假期后，一起回家。

他们的家住在 80 层楼，他俩每人背着一个大包，来到楼道的时候，却发现大楼停电了。

"弟弟，我们一起从楼梯爬上去吧。"哥哥说道。

弟弟点头同意了。

于是他们就一起爬上去。

到了20层的时候，哥哥又告诉弟弟："包太重了，不如先把它放在20层，我们先回去，明天再下来拿。"

弟弟说："好。"

于是他们卸下身上的大包，将它们放在了20层，继续往上爬。

到了40层，兄弟俩累得直喘粗气，弟弟开始埋怨哥哥，于是就跟哥哥吵起来了。

他们边吵边爬，好不容易到了60层，哥哥就对弟弟说："只剩20层楼了，我们停止争吵，将剩下的路程爬完，好吗？"

于是他们就各走各的，终于到了家门口。

哥哥长长地舒了一口气，高兴地说道："弟弟开门。"

"开什么玩笑，钥匙不是在你那儿吗？"弟弟说。

最后，他们想起来了，原来他们把钥匙落在20层的包里了。

心灵感悟：生活中，我们背负着太多的压力，当不为压力所累的情况下，我们应该认真做好眼前的每一件事。

真实的谎言

一位双目失明的乞丐，每天带着一个小女孩站在街角，向来往的路人乞讨。

有位老妇人每天经过时，总会在乞丐的破碗中丢下几个铜板，时间一长，也和这对父女熟络起来。

老妇人有一天停了下来，和小女孩搭讪："可爱的女孩，旁边这位是你的父亲吗？"

"是的，夫人。"小女孩答道。"真是可怜，他看不见吗？"老妇人怜悯道。

"是的，夫人，我父亲是个盲人。"小女孩回答。"唉，命运真是捉弄人，你父亲的眼睛是什么时候失明的？"老妇人继续问。

"每天早上九点整。"小女孩天真地回答。

心灵感悟：谎言瞒得了一时，却瞒不了一世，它总有被揭穿的一天。

上帝的代理人

从前有一对贫穷的老夫妻，时刻忍受着饥饿的煎熬。后来确实没办法了，老头儿对他妻子说："马尔珂，我们给上帝写封信吧。"

于是他们坐下来向上帝写了封求助的信。他们签了名，将它封好，在信封上写上了上帝的名字。

"怎么才能将这封信寄出去呢？"他老伴奇怪地问道。

“上帝无所不在,我们寄出去的信他一定能收到。”她虔诚的丈夫答道。

于是他将信扔出了门外,风就把它沿着街吹远了。

恰巧当时有一个出门散步的好心富人, 风把信吹到了他面前。他好奇地捡起来,打开读了读,他很同情老夫妇的悲惨处境,被他们的虔诚和天真打动了。他决定帮助他们。一会儿以后,他敲了敲老夫妇的门。

“纳特先生在这儿住吗?”他问道。

“我就是。”老头儿答道。

富人朝他微笑。

“那么,我要告诉你一件事,”他说,“我想让你知道,上帝在几分钟之前收到了你的信。我是他在白俄罗斯的个人代理,他叫我给你100卢布。”

“马尔珂,你看怎么样?上帝收到我们的信了!”老头儿高兴地喊道。

老夫妇收下了钱,对上帝在白俄罗斯的代理表示感谢。

可是当只有他们两个人的时候,老头儿的脸上充满了疑虑。

他妻子忙问:“你又怎么了?”

“马尔珂,我很怀疑,那个代理在撒谎,他有点儿要滑头。”老头儿若有所思地回答。“哦,你知道代理是怎么回事!上帝很可能给了他200卢布让他交给我们,可是那个骗子拿走了一半给自己当佣金!”

心灵感悟:不要随意怀疑别人对你的帮助,因为这种援助可能是出于真心的。胡乱猜忌只能使你陷入更加不利的境地。

下地狱前的争执

有一个一辈子都很吝啬的富人。一天,他突然生病死了。

当他的灵魂在另一个世界游荡时,魔鬼捉住了他的双手,把他圈进了地狱。

“救命!放开我!我应该上天堂而不是下地狱!”他开始尖叫道。

魔鬼们讥笑他说:“只有在人间做了善事的人才能上天堂。”

灵魂哀叹说:“可我真的做了一件好事啊!”

他们问道:“什么事?”

“二十年前我给过一个穷人一卢布。查查你们的账本, 就知道了。我发誓我真的给过!”

魔鬼们不知该怎么办,就派了一个使者去问上帝。

“把那块卢布还给那个家伙,然后直接送他下地狱!”上帝生气地命令说。

心灵感悟:面对别人的困难置之不理的人,必然不会得到人们的尊敬,也不会有好的报应。

虎与刺猬

有一只老虎在野地里寻找食物，看见地上有一只刺猬正仰卧着晒太阳，老虎以为是一个鲜美的肉团，馋得直咽口水，急忙一口咬去。刺猬突然竖起浑身尖刺，死死地扎在老虎的鼻子上。老虎大吃一惊，甩也甩不脱，痛得嗷嗷怪叫，狂奔乱跳，逃进深山。

老虎跑得精疲力竭了，便一头倒在地上，昏睡过去。刺猬趁机松开，跑进草丛里藏起来了。老虎清醒过来，发觉鼻子上那个可怕的东西不见了，顿时满心欢喜。

它走到一棵大橡树下，准备在那里休息一会儿，无意中看到满地落着一团团的橡籽，个个都是浑身硬刺，吓得它倒退几步，侧着身体仔细打量起来。

它心想：这些刺团同刚才那个东西差不多，只是个头小些，恐怕是那个东西的儿子吧？如果是的话，那我可就要遭殃了，我得想办法逃命。

于是，老虎恭敬地对这些小刺球说："刚才碰见你们的父亲大人，我已经领教过令尊的厉害了，愿乞小郎君高抬贵手，让我过过身吧。"

心灵感悟：在受到挫折或灾祸后不应该产生畏惧的心理，而应该"吃一堑，长一智"，在总结挫折和失败的经验教训的基础上继续前进。

一钱莫救

从前有一个人，性格极为吝啬，不光对别人吝啬，对自己也是如此。有一次，在外出的路上，遇上河水忽然上涨，吝啬人不肯出摆渡钱，他自己冒着生命危险涉水。

谁知他刚到河中的时候，水势突然凶猛起来，他被冲倒了，在水中漂流了大概半里路。

他的儿子在岸上，十分着急，却帮不上忙，只得寻找船只去救助。船夫出价，要一钱才肯前去救助，可是儿子只同意出价五分，为了争执渡船的价钱相持了好长时间，而且一直没有决断。

这时候，落水人在垂死的紧要关头还对着他的儿子大声呼喊："我的儿子呀！如果出价五分就来救，一钱就不要来救！"

心灵感悟：不要把钱看得太重，让自己成了守财奴。

虎皮的价值

有个樵夫在砍柴回来的路上看到一只老虎把自己的父亲衔在口中，樵夫慌忙拿起手中的斧头就去追老虎。

正当樵夫准备举斧劈向老虎的背时，他父亲在虎口里高喊："我的儿，我的儿！你要砍，只砍虎脚，不可砍坏了虎皮。虎皮值钱，可以卖很多银子，要是毁了虎皮，就卖不了大价钱了！"

心灵感悟：财迷心窍，被钱财蒙蔽了眼睛的人只会成为金钱的奴隶。

内科与外科

从前有一个医生，自称擅长外科。

有一次，一个军营里有位副将在战场上中了流箭，箭头深深扎进筋膜内，痛苦不堪，他立即派人请那位外科医生来施行手术。

医生走到床边，稍一察看，便掏出一把大剪刀，咔嚓一声，剪去露在外面的半截箭杆，就要辞去。

副将拉住他说，"箭头还扎在肉里面，怎么不取出来？"

医生回答："这是内科的事情，与外科概无关系。"

心灵感悟：认为局部和整体、现象和本质之间都是截然分开、毫无联系的人是愚蠢可笑的。

治驼背术

从前，山东平原城里有位医生开张营业，自称擅长治一切佝偻曲背，不管他背驼得像角弓或腰弯得像大虾，一经治疗，马上就直，而且手术简单，价钱公道。

有个人背驼得直里六尺，横里八尺，听说竟有这等神医，就吩咐家人连忙准备厚礼，前来求治。

医生吩咐他脊背朝天，伏在地下，他就照着医生的吩咐做了。医生见到他趴在地下，然后对他说："趴好了，别动，否则到时候就治不好了。"

说完就跳上背去狠命踩踏起来。驼背者痛得杀猪一般号叫，嚷道："啊哟哟，要踩死我啊！"

这位医生边踏边说："我的招牌上不是明明白白写着专把驼背弄直吗，至于你的死活同我有啥相干？"

心灵感悟：只管解决眼前的、局部的次要问题，而根本不管是否会妨害长远的、全局的主要方面，这种就事论事、简单粗暴的工作方法，总是要败事的。

看谁站得过谁

父子俩性格刚烈，不肯让人。

一天，父亲留客人饮酒，派儿子入城买肉。儿子提着肉回家，将要出城门，正巧一个人迎面走来，两人不肯相让，横眉竖眼，挺着身子面对面地站在那里，僵持了很久。

父亲见儿子这么长时间也没有回来，就去寻找，看到这种情景，就对儿子说："你暂且带着肉回去陪客人饮酒，由我跟他对站着，看谁站得过谁！"

心灵感悟：人与人之间，磕磕碰碰总是难免的。相互谅解，退后一步天地宽，倘若使气斗狠，对谁也没有好处。

同样的靴子

五代时，冯道与和凝同朝为官，两人交情很好。

有一天，冯道穿了新买的靴子去拜访和凝。和凝看见冯道的靴子和自己两天前让仆人去买回来的靴子一模一样，于是，便问冯道："你的靴子多少钱买的？"

冯道抬起右脚，不慌不忙地说："便宜得很，五百。"

和凝一听就火了，转向仆人就给了他一巴掌，骂道："一模一样的靴子，竟然跟我说要一千！"

这时，冯道又缓缓抬起左脚说："这只也是五百。"

和凝一下子傻愣在原地，不知如何是好。

心灵感悟：冲动会令你犯下很多不应该犯的错误，随时保持冷静，搞清楚来龙去脉后再下结论，才不至于沦为笑柄。

只要三楼

有一个富人，很愚蠢。他看到另一个富人家的房屋有三层楼，宽敞壮丽，心中非常羡慕。他也想要一个属于自己的三层楼，他有的是钱，马上叫泥木匠来造一所同样的三层楼房。

泥木匠开始打地基，叠砖头，建造楼房的最下一层。

富人瞧了，心里有些疑惑，就跑来问泥木匠道："你这是造什么房子呀？"

泥木匠答道："还不是照你的吩咐建造三层楼房吗？"

富人说："我雇你来给我盖房子，你就得听我的，你只问了我一下'要什么样的房子？盖成几层？'你怎么不问问我先盖哪一层？"

泥木匠被富人的一席话说得一头雾水,弄不清楚到底是怎么回事。

原来富人羡慕的,只是楼房的最上一层,他要造的也只是这一层。

他连忙止住泥木匠道:“你给我造房子,就得依我的计划,我是不需要什么第一、第二层楼的,只要第三层就够了,还是给我把它先造起来吧!”

心灵感悟:物有本末,事有先后,事物都有它一定的规律。如果违背现实规律,舍本逐末的话必然是要失败的。

连带关系

参议员新雇了一名男仆。

“你在这里工作,一定要听从我的吩咐!我让你做什么你就得做什么。不让你做的绝对不能做!”

没过多久,他吩咐开饭。仆人端上饭后便一动也不动。

参议员看了看桌上的饭,禁不住问道:“菜呢?”“先生,你没有吩咐我上菜。”

“脑筋要灵活,饭与菜有连带关系。”

有一天,参议员患了感冒,叫男仆去请医生。

过了很长一段时间,男仆气喘吁吁地跑了过来,上气不接下气地说道:“除医生外,一些有连带关系的人我也请来了。”

“你都请了一些什么人。”

“嗯,有药店经理,办遗嘱手续的律师,殡仪馆的老板,还有熟手老到的掘墓工……”

心灵感悟:命令性的语言容易挫伤人的自尊心和积极性,只会把事情越弄越糟。

耳背的驴子

驴子一直怀疑马的听力有问题,决定好好考验一下它的听觉。

有一天,它轻手轻脚地走到马背后10米的地方。

“喂,老马,你听到我的声音了吗?”

马没有反应,它又走到5米的地方。

“老马,你听到我的声音了吗?”

马依然没有答腔,它只好走到离马3米的地方。

“你听到我的声音了吗?”

“听见了。”马说,“这已经是我第三次回答你了!”

心灵感悟:一个人最大的弱点,在于他自以为最聪明。当我们封闭自己的内心时,别人的劝告进不了我们的心中。同样的，当我们自以为最聪明时，也正是愚昧的开始。

聪明反被聪明误

一个牧场主获奖的一头公牛被经过牧场的火车长时间的汽笛声吓跑了，牧场主把铁路公司告上了法庭，并提出了高额的索赔。

铁路公司聘请了一位自命不凡的律师。在法庭审理前的双方调解中，律师用狡黠的言语对牧场主连哄带吓，断言上了法庭原告必输无疑。牧场主好像被弄懵了，答应调解，但他仍使出浑身解数，得到了铁路公司按他索赔金额的一半赔偿，同时撤消了对铁路公司的起诉。

律师为自己的又一次成功而沾沾自喜，他告诉牧场主："如果到了法庭，我非输不可，因为，火车司机当时喝多了，发酒疯拉的长笛。而我的几句话就把你吓得撤诉了，要不你能得到全部的赔偿！"

"是吗？年轻人，"牧场主说，"我告诉你，我并非听了你的话才撤诉的，本来我就担心我会输掉官司，因为今天早晨那头公牛已经回来了。"

心灵感悟：自以为是的人就像一个小丑一样，只能逗得他人开心，自己却一无所知。大智若愚，才是真正的高手。

上帝的惩罚

一个犹太教的长老在安息日偷偷去打高尔夫球。上帝决定惩罚他。

这位长老怕被别人发现，决定只打9个洞。第三个洞的时候，长老长杆一挥，球竟然一杆进洞，长老高兴地挥了一下拳头。第四个洞的时候，球又一杆进洞，"今天真是个好日子！"长老十分兴奋。接下来的四个洞全都是一杆进洞。"真不可思议！这是上天的安排吗？"长老禁不住喜悦决定再打9个洞。

这一次，9个洞全部是一杆进洞。这是在世界上任何地方都从未出现过的事情，长老手舞足蹈，简直快要乐疯了。

上帝边上的小天使不解地问上帝："您不是说要惩罚他的吗？我怎么没看见他受到什么惩罚啊？"

"我已经惩罚他了。上帝笑着说，"你想想看，有这么惊人的成绩和如此激动的心情，却不能跟任何人说，难道不是最好的惩罚吗？"

心灵感悟：我们的快乐和满足常常来自于他人的赞许和认可。如果我们所取得的引以为傲的成绩只能深埋在自己的心底，而不为大众所知晓的话，那将比任何痛苦都更为难受。

小站不停

一位乘客要在列车行驶途中的一个小站下车，可是他忘了今天这班车是不在这个小站停的。于是他向列车员求助。

列车员说："那就这样吧，列车会在小站换轨，速度会减慢，到时我把门打开，你跳下去就是了。"

"那个时候车虽然开得不快，但是你跳下去后要跟着往前跑，否则会把你卷进车轮的。"列车员接着说。

当火车到达小站时，列车员打开了车厢门，这人跳下火车就往前飞跑，由于心情紧张，他一直跑到了前面一节车厢的门前。就在这时，车厢门打开了，一位列车员又把他拖进了车厢。

列车很快恢复了正常速度，这位列车员对他说："老兄，你真幸运，星期二我们这趟车在这个小站是不停的！"

心灵感悟：生活中经常会出现这种令人啼笑皆非的事情，保持一种从容的心态，能够避免很多的失误。

撞猪

休息日，张某开车到郊区游玩。

阳春三月，处处春意盎然。张某边开车边优哉游哉地欣赏沿途的美景。这时，迎面开过来一辆拖拉机，行至他的车旁时满口黑牙的司机冲着张某大声喊道："猪！"

没招谁惹谁，凭什么骂我？张某越想越纳闷，也越想越气，于是他摇下车窗回头大骂："你才是猪呢！"

还没骂完，他便迎头撞上一群在马路上撒野的猪。

心灵感悟：人生得意之时切莫放松警惕，悲剧往往隐藏于忘形之中。

接电话线

一位年轻律师在城东的一条繁华街新开了一家律师事务所。他花了很大的一笔资金装修他的事务所，又买了一部豪华的电话机，作最终的装饰。现在这部电话机正漂亮地在写字桌上亮相。

秘书报告一个顾客来访，对于首位顾客，年轻律师按规矩让他在候客室等了一刻钟。而后让顾客进来时，律师拿起了电话听筒，为了给客人更深的印象，他假装回答一通极为重要的电话："可敬的总经理，我已对他说了，我们只是彼此浪费时间罢了……当然，我知道，好的……如果您一定要坚持的话……可是您要明白，低于2000万我不能接受……好，我同意……以后再联络，再见。"

他终于挂上了电话，面对那位在门口站着不动的顾客，好像非常尴尬。

"请问您有什么事？"律师微笑着问这位局促不安的客人。

客人犹豫了半晌，低声说："我是技术工人，公司派我来给你接电话线。"

心灵感悟：人与人之间的相处，应该是以诚相待，不应该因为你的虚荣心作祟就弄虚作假，真相揭开，双方都会尴尬。

柴火

一位收藏家在一户村里人家发现了一个非常珍贵的老式柜子，他决定买下它。

主人说："这个柜子太旧了，木头已经朽了，正准备劈了它当柴火烧呢！"

收藏家想："既然他这么说，这个柜子他一定不会要高价。"于是便对主人说道："多少钱？我就是要它做柴火呢！"

收藏家满意主人出的价格，立马掏出钱来付给主人。告之主人次日来取柴火。

第二天早上当收藏家开着车来装运柜子时，看到门前堆着一堆柴火。

主人走出来对他说："你老远来一趟不容易，我已替你把柴火劈好了。"

心灵感悟：利用他人的无知来欺骗他人，结果被愚弄的却是自己。

奇迹发生了

一位法国议员出访回国。他从比利时购买了一批雪茄烟，为了逃避关税，他将一部分雪茄藏在头上的高筒礼帽中，另一部分藏在衣袋里。然后，他同其他旅客一起，向海关检查处走去。

轮到这位议员接受检查了。恰好，关长在场。他认识这位议员，赶忙向这边走过来，并对关员吩咐道："快让这位先生过去，他免检了。"

"太感谢您了，关长先生。"议员高兴地说。"议员先生，能有机会为您效劳，我感到非常荣幸。"

关长一边说，一边脱下帽子向议员深深地鞠了一躬。出于礼貌，议员脱下了帽子。这时，奇迹发生了……

心灵感悟：做人一定要诚实，切不可偷奸耍滑，要知道，不诚实的行为迟早会暴露的。

八、成长岁月

人与猴

汉森的儿子手里拿了一本达尔文的《进化论》的少儿读本,书中用生动的笔调描述了生物进化的过程,并且配有极为有趣的插图。

“爸爸,进化论中说人是由猴子变来的,这是对的吗?”儿子问道。

“我不知道是否完全对,但达尔文的理论是有道理的。”

“可是既然人是由猴子变的,那么为什么现在人是人,猴子仍然是猴子?”儿子问。

“你没有看见书是怎样写的吗?猴子之中的一群进化成了人类,而另一群却没有得到进化,所以它们仍然是猴子。”汉森说道。

“这恐怕有问题。”儿子怀疑地说。

“什么问题?”

“既然是进化论,那么猴子们都应该进化,而不是只有一群进化。”

“为什么这样说?”

“我觉得另一群猴子也应该得到进化,变成一群能够上树的人。”

“那是不可能的,因为事实上是猴子当中的一部分没有得到进化……”汉森说。

“为什么?”儿子仍然不放过这个问题。

于是,汉森只能尽自己所知向他讲明其中的原因:“据我所知,一群猴子由于某种原因不得不在地面上生存,它们的攀缘能力逐渐退化,而又学会了直立行走,经过漫长的进化变成了人类;另一群猴子仍然生活在树上,所以没有得到进化。”

“我明白了。可是为什么要进化呢?如果人能够像猴子那样灵活不是更好吗?”儿子又开始了另一个问题。

“虽然在身体和四肢上猴子比人灵活,但人的大脑是最灵活的。”汉森说道。

“大脑灵活有什么用呢?又不能像猴子那样可以从一棵树跳到另一棵树上。”儿子说道。

“身体灵活固然好,但只有身体上的优势是远远不够的。大脑的灵活才是最重要的,因为只有这样才能创造出文明。”

“为什么要创造文明?”儿子问道。

“因为文明代表着人类的进步。”汉森说道。

……

就这样,儿子的问题一个又一个地如潮水般涌来。他的很多问题在成年人看来非常可笑而毫无根据,但即使这样,汉森也尽力不让他失望。

心灵感悟:思维在发问中获得锻炼,同时也能让人获得新知识。

磁铁的奥秘

约翰今年8岁了，一次，他独自一人在院子里玩耍。他喜欢玩“开火车”的游戏，就是把一些木块连成一串，充当车厢，他在前面拉着“车厢”当作火车头。他做这个游戏做得很认真，不光要像火车那样发出“呜呜”和“哐啷哐啷”的声音，还要负责在到站时报站名，招呼想象中的“旅客”上下车。

这天约翰突然想到要增加几节车厢，使这个“火车头”能带动更长的火车。可是带钩子的小方木块都用完了，怎么办呢？约翰想到了刚刚买回来的磁铁块，用绳子拴在最后面，刚刚合适。

他拴好一块磁铁，又拿来另一块。可是，好像突然着了魔一般，那块磁铁怎么也不肯乖乖地跟在第一块的后面。他一把它放到后面，就有一股力量将他的手弹开。约翰用尽了全身的力气，可是那两块磁铁怎么也不肯吸在一起。

约翰呆呆地看着手中的两块磁铁，好一会儿，他忽然大叫起来：“爸爸，爸爸，快来看呀，这两块磁铁里住着两个小精灵！它们不愿意在一起。它们闹别扭了，谁也不理谁。”

父亲忍住笑说：“傻儿子，这可不是什么精灵，这是磁力的一个重要原理，磁铁分为正极和负极，而且‘同极相斥，异极相吸’。你手上这两块磁铁都是正极，当然会因为相斥而弹开啦。”

“真的吗？”约翰怀疑地说。

“不信？你拿那一块磁铁过来，对，就是缺了角的那块。这块磁铁是负极的，你再试试看，它们会吸到一起的。”

“真的！”约翰觉得有趣极了，他的问题立即成串地出来了，“正极和负极是什么东西？磁铁为什么要分成正极和负极？为什么正极和负极就要吸在一起呢？”

父亲趁机教了他很多地质学上的知识，因为这些知识都是与游戏紧密结合的，所以约翰学习起来毫不费劲。

心灵感悟：许多知识就蕴藏在日常生活中，只要我们肯思考，善于观察，就能快速掌握它。

死去的蝴蝶

有一次，小塞德兹又一次拿起那个捉蝴蝶的网来到了田野。各种颜色艳丽的蝴蝶在阳光下飞舞，它们欢乐的模样真是美极了。那些蝴蝶身上的颜色在阳光的照耀下显得更加夺目。

他举起网的杆子向一只蝴蝶舞了过去，一下子就将它网住了。若在平时，蝴蝶会在网子里飞跳不停，想要挣脱出去。可是这一次，那只蝴蝶却一动不动地停在那儿，他小心翼翼地翻开网子，想看看是怎么回事，又害怕它突然逃掉。

可是，当他把蝴蝶的翅膀捏在手上的时候，发现它已经死了。或许是他刚刚捕捉它的时候在无意中用杆子将它打死了。

其实，这是小孩子们捉蝴蝶的时候时常发生的事。对于那些淘气鬼来说，这根本不值得放在心上，他们会扔掉死蝶开始重新去捕捉另一只。

不知是什么原因，在看到死蝴蝶的那一瞬间，小塞德兹突然难过起来。他认为自己无缘无故地杀死了那只蝴蝶是一件有罪的事。突然之间，晴朗的天空和灿烂的阳光一下子就在他的心中消失得无影无踪，在他的心里只剩下了黑暗。一阵沉重的忧伤将他完全笼罩。

在以后的好几天里，他一直被这种犯罪感所折磨，认为自己残酷地杀死了一个小生命。

“爸爸，你说我是一个坏孩子吗？”他将心里的感受讲给爸爸听，“我害死了一个生命，我是个罪人，一定会受到上帝惩罚的。”

“不，儿子，你不应该这样想。”塞德兹决定安慰一下悲伤的儿子，“虽然那只蝴蝶是因你而死的，但这也不全怪你，因为你不是有心的。”

“虽然不是有心的，但终归是我弄死了它。”小塞德兹伤心地说道。

“可是，那只蝴蝶已经死了，又有什么办法呢？难道你能用自己的难过让它复活吗？”为了使儿子从自责之中挣脱出来，他尽力给儿子讲一些他能够明白的道理。

“但那只蝴蝶是我亲手杀死的，我是有罪的。”小塞德兹说道。

“可是，那只蝴蝶已经死了，这是一个无法挽回的事实，你自责也没有用，关键是要看你以后怎么做。”他安慰儿子说：“只要你以后不再犯这样的错误，尽力去关心和保护小动物，不就行了吗？”

“可是，我杀死了那只蝴蝶，上帝会宽恕我吗？”小塞德兹问道。

“只要你以后不像坏孩子那样残酷地对待小动物，并关心和保护它们，我想上帝是会宽恕你的。”塞德兹回答道。

“真的？”儿子兴奋地叫了起来。

第二天，他们一起到田野中散步。这一天天气好极了。天空像宝石那样蓝，几只美丽的蝴蝶在阳光之中欢乐地飞舞着。

一见到那些蝴蝶，小塞德兹的脸一下子又阴沉了起来，似乎在他心中又浮现出了那件不愉快的事。

“儿子，你怎么啦？”

“我……我又想起了那只蝴蝶。”

“不要再想它了。”塞德兹摸了摸儿子的头，“生活中有很多不愉快的事，很多事情都是我们不愿遇到的。但过去的就让它过去吧，我们应该多想一想现在和明天，你看那些蝴蝶是多么的快乐呀！”

“是啊，它们无忧无虑，真让人羡慕。”儿子感叹道。

“你应该向这些快乐的蝴蝶学习，不要总是把什么事都往坏处想，你应该生活在明媚的阳光之中。”

心灵感悟：一个人是否幸福往往取决于这个人有什么样的性格。所以，在成长过程中，我们应该把培养自己良好的性格放在极其重要的位置，让自己生活在明媚的阳光中。

荡秋千

为了让儿子的身体得到良好的锻炼，也为了让他多一种娱乐活动，塞德兹在院子里专门安放了一个秋千。虽然荡秋千是大多数孩子喜爱的一项运动，但把它安放好之后塞德兹才发现儿子很害怕。

当塞德兹第一次将他抱上秋千的踏板上时，小塞德兹吓得哭了起来。

“不，不！”小塞德兹站在踏板上紧紧地抓住绳子，他的动作狼狈极了，不停地哀求爸爸把他放下来。

“这没有什么，很多孩子都会玩，你不用害怕。”塞德兹一边说一边将他稳稳地扶住。

“爸爸，我不想玩这个，我会摔下去的。”小塞德兹哭着说道。

“你不会摔下来的。只要抓住绳子，这是很安全的。”

“不，我害怕。”儿子仍然坚持。

见到他那副害怕的样子，塞德兹知道再劝说也没有用，便把他抱了下来。

“这样吧，爸爸先给你作个示范。等你见到爸爸玩得很高兴的时候，你一定会改变主意的。”说完，塞德兹就上了秋千开始荡起来。

“爸爸，你真行！”见爸爸在秋千上荡得很高很高，小塞德兹高声欢呼起来。

“那么，你也来试试好吗？”他问儿子。

“好吧，可是我不要荡得那么高。”儿子终于同意试一下。

这一次，儿子仍然很害怕，但他毕竟有了一个开始。他站在秋千的踏板上扭来扭去，样子难看极了。不仅如此，他几乎没有把秋千荡起来。

这时，女佣莱依小姐走了过来。她见到小塞德兹的模样顿时大笑起来：“威廉，你是在荡秋千吗？怎么一点也不像呀。”

“不，莱依小姐，你不应该这样说，威廉做得很好。”听见依莱小姐那样说，塞德兹担心会由此而打击小塞德兹的自信心，连忙出声制止了她。

莱依小姐是个很机灵的人，她立刻明白了塞德兹的意思，连忙说道：“哦，我忘了，在我第一次荡秋千时还不如威廉呢。”

“是吗？”儿子听见莱依小姐这样说，便立刻来了精神，用力在秋千上摇荡了几下。

“是这样的。据我所知，每个人第一次荡秋千时都害怕得要命，爸爸也是这样的。”塞德兹趁机鼓励小塞德兹，“我第一次上秋千的踏板上时比你还要害怕，站在那里一动不动，根本不敢晃动。你比我好多了，我相信用不了几天你就会荡得很高很高。”

“真的？”小塞德兹听见塞德兹和莱依小姐都这样说，恐惧感顿时消失得无影无踪。

第二天，塞德兹下班后回家，还没有走进住处便听到了花园中传来的欢笑声。小塞德兹和莱依小姐正在高兴地荡着秋千。

心灵感悟：人的恐惧心理在很大的程度上来源于没有自信心。只要建立起自信心和良好的自我感觉，那可恶的恐惧心理自然会消失。

约翰尼遇见的第一场暴风雪

约翰尼·里德是个好奇心非常重的孩子，他经常问他的妈妈这样那样的问题。他住在一个温暖的小村庄里，每天阳光普照大地，到处都是暖洋洋的。田野里也一直散发着迷人的花香，从来没有下过雪。

不知不觉中，约翰尼 6 岁了，到他这个年龄时，他得去看望他的祖母了。祖母住在一个冬天会下雪的地方。到了祖母那里以后，约翰尼才第一次看到暴风雪。下雪的时候，约翰尼站在窗前看雪，他从来没有见过雪，感到十分新奇。

"噢！妈妈，"他兴奋极了，用天真无邪的声音喊着，"快来呀，快来看这些从天堂飞下来的小鸟。"

"它们不是小鸟，约翰尼。"妈妈走到他的身边，一边轻轻地抚摸着他的头，一边微笑着说。

"那么，是小天使们正在抖落他们的羽毛吗？哦！快告诉我，它们是什么？那是糖吗？让我来尝尝吧。"约翰尼好奇地说。他情不自禁地打开窗户，迎接这漫天飞舞的雪花。他把手伸出窗外，接了一点雪，放到了嘴里。但是当他尝到那雪时，他不由得打了个寒战，它实在是太凉了。

"那就是雪，约翰尼。"妈妈缓缓地告诉他，"这些雪花是从云彩上掉下来的小水滴，但是它们在经过非常寒冷的空气时，冷空气使它们凝结了，把它们变成雪花降落了下来。"

说着说着，妈妈从一个橱柜里取出了一顶黑帽子，也把帽子伸出了窗外。"看，约翰尼！我已经捉到了一片雪花在这顶帽子上，快用放大镜看看它。你会发现它非常漂亮。"

约翰尼连忙找出放大镜，透过放大镜看着，发现那片躺着的羽毛般洁白的雪花，就像一颗可爱的小星星。

"闪闪发光的小星星！"他高兴地嚷道，"噢！我要更多的雪花，妈妈。大自然真是太奇妙了！"

心灵感悟：知识是没有止境的，我们不知道的东西还有很多，要想获得更多的知识，就需要不断思考，不断探索。

未上锁的门

在苏格兰的格拉斯哥，一个小女孩像现在许多的年轻人一样，厌倦了枯燥的家庭生活，父母的管制。

她离开了家,决心要做世界名人。可是,她每次满怀希望求职时,都被无情地拒绝了。她只能走上街头,开始出卖肉体。许多年过去了,她的父亲死了,母亲也老了,可她仍在泥沼中醉生梦死。

在这期间,母女从没有什么联系。可当母亲听说女儿的下落后,就不辞辛苦地找遍全城的每个街区,每条街道。她每到一个收容所,都停下脚步,哀求道:"请让我把这幅画贴在这儿,好吗?"画上是一位面带微笑、满头白发的母亲,下面有一行手写的字:"我仍然爱着你……快回家!"

几个月后,没有什么变化。一天,女孩懒洋洋地晃进一家收容所,那儿正等着她的是一份免费午餐。她排着队,心不在焉,双眼漫无目的地从告示栏里随意扫过。就在那一瞬,她看到一张熟悉的面孔,"那会是我的母亲吗?"她挤出人群,上前观看。不错!那就是她的母亲,底下有行字:"我仍然爱着你……快回家!"她站在画前,泣不成声。这会是真的吗?

这时,天已黑了下来,但她不顾一切地向家奔去。当她赶到家的时候,已经是凌晨了。站在门口,任性的女儿迟疑了一下,该不该进去呢?终于,她敲响了门,奇怪!门自己开了,怎么没锁门。不好!一定有贼闯了进去。记挂着母亲的安危,她三步并作两步冲进卧室,却发现母亲正安然地睡着。她把母亲摇醒,喊道:"是我!是我!女儿回来了!"

母亲不敢相信自己的眼睛。她擦干眼泪,果真是女儿。娘儿俩紧紧抱在一起,女儿问:"门怎么没有锁?我还以为有贼闯了进来。"

母亲温柔地说:"自打你离家后,这扇门就再也没有上锁。"

心灵感悟:父母对于孩子的那扇门永远是敞开着的,孩子也应该向父母敞开理解和体贴的大门。

一把心锁

星期日,大卫的儿子和同学出去玩了,大卫一个人来到儿子的房间,发现儿子的书桌上杂乱无章,就走过去想整理一下。此时,大卫打开儿子的抽屉。在抽屉里,大卫突然发现了一个蓝色的笔记本。

儿子在日记本的第一页上写道:"自从上初中以后,我的心里就逐渐变得空虚与孤独。父母除了关心我在学校里的表现外,就是把我关在屋里学习,每天当我伏在桌前,不停地写那些永远写不完的该死作业时,我就有着说不出的痛苦,我多么想能有时间到外面去打打篮球,踢踢足球,轻轻松松地活动一下呀!"

读完儿子的日记,大卫内心感到了一种强烈的震撼。他原以为自己的心灵与儿子贴得很近,可万万没有料到儿子与自己竟有这么大的代沟。

傍晚,儿子回到家里,又关上房门独处。晚餐的时候,儿子突然问:"爸,妈,你俩谁动了我的东西了?"

"没有啊。"大卫假装糊涂地说。

儿子见大卫的态度如此坚定，什么也没有说，闷闷不乐地走开了。

两天以后，大卫乘着儿子不在家，又偷偷溜进了儿子的房间，打算从儿子的日记里洞察他内心的秘密。令大卫吃惊的是，抽屉上不知何时被安了一把锁头。他突然意识到自己犯了一个低级错误。

晚上，当儿子回到家后，大卫鼓足勇气对儿子说："儿子，爸爸犯了一个错误，你能原谅爸爸吗？"

儿子沉默了一会儿，冷冷地说："不就是偷看日记的事嘛，我不想再谈这件事了。"

"如果你原谅爸爸，就请你把锁打开吧，别把爸爸当贼似的。"

儿子气呼呼地把钥匙抛给大卫说："这是钥匙，交给你，这回你该满意了吧？"

几天以后，当大卫无意中再一次来到儿子的房间时，一心想走进儿子内心世界的大卫，又鬼使神差般地想看儿子的日记。可是令大卫失望的是，儿子的抽屉虽然没有上锁，可那日记本不知何时已无影无踪了。

有一天，儿子突然对大卫说："爸爸，你是不是很失落？"

"你为什么这样说？"

"因为我把日记本扔了，并发誓不会再写日记了。"

大卫惊愕地醒悟到：儿子心里有了一把锁。

心灵感悟：任何人都是独立的个体，父亲与儿子之间的地位应该是平等的，谁也不应该窥探另一方的秘密。父母往往在无意中破坏了这种平等，因此，也往往在无意中自行了断了与孩子之间的信任纽带。可以设想，没有任何信任为基础，教育的效率是极其低下的。

坚固的门

学校大厅的门被踢破了。

十五六岁正是十分好动的年龄。可怜的门，自从安上的那天起，几乎没有一天不挨踢。用脚开门，用脚关门，早已成为学生的普遍行为。学校教导员为此煞费苦心，他曾在门上贴过五花八门的警示语，什么"足下留情"、"小心你的脚"、"我是门，我也怕痛"，诸如此类。可是，无济于事，而且似乎情形变得更糟了。

大厅门被踢破的那一天，几乎所有的教导员都向校长建议："干脆换成大铁门，他们脚上不是长着牙吗？那就让他们去啃那铁家伙吧！"

"大家放心吧，我已经订做了一个最坚固的门。"校长笑着说。

很快，旧门被拆下来，新的大门安装上去了。新装的大门似乎挺有人缘，装上以后居然安然无恙，没有挨过一次踢。孩子走到门口，总是不由自主地放慢脚步。阳光随着门扉的开启与闭合不停地旋转。穿越大门的时刻，少年的心感到了爱与被爱的欣喜。

这道门捧出了一份足够的信任，把一个易碎的梦大胆地交到孩子们手中，让他们学会了珍惜与呵护。它怎能不坚固？

在阳光的照耀下，那道门显得无比明亮，那是一道玻璃门。

心灵感悟：人都是渴望被信任的。如果你足够信任别人，那么他也就不会让你失望。

茅门立法

春秋五霸之一的楚庄王，颁布了一条法令叫做“茅门之法”。茅门就是宫门，这条法令规定：文武百官和王公贵族上朝时，必须将马车停在宫门以外，步行入宫。如果有人违背了这个规定，使马的蹄子践踏到宫门滴水檐下的接水石，就立刻处死驾车人，劈碎车子，以示惩罚。

楚庄王一向赏罚分明，令出如山，所以这个法令一颁布，没有谁敢违反。

有一天，太子带着随从出城去打猎，直到傍晚才回城。这一天太子非常高兴，因为他捕获了许多野味，他一再催促车夫快马加鞭回宫。

在车上，太子只考虑回宫后如何烹制野味，没想到当他猛一抬头时，马车已到宫门之前了。他慌忙命令停车，但是已经太迟了，马的前蹄已踏上了接水石。

这时守卫宫门的廷理带领卫士拥了上来，包围了太子的马车。他们二话不说，将太子从车上拉了下来，拘捕了车夫，并声称次日将其斩首，当即劈碎了这辆装饰华丽的车子。

太子又气又恼，觉得受到了莫大的侮辱，跑进宫去，找楚庄王告状。此时楚庄王正在批阅公文，听说太子来了，就停笔叫太子进来。太子见到楚庄王，跪下大哭不止，要求杀死廷理，为自己挽回面子。当楚庄王弄清了事情的原委后，严肃地说：“你身为太子，整日在外打猎，不在宫中读书学礼，你这样荒废青春，难道不觉得羞愧吗？”

说到这里，楚庄王显得很激动，他站了起来，离开了座位，用手指着案上的几卷竹简说：“你看，这些都是朝廷法律，一个国家不能没有法律，但有了法律不严格执行也是不行的”。

说完后他又坐了下来，耐心地对太子说：“一个国家如果没有法律，那这个国家就会陷入混乱，我们的统治也就不能维持，所以我们必须严格执行。能够执行法律的就是尊崇社稷的忠臣，我怎么能惩罚这样的人呢？如果不遵守法律，就是不忠于国君，不忠于社稷，就是以下犯上。如果出现了这种情况，君主就会失去尊严，秩序就会紊乱，国家就会有危险了。”

太子听到这里，意识到了自己的错误，羞愧得低下头，沉默不语。第二天一早，他上朝向楚庄王承认自己的过错，并请求处罚。

楚庄王听后说：“知错能改就好，希望你今后努力上进，不要辜负我对你的期望。”

太子牢记父王的教诲，再也没犯类似的错误。

心灵感悟：对于错误，一切聪明的、襟怀坦荡的人，自当闻过则改，有错必纠。因为错误并不可怕，可怕的是不愿意承认自己有错。

孟母教儿

孟子是孔子学说的继承人,后世称他为“亚圣”。他能够取得这样的成就,和他母亲的教育是分不开的。

孟子幼年丧父,母亲带着他,艰难度日。当初,离他家不远的地方有块坟地,他经常看到埋葬死人的事,几乎天天都有人到那儿去上坟,烧纸,摆供品。孟子看什么学什么,便和小朋友一起玩起了挖坟坑、抬棺材、埋死人一类的游戏。孟母看这样不行,于是将家搬到了一个新的地方。

他们住到了一个靠近集市的地方,那里都是些竞相牟利的商人,讨价还价做买卖,邻居家是整天杀猪宰羊的屠户,街口上卖假货的小贩满嘴谎言……孟子又对商人那套赚钱的办法产生了兴趣,便学着商人的样子做起了经营买卖的游戏。孟母想,这样下去不行,就又搬了家。

这一次,孟子的家靠近一所学堂。看到的是读书人,听到的是读书声。孟子也开始学习礼仪,渐渐懂得礼貌并要求上进了。孟母觉得这是一个适合孟子成长的环境,就在这儿长住下去了。

后来,孟子进了学堂读书,孟母就教育他一定要好好学习。

有一次,还没到放学的时间,孟子就溜了回来。正在织布机前织布的孟母见到这种情形就停手问道:“怎么这么早就回来了?”

“我在那儿坐不住,老想出去玩儿!”孟子放下书册,转身就要往外跑。

孟母一把拉住了他。她拿起剪刀,把已经织得很长的一匹布拦腰剪断了!孟子愣了,呆呆地看着母亲,觉得不可理解。

孟母叹了口气,缓缓地对儿子说:“我织的布,一下子从中间剪断,不就没用了吗?你不好好读书,半途而废,不就相当于我这匹没有织完而剪断的布吗?没上完课就回来,也是不能学成的。织布、读书是一个道理!”望着断散下来的布丝,望着母亲慈祥的面容,孟子明白了。从此以后,孟子再也不逃学了,并且能够专心读书了。

心灵感悟:好的环境对人的影响是不容忽视的,它能促进人的发展。

求知之道

晋代的大文学家陶渊明隐居田园后,某一天,有一个读书的少年前来拜访他,向他请教求知之道。

见到陶渊明,那少年说:“您的学识与才华令晚辈十分仰慕,不知您在年轻时读书有无妙法,如果有的话,请您传授给我。”

陶渊明听后,捋须笑道:“天底下根本就没有学习的妙法。只有一个千古不变的笨办法,那就是刻苦用功,坚持不懈地学习。”

少年听后，似乎还没有领会，陶渊明便拉着少年的手来到田边，指着一棵稻秧说："你仔细地看一下，看它是不是在长高？"

少年盯着稻秧认真地看了起来，怎么看，也没见稻秧长高，便起身对陶渊明说："我没有见它长高。"

陶渊明说道："如果它不能长高，那么它为什么能从一棵秧苗长到现在这个高度呢？其实，它每时每刻都在长，只是我们的肉眼无法看到罢了。读书求知，以及知识的累积，是同一道理！天天勤于苦读，也很难发现知识的累积，但时间一长，自己的大脑里就会装有很多知识。"

少年听后，似有所悟。

"那块磨石为什么会有像马鞍一样的凹面呢？"陶渊明又指着河边一块大磨石问少年。

"那是磨镰刀磨的。"少年回答。

"具体是哪一天磨的呢？"陶渊明又问。

少年无言以对。陶渊明说："村里人天天都在上面磨镰刀，日积月累，年复一年，才成为这个样子，不可能是一天之功啊！正所谓'冰冻三尺，非一日之寒'，学习求知也是这样，若不持之以恒，每天都会有所亏欠的！"

少年恍然大悟，终于明白了其中的道理。

心灵感悟：求知没有捷径可走，唯一的方法是持之以恒，不断学习，不断积累。

伤仲永

抚州金溪地方有一户方姓人家，祖祖辈辈都是农民，一家人加起来也不认识几个字。后来他们生了个小孩，名叫方仲永。

方仲永五岁那年，忽然哭着闹着要笔墨纸砚。他的父亲感到很奇怪，就到附近读书人家借来一套。

仲永趴在饭桌上，铺开大纸，挥笔写下了四句诗，还在下面署上了自己的名字。诗的大意是孝顺父母和维护宗族。一家人看得目瞪口呆，连忙请来一个乡下秀才。

秀才对仲永的才华将信将疑，就又随便指着屋里的一件东西，叫仲永当场赋诗。仲永歪着小脑袋想了想，便饱蘸浓墨，挥手立就，而且诗句贴切，文气畅通。

这一来，神童的名声便在四乡散播开来。乡里人都想见识一下神童，于是他家经常车马盈门。有些富豪重金迎请，让他当堂赋诗。他的父亲见有利可图，就经常带着仲永走乡串寨，到处表演，没有再让他读书。

那时王安石在京城做官，很早就听说了仲永的名声。

有一年，他回到娘舅家，看见仲永已经有十二三岁了。王安石很感兴趣，便叫他即景赋诗。仲永搔了许久脑勺，才勉强写出一首，与从前相比，显然逊色了不少。

又过了七八年，王安石再次回到娘舅家，顺便问到仲永，娘舅对他说仲永已经不会作诗了，而且现在也不作了。王安石听到后，替仲永感到很惋惜。

心灵感悟：天资只是给儿童提供了学习和实践的优越的物质条件，如果没有后天的培养和本人的艰苦努力，任何天才都是不能成功的。

铁杵磨针

相传唐代大诗人李白小时候很贪玩，不爱读书，也不求上进。

有一天，他正在屋子里读书，书刚读到一半，心烦意乱，又打呵欠，又伸懒腰。他觉得读书没有意思，作诗又太难，而且坐得腰酸腿疼的。看看屋里没人，他就悄悄地溜出门去，跑到山下的小河边捉蜻蜓。

走啊，走啊，他终于来到了小河边，忽然他发现河边蹲着一个老婆婆，手里拿着一根铁杵，在一块大石头上使劲儿地磨着。她干得十分卖力，汗珠不断地从她那花白的鬓角流下来。

李白站在那里看了好久，很纳闷，始终猜不出老婆婆磨铁杵是要干什么。于是走上前问："老婆婆，请问您磨这根铁杵干什么？"

老婆婆擦了擦汗，回答道："我要把它磨成绣花针。"

"真的吗？"李白很吃惊，"这么大一根铁杵，怎能磨成针呢？"

老婆婆看到他惊讶的样子，笑着说："孩子，铁杵总是越磨越细，只要我下定决心，天天磨，月月磨，还怕磨不成针吗？干什么事情都要有恒心啊！"

李白听了，若有所悟，对自己逃学的行为感到十分惭愧，连忙转身跑回家，翻开书本，一遍又一遍地读起书来。从此，他再也不贪玩，不怕苦，开始发愤学习。

后来，李白通过自己的不懈努力，终于成为中国历史上一位伟大的诗人。

心灵感悟：任何事情要想取得成功，必须肯下苦功，并有坚持到底的毅力。

薛谭学歌

从前，有一个人叫薛谭。

薛谭很爱唱歌，但是他的家乡没有懂音乐的老师。虽然先天的条件很好，但由于得不到名师的指导，他苦于不能成为最好的歌手。

于是他决定离开家乡，到外地去寻访名师。

当时，有一位名叫秦青的音乐大师，他不但精通乐理，而且还会弹琴唱歌。薛谭找到秦青，要拜他为师。秦青看到薛谭一路上克服了很多困难，千里迢迢来寻师学艺，很受感动，就同意了他的请求，决定收下这个徒弟。

行完拜师礼以后，薛谭便从基础理论开始，进行系统的音乐学习。

开始的时候，薛谭很用功，上课认真听讲，课后及时复习，不懂就问。这样，他学得很扎实，进步很快，不仅学会了乐理，而且还学会了唱歌。秦青很高兴，多次在众人面前表扬他。

薛谭虽然还没有完全掌握秦青传授的艺术技巧，但他自己却认为已经全部掌握了。于是，他就向秦青告辞，要回家去。秦青说："好吧，咱们相处的这段时间，有了师生情谊，明天为师给你送行。"

第二天，秦青和学生们到郊外十里长亭给薛谭送行。在送别会上，大家互相敬酒，当喝得兴致正浓时，学生们每人唱一支最优美动听的歌献给薛谭。最后，学生们提议老师也唱一支。

秦青愉快地接受了。只见他一边弹琴一边唱了起来。手指在琴弦上灵活地跳来跳去，有急有缓，有轻有重；歌声凄凉悲壮，有时低沉，有时高亢。歌声飞过森林，森林发出回响，蓝天上的白云也停在那里，久久不愿飘去。

这支歌深深地打动了薛谭的心，他想：老师弹唱的技艺举世无双，有许多东西我还没有学到呢。

想到这里，薛谭向秦青鞠躬敬礼，说："先生，我错了，从今以后再也不敢骄傲了！我不回家了，我还要留下来，继续向先生学习。"

从此以后，薛谭再也不敢说回家了。在秦青的耐心教育下，他终于成为当时最有名的歌手之一。

心灵感悟：人不能有丝毫的自满心理。学无止境，要活到老学到老。浅尝辄止或半途而废，是学不到高深的技艺的。

林宾日教子

林则徐年轻时性子急躁，做事总是毛毛躁躁，与人讨论问题也很难心平气和，经常争得面红耳赤。

一天，天气晴朗，阳光明媚。林则徐同往日一样正在书房练字，当他练到永字八法时，练来练去总是不像。这时父亲林宾日来了，林则徐更加焦躁。由于性急，他练的字简直像是涂鸦。父亲见他性急的老毛病又犯了，便和颜悦色地对他说："你看你一性急，字就潦草得不成样子。休息一会儿吧，我讲个故事给你听。"

接着，林宾日给儿子说起了这个故事："从前有一个非常孝敬父母的判官，最恨不孝的人，因而对不孝的犯人判罚特别重。一天，有两个人捆了一个嘴里塞着东西的年轻人来见判官，说这个年轻人是不孝之子，不但骂他娘，而且还要打他娘，把他捆住后仍不停地骂。因此，用东西把他的嘴堵住来见判官。那判官一听被捆的人是一个不孝之子，火冒三丈，吩咐重打五十板。那年轻人被打得皮开肉绽，血肉模糊。这时，有一个老婆婆拄着拐杖进来边哭边说道：'请大人救救我们，刚才有两个盗贼溜进我家后院，想偷我家的牛。我儿子发现后要送他们到官府，可是强盗反而把我儿子捆走，不知弄到哪里去了。求大人赶快替我找儿子，我就只有这么一个儿子……'原来，刚才被打的正是老婆婆的儿子，那判官由于太性急，轻信了两个强盗的诬告，造成了不折不扣的错案。”

听了这个故事，林则徐惭愧地低下头对父亲说：“父亲，我错了，我一定改掉急躁的坏毛病。”父亲点了点头接着说：“是啊，急躁这个毛病不改可不行啊。性子急躁，就容易把事情弄糟，难成大器。”

从这以后，林则徐牢牢地把这个故事记在心里，他性情急躁的毛病有了很大的改正。许多年后，他做了大官，为了克服自己性情急躁、容易发怒的毛病，他便在书房里写下“制怒”二字，作为自己的座右铭。

心灵感悟：性情急躁容易办错事，因此永远不要在盛怒下处理事情，同时要学会纠正自己急躁的毛病。

一个信念

吉姆是一所艺术学院的学生。他自幼双耳失聪，却以顽强的毅力和不懈的努力，成为了一名德才兼备的好学生。

由于吉姆听不见声音，因此在上课的时候，他总是把眼睛睁得大大的，紧紧盯着老师的口型，全神贯注地听讲，有时嘴里还自言自语地念着，以此感受老师的发音，体会课堂的教学内容。

一次，在一个讨论会上，他被推选上台发言，介绍自己不平凡的经历。

他看了看大家，用充满感情的话语说：“在我很小的时候，就表现出了很好的绘画才能，父母坚信我将来在这方面一定会有一番作为，他们经常鼓励我。正是这种鼓励，才使我不断取得进步。虽然我聋了，但我相信，只要我继续努力，将来一定会成为美国历史上最优秀的聋人画家。”

吉姆始终坚守着这个信念。此后，他更加努力地学习画画。最终，他获得了成功，其作品获得全美巡展大奖。

心灵感悟：鼓励是一股强大的力量，它能够催人不断奋进。

观察生活

1915年6月15日，韦勒出生于美国中北部美丽的密歇根州安阿伯镇一个知识分子家庭。

父亲在一所大学的医学系搞病理学研究，喜欢观察、喂养、解剖各种动物，在他的书架上，可以看到许多医学和生物学方面的书籍杂志，他的朋友也大多是医学家和生物学家。这一切，一直影响着韦勒，使他从小就对医学和生物学产生了浓厚的兴趣。

美丽的密歇根州就像一座巨大的博物馆，安阿伯镇风景秀丽，四周有树林、河流，还有一望无际的草地,各种各样的小动物随处跑动,成群的蝴蝶在花丛中嬉戏。韦勒和小伙伴们经常跑到草地上,时而扑住几只蝴蝶制成标本当做书签,时而躺在草地上仰望蓝天白云。有时候兴致来了,还会到河边去捉鱼。

一个星期天的下午,韦勒与小伙伴们到河边玩耍,捉到了几条小鱼。韦勒高兴得跳了起来。他把鱼带回家,拿来一只鱼缸,将鱼小心翼翼地放到里面。几条小鱼在自己的空间里欢快地游着,不时还向水面吐出一串串的水泡,实在惹人喜爱。韦勒每天放学回家都会看望小鱼,给它们喂剩肉和面包渣。为了让小鱼能够健康地成长,他每隔两天就为小鱼换一次水。但没过多久,还是有一条鱼不幸地死去了。韦勒看到它漂在水面上,一动不动,心里十分难过。小鱼怎么会死呢?韦勒想弄个明白,于是决定将小鱼解剖,在它肚子里找原因。他将小鱼放在一块木板上,拿来一把小刀,然后将小鱼的肚子小心剖开。由于平日经常观看父亲解剖各种动物,也看过父亲解剖鱼类,韦勒解剖小鱼的动作颇得要领。当他剖开小鱼的肚子后,惊奇地发现一撮乳白色的小虫子在小鱼的肚子里不停地蠕动。"啊!这是什么呢?是小鱼的后代吗?"韦勒天真地猜想着。等父亲下班回来,他急忙把自己的发现告诉了父亲,并指着鱼肚子里的白色小虫问父亲:"爸爸,那是不是小鱼的后代呀?"

父亲听完这一切后,仔细观察了小鱼肚子里的东西,然后对韦勒说:"那是鱼体内的寄生虫,并不是小鱼的后代。"

"小鱼是被它们害死的吗?它们是怎样钻进鱼肚子里去的呢?"韦勒晃着小脑袋向父亲提出了许多问题。

"寄生虫是难以消灭的致病源,不仅鱼体内有,其它动物和人体内也有,它们危害健康,是应该消灭的大敌。孩子!你要努力学习,长大了去研究消灭寄生虫的方法,为人类造福。"父亲微笑着对韦勒说。

父亲的话深深地激励着韦勒。从此以后,他学习更加刻苦,对生物课也更加喜爱了。

心灵感悟:生活中蕴藏了很多的知识,不要放过生活中的每个细节,它们可以帮我们更好地掌握知识。

勇敢和怯懦

中午,罗伯特和亨利一起放学回家。在路口的转弯处,他们看到有人在打架,似乎打得很激烈,旁边还有一大群人在围观。罗伯特顿时非常好奇,说:"走,我们也过去瞧瞧!"

"不。"亨利摇摇头说,"打架是不好的行为,我们还是回家吧,不要去参与那些事。我们又不知道怎么调解,相反我们也可能会被卷进去。"

"真是个胆小鬼,不敢去了吧。"罗伯特说着自己去了,亨利则回了家。下午,他们跟往常一样去上学。

可是罗伯特一见到他的同伴们就说亨利是一个胆小鬼,他们一起嘲笑亨利。而亨利心里很明白,用真正的勇气去做让别人责备的事是不值得的,他其实并不是胆小鬼,只是不想做错事而已。

过了几天，罗伯特和他的伙伴们一起去河里洗澡，一不小心他掉进了深水里。他非常害怕，拼命地喊救命，可这一切都是白费。曾经叫亨利胆小鬼的那些男孩们都很快上了岸，他们吓坏了，没有一个人去救帮罗伯特。

罗伯特很快开始往下沉，情势十分危急。这时，亨利从旁边经过，看到后马上脱下衣服，跳进了水里。在罗伯特沉入水里的一刹那，亨利抓住了他的手，冒着生命危险，用尽全力把罗伯特拖到了岸上，罗伯特终于得救了。

事后，罗伯特和那些曾经叫亨利是胆小鬼的孩子们都感到十分羞愧，因为他们没有一个人比亨利更勇敢。他们明白了真正的勇敢是和爱心、自我牺牲联系在一起的。从那以后，他们都以此作为自己行动的准则。

心灵感悟：要勇敢地做好事，不要去做坏事。

黑暗并不可怕

一个夜晚，妈妈坐在桌子旁，伴着柔和的灯光做针线活儿。威利依偎在她身旁，静静地看着画册。

“威利，你能到楼上，从壁橱里把我的插针垫拿来吗？”妈妈抬起头，轻轻地说。

威利没有动，依然全神贯注地盯着画册。

“威利！”妈妈又喊了一声，她想他可能没有听见。

“噢，妈妈，别让我去可以吗？我怕！”威利说。

“怕什么？”妈妈放下手中的活儿，好奇地问。

“那儿黑。”

“黑是什么呀？”妈妈问，“看！它只是一个影子而已。”她把手伸向灯与桌子上的针线篮之间。

“现在篮子里是黑的，但只要我把手移开，它就亮了。来，威利，站在灯与墙之间。看！你的影子在墙上了。你的影子会伤害你吗？”

“哦，妈妈！我相信它是不会伤害我的。”

“对呀，黑暗只是笼罩万事万物的大影子。”

“是什么制造了大阴影，妈妈？”

“当你再长大一点儿，我就会告诉你的，威利，不过不是现在。现在我希望你成为一个不再害怕影子的勇敢男孩。你敢到楼上把我的插针垫拿来了吧。”

“我敢，妈妈。我这就去拿给你，保证完成任务！”威利立即拍拍胸脯，像个勇敢的男子汉。

“谢谢，我勇敢的小男子汉。你看，黑暗并没有伤害你。”妈妈心满意足地笑了。

心灵感悟：没有什么困难能够难倒我们，只要我们克服胆怯的心理，勇往直前，就能够战胜困难。

哈里和安妮

哈里和安妮是一对兄妹，他们住在离城镇一公里远的地方，每天都要去那里上学。每天,他们总是沿着乡间小路,穿过池塘边的牧场。那是一段令人愉快的旅程。

他们既喜欢夏天,又喜欢冬天。夏天时,树木茂盛,处处鸟语花香,他们经常在路上捉蝴蝶,抓昆虫,要不就是采一些美味的野果吃。他们总是把自己当成一个探索新大陆的旅行者,他们还把树叶撒在地上,以便找到回家的路。

到了冬天,当冰层厚实的时候,他们就可以径直穿过池塘了。不过,除非有人和他们一起去,否则他们的妈妈是不愿意让他们那样做的。

一天早上,兄妹俩又要出门上学了。"今天不要从池塘上过了,孩子们。"妈妈说。她分别吻了他们一下,对他们说了声再见,又叮嘱道:"今天的冰开始化了。"

"好吧。"哈里不情愿地说,他可是最喜欢在冰上滑了,那种自由自在的感觉好像鸟儿在天空中振翅飞翔。

兄妹俩蹦蹦跳跳地走出了家门,不知不觉就来到了池塘边,冰看起来好像很坚固也很安全。

"这里!"哈里对妹妹说,"我就知道冰还没开始化。妈妈其实是担心我们才那样说的,但是妈妈的担心看起来是多余的。让我们痛痛快快地滑一阵吧,现在离上课至少还有一小时呢!"

"可是你都答应妈妈你不滑了。"安妮说。

"没有,我才没有呢,我只是说好吧,又没指什么!"

"好吧,只当我什么都没说,现在我可以做我喜欢的事情了。"安妮说。

他们走上了冰面,可是没走多远,冰就突然裂开了,他们毫无防备,都掉到了水里。兄妹俩害怕极了,拼命地呼救。

一个在附近工作的人刚好听到了他们的呼救声。他急忙跳到水里,把他们俩拉了上来。当时,哈里正在费尽全力地往岸上爬,安妮却因为不会游泳,在那人赶到之前差一点就没命了。真是太危险了!

哈里回家后几乎冻僵了。他告诉了妈妈他不听话而做的错事。他会永远记得这次教训,以后再也不会不听话了!

心灵感悟:凡事不能一意孤行,要顾忌到后果,否则就会吃大亏。

一次错误的勇敢表现

乔治、亨利、詹姆斯三人路过一所学校,当时正在上课,朗朗的读书声从教室里传了出来。教室外面是白茫茫的大地,一切都是银装素裹,分外安静。

亨利突然心血来潮地说:“要是用雪球砸一下教室的门,里面的老师和学生一定会被吓一跳,这肯定很有意思。”

詹姆斯也随声附和地说:“我想这肯定很好玩,但要是被抓住可就惨了。他们或许会告诉我们的家人,父亲皮鞭的滋味可不是好受的!”

亨利满脸不在乎的神情,说道:“我们怎么可能让他们抓住呢?谁不知道乔治的百米速度是无人能比的,我看就让他来干这件事,一定不会有什么问题的。”

詹姆斯一脸诡异的笑:“你是说乔治吗?他怎么敢做这样的事?他是有名的胆小鬼,难道你不知道吗?”

亨利知道詹姆斯在激乔治,他说:“来,乔治,拿着这个雪球,让詹姆斯瞧瞧,你不是胆小鬼。”

乔治说:“并不是我不敢做,而是我觉得这一点儿也不好玩。”

詹姆斯鄙夷地说:“我看你根本就不敢吧,别找什么借口了。”

没办法,乔治只好拿起雪球,重重地砸在教室的门上,当老师和孩子们出来的时候,乔治像风一样地跑掉了。

亨利和詹姆斯在他身后大声地笑着,一边笑还一边说:“这个傻瓜,我们把他给耍了。”回家后乔治把这件事告诉了妈妈,妈妈对他说:“如果你是一个真正勇敢的人,你应该知道什么事应该做,什么事不应该做。不要在乎别人怎么说你,你要用自己正直的行动让他们感到惭愧,而不是去听从他们的话。”

于是乔治勇敢地向学校的老师承认了错误。

心灵感悟:真正的勇敢并不是一味蛮干,你必须明白,什么事该做,什么事不该做。

勇敢和鲁莽

麦克阿瑟曾是美国历史上最年轻的将军,他的父亲是一个坚强、勇敢的人。他的父亲非常希望自己的儿子能像自己一样坚强、勇敢。

在麦克阿瑟五六岁的时候,父亲就教他骑马射击。为了锻炼他的胆量,父亲曾亲自制作了一把精美的木剑,把它作为礼物送给了他。

一次,麦克阿瑟跟随父亲外出打猎,他手里不停地挥舞着那把木剑,突然从树林中窜出了一只豹子,张牙舞爪地向他扑来。他惊出了一身冷汗,慌忙将木剑扔在地上,哭着跑到父亲身后,用手紧紧地抱住父亲。父亲开枪吓走了豹子,生气地对他说:“孩子,你太令我失望了。真正的男子汉是不会被吓倒的!如果每个人都像你一样胆小,将来一旦发生战争,谁敢去杀敌报国呢!你一定要记住,你是军人的儿子!”说罢,帮他捡起了木剑,重新交到他手中。

这件事深深地影响着麦克阿瑟。从此,他一有机会便去锻炼自己的胆量。

一天,他和表弟来到火车站,正要过铁道时,一列火车突然停在了铁道上。麦克阿瑟为显示自己的勇敢,竟带表弟钻到火车下边向对面爬去。几秒钟过后,随着一声长鸣,火车便轰隆轰隆地开动了。这一幕正好被他的母亲看见了,她吓得当场昏倒在地。

麦克阿瑟的父亲知道此事后,狠狠地揍了他一顿。并告诫他:你今天的做法不是勇敢,而是鲁莽;勇敢和鲁莽是不同的。接着,又给他讲了许多鲁莽的危害性。

没过多久,麦克阿瑟随父母去干活时,脚不小心被镰刀划破了。他强忍着痛,没有告诉任何人。两天以后,伤口腐烂化脓。父母发现后,马上给他敷药疗伤。当时,盐水可以消毒,用它清理伤口,其滋味可想而知。但他却咬紧牙关,没有喊一声疼。父亲又惊又喜,认为他将来肯定会有出息。

心灵感悟:勇敢和鲁莽是不同的。看似勇敢的行为用在不恰当的场合就是鲁莽。

粗鲁的男孩

詹姆斯·塞尔顿是村上最没有教养的孩子。他经常在路上取笑行人,由于说话很粗鲁,他很少不被路人指责。如果碰到衣着讲究的人,他就会说“花花公子”;如果碰到穿着破烂的人,他就会用石块砸他,或者用其他方法骚扰他。

一天下午,他和他的同伴放学回家,无所事事,便又潜伏在路旁的树丛中准备对过往的行人搞恶作剧。刚好有一个陌生人从村子里经过。那人衣着朴素,但却不失整洁。他手里拿着一根细木棍,棍的另一端还有一些行李,头上戴着一顶大遮阳帽。

很快,詹姆斯打上了这个陌生人的主意。他向同伴挤了一下眼睛,坏笑着说:“看我怎么戏弄他。”他偷偷地走到那人背后,打掉他的大帽子,就跑掉了。

那人感到帽子被人打掉了,马上转过身看了一下,但是还没等他开口说什么,詹姆斯就已经跑远了。那人叹了口气,只得戴上帽子,继续走他的路。过了一会儿,詹姆斯看到已经没事了,就用和上次一样的方法耍那个人,可是这次他被抓住了胳膊,很快被那人逮住了。

正当陌生人怔怔地看着詹姆斯的脸时,詹姆斯却趁机挣脱了,再次藏到了路旁的树林中。一会儿他发现自己又安全了,就开始用脏兮兮的石块砸那陌生人。

这一下,陌生人可为难了,他根本没有办法挡住那些石块。当詹姆斯用石块把那个他称做“好斗士”的人的头砸破后,他开始害怕起来。别的孩子都跑了,他也偷偷摸摸地绕过田野,跑回了家,心脏扑通扑通地跳。

当他快到家时,妹妹卡罗琳刚好出来碰到他。卡罗琳的手里拿着一条漂亮的金项链,还给他拿来了一些新书。卡罗琳看起来兴奋极了,语无伦次地告诉詹姆斯,几年前离开他们的叔叔回来了,现在就住在他们家里,他还给家人买了许多漂亮的礼物。为了给大家一个惊喜,他把他的车停在了一公里外的一家客栈,独自一人步行回来。

卡罗琳还说,叔叔经过村庄时,莫名其妙地被几个坏孩子用石块砸伤了眼睛,不过母亲已经给他包扎上了。詹姆斯越听越害怕。“你的脸看起来怎么这么苍白?”卡罗琳改变语气问詹姆斯。

詹姆斯不敢说出实话,只得告诉她自己没有什么事,就跑回家了,径直爬到楼上自己的房间。不一会儿,他的父亲就叫他下来见他的叔叔。詹姆斯因为心虚,只好站在客厅门口,不敢进来。

他母亲问:“詹姆斯,你怎么不进来呢?你平常可没这么害羞啊!看看这块表多漂亮,是你叔叔给你买的。”

詹姆斯此刻羞愧极了。卡罗琳抓住他的手,把他拉到客厅。詹姆斯低着头,还用双手捂着脸,他不敢面对自己的叔叔。

叔叔来到他的身旁,亲切地把他的手拿开,说:“詹姆斯,你不喜欢叔叔吗?”可是当他看清了詹姆斯的脸后,不禁大惊失色。他很快退了回来,失声问道:“哥哥,他是你的儿子吗?他就是在街上砸我的那个坏小孩。”

善良的父亲和母亲知道了事情的原委,既惊讶又难过。他的叔叔在家人细心的照料下,伤口逐渐愈合了,也慢慢地忘记了疼痛。可是他父亲却怎么也不让詹姆斯戴那块金表,也不给他那些好看的书,虽然那些都是他叔叔专门买给他的!

其余的孩子们分了那些礼物,詹姆斯只能看着他们快乐。他永远都不会忘记这次教训,终于改掉了粗鲁无礼的毛病。

心灵感悟:粗暴无礼不仅会对别人产生伤害,而且还不利于自己。

世界上最难说的词

乔治问父亲:“世界上最难发音的是什么词?”

“我知道一个这样的词,它只有两个字母,但是它却是世界上最难说的词!”父亲说。

“只有两个字母!那能是什么呢?”乔治问。

“在所有的语言里,我所见过的最难说的词是只有两个字母的NO(不)。”

“您在开玩笑!”乔治喊道,他不以为然地说,“NO,NO,NO!这真是太容易了!”

“今天你可能觉得很容易,但以后你会明白为什么这个词是最难说的。”

“我总能说出这个词,我肯定能。”乔治显得很有信心,“NO,这就和呼吸一样容易。”

“好吧,乔治,我希望你能在该说这个词的时候,把它说出来!”

第二天,乔治和往常一样去上学,在学校不远处有一个很深的湖,冬天孩子们常在那里滑冰。

一夜之间,冰已经覆盖了整个湖面,但冰还不是很厚。他们认为到下午的时候就可以滑冰了。放学后,男孩子都跑到了湖边,有几个已经走上了湖面。

“来呀,乔治,”伙伴们大声喊道,“我们可以好好滑一圈了。”乔治有些犹豫,他看到冰冻得并不结实。

“放心吧!以前冰面也在一天之内就冻上过,肯定不会有问题的!”

“去年冬天还没有现在这么冷,但是湖面一天就冻上了,我们还在上面滑了呢!”

“只有胆小鬼才不会来呢!”伙伴们讥笑道。

乔治不能忍受伙伴们的嘲笑,他一直都认为自己是一个勇敢的小伙子。“我才不是胆小鬼呢!”他大声说道,然后就冲上了湖面。孩子们在上面玩得很高兴。慢慢地,湖面上的孩子越来越多了。突然有人大声喊:“冰裂了,冰裂了!”结果乔治和另外两个孩子一起掉进了冰冷的湖水中。

当人们把他们救出来的时候,三个孩子都冻僵了。

晚上,乔治醒了过来,坐在温暖的炉火前,父亲问:“为什么不听我的话,要到冰面上去,难道我没有警告过你那是很危险的吗?”

“是他们要我上去的,我本来并不想去。”乔治低声说。

“难道是他们拉着你的胳膊,把你拽上去的?”父亲接着问道。

“不,没有,但是他们嘲笑我是个胆小鬼。”乔治回答。

“那你为什么不说‘NO’呢?你宁愿不听我的话,冒着生命危险也不愿对人说‘NO’吗?昨天晚上你还说‘NO’是最容易说的,但你并没有做到,不是吗?”父亲说道。

乔治哑口无言,现在他终于明白为什么最难说的字是“NO”了。

心灵感悟:冒生命危险去尝试危险的游戏是不可取的,这种行为并不是勇敢,而是逞能。我们不能为了逞一时之能而拿自己的生命开玩笑,要敢于对引诱自己冒险的人说“NO”,有时候说“NO”也需要一定的勇气。

可怕的经验

有一位母亲整日期盼自己的孩子能够成才。

一天,她带着五岁的孩子找到一位著名的化学家,想了解这位大人物是如何踏上成才之路的。清楚对方的来意后,化学家没有向她历数自己的奋斗经历和成才经验,而是要求她们随他一起去实验室。来到实验室,化学家将一瓶黄色的溶液放在孩子面前。

孩子好奇地看着它,显得既兴奋又紧张,过了一会儿终于试探性地将手伸向瓶子。这时,他的背后传来了一声急切的断喝,母亲快步走到孩子身旁,孩子吓得赶忙缩回了手。

化学家哈哈笑了起来,对孩子的母亲说:“我已经回答你的问题了。”母亲疑惑地望了望化学家。化学家漫不经心地将自己的手放入溶液里,笑着说:“其实这不过是一杯染过色的水而已。你的一声呵斥出自本能,但也呵斥走了一个天才。”

心灵感悟:要想在学业上有所成就,就要敢于探索知识,探索未来。

有人看到你了

正值丰收时节,一个心术不正的人打算到邻居家的麦田中偷些麦子。“如果我从每块田中偷一点儿,谁也不会察觉。”他心想,“而且如果这样做顺利的话,加起来数目还很可观。”于是在一个伸手不见五指的夜晚,他偷偷带着女儿离开家。

到了邻居家的麦田里，他压低声音说道："孩子，你得给我站岗，如果有人来，你就大声喊我。"

然后这人溜进第一块麦地，开始收割。不一会儿，他听到女儿喊道："爸爸，有人看到你了！"

这人一听，吓了一跳，紧张地向四周看了看，但是一个人也没有看到，于是他把割下的麦子收起来，走进了第二块麦地。

刚开始割了一会儿，女儿又大声喊道："爸爸，有人看到你了！"

这人又马上停下来，立即向四周张望，但还是什么人也没看到。他又收了些麦子，然后来到第三块麦地。

过了一会儿，女儿再次大声叫道："爸爸，有人看到你了！"

这人又一次停下手中的活儿，向四周望了一下，但还是什么人也没有看到。于是他把割下的麦子捆好，然后悄悄地溜进最后一块麦地。

"爸爸，有人看到你了！"女儿又叫了起来。

这人停止收割，向四下看去，可是仍然连一个人影都没有看到。他十分生气，责问女儿："你为什么总是说有人看到我了？每次我四处看看，却什么人也没看到。"

"爸爸，"那孩子低声说道，"有人从天上看到你了。"

心灵感悟：任何不诚实的行为都无法长久隐瞒，家长更应该以身作则。

因为孩子知道

巴比·路易斯住在意大利的米兰市。在一个阳光明媚的周末午后，巴比·路易斯决定带着他的两个儿子去打迷你高尔夫球。他走向售票柜台问道："一张门票多少钱？"

"大人1000里拉，6岁以上的小孩也要1000里拉，刚好6岁或小于6岁的小孩免费，你的两个孩子几岁了？"年轻的售票小姐回答说。

巴比答道："那个未来的律师3岁，另一个未来的医生7岁，所以，我想我得付2000里拉。"

那位售票小姐笑道："哎呀，先生，你是刚中了彩券还是发了横财？你只要告诉我较大的男孩6岁，就可以替自己省下1000里拉了，我又看不出他们有什么差别。"

巴比回答："你说得没错，你看不出有什么不同，但是孩子们知道那是不同的。"

心灵感悟：孩子们知道诚实和撒谎是不同的，知道对和错是不同的。所以在孩子面前，父母做每一件事都应该慎重，因为孩子是会评价和效仿的。美丽的种子经你的手播种出去，最终会在孩子那里得到回报的！

爸爸的脚印

有一个人喜欢喝酒，在每天工作之前，他都会去镇上的酒馆喝上一盅。

一天，天空下着鹅毛大雪，他穿戴完毕后，向自己的妻子告别，和平常一样唱着小曲向酒馆走去。走着走着，他觉得后面有人在跟着他。回头一看，竟是自己年幼的儿子。

儿子顺着父亲的脚印走了过来，兴奋地喊道："爸爸，你看，这雪多厚啊，我正在踩你的脚印呢！"

儿子的话令他心头一震，他想："如果我去酒馆，儿子顺着我的脚印走，也会找到酒馆的。"

从那以后，这位父亲改掉了饮酒的习惯，再也没有去酒馆。

心灵感悟：父母是孩子的领路人，因此他们的言行举止一定要起到表率作用，这样才不至于把孩子引向歧途。

好动的孩子

吉姆是个生活刻板严谨的人，无论发生什么事，作息时间从不改变。但这么一个讲究纪律的人，却有一个最调皮捣蛋的儿子彼特。

彼特是个精力旺盛的孩子，成天都在不停地动，不知疲倦地摔碎器皿，弄坏东西，惹是生非。他与他的父亲是两个极端，因此两父子之间的战争一天之中不知要发生多少次。

有一次，彼特把祖母刚送给他的万花筒拆开了，他想看看里面究竟藏了些什么，这自然引起了他父亲的愤怒。不过拆东西可算是彼特最大的爱好了，凡是让他感到好奇的东西，都逃不过被拆的命运，当然他也逃不过挨揍的命运。可是无论挨父亲多少次打骂，他的这个毛病始终也改不了。

还有一次，彼特竟然把一块金表给拆开了，要知道这块表是彼特故去的爷爷留下来的遗物。他父亲一直十分珍惜。不久前他还说表出了点故障，必须拿去修理，哪知还没来得及修，就被他这个调皮的儿子给翻了出来。现在这块表被大卸八块，零件散落了一地。吉姆立即暴跳如雷，一耳光将儿子扇得坐在地上，接着他上去就是一阵拳打脚踢。

站在一边的妻子看不下去了，上前抓住他的胳膊，高声说："请不要打了，你这样打孩子太过分了。"

他跺着脚说："你还护着他！你看他把我的表弄成什么样子！"

"彼特是弄坏了表，但是你认为一块表比自己的儿子更重要吗？"

这时，彼特抽抽咽咽地说："我没弄坏表……我……我只想拆开看看它哪儿出毛病了……"

妻子气愤地对吉姆说道："不管彼特是修表还是拆表，你都不应该打他，恐怕又一个

‘爱迪生’就这样被你给‘枪毙’了。”

他愣了一下,问道:“我不懂你这话是什么意思。”

“就算孩子拆坏了金表,他也只是想知道金表里到底有什么。这是一种好奇心,这是有求知欲和想象力的表现,也是一种创造。如果你是一个明智的父亲,就不应该打孩子,而应该解放孩子的双手,要给孩子提供从小就能够动手的机会。”

那天彼特抽抽咽咽地哭了很久。他一个人坐在门前的台阶上,已经不哭了,可是眼睛里却充满了9岁的孩子不该有的忧郁神情。

母亲走过去问道:“彼特,你还在生父亲的气吗?”

他看着母亲,鼓起勇气说:“没有,我只是不想再和他住在一起。我恨他!”

第二天,彼特突然失踪了。原来他跟着一个马戏团跑了。当家人找到他的时候,他依然不肯回家,而且态度十分坚决。他说自己在家里总是不愉快,而跟马戏团在一起,却感到非常的自由,非常的快乐。他喜欢马戏团的这种自由自在的生活。

直到他母亲哭得昏死过去,彼特才不情愿地回了家。这件事使他父亲的感触颇深,他开始认真地对待儿子的天性,不再强求他非要与自己一样。这样一来,他发现自己和儿子都变得轻松愉快了。

心灵感悟:当孩子显露出某方面的爱好时,父母应当加以引导和启发,而不应该用纪律的条框去束缚它。

坚持的价值

到了暑假,约翰和他的姐姐露西来到姑姑家做客。一天,姑姑送给约翰一个漂亮的风筝。约翰高兴极了,马上央求姑姑和姐姐一起出去散步,迫不及待地要把风筝放飞。

“你能帮我放一下风筝吗?”约翰问他的姐姐。一开始,他满怀信心地拽着风筝拖在地面上跑了好久,但仍没能把风筝放起来。他的姐姐露西捡起风筝,把它抛向空中,但她的小弟弟却忘了奔跑,风筝又掉了下来。

“哎,你太笨了!”约翰有些不高兴,禁不住责怪道。

“这全是你的错。”姐姐说道。

“再试一次,孩子们。”姑姑鼓励他们。

露西再一次拿起了风筝,这一次约翰拼命地向前跑去。但是因为跑得太快了,风筝又从露西的手中掉了下来,再一次掉在了地上。“这次该怪谁?”露西问道。

“亲爱的孩子们,没关系的。再试一次。”姑姑说。

他们又试了一次,这一次他们更小心了。但是当露西放开风筝的一刹那,一股突来的风把风筝刮向了灌木丛,风筝的尾巴被缠住了,可怜的风筝大头朝下地挂在灌木丛上。

“你看,你看,”约翰这一下更生气了,大声嚷道,“这全是因为你放偏了。”

“好像我可以让风直着刮似的。”露西也很不高兴。这时姑姑走过去帮忙,她把风筝从灌木丛中取出来,对他们说:“来,孩子们,这儿有很多树,我们去找一处开阔点的地方再试一次。”

他们很快找到了一处开阔地，上面长满了绿油油的小草，周围没有树木。一切准备停当之后，姑姑在约翰起步跑的同时将风筝抛起。风筝像气球一样稳稳升起，看来它能飞得很高。这时约翰非常高兴，兴奋地拍着手，但是他只顾着向上看，忘记了拉紧线，风筝线松了下来，风筝开始摇摆，尽管当时的风并不是很大，风筝最后还是落到了草地上。

“噢，约翰，你不该停下，不管怎么说，我们再试一次。”

“我再也不试了，”他闷闷不乐地说，“没用的，你看到了，风筝是飞不起来的，我再也不想为这事发愁了。”

“噢，约翰，你那么喜欢这个风筝，又花了那么大力气放飞它，你难道愿意就这样放弃吗？这一点挫折不应该挫败我们。来，我已经卷好了绳子，我们再试一次。”

他们真的试了，也真的成功了。风筝随风向上飞去，轻得像羽毛一样。风筝线全放完的时候，约翰高兴极了，他紧紧地抓着线，一动不动地盯着蓝天上的风筝，这时风筝看来就像一个小小的斑点。“看呀！姑姑，看呀！飞得多高。我希望我还有一公里长的线，我肯定风筝还能往上飞。”

尽情地享受了好久，小约翰才开始慢慢地收线。当风筝落下的时候，他高高兴兴地把它捡起来，说风筝完好无损，并说风筝表现很好。“我们明天再来放风筝好吗？姑姑，我们再试一次？”约翰的心情好极了。

“可以，亲爱的，只要天气好就行。现在你能告诉我，你从今天早晨的活动中学到了什么吗？”姑姑微笑着问他。

“噢，姑姑，我学会了怎样放风筝。”

“你应该为此感谢姑姑，”露西说，“如果不是姑姑说服你再试一次的话，你早就放弃了。”

“孩子们，我希望你们能懂得坚持的价值，即使是在放风筝这样的小事上也是一样。不管任何时候，当你没能做到你想要做的事的时候，你一定要记住，再试一次。”

心灵感悟：急躁迫切的心理并不能获得预想的效果，有耐心的人才能获得他想要的东西。

撒谎的孩子

校长给亚历克的妈妈打来电话，告诉她两天前亚历克在休息时间打了某个同学，老师让他带张字条回家让父母签名，但是，亚历克并没有把父母签名后的字条带回学校。

当然，妈妈对字条的事全然不知，她谢过校长，答应等亚历克回家后她马上处理这件事。妈妈知道亚历克的脾气很暴躁，以前就经常惹是生非。

亚历克放学回家来了。“你好，妈妈！”他像天使一般可爱。

“你好！”妈妈强压怒火。她努力提醒自己，小孩子常常会做这样的事。

“今天学校没有东西要交给我吗？”妈妈想给亚历克最后一次机会。

“没有呀。”亚历克一面若无其事地回答,一面仔细地在饼干罐中翻找着什么。

“我刚接到你们校长的电话。他说几天前你就应该给我一张字条，上面说你在休息时间行为不当。字条还得由我签名。”她直截了当地告诉他,是因为觉得没有必要再问他“你肯定吗”之类的问题,那只会给他再次撒谎的机会。

“哦,我弄丢了。”亚历克低头看着地板说。

妈妈点点头说:“我知道了。那你至少也应该告诉我这件事。”

“我忘记了。”亚历克耸耸肩膀说。

“但是我很怀疑。你可能只是希望我不会发现吧！”

亚历克又耸了耸肩膀。

“亚历克,你应该清楚我不喜欢你惹祸,我想了解你究竟做了什么。但让我更难过的是你还说谎。”

“我没有！我什么也没有说。”亚历克抗议说。

“那就是说谎。没有把字条带回家等于是说‘我没收到字条’,但事实上你却收到了。”妈妈说。

“我很抱歉。”亚历克温顺地说。

“因为你打人,我该罚你两天不准看电视。爸爸和我已经跟你说了很多次,生气时,要动口,不能动手。这次你还不把字条给我们看,因此我要罚你 4 天不准看电视。”

亚历克大叫:“这不公平！”

“这很公平,因为你说了谎。我们家是不允许说谎的。而且,亚历克,你知道我们早晚会发现字条的,你应该知道事情的严重性。”

“我不知道……”亚历克咕噜道,“我知道你会大发雷霆。”

“那又怎么样呢?”妈妈平静地说,“就算我大发雷霆又怎样呢?我还是爱你的。即使你 24 天不能看电视,那也是很短暂的时间。你现在明白说谎会得到加倍的惩罚了吧?”

亚历克没有再说什么,默默地回到自己的房间。

几乎所有的孩子都曾撒过谎。虽然亚历克撒了谎,但和妈妈的对话却让他摆脱了心理上的包袱。其实,他内心明白父母早晚会发现的,而现在他知道了惩罚虽然令人不快,却并不恐怖。他告诉自己下次他会承认错误,那样的话,他才不会错过一个星期《猫和老鼠》的电视节目。

心灵感悟:很多时候,我们不能由着自己的性子来,犯了错误就要勇于承担,勇于改正。

洒掉的牛奶

小威特 6 岁了。一天,老威特要去拜访一个朋友,顺便也把他带去了,并在那儿住了几天。

第二天吃早点时,小威特洒了一点儿牛奶。按照家里的规矩,洒了东西就要受罚,为此他只能吃面包了。小威特本来就喜欢喝牛奶，再加上朋友的家人非常喜欢他，为了他的到来，还特意调制了一种牛奶，并添上了最好的点心，这对小威特是不小的诱惑。他在洒掉牛奶后先是脸稍红了一下，迟疑了一会儿，但终于不喝了。老威特故意装作没看见。

朋友的家人看到这种情况，实在沉不住气了。只得再三让他喝牛奶，可小威特还是不喝，并充满歉意地说："因为我洒了奶，所以就不能再喝了。"朋友家的人还是再三劝他："没关系的，喝吧，喝吧！"老威特在旁边一边吃着点心，一边仍然故意装作没看见。小威特还是坚持不喝，朋友全家推测一定是由于他曾在类似的情境下训斥过儿子。

为了打破僵局，老威特让儿子出去一下，等他向朋友全家说明理由以后看看情况是否会有所变化。他们听后责怪道："对一个刚6岁的孩子，因为一点点过错就限制他喝和吃喜欢的东西，你的教育过于严苛了！"老威特只得加以解释说："不，儿子并不是因为惧怕我才不喝的，而是因为他从心里头认识到这是约束自己的纪律，所以才不喝的。"在听了老威特的解释后，朋友全家还是不相信，于是他只好通过做一个试验来揭示事实真相："我先离开这个房间，你们再把我儿子叫来，劝他喝，看他是否会喝。"说完，老威特就走开了。老威特离开房间后，他们把小威特叫进屋里，热情地劝他喝牛奶、吃点心，但毫无效果。接着他们又换了新牛奶，拿来新点心引诱他说："我们不告诉你爸爸，吃吧！"但小威特还是不吃，而且还不断地对他们说："尽管爸爸看不见，上帝却能看见，我不能做撒谎的事。"他们接着又说："我们马上要去外面散步，如果你什么也不吃，途中要挨饿的。"小威特回答说："不要紧。"实在没有办法了，他们只好把老威特叫进去，小威特流着眼泪如实地向父亲报告了情况。老威特冷静地听完后，便对他说："威特，你对自己良心的惩罚已经够了。因为马上要去散步，为了不辜负大家的心意，把牛奶和点心吃了，然后我们出发。"听到老威特说出这样的话，他这才高兴地把牛奶喝了。仅仅6岁的孩子就有这样的自制力，朋友全家都深感敬佩。

心灵感悟：好习惯的培养需要从小就开始，而要养成这种好习惯就需要从每一件小事做起。

父子做板凳

星期天，父亲和小汤姆待在家里都没出去。父亲坐在沙发上看书，小汤姆则在旁边玩积木。

突然，小汤姆把积木往地上狠狠地一摔："真没劲，没有什么事可以做。"

父亲放下手中的书，笑着说："你现在感到无所适从是吗？你想做些什么呢？能告诉我吗？"

小汤姆告诉父亲他想做哪些事情，并指出只愿意在吃饭前才做这些事情，因为其余时间他要和朋友们一起玩耍。

"在你列出的这些计划当中，我觉得你动手做个小凳子还是可行的，但想要在吃饭前那一点时间内完成，恐怕有些困难。"父亲说。

小汤姆看了看父亲，说："爸爸，您说得对，一直以来，我都想拥有一个自己做的小板凳。我可以每次在吃饭前完成一点儿。但是，我感到很迷茫，不知该怎么做。"

父亲见火候已到，忙说："拿张纸和一支笔来，我们应该在纸上写出我们的计划。"

"又要列计划，这太费事了，我还是出去玩儿吧！"儿子耷拉着脑袋说。

父亲见他有些退缩，仍耐心地对他说："你再等一会儿，听我把话说完。我这里有张纸，我们来试着做个计划，时间不会太长。制订计划听起来好像很麻烦，但做起来却非常容易，不需要任何仪器。"

说完父亲迅速地在纸上画起了草图。

"爸爸，您真是太棒了，这画画得真像啊！"小汤姆立刻来了精神。

父亲望着儿子说："看见了吧，并不是像你想的那么难。现在告诉我，你认为一个板凳完全做好前的最后一道工序是什么？"

小汤姆想了想说："应该是刷油漆吧。"

父亲赶紧把"油漆"两个字写在图的旁边："那么，在刷油漆以前呢？"

"我不是很清楚，可能是打磨吧。"小汤姆看着图说。

"让我把做凳子所需要的全部工序完整地告诉你吧。首先要做好一个图样，然后就是选择材料，材料选好后就是木工活了，然后打磨，最后再涂上油漆。"父亲指着图纸耐心地说。

儿子看了看图纸，又看了看父亲，然后点了点头："看来也不是太难。"

"是啊，只要你肯做，就不难了。"父亲望了望儿子。

接着，父亲又进一步说道："现在你有了一个计划，接下来就要付诸行动了，你得花一部分时间和精力去完成它。我可以帮助你，但是我想知道你是不是真的愿意花时间来做这个凳子。据我推算，完成它需要一个星期时间，你每天至少要花去半个小时的休息时间，你真的愿意这样做吗？你好好考虑一下，想好后再告诉我。如果要做的话，就一定要把它做好。要知道，这可是你做的第一张凳子，你的朋友，还有我都会为你感到骄傲的。"

听了父亲的话，小汤姆语气坚定地说："爸爸，我想好了，我们现在就开始做吧。"

心灵感悟：兴趣是最好的老师，只有将兴趣调动起来，抱着积极的心态，才能很好地完成一件事。

儿子的玩具

卢梭是18世纪法国资产阶级教育家。他善于运用教育法则去教育培养孩子，启迪孩子的童心。他的儿子聪明伶俐，卢梭夫妇非常喜爱他。

一天，夫妇俩带着儿子上街，在一个商店里，儿子被玩具柜里的小积木、小车等玩具吸引住了。

"爸爸，给我买辆小马车吧！"儿子拉着卢梭的手说。

"买玩具可以，但必须答应爸爸的条件。"卢梭说。

儿子眨了眨他那双小眼睛，心想爸爸给他买玩具，什么条件都可以答应。

“爸爸，我答应你的条件。”他高兴地说道。

“买玩具是用来开发智力的，如果你不爱惜玩具，故意将玩具摔坏或丢掉，我就不会再给你买玩具了。”卢梭严肃地说道。

“爸爸，你放心吧，我决不会那样做的。”儿子高兴地说。

“真的能够办到吗？”卢梭认真地说。

“有妈妈作证。”儿子回答说。

“好！”

卢梭伸出手指和儿子拉了钩，于是，高高兴兴地给儿子买了小积木、小马车等许多玩具。天天玩着这些小积木、小马车模型，6岁的儿子心里有说不出的高兴。可时间一长，他便对这些玩具失去了兴趣，于是把这些玩具都砸烂了。

一天，卢梭从书房里出来看到那些被砸烂的玩具，心里难过极了。他当时没有批评儿子，只是想：“儿子这样不爱惜东西是不行的。我一定要帮他改正这个缺点。”

没过多久，儿子又吵着要卢梭的夫人为他买玩具。卢梭夫人没有同意，儿子便坐在地上大声哭叫。卢梭夫人动了恻隐之心，便向卢梭提出再给儿子买玩具。

“买几个玩具是件小事，可是纵容儿子有意损坏东西，使他养成不爱惜东西的习惯可是件大事。”卢梭对夫人解释说。

卢梭夫人点了点头，认为卢梭说得有理。于是夫妇俩都不再理会儿子的要求。儿子接受了父亲的教育，从此再也不随意损坏东西了。

心灵感悟：不懂得爱惜东西，随意损坏东西是不对的。

不同的方式

3岁的卢克不爱吃青豆，晚餐时，爸爸下定决心要让他把那些湿漉漉的小东西吃下去。

这是拥有强大权力的父母与意志顽强的孩子之间的典型冲突，双方谁也不肯让步。

经过一个多小时的训斥、威胁、哄骗和不厌其烦地劝说，父亲仍然没能达到目的。眼泪汪汪的卢克紧闭双唇坐在那里，看着眼前那一小勺青豆。

那位爸爸靠着更严厉的威胁，终于设法把一勺豆子塞进了孩子嘴里。但是，卢克根本就不肯把它们咽下去。直到临睡时，妈妈除了把孩子放到床上，让那些青豆仍留在他嘴里之外别无选择。

爸爸妈妈都很困惑，卢克为什么会那么倔强？

第二天早晨，妈妈在卢克的床底下发现了一小堆糊状的豆子。

我们再来看另外一个故事。琪琪5岁，她的弟弟2岁，他们对菜花深恶痛绝。父母知道，与其每次费尽口舌，不如想个一劳永逸的办法。于是他们在餐桌上讲起了故事，“呀，今天琪琪采了几个蘑菇？几个大的，几个小的？弟弟愿意当小灰兔还是小黑兔？你们比比谁采的蘑菇多。小兔子只有吃蘑菇才会变成大兔子。”

父母让姐弟俩当兔子采蘑菇，而菜花就是他们的蘑菇。这个方法奏效了，两个孩子似乎忘了他们原来与菜花的深仇大恨，非常乐意吃菜花。爸爸还做了个小不倒翁，不倒翁摇到哪个碟子旁边，孩子们就要吃哪个菜。游戏改变了餐桌上剑拔弩张的气氛，孩子们高高兴兴，再也不挑食了。

心灵感悟：有些父母认为吃饭就是吃饭，但是在刚才的例子里，我们发现游戏并没有分散孩子吃饭的精力，相反，游戏使父母与孩子的关系更密切，而且父母避免了潜在的冲突，赢得了胜利。

墨水的启发

在一个居民房里，住着好几户人家，他们共用楼道、厕所和厨房，因此打扫这些地方的卫生成了大家分内的事。明明是其中的一员，他妈妈经常主动地打扫楼道、厨房和厕所的卫生，还特意买了刷子、纸篓等用具，毫无怨言。

有一天，明明又看见妈妈在打扫那些地方的卫生，就对她说：“妈妈，您真傻。自己掏钱买刷子、纸篓，让大家共用，还经常倒纸篓，扫楼道。这些别人都没干，您为什么那么积极呢？”妈妈微笑着对儿子说：“为大家服务是应该的！”说完后，她心里可犯了嘀咕：这是自私自利的表现，孩子这么小，我可不能助长他的习气，以后找机会好好教育他。

事情也凑巧。第二天晚上，明明在家里写作业，写着写着钢笔没有墨水了。他在家里找了一会儿，发现墨水已经用完了。此时天色已晚，商店早就关门了，怎么办呢？作业还没写完呢。明明焦急地望着妈妈，妈妈也感到无可奈何。正好住在隔壁的李阿姨来串门，她发现了明明的难处，就摸着他的头说：“墨水用完了吗？不要着急，我家有。”说完，她赶忙走了出去，不一会儿，她拿来了一瓶墨水，笑着对他们说：“这墨水你们先用着，等我们要用的时候再来拿。”于是，她放下那瓶墨水就走了。妈妈和明明连忙道谢。

妈妈认为可以通过这件事来教育明明，于是她故意对明明说：“这个李阿姨真是太傻了，将自家的墨水送给了别人，她能够得到什么好处呢？”听了妈妈的话，明明愣住了，似乎一下子明白了其中的道理，忙说：“妈妈，这不叫傻，这叫互相帮助。”

妈妈见明明渐渐明白了其中的道理，非常高兴，又趁机说：“明明，你说得对，李阿姨身体不是很好，刘叔叔工作忙，每天早出晚归，非常辛苦；王阿姨家有个一岁的孩子，每天为照顾孩子忙得不可开交；孙爷爷年纪大了，儿女都在外地，没人照顾。大家住在一块儿，就好比一家人，谁家有难处，我们应该伸出援助之手，尽量帮助他，而不能在一些小事上计较太多。这些事不仅妈妈要干，以后你也要抽空学着干。”

听了妈妈的话，明明惭愧地低下了头，红着脸说：”妈妈，我错了，昨天我没有觉悟过来，说出了那样的话，请您原谅。我以后一定多做好事，决不让您失望。”

从那以后，明明真的变了，经常帮大家做一些力所能及的事。

心灵感悟：当别人有难处的时候，应该伸出手来帮他一把，切不可存有自私心理。

奶奶的桌子

从前有一位瘦弱的老奶奶，老伴儿已经去世了，只剩下她孤零零的一个人，于是她便搬到儿子那儿去，与儿子、儿媳妇和他们的小女儿一起生活。

时间一天一天过去了，老奶奶的年纪越来越大，视力越来越弱，耳朵也越来越聋。有时候，她的手抖得很厉害，勺子里的豌豆都掉了出来，杯子里的汤也洒了出来。开始的时候，儿子和儿媳妇还能够耐心细致地照顾她，可是时间一长，就有些不耐烦了。儿子和儿媳妇对她把饭菜洒得满桌子都是感到很烦恼。

有一天，她打翻了一杯牛奶后，他们再也无法忍受了。他们在卫生间旁边的角落里支起了一张桌子，让老奶奶自己在那儿吃饭。老奶奶一个人坐在那儿，心里非常难过，眼里含着辛酸的泪水，呆呆地看着他们。有时候，他们也与她说说话，但更多的时候却是责怪她摔了一个碗或掉了一把叉子。

一天晚上，就在吃晚饭前，小女孩正在地板上玩积木。她父亲看到了十分好奇，就问她在做什么。"我在给你和妈妈造一张小桌子，"小女孩天真无邪地看着父亲，笑着回答，"等我长大了，你们就可以自己在房间的角落里吃饭了。"

她父母亲坐在那儿，两眼呆呆地看着她，然后突然放声哭了出来。当天晚上，他们就把老奶奶领回到了大桌子边。

从那以后，老奶奶就一直与全家人在一起吃饭，当她有时候把饭菜洒到桌子上的时候，儿子和儿媳再也不介意了。

心灵感悟：要想赢得别人的尊重，首先你必须得尊重别人。

父子偷梨

一个孩子溜到果园去偷梨，被守园的管理员看见了，管理员带着守园的狗跑了过来，对着树上的孩子喊道："快下来，再不下来我可要告诉你爸爸了。"

"您告诉他也没用。"孩子笑嘻嘻地说。

"怎么会没用，你爸爸会打烂你的屁股。"管理员说。

孩子听后笑得更厉害了，他用手指了一下前方，原来在不远的一棵树上，他爸爸也在偷梨。管理员非常吃惊：这真是"上梁不正下梁歪"呀！

心灵感悟：家长的言行对孩子能够起到很大的影响，因此，家长要行得正，站得直，这样才不会对孩子起到负面影响。

糕点与女孩

一个冬天的晚上，3岁的罗布随妈妈一起去朋友家串门。回到家以后，罗布突然发现装在自己口袋里的糕点不见了，那块糕点是妈妈的朋友给的。罗布摸着空荡荡的口袋，难过地哭了起来。家人都来安慰他，并答应第二天给他买很多好吃的点心。但是，罗布并没有停止吵闹，反而哭得更厉害了："我就要那块糕点！你们快去给我找！"

罗布打着滚儿哭闹，家人心疼孩子，便拿着手电筒，"倾巢"出动，沿着回来的路仔细搜寻。眼看快到了半夜，糕点还是没有找到，妈妈被逼无奈，只好硬着头皮敲响了朋友家的门，向朋友又要了一块糕点。

罗布长大了，他看上了一个女孩，但这个女孩并不喜欢他。他不再打滚儿哭闹，而是拿起一把水果刀将自己的手腕割破……

由于抢救及时，罗布活过来了，但是他却又开始绝食。父母哭着对他说："用得着这样吗？天下的好女孩多得是，再找一个不就得了。"

"我喜欢她，我一定要娶她！"他大声地喊道。

心灵感悟：如果让任性的性格不断滋长下去，将会带来非常严重的后果。

梨的轮回

有一个叫桑迪的孩子，父母经常教育他要尊老爱幼。每次家人买回梨后，父母都要教育桑迪，要把最大最好的梨留给奶奶吃。桑迪领会了父母的意思，每次都会把最大的梨送到奶奶跟前，奶奶笑着夸奖孙子："桑迪真是个好孩子，奶奶牙不好，你吃吧。"接着，他又会把梨送到爸爸和妈妈面前，他们也都有各种不吃梨的理由。最后，经过了一个轮回，梨又回到桑迪手中，于是，桑迪拿着那个最大的梨坐在椅子上独自享用。

一天，爸爸的朋友来家做客，懂事的桑迪马上从装水果的盘子里挑出了一个大梨，送给客人吃，家人见了都非常高兴。那个朋友高兴地说："你们家的孩子真懂事。"虽说这个朋友不是很喜欢吃梨，但出于礼貌，他还是接过了那只梨。谁知，他刚咬了一口就惹来了麻烦，只见桑迪生气地冲着客人喊："你怎么这么贪吃呢？太不要脸了！"那位朋友感到很尴尬，咬在嘴里的梨咽也不是，不咽也不是。他脸上露出了迷惑不解的神情，这孩子怎么这样啊？！

桑迪恼怒地坐在一旁，一直盯着客人手中的梨。这最大的梨向来是虚晃一枪，最终会落到他手上，他这次一点儿思想准备都没有，于是跟客人急了眼。

桑迪的父母自然更是尴尬万分，他们也没有想到会发生这样的事，于是赶紧向朋友解释，说这大梨向来是谦让一番，最后必定又会回到桑迪的手中。那位朋友终于明白了其中的缘由，于是赶紧起身告辞。父亲看着朋友离去的身影，无奈地叹了一口气。

心灵感悟：讲礼貌不能只做表面文章，言语与行动要一致才能赢得别人的好感。

一件小事

这是一件发生在安德鲁童年的小事。然而，这件事却影响了安德鲁的一生。

那年，安德鲁9岁。有一天，安德鲁坐在靠近门口的书桌前写字。门铃响了，爸爸前去开门，是邻居家的叔叔。叔叔没有进门，于是，两人就站在大门外交谈。

那天风很大，把安德鲁的写字本吹得"啪啪"作响，于是安德鲁跑去关门。猛地把门一推，然而，大门由于碰到障碍物立刻反弹了回来，与此同时，安德鲁听到父亲尽力压制而依然压不下去的叫喊声。

门外的父亲，眼嘴鼻唇全都因为疼痛而扭成了一团，连头发都一根一根地竖了起来，而他的五根手指，则怪异地缠来拧去。而安德鲁把头伸出门外一探究竟，父亲即刻暴怒地扬起了手，想给安德鲁一记耳光。但是，手掌还没有盖到他脸上，父亲便颓然地放下了，安德鲁的脸颊仅仅感受到了一阵掌风而已。

"你太不小心了，你父亲的手刚才扶在门框上，你看也不看就把门关上……"叔叔以责怪的口吻对安德鲁说。

原来，父亲的手指几乎被夹断了！十指连心，父亲此刻剧烈的痛楚，安德鲁当然知道。但是，当时的安德鲁，毕竟只是一名9岁的儿童，他最担心、最害怕的，是父亲到底会不会再扬起手来打他。

然而，他的担心是多余的，父亲始终没有那样做。

当天晚上，父亲的五根手指肿得很厉害，母亲在厨房里为他涂抹药油。安德鲁无意中听到父亲对母亲说："我当时实在痛得厉害，原想狠狠地打他一个耳光，但是，转念一想，我是自己把手放在夹缝处的，错误在我，凭什么打他？"

父亲的这句极为普通的话，给了安德鲁一个毕生受用的启示：自己犯了错误必须自己承担后果，不可迁怒于他人，不可推卸责任，无论你是一位父亲、老板，还是领袖，即使你受到了伤害。

心灵感悟：由于自身的原因而造成的某种失误或伤害，不要迁怒于他人。

女孩的责任

一次，一位美国母亲带着她4岁的女儿来到一个中国留学生家做客。这个小女孩只顾自己玩耍，一不小心将一只盛有红茶的杯子掉在地上打碎了。

这位美国母亲见了，马上把洒在地板上的茶水擦净，然后严肃地对孩子说："快去向阿姨借一只托盘来，然后把茶杯的碎片收拾干净，并且向叔叔和阿姨道歉。"

小女孩几乎要哭了出来,她很快按照妈妈的吩咐借来了托盘,并且把茶杯的碎片从地上捡起放到托盘里面,然后过来向主人道歉:“我太冒失了,请叔叔阿姨原谅。”

看到小女孩收拾茶杯碎片时笨拙的样子,从厨房跟过来的主人想帮她。可当她注意到那位母亲投向女儿的既严厉又慈祥的目光时,随即又打消了这个念头。

心灵感悟:自己闯的祸,就要由自己来承担责任。

做儿女的榜样

约翰·布朗是19世纪美国人民反对黑人奴隶制运动的杰出领袖。他很注重对孩子们的教育,能够以身作则,给孩子们树立良好的榜样。

约翰·布朗有喝酒的习惯,孩子们一见他拿着酒瓶子,就跑过去将他围住,争抢着要父亲给他们酒喝。后来他改掉了这个习惯,为了孩子,他再也没有喝过酒。为了让孩子们能够认真学习,他每天拿起书本读书,做出表率。他朗诵时,哪怕有一点儿小错也要加以改正。他要求孩子们尊老爱幼,关心别人。冬天临睡前,孩子们经常可以看到父亲轻手轻脚地走进爷爷的房间,将他的被子掖好,夜里还要起来察看一遍。这件事,给孩子们树立了一个好榜样。

约翰·布朗经常教育孩子,不要贪图便宜,拾到东西要物归原主。他的女儿刚上学不久,在学校的操场上拾到一块手绢。这块手绢虽然不贵重,但是女儿却把它看成一件宝贵的东西。

回家后,她没有跟父亲说。但在她给她的好朋友讲这件事时,被父亲听到了。

父亲把女儿叫到身边,充满关爱地对她说:“你知道那块手绢是哪个孩子丢的吗?”

“不知道。”女儿说。

父亲的语气突然变得很严肃:“那么,你明天上学时带上它,看看能不能找到失主。这虽然是件小东西,但你要记住:如果你丢了什么珍爱的东西,无论它多么小,你总希望拾到它的人能送还给你。当然,不光是你,每个人都一样。”

第二天,小女儿拿着那块小手绢终于找到了失主。

心灵感悟:不是自己的东西一定不能占为己有,哪怕是捡到的。

还金

南朝时,有个叫甄彬的人,他心地善良,为人正直,妻子也很贤慧。

有一年闹春荒,家里快要揭不开锅了,只剩下前一年秋天收获的一捆麻,妻子本来打算织成布做夏天穿的衣服。为了度过春荒,只好拿到寺观的钱库去抵押,借了钱,买了粮食。

还好这年风调雨顺，庄稼获得了大丰收。秋粮收入下来后，甄彬凑足了钱，到寺观的钱库里赎回了那捆麻。几天以后，妻子打开那捆麻，准备纺织，忽然发现里面有一条手巾，打开一看，竟是一锭金子。用秤一称，足足有五两重。待在一旁的儿子见了，高兴得跳了起来，他想这下可发财了。

甄彬却对儿子和妻子说："这可能是寺观的钱库在库房放东西的时候，把这包黄金不小心弄到了麻里，又没有来得及检查就把麻还给了我们。不是我们的东西，我们绝对不能要。我看，还是马上把东西还回去吧。"

老婆听后，十分赞同。甄彬问儿子是否同意，儿子羞愧得低下了头，小小年纪的他也意识到原来那种想法错了，就说："爸，我和你一起把金子送回去。"于是，甄彬和儿子一起去了寺观的钱库，向店主说明了来意，将黄金还给了他们。

钱库的主人十分感动，亲自来到甄彬家里，想赠给他一半黄金作为报酬。

甄彬笑着摆了摆手，他指指自己身上穿的土布衣服，看看屋里陈列着的简朴家具，说："您看，像我现在这个样子，会接受别人失落的财物吗？"

梁武帝在没有做皇帝时就听说了这件事。他坐上龙椅以后，就重用了甄彬，派他到地方上管理事务。

心灵感悟：不可贪图意外之财，要不然，贪婪的观念就会腐蚀大脑。

装钱币的罐子

记忆里，父母卧房梳妆台边的地板上放着一个大大的酱菜罐。每晚父亲上床前总会往酱菜罐里扔几枚硬币。孩提时代，这些硬币丢进罐时发出的声响一直深深吸引着小栋。当罐子还空着的时候，钱币掉到罐底会发出一阵阵清脆的叮当声，随着罐子慢慢被装满，扔进去的声音不再是那么清脆了。每当阳光从卧室的窗口照进来时，小栋总喜欢蹲在地板上欣赏这些银白、金黄的圆硬币，那金光闪闪的模样给人一种至高的享受。

罐子装满了硬币后，父亲就在厨房的餐桌上把里面的硬币拿出来包成卷儿，然后带到银行去。每次将这些硬币拿到银行都要费很大的劲儿，先是将它们整整齐齐地堆在一个小的硬纸盒里，然后再放到父亲那部老货车的座位中间，小栋和父亲各坐一边，一起将车子开到银行去。一路上，父亲不住地看着小栋，眼里充满着期待，说："儿子啊，这些硬币要让你远离纺织工厂，你将来要比我强哦！这个小城镇是不能把你留住的。"同样地，每次他将这一卷卷的硬币倒在银行柜台上给出纳员时，都会自豪地说道："这些钱是供我儿子读大学的，他将来不会像我一样，一辈子在工厂里工作。"

每次把钱存完以后，他们都会在回程时买个冰淇淋庆祝，父亲的一定是香草口味的，而小栋的总是巧克力口味。当店员把找回的零钱放到父亲手上时，他会将手里的硬币给小栋看看，然后说："过会儿回到家，我们又要开始填那口罐子了。"

父亲总是开头让小栋把几个硬币扔到空罐子里，当这些硬币在罐子里喀啷喀啷地响了几声之后，那令人愉快的声音总会让他们高兴得笑出声来。"将来你要用这些一分钱、五分钱、一毛钱和两毛五的硬币上大学,"他说,"我会盼到那一天的,你一定能够上大学的。"

很多年过去了,小栋大学毕业后远赴另一个城市工作。记得有一次他回老家探望父母,在他们房里打电话时,突然发现那个酱菜罐不见了。小栋想:它毕竟已经完成了自己的历史使命,所以被搬走了。但是当他注视着梳妆台旁空荡荡的角落时,心中不觉闪过一丝悲凉。父亲不善言谈,不曾对他训示决心、毅力与信念的重要性。然而,他却借用这个罐子,以一种特殊的方式教导他这些美德,而这种方式远胜过世间种种华丽的言辞。

心灵感悟:好的教育是一笔巨大的财富,它能让我们终生受用。

吃肉与吃苦

每晚吃饭的时候,山姆总会闻到一股肉香,那是从对门邻居餐桌上飘出的,他会使劲儿地吸气,将香气都吸到自己的身体里。时间一长,山姆就能够根据肉香判断出邻居吃的是什么肉。山姆不明白邻居家的餐桌上为什么总会有那么多肉,而自己家却每天只吃些蔬菜。

山姆经常会情不自禁地站在门口看邻居一家吃肉,看着看着,口水会不知不觉地流出来。

邻居常常会夹上一块肉给他,然后说:"回去吧,叫你妈妈也买点儿肉吃。"

有一天,山姆终于忍不住问妈妈:"为什么邻居家的餐桌上总会有肉,而我们家却没有呢?"

妈妈没有回答。

一个星期天,妈妈问:"今晚你想不想吃肉?"

"想啊,我好久没吃肉了。"山姆高兴地说。

"那好,你随我来。"妈妈说。

妈妈带着山姆来到了一个工地,她向工头求了一份搬砖的活儿,总共有 1000 块砖,都搬完可得 10 美元。妈妈对山姆说:"快搬吧,搬完了今晚就有肉吃了。"

山姆搬了一段时间后,腿脚有些发麻,妈妈鼓励他:"已经搬了 100 块,可以得 1 美元了。搬吧,再努力又可以得 1 美元了。"山姆又支撑了一会儿,终于搬不动了。

"妈妈,这太辛苦了。"山姆伸伸胳膊说道。

"歇一下吧,歇一下再搬。"妈妈说。

山姆就这样歇一会儿又搬一会儿,而妈妈总是不停地搬。山姆记得那天天气非常热,妈妈的衣服被汗浸得湿透,像刚淋过雨似的。真是太累了,山姆想不干了。他试探着把话说出去,妈妈说:"孩子,不通过辛勤劳动,哪能够得到幸福呢?"

到了傍晚,母子二人终于把活儿干完了。妈妈从工头儿那儿领了 10 美元。这时候,山姆累得直不起腰了。

晚上,餐桌上摆上了香喷喷的肉,弟弟妹妹们吃得非常香。

"孩子,我想你已经知道了邻居餐桌上为什么每餐都有肉了吧。这就叫吃苦,你知道吗？”妈妈望着孩子们说。

山姆的心灵受到了震撼，面对餐桌上的肉，还有吃得正香的弟弟妹妹们，他哭了。

从此以后，山姆牢牢记住“吃苦”这两个字，在学习和生活中时刻严格要求自己。

心灵感悟：“吃得苦中苦，方为人上人”，只有让自己切身体验吃“苦”，才能够感受到“甜日子”是来之不易的。

自以为是的结果

一位父亲把儿子带到一片荒野之地。那里杂草丛生，不时有野鸭从灌木丛中飞出来，又落到另外的草丛里。

“爸爸，你为什么要带我到这么荒凉的地方来呀？”儿子不解地问。

“因为爸爸以前就住在这里，这里曾经是爸爸的家！”父亲望着远方，仿佛又想起了过去发生的事情。

“爸爸给你讲一件过去发生的事，你要仔细听。”

“这里原本是一个偏远、封闭的小镇，人们生活得安静而祥和，唯一的娱乐就是收听镇上的两个电台：一个电台专门广播名人消息和一些幽默笑话，另一个电台则播放天气预报。当然，大多数人从来都不听第二个电台。”

“一天晚上，气象电台发出紧急警告：再过三个小时，一股威力巨大的龙卷风将要席卷小镇。电台呼吁镇上的人们尽快疏散。”

“只有很少的人听到了这个广播，他们也知道这个台收听率是非常低的，于是打电话给另外一个电台，希望他们能把这个消息广播出去，让所有的人都知道这个即将到来的灾难，提前作好防护。”

“但是没有人相信他们的话，那个电台的人还说：‘本镇从未有过龙卷风，那个电台这么做无非是为了提高收听率，而你们这些傻瓜居然相信了。’”

后来，小镇被夷为平地，只有那些相信这个‘假消息’的人活了下来。爸爸就是其中的一个。”

心灵感悟：为人不要太固执，切不可把别人的好意不当回事，遇事要多加思考。

倔强的小男孩

星期六上午，一个小男孩在他的玩具沙箱里玩耍。沙箱里有他的一些玩具小汽车、敞篷货车、塑料铲子和塑料水桶。在松软的沙堆上修建“公路”和“隧道”时，他在沙箱的中部发现一块巨大的岩石。

小男孩开始挖掘岩石周围的沙子，试图把岩石从沙子中弄出去。他的力气很小，而岩石却很大。小男孩手脚并用,没费多大的力气,岩石便被他连推带滚地弄到了沙箱的边缘。不过,这时他才发现,他无法把岩石向上滚动,翻过沙箱边墙。

小男孩下定决心,用尽了各种方法,一次又一次地向岩石发起进攻。可是,每当他刚刚觉得取得了一些进展的时候,岩石便滑落,又重新掉进了沙箱。

小男孩气得大叫,使出浑身的力气猛推石头。但是,岩石再一次滑落下来,弄伤了他的手指。

最后,他伤心地哭了起来。这整个过程,男孩的父亲从起居室的窗旁看得清清楚楚。当泪珠滑过孩子的面颊时,父亲来到了他面前。

"儿子,你为什么不用上所有的力量呢?"父亲的话温和而坚定。

"但是我已经用尽全力了,爸爸,我已经尽力了!我用尽了我所有的力量!"垂头丧气的小男孩抽泣道。

"不对,儿子,你并没有用尽你所有的力量。你没有请求别人的帮助。"父亲纠正了他的说法。

父亲弯下腰,抱起岩石,将岩石搬出了沙箱。

心灵感悟:面对困难,抱着顽强的态度与执著的精神固然不错。但一个人的力量毕竟是有限的,有时,借用你周围人的力量,可能会使你更快更好地完成任务。

世上最幸运的人

这是一个贫寒的家庭,一家人相依为命。爸爸辛辛苦苦地工作,养活全家;儿子也知道生活的艰辛,一直都很懂事。

有一天,儿子眉头紧锁,闷闷不乐,显得心事重重。父亲把一切看在眼里,关切地问儿子,儿子怎么也不肯说,他不想为难父母,后来才吞吞吐吐地说:"同学们都有自行车,只有我没有……"

父亲沉默了,因为家里实在没有多余的钱。

过了几天,儿子惊喜地跑回家,对父亲说:"爸爸,给我两元钱吧。我要玩转盘游戏,转盘上有自行车。"

父亲看着儿子渴望的眼睛,没说什么,把钱递给了儿子。

儿子欢天喜地地去了,不久便垂头丧气地回来了。

"我是世上最不幸的人。"儿子忧郁地嘟囔着。

父亲意识到自行车对儿子的重要性,若有所思地转身走了。

第二天,父亲让儿子再去碰一碰运气。儿子有点迟疑,但在父亲的鼓励下,还是拿着钱去了。这回,大喜来临,儿子一蹦一跳地跑回家,对父亲说:"我中了,我中到自行车了,我是世上最幸运的人,再大的困难也难不倒我了!"

若干年后,儿子事业有成,拥有了不薄的家产。只是那辆自行车他一直保存着。每当他受到挫折时,他都会想起自行车,想起他是世界上最幸运的人。

而那位父亲呢,一直保守着一个秘密。

父亲临终前,把儿子叫到床边:“儿子,你知道那辆自行车是怎样中到的吗?”

儿子困惑地看着父亲。

“那辆自行车是爸爸买的。我从亲戚朋友那里借钱买了那辆自行车。因为,我不想破坏你的感觉,让你觉得自己是世上最不幸的人……”

有这样一位懂得如何给孩子心灵激励的父亲,他的确可称得上是“世界上最幸运的人”了。

心灵感悟:受到激励的人,能具有积极的人格特征;而得不到鼓励的人就有了消极的人格特征。积极乐观的思想能促使人不断向前发展。

不理想与理想

石头上三年级的时候,遇到了一个难题,他的体育课总是不及格。由于老是没有长进,他对体育运动心灰意冷了。

开始时妈妈总是责备他:“瞧你,长得结结实实的,体育却那么差,真熊!”

石头一听很泄气。

妈妈得意洋洋地接着说:“妈妈上二年级的时候,跳高、跳远就已经在学校里拿名次了。有一次我还参加区里的短跑比赛,拿到第二名,那个第一名第二年就被我刷下来了。妈妈那个时候可风光啦,上台领奖的时候,照相机的闪光灯闪个不停,就像你在电视上看到的一样。而且妈妈的照片还上了光荣榜。”

石头一听,很为母亲过去的辉煌感到骄傲,但这对如何使自己摆脱目前的困境却于事无补。

一学期下来,石头的体育课成绩与以前相比并无多大起色。

爸爸一直为孩子的事着急,但也想不出什么好的办法。有一次他突然灵机一动,计上心头,于是与孩子谈起心来。爸爸说:“孩子,你不要怕,世上无难事,只怕有心人。记得爸爸小时候的体育成绩也不理想,个儿长得比别人高,可偏偏就是跳不高也跑不快。别人都笑我吃的饭只长个头不长力气。我不服气,为什么别人能办得到的事,我就不行呢,我偏不信这个邪。我下决心一定要迎头赶上。后来偷偷地练,练臂力,练腿的韧性,然后掌握技巧。你瞧怎么着,半年的工夫,我的进步特别快,跳高、跳远、中长跑,在年级里都是数得上的,后来我还当上了体育委员。所以说,很多事都不可怕。现在不行,并不意味着将来也不行;只要肯下工夫,我相信,我们的小石头肯定会行的。”石头听了爸爸的话,顿时信心大增,对体育也不再恐惧了,后来他的体育成绩果然大有长进。

心灵感悟:现在不行,并不意味着以后也不行;只要你对自己充满信心,就一定会有成功的希望。

先难后易

玉佩的英文成绩一向不好,以至于将英文作业视为洪水猛兽,一直以来都是采取逃避退缩的方法,在做完所有作业以后才做英文。每次都要花半小时以上,甚至有时一个小时还做不完。妈妈看着都感到辛苦,但却苦无对策,只能是干着急,没办法。

有天,妈妈把这个情况告诉爸爸,爸爸认真地考虑了一下,便要求玉佩在每天放学回家后先做英文作业。

开始时,玉佩一想到先做英文作业便感到辛苦,想法子逃避;但有妈妈边坚持边哄,情况渐有好转。一段日子之后,玉佩的英文成绩大有起色,同时,做英文作业好像也没以前那么吃力了。更令妈妈惊奇的是,玉佩整个人都比以前更积极,很多时候都不怕挑战,自信心增强了很多,为人也成熟了不少。

心灵感悟:我们在做事情的时候往往是这样,一旦我们把最困难的事先完成了,接下来做其他的就感觉容易得多了,学习也是一样的道理。

世界上没有笨蛋

沃斯一直觉得生活很压抑。他父亲是一家大公司的总经理,而他自己只是个普通的学生,甚至要在家庭教师的帮助下才勉强读完学习课程。

“我怎么办?为什么不能像父亲那样出色?”沃斯这样问自己。每一天,他都不快乐,因为他从没有体验到成功的喜悦。

安妮是父亲为他请来的家庭教师,她很奇怪沃斯总是沉默寡言。

“能告诉我为什么你不快乐吗?”安妮问道。

“我没有个性,也从没有获得过成功。”沃斯对安妮说,“你知道,我的父亲是一个非常成功的人,而我作为他的儿子,却非常平凡。对学习不感兴趣,几乎找不到可以让我感到自豪的事情。我是个笨蛋。”

“哦,沃斯,你听过一句话吗?”安妮问。

“什么话?”沃斯抬起了头,看着安妮。

“世界上没有笨蛋!”安妮说,“这是我的老师告诉我的,而我现在把这句话告诉你。”“每个人的智商都不一样,但是上帝是公平的,或许你不擅长某些东西,但总有你擅长的,只不过有的时候,你自己没有发现而已。”安妮接着说,“所以你要去寻找你所擅长的,也就是你所感兴趣的东西。如果你愿意,我可以带你去一个好玩的地方。你一定还没有尝试过飞翔的感觉吧?”

“好吧,也许你说得对。”沃斯轻轻地说。

“好棒的感觉!”他兴奋地对安妮说道,“我擅长于飞行,仿佛我天生就有这种本领。我把一切都投入到这疯狂的追求中，并由此获得了自信心。”

沃斯终于找到自己所擅长的东西，他也从此获得了自信和快乐。“我知道自己不是一个才华横溢的人，但我有一个不同寻常的能力，我会飞翔。”他常常这么对别人说。

长大的沃斯后来接管了父亲的公司，并把公司带到了一个非常好的发展阶段，比他父亲那时候还要好，公司的规模扩大了差不多20倍。

心灵感悟：每个人的智商都不一样，但除了极少数智商特别高的人以外，大多数人的智商都相差无几。因此，无论做什么事情，我们要对自己有信心。

回声

一天，罗伯特放学回家后，在乡间漫步，他突然大声喊道：“啊！啊！”谁知，刚喊出去，他便听到山的另一面也传来了“啊！啊！”的声音。

他很惊讶，又大声地说：“你是谁？”结果同样的声音又一次传来：“你是谁？”

罗伯特听到那人不回答有点生气，于是大声说：“你一定是个傻子。”同样的声音也以一种生气的语调从那边传来。他跳进灌木丛，看看是谁在愚弄他，可是谁也没找到。

他回到家，气愤地告诉妈妈，有一个男孩故意躲在树林里愚弄他。

“罗伯特，”妈妈轻轻地抚摸着他的头说，“你是在生自己的气呀。你听到的不是别人的捉弄，而是你自己的声音呀！”

“不会吧！妈妈，那怎么可能呢？”罗伯特说。

“难道你没有听说过回声吗？”妈妈问。

“回声？妈妈，我没有听说过，那是什么东西呀？”罗伯特好奇地追问道。

“我来告诉你，”他妈妈说，“你知道当你打球时，把球砸到墙壁上它会弹回来吗？”

“是的，妈妈，”他说，“等它弹回来时，我便把它抓住了。”

“对，回声的道理其实跟球反弹回来是一样的。”妈妈说，“如果我在一个空旷的地方，旁边有一座山或一座高大的建筑物，这时我大声呼喊，我的声音就会被反射回来。就这样，我又听到了我喊出的话。那就是回声，儿子。当你觉得仿佛有人在捉弄你时，那就是你前面的山了。它把你的声音反射了回来，于是就产生了回声。

你所谓的那个坏男孩不会比你更加生气的。如果你说话温和一点，你也会听到温和的回声。如果你用甜美的声音说话，你也会听到同样动听的回声。《圣经》上说‘温和能驱走愤怒’，当你和你的同学玩的时候，你也要记住这句话。

如果有人对你不礼貌地大声说话，你要记着回声的故事，让你的话语尽量和气一点。当你放学回家，发现你弟弟在生气时，如果你温和地和他说话，他的嘴角会慢慢露出笑容，说话也会变得和气起来。罗伯特，不管你是在田野里，还是在树林里，在学校，在家，或是在外边，不论在什么地方，都要记住要这样做。”

心灵感悟：和蔼可亲本身就是美好和善良的，它能产生纯洁和爱。

鬼节与天气

鬼节快要到了，妈妈给伯特买了面具和一身漂亮的服装，准备在那天晚上到邻居家去要糖。

看着各家各户都忙着为鬼节作准备，伯特像所有的孩子一样兴奋极了。

鬼节早晨，妈妈把糖果准备好放在门边，准备孩子们上门讨吃时送给他们，同时也给伯特准备好了晚上要用的面具和服装。

然而天公不作美，到了傍晚，忽然下起了大雨。伯特盯着窗外看了好一阵子，然后跑过来问妈妈："妈妈，雨什么时候停呀？"

妈妈知道，要是今晚雨不停的话，伯特一定会感到非常失望，于是便对他说："耐心等一下，也许会停的。"

但是，吃过晚饭，雨下得更大了，根本就不可能停了。伯特看到这样的情况，难过得哭了起来。

妈妈悄悄地走到他跟前，摸着他的头说："我知道，你心里很难过，但是雨不停也没有办法呀。好在鬼节每年都有，我们再等一年，怎么样？"

儿子显得很失望："明年？那还要等很长时间呢。"

"是的，我明白，但这是没有办法的事。因为很不巧，今天下雨了。"

"不行，我等不了那么久。"伯特哭着喊了起来。

妈妈抱起他，向他保证："伯特，妈妈明天带你出去玩，去什么地方都可以，你看怎么样。"

尽管这样，伯特仍然大哭大叫。

看到他这样，妈妈神情变得严肃起来："伯特，你应该明白，今天下雨是个事实，我也没有办法。我知道你很失望，我同样也很失望。你要明白，失望并不能改变事实。"

听到妈妈这样说，伯特停止了哭喊，低着头跑进了自己的房间。过了一会儿，他高兴地跑过来对妈妈说："妈妈，我们在家过鬼节，你看怎么样？"

妈妈笑着点了点头。

心灵感悟：当面对困难和挫折时，切不可逃避，一定要勇于承受。

九、拥抱财富

领养“椰菜娃娃”

1984年圣诞节前，尽管美国的许多城市都刮起了刺骨的寒风，但玩具店门前却通宵达旦地排起了长龙。这时，人们心中有一个美好的愿望：领养一个身长40多厘米的“椰菜娃娃”。

为什么玩具店里会有娃娃让人“领养”呢？

原来，“椰菜娃娃”是一种独具风貌、富有魅力的玩具，她是美国奥尔康公司总经理、犹太人罗拔士创造的。

罗拔士经过一段时间的市场调查了解到，欧美玩具市场的需求正由“电子型”、“益智型”转向“温情型”。他当机立断，设计出了一款独具特色的玩具——“椰菜娃娃”。

与以往的洋娃娃不同，“椰菜娃娃”是以先进电脑技术设计出来的，千人千面，发型、发色、容貌以及鞋袜、服装、饰物都是不同的，这就满足了人们对个性化商品的需求。

另外，“椰菜娃娃”的成功，还有其深刻的社会原因：离婚会使儿童的心灵受到巨大的伤害，也会使失去子女抚养权的一方没有了感情的寄托。而“椰菜娃娃”却可以将这个感情空白填补上去，这使“她”不仅受到儿童们的欢迎，而且也在成年妇女中畅销。

罗拔士牢牢地抓住了人们的这一心理，产生了一个非常奇特的想法：将销售玩具变成“领养娃娃”，把“她”变成人们心目中有生命的婴儿。

奥尔康公司每生产一个娃娃，都要在娃娃身上附有出生证、姓名、手印、脚印，臀部还盖有“接生人员”的印章。顾客在领养时，为了确立“养子”与“养父母”关系，都要庄严地签署“领养证”。

经过对顾客心理与需求的分析，罗拔士认为，领养“椰菜娃娃”的顾客既然把她当做真正的婴孩与感情的寄托，当然也会把购买娃娃用品看成是必不可少的事情。于是他又作出了创造性的决定：“配套成龙”——销售与“椰菜娃娃”有关的商品，包括娃娃用的床单、尿布、推车、背包以及各种玩具。

这样，奥尔康公司的销售额得到了大幅度增长。

不久，“椰菜娃娃”的销售网已扩大到英国、日本和香港等国家和地区。为了让她走遍世界各国，保持奥尔康公司在玩具市场上首屈一指的地位，罗拔士正考虑试制不同肤色及特征的“椰菜娃娃”。

心灵感悟：如果能够恰当地运用自己的创造力，就可能从“无”中生出“有”来，产生意料不到的效果，使自己获得成功。

苹果被冰雹砸伤了

有个专门种苹果的农夫，他种的苹果色泽鲜艳，美味可口，供不应求。

这一年，一场突如其来的冰雹把大多数的苹果都砸伤了，即将成熟的苹果上留下一道道疤痕。这对农夫来说无疑是一场毁灭性的打击，这样的苹果销售商怎么能够接受呢！苹果无法销出，还得赔款。

乐观的农夫却想到了一个绝妙的办法，他在苹果的包装上打出了这样的广告词：

"亲爱的顾客，您注意到了吗？在我们脸上有一道道的疤痕，这是上帝馈赠给我们高原苹果的吻痕——高原上常有冰雹，因此高原苹果才有美丽的吻痕。如果你喜爱高原苹果的美味，那么请记住我们的正宗商标——疤痕！"

农夫的这则绝妙的广告起到了神奇的效果，他的苹果不仅没有滞销，而且比往年的销量更好。

心灵感悟：天无绝人之路。突发的意外使你陷入困境，让你措手不及，甚至绝望。其实，世上没有绝对的事情，只要你用心去发现，一定会找到更好的方法，另辟蹊径。

比价格

犹太商人沙米尔移民到澳大利亚经商。到了墨尔本，他就干起了他的老本行，开了一家食品店。而和他相邻的是一个叫安东尼的意大利人开的食品店。于是，两家食品店展开了激烈的竞争。

安东尼眼看新的竞争对手出现，感到很恐慌。他沉思了很久，心想只有用降价这一招了，便在自家门前立了一块木板，上面写道："火腿，每磅只卖5毛钱。"

不想沙米尔也马上在店门前立起木板，上面写道："每磅4毛钱。"

安东尼见沙米尔如此，一赌气，立即将价格改为："火腿，每磅只卖3毛5分钱。"这样一来，价格已降到了成本以下。

想不到，沙米尔更离谱，把价钱改写成："每磅只卖3毛钱。"

几天下来，安东尼有点沉不住气了。他气冲冲地跑到沙米尔的店里，以经商老手的口气大吼道："小子，有你这样卖火腿的吗？这样疯狂地降价，知道会引来什么后果吗？咱俩都得破产！"

沙米尔却笑了："什么'咱俩'呀！我看只有你会破产。板子上写的3毛钱一磅，连我都不知道是指什么东西哩！我的食品店压根儿就没有什么火腿呀。"

安东尼这才发觉自己上了大当，知道遇上了真正的竞争对手，他禁不住叫苦连天。

心灵感悟：竞争不但需要勇气，更需要智慧，智慧的人将在竞争中立于不败之地。

总统"卖书"

出版商有一批滞销很久的书卖不出去。忽然他想出了一个主意，给总统送去一本书，并多次向他征寻意见。忙于国家大事的总统不愿意与他纠缠，便回了一句："这本书不错。”出版商便大做广告：“现有总统喜欢的书出售。”于是这些书很快就被抢购一空。

没过多久，这个出版商又有书卖不出去，和上次一样，他又送了一本给总统。总统上过一回当，想奚落他，就说：“这本书真是太糟糕了。”出版商脑瓜子一转，又做广告：“现有总统讨厌的书出售。”这又引起了人们的好奇，很快这些书又被抢购一空。

第三次，出版商再次将书送给总统，总统接受了前两次的教训，便不再答复他。这并没有难倒出版商，他又继续大做广告：“现有一批令总统难以下结论的书，欲购从速。”和前两次一样，又被抢购一空。总统哭笑不得，商人调动了总统这只猛虎，大发横财。

心灵感悟：智慧是一笔无形的财富，善于运用它，就能将它转化为有形的资产。

沉默的力量

代表以色列航空公司的三个犹太商人来和美国一家公司谈判。会议从早上8点开始，进行了两个半小时。美国代表以大量的资料淹没了以色列代表。他们用图表解说、电脑计算、屏幕显示，以各种数据资料来回答对方提出的报价。而在整个过程中，以色列代表一句话也没说，只是静静地坐在一旁。

终于，美国代表关掉了机器，开了灯，充满信心地问以色列代表：“你们觉得怎么样？”其中一位以色列代表面带微笑地说：“我们看不懂？”美国代表的脸色霎时变得惨白，“你说看不懂是什么意思？有哪些地方看不懂？”另一位以色列代表也面带微笑地说：“都不懂。”美国代表对此非常惊恐：“从哪里开始不懂。”第三位以色列代表以同样的方式慢慢答道：“当你将会议室的灯关了之后。”美国代表顿感头昏脑涨，他将背靠在一旁，喘着气问：“既然是这样，那你们希望怎样做？”以色列代表同时回答：“我们希望您将刚才的介绍重复一遍。”美国代表的头好像要炸开了，谁有精力再将秩序混乱而又长达两个半小时的介绍重新来过？美国公司终于不惜代价只求达成协议。

心灵感悟：在某些时候，沉默比什么话都有效。沉默就是力量。

响尾蛇罐头

一位住在佛州的快乐农夫，他甚至把一个毒柠檬做成了柠檬水。

当他买下那片农场的时候，他觉得非常颓丧。那块地坏得既不能种水果，也不能养猪，能生长的只有白杨树及响尾蛇。

然后他想到了一个好主意，把他所拥有的变做一种资产——他要利用那些响尾蛇。他的做法使每一个人都很吃惊，他开始做响尾蛇肉罐头。每年来参观他的响尾蛇农场的游客差不多有两万人。他的生意已经做得非常大。

这个村子现在已改名为“佛州响尾蛇村”，是为了纪念这位先生把有毒的柠檬做成了甜美的柠檬水。

心灵感悟：开始的时候，有一些阻碍成功的缺陷，会促使我们加倍地努力，我们反而会得到更多的报偿。用肯定的思想来代替否定的思想，能激发人的创造力，加快成功的步伐。

一枚硬币

有两个年轻人一同去寻找工作，其中一个是英国人，另一个是犹太人。

他们怀着成功的愿望，寻找适合自己发展的机会。

有一天，当他们走在街上时，同时看到地面上有一枚硬币。英国青年看也不看就走了过去，犹太青年却激动地将它捡了起来。

英国青年对犹太青年的举动露出鄙夷之色：一枚硬币也捡，真没出息！

犹太青年望着远去的英国青年心中不免有些感慨：让钱白白地从身边溜走，真没出息！

后来，两个人同时进了一家公司。公司很小，工作很累，工资也低，英国青年不屑一顾地走了，而犹太青年却高兴地留了下来。

两年后，两人又在街上相遇，犹太青年已成了老板，而英国青年还在寻找工作。

英国青年对此不可理解，说："你这么没出息的人怎么能这么快地发了财呢？"犹太青年说："因为我不会像你那样绅士般地从一枚硬币旁边走过去，我会珍惜每一分钱。而你连一枚硬币都不要，怎么会发财呢？"

心灵感悟：财富的取得不是靠凭空臆想，也不是靠不切实际的行为取向，它是靠平素一点一滴的积累来获得的。

青年与富翁

一个青年非常羡慕一位富翁取得的成就，于是他跑到富翁那里询问他成功的诀窍。

富翁弄清楚了青年的来意后，什么也没有说，转身到起居室拿来了一个大西瓜。青年迷惑不解地看着，只见富翁把西瓜切成了大小不等的3块。

"如果每块西瓜代表大小不同的利益，你会如何选择呢？"富翁一边说，一边把西瓜放在青年面前。

"当然是最大的那块！"青年毫不犹豫地回答，眼睛盯着最大的那块。

富翁笑了笑："那好，请用吧！"

富翁把最大的那块西瓜递给青年，自己却吃起了最小的那块。青年还在享用最大的那一块的时候，富翁已经吃完了最小的那一块。接着，富翁得意地拿起剩下的一块，还故意在青年眼前晃了晃，大口吃了起来。其实，那块最小的和最后一块加起来要比最大的那一块大得多。青年马上就明白了富翁的意思：富翁吃的瓜虽没自己的大，却比自己吃得多。如果每块代表大小不同的利益，那么富翁赢得的利益自然比自己多。

吃完西瓜，富翁讲述了自己的成功经历，最后，对青年语重心长地说："要想成功就要学会放弃，只有放弃眼前利益，才能获得长远大利，这就是我的成功之道。"

心灵感悟：放弃眼前利益才能获得长远大利，要想成功，要想获得更多，就要先学会放弃，舍得放弃。

细致入微的服务

一名美国游客在以色列度假，临时住进了一家酒店。清晨，酒店一开门，一名面带微笑的以色列小姐和他打招呼："早上好，杰克先生。"这名美国游客感到非常吃惊，没想到这名服务员竟然能够喊出自己的名字。服务员解释说："杰克先生，我们每一楼层的当班小姐都要记住每一个房间客人的名字。"美国客人听了，心里有说不出的高兴。

早餐的时间到了，美国客人在服务员的带领下，来到餐厅就餐，服务人员上菜时，都尊敬地称呼他杰克先生。这时端上了一盘菜，样子非常奇特，美国客人向站在旁边的服务员询问："这个红色的东西是什么？"那个服务员看了一下，后退一步并作了解释。当美国客人又提问时，她上前又看了一眼，又后退一步才作出回答。美国客人对此很不解，一问才知道，后退一步是为了防止她的口水溅到菜里。这种细致的服务令美国客人非常满意。

这位美国游客退房准备离开酒店时，酒店服务员又对他说："杰克先生，欢迎您下次光临，愿我们的服务能让您满意。"

过了很久，有一天这个美国人收到了一张从以色列酒店寄来的卡片，上面写着："亲爱的杰克先生，最近还好吗？我们酒店的全体员工都很想念您，下次经过以色列的时候不要忘了来看我们呀。"同时，卡片下面还写着一行字：祝您生日快乐！原来这一天是杰克的生日。

这种细致入微的优质服务无疑赢得了美国顾客的心。

心灵感悟：不要忽略每一个细节，也许，这一细微之处就能够影响全局，就像医生对病人的器官一样，每一个最细微的地方都了如指掌。做好细节的量化工作，才能保证质量。

富士山空气罐头

犹太大富翁洛克生意上的事情多，工作显得十分紧张。有一次，为了放松一下，他决定去日本度假，当他把工作托付给助手后，就动身来到了日本。此时的日本正值盛夏，天气炎热。洛克不愿待在空调房里，便去爬富士山。富士山山顶终年积雪不化，异常寒冷，而半山腰则凉爽宜人，空气特别新鲜。

洛克来到富士山的半山腰，刚吸了几口这里的新鲜空气，身上的疲劳就消失得无影无踪，他忍不住赞道："这里的空气多么新鲜啊，完全没有污染，是纯自然的空气。"说着，心里便冒出了这样一个想法：我为什么不把富士山的空气拿回去卖呢？

洛克推测会有这样一些人来购买自己的产品：那些在城市里居住，每天呼吸污染了的空气的人一定会喜欢新鲜、自然的空气；那些久病初愈的病人，肯定也需要这种新鲜、自然空气的滋润；那些对富士山的大名早有耳闻，但无缘亲自前来观光，或者来过富士山，对富士山的景色和空气留有非常美好的深刻印象，但不可能长期待在富士山享受这里的自然、新鲜空气的人也可能会掏钱买；另外，讲究营养保健的老人和正在长身体、长智力的儿童也会对它情有独钟的。

洛克经过这么一番分析，信心倍增，马上请来了一个这方面的专家，让他在这里提取空气样本进行研究、测试，然后拟出一份富士山空气对人体有哪些好处的科学分析数据报告。

洛克马不停蹄地申办了执照等开业手续，在富士山半山腰开办了一家名叫"富士空气罐头厂"的工厂。洛克的新产品很有特色，用既便宜又漂亮的包装材料做成罐头盒，外面印上富士山美丽的风景，里面充满新鲜、自然的富士山空气。

洛克的新产品瞄准那些在空气污染严重的大城市中生活的人，推销的成功率相当高。加之它价格便宜，所以很快就打开了日本的市场。洛克并没有就此满足，他还把"富士空气罐头"出口到美国、欧洲和位于赤道的国家，也同样受到欢迎。

洛克倍受鼓舞，把空气生意做得越来越大，罐装的空气不仅仅是富士山上的了，逐步扩大到阿尔卑斯山上的空气、著名雪峰上的空气、浩渺湖面上的清新空气、原始森林中的空气，既为自己赚取了可观的利润，又满足了社会的需要。

心灵感悟：财富的获得，需要有一双捕捉信息的眼睛。成功的商人善于从简单的商机中看出它所包含的复杂内容，并用全方位的手段去利用它们。

咖啡交易

摩根大学毕业后，来到邓肯的公司任职。摩根特有的素质与生活的磨炼使他在邓肯的公司干得非常出色。但他的过人的胆识与冒险精神却常常使总裁邓肯心惊肉跳。

一次，在摩根从巴黎到纽约的商业旅行途中，一个陌生人敲开了他的舱门："听说您是专搞商品批发的，是吗？"

"有什么事吗？"摩根感觉到对方急切的心情。

"啊！先生，我有求于您，有一船咖啡需要马上处理掉。这些咖啡原是一个咖啡商的，现在他破产了，无法偿付我的运费，便把这船咖啡作抵押，可我不懂这方面业务，您是否能够买下这船咖啡，相当便宜，只是别人价格的一半。"

摩根盯着来人，问道："你很着急吗？"

"确实很急，要不然这样的咖啡怎么这么便宜。"

说着，拿出咖啡的样品。

摩根瞥了一眼样品说道："我买下了。"

"摩根先生，您太年轻了，谁能保证这一船咖啡的质量都是与样品一样呢？"他的同伴见摩根这样轻率就买下了一船咖啡，禁不住在一旁提醒他。

"不必担心，我这次一定会交上好运的，我们应该践约，以免这批咖啡落入他人之手。"摩根对自己充满了信心。

当邓肯听到这个消息，不禁吓出一身冷汗。

"你这个笨蛋，拿邓肯公司开玩笑吗？快去把交易给我退掉，损失你自己来赔！"邓肯愤怒地朝摩根喊道。

面对粗暴的邓肯，摩根决心赌一赌。他写信给父亲，请求他支持自己。在父亲的资助下，摩根还了邓肯公司的咖啡款，并在那个请求摩根买下咖啡的人的介绍下，摩根又买下了许多船咖啡。最终，摩根取得了成功。在摩根买下这批咖啡不久，巴西咖啡遭到霜灾，大幅度减产，咖啡价格上涨两三倍，摩根旗开得胜。这时，邓肯不得不佩服摩根的眼光。与邓肯公司分道扬镳后，在父亲的帮助下，摩根在华尔街独创了一家公司。

心灵感悟：干大事不但要有远见，而且还要有一定的勇气，因为远见和勇气是成就大事的先决条件。

金矿上的十字镐

"斧头虽小，但多劈几次，就能将坚硬的树木砍倒。"阿拉斯加的金矿大王约翰逊接受记者访问时说。

"请问你致富的秘诀是什么？"记者问。

"我想，是一种运气吧！"约翰逊回答。

"运气？"记者感到疑惑。

约翰逊微笑着说："记得当时，我无意间在荒废的矿区发现一把生锈的十字镐插在泥土中。我只是用力把十字镐摇动几下，然后拔起，没想到十字镐下有许多的金矿，因此发现了矿床。"

约翰逊强调说："假如那个十字镐的主人能够再稍微坚持一下，挥动一下十字镐，那么，如今的金矿大王或许就是这个人了。"

心灵感悟：有时，成功就在我们眼前，但却被我们所忽视，以至最终丧失。把握眼前，坚持做好每件事，那么，成功将会离我们越来越近。

错误中的机会

法国著名的矿泉水“碧绿液”不仅畅销全国，还出口到美国和日本等国家。但是1989年发生的一件意外事件却使“碧绿液”公司遭受了沉重的打击。

当年2月，美国食品卫生部门在抽样检查中，发现部分“碧绿液”矿泉水含有超过规定标准2倍的苯，长期饮用不利于身体健康，甚至会致癌。消息传出后，“碧绿液”矿泉水的销量直线下降。怎样应对这一问题呢？将不合格产品全部回收，登报向广大消费者致歉？这样做对恢复“碧绿液”公司名声所起的作用不大。不如来得干脆一点，将现有的矿泉水全部销毁。

于是，“碧绿液”公司马上举行记者招待会，在会上向记者们宣布：把同一批销售到世界各地的1.6亿瓶矿泉水全部就地销毁，公司将会生产出新产品进行补偿。这个消息一出，会场上沸腾了，记者们都感到非常吃惊：1.6亿瓶矿泉水的价值是2亿多法郎呀，为几十瓶不合格的矿泉水而销毁它们，值得吗？

“碧绿液”公司却有自己的看法，他们认为，虽然销毁1.6亿瓶矿泉水，会造成公司2亿多法郎的直接损失，但这样做却为公司赢得了信誉和名声。对于“碧绿液”公司的奇特做法，新闻媒介进行了整版报道，大肆渲染。消息很快在美国和全世界传开，“碧绿液”公司对顾客负责、为顾客着想的美名四海皆知。如果当时“碧绿液”公司没有销毁这1.6亿瓶价值2亿多法郎的矿泉水，而是直接花2亿法郎来为“碧绿液”矿泉水做广告，肯定不会产生如此轰动的效应，不会具有这么大的感染力。

“碧绿液”公司的壮举实属罕见，世界各地的新闻媒介都给予了高度的关注。“碧绿液”矿泉水新产品上市的那一天，巴黎几乎所有的新闻媒介都作了大张旗鼓的报道，许多报纸用整版刊登了“碧绿液”的广告。电视台的广告更独具匠心：在电视屏幕上出现了人们熟悉的那个葫芦状的绿色玻璃瓶，一滴矿泉水从瓶口滑落，犹如一滴眼泪；同时画外音出来了，一个受委屈的小姑娘在哭泣，一个父亲般的声音劝慰她：“不要哭，大家依然喜欢你。”小姑娘回答道：“我不是哭，我是高兴啊！”

心灵感悟：错误有时候也是机会，充分利用它，就能够促进自己的发展。

15美元的欠款

一天早上，一位怒气冲冲的顾客冲进迪特毛料公司创始人迪特的办公室。他是为了15美元而专程从外地到这儿来的。

事情的起因是这位顾客因为购买迪特公司的西装毛料，欠了该公司15美元。公司信托部门给他写了几封信催促他把账结了，可是他却忘了这笔欠款，而且认为是公司弄错了。于是他便不远千里，来到芝加哥，要弄个清楚。

这位满脸怒意的顾客一进办公室，就一口咬定是公司搞错了。他说他不但不出这笔钱，而且一辈子再也不买迪特公司的任何东西了。迪特没有打断他，耐心地听完他的牢骚和气话，直到客人说完，他才平静地说："我要谢谢你到芝加哥来告诉我这件事。你帮了我一个大忙，因为如果我们的信托部门给你增添了麻烦，他们也就同样可能干扰了别的顾客，那就太不幸了。相信我，我比你更想听到你所告诉我的。"

顾客怎么也没想到他说了那么多严厉而尖刻的话，得到的却是这样平静温和的回答，他甚至因为他的牢骚话和生气的态度没有得到想象中的效果而有点儿失望。

迪特接着说："你是一位十分仔细的人。只有一份账目，不大可能出错；而公司职员要管几千份账目，应该容易出错。请放心，这笔账将就此消除。既然你不再买我们的毛料，那么，我可以向你推荐别的毛料公司。"

迪特随后请这位顾客共进午餐，顾客不好意思地接受了。吃完以后，回到办公室，顾客出人意料地与迪特签订了一个很大数量的订货单。

事情结束了，双方都感到十分愉快。那位顾客回去后不久，迪特意外地收到了一张15美元的支票还有一封致歉信。原来，那位顾客回家后又重新看了账单，发现有一张放错了地方，因而把它忘记了。

迪特说："后来，这位顾客还把他刚出生的孩子叫做'迪特'。从这时开始直到这位顾客22年后去世，他一直是迪特公司的顾客和朋友。"

心灵感悟：约束自己的愤怒，从而把愤怒导引为一种行动，能够增进自己的事业。

土豆大王

犹太人辛普洛特是当今世界上100位最有钱的富翁之一，他靠经营土豆发了财，被誉为"土豆大王"。

二战爆发不久，辛普洛特获知美国部队在前方作战需要大量的脱水蔬菜。他认准了这是一个非常好的赚钱机会，于是毫不犹豫地买下了当时全美最大的一家蔬菜脱水工厂，专门加工脱水土豆供应军队。

50年代初期，一位化学师研制出一种冻炸土豆条的方法。当时有很多人对这种产品并不重视，但辛普洛特认准了这是一种很有潜力的新产品，于是，高薪聘请了那位化学师，生产了大量的冻炸土豆条。结果，冻炸土豆条在市场上很畅销，成为他赢利的主要来源。辛普洛特还将制作炸土豆条的过程中剩余的土豆部分再加以利用，掺入谷物做牲口饲料。

就这样，辛普洛特构筑了一个庞大的"土豆帝国"，他每年销售15亿磅经过加工的土豆，其中有一半供应麦当劳快餐店做炸土豆条。他从土豆的综合利用中，每年获取数亿美元的高额利润。

心灵感悟：机遇无处不在。学会抓住机遇，并充分利用每一个可能，创造出新的机遇，成功不过是一件很简单的事情。

丹尼尔的贷款

丹尼尔·罗维洛开始仅是密歇根州一个普通人家的孩子，他从小生活非常贫困。有一次，他发现一艘损坏的26英尺长的轮船被当做废品扔在岸边，于是就把它运回家。那个冬天，丹尼尔专心做一件事情，就是修理这条船。第二年夏天，他把修好的船租出去，一年能赚到50美元。

修船租船，这第一次小小的经营虽然微乎其微，但却显示出他怎样去取得成功的道路。

在此后的时间里，他做的全部是买船、修船、卖船、租船这些与船有关的活儿，虽然赚钱并不多，但却使自己的生活得以改善。

当然，丹尼尔也在寻找机会，渴望能够快速致富。突然有一年，由于石油的消费量和生产的日益增长，油船开始成为有利可图的海上运输工具。但是，丹尼尔·罗维洛没有资金来购船，他不甘心机遇就这样从自己身边溜走，开始千方百计地筹措资金。他跑了几家银行希望能够得到一笔贷款，却全碰了钉子。然而丹尼尔·罗维洛不灰心，他仔细地总结了经验并创造性地想出了一个好办法。他又跑到大通银行去碰运气。经理上下打量他一番，问他有没有什么东西可以作为担保和抵押。

丹尼尔痛快地说明自己确实没有什么一般理解中的那种担保和抵押，然而他有一只旧的油船，已出租给石油公司运输石油，根据租约，可以按期收取石油公司的租金。如果银行认为包租出去的船可以作为抵押，那么他就可以获得贷款了。

银行经过反复研究，认为有实力雄厚的石油公司租用油船，丹尼尔的收益很有保障，这样贷款风险就很小，于是银行答应贷款给丹尼尔。丹尼尔·罗维洛用这笔贷款买了一艘旧货船，并改造成油船。他把这艘油船又出租给石油公司之后，再以它为抵押，从银行获得新的贷款，利用贷款又购进旧货船，改装成油船，这样相继地干下去，丹尼尔·罗维洛获得了一笔又一笔的贷款，他的油船队伍也日益壮大。日益增多的资金积累使丹尼尔·罗维洛的事业蒸蒸日上，很快成为闻名一时的成功人士。

心灵感悟：“冬天来了，春天还会远吗？”我们不能把所有的困难都往坏处想，换一种思路，也许更容易走出挫折的泥潭。

阿根廷香蕉

犹太商人鲍洛奇早年在美国一个叫杜鲁茨城的最为繁华的街道替老板卖水果，周围有很多的水果摊。这里车水马龙，人来人往，的确是一个经商的好地方。于是每个商人都想尽了办法，争抢顾客，竞争十分激烈。

鲍洛奇的生意不错，把其他摊位上的顾客也拉过来了，摊位前的顾客很多，他忙得不亦乐乎。然而,接下来发生的一件事,差点儿使他刚刚红火起来的生意败落下去。正当鲍洛奇为自己的胜利而感到得意的时候,一场大火吞噬了老板贮藏水果的冷冻厂。当消防人员赶来将大火扑灭时,16 箱香蕉已被火烤得变成了土黄色, 上面出现了不少的小黑点。老板把这些香蕉交给了鲍洛奇,让他降价处理。

当时,普通香蕉每磅的售价是 4 美分,老板让鲍洛奇降价一半,以每磅 2 美分的价格出售。老板交代他,香蕉只要不浪费,即使价格再低一点儿也可以卖。鲍洛奇接过这些烤得发黑的香蕉感到有说不出的苦。但老板交代他的任务就得完成,无奈之下,鲍洛奇只好把这些变质的香蕉摆到了摊上。

尽管有一肚子的闷气, 鲍洛奇还是尽职尽责地大声吆喝起来。很多顾客走了过来,看到这种丑陋不堪的香蕉,摇着头走开了。鲍洛奇连忙解释:“各位女士、先生,你们看到的只是表面现象,虽然它们看起来很丑陋,但它们的味道很好,并且价格相当便宜,只是其他香蕉价格的一半。”不管他怎么说,顾客还是不想买这些难看的香蕉。

鲍洛奇见水果没有人买,感到很生气,坐下来把那些丑陋的香蕉检查了一遍。他掰开一只香蕉,剥开那黄中带黑的皮,然后放进嘴里。“是的,这些香蕉一点儿都没坏,相反,经过大火的烧烤,这些香蕉的味道变得更好了。对了,我何不……”他在心里琢磨着,突然想到了一个不错的主意,他禁不住为此而微笑起来。

第二天一大早,鲍洛奇又开始吆喝:“各位女士、先生,早上好! 我刚进口了一些阿根廷香蕉,正宗的南美风味,数量有限,机会难得,快来买呀! ”很快,鲍洛奇的摊前就围满了人。众人不停地盯着这些黄中带黑的“阿根廷香蕉”,有些犹豫,因为价格有些贵,对于买不买还拿不定主意。

看到自己的摊位前围了这么多人,鲍洛奇心里有说不出的高兴,接着他又喊道:“阿根廷香蕉,阿根廷香蕉! 最新进口的。这种香蕉产在阿根廷靠海的地区,阳光充足,水分多,风味独特! 我们公司好不容易批到的。”他把这些又黑又丑的“阿根廷香蕉”吹得如何名气大,风味好,又费了多大的劲才搞到这么十几箱“最新品种”,说得天花乱坠。

当人们半信半疑的时候,鲍洛奇看见一位穿着得体的小姐,于是不失时机地问:“请问您以前尝过这种‘阿根廷香蕉’吗?”这位小姐在摊位前看了很长时间,鲍洛奇早已注意到她了。她的目光在这些香蕉上停留了很长时间,看那样子确实想买,只是还没有最后拿定主意。鲍洛奇决定从她身上打开突破口。

“我以前从来没有尝过这种香蕉。这些香蕉很有意思,就是有点儿黑。”小姐说。

“这正是它们的独特之处,否则的话,它们也就不叫“阿根廷香蕉”了。你见过鹌鹑蛋吗?鹌鹑蛋也是带有黑点,但是鹌鹑蛋的味道却很好,不是吗?”鲍洛奇起劲儿唾沫飞溅地说,“请您尝尝,我敢保证您从来没有尝过这种风味如此独特的香蕉! ”接着马上剥了一只香蕉递到小姐的手里,小姐接过来吃了一口。

鲍洛奇不失时机地问:“味道怎么样,是不是非常独特? ”

“嗯,味道确实不错。我买 8 磅。”小姐说。

“这样美味的“阿根廷香蕉”只卖 10 美分一磅,已经是最便宜的啦。我们公司好不容易弄到这么一点儿货,大家难道不想尝尝吗? 错过机会您想买也买不到了。”鲍洛奇大声吆喝起来。

由于那位小姐已经带头儿买了,而且说味道很好,再加上鲍洛奇的鼓动,大家不再犹豫,纷纷掏出钱来,想尝尝这种“进口香蕉”的味道。于是你来5磅,他来3磅,很快,16箱被大火烤过的香蕉竟然以高出市价一倍多的价钱全卖出去了。有许多慕名来买“进口香蕉”的人因没有买到还倍感遗憾,失望而归。

心灵感悟:一个人可以暂时没有机会,但是他需要有一份安宁的心情,能够静下心来做自己该做的事情。因为一些必然的联系就经常隐含在偶然的机会当中,如果能坚持与继续,不断前进,那么机会总是会伴随在左右。

浅蓝色电扇

日本的东芝电气公司1952年前后曾一度积压了大量的电扇卖不出去,7万多名职工为了打开销路,费尽心机地想了不少办法,可是依然没有什么进展。有一天,一个小职员向当时的董事长石坂提出了改变电扇颜色的建议。在当时,全世界的电扇都是黑色的,东芝公司生产的电扇自然也不例外。这个小职员建议把电扇由黑色改为浅色。这一建议引起了石坂董事长的重视。经过研究,公司采纳了这个建议。

第二年夏天,东芝公司推出了一批浅蓝色电扇,大受顾客欢迎,掀起了抢购热潮,几个月之内就卖出了几十万台。从此以后,在日本,以及在全世界,电扇就不再是统一的黑色“面孔”了。

心灵感悟:思维定式虽然有很多好处,但却不利于创新思考;要进行创新思考,必须突破思维定势。

免费饮水

一对夫妇在路边开了一家小杂货店。开业后,他们并不急于赚钱,而是在店前挂出了“天长路远,本店免费供君饮水”的招牌。过往行人看到这个招牌,就停下脚步到店里喝水,人们喝完了水,出于感激,便会掏钱从店里买走一些东西。

这样,杂货店一天天繁荣起来,很快便发展成了一个百货商店。

心灵感悟:撒出慷慨的种子,就会结出丰硕的果实。

偷东西的富人

一个穷人向富人请教致富的办法,富人说:“原来我也很贫困,现在日子过得富裕,只因为我每天辛辛苦苦地偷呀、抢呀！第一年生活就能维持，第二年已吃穿不愁，第三年我就变得很富有了。”

穷人听后，也不问清楚他怎样偷、抢的，就回家乡动起手来。每天晚上他都翻墙挖洞，大肆盗窃，家里居然也富有起来。

不料官府将他抓了起来，甚至连家里原来的破旧杂物也统统没收。这人刑满释放后，跑到那富人处，着实埋怨了一顿。

富人笑道："哎！你误会了我的意思。我是抢天的时间，偷地的资源，种庄稼、建房屋、捉野兽、捕鱼虾，我是从自然界把它们偷了、抢了，这是光明正大的呀！那些私人的财物，是人们用劳动换来的，只属于他们自己。你去偷、去抢，当然是犯罪了，你怨谁呢？”

心灵感悟：天地间有无穷的智慧和恩惠，取之不尽，用之不竭。现在你还在宝山上到处寻找珍宝吗？沉淀自己的心灵，静思默想一番，你将发现宝藏遍布在你的四周。

两个樵夫

有两个樵夫非常贫穷，他们靠上山砍柴维持生计。

一天，他们在山里发现了两大包棉花，心里非常高兴，因为棉花的价格高过柴薪数倍，将这两包棉花卖掉，则可保证家人在一个月内不用挨饿。两人当即各自背了一包棉花，便赶路回家。

走着走着，其中一个樵夫发现山路上有一大捆布，走上前去仔细一看，竟是上等的细麻布，足足有 10 匹之多。他欣喜异常，和同伴商量一同放下肩负的棉花，将这些布背回家去。

同伴却不愿意这么做，他认为自己背着棉花已走了一大段路，如果现在把棉花丢掉，那自己先前的辛苦不是白费了吗？那个发现麻布的樵夫见同伴不听他的劝告，只得自己竭尽所能地背起麻布，继续前行。

又走了一段路后，背麻布的樵夫望见林中闪闪发光，赶忙走上前去，他发现地上散落着数罐黄金，心里顿时乐开了花：这下我可发财了。赶忙邀同伴放下肩头的棉花，用扁担将这些黄金挑回家去。

他的同伴还是那一套观点：自己辛辛苦苦将棉花背到这里，说什么也不能扔掉。他甚至怀疑那些黄金不是真的，劝他不要白费力气，免得到头来空欢喜一场。

发现黄金的樵夫只好自己挑了两罐黄金，和背棉花的伙伴赶路回家。走到山下时，天空突然变得阴暗起来，接着就下了一场大雨，两人都被雨水淋透。更不幸的是，背棉花的樵夫肩上的大包棉花被雨水淋湿后，变得更加沉重，已经超过了人的承受范围，无奈之下，樵夫只得丢下一路上舍不得放弃的棉花，空着手和挑金的同伴回家去。

心灵感悟：适时放弃不但不会失去太多，反而会让自己获得更大的收益。

任氏的致富经

秦朝末年，在督道那个地方，有位管粮仓的官吏任氏，他家非常富有，而且很被国君器重。

当时，战乱频繁，起兵反秦的英雄好汉都在奋力争抢金银，任氏却用地窖储藏谷子。后来项羽、刘邦两军对抗于荥阳，农民无法进行劳作，米价飞涨，一石达到万钱。任氏开窖卖谷，使得众多英雄好汉手中的金银源源不断地流进自己的腰包。而富了的任氏也和一般富人不同，一般富人买田地、牲畜时都争着买低价的，而任氏则坚持要买质量优良的，同时他坚持公平交易原则，不特别压低价格；一般富人喜欢炫耀，讲排场，生活奢侈，而任氏则隐其富人的身份，崇尚俭约，并且坚持亲自耕田、畜牧。

心灵感悟：凡事都要有远见，只有这样，才会取得非凡的成就。

10两银子

很久很久以前，一位有钱人要出门远行，临行前他把仆人们叫到一起，并把财产委托给他们保管。依据他们每个人的能力，他给了第一个仆人10两银子，第二个仆人5两银子，第三个仆人2两银子。拿到10两银子的仆人把它用于经商并且又赚到了10两银子。同样，拿到5两银子的仆人也赚到了5两银子。但是拿到2两银子的仆人却把银子埋在了地里。

过了很长一段时间，他们的主人回来了，与他们结算。拿到10两银子的仆人带着另外10两银子来了。主人说："做得好！你是一个对很多事情充满自信的人。我会让你掌管更多的事情。现在你就去领受奖赏吧。"

同样，拿到5两银子的仆人带着他另外的5两银子来了。主人说："做得好！你是一个对一些事情充满自信的人。我会让你掌管很多事情。现在你就去享受奖赏吧。"

最后，拿到2两银子的仆人来了。他说："主人，我知道你想成为一个强人，收获没有播种的土地，收割没有撒种的土地。但是，我很害怕，于是把钱埋在了地下。"

主人回答道："又懒又胆小的人，你既然知道我想收获没有播种的土地，收割没有撒种的土地，那么你就应该把钱存到银行家那里，以便我回来时能拿到我的那份利息。然后再把它给有10两银子的人，给那些已经拥有一些的人，使他们变得更富有；而对于那些一无所有的人，甚至他们有的也会被剥夺。"

这个仆人认为自己会得到主人的赞赏，因为他没丢失主人给他的那2两银子。在他看来，虽然没有使金钱增值，但也没丢失，就算是完成主人交代的任务了。然而他的主人却不这么认为，他不想让自己的仆人顺其自然，而是希望他们能主动些，变得杰出些。

心灵感悟：举步不前的结局只能是平庸。超越自己，摆脱平庸，努力创造自我价值，这样才能得到别人的赏识。

一万日元

报社的一位年轻记者去采访日本著名的企业家松下幸之助。

年轻人非常珍惜这次来之不易的采访机会,做了认真的准备,因此,他与松下先生谈得很愉快。采访结束后,松下先生亲切地问年轻人:“小伙子,你一个月的薪水是多少?”

年轻人不好意思地回答:“薪水很少,一个月才一万日元。”

松下先生微笑着对年轻人说:“很好!虽然你现在的薪水只有一万日元,但是,你知道吗,你的薪水远远不止这一万日元。”

年轻人听后,感到难以理解。看到年轻人一脸的疑惑,松下先生接着说:“小伙子,你要知道,你今天能争取到采访我的机会,明天也同样能争取到采访其他名人的机会,这就证明你在采访方面有一定的潜力。如果你能多多挖掘这方面的才能和多多积累这方面的经验,这就像你在银行存钱一样,钱存进了银行是会生利息的,而你的才能也会在社会的银行里生利息,将来能连本带利地还给你。”

松下先生满含深意的一番话,打开了年轻人观念的抽屉,使他茅塞顿开。许多年后,年轻人果然做了报社社长。

心灵感悟:对于年轻人来说,注重才能的积累远比注重目前薪水的多少更重要,因为它是每个人最厚重的生存资本。

“点子”就是金钱

波尔格德是石油企业家的儿子。1914 年 9 月刚从英国回到美国,便决心从事石油开采业。

1915 年 10 月,美国俄克拉何马州有一个石油矿井招标,参加投标的企业家很多。投标者中不乏实力雄厚、财大气粗者,因此投标的竞争异常激烈。

波尔格德此时才成立的公司资金不足,不是那些大企业家的对手。怎么办呢?经过一番苦思冥想之后,波尔格德想到了一个高招——空城妙计。

投标当天,波尔格德租了一身非常华贵的衣服,约了一位他所熟悉的著名银行家同他一道前往投标会场。到了会场,波尔格德摆出一副胸有成竹的架势,显得气度不凡,加上身旁有著名的银行家陪伴,致使在场的企业家的目光都集中到了他的身上。

那些跃跃欲试、准备在投标中一决胜负的投标者,心里不免忐忑不安。他们很自然地联想到波尔格德是石油富商的儿子,现在又有大银行家做参谋当后盾,感到自己绝非波尔格德的对手。于是,投标会场出现了戏剧性的一幕,前来投标的企业家们竟三三两两地相继离开了,留下的也不敢竞价。

结果，波尔格德以五百美元的低价便轻而易举地中标。他的计策成功了。四个月后，波尔格德中标的那个油矿打出了优质石油。他马上以四万美元的价格将油矿售出，很快便获得了三万多美元的利润。

波尔格德一处又一处地投资开采石油，不断成立新的石油公司。到了1917年6月，年仅23岁的波尔格德就已成为拥有40家石油公司的大富豪。

心灵感悟：人们常说"时间就是金钱"，其实"点子"也是金钱。点子是人们解决问题时想出来的办法，杰出的点子就是最好的创意，是获得事业成功的可靠保证。

"冰王"图德

弗雷德里克·图德被称为"冰王"，他因为经营人们认为不值钱的冰而发了大财。

图德的想法很简单：把冰从不值钱的地方运到可卖高价的地方。这个大胆的想法曾使同时代的人感到困惑和可笑。不管别人怎么想、怎么说，图德全力以赴地忙于运冰，随之而来的是滚滚财源。仅1856年一年，图德就用船向菲律宾、中国、澳大利亚、西印度群岛等地运送了近十五万吨冰。天道酬勤，图德从司空见惯的冰中获取了大笔利润。

心灵感悟：没有做不到，只有想不到。但"想到"的前提是你必须学会发现：这个世界上不存在没有价值的东西，就看你能不能找到需要它的地方。

白毛猪与黑毛猪

东汉初年，辽东一带的猪都是黑毛猪，当地人对此也都习以为常。忽然有一天，一个商人家中的老母猪生了一窝毛色纯白的小猪，大家都争着跑过来观看。

这里的人都认为这一定是一种特异的品种。羡慕之余，有人给他出主意说："这种毛色纯白的小猪，天下一定少见，你应该将它们献给皇帝，皇帝一定会重重地赏你。"

又有人给他出主意说："还不如把这群小白猪拉到幽州市场上去，一定能够卖个好价钱，物以稀为贵。这可是个赚钱的好机会，你可千万不要错过。"

辽东商人听了，果然动了心。琢磨了一阵儿后，觉得还是把猪运到幽州市场去卖个大价钱比较合算。于是他把白毛小猪装上车，向幽州市场进发了。

经过三个多月的艰苦跋涉，他终于到了幽州。小猪经过这段时间的成长，也都变成了大猪。他心里非常兴奋，这一回可要发大财了！这一天，当他把白毛猪运到市场的时候，眼前的景象把他吓了一跳，原来幽州市场中随处可见白毛猪，这种猪在这里不足为奇不说，价钱还不如辽东的黑猪。辽东商人眼看着猪卖不出去，空欢喜一场，心中十分懊悔，心想自己当初太冲动了，还不如在当地就把它们卖了呢！

他傻傻地站在那儿发呆，突然，一个想法涌上心头：既然辽东没有白毛猪，这里白毛猪的价格也不贵，我为什么不从幽州贩几十头白毛猪回辽东？那样才是真正的物以稀为贵，肯定能赚一笔钱。于是他就从幽州贩了几十头白毛猪回辽东，很快就被抢购一空。接着他又贩黑毛猪来幽州，也是大赚了一笔。

心灵感悟：世界上从不缺少机会，就看你能不能够发现。善于发现机会的人，就能获得成功。

地下的金矿

青年农民鲁宾卖掉自己的所有家产，得到了一笔钱，来到科罗拉多州追寻他的黄金梦。他围了一块地，用铁锹进行挖掘。经过一个多月的努力，鲁宾终于看到了闪闪发光的金矿石，他兴奋地跳了起来，心想里面一定有金矿。但继续开采必须有机器，他将金矿石埋回了原地，暗中回家凑钱买机器。

他费尽千辛万苦弄来了机器，继续进行挖掘。然而一段时间后，他挖出了一堆普通的石头，这时鲁宾认为根本就没有金矿，自己这些天所做的努力都是白费的。他难以维持每天的开支，更承受不住巨大的精神压力，只好把机器当废铁卖给了收废品的人，然后离开了那个地方。

收废品的人请来一位矿业工程师对现场进行勘察，得出的结论是：目前遇到的是"假脉"，如果再挖三英尺，就可能遇到金矿。收废品的人按照工程师的指点，在鲁宾的基础上不断地往下挖。正如工程师所言，金矿就在三英尺的地下。收废品的人因此获得了数百万美元的利润。鲁宾从报纸上得知这个消息后，气得捶胸顿足，追悔莫及。

心灵感悟：当机会来临时，一定要好好把握，千万不要等到失去后再后悔。

火灾赔偿

犹太人迈克斯是美国金融巨头。他最初经营咖啡馆，在有了一定的实力后转营旅馆业，买了运河的股票，成为汽船业和地方铁路的股东。后来，迈克斯投资参加了一家叫"火灾有保障"的小型保险公司。当时，保险业刚刚兴起，规模不是很大。所以，也不要现金，只要将名字签在股东名册上就可以了。投资者在期票上署名后，就能收到投保者交纳的手续费。只要没有发生火灾，这就是一桩稳赚不赔的无本生意，出资者投资的只是一种"信用"。

然而，"天有不测风云"。在纽约突发了一场特大火灾。投资者得知这个消息后，急得团团转，他们从来没有遇到过这样的事情，惊慌之余，纷纷表示愿自动放弃他们的股份。迈克斯经过再三考虑，决定冒一次险，成败在此一举，即使将旅馆卖了也在所不惜。

于是，他凑了 10 万美元来处理赔偿事务。

迈克斯从纽约归来，收获的是胜利：他不仅处理了赔偿，而且还带回了大笔现款，那是新投保者交纳的保险金。“火灾有保障”保险以其可靠的信誉赢得了人们的信任，新的投保手续费提高了一倍以上。迈克斯从这次火灾中净赚了15万美元。在那个时代，15万美元可不是个小数目。从这件事上，迈克斯深深地体会到：在经商中，以信誉为筹码，产品或服务就会充满无可估量的潜力，就会大有可为，生意也就能红火。

心灵感悟：要想建立好声誉，获得别人的好感，诚信是最关键的。人一旦失信就无法立足在这个世界上，所以我们一定要有诚实守信的观念。

过期的面包

一年秋天，一场大洪水席卷了某地，导致了面包的短缺。由于没有接到特别的指示，凯瑟琳公司的外勤人员照常按循环表外出到各经销店送刚烘制出来的新鲜面包和回收过期的面包。

一天，运货员乘车从几家偏僻商店回收了一批过期面包。在返回的路上途经一个经销店时，他们的车马上被一群抢购面包的人围住了，提出要购买车上的面包。

运货员告诉他们这些面包已经过了期，是不能卖的，运货员的言辞反而引起了人们的误会，认为他们想囤积居奇。人越围越多，几个记者也加入其中。

无奈之下，运货员只得再次解释道：“女士们，先生们，请相信我，我绝不是想囤货投机而不肯卖，实在是我们的规定太严格了。车上的面包都已经过了期，如果凯瑟琳知道我把过期的面包卖给你们，那我就会被解雇的。因此还请你们能够谅解。”

由于大家急需面包，这车面包最后还是在双方的“默契”下，很快被“强买”一空。

几家新闻记者将获得的这一新闻极力渲染，成了轰动一时的报道。凯瑟琳公司的面包新鲜，诚信无欺，给消费者留下了很深刻的印象。

心灵感悟：诚信是一笔无价的财富，聪明的人会牢牢地抓住它。

十、胜利之旅

一次实验

卢瑟福是英国著名物理学家。一天,他正在实验室里指导学生做一项实验。大家都仔细地进行观察、测试、计算、记录等各种准备工作。卢瑟福不时地从这个学生身旁走到那个学生身旁,时而拿过实验记录,仔细地检查每一个实验数据,时而轻声地询问几句。整个实验室充满了一种严肃的气氛。

“准备好了吗?”卢瑟福问。

学生们异口同声地回答:“一切准备就绪。”“开始!”卢瑟福把手一挥,只见所有人的目光一下子集中在电子显示器里放射出来的一连串红色的数字上。

当卢瑟福读到硫化锌的一个闪烁的数字时,突然大声叫了起来:“快,快!实验成功了!快把我刚才的读数记下来!”

不好,实验记录本都已经记满了。一位学生马上跳起来,正想到相隔不远的办公室去拿空白记录本。

这个时候,只听卢瑟福猛然大喝一声:“回来,记在你的袖子上!”话音刚落,那位学生毫不迟疑地把数据记在了袖子上。

实验做完后,卢瑟福抚摸着学生那写着数据的衣服说:“老师真对不起你。可是,要知道,我们不能错过每一分每一秒。如果当时不抓住那关键的时刻,那么这次实验很可能以失败告终,那么我们将会浪费更多的时间。”

卢瑟福用自己的言行教育和熏陶着学生,在攀登科学高峰的时候,决不能有半点松懈、怠慢和疏忽。只有珍惜每分每秒,才能在事业上取得成功。否则,一瞬间就有可能毁掉你多年的心血。

卢瑟福正是以这种惜时如金的时间观,极其严格的态度要求和精心培养自己所有的学生。

心灵感悟:“一寸光阴一寸金”,只有抓紧时间,分秒必争,才能成就辉煌的事业。

一次有益的谈话

有一天,小爱迪生在市内最大的图书馆里专心读书。这时,有一位戴着金丝边眼镜、教师模样的人也坐在爱迪生的旁边看书。他时不时地放下书本,抬起头来仔细地端详着小爱迪生。

终于,他站起身来,走到爱迪生身边,亲切地问道:“我在这儿经常看到你,我想你一定读了很多书吧?”

“我已经读了十五英尺(4.57米)厚的书了。”小爱迪生回答。

“能够告诉我你是怎么读的吗?”来人问道。

“我想把图书馆里所有的书全部读完,所以我是按照书架的次序来读的。”小爱迪生十分认真地答道。

那人惊叹着点点头说:“你这种刻苦读书的劲头值得人敬佩。可是,你要知道,书海浩瀚,学识无涯,你不可能把世界上所有的知识都掌握。就说这个图书馆吧,藏书就有几百万册,你就是天天读,一生也读不完啊!我建议你还是选择一两类自己比较感兴趣的书来读,如果你能够这样做,我相信你将来一定前途无量,会有一番作为的。”

说完,他拍拍小爱迪生的肩膀,深情地注视了他一会儿便转身走了。小爱迪生望着那人离去的背影,呆呆地站着那儿,若有所思,若有所悟……

真是与君一席谈,胜读十年书。短短的一席话,竟使爱迪生获益终身。

至此以后,爱迪生改变了以往读书的方式,他主要选读机械、物理这类的书,有空再看些政论和文学著作。

后来,爱迪生成了伟大的发明家,但他永远不会忘记那位同自己只谈过一次话的“终身教师”。

心灵感悟:人的精力是有限的,只有把有限的精力投入到最主要的科目上,才会取得更大的成功。

纪昌学箭

古时候,有个射箭能手名叫飞卫。他射箭的本领十分高明,能够百发百中,是远近闻名的神箭手。

有个名叫纪昌的人来拜飞卫为师。飞卫对他说:“你先要学会在任何情况下都不眨眼睛的本领,然后才谈得上学射箭。”

纪昌回到家,就照着飞卫的话,仰面朝天躺在他妻子的织布机下,双眼死死盯住穿来穿去的梭子。

这样苦练两年后,就是有人用锋利的锥尖朝他眼睛刺去,他眼都不眨一下。于是,他高兴地跑去告诉飞卫。

飞卫摇摇头说:“这些还不够,你还要练好眼力,才谈得上射箭。当你能把极小的物体看得很大,将模糊的目标看得很明显,那时候,你再来找我。”

纪昌回到家,就捉了只虱子,用牛尾巴毛拴住,吊在窗口上,天天面朝南方目不转睛地盯着。十多天过去,虱子在他眼中渐渐显得大起来;三年以后,竟显得有车轮一般大。回头看看其他东西,都像山丘一样巨大。

他便用燕国牛角做的弓,搭上朔冬蓬秆制的箭,朝虱子射去。弦声响处,利箭穿透虱心,而牛尾毛还好端端地悬在空中。于是,纪昌又跑去告诉飞卫。

飞卫听了,高兴地说:“好,你学成啦!”

心灵感悟:一个人要想掌握精湛的技术,不能性急,要肯于吃苦,扎扎实实地练好基本功。

执著的法拉第

著名科学家法拉第在进入英国皇家学院之前，曾和介绍人戴维进行过一次这样的谈话。

“非常抱歉，我们的谈话随时都可能被打断，但你的运气不错，此时仪器还没有爆炸。法拉第先生，我看过你的信和笔记本。不过，在信中你并没有告诉我你毕业于哪个大学，对吧？”戴维问。“先生，我没有上过大学。”法拉第回答说。

“是吗？但从你做的笔记可以看出你懂得大学的知识，你能告诉我这是为什么吗？”戴维惊诧地问道。“我投入全部的精力，尽可能去学习一切知识，还在自己房里建了个小实验室。”法拉第说。“年轻人，你的执著精神让我很感动。你之所以愿意到我这儿来，可能是因为你没有到实验室中干过。科学太艰苦，需要付出艰辛的劳动，而报酬却是微薄的。”戴维说。

“但是，只要能做这件工作，本身就是一种报酬啊。”法拉第说。

戴维笑着说：“年轻人，你可要想好啊，看看我眼边的红疤吧，这是在氢实验中引起的一次爆炸留下的。我想，你装订的书籍总不曾将你炸痛，让你遭受皮肉的痛苦吧。”

“是的，我没有遇到这种情况。但当我翻开装订的科学书籍，它的目录常使我目瞪口呆，神魂颠倒。”法拉第答道。

听完法拉第的话，戴维高兴地笑了，他破格让法拉第当了自己的助手，从此法拉第便在科学领域中尽情地发挥他的聪明才智。

心灵感悟：在求知的过程中，执著的人容易取得非凡的成绩。

巴尔扎克的理想

巴尔扎克从小就对文学十分感兴趣。然而，父亲却硬要他学习法律。父子之间常为此事发生冲突。在巴尔扎克的一再坚持下，父亲作出让步：如果巴尔扎克在两年时间内能在文学方面有所成就，他就不再干涉。于是，巴尔扎克把自己关在房子里，整天埋头写作。这期间，他写了一个历史剧，由于自己的阅历有限，对剧本的特点了解不够，没有成功。但巴尔扎克并没有丧失信心，他坚信：只要有决心，肯努力，一定能在文学上取得成绩。

巴尔扎克开始拼命阅读世界名著，广泛地接触社会和了解人生，每天坚持写作 12 小时以上，直到写得手指痉挛起来才稍事休息，然后又写下去。为了读书和写作，巴尔扎克到了废寝忘食的地步。巴尔扎克说：“我已经把生命投入到这个坩埚里，像炼金术士投他的金子。”

两年后，巴尔扎克并没有在文学上取得任何成就。父亲一气之下断绝了他的经济来源。巴尔扎克陷入贫困的境地，但他并没有放弃自己的理想。艰难的生活使巴尔扎克对法国社会的下级阶层，以及人与人之间冷酷的金钱关系有了深刻认识，这些成为他后来文学创作中最重要的主题。1829 年，巴尔扎克第一次用自己的真名发表了小说《朱安党人》，这部作品为他带来了巨大的声誉。从此，巴尔扎克一发不可收拾，创作了著名的共 96 部的社会百科全书式的小说集——《人间喜剧》。

心灵感悟：一个人不单要树立理想，更重要的是要具有实现理想的决心。孜孜不倦地工作和对理想的执著追求，是实现理想的必要保证。

牛顿煮怀表

牛顿醉心于科学研究，工作时十分投入。他每天除抽出少量的时间锻炼身体外，大部分时间是在书房里度过的。

一次，牛顿一边思考着问题，一边煮鸡蛋。他苦苦地思索着，简直近乎痴呆。突然，锅里的水沸腾了。牛顿赶忙掀锅一看，“啊！”他惊叫起来，发现锅里煮的竟是一块怀表。原来他在专心考虑问题时竟心不在焉地随手把怀表当做鸡蛋放进了锅里。

还有一次，牛顿邀请一位朋友到他家吃午饭，可是他却因工作入了迷，把这件事忘了。他的用人照例只准备了牛顿一个人吃的午饭。临近中午，客人应邀而来，看见牛顿正在埋头计算，便没有打搅他。客人见桌上摆着饭菜，以为是给自己准备的，便坐下吃了起来，吃完后就悄悄地走了。当牛顿计算完了，走到餐桌旁准备吃午饭时，看见盘子里吃过的鸡骨头，恍然大悟地说：“原来我已吃过午饭了。”

心灵感悟：牛顿所取得的非凡成就与他对科学的极度专心是分不开的。一个人，如果要想在学习、工作等各个方面有所成就，就离不开忘我的专注精神。

科学之路无捷径

阿基米得不仅是一位卓越的科学家，而且是一位很出色的老师。他一生培养了很多学生，其中包括希腊国王多禄米。

多禄米为了治理好国家，想多学一点儿东西，于是把阿基米得请来，拜阿基米得为师，学习几何知识。

刚开始，国王对几何有很大的兴趣，学得很认真，很努力；可是时间一长，随着难度的增加，多禄米国王学习的兴趣明显下降了。他越来越觉得上课是一种煎熬，越来越不耐烦。

聪明的阿基米得虽然察觉到国王情绪的变化，但还是一如既往地认真讲课。他细心而又耐心地向多禄米讲解着各种几何的图形、原理以及计算方法。而多禄米面对着眼前的一个个三角形、正方形，丝毫提不起兴趣。有一次，多禄米国王在阿基米得讲课时趴在桌子上睡着了。阿基米得来到了多禄米的身边，轻轻把国王推醒。国王睁开眼睛，眼前看到的又是一个个三角形、正方形。他实在受不了了，对阿基米得说："伟大的科学家，这样的学习实在太难了。你有那么大的学问，你也是这么学成的吗？你就没有简单一点的方法吗？"

阿基米得想了想，在地上画了两个点，在两个点之间画了几条线。阿基米得指着那些线对国王说："陛下，您看，这里有两个点。一个点代表您现在的位置，一个点代表学问的位置。现在通向学问有那么多的路，您会选择哪一条呢？"

多禄米看了看图，说："当然走直的这条啦。你不是讲过两点之间，线段最短吗？"

阿基米得点点头："对啊，在最开始的时候我们讲过，两点之间线段最短。要想达到学问的位置，最短的是一条线段。可是越短的路越不平坦，这条最短的路更是充满了各种障碍。您尽可以走其他的舒适的曲线，可是那样只会离学问遥遥无期。"

阿基米得继续说："不论您是国王还是平民百姓，在求学的路上都是一名学生，走的都是同一条路。通向科学的路是没有捷径的。"

心灵感悟：阿基米得用"两点之间线段最短"这个简单的数学常识告诉国王也告诉了我们，只有认真和努力才能获得真正的学问。通往科学的道路是没有捷径的，最短的路，同时也是最难走的路。只有不畏艰险、奋勇前进的人，才能到达成功的终点。

删掉废话

海明威是美国著名作家，诺贝尔文学奖获得者。

海明威写作态度十分严肃。他通常都是站着写作，因为这样能够更加集中精神。为了便于修改，他喜欢用铅笔写作。他的每一部书稿完成前都要经过 3 次以上大的修改。他认为修改是写好一本书的必要条件。他的长篇小说《永别了，武器》初稿写了 6 个月，修改又花了 5 个月，清样出来后还在改，最后一页一共改了 39 次才满意。《丧钟为谁而鸣》的创作花了 17 个月，脱稿后天天都在修改，清样出来后，他连续修改了 96 个小时，一直没有离开房间。海明威主张"删掉废话"，把一切华而不实的词句删去。

海明威还经常向画家、作曲家学习。他在专心创作的同时，会阅读莎士比亚的剧作以及其他现代著名作家的著作；此外还精心研究著名画家戈雅、谢赞勒以及著名作曲家莫扎特的作品。他说，他向画家学到的东西跟向文学家学到的东西一样多。他特别注意学习音乐作品基调的和谐与旋律的配合。因此，海明威的小说情景交融，浓淡适宜，语言简洁明了，独具一格。

心灵感悟：从事任何一件事情，要想有所成就，就必须追求尽善尽美，精益求精。只有全身心地投入，付出超乎常人的心血与汗水，才能取得成功。

第15次退回的书稿

凡尔纳是闻名世界的法国科幻小说作家。他的《格兰特船长的儿女》、《海底两万里》、《神秘岛》都是人们熟知的作品。但是,很少有人知道,凡尔纳第一部作品的发表,曾经遭受了多么大的挫折!

《气球上的五星期》是凡尔纳的第一部科幻小说。当这部小说第15次被出版社退回来时,凡尔纳痛心极了,他感到无比的灰心丧气。他深知,那些小出版社的“老爷”们是如何看不起无名作者。他愤怒地发誓,从此再也不写作了,并抱起书稿向壁炉走去,准备将它们付之一炬。幸亏凡尔纳的妻子及时赶到,劝阻丈夫说:“亲爱的,不要灰心,再试一次吧,也许这次就能交上好运的。”听了妻子的话后,凡尔纳的心情平静了许多。他沉默了一会儿,然后抱起书稿到第16家出版社去碰运气。

凡尔纳的希望在这一次终于没有落空。这家出版社决定出版此书,并与凡尔纳签订了20年的出书合同。

心灵感悟:如果凡尔纳的第一部手稿被付之一炬,这个世界上就会失去一位优秀的科幻小说家,而我们也将无法欣赏到那些脍炙人口的精彩作品。希望往往就在下一扇门后。有时候,成功就是坚持到最后。

聪明不失刻苦的安培

法国著名科学家安培小时候有着神奇的记忆力。他五六岁的时候,有一天晚上父母对账到了很晚还没有结束,看到父母劳累的样子,安培就对父母说道:“你们快休息吧,我来结算。”他连账簿都不用看,便报出一个个准确的数字。他的父母都惊呆了。

父亲问他:“你怎么那样熟悉账目?”

安培回答说:“你们几乎每天都议论当天的账目,我都听到了。”

母亲又问:“你只听一次,就记住了?”

安培说:“是的,这些数字就像印在我脑子里一样,非常清楚。”

虽然有着天赋的记忆力,安培学习仍然十分刻苦。他学习的自觉性更是惊人,遇到问题随时学习,一定要把难题攻克了才罢休。

有一次,他在路上行走,边走边在解答一道复杂的计算题。他沉浸在计算之中,几乎忘记了世界的存在。走了一段路后,他已找到了解答计算题的途径,正好看到眼前有一块木板,他就掏出粉笔,在木板上运算着。直把那块板都写满了,他的问题也解决了。他沉思了片刻,还想把这道题复核一遍,一抬头那块板却不见了。

原来,在安培的面前停着一辆马车,那块“板”就是马车的车厢挡板。马车的主人径自赶着马车走了,他并不知道有人在他的车厢挡板上计算。

安培由于天赋好，勤恳好学，很快便在数学、物理学等许多科学领域取得了杰出的成就。

心灵感悟：爱迪生说："天才等于1%的灵感加上99%的勤奋。"一个人的天赋固然重要，然而缺少了后天的努力与勤奋，是绝对不可能产生杰出的成就的。

放弃就意味着失败

1951年，世界著名游泳选手弗洛伦丝·查威德克成功地只身横渡英吉利海峡，创下了一项非同凡响的纪录。1953年，她决定再次向人类极限发起冲击，创造一个新的纪录——她要从卡德林那岛游向加利福尼亚。

查威德克真的进行了这次游程，当她游近加利福尼亚海岸时，她的嘴唇冻得发紫，全身一阵阵颤抖。她已经在水里泡了16个小时，前面雾气霭霭，看不见海滩，而且也难以辨认伴随她的小艇。她感到自己已经筋疲力尽了，更使她灰心的是在茫茫大海中看不到海岸，她失去了继续向前的信念。她感到再也难以支持下去了，于是向小艇上的人请求："把我拉上来吧，我不行了。"

"只有一英里(1609米)了，目标就在眼前，放弃就意味着失败。"

浓雾使查威德克看不到海岸，更遮住了她内心中的强烈信念，她以为别人是在骗她。她再次请求小艇上的人把她拉上去。

同伴以为她真的撑不下去了，便把她拉上了小艇。此时距海岸还不到1英里(1609米)的游程。

查威德克上岸后，非常懊悔："为什么自己就不能再坚持一下？"

有了这次失败的教训，查威德克第二次终于成功地在加利福尼亚登岸。

心灵感悟：在奋斗的过程中，永远不要给自己任何停下来的借口，因为成功之门，注定在你放弃后的下一步。胜利，从来都是属于能够坚持到最后的人。

钢铁是怎样炼成的

《钢铁是怎样炼成的》是奥斯特洛夫斯基在全身瘫痪、双目失明后创作的。

奥斯特洛夫斯基是一名红军战士，他在一次战斗中受了重伤。由于他受伤过重和忘我地工作，再加上接连生了伤寒和风湿病，奥斯特洛夫斯基的健康糟透了，只能长期躺在病床上。

疾病一寸寸蚕食着奥斯特洛夫斯基的身体，他不能动，视线也变得模糊了。但是，他依然保持着坚强的意志。奥斯特洛夫斯基决定用新的武器——写作来战斗。

因为只上过小学，所以写作对奥斯特洛夫斯基来说，是一件很困难的事情。为了充实自己，他顽强地克服了疾病所造成的一切困难，拼命地读书。人们都叫他是“发狂的读者”。

1930年，奥斯特洛夫斯基的双眼完全失明了，胳膊除了肘部以下部分还能勉强活动外，全身都不能动。在经过三年的准备后，奥斯特洛夫斯基咬紧牙关，开始创作《钢铁是怎样炼成的》。他每写一个字，都异常艰苦，哪怕轻微的一次活动，关节都会疼得厉害。奥斯特洛夫斯基以顽强的毅力忍受着这种痛苦，不断地写着。因为看不见，摸索着写出来的字，简直没法认：不但字写得歪歪倒倒，而且字上叠字。后来他想出一个办法：用厚板纸刻出一行行空格，他沿着空格写，字就不会重叠了。为了尽早将书稿写完，他不分白天黑夜地写。有时，为了忍住剧烈的疼痛，他把嘴唇都咬出血来，但却从未想过要停下写作。

经过两年多的艰苦创作，1936年6月，《钢铁是怎样炼成的》这部伟大的著作终于胜利完成。

心灵感悟：坚强的意志力，并非人人生而有之，需要在一次次的磨难中历练而来。在意志坚强者的面前，没有克服不了的困难，也没有实现不了的目标。

音乐之路

德国人汉斯·季默是法兰克福的一位钳工。他从小就对音乐十分着迷，梦想有一天能成为音乐大师。他买不起昂贵的钢琴，就用纸板模拟黑白键盘，在这样的“钢琴”上，他在练贝多芬的《命运交响曲》时竟把十指磨出了老茧。后来，他用作曲挣来的稿费，买了架“老爷”钢琴。有了钢琴的他如虎添翼，最后成为好莱坞电影音乐的主创人员。

汉斯·李默作曲时十分投入，时常忘了与恋人的约会，惹得恋人骂他是“音乐白痴”、“神经病”。婚后，他帮妻子蒸的饭经常变成“红烧大米”。有一次他煮面，边煮边用粉笔在地板上写曲子，结果面条煮成了粥。妻子对他很“客气”，不急不怒，只是罚他把面糊粥全部喝掉，剩一口就离婚。

走路或乘地铁时，汉斯·季默也不忘在本子上记下即兴的乐句，当做创作新曲的素材。有时他从梦中醒来，还打着手电筒写曲子。

在第67届奥斯卡颁奖典礼上，汉斯·季默以闻名于世的动画片《狮子王》，荣获最佳音乐奖。

心灵感悟：每个人都有梦想，然而，并不是每个人都能够实现梦想。追求梦想的人，从不会考虑梦想是否遥不可及，或梦想之路是否充满艰难险阻。他们以执著的精神，忘我地投入他们的热情和精力，一步一个脚印地走下去，最终将梦想变为现实。

大陆漂移说

魏格纳是德国一位气象学家。1910年的一天，他去医院看病。在医院的候诊室里，他一边看墙壁上的地图一边等待治牙病。看着看着，魏格纳被地图上一个非常有趣的现象吸引住了：大西洋两岸的轮廓竟是如此地相对应；巴西东端的突出部分与非洲的几内亚湾，就像一张纸剪开来那样吻合；再仔细看下去，几乎巴西海岸的每一个突出部分，都可以在非洲西岸找到相对应的海湾……这时，他脑子里掠过一个惊人的念头：是不是非洲与美洲大陆曾经是连在一起的？魏格纳知道，回答这个问题需要超出气象学的知识。从此，他决心把这个问题搞清楚，开始向一个陌生领域进军。

魏格纳考察了大西洋两岸的山系和地层，发现在它们之间处处都能连接起来：非洲南端的开普敦山脉可以与南美的布宜诺斯艾利斯山连接；非洲高原和巴西高原的岩石一致；欧洲的煤层可以延续到北美洲；挪威和苏格兰的山系又恰好与北大西洋对岸的阿巴拉契亚山系北端衔接……此外，印度与非洲马达加斯加岛之间的地层构造，南极洲与澳大利亚之间的地层构造，都可以找出对应关系。此外，他还通过达尔文的远洋考察了解到，远隔重洋的大西洋两岸，有许多生物之间存在着亲缘关系。

魏格纳吸收了地质学和古生物学的知识，又参加了格陵兰探索。他广搜博览，多方查证，获得了多方面的证据之后，认为地壳的硅铝层是漂浮于硅镁层之上的，并得出全世界的大陆在古生代石炭纪以前是一个统一的整体，即原始大陆周围是辽阔的海洋这一结论。后来，特别是中生代末期，这个原始大陆在天体引潮力和地球自转所产生的离心力的作用下而破裂成几块，在硅镁层上分离漂移，逐渐形成了现在世界上大洲和大洋的分布情况。

今天，魏格纳的大陆漂移说和板块构造理论相结合，并得以迅速地充实和发展，已逐步为世界科学所承认，同时开始应用于对大自然的认识和改造。

心灵感悟：牛顿从一个落地的苹果联想到地球引力；托尔斯泰的《安娜·卡列尼娜》源于一件女子卧轨的新闻事件；魏格纳从世界挂图得到启发创立了大陆漂移说。这些伟大的成就都是产生于一次偶然事件。偶然性是一个引子，一个契机。善于从日常生活中捕捉到闪现的真理火花，加以探索研究，就一定会有所成就。

挑战厄运

话剧演员波尔赫特是位杰出的艺术大师，她活跃于戏剧舞台达 50 多年，风靡四大洲。可当她 71 岁在巴黎期间，却突然发现自己因为破产已经是一贫如洗；而比这更不幸的是，她在乘船横渡大西洋时，由于一时不慎，狠狠地摔了一跤，腿部伤势严重，引起了静脉炎。医生认为必须把腿部切除，但他不忍心对她说出这个事实，怕她接受不了，可他错了。

波尔赫特注视着这位医生，平静地说："如果没有其他办法的话，那就这么办吧。"

手术那天，她在轮椅上高声朗诵戏里的一段台词，有人对此感到不解，问道："你是在安慰自己吗？"

"不，我是在安慰医生和护士，他们太辛苦了。"波尔赫特答道。

后来，波尔赫特又在舞台上拼搏了七年。

心灵感悟：面对已无可挽回的灾难，痛不欲生，万念俱灰，只会使自己陷入更加不利的境地。与其这样，还不如迎着困难，勇往直前，为自己拼出人生的另一条生路。

不向厄运低头

罗斯福总统在中年时罹患小儿麻痹症，这时他已做了参议员，可以说是仕途得意，而遭受这样的打击，他心灰意冷，差点退隐田园。

开始时，他的腿脚一点儿知觉都没有，必须坐在轮椅上，但他不想老是依赖别人的力量，于是晚上就一个人偷偷练习。

有一天他告诉家人说，他要给大家表演上楼梯。只见他先用手臂的力量撑起自己的身体，挪到台阶上，然后再把腿拖上去，就这样一阶一阶艰难缓慢地爬上楼梯。

“你这样在地上拖来拖去的，给别人看见了多难看。”他的母亲阻止他说。

“我必须面对自己的耻辱。”罗斯福语气坚决地说道。

心灵感悟：无论遇到怎样的灾难，都要学会坚强。坚强是战胜厄运的前提。

英勇无畏的约旦国王

约旦国王侯赛因·伊本·塔拉勒执掌王权 47 年，是阿拉伯国家乃至全世界执政时间最长的国家元首之一。人们一谈起约旦国王侯赛因，就会想起暗杀、阴谋、冷枪、炸弹和毒药。自 1952 年 8 月 11 日他登基被立为约旦哈希姆王国第三任国王以来，遭遇过 150 多次谋害，是阿拉伯世界遭受暗杀次数最频繁的领导人之一。

1951 年 7 月 20 日，16 岁的侯赛因陪祖父阿卜杜拉国王到圣城耶路撒冷的阿克萨作祈祷。阿卜杜拉刚跨入大门，突然一个手持左轮手枪的年轻人冲到国王身旁，扣动扳机，国王应声倒地。侯赛因向转身逃跑的刺客猛扑过去，刺客回过身来，向他“砰”地开了一枪，子弹射向侯赛因的胸膛。但是，祖父别在他军装上的一枚徽章挡住了子弹，救了他的性命。

1958 年 11 月的一天，侯赛因亲自驾驶飞机去瑞士度假，途中又遇不测。两架不明国籍的米格飞机轮番向他的座机开火。他凭着高超的驾驶技术幸免于难。

1960 年 8 月 29 日，侯赛因驱车去探望老朋友安曼首相哈扎·马贾礼。就在他中途视察安曼一所新大学校址时，首相办公室发生爆炸，首相和 10 名约旦官员当场被炸死。侯赛因立刻驾车赶往首相府，半途被国防大臣的车队截住，劝告国王陛下立即回宫。这次侯赛因没有固执，他顺从地掉转了车头。不一会儿，在距第一颗炸弹爆炸几米远的地方，第二颗威力更大的定时炸弹又响了。而这颗炸弹，反对者本来是为侯赛因准备的，他们估计，听到首相被刺的消息后，侯赛因一定会不听任何劝阻赶往现场。然而爱激动的侯赛因这次偏偏听从了劝阻，使他又幸免一死。

同年，侯赛因患了鼻炎，大夫让他用滴鼻剂治疗。一天，他打开一瓶新的药水。无意间，一滴药水滴入漱洗盆，顿时盆里吱吱作响，药水落下的地方很快就出现了一个洞。原来有人用硫酸换下了他的滴鼻剂。还有一次，一个厨师把毒药掺入了食物，幸亏国王的随从让王宫里的猫先尝了食物，阴谋终于败露。

侯赛因的确英勇无畏，每一次被谋害过后，他都很快地下令一切恢复正常。越是处于危险之中，他就越在公开场合露面。1967 年，以色列入侵约旦。侯赛因一个人驾驶吉普车到前线。当他的士兵们狼狈溃逃时，他却冒着枪林弹雨前进。1972 年 1 月，当以色列越过锡法边界，用 50 辆坦克发动进攻时，侯赛因赶到那里，现场指挥战斗。

对于一个国王所遭遇的上述惊险事例，曾有人担心侯赛因的生命：“您不害怕被打死吗？”侯赛因答道：“不害怕，我连想都没有想过。我敢发誓。”

心灵感悟：乱世出英雄。无畏，是英雄气概，是王者风范。雄鹰能翱翔于万里碧空，是因为在一次次的扑跌后，它仍然展翅高空；狮王能统领百兽，是因为搏杀是它的本能，鲜血更能激发它的斗志。

不轻言放弃

松下幸之助出身贫寒。他年轻的时候曾到一家电器工厂去应聘。经理见他衣着寒酸，身材瘦小，不打算聘用他，就信口说：“我们现在暂时不缺人，你一个月以后再来看看吧。”

这本是个托辞，可是松下却在一个月后又去了。那位经理很惊讶，便又推托说：“过几天再说吧。”

隔了几天，松下又来了。如此反复了多次，那位经理只好直接表态：“你这样脏兮兮的，是进不了我们工厂的。”于是松下立即回去借钱买了一身整齐的衣服穿上再次面试。经理看他如此执著，只好说：“关于电器方面的知识，你知道的太少了，我们不能要你。”

两个月后，松下再次出现在那位经理面前：“我已经学会了不少有关电器方面的知识，您看我哪方面还有差距，我一项项来弥补。”这位人事主管紧紧盯着态度诚恳的松下，过了好一会儿才说：“我干这一行几十年了，还是头一次遇到像你这样找工作的。我不得不佩服你的耐心和韧性。”

正是松下幸之助这种不轻言放弃的精神打动了主管，他得到了这份工作。而他最终成为电器行业的非凡人物，与这种精神也是密不可分的。

心灵感悟：在经历过多次失败或挫折后，人们常常会怨天尤人，认为命运对自己不公。命运不会对谁有成见，只不过你还没有做到最好罢了。在每一次失败和挫折中发现自己、完善自己，不轻言放弃，就一定能成功。

不同的命运

大概是40年前，南非某贫穷乡村里住着兄弟二人，他们无法忍受穷困的环境，便决定离开家乡，到外面去谋发展。由于乘船时出了一些意外，两兄弟分开了。最后大哥到了富庶的旧金山，弟弟则到了穷困的菲律宾。

40年后，兄弟俩又幸运地聚在一起。今日的他们，却发生了巨大的变化。做哥哥的，在旧金山虽不用为生计担忧，但也只能做些洗衣做饭的脏活累活，至于事业，更是无从谈起。

弟弟呢，居然成了一位享誉世界的大银行家，拥有菲律宾相当分量的山林、橡胶园和银行。同样经过几十年的努力，为什么兄弟二人在事业上却有如此巨大的差别呢？

兄弟相聚，不免谈谈分别以来的遭遇。哥哥说，我们有色人到白人的社会，既然没有什么特别的才干，唯有用一双手煮饭给白人吃，为他们洗衣服。总之，白人不肯做的工作，我们有色人统统顶上了。生活是没有问题的，但事业上却不敢有什么奢望。

看见弟弟获得了如此巨大的成功，做哥哥的不免羡慕弟弟的幸福。弟弟却说："幸运是没有的。初来菲律宾的时候，我做些低贱的工作，但发现当地的人有些是比较懒惰的，于是便把他们放弃的工作接下来，慢慢地不断收购和扩张，生意便逐渐做大了。"

心灵感悟：影响我们人生的绝不仅仅是环境，雄心控制了个人的行动和思想。同时，心态也决定了自己的视野、事业和成就。

重要的尾数

一个年轻人到某公司应聘临时职员，工作任务是为这家公司采购物品。招聘者在一番测试后，留下了这个年轻人和另外两名优胜者。随后，主持人提了几个问题，每个人的回答都各具特色，主持者很满意，面试的最后一道是笔答题。题目为：假定公司派你到某工厂采购2000支铅笔，你需要从公司带去多少钱？几分钟后，应试者都交了答卷。

第一名应聘者的答案是120美元。主持人问他是怎么计算的。他说："采购2000支铅笔可能要100美元，其他杂用就算20美元吧！"主持人未置可否。

第二名应聘者的答案是110美元。对此，他解释道："2000支铅笔需要100美元左右，另外可能需用10美元左右。"主持人同样没表态。

最后轮到这位年轻人。主持人拿起他的答卷，见上面写的是113.86美元，见到如此精确的数字，他不觉有些惊奇，立即让应试者解释一下答案。

这位年轻人说："铅笔每支5美分，2000支是100美元。从公司到这个工厂，乘汽车来回票价4.8美元；午餐费2美元；从工厂到汽车站为半英里(805米)，请搬运工人需用1.5美元……因此，总费用为113.86美元。"

主持人听完，欣慰地笑了。这名年轻人自然被录用了，这名年轻人就是后来大名鼎鼎的卡耐基。

心灵感悟：在做任何事情的时候，我们都应该以严谨的作风去认真对待，这样你将会得到别人的信任，并且获得意想不到的效果。

华佗发明“麻沸散”

华佗是中国历史上著名的医学家，他生于东汉末年。华佗医术精湛，一生都致力于济世救人，解除老百姓的病痛，因此，人们都称他为“神医”华佗。

有一次，华佗在给一个小孩挖手臂上的毒疮时，小孩痛得死去活来。华佗心里也很难受，他想，要是能有一种药使病人感觉不到疼痛，那该有多好啊！

又有一次，华佗给一个昏迷不醒的汉子治伤，这汉子左胸下的肋骨让人打断了，伤口处一片血肉模糊。华佗让旁边的人按住伤者，然后用药水清洗伤口，开始动手术。在整个手术过程中，伤者不仅没有挣扎，连一声呻吟也没有。华佗觉得奇怪，便问他的家人。原来，伤者正因为喝醉了酒才和别人发生打斗的，受伤的时候，他自己也感觉不到疼痛，但没过一会儿便昏过去了。

这例手术给了华佗很大的启发，要是制出一种药让病人服下后能像醉酒一样昏睡过去，手术不就可以顺利进行了吗？

华佗便开始研究麻醉剂。经过不懈的努力和一次次的试验，华佗终于发明了由羊踯躅、茉莉花要、当归、菖薄为主药的“麻沸散”。

“麻沸散”的实际效用非常显著。一次，一个经常肚子痛的船夫向华佗求诊。经诊断，船夫的脾坏死了，必须切除。船夫同意做手术把脾割掉。华佗便先让他服下“麻沸散”，不一会儿，船夫就迷迷糊糊地昏睡过去，一点知觉也没有了。华佗切去那已经溃烂的脾，缝合好伤口。船夫醒后，感觉肚子也不像原来那么痛了。经过一段时间的调养，病人就恢复了健康。

华佗在一千多年前就发明了麻醉药——“麻沸散”，并使用麻醉术，而近代医学使用乙醚作全身麻醉才有二百多年的时间。“麻沸散”的发明是我国医药史上的不朽丰碑。

心灵感悟：成功源于生活，只要我们多留意生活中的微小细节，就能捕捉到成功。

山东公子

明朝时期，山东有个富家子弟，人们都称他为山东公子。山东公子因为家中富有，所以从小娇生惯养，特别好安逸，不喜欢劳作，不喜欢吃苦。即使路途很近，就在乡里之间，没有马骑他也不肯去。

有一天，他的父亲叫他到京城去办件事。他挑选了一匹跑得又快又好的马骑乘，同时还挑选了一批又强壮又能干的仆人跟随。

一路上在仆人的精心照料下，他握着马缰绳上马，握着马缰绳下马，握着马缰绳走过险路，蹚过河水。由于马跑得快，仆人服侍得好，他每天都能走200里路，然后住宿，得到舒适又充分的休息。他一路逍遥自在，心里十分满足。

有一天，他正在飘飘然之际，突然在路上蹿出了一伙强盗，抢走了他的马匹，抢走了他随身携带的金钱。身边的仆人一看情形不好，于是也乘机逃走了。他哭天天不应，喊地地不灵，他茫然四顾，却没有一个人来救助他。

这时，山东公子左右为难。对于他来说，马匹、仆人和钱财是他出远门的依靠和资本，一旦失去这些能不痛苦吗？因为平时缺乏锻炼，他的腿脚没别人快，他的力气没别人大，前进不能，后退也不能，向左边看，左边没人帮他；向右边看，右边也没人帮他，难道就甘心死在沟壑里吗？

在这种孤立无援的情况下，他心里想：我虽然无马，但我有脚，我的脚虽然没有别人走得快，但不是不能走；我身边虽然没有仆人了，但我身上还有力气，身上的力气虽然小，但还能支持住身子。别人走得快像飞一样地到达，我走得慢像残疾人一点一点挪动，也可以到达。别人可以在庚时到，我可以在癸时到。一个人只要不怕辛苦，不以落后为耻辱，虽然没有马和仆人的帮助，最后也会到达目的地。他仔细地思考了一阵，振作精神，决定回过头来靠自己。

他想到这里，咬着牙从地上爬起来试着往前走。他的两腿肿了，脚掌磨出了茧子。他忍住了疼痛，忍住了饥饿，一点一点往前挪蹭，一直挪蹭了半个月才到达了京城。虽然中间经过了很长时间，晚些到达目的地，但他完全是依靠自己的力量到达的。

心灵感悟：只要凭着坚强的意志，依靠自己的力量去做事情，即使条件很差，也能取得成功。

农夫与书生

有个农夫在烈日下开垦一块荒地，他挥汗如雨，一刻也没有休息。

这时，一个贫困潦倒的书生路过此地，看到农夫在一块贫瘠的土地上卖力地挖着，他嘲弄地对农夫说："喂，大傻瓜，这么热的天，为什么如此卖命啊？是不是地下有金子呀？"

农夫没有理他，继续挖掘整理荒地里的废物，清除田间的杂草，然后开始播种、施肥。

在农夫的精心管理下，田间的庄稼茁壮成长。几个月以后，到了收获季节，农夫来到田边，看到那一片片金色的稻谷，心里有说不出的高兴，于是准备收割。

就在这时，先前嘲笑农夫的那个书生又从此地路过，见了田里的庄稼大吃一惊。他对农夫感叹道："这真是个奇迹啊！老大爷，你前辈子是不是积了大德，上天恩赐你这么一块肥沃的土地？"

农夫擦了擦脸上的汗水，说："不错，是上天对我的恩赐。可是当我请求上天将这块宝地恩赐给我时，还有人在嘲笑我是个大傻瓜呢。”

心灵感悟：付出多少汗水，就会有多少收获。要知道，天上不会掉馅饼，老天不会无缘无故地恩赐宝地于你，一切收获都是靠你的勤奋努力获得的。

死后成名

有位不务实的年轻人非常佩服大发明家爱迪生。有一次，他问爱迪生：“先生，您为什么能够取得那么大的成就呢？您看您现在多出名啊！”

爱迪生猜出了他的心思，故意反问：“看来，你很想出名吧？”

年轻人一听，以为爱迪生要教授他成名的绝招，非常高兴地说：“我做梦都想出名，我什么时候能像您一样名扬天下呢？”

爱迪生笑着说道：“你死后就会很快出名了。”“为什么要等到死后呢？”年轻人惊讶地问。

“因为你不去动手建造这座高楼，而只想着怎样才能占有它。那么，你的理想就会存在于想象的空间里。可是如果在空想中度过一生，你死后就会成为那些只会空想而不实干者的一面镜子，人们为了教育后人，就会经常提到你的名字，你不就能很快出名了吗？”

爱迪生一番训诫的话，使年轻人的心里受到了强烈的震撼。

心灵感悟：自身的努力是成功的前提，成功没有捷径可走。

两颗种子

春天，万物复苏，大地呈现出一片欣欣向荣的景象。在肥沃的土壤里，躺着两颗种子，由于闲来无事，便开始了下面的对话。

第一颗种子说：“我要努力生长！我要把根深深地扎在地下，还要‘出人头地’，让茎叶随风摇摆，歌颂春天的到来……我要感受晨露滴落花瓣的喜悦，还有春晖照耀脸庞的温暖。”于是它努力地向上生长。

第二颗种子说：“我可没有那么大的志向。我若向下扎根，说不定会撞到石头。我若用力往上钻，可能会伤到我脆弱的茎。我若长出幼芽，没准会被小虫子吃掉。我若开花结果，只怕小孩子看了会将我连根拔起。我还是等情况安全些再作打算吧。”

于是它继续瑟缩在土里。

几天后，一只母鸡在庭院里寻找食物，它在地上啄来啄去，很快，这颗种子就进了母鸡的肚子。

心灵感悟：在困难面前，强者毫不退缩，勇往直前；弱者畏畏缩缩，停滞不前。

美妙的大自然

有一个富翁,由于投资失败,破产了。他回想从前,自己是多么的风光,要什么就有什么,而现在,这些只不过是一场梦。他感到非常绝望,于是想到了死。

那天早晨,他站在自家别墅的楼顶上,在结束自己的生命之前,他想好好看看这个世界。突然,一只小鸟映入了他的眼帘,只见它唱着欢快的歌儿,从一棵树上飞到了另一棵树上,远处羞涩的太阳刚刚探出头来,霞光映着眼前的一切,生机勃勃……

富翁最终选择了生存,因为他忽然发现,原来世界是如此美好。他振作起来,一切重新开始,经过几年的拼搏,他又获得了成功。

在以后的日子里,他每天都会早早起床,凝视着窗外那美妙的大自然。

心灵感悟:在遇到挫折打击时,切不可悲观绝望,悲观绝望只会让我们更加消沉。看看美妙的大自然吧,也许它能给我们克服困难的勇气。

幻想和希望

有一个单身汉来到先知住的山里,请求先知赐给他一个美女。

先知告诉他,有一位姑娘叫“幻想”,长得很美丽,只要他闭上眼睛就会来到他的身边。于是,那个单身汉就一直闭着眼睛与“幻想”姑娘厮守着。

一天,有一位少女从单身汉的身边经过,看见他闭着眼,便问他为什么。他说他在守护着他的“幻想”姑娘。

少女说:“我是‘幻想’的姐姐,我叫‘希望’,如果你肯睁开眼,我愿意留下来陪你。”

单身汉说:“不行,如果我睁开眼,‘幻想’姑娘就不见了,我不愿失去美丽的‘幻想’。”

“希望”见不能说服他,便叹了口气走了。

单身汉不能总闭着眼吧,当他猛睁了一下眼的瞬间,竟看到了“希望”那动人的身影,但“希望”很快就消失了。

从那以后,单身汉一直后悔——要是早睁开眼就好了!

心灵感悟:幻想里什么都有,但都是虚无缥缈的,要想实实在在地拥有,付诸行动才是真正的希望。

幸运女神来临

从前,城外郊区的一幢破房子里住着三个穷兄弟。他们干什么事情都不顺利,简直是事事受损,处处碰壁。于是他们经常埋怨幸运女神不保护他们。

有一天，幸运女神突然降临到他们的家里，女神看到他们的贫苦生活，十分同情，决定整个夏天都留在这里，帮助他们。

整整一个夏天，时间可真是不短啊！三个穷兄弟的境遇有了转机。

老大本来不会做生意，现在他无论做什么生意，都一帆风顺，从来没有亏过本。很快地，老大就成了大富豪，家财万贯。

老二到衙门里谋职，本来他只能做些文员工作，负责抄抄写写，没什么前途。突然时来运转，得到提拔，以后必将会飞黄腾达，拥有财富和地位。

那么老三呢？幸运女神当然不会忘记眷顾他。但是他整个夏天都在抓苍蝇。不知道以前他抓得怎么样，现在是每次都不落空，次次都能抓到。只要他随便把手扬起，苍蝇就会自动落在他手中。现在他抓苍蝇的技能简直就是炉火纯青。

夏天过去了，幸运女神便辞别了三兄弟继续前行。这三个兄弟中有两个都得到了好处，一个很富有，一个得到了官职。唯独第三个还在口口声声地埋怨，说他没有得到女神的保护，只好去讨饭。

心灵感悟：幸运本是难以捉摸的，总是飘浮不定。有的人，能够抓住机会，获得成功，而有的人在幸运来临时却抓不住机会，当机会一去不复返时，才追悔莫及。

错过机会的女孩

有一个不思进取的女孩，整天懒洋洋的，每天早上都不按时起床。她相信，幸运之神一定会钟情于她，没有必要刻意追寻。

有一天早上，太阳已经升得老高，女孩依然睡在床上，做着她的美梦。

突然，一阵急促的敲门声把她惊醒了。

她用被子蒙住头，心想：这么早就来敲门，真是讨厌死了。她没有理会，过了一会儿，敲门声再没有响起，她又沉沉地睡去。

中午的时候，她醒了，听见有人敲门，于是起身开门。

“原来你在家呀。”邻居说道。

女孩感到很奇怪，问道：“怎么了，出了什么事？”

“刚才幸运之神来你家敲门，他还以为你不在家呢。”

“哎，这么好的机会竟然被我错过了。”女孩后悔极了，她急忙朝幸运之神离去的方向追去，可是已经太迟了，幸运之神早就走远了。

心灵感悟：机会并不是随时都有，它有时候来得很偶然，错过了之后可能一辈子不会再有。因此，我们要时刻作好准备，不让机会从身边溜走。

埋在树下的金币

从前，在一个偏僻的村庄里，住着一个穷人，他只有很小的一块田地。有一年，田里的收成很不好，最后，他只剩下一小袋种子了。当那块地到了可以耕种的时候，天刚亮，他就从床上爬起来，来到田里开始播种。

他十分小心，生怕遗失了一粒种子。到了正午时分，太阳猛烈地灼烤着他，他感到很疲乏，便停下来在树旁休息。当他坐下的时候，一把种子从袋子里撒出来，掉到了树干下的一个树洞里。虽然只是一点儿种子，但这个贫苦的人还是想：种子本来就很少，对我来说，每一粒种子都是宝贵的，丢失了都是损失。

想到这里，他就拿着铲子，开始挖这棵树的树根。天气很热，汗水顺着他的背和眉毛滴下来，但他还是不停地挖。当他终于挖到种子时，他发现它们掉在了一个被埋着的盒子上面。而那个盒子里却装着黄金。

从此以后，这个穷人成了一个富有的人，人们对他说："你真是世界上最幸运的人。"

他笑着说："不错，我是很幸运，但这些都源于我辛勤劳作和对种子的珍惜。"

心灵感悟：付出就会有收获，那些不畏困难、辛勤工作的人往往能够超越平庸，获得丰厚的回报。

瘫痪的小女孩

有一个小女孩4岁时得了一场大病，幸运的是她的病医治好了，不幸的是留下了后遗症——小女孩的左腿瘫痪了。

母亲非常难受，精心照顾女儿，发誓要让女儿复原。小女孩8岁的时候腿上绑着钢板能够和其他的同龄人一样跑步、跳远了。后来，在一次跳远的时候，钢板的连接处断裂了，钢板从腿上掉了下来，她发现不用钢板自己竟然也能跑步、跳远。小女孩十分高兴，从此更加努力地练习。

后来她成为了一名优秀的田径运动员，在国际比赛中夺得桂冠，为自己赢得了荣誉。

心灵感悟：如果你认为你的目标是正确的，在任何时候都不能放弃。遇到再大的挫折，只要不能打倒你的信心，那么它就永远打不倒你的身体。

理想之路

一个从小生长在贫民窟里、身体非常瘦弱的穷小子，却在日记里立志长大后要做美国总统。但如何才能实现这样宏伟的抱负呢？十多岁的他，经过几天几夜的思索，拟定了这样一系列计划：做美国总统首先要做美国州长；要竞选州长必须得到财力雄厚的后盾的支持；要获得财团的支持就一定得融入财团；融入财团的最好办法就是娶一位豪门千金；要娶一位豪门千金必须成为名人；成为名人的快速方法就是做电影明星；做电影明星前得练好身体，练出阳刚之气。

于是，他按照这种思路开始逐步实施他的计划。他开始刻苦而持之以恒地练习健美，三年后，凭借着发达的肌肉和一身雕塑似的体格，他成为了一位健美先生。在以后的几年里，他囊括了各个国际健美比赛的冠军。22岁时，他踏入美国好莱坞，一心去表现坚强不屈、百折不挠的硬汉形象。10年后，他终于在演艺界声名鹊起。在他的电影事业如日中天时，女友的家庭在他们相恋9年后，也终于接纳了这位“黑脸庄稼人”。他的女友就是赫赫有名的肯尼迪总统的侄女。他们结婚后，夫妻恩爱，一共生育了4个孩子，成为了一个典型的“五好”家庭。2003年，年逾57岁的他，退出影坛，转为从政，成功地竞选成为美国加州州长。

他就是阿诺德·施瓦辛格。

心灵感悟：只有想不到的，没有做不到的。一个人所取得的成就高低，与他立下的目标密切相关。有了合理的目标后，再制订一套可行的实施计划，然后坚持不懈地逐步实现它，成功是早晚的事。

拿破仑与小鼓手

马林果战役前夕，拿破仑坐在营帐里，凝视着面前摊开的一张意大利地图。他把四枚钉子按在地图上，一边挪动钉子，一边思考着。

过了一会儿，他自言自语地说：“现在一切都好了，我要在这里抓住他！”

“抓住谁？”身旁的一个军官问道。

“墨拉斯，奥地利的老狐狸。他要从热那亚回来，路过都灵，回攻亚历山大里亚。我要渡过波河，在塞尔维亚平原迎着他，就在这儿打败他。”拿破仑的手，指向马林果。

然而，马林果战役打响后，法军受到敌军强有力的抵抗，只有招架之功，拿破仑精心谋划的胜利眼看就要成为泡影。

正在法军败退之际，拿破仑手下的将领德撒带着大队骑兵驰过田野，停在拿破仑站着的山坡附近。队伍中有一个小鼓手，他是德撒在巴黎街头收留的流浪儿，在埃及和奥国战役中一直在法军中作战。

当军队站住时，拿破仑朝小鼓手喊道：“击退兵鼓。”

这个孩子却没有动。

“小流浪汉，击退兵鼓！”

孩子拿着鼓槌向前走了几步，朗声说道：“啊，大人，我不知道怎么击退兵鼓，德撒从来没有教过我。但是我会击进军鼓，是的，我可以敲进军鼓，敲得让死人都排起队来。我在金字塔那里敲过它，在台伯河敲过它，在罗地桥上敲过它。啊，长官，在这里我可以也敲进军鼓吗？”

拿破仑无可奈何地转向德撒：“我们吃败仗了，现在可怎么办呢？”

“怎么办？打败他们！要赢得胜利还来得及。来，小鼓手，敲进军鼓，像在台伯和罗地一样敲吧！”

不一会儿，队伍跟着小鼓手猛烈的鼓声，向奥地利军队横扫而去。他们不惜流血牺牲，把敌人打得一退再退。德撒在敌人的第一排子弹中倒下了，但是队伍并没有动摇。当炮火消散时，人们看到那个小流浪儿走在队伍最前面，笔直地前进，仍旧敲着激昂的进军鼓。他越过尸体和伤员，越过营垒和战壕。他的脚步从容不迫，鼓声激越有力，他以自己勇敢无畏的精神开辟了胜利的道路。

心灵感悟：信念，是绝望中的生机；信念，是勇往直前的动力；信念，是胜利的导火线。信念不灭，希望永存。

愿生生世世为矮人

菲律宾前外交部长罗慕洛身材矮小，身高只有 1.63 米。

第二次世界大战期间，罗慕洛是麦克阿瑟将军的副官，麦克阿瑟比他高 20 厘米。那次登陆雷伊泰岛，他们一同上岸，新闻报导说：“麦克阿瑟将军在深及腰部的水中走上了岸，罗慕洛将军和他在一起。”一位专栏作家立即拍电报调查真相。他认为如果水深到麦克阿瑟将军的腰部，罗慕洛就要淹死了。

罗慕洛常常想到高矮的问题，他说：“我宁愿生生世世都做矮了。”

罗慕洛认为，矮是上天给予的恩赐。因为矮小的人起初总被人轻视，当他稍微有所表现，别人就觉得出乎意料，认为他的成就格外出色。罗慕洛在哥伦比亚大学参加辩论小组时，初次明白了这个道理。因为他个子矮小，看上去不像大学生，而像小学生，一开始，观众就为他鼓掌助威。在观众们看来，矮小的他已经居于下风，而大多数人都喜欢看到处于劣势的人获胜。

1945 年，联合国创立会议在旧金山举行，罗慕洛以菲律宾代表团团长身份应邀发表演说。讲台差不多和他一样高。会场安静下来，罗慕洛庄严地说出一句话：“我们就把这个议场当做最后的战场吧。”全场登时寂然，接着爆发出雷鸣般的掌声。罗慕洛放弃了预先准备好的演讲稿，思如泉涌，畅所欲言。后来，他在报纸上才知道了他当时说过的话：“维护尊严，言辞和思想比枪炮更有力量……唯一牢不可破的防线是互助互谅的防线！”

这些话如果是大个子说的，听众可能只是客客气气地鼓一下掌；但菲律宾那时离独立还有一年，罗慕洛又是矮子，由他说出来，有着意想不到的效果。从那天起，小小的菲律宾在联合国大会中就有了一席之地。

有一次，在巴黎举行的联合国会议席上，罗慕洛和前苏联代表团团长维辛斯基激辩。罗慕洛讽刺维辛斯基提出的建议是“开玩笑”，而维辛斯基则轻蔑地讥笑他说：“你不过是个小国家的人罢了。”

和苏联相比，菲律宾不过是地图上的一点。罗慕洛穿上鞋子，身高才1.63米。但他不会任凭别人侮辱他为矮子却不加反驳。维辛斯基一说完，罗慕洛就跳起身来，告诉联合国大会的代表说："维辛斯基对我的形容是正确的。"紧接着他又引用了圣经中的典故说，"此时此地，把真理之石向狂妄的巨人的眉心掷去——使他们的行为变得检点，是矮子的责任！"

会场上响起哄堂的笑声和敬佩的掌声。维辛斯基凶狠地瞪着眼，但是没有再说什么。

心灵感悟：一个人的成就大小，并不能凭借他的外表来判断。历史上有许多伟大的矮子。拿破仑虽矮，但他却创造了一个时代；贝多芬和纳尔逊都只有1.63米高；而英国诗人济慈身高仅1.52米。身材矮小的人，反而更容易有所成就。因为在世俗的眼光下，人们的要求通常和身高成正比。

生的希望

1939年，宾劳在波兰的华沙正准备同他的爱人安妮结婚时，德军入侵了。在一片混乱中，宾劳和其他犹太人一样被拉上一辆货车，送进了集中营。在那里，他被关到1945年二战结束。

在刚进入集中营的最初几天里，他不停地想："安妮在哪里？"以后的日子里他开始忍受痛苦的煎熬。宾劳与其他4000名犹太人一样，每天只有一块面包和一碗汤。他经受着肉体和精神的双重折磨，但仍艰难地活着。

离解放的日子越来越近了，可营内的人数已由4000跌到了不足500人。在无计可施的情况下，盖世太保的秘密警察只有把这些犯人的脚串连地缚着，然后命令他们一个跟一个地离开集中营，在严寒之中穿过雪地前进。衰弱不堪加上疾病缠身，很多人都在雪地上倒下去了，他们就被留在那里直至冻僵为止。宾劳虽然也是贫病交加，但在他内心深处有一种无形的力量在鼓舞着他，那就是一定要见到安妮，永不放弃希望。

宾劳至今清晰地记得那个难忘的早晨，隆隆的轰鸣声自山后方传来，接着在地平线上出现了坦克，并且迅速穿过正在消融的雪地。终于，那些美军追上来解救了他们这些可怜的犹太人，宾劳自由了。

他想做的第一件事就是去找安妮。此时他的内心充满了喜悦与不安：安妮是否还活着？她结婚了吗？另一个生存者告诉宾劳，他听说安妮在史杜格，有人曾在那里见到过她。

于是，宾劳长途跋涉来到史杜格。当他坐上公共汽车穿过市中心时，突然看见一个年轻漂亮的姑娘站在街头。他跳下车，旋风似的跑到她面前。他们彼此对望，在眼眸深处，他们知道彼此仍然爱对方。他们拥抱，又哭又笑，诉说离别的痛苦。

宾劳秉承不放弃的信念，于绝境中获得重生，与自己的心上人过上了幸福的生活。

心灵感悟：你若处于绝境中，一定要具有不放弃的信念，因为只要信念在，希望就在。的确，面临困境的时候，我们若能直面绝境，就会激发重整旗鼓的勇气。在绝望中默默地努力，默默地等待，希望就会升起。

尊严

1914年，一个寒冷的冬日，一群逃难的流亡者来到了美国加州沃尔逊小镇。长途的辗转流离使他们每个人都感到疲惫无力。朴实而善良的沃尔逊人都忙着生火做饭，友善地款待这群流亡者。镇长杰克逊给一批又一批的流亡者送去粥食，这些人接过食物后，个个狼吞虎咽，来不及说一句感谢的话，显然他们已经好多天都没有吃到这么好的食物了。

只有一个年轻人例外，当杰克逊把食物送到他面前时，这个饥肠辘辘、骨瘦如柴的年轻人说："先生，在吃您的东西前，我想帮您干点儿活儿。"杰克逊想：给一个流亡者食物，每一个善良的人都会这么做。于是，他说："不，我这儿的活儿都已经做完了。"

这个年轻人的目光顿时暗淡下来，他看了看杰克逊手中的食物，然后说："先生，我不能随便吃您的东西，我不能没有经过劳动，便平白得到这些东西。"杰克逊想了想又说："我差点儿忘了，我家确实有一些活儿需要你帮忙。你先把这些东西吃了吧，这样才有力气干活儿。"

"不，我现在就干活儿，等干完您的活儿，我再吃这些东西。"那个青年站起来。杰克逊望着这个年轻人，脸上满是赞赏之情。但他知道这个年轻人已经饿了两天了，再加上一路奔波，已不可能有力气干活儿了，可是不给他做些活儿，他是不会吃下这些东西的。杰克逊思忖了片刻说："这样吧，小伙子，你为我捶捶背吧。"那个年轻人便十分认真地给他捶背。捶了一会儿杰克逊便站起来说："好了，小伙子，你捶得很棒。"说完便将食物递给年轻人，他这才狼吞虎咽地吃起来。杰克逊微笑地注视着那个青年说："小伙子，我的庄园现在人手不够，我想让你留下来帮我的忙，不知道你是否愿意。"

那个年轻人留了下来，他非常认真地帮杰克逊打理庄园的事务，并很快成为一把好手。两年后，杰克逊把自己的女儿玛格珍妮许配给了他，并且对女儿说："别看他现在一无所有，可他将来绝对会成为富翁，因为他有尊严！"

果然不出所料，20多年后，那个年轻人真的成为了亿万富翁。他就是犹太人哈默——赫赫有名的美国石油大王。

心灵感悟：这位年轻人的成功，固然有许多因素，但他那种拒绝不劳而获的做法却为他赢得了宝贵的尊严。看来构筑成功的大厦，除了自信的水泥、自强的砖块之外，还离不开那种名叫自尊的钢筋！

胸怀壮志的亚历山大

亚历山大小时候，有一次在阅读《荷马史诗》时，亚里士多德走过来问他："亚历山大，你最大的愿望是什么？"亚历山大毫不犹豫地回答："我希望长大以后继承祖先们的业绩。我要率领大军，走到世界尽头。"

又有一次，波斯使臣来访，由小亚历山大负责接待。波斯是亚历山大一心想征服的亚细亚庞大帝国。他友善地接待了这位使臣，并详细询问了波斯国的疆域和国情。波斯使臣见这个孩子并不对巴比伦的空中花园感兴趣，而是问这样的问题，惊叹道："他才是一位真正伟大的君主，而我们的国王只不过徒有钱财而已。"

亚历山大的父亲腓力是个十分英勇的君主，他带领马其顿军队所向披靡，征服了希腊的 30 多个城邦国家，然而腓力并没有偃旗息鼓，他又向希腊内地发起了进军。亚历山大一直追随父亲驰骋在战场上。在庆祝亚历山大 18 岁生日的宴会上，马其顿的全体将士开怀畅饮，一片喜庆场面。可是亚历山大却心事重重，他一个人悄悄地离开了筵席，来到海边，倚石而坐，望着层出不穷的浪花默默出神。他嫉妒父亲的一连串胜利，为自己已到成人年龄而功名却无着落而烦恼。

20 岁时，亚历山大继承王位，成为马其顿的新国王。他继承父亲的遗志，在征服希腊后，向庞大的波斯帝国进军。最终建立起一个地跨欧、亚、非的大帝国。尽管亚历山大英年早逝(年仅 33 岁)，但他气吞山河的壮志流传千古，世代被人仰慕。

心灵感悟：一个从小就具有远大志向，并且随着成长这种信念越来越坚定的人，是必将会干出一番轰轰烈烈的事业的。没有雄心壮志的人，常常是懦弱的无能者。

每人进步百分之一

1986 年美国职业篮球联赛开始时，洛杉矶湖人队面临重大的挑战。在前一年，湖人队本有很好的机会赢得冠军，开始所有的球员都处于巅峰状态，可是决赛时却出乎意料地输给了波士顿的凯尔特人队，致使教练派特·雷利和所有球员都极为沮丧。

派特为了鼓励球员，让他们自己有信心登上王座，便告诉大家只要每人能在球技上进步百分之一，那么这个赛季便会有出人意料的好成绩。百分之一的进步幅度看起来似乎是微不足道的，可是，如果球队的每一个球员都进步百分之一，那么这个由 12 人组成的球队便能比以前进步百分之十二，这便足以让他们赢得冠军宝座。结果，大部分的球员进步了不止百分之五，有的甚至进步了百分之五十以上，最终，这一年是湖人队夺冠最顺利的一年。

心灵感悟：无论遭遇到多大的挫折，我们始终都应该坚信：风雨过后，总会有阳光。

激发出的潜能

有位富翁膝下只有一个女儿，她已到了成婚的年龄。一天，富翁昭告天下，声称要公开选婿，中选者可以得到他所有的财产并可成为他的女婿。昭告一出，立即引起了轰动，谁不想成为富翁的女婿并继承他的财产呢？很快，就有几百名应征者聚集到富翁别墅的游泳池边。

富翁宣布："谁先从这边游到对面，谁就有资格成为我的女婿，并继承我的全部财产。"富翁的话刚说完，应征者皆认为这是很简单的事，因而纷纷挤在游泳池边准备跳下。但是，当用人把游泳池上的帆布打开，池中却有十几条张着大嘴的鳄鱼虎视眈眈地浮沉着。人们都大惊失色！如果跳下去，就是拿自己的性命做赌注，性命一旦没了，还谈什么做别人的女婿，继承财产呢？因此谁也不敢跳下游泳池。

就在这时候，有一位年轻人被站在后面的人推了一下，掉下游泳池，鳄鱼发现"猎物"落水，纷纷向这个年轻人游过去。年轻人为了逃生，拼命往前游，在这种情况下发挥出了自己潜在的能力，结果连鳄鱼也没追上他。

当他爬上游泳池后，急忙找寻刚刚推他下去的人，旁边有人说："你还计较谁推你下去干吗？你已成为富翁的女婿，并得到所有的财产了。"那位年轻人说："不，我要感谢刚刚推我下水的人。没有他的一推，我还真不知道我的游泳速度这么快，并且能得到财产与幸福，所以我要万分感谢他。"

心灵感悟：这个世界上，普通的人之所以平凡，是因为他们没有发觉到自己沉睡着的"神圣潜能"，并把它唤醒，从而失去了人人是英雄豪杰的自信力，而甘于平凡。在历史上能够成就大事业的人，永远是那些自信的人，敢于想人之所不敢想的人，为人之所不敢为的人；永远是那些不怕孤独的人，勇敢而有创造力的人。

墓地遇鬼

某地区有很多古堡与古迹，因此有很多闹鬼的传闻。

一天，一位职员由于工作繁忙，所以回家时已是午夜时分。在他回家的路上，必须路过一个坟场，而刚好有人在这里新挖了一个墓坑。他只顾着赶路，根本没注意到前面有一个坑，结果很不幸，他掉了进去。那个坑又大又深，他用尽了各种办法，都没能爬出去。后来，他索性坐在坑内，等天亮了以后再说。

让人想不到的是，没过多久，又有一个人从这里路过，也掉进了这个坑里。只见那个人拼命地往上爬，无论他多么用力，就是爬不上去。

"不要白费力气了，你是爬不出去的。"那个先掉进坑里的人说道。

后掉下去的人吃了一惊，以为自己遇到鬼了，他吓得魂飞魄散，不顾一切地往上爬，没想到三两下居然爬了出来。

心灵感悟：有很多事情我们无法将它顺利完成，究其原因，还是我们的决心不够，没有发挥自己的潜能。而在危难关头，这种潜能就会不自觉地爆发出来。但我们不可能老想着用危难激发潜能，这是不符合实际的，因此。在做一件事情的时候，只要我们下定决心，潜能同样可以激发出来。

新龟兔赛跑

乌龟自从赢了那场比赛后，一直都得意扬扬。一天，它心血来潮，又约了兔子再来一次赛跑。

这一次，乌龟和上次一样，从起点一路慢慢努力往前爬。它走了大半的路也没见兔子在途中休息，心里便开始有些纳闷。不过它还是没有停止它的脚步，依旧坚定地向终点前进。等快抵达目的地时，它却发现兔子早就到达终点，一直在那里等着它。

乌龟于是问兔子："你今天怎么不在路上玩耍或休息一下呢？"

兔子笑着对乌龟说："我怎么能连续两次犯同样的错误呢？我又不是一个傻瓜！"

心灵感悟：反省失败的原因，改正错误，并从中吸取教训，我们离成功也就不远了。

复明的药方

两个盲人以说书、弹三弦糊口。老者七十多岁，是师傅；幼者不到二十岁，是徒弟。师傅已经弹断了999根琴弦，离1000根只差一根了。祖师爷在临终前曾对师傅说："我这里有一张能使眼睛复明的药方，现在我将它封进你的琴槽中。当你弹断第1000根琴弦的时候，你才可取出药方。记住，每弹断一根弦时，你都必须尽心尽力。否则，再灵的药方也不会起作用。"那时，师傅还是个20岁的小青年，可如今他的头发和胡子都已经花白了。50多年来，他的心里一直有一个梦想，他期盼着自己失明的眼睛能够再次看见东西。

一声脆响，师傅终于弹断了最后一根琴弦，他向城中的药铺赶去。当他满怀希望地等着取药时，药铺掌柜告诉他那只是一张白纸。他的头"嗡"地响了一下，一种从未有过的失落感遍布全身。平静下来以后，他终于明白了：我不是早就得到了那个药方吗？就是因为有这个药方，我才有了生存的勇气。我努力地说书、弹弦，学会了爱与被爱，广受人们尊重。

回家后，师傅郑重地对小徒弟说："我这里有一个复明的药方，我将它封入你的琴槽。当你弹断第1200根琴弦的时候，你才能取出药方。记住，得用心去弹，师傅将这个数错记为1000根了……"小徒弟虔诚地允诺着，老师傅心中暗想：或许他一生也弹不断1200根琴弦，但他至少拥有希望。

心灵感悟:成功的动力在于希望。有了希望才会有追求,而追求的过程就是最美的人生。

迷路

一个人去森林探险,很不幸的是他迷路了。森林太大,他无论怎么找,都无法寻到出路。很快,三天过去了,他的肚子饿得发慌,而此时,身边却没有一点儿食物,他彻底绝望了。

第四天一早,他看见一棵树下坐着一个人,希望的火花又重新在他心中点燃,他想:我马上就可以出去了,很快就不用挨饿了。

他冲过去,拥抱那个人,说:"见到你我真是太高兴了!"

"为什么?"那个人不解地问。

"知道吗,我已经迷路三天了,还好,我看见了你。"探险者说。

"那又怎样呢?我已经迷路七天了!"那人说。

心灵感悟:当你陷入困境的时候,千万不要对自己丧失信心,因为怀有信心是摆脱困境的前提。

鲤鱼跳龙门

鲤鱼们都想跳过龙门。因为,只要跳过龙门,他们就可以从平凡的鱼变成不凡的龙了。

可是,龙门太高,要想跳过去谈何容易。他们一个个累得精疲力竭,摔碰得鼻青脸肿,却没有谁能够跳过龙门。他们一起向龙王请求:"尊敬的殿下,我们想求您一件事,那就是希望您将龙门降低一点!以现在这个高度,我们很难跳过去。"

龙王没有答应他们的要求,鲤鱼们就跪在龙王面前不起来。他们跪了九九八十一天,龙王终于被感动了,答应降低龙门的高度。

鲤鱼们 个个轻轻松松地跳过了龙门,变成了梦寐以求的龙了。

没过多久,成了龙的鲤鱼们发现,大家都成了龙,跟大家都不是龙的时候好像并没有两样。于是,他们又一起来到龙王面前,把自己的疑惑说了出来。

龙王笑道:"真正的龙门是不能降低的。你们要想变成真正的龙,还是去跳那座没有降低高度的龙门吧。"

心灵感悟:成功不是轻而易举就能获得的。只有不断努力,克服重重困难,你才能逐步走向成功。

乌鸦的面子

在很早的时候，森林里的鸟儿都不会唱歌。直到有一天，从很远的地方飞来了一只很会唱歌的云雀，她的歌声那么婉转动听，感动了森林里所有的鸟儿。

所有的鸟儿一致要求云雀教她们唱歌。经不住鸟儿们的苦苦恳求，云雀答应了。

开始教歌的第一天，云雀首先教歌谱。她教一声，大家就唱一声。教了一会儿，云雀为了检验学生们学习的情况，让她们一个个地站出来单独试唱。第一个是乌鸦。乌鸦扭扭捏捏地站了起来，不好意思地低声发出了声音。因为她的羞涩，发出的音走了调，大家一下哄堂大笑了起来。这一来乌鸦羞得脸红脖子粗，她暗地里想："唉！多丢人呀！丑死了！"

云雀制止了大家的笑，为了更准确地纠正乌鸦的发音，她请乌鸦大声再唱一遍。乌鸦却想："这不是存心丢我的面子吗？我才不愿再丢丑呢！"她一声也不吭，气恼地飞走了。从此再也不接受云雀的邀请。

云雀后来又让其他的鸟来唱。其他好多的鸟在最初几次发音也走了调，大家也同样地嘲笑了她们；但那些鸟儿却都没有像乌鸦那样飞走，而是总结经验，认真听从云雀的指导，耐心地学了下去。

后来，森林里其他的鸟儿都学会了唱歌，声音悦耳动听，唯独乌鸦到现在还不会唱歌，偶尔叫喊几声仍然是当初走调的声音。

心灵感悟：死要面子的人是学不到本领的。坚定自己的信心，虚心向他人求教，才是做好自己工作的正确途径；死要面子不肯认错，或者逃避学习，都只能导致失去工作和发展的机会。

主考官的夫人

美国一所知名大学要在中国挑选一名优秀的学生，这名学生的全部留学费用都将由这所大学提供。经过测试，有20名学生成为候选人。

面试的这一天，20名学生来到主考官下榻的饭店等待面试。当主考官现身大厅时，立刻被考生们包围了，他们纷纷用熟练的英语向主考官打招呼，有的甚至迫不及待地作起自我介绍来。

可是有一名学生却没有围上去，也许是起身慢了，也许是别的什么原因。她站在那里，不知如何是好。

这时，她看到了被冷落在一边的主考官夫人，于是便走上前去跟她打招呼。她没有作自我介绍，也没有打听面试的内容，而是问她对这个城市的感受如何，她们聊得十分投机。

正如大家预料的一样，这名虽说成绩不是最好的学生，最后却被主考官录取了。

心灵感悟：当我们一味地追求些什么的时候，往往会使自己的眼光变得狭窄，甚至会迷失了方向。不要把全部的注意力仅盯在一个目标上，太刻意了，反而失意。

差错

一个公司的会计因为账目出了差错，连续三个星期夜以继日地查账，一直也没有找到出错的地方。账面上明明有 600 元的亏空，就是找不出哪里出了差错。她简直就快要疯了。

财务主管看到她疲惫和焦灼的情形，向她询问了情况后，于是让她把账本交给了他。主管在办公室里仔细地核对了每一笔收支，终于发现了问题所在——有一笔货款应该是 1050 元，却被记成了 1650 元。

当主管把这个明显的差错摆在会计面前时，会计仔细一瞧，这才发现：原来是一根苍蝇腿正好沾在了“1050”第一个“0”的左上角，于是 1050 就变成了 1650 了。

心灵感悟：很多事情的成败往往取决于一个小小的细节，关注细节的人才能把握全局。

会计师的儿子

一个青年的父亲是位杰出的会计师。在父亲的影响下，青年夜以继日地读书，为了考取会计师资格证。但是，事与愿违，考了几次都未通过。

其实，未考上的原因很简单：这个青年对当会计师兴趣索然。因而，他对那一大堆的会计学资料根本无心学习。他向他的一个朋友诉苦，朋友给他建议：不妨转向你喜欢的事情。

这个青年喜欢从事比较有创意性的工作，于是，他开始学习园林设计方面的知识。后来，这个青年以园林建筑师的身份进入到一家园林公司。不到一年的时间，便为公司设计出好几项不错的方案，其中一个设计还在一次全国比赛中获奖。

现在，这个青年拥有一家自己的园林设计公司，公司的发展蒸蒸日上。

心灵感悟：兴趣是一个人择业的前提，如果一个人对他做的事情没有任何兴趣的话，相信他无论如何是做不好这件事情的；但是如果一个人对某件事情十分感兴趣的话，哪怕他对这件事情知之甚少，他也会尽最大的努力做出一番成绩来。

没有门牌的房间

公司的 8 楼有一间没有门牌的房间，没有一个员工知道那个房间里有什么，因为他们从未进去过。“任何人不得进入该房间！”总经理曾在每一个员工刚来的时候对他们这样说，他没有解释为什么。

这天，总经理又对一批刚招聘的员工交代了上面的叮嘱。“为什么？”有个年轻人小声嘀咕了一句。“不为什么。”总经理还是没有说出原因。

回到工作岗位上后，年轻人一直纳闷，他觉得肯定有蹊跷，决定弄个明白。中午下班后，他没有先去吃饭，而是来到了 8 楼。他轻扣那没有门牌的房门，没有反应，他又慢慢地去推门，门没锁。他推开门，房间的中央有张桌子，有一张杂志大小的卡片放在上面。年轻人走近桌子，他看到卡片上写着：“把卡片送给总经理”。

同事劝他不要给自己惹麻烦，赶紧把卡片放回桌子上。但是他没有，而是径直奔向 11 楼的总经理办公室。

第二天，年轻人坐在公司销售部经理的位置上。

心灵感悟：要想从众人中脱颖而出，你就得拥有众人所没有的勇气和胆量。不要被所谓的规矩束缚了手脚，规矩是为庸人而制定的。

小职员的苦恼

一个公司职员对自己的现状十分不满，觉得自己没有受到重用，甚至想辞职。

他向他的一个朋友诉说自己的苦恼。朋友问他：“你有没有向你的上司提出担当更重要的职责？”

“没有。”

“如果你认为自己有能力，可以试探着跟上司提出你的要求。如果你觉得还有些东西你不是很精通，我建议你好好地把所需要的与公司有关的理论和技能都搞通。当然，与别人相比还要有你自己的过人之处，然后再跟上司提出你的要求。否则，上司怎么会提拔你呢？”朋友接着说道：“就算是公司依然不重用你，你也可以一走了之，至少你已经免费地在公司里学到了很多东西，也不算吃亏。”

朋友的话让他不再苦恼。从此，他利用空闲时间掌握了很多并不是他本职工作内的技能。不久，他便被公司委以重任。

心灵感悟：是金子总会发光的。当我们不如意的时候，总是喜欢推脱自己的责任，怪这个，怪那个。如果把目光瞄向自己，很快便能找到答案，从失意的阴影中走出来。

教练的电话

田径中心的一位著名的长跑教练去某市物色新苗子，他看中了一个 10 岁的小男孩。他让那个小男孩明天上午给他电话。

第二天，教练房间的电话铃声响了6下就停止了，接着，又响了6下又没了……第五次电话铃声只响了一下教练就接了，一听，果然是那个小男孩打来的。教练询问他前面的几个电话是不是他打来的，小男孩说是的。

教练没有录用这个小男孩。有人问他为什么？那个小男孩在测试的时候不是表现得很出色吗？

教练告诉那个人，他让小男孩给他打电话也是一项测试，但是小男孩没有通过。他说："电话如果没人接听，铃声要响15下后才会自动断掉。可小男孩每次打过来的电话都是半途就挂了，然后再重拨，很没有耐性。而耐性，是一个长跑运动员不可或缺的素质。"

心灵感悟：生活中做很多事情都需要耐性，甚至比长跑需要更多的耐性。没有持之以恒的精神，是不能到达终点的，更不可能品尝到胜利的果实。

月台下的石油

石油公司有个负责勘探的工程师，他在气候干燥高温的西部沙漠勘探到了石油，于是，公司让他带队前往沙漠开采石油。

整整过了一年，别说开采到石油，连水也没钻到半滴。而公司却因此损失不小，因此，决定终止他们的工程，命他们即刻返回。

无功而返，工程师和他的队友们沮丧地坐在火车站的月台上等车。无聊的工程师拿着勘探石油的电子设备，在月台上四处探察，没想到，仪器上竟然显示月台下蕴藏着大量的石油。工程师气愤地将它摔在地上，恼火地骂道："这地方我钻了那么多井，一滴油都没有，要你还有什么用！"

后来，有人在火车站的月台底下发现了确实有石油；再后来，这里成了一片钻井林立的大油田。

心灵感悟：不要放弃最后一丝希望，有时候你离成功仅差一步之遥。许多人常常与成功失之交臂，不是因为他们没有能力，而是因为不能够坚持到底。

内在美获胜

在选美竞赛上，众人瞩目的总是亮丽鲜艳的面孔和婀娜多姿的体态。外在美是选美胜出的重要因素，可是也有人相信内在美的焕发才是选美最重要的条件，而且这样的理念也得到了证实，至少在美国小姐唐娜·亚松真身上，世人见识到内在美获得认同的实例。

唐娜出生在阿肯色州的一个小镇上，她的青春期就像大多数的青少年一样，生涩、害羞，对自己的将来感到很茫然。那个时候她想象自己是只丑小鸭，并不是选美的皇后。可是唐娜有一些远比外在的美丽更要紧的特质，她的气质清新，风度稳健。她好比一块璞玉，稍加琢磨就能大放异彩。

她决定要把自己的内在美表现出来。她去练健身，学习仪态，然后报名参加一场选美比赛。那一场比赛她没进入决赛，可是唐娜并没有因此而灰心，接着又参加了很多场比赛。直到参加过 16 场选美比赛之后，她终于当选阿肯色州小姐，然后又成为美国小姐。以后她带着同样那一份自然芬芳的内在美，以及辛勤努力的工作，踏入娱乐界，目前已成为一名出色的艺人。

心灵感悟：对我们每个人来说，最重要的是发现自己的内在美，把它表现出来，你不见得会是另一个选美皇后，可是它能使你成为人生的赢家。

遗言

有个流浪的犹太艺人，虽然才四十几岁，但是骨瘦如柴，形容枯槁，医生诊断结果是肝癌晚期。临终前，他把年仅 16 岁的儿子叫到跟前，嘱咐道："你一定要好好学习，不要像我少壮不努力，老来没成就。我年轻的时候喜欢斗狠，抽烟喝酒样样来，正值壮年就得了绝症。你要牢记于心，不要再走我的老路。我没读过什么书，懂得的东西也不多，自然也就没有多少大道理教你，但你要记住把'少壮不努力，老来没成就'这句话传下去。"

说完，他咽下最后一口气，16 岁的儿子却懵懵懂懂地站立一旁。

长大后，他儿子仍然在酒家、赌场闹事，有一次在酒馆喝酒时与客人发生冲突，因出手过重而闹出人命，被捕入狱。出狱后，他决心不再走老路，想找个正当的工作，但是却没有技术特长，只好回到乡下，靠做一些杂工维持生活。

随着年龄的增长，逐渐体会父亲临终前交代的话，但一切都已经太晚了。他的体力一天不如一天，面对着无法撑持起来的家，心里有着无限的忏悔与悲伤。

有个晚上，他喝点酒，带着酒意，把 16 岁的儿子叫到跟前。看着眼前的儿子，他愣住了，这就是当年 16 岁的我啊！回想起当年的情形，有些自责地喃喃自语：

"我当时为什么不认真领会一下父亲的话呢。"

说着，眼泪禁不住涌了出来。儿子站在面前，懂事地安慰着：

"爸爸，你喝醉了，我扶你进去休息吧！"

"我没有醉，我要把你爷爷交代我的话告诉你，你要谨记在心。"

"爸爸，是什么话呀！"

"当年你爷爷临终前交代我不可以'少壮不努力，老来没成就'，我没听进去，也没听懂。结果我费尽一生才体会出这一句话的道理，但为时已晚。"

"人人都知道这句话，不是吗？"

"是啊。但是，并不是每个人都能把它听进去、听懂。如果年轻时不努力，不学好，那么老了就会像我一样一无是处。希望你能听进这句话，好好做人，将来儿孙都能成才，不必把这句话当遗言交代了。"

心灵感悟：勤奋和成功是相互依存、互为表里的，一般来说，勤奋造就成功，而懒惰却足以毁掉一个资质非凡的人。虽然勤奋并不一定能成功，但无论如何也要勤奋，因为这是走向成功的最基本条件。

黄油塑成的狮子

一天，在西格诺·法列罗的府邸正要举行一个盛大的宴会，主人邀请了很多有名的人物。就在宴会开始的前夕，负责餐桌布置的点心制作人员派来人说，他设计用来摆放在桌子上的那件大型甜点饰品不小心被弄坏了。管家听后，急得如热锅上的蚂蚁。

这时，一个在厨房干粗活的仆人走到管家的面前，怯生生地说道："如果您能让我来试一试的话，我想我能造另外一件来顶替。"

"你？你是什么人，竟敢说这样的大话?！"管家惊讶地看着他。

"我是雕塑家皮萨诺的孙子，叫安东尼奥·卡诺瓦。"这个脸色苍白的孩子回答道。

"小家伙，你真的能做吗？"管家将信将疑地问道。

"如果您允许我试一试的话，我想我一定能够做好。"卡诺瓦充满自信地答道。

管家此时已经无计可施了，只好答应让卡诺瓦试试。他在一旁紧紧盯着这个孩子，注视着他的一举一动，看他到底怎么办。卡诺瓦不慌不忙地要人端来了一些黄油。一会儿工夫，他便将不起眼的黄油变成了一只蹲着的巨狮。管家看着眼前的杰作，又惊又喜，赶忙派人把这个黄油塑成的狮子摆到了桌子上。

晚宴开始了。客人们陆陆续续地被引到餐厅里来。这些客人当中，有高贵的王子，有傲慢的王宫贵族，有著名的实业家，还有眼光挑剔的专业艺术评论家。但当客人们看到桌上的黄油狮子时，都不禁交口称赞起来，纷纷认为这真是一件天才的作品。他们的目光都被眼前的狮子吸引住了，久久不肯离去。结果，这个宴会变成了对黄油狮子的鉴赏会。客人们在欣赏的过程中，不断地问西格诺·法列罗，这位杰出的雕塑家究竟是谁。法列罗也愣住了，他立即喊管家过来问话，于是管家就把卡诺瓦带到了客人们的面前。

当这些尊贵的客人们得知，面前这个精美绝伦的黄油狮子竟然是这个孩子仓促间做成的作品时，都感到非常惊讶。他们看着这个天才般的孩子，禁不住对他进行称赞。富有的主人当即宣布，将由他出资给小孩请最好的老师，让他的天赋充分地发挥出来。

西格诺·法列罗果然没有食言，但卡诺瓦没有被眼前的幸福冲昏头脑，他依旧是一个淳朴、热切而又诚实的孩子。他孜孜不倦地刻苦努力着，最后终于成为了世界上最伟大的雕塑家之一。

心灵感悟：如果你确实有才华的话，勤奋将会增进它；如果你只有平凡的才能，勤奋也可以补足它。

所谓成功

一天,一个盲人和一个跛子结伴去寻找仙果。他们一直走呀走,途中他们翻山越岭,历经千辛万苦,头发开始斑白。有一天,跛子对盲人说:"天哪!这样下去哪有尽头?我不干了,受不了了。""老兄,我相信不远了,会找到的,只要心中存有希望,会找到的。"盲人说。可跛子执意要待在途中的山寨中,瞎子便一个人上路了。

由于盲人看不见,不知道该走向何处,他碰到人便问,人们也好心地指引他,他衣衫褴褛,遍体鳞伤,可他心中的希望未曾改变。

终于有一天,他到达了那座山。他全力以赴向上爬,快到山顶的时候,他感觉自己浑身充满了力量,像年轻了几十岁。他向身旁摸索,摸到了果子一样的东西,放在嘴里咬一口,天哪!他复明了,什么都看见了,绿绿的树木,花儿鲜艳,小溪清澈,果子长满了山坡。他朝溪水俯身看去,自己竟变成了一个英俊年轻的小伙子!

准备离去的时候,他没有忘记替同行而来的跛子带上两个仙果。到山寨的时候,他看到跛子拄着拐棍,变成了一个头发花白的老头。跛子认不出他了,因为他已是一个年轻的小伙子。可当他们相认后,跛子吃下那果子,却丝毫未起任何变化。他们终于知道,只有自己的行动,才能换来成功和幸福。

心灵感悟:我们要心存希望,要勇往直前,要坚持,要有毅力,那么,成功早晚属于你。